BBC 神秘博士 时空探险套装
DOCTOR WHO

Apollo 23
阿波罗23号

（英）贾斯廷·理查兹 / 著
吕灵芝 / 译

新星出版社　NEW STAR PRESS

DOCTOR WHO: Apollo 23 by Justin Richards
Copyright © 2010, 2015 Justin Richards
First published by BBC Books, an imprint of Ebury, Ebury Publishing is part of the Penguin Random House group of companies. Doctor Who is a BBC Wales production for BBC One. Executive producers: Steven Moffat, Piers Wenger and Beth Willis. BBC, DOCTOR WHO and TARDIS (word marks, logos and devices) are trademarks of the British Broadcast Corporation and are used under licence.
This edition arranged with Ebury Publishing
through Big Apple Agency, Inc., Labuan, Malaysia.
Simplified Chinese edition copyright:
2019 Chengdu Eight Light Minutes Culture Communication Co., Ltd.
All rights reserved.
The Cover is produced by Woodland Books Ltd.
著作版权合同登记号：01-2018-4722

图书在版编目（CIP）数据

阿波罗23号／（英）贾斯廷·理查兹著；吕灵芝译．—北京：新星出版社，2019.8
（《神秘博士》时空探险套装）
ISBN 978-7-5133-3611-6

Ⅰ．①阿⋯ Ⅱ．①贾⋯ ②吕⋯ Ⅲ．①科学幻想小说－英国－现代 Ⅳ．①I561.45
中国版本图书馆 CIP 数据核字（2019）第 148781 号

《神秘博士》时空探险套装

（英）贾斯廷·理查兹、（英）史蒂夫·莱昂斯、（英）杰奎琳·雷纳、（英）特雷沃·巴克森代尔、（英）乔纳森·莫里斯 著；吕灵芝、王金晶、施然 译

责任编辑： 汪　欣
特约编辑： 姚　雪　胡怡萱　余曦赟
责任印制： 李珊珊
装帧设计： 付　莉

出版发行： 新星出版社
出 版 人： 马汝军
社　　址： 北京市西城区车公庄大街丙3号楼　100044
网　　址： www.newstarpress.com
电　　话： 010-88310888
传　　真： 010-65270449
法律顾问： 北京市岳成律师事务所

读者服务： 010-88310811　service@newstarpress.com
邮购地址： 北京市西城区车公庄大街丙3号楼　100044

印　　刷： 北京捷迅佳彩印刷有限公司
开　　本： 910mm×1230mm　1/32
印　　张： 40.25
字　　数： 520千字
版　　次： 2019年8月第一版　2019年8月第一次印刷
书　　号： ISBN 978-7-5133-3611-6
定　　价： 238.00元（全5册）

版权专有，侵权必究；如有质量问题，请与印刷厂联系更换。

献给吉姆、尼克和西蒙——午餐的绅士们

距离死亡还有二十分钟，唐纳德·巴宾格尔正撕着他的芝士三明治喂鸽子。

天气阴冷，鸽子在享用那些面包屑时，似乎也很感激他的关照。它急切地啄食着面包，对芝士和酸黄瓜视若无睹。巴宾格尔坐在通往舞台的台阶上，用大衣紧紧地裹着自己。这个舞台坐落在图书馆旁的公园里，是附近少年们夜晚厮混之地。舞台围栏锈迹斑斑，坑坑洼洼的地板上遍布早已被踩得发黑的口香糖残骸。好在这里还有个四处开裂的破屋顶，能勉强遮挡绵绵不绝的细雨。

距离死亡还有十分钟，唐纳德·巴宾格尔把剩下的三明治塞进嘴里，对鸽子抱歉地笑了笑，随后站起身来。他准备绕着小公园漫步一圈，然后回办公室去。哪怕外面天气不怎么好，他也喜欢午休时出来透透气。巴宾格尔认为，呼吸点新鲜空气是个很好的主意。

鉴于他即将遭遇的死法，那主意就有些讽刺了。

巴宾格尔缓步走在小公园里，心思已经回到下午必须整理好的电子表格上了。他碰见一位推童车的年轻妇人，对她点头致以无声的问候。他又邂逅一位身穿红色雨衣正在遛狗的女性，便对她微笑了一下。他看见被风吹成团塞在花坛低矮金属栏杆脚下的垃圾，痛心地摇了摇头。他再次为那座新购物中心的兴建疑惑不已，不知道开发商究竟是怎么获得许可的，毕竟它那灰色的水泥和玻璃的投影径直覆盖到了公园尽头。他的同事曼蒂可能现在还在完美汉堡店排队等她的午餐。那多浪费时间啊，为何不自己带三明治来呢……

如果巴宾格尔知道自己的生命只剩下五分钟，他可能就不会计较曼蒂浪费的时间了。

剩下的五分钟里，他花了大部分时间走完剩下的路程。最后三十秒，他看了一眼手表，发现午休快结束了，于是转身走向舞台。刚才那位带孩子的母亲已经走到公园另一头。牵狗散步的女性也不见了踪影。

巴宾格尔决定不再沿小径绕行，而是直接横穿公园。该回公司埋头处理账目了。没错，这是个明智的决定。

就是这个决定害死了他。

唐纳德·巴宾格尔快要走到舞台边时，突然胸口一紧，呼吸变得十分困难。他眼前一片模糊，顿觉天旋地转。他眨眨眼，又摇摇头，想让视线恢复正常，可周围的世界全都变成了灰色，连天空也黯淡下来。

他的呼吸变成凌乱的喘息,胸口越绷越紧。脚下湿润的草地化为干燥的灰土,购物中心消失了,舞台不见了,所有东西都踪影全无,取而代之的竟是……

"哦我的——"巴宾格尔张嘴说道。

可他口中没能吐出只言片语。

他没有用来说话的气息。

巴宾格尔跪倒在地,双手撕扯着灼痛的喉咙。他的舌头泛起白沫,仿佛唾液在沸腾;他的双眼似乎随时都会爆裂。巴宾格尔感到全身肿胀发飘。他仰天倒下,不住地颤抖抽搐。他感到寒彻骨髓。

突然,他不再动弹。小雨落在他脸上,淌进直勾勾地瞪着、了无生气的眼里,不一会儿又漫出来,像泪水般缓缓滑下面庞。

"当然,我们需要做一次尸检。"病理学家说。

巡佐点点头。他等摄像师完成工作后,示意等候在旁的救护人员上前。

"把他带走吧,这可怜的家伙。"他转向病理学家,"你怎么看?"

温特伯恩医生耸了耸肩。他跟警方合作二十多年,早已学会凡事不能随便表态,但也知道,有些时候快速诊断,对案件侦破能起到关键作用。"很可能是心脏衰竭。排除已经身亡这个事实，他看起来健康得很。只是世事无常，看上去年轻力壮并不意味着……"他叹了口气，"总之世界上并不存在公平。"

里克曼巡佐压下笑意，"感谢您的评点。"

"我指的是这类祸福难测的事。"

"我知道。"

两人神情肃穆地看着救护人员为担架车上的尸体盖上黑色塑料布。

"嗯，八成是心脏衰竭。"温特伯恩断言，"不过有一点很奇怪——他的皮肤颜色，还有舌头状态……"他吞吞吐吐地说，"这些都符合窒息症状，就好像他是被掐死的。"

"他死的时候是一个人。"里克曼平淡地说，"那个带孩子的女人在公园门边看见他出事的，说他突然捂着脸跪倒在地。她当时刚把孩子从童车里抱出来，无法丢下孩子不管跑过去救人。于是，她一直在原地呼救，直到有人发现异常。"

救护车汇入车流。一小群人站在警戒线外围观。一个地方报纸的记者挥舞着手上的速记本，想引起巡佐注意。

"尸检有消息了告诉我。"警官说，"眼下我们先假定这是自然死亡，暂无可疑情况。你同意吗？"

"可以，可以。"温特伯恩赞同道，"那边楼上有家很小的意大利餐馆，你知道吗？"他指着高耸得充满压迫感的购物中心的弧形玻璃外墙说。

"你觉得那里可能有其他目击者?"

"我在想我还没吃午饭呢。"温特伯恩纠正道,"晚点联系你。"

那个太空人出现时,曼蒂已经在完美汉堡店排了十分钟队。

这里不止卖汉堡。她通常会点一份金枪鱼沙拉,这比汉堡要健康一些,然后再来点薯条。可今天又阴又冷,她不太想吃沙拉。所以当太空人出现时,她正忙着研究菜单牌。

上一刻他还不在那里,下一刻却突然现身。可能是因为她眨了眨眼睛。那人一定是从洗手间或其他什么地方开门出来的。奇怪的是,她竟没有注意到这么一个人。毕竟一个身穿臃肿太空服、头戴圆形大头盔的人,绝不可能凭空出现。

他站在原处怔怔地盯着曼蒂。至少她是这么觉得的。因为那人的头盔上镀了金色涂层,曼蒂看不见他的脸,只能看到上面映出的排队人群,而此时正有越来越多人转过来看他。

身穿太空服的宇航员笨拙地动了起来。他动作僵硬地走向曼蒂,像企鹅一样左摇右摆——他的双腿似乎无法正常弯曲,以至于动作极其不协调。

他越走越近,曼蒂几乎一伸手就能碰到他,此时太空人停了下来,他身后的地板上多出了一道细碎灰尘。曼蒂还发现,他巨大的靴子上也沾满了同样的灰尘。那道痕迹在菜单牌旁边戛然而止，仿佛他真是片刻之前从天而降出现在此地的。

"肯定是来打广告的。"曼蒂身后有人说。

"对，来推销的。"另一个男人附和道，"他马上要说自己刚吃到全太阳系最好吃的比萨，或别的什么东西了。"

此时队列已不成形状，所有人都围在太空人周围。人们甚至从别的快餐店跑过来看热闹，楼上商店里的人也跑到走廊上向下张望，笑着对太空人指指点点。如今广告噱头如此之多，这个看起来效果还不错。

太空人抬起双手，笨拙地摆弄着连接太空服和头盔的搭扣。

"我猜他穿那一身肯定热坏了。"

"他到底是推销什么的？你觉得会是新上映的电影吗？"

随着空气泄压的声音，搭扣松开了。宇航员把头盔往旁边一转，随后取了下来。

在头盔下面，那人还戴了顶类似巴拉克拉法帽[1]的白色兜帽，那上面还有个头戴式耳机一样的东西，听筒与麦克风一应俱全。他抱着大头盔的样子看上去更加笨拙了，于是，曼蒂本能地伸手拿过了他的头盔。

"谢谢，女士。"那人声音低沉，操着一口美国口音。曼蒂

---

1. 一种遮住头部和大部分脸部、只露出双眼（有的也露出鼻子）的帽子。

还看见他肩膀上印着小小的美国国旗,她猜测国旗下那几个字应该是他的名字——加勒特。

空出双手后,宇航员摘掉兜帽,露出一头深色短发。他看上去三十来岁,宽厚的鼻梁上是两道几乎连在一起的粗眉。他把耳机从兜帽上拆下来,懊恼地凝视着。

"你们有谁能给我手机用用吗?"

曼蒂身后的男人笑了起来,"我倒是有个移动电话可以借给你。"[1]

"这儿可不是堪萨斯!"另一个人喊道。

"嗯,我猜也是。"宇航员加勒特轻笑一下,但曼蒂还是从他的灰色眼眸里看到了满满的担忧。宇航员摇摇晃晃地走过去,接下那人递来的电话。

他看了看手机上小巧的按钮,又看了看自己戴着手套的粗笨手指。

"我帮你拨号吧?"曼蒂问道。她把头盔交给另一个女人,随后拿起电话。她按照宇航员的指示输入号码。那串号码以001开头——那不就是美国的国际长话区号吗?曼蒂十分庆幸这通电话不会算到她的账单上。

---

[1] 此处突出了英美两国的语言差异,以及两国人民在这一方面的互相嘲讽。宇航员说的是给(loan)手机(cell phone),围观者回答的是借(borrow)移动电话(mobile)。

"正在接通。"她把电话递了回去。

一只戴着手套的大手将电话彻底裹住。加勒特把电话举到耳边。周围一片寂静,所有人都竖起耳朵等他说话,想知道他到底在搞什么促销。

在安静的购物中心,在完美汉堡店门前,加勒特的声音清晰可闻:

"休斯敦——"他说,"我们有麻烦了。"

1

午餐高峰接近尾声，停车场里有了几个空位。

一阵突如其来的清风扬起秋日落叶，把它们吹卷得不自然地打起旋儿来。刺耳的摩擦声破空响起。随着一声直截了当的扑通钝响，片刻前的空位上赫然出现一座深蓝色的警用电话亭。它横跨两个车位，顶上的信号灯持续闪烁了一会儿。

很快，塔迪斯的大门打开，博士走了出来。他饶有兴趣地环视一圈周围停放的车辆，然后抬头看向铅灰色的天空。他眨掉落入眼里的雨水，将湿成一团的头发甩松。最后他正了正领结，抻了抻皱的外套，把自己打理整齐。

"太棒了。"艾米也走出来站在他身后。微风拂起她脸侧的红发。"我们到了停车场星，这可是沥青星系最具魅力的行星之一。"

博士煞有介事地点点头，"但实际上，"他说，"这里也可能是地球，以我行家的眼光来看，极有可能是英国。"

"你是从车牌上看出来的。"艾米说。

"不，我看的是天气。你瞧瞧。"博士摊开手，让细雨湿润他的手心。

"我知道雨长什么样子。"艾米告诉他，"我可是苏格兰人，你忘了？"她在牛仔裤兜里胡乱摸索，又说："带钱没？"

"有好几吨呢。"

"我是说能使的钱。比如零钱，机器用的。"

博士茫然地看着她。

"算了。"艾米从口袋里翻出一枚一镑硬币和几个十便士钢镚儿。

博士饶有兴致地看着她把硬币塞进旁边的电子计时表里，然后按下一个绿色大按钮。

"你在干什么？"

"拿票。"她看着停车票打印出来，落到机器底部的小凹槽里，"这是凭票停车系统。"

"凭什么票？"

"停车票。"

艾米走回塔迪斯，把停车票卡在一扇门玻璃的下缘。

"我们要留在这儿？"见她走出来关上门，博士问道。他朝贴在玻璃后面的停车票努努嘴。

"就几个小时。我只有这么多零钱。"

"那我们要干啥？"

艾米带头走向一座仿佛由玻璃和水泥堆砌而成的巨大建筑。

"采购。"

博士点点头,对着天上的小雨皱起了鼻子。"宇宙这么大,"他跟随艾米走进水泥和玻璃构成的购物长廊,大吐不满,"我们拥有整个时间和空间。从班德拉兹马克西玛[1]的诞生,到法比戈恩[2]的热寂[3],从艾奇威兹[4]的顶峰,到巴科夫比杨[5]……可你却要逛商场。"

一位个头矮小的老奶奶拄着拐杖转过来,狐疑地看着他。博士朝她笑了笑,说了声:"你好。"她马上离开了。

"采购点东西没有坏处,反正迟早要买的。我们还能在这儿吃午饭。"艾米说着,指了指旁边墙上的时钟。

"午饭?"博士嘟起嘴,双手插进上衣口袋里,"那好吧,我有几个世纪没吃过午饭了。"

商场二楼有间小小的意大利餐厅。艾米挑了靠窗的座位,从那里能看到外面那个带舞台的小公园,同时还能看到楼下正在排队购买汉堡及其他快餐的人们。

1.2. 作者杜撰的名词。
3. 猜想宇宙终极命运的一种假说。根据热力学第二定律,作为一个"孤立"的系统,宇宙的熵会随着时间的流逝而增加,由有序向无序,当宇宙的熵达到最大值时,宇宙中的其他有效能量已经全数转化为热能,所有物质温度达到热平衡。这种状态称为热寂。
4.5. 作者杜撰的地点。

博士审视着夹在盐瓶和胡椒瓶之间的塑封菜单。"是他们过来还是我们过去？"他问道，"我没看见这上面有牛奶。"

"他们要卖咖啡，那肯定得准备牛奶。除非店里用的是那种小盒奶精。"

"我打赌他们用的就是小盒奶精。"博士靠在椅子上向后仰，用两条椅子腿摇摇晃晃地支撑着自己，修长的手指彼此交叠在脑后。"是他们过来还是我们过去？"他大声问，"我是说，去点餐。"

艾米过了好一会儿才意识到他并没有问她，而是在问坐在他身后那桌的人。那人穿着一身起皱的暗色西装，头发灰白，看上去有五十岁了。

但对方没有回应，于是博士设法将重心集中到一条椅子腿上，整个人转了过去，正对坐在桌子另一头的人。

"哦，抱歉，"那个人说，"对，是他们过来。反正我是这样。"他对艾米和博士微笑道，"当然，可能因为我比较特别。"

"每个人都很特别。"博士对他说，"你瞧艾米，她就真的很特别。我是博士。"他伸出一只手。

那人礼貌地撑起身子与他握手，"我也是[1]。"

---

1. 英语中，"博士"与"医生"是同一个词。

博士微微皱起眉。"宇宙真小。"他朝男人面前那盘意面努努嘴,"你吃得不多啊。莫非这里的饭菜很糟糕?"

"不,不,这里的饭菜很棒。"那人用叉子戳了几下意面,"只是死亡让我实在没什么胃口。"

博士叹息一声,"我明白那种感觉。不瞒你说,我已经好几个月没死过了。不过我感觉每次死完都特别饿。[1]"他把椅子转回去对着艾米,"那可能是说他是素食主义者什么的。尽管那种说法听起来有点怪。"

艾米不太认可那人的话是这个意思。她起身走过去,坐在男人对面的空位上。

"你刚才说'我也是',那你是一名医生吗?"

"是的。好吧,其实是病理学家。我叫贾尔斯·温特伯恩。"

博士又转了过来,"啊,难怪有死亡一说。"

温特伯恩转向他们身旁的大玻璃窗。"这可能不算是好座位,因为那个可怜人就死在底下那个公园里。"

"事故?"艾米问道。她看见那附近有几名警官,还有一小群围观者。

"自然死亡。"温特伯恩迟疑片刻,又补充道,"至少我是

---

1. 时间领主有一种"逃避死亡的把戏",就是重生为另一副面孔。但这种把戏并不舒服,比如书中这位博士重生时把自己的飞船给炸了。他从烤焦的飞船里爬出来后,还把小艾米家的炸鱼条蘸着蛋奶沙司吃光了。

这么想的。"

"你不确定吗?"博士追问道。

"我得先做个尸检。这又是一个让人胃口大减的原因。"温特伯恩戳起一管意面,送到嘴边,又改变主意,把餐叉放回碗里,"既然你也是医生,你见过具备所有窒息症状,却死于心脏衰竭的人吗?"

博士长出一口气,沉思片刻,"呃,其实我不是执业医师。"

"那是医学生?"温特伯恩又问。

艾米忍住笑看着博士恼怒地瞪了他一眼。"我见识过的死亡比你浪费掉的热饭菜还要多得多。"

"还有那些灰尘,"温特伯恩几乎是在自言自语,"弄得到处都是,你瞧,我衣袖上还沾着一点儿呢。"他翻过袖口,露出一块灰白的印迹。

博士又皱起了眉。他一把抓住温特伯恩的手往自己这边拽,险些让对方扑倒在那盘意面里。紧接着,他又突然放开了手。

"真对不起。"艾米说。

温特伯恩对她无力地笑了笑。"汉堡店那里有一大堆这种灰尘,"他说,"如果你对灰尘感兴趣的话。"

"汉堡店?"博士转身看去。

"就在楼下。你应该知道,就是太空人出现的地方。"

"我也猜到了。"博士不屑一顾地说完,拿起桌上的菜单,

"毕竟那是月尘。"

艾米盯着博士,默不作声地数起秒来。她数到了4。

博士扔下菜单,一跃而起。"等等,等等,月尘……在购物中心里?还有太空人?"

"嗯,一名宇航员。有人说那是广告噱头。"温特伯恩抬手指向楼下,"你瞧,他就在那儿呢,跟几个穿西装的人在一起。"

博士坐过的椅子翻倒在地。温特伯恩吓了一跳,他看向艾米,却发现她也不见了。

她跟在博士身后,飞快地走到餐厅另一头。他们靠在栏杆上,探头看向楼下的快餐店。

"宇航员。"艾米说,"我猜应该是那个穿太空服的人。"那名宇航员正动作僵硬地穿过购物中心,一条套着厚重护具的胳膊底下夹着那个圆形大头盔,"那套道具服不错。"

"那不是道具服。"博士说。

艾米指着另外三个身穿黑衣的人,他们都戴着墨镜,头发剃得格外短。"那些也不是美国特工咯。"

博士叹了口气,"艾米·庞德。"

"抱歉。"

"他们是CIA[1]的人。"

---

1. 即Central Intelligence Agency,美国中央情报局。

他们一言不发地看着黑衣男子们把宇航员领出购物长廊。不一会儿,就见一辆安着黑玻璃的大黑车驶过小公园。

"现在我们知道了什么?"艾米转身靠在扶手上,抻直两条腿问,"一名宇航员,中途跑到这里买了个汉堡,还是什么?"

"月尘……宇航员……"博士从栏杆上撑起身子,"还有窒息症状。那个死者身上有灰——快来!"

博士快步走向最近的电动扶梯,艾米不得不小跑着跟上去。她本来想逛逛商场。在她经历了那么多之后,这可是难能可贵的日常。而现在看来,日常并没有被列在菜单上。

"我们要去哪儿?"

"回塔迪斯去。如果我猜得没错……"他突然停下来,抽出音速起子。

"我猜对了。"过了一会儿,他确认道,"是量子位移[1]。"说罢,他又飞快地走了起来。

"什么是量子位移?它什么时候位置正常?"艾米在扶梯上问。

"这很严重。它没在原位——问题就在这里。它发生了错位。就像那个宇航员,和那个死掉的人。"

---

1. 原文中位移为"displacement",该词在英文中也有"不在常见位置""从常见位置被他物移除、替换"之意。

他站在停车场的警用电话亭旁边,穿着一身藏蓝色制服,但并不是警察。停车管理员透过塔迪斯的玻璃窗,核验了一番贴在里面的停车票,在写字板上记了几笔。随后他看了一眼手表,又记了几笔。

"有问题吗?"艾米爽快地问。

管理员嗤了一下。"有问题。"他回答道。

"我们没超时。"艾米对他说。

"确实没有。"博士一边帮腔,一边把头凑过去看那人写了什么,"我可是个专家,时间专家。"

"问题不在于时间。"

"嗯,虽然你这么说,"博士回答道,"可实际上……"

"那问题是什么?"艾米抢在博士开始絮叨前问道。

停车管理员指了指窗户上的停车票,又指向停放塔迪斯的地面,"只买了一张票,却占了两个车位。"

艾米眯起眼睛,"你不是认真的吧。"

"他看起来可认真了。"博士说。

"你们得停在线内。"管理员说。

"可我们太大了。"博士解释道,"你瞧,小车位,大盒子,根本装不下。"

"那你们就得打两张停车票。一个车位一张。如果你们要把这种老古董扔在停车场,就得付足够的车位钱,而且越早把它拖走越好。"

"你要罚款吗?"艾米问。

"不是我,罚你们款的是地方议会。我只负责开罚单。五十镑。"

"五十?"博士已经把手伸进上衣口袋里了。

艾米瞪了他一眼,"我们才不交五十镑呢。"

管理员耸了耸肩,"如果你们不在二十四小时内缴纳罚款,那就变成一百了。"

博士把手从口袋里拿出来。他手上多出了一个朴素的皮革钱包,"等会儿,等会儿,等会儿。我能解决这事儿。"

"把钱投进电子计时表里。"管理员说,"把打出来的票寄给地方议会,他们会把票收作缴款存根。"

"说得好像我们口袋里装了整整五十镑硬币似的。"艾米说。

博士翻开钱包,露出一张空白卡片。艾米知道那是通灵卡片,它会显示出看纸片的人心中所想或被暗示的内容。

"以一抵二的凭证。"博士宣称道,"你瞧,就是这个。这下应该没问题了。持证者每支付一张全价停车票,就有权免费获得一张同等价值的停车票。第二张票无需展示。看,都在这儿写着呢。由地方议会授权。"

管理员皱起眉。"让我看看。"他从博士手里拿过通灵卡片，仔细察看了一番，"嗯，看起来没问题了。"他闷闷不乐地说。

博士冲艾米笑了笑。

"你刚才应该立即向我出示这个，"管理员说，"能省下不少麻烦。"

"嗯，真抱歉。能把它还给我了吗？"博士伸出手。

"稍等一下。"管理员舔了一下笔尖，从照片夹的塑料保护膜下抽出了那张卡片，"我只需要签名确认就成了。"

博士猛地瞪大眼睛。可那人已经在纸片上签了名，然后将其放回原处，合上钱包，最后递了回来。"好了，先生。"他用指尖轻触制服帽檐，"女士，路上小心。"

"他签名了。"管理员离开后，博士压低声音说。随后他又提高了音量："他签名了，他在我的通灵卡片上签名了。"他打开钱包，难以置信地瞪着卡片。"'艾伯特·史摩斯'吗？我根本认不出这几个字。他把我的通灵卡片毁了。"

"哦，别纠结了。"艾米说，"这就省了五十镑，不是吗？给我。"她拿过钱包，抽出卡片，翻了一面，又放回去。这下照片夹里露出的又是没签名的空白纸片了。

博士从艾米手里拿回钱包，"嗯，好吧。能用了。"他承认道，"大概。"

"这也太快了。"几分钟后,艾米说。

"根本不用花时间。"博士把塔迪斯操作台上的一根控制杆推回原位,"真的,根本不用花时间。我就是解开手刹,在第四维往西边飘了一点儿,随后让塔迪斯落入量子位移。当然,那个量子位移已经闭合了,她不得不在时间线上回溯少许,再往前挪动一点儿抵消时间差。"

"所以我们在哪儿?"

博士打开门,两人同时转身看去。

艾米惊呼一声,"这太棒了!这么荒凉,却这么美。"她走下通往门口的斜坡。

"别出去。"博士警告道,"现在只有一层力场把空气锁在塔迪斯内部。一旦穿过力场,你瞬间就会窒息。就像温特伯恩医生跟我们说起的那个人一样。"

艾米转身看着博士,"那就是当时发生的事情?他,呃,位移了?"

博士缓缓走向她,与她并肩站在门边。"他当时在公园里,同时也在这里。两个地点在位移过程中被连接在一起了,所以你能从这个地点走到另一个地点。然而这一重叠并不稳定,有什么东西出了问题。但有那么一会儿,或许只是一两分钟,他确实在这里。"

"那宇航员呢?"

"道理是一样的,只是方向相反,时效更长。他从这里走到了购物中心。如果位移一直开着,他完全可以转身走回来。"

"从地球走到月球。"艾米喃喃道,"这可不就是人类的一大步嘛。[1]"

两人眺望起月球暗面空旷灰暗的环形山地表来。

---

1. 这是美国宇航员、登月第一人阿姆斯特朗说的话。

2

亚当·沃林斯基上将凝视着空旷荒芜的沙漠。目光所及皆是漫漫黄沙,唯有木槿基地壁垒森严的大院,打破了茫茫无际的灰黄色寂寥。

一道人影出现在他办公桌后的大窗户上。沃林斯基没有转身。

"怎么可能发生这种事,坎蒂丝?"他问道,每个元音都拖出浓浓的得克萨斯口音,"他们说不可能出任何问题。你也这么说。"

"看来我错了。大错特错。戴安娜基地正在传输图像过来。"

沃林斯基总算转过身来。他居高临下地看着坎蒂丝·赫克博士娇小的身影。尽管她穿着一身卡其军装,看起来依旧像个平民。她的齐肩褐发披散着,短外衣第一颗扣子也没系上。沃林斯基没有看她的军靴,不过他知道,她并没有把它们擦亮。

"我想不想看到那些图像呢?"他问道。

她耸耸肩,"我倒是想。就像你说的,有什么东西出问题了。那些图像或许能给出答案。"她顿了顿，又补充一句："长官。"

两人走进赫克的办公室时，打印机正吐出第一张照片来。上面是一具穿着红雨衣的女尸。赫克手下的几个人围了过来。格拉哈姆·海恩斯从打印机的出纸盘上拿起墨迹未干的照片放到赫克的桌上，好让所有人都能看见。

"明显是重大系统故障。"海恩斯说。

"贝基·斯塔莫，"坎蒂丝说，"三十四岁，没有孩子，真是天可怜见。她丈夫说她每天中午都会出门遛狗，而且风雨无阻——那个，呃，出事时也在下雨。"

"加勒特几点联系的我们？"沃林斯基问。

"下午五点三十二分。"一个人说。

沃林斯基指着图像上的女性，"这是几点的事？"

"她是在我们这边的下午五点五十三分被发现的。"赫克告诉他，"加勒特没按时执行半小时一次的汇报任务，卡莱尔少校开始担心了。于是，她就亲自前往第四区的监视廊察看。"

"这些照片呢？"沃林斯基问道。此时，海恩斯把第二张墨迹未干的照片放到了第一张旁边。

"大约十分钟后，德夫尼什上校匆忙组织了一队戴安娜基地成员去回收那些尸体。"

"那些？复数？"沃林斯基说。

他得到的回答,是海恩斯放在桌上的第三张照片。

沃林斯基盯着那些照片,摇了摇头,"她还牵着一条狗……事情还能变得更糟糕吗?"

人群外围有人清了清嗓子,那人穿着一身黑色西装——因此并非军人。"狗的名字叫波奇。"他说,"带走加勒特的驻英国特工们事后询问了女人的丈夫,和那个巴宾格尔的同事。我刚收到他们的报告。"

"CIA万岁。"沃林斯基咕哝道。随后,他又大声说:"谢谢你,詹宁斯特工。你还有别的消息吗?最好关于波奇的主人,而不是它的祖宗十八代。"

詹宁斯特工挤到前排。现在桌上摆着三张照片。他指向第一张,照片上是个侧卧的女人。她的金发散落在脑袋周围,被雨水打湿的红雨衣上沾满了灰色尘土。詹宁斯敲了敲第二张照片,那是一条黑斑白毛小狗的特写。小狗同样是侧躺的姿势,张着嘴,双眼圆瞪。

"可怜的老波奇。"詹宁斯毫无感情地说,"人们都说狗似主人形,不是吗?"

第三张照片是女人的头部特写,灰黑的地面衬得她的金发恍若一道光圈。

"她几天前刚染过发根。"詹宁斯说,"所以我猜,现在是她最好看的时刻。"

"除了她已经死了这点。"沃林斯基说。

"除了这点。"

他们都凝视着桌上的照片。贝基·斯塔莫的红雨衣就像一抹鲜血——那最为浓烈的色彩,与背景的灰色对比鲜明,格格不入。

而背景的灰色,是月球暗面的灰。

贝基·斯塔莫跟她的小狗,就僵硬地躺在一座环形山边缘,死于非命。

"你知道吗?"坎蒂丝·赫克平静地说,"今天下午,月球上真的下了一会儿雨。来自英国的雨……"

片刻之后,赫克与沃林斯基分别坐在上将的办公桌两侧。方才那些照片胡乱摆在他们中间。

"加勒特上尉正在赶来的路上。"赫克说。

"或许他能解释,为什么我们会面临如此困境,却无计可施。"沃林斯基说。

"希望有人能够解答。如今我们已经沦落到需要利用卫星反射无线电信号了。中间有将近一分钟的时延,而且频宽惨不忍睹。"

"为什么偏偏在这个时候出事?"沃林斯基问道,"整个系统已经运行三十多年了,它怎么会突然崩溃?"

赫克摇了摇头,"我是这里资历最老的技术人员,可就算在系统运行正常的时候,我也弄不明白它的工作原理。"她坦言道,"所有设备都保养良好,所有组件都定期更换。戴安娜基地的杰克逊教授还告诉我们,那边已经替换了所有主要设备,还是没能修复。不管怎么说,就算出事,系统也只会停止运行,而不会搞出这些名堂。"她身体前倾,指着那张贝基·斯塔莫死在月球上的照片,"更不会把马蒂·加勒特突然变到一家英国商场里。"

沃林斯基点点头,"见鬼,如果他出现在外面那片沙漠里我还能理解。"他挥了挥手,指向身后的窗户,"可是英国?这跟英国有什么关系?"

有人敲了一下门,沃林斯基让他进来。詹宁斯特工把门打开。

"视频联网了。他们正在回收女人的尸体,还有那条狗。你要看吗?"

"应该找不到什么线索,"沃林斯基说,"但总比干坐在这儿强多了。"

"连线时延是多少?"赫克问。

"看上去有一分钟左右。"詹宁斯说。

"出什么问题了?"沃林斯基问。

"实时通信在发生量子位移时就失效了。"赫克解释道,

"现在无线电波必须实打实地从月球传过来,不再是只需传过一片沙漠了。"

当他们到达开放式办公室时,已经有一群人聚集在大平板显示器前。他们恭敬地让开一条路,让沃林斯基和赫克看得更清楚些。詹宁斯站在人群之外——毕竟他对这个倍感压力的小团体而言,是个外人。

画面不停地抖动,整体色彩灰暗,满是噪点。那上面映出几名宇航员,全都穿着臃肿的白色太空服,跟加勒特出现在完美汉堡门前时的装束一模一样。那些宇航员正围绕着贝基·斯塔莫那一抹红色,笨拙地蹦来跳去,完成各自的工作。

手持摄像机的宇航员转过身,画面上掠过月球表面那一望无际的单调的灰白。随后画面转了回来,此时,贝基正被抬上担架。

几名宇航员把小狗放在死去的主人身旁,在场没有一个人说话。两个白色身影抬起担架,走向一片荒境。

负责摄像的宇航员跟了上去,画面又开始抖动旋转。一片荒芜的光景闪逝而过,紧接着,远处出现了戴安娜基地外围那些低矮的模块化盒状建筑。

"等等。"赫克说,"能倒回去吗?"

"我们正把实时画面压制到光盘上。"海恩斯说,"给我一小会儿,我们就能用录像来仔细研究了。"

"怎么了?"沃林斯基问,"你看见什么了?"

"可能没什么,"赫克让步道,"只是一抹颜色,看起来是格格不入的东西。我就想看清楚那是什么。"

过了一会儿,科学组成员、沃林斯基和詹宁斯特工凝视着屏幕上的定格画面,不约而同地露出诧异的表情。

"再往回倒一点儿。"詹宁斯说着,挤过人群走到屏幕前,"拿摄像机的人大概一分钟前往那个方向转了,把那个画面调出来看看。"

海恩斯挪动鼠标,电脑迅速倒放光盘上刻录的画面。

"我实在不知道应该更担心哪个。"沃林斯基终于开口道。他指向屏幕上那片荒芜空旷的灰色月面,"是一个蓝色大盒子出现在戴安娜基地旁边,一个它绝不该出现的地方……"

"还是片刻之前,那个盒子还不存在。"赫克接过他的话说。

"不管怎么说,"詹宁斯平静地说道,"我劝你马上派一队人过去察看。"

沃林斯基转身看向那个身穿西装的男人,"这是你的高见,对吧?"

詹宁斯扬起眉毛,"只是个建议而已,上将。嘿,我只是个观察员。你才是这里的总指挥,你知道的。"

可他的说法不容置疑地告诉了所有人,谁才是这里真正的总指挥。

沃林斯基上将转向海恩斯，"派一队人去回收那个蓝盒子。刻不容缓。"

3

那人脸上的惊诧终于让艾米觉得不虚此行了。她一点都不喜欢这身太空服。所有不该紧的地方都紧巴巴的,头盔简直让人感到幽闭恐惧症要发作了——就像有人把金鱼缸硬套在她头上一样,她能听见自己的呼吸。而这整套服装的红颜色也一点都不衬她。[1]

更火上浇油的是,博士的声音一直在她耳边狂热地絮叨个不停,而她并不知道如何调低音量。除了太空服的通信音量外,她想调低的还有博士在寸草不生的月面上蹦蹦跳跳的兴奋劲儿。

不过,当她和博士走到一座环形山口,并肩站在那个身穿臃肿白色太空服的人背后时,艾米还是觉得这一切都值了。

博士伸出手,拍拍那人的肩膀。对方缓慢而笨拙地小步蹦跳

---

1. 老版博士一直都使用塔迪斯衣橱里的白色太空服。2005年新版剧集重启后,十任博士从4221年探索深渊怪兽的6号圣坛基地穿走了一套橘红色太空服(第二季第八集《不可能的星球》、第二季第九集《撒旦坑》),后来该太空服(及与之类似的版本)曾多次出现。十一任博士认为那个颜色很衬他的眼睛(第七季第九集《躲藏》)。

着转过身来,头盔面板后的双眼瞪得溜圆,满是不安。那人看到博士和艾米后,顿时惊得倒退一步,险些栽倒。他那两条眉毛高耸着,仿佛要逃离即将坠毁的下巴。

"哇啊!你们从哪儿冒出来的?"艾米耳机里传来惊愕的美国腔。

博士含糊地挥手指了指身后。

艾米笑了起来。

"那儿还有另一座基地吗?"男人摇了摇罩在头盔里的脑袋,头盔并没有晃动,"不,不可能。我们会知道的。"

"就是来串门的。"博士告诉他。艾米从他的表情中看出,这个人能听见博士说话。博士一定是打开无线电通信,把他加了进来。"我听说你们的量子位移出问题了。"

"你们是从木槿来的?"

"呃,其实我们来自塔迪斯。不过这话我们可以进屋再说。"

"你们在干什么?"艾米问了一句,其实只想证明她也能说话,"出来透气?"

"回收小队。"

他又一蹦一跳地转了回去。艾米见状,顿时觉得自己身上这套太空服好像也没那么糟了。至少她活动更自如,而且显得苗条多了。

"恢复小队啊。"博士说,"你病了?这是某种治疗?"[1]

"我们把东西从外面也就是月面上回收进来,比如仪器、监控系统、需要更换的太阳能板。有时就是捡几块石头给杰克逊手下的人分析。"

"那今天呢?"艾米问。

男人停下一蹦一跳的步子。他半转过身,似乎又觉得那样太费劲,便重新蹦跶起来。

"今天,"他说,"我们回收尸体。"

他们攀上一个缓坡,艾米发现那是另一个巨大环形山的山口。前方月面再次缓缓下降,通向一组低矮的长方体建筑群,那些建筑彼此由更低矮的长方体走廊相连。整个地方看起来,就像一个由巨型鸡蛋盒拼装而成的儿童手工作品。

他们前面不远处,还有好几个宇航员,全都穿着一模一样的臃肿白色太空服,其中两个抬着一副担架。艾米看不清上面的东西,只能看见一抹鲜艳的红色,与灰色月面显得极不协调。

"她是谁?"博士问道。他的视力肯定比艾米要好。

"还不知道。就是个可怜的女人和她的狗。他们径直穿过位移场来到这里,没一会儿就窒息死了。"

"就像公园里那个可怜人。"艾米说。

---

[1] 文中使用的"回收"(recovery)一词也有"康复"之意。

"位移场肯定在他周围消散了。"博士若有所思地说,"那位可怜的女士则直接走了进去,公园散步成了月球漫步。"

"我们也弄丢了马蒂·加勒特。"

"我猜他就是那个从月球表面走到汉堡店门口的人吧。"艾米说。

"应该是。"博士赞同道。

他们默默地走了一会儿。随着距离拉近,艾米发现眼前的月球基地比她想象中要大得多。那些盒状太空舱高高矗立,仿佛一座座写字楼。

"这里真大。"她说。

"大部分都是仓库,"博士告诉她,"用来储存水、空气、食物之类的东西。"

"谢天谢地。"宇航员说,"几年前他们曾考虑,直接从木槿基地输送水和空气,不再做任何实地储存。如果他们真这么干了,现在量子链一断,我们就该忙着盘算自己是会先渴死还是先闷死了。"

"就是那东西让人能直接从地球走到月球上的吗?"艾米说。

"或直接输送水和空气。"宇航员回答,"好在这里的水缸和气缸既有量子链供应物资来源,也有地下贮藏装置进行调蓄,所以能一直保持满仓状态。我们应该能撑三个月。而在此之前,你就能把它修好,对吧?"

他听上去像开玩笑。博士并没有回答。

"地球在哪里?"艾米决定换个话题,"我们应该能看见吧?"

"这里是月球暗面。"博士告诉她。

"可这里不黑啊。"

"这里只是被叫作月球暗面。不是因为这里真就黑得伸手不见五指,当然晚上除外,而是因为这一面总是背对地球。暗指的是未知,就像黑暗大陆[1]。"

"或黑巧克力?"艾米说。

"没错……什么?"

"玩笑而已。"她对博士说。

宇航员带着他们走向一个出入口。那是一扇厚重的金属门,外侧有个闸轮。闸轮上还亮着一盏红灯。

门上安了一扇小窗,艾米透过窗户,看见两名宇航员正抬着担架穿过一扇类似的门,随后把门关上了。由于窗玻璃太厚,那些人的身影看起来有点变形。

闸轮上的红灯变成绿灯,跟他们同行的宇航员转动轮盘,随后拉开沉重的大门,转身让艾米和博士先进去。经过宇航员身

---

1. 指的是19世纪前尚未开发,因此鲜为人知、带有神秘色彩的非洲大陆。

边时,艾米看见他的肩膀上印着美国国旗,国旗下方写着"里夫"。

气密舱封闭后,空气伴随着嘶嘶声开始加压。他们刚穿过内门,宇航员就抬手转动头盔,将其卸了下来。他还戴着的那顶白色兜帽,很快也被他摘掉,露出了底下的黑色短发。他的脸很粗糙,但相貌十分英俊;他的双眸就像月球表面一般灰。

博士先帮艾米摘掉头盔,随后才卸下自己的。宇航员看到艾米一头红发飘落如瀑,不由得瞪大了眼睛。她大笑了几声,"你们外太空没有女孩子吗?"

宇航员微笑着说:"我们有几个女孩子。对了,我叫里夫。吉姆·里夫上尉。"

他把头盔放在陈列着十几只相同头盔的架子上。他们站在一间大更衣室里,四周摆满了架子和橱柜,里面存放着太空服和各种仪器。博士已经开始挣扎着脱掉自己的太空服,而他里面仍穿着西装外套——尽管有点皱了。

"太空服不错。"里夫评价道,"肯定是新款吧?"

"比你想的还新。"博士说着,瞥了艾米一眼。

"我怎么没看见你的识别标志?"里夫敲了敲自己肩膀上的名牌,"在我向德夫尼什上校汇报新人的到来前,得先确认你们的身份。"

"我还以为他急着找人帮忙呢。"艾米说。

"是啊,你以为。"听他的语气,艾米的猜测应该会落空。

"好吧,我叫艾米,艾米·庞德。这位是博士。"

"你们是来修理量子位移的?"

"没错。"博士点头道。

"我就一个问题,这回故障这么严重——你们是怎么到这儿来的?"

"哦,我们有自己的便携系统。"博士说,"安在一个盒子里。"

"一个盒子?"

"蓝色的盒子。"

"哦,我们收到相关信号了,正准备把那玩意儿搬进基地里呢。所以你是说,那也成了便携式设备?"里夫说,"我们这儿的量子位移系统占了一整个舱室,满屋子都是仪器,根本不知道干啥用的。"

"哦,其实原理挺简单。"博士向他保证道,"就像量子纠缠一样,但又不是量子纠缠。它不是使两个粒子产生联系,让它们表现出耦合行为;而是将两个完全不同的地点进行结合,使它们变成同一个地点。"

"哦,对,很简单。"艾米说。

里夫笑了起来,"我只知道,我能从这儿沿着预定线路一直走到木槿基地外面的得克萨斯荒漠;同样,木槿那帮人也能穿过沙漠来到月球。只要系统能正常运转就行,别的我并不关心。"

"然而,现在系统不起作用了,"博士说,"还死了人。"

"比如那个女人和她的狗。"艾米补充道。

"没错。"博士说,"这就表明突然有了故障,随后系统自我修复了——这就是为什么公园里的男人最后能回到公园。而现在你说,系统又出故障了。"

"彻底瘫痪了。"里夫说。

"你们有线索了吗?"博士问。

"毫无头绪。哦,杰克逊和那帮科学家都在想办法,可是……"里夫看着博士那饶有兴味又怜悯不忍的表情,渐渐说不下去了。

"我是说狗。"博士说,"我的意思是,狗身上有绳子吗?"[1]

里夫眨眨眼睛,"我猜有吧,不太清楚。这很重要吗?"

"我不知道。"博士承认道,"不过这么说吧,有狗绳就能证明女人和狗是一个相关联的整体,而不是随便什么狗和随便一个女人。"

"哦,木槿基地给我们传了死者身份证明,你要的是这个吗?"

---

[1] 此处原文为"lead",有"线索"之意,也可表示"狗绳"。里夫根据前面的语境理解成了"你们有线索了吗?"。实际上,博士的话也可以解释为:"你们找到狗绳了吗?"

"那你们知道她是谁啦？"艾米问。

"还有狗？"博士追问道。

"对，所以这里身份不明的就只剩你们俩了。"里夫告诉他们，"在我向上校汇报援军到达前，你们能出示一下身份证明吗？"

"你觉得我们也是迷路进来的？"艾米问。

"确实有这种事。偶尔会有野生动物跑过来。当然，沙漠里本来也没多少动物，而且传输链只按计划时间开放。上回有只鹰径直飞了过来，不用说，当场就掉下来死了。我承认这类误闯者通常都没穿太空服。可你们不仅凭空出现，自称对美国机密项目了如指掌，而且，恕我直言，你们俩的话听起来可没什么美国味儿。"

博士翻开插着通灵卡片的钱包，"我们是来提供援助的。你看吧。"他拿着钱包在里夫面前晃来晃去，"木槿基地给我们签发的全权通行证：允许我们进任何地方，看任何东西，与任何人交谈。"

里夫上尉点点头，"通行证没问题。"他说，"但我有个问题——这上面的字怎么是反的？"

博士皱起眉，"我就说吧，这行不通的。"他对艾米说，"他毁了它，我没说错吧？他在上面签名，把我的卡片给毁了。"他把钱包塞回上衣口袋里。

艾米没理他,"这是出于安全考虑。"她对里夫说,"这样一来更不容易伪造。好了,我们能去见德夫尼什上校了吗?"

4

当里夫上尉带着两个陌生人走进来时,克利夫·德夫尼什上校正在开会。说那个场面鸡飞狗跳,都有些轻描淡写。

"那么我就有话直说了。"德夫尼什上校当时正对杰克逊教授说,"你不知道哪里出问题了,也不知道怎么处理,甚至不知道这能不能处理好?"

就在这时,会议室的门被打开,里夫走了进来。他身后跟着一个年轻人,梳了个凌乱的背头,但并没有需要掩饰的秃顶;另外还有一位年轻女性,一头火红的长发,裙子长度远短于规范。

"长官。"见会议室里那二十个人瞠目结舌,里夫便开始解释来龙去脉。

"哦,嗨,别管我们。"背头男人说,"你们继续,假装我们不存在。我们不会捣乱,只会捧着牛奶坐到后排。"

"安静得像只耗子,"红发女人说,"好吧,两只耗子。"

那个男的四下张望,显得有些茫然,"有空座位吗?"他问,"最好是两个连座,我们是一对的。不,我是说,我们有两个人。"

"朋友。"女人说,"同事关系。呃,抱歉——有打搅到你们吗?"

"我们不是故意打搅的。"男人说,然而他不知何时已经站在了德夫尼什上校旁边,"我只是想问,你们的量子位移最近有过什么不寻常的活动吗?我是说,是否有什么不该穿过的东西穿过了?是否存在任何你们头一次用量子位移传送的东西?那有可能是任何东西,比如外形奇怪的月石、汉堡包、一群海鸥、黄包车,任何东西。"

"你认为,可能有什么东西导致量子锁发生了异常?"杰克逊问。

"如果那东西能够引起适当的共振,好吧,应该是不合时宜的共振,比如石头里的石英、汉堡包上的热洋葱、鸟群振翅引起的大气波动。而且,谁知道黄包车上装着什么呢?当然,那得是另一头的事儿。这儿可不会出现什么大气波动,对不对?"男人咧开嘴,露出一个灿烂的笑容,然后撩开了遮住眼睛的头发。

"博士……"女人轻声说。她在前排找到了座位,旁边还有一张椅子。

"抱歉,我觉得那挺有趣的。"

"不,我是说,你霸占了别人的会议。"她一边解释,一边拍了拍身边的空椅子。

"哦对,不好意思,你们继续,别管我们。"

男人走过去坐在女人身边。他使劲抻开两条腿,做了个给嘴巴拉上拉链的动作。他哼哼了几声,但没有张开嘴。在越来越恼怒的德夫尼什耳中,那些声音听着有点像"你慢慢来"。

"别担心。"看见德夫尼什越来越阴沉的表情,女人以众人都能听见的声音耳语道。她指了指旁边的背头男人,又指了指自己,"援军来了。"

会议在他俩出现后便草草收场,艾米并没有感到奇怪。因为她对博士会给别人施加的影响不抱丝毫奢望,况且德夫尼什上校正在他的秘密月球基地里,针对一台秘密设备的秘密问题召开秘密会议,却有两个口音不同的英腔陌生人闯了进来[1],她能想象上校的恐慌。

里夫聊胜于无的解释,似乎稍微缓解了一点上校的不安。看样子,里夫显然是德夫尼什上校的左右手——尽管他的军阶并没有卡莱尔少校高。

会议结束后,有几个人留了下来,里夫是其中之一,安德莉娅·卡莱尔少校也没有离开。卡莱尔是个表情严肃的女人,艾米

---

1. 艾米是苏格兰口音,十一任博士是较为标准的RP(即Received Pronunciation,公认的最标准英式发音,又称女王英语)。受艾米的影响,十一任博士重生为十二任后也变成了苏格兰口音。

猜测她有三十多岁。她剪短的金发不到衣领，鼻梁又细又高，这让她看起来有点傲慢。她的行为举止也带着一点同样的气质，因此艾米可以理解，德夫尼什上校为什么会跟性格随和、略微年轻的里夫上尉走得更近。

"我们应该向木槿基地核实这两个人的身份。"卡莱尔少校的纽约口音，跟她的语气一样简洁锐利。

"我查过他们的通行证了。"里夫说，"他们确实有相应的涉密权限。更何况，如果他们没有权限，哪有本事跑到这里来？"

"我们这儿已经有不该出现的死人和死狗了，你觉得他们有权限？"卡莱尔指出。

"你说的确实很有道理，"博士依旧坐在前排座位上，这会儿大声对他们说，"不过我们穿得可比那两位可怜的死者正式得多，也合理得多。"

"而且他对量子位移的了解比我深刻得多。"里夫补充道。

"那又不难。"卡莱尔少校大声说。

"孩子们——"博士规劝道。

"嘿，你少来。"卡莱尔少校对他说，"瞧你这年纪，根本不够拿博士学位。再说了，你到底是什么博士？打趣嘲讽专业的？"

博士皱起眉，仿佛在竭力回忆，"呃，不是，应该不是那个。不过,我倒是在厄沙贝塔大学拿到过修辞和雄辩学位,但那只是名誉学位罢了。我问他们是不是要发表感言,可他们说没必要。听起来有点适得其反,所以我从来不提这个……"他弹起身来,盯着卡莱尔少校,"但这并不重要,对不对?重要的是你们到底想不想修好量子位移系统。如果不想,我们可就走了。"

"如果我们想呢?"德夫尼什上校问道。

"那我们就留下。但我需要掌握整个戴安娜基地的情况:它是干什么的,在这里多长时间了,餐厅在哪里,所有情况。"

"你不知道吗?"卡莱尔少校毫不掩饰讥讽的口吻。

"在此之前,我们并没有必要知道。"艾米对她说。

"而且这里大小事务都是按需知密的,不对吗?"博士补充道,"现在我们需要知道了。"

"杰克逊教授?"德夫尼什问。

艾米此前并未注意到房间里的另一个人。此人一直坐在最后排的座位上,现在才站起来。他体型瘦长结实,一头灰白的短寸,眼眸也同样发灰。

"我不是个自负的人,愿意接受所有可能的帮助。我是查尔斯·杰克逊教授。"他做了自我介绍,快步走到会议室前排,"我负责这里的科研工作,因此可能是带你们参观基地并说明构造的最佳人选。同时,我也是这里唯一一个知道量子位移系统怎么工作的人,"他顿了顿,"然而连我也是一知半解。"

杰克逊似乎很乐意带领博士和艾米参观基地。他很友善，也乐于回答各种问题。"我替那些军人道歉。"他们刚离开会议室，杰克逊就对博士和艾米说，"不难想象，他们喜欢把所有东西都管束得井然有序。一旦有什么东西不合规矩，他们就会格外神经质。"

"而你则有更开放的心态？"博士说。

"我是一名科学家，我的工作就是寻找新颖奇妙的创意。我猜，你们也一样？"

博士点点头，"我是个科学家，虽然还拥有其他各种身份，而艾米无疑拥有开放的心态。"

"你肯定有，"杰克逊对艾米说，"鉴于你能接受量子位移这种概念。"

"我还见过更奇怪的玩意儿。"艾米对他说。

杰克逊翘起半边眉毛，但没有追问下去，"要不然我先带你们看看戴安娜基地，然后再到我办公室去，谈谈你们准备如何操作。"

"我觉得这提议不错。"博士赞同道，"你觉得呢？"他问艾米。

"太棒了。"

这座基地的布局与外观相符，由大型舱体和长方体通道组合而成。然而从外面无法看到，基地其实还延伸到了地下，连地底也埋藏着许多舱体。大部分基地空间都被划分为房间，供十二个士兵、三名军官（里夫、卡莱尔和德夫尼什）以及杰克逊和他手下那几个科学家使用。剩下的空间绝大部分都是仓库。氧气和氢气装在一个个巨大的金属缸里，整箱整桶的干燥食品堆积成山。基地内部有餐厅和大厨房，平时由士兵们轮班做饭。

"有人极具先见之明，帮你们储存了大量氧气、食物和水，"博士评论道，"而没有单纯依赖量子链传输物资。"

"我猜这是种习惯吧。"杰克逊坦言道，"戴安娜基地建立于七十年代中期，当时量子位移链还停留在理论阶段，所以他们得依靠登月火箭运输物资。尽管当时这里已经拥有水资源，在被人发现并获令终止任务前，没人知道他们到底能维持多久。"

"发现？"艾米说，"可所有人都知道啊，不是吗？我是说，我知道阿波罗11号和尼尔·阿姆斯特朗。人的一小步什么的。"

"我猜有些事情是公众不知道的。"博士说。

"见鬼，有些事情连总统都不知道！根据官方说法，登月行动止于阿波罗17号，所有人都说那实在太烧钱了。这也表明他们所知有限。"

"你是说，那花不了多少钱？"艾米问。

"哦,当然花钱了。"杰克逊停下来打开一扇舱门,在门边的键盘上输入了一串密码,"可是阿波罗计划每花掉一美元,联邦就能从它得到的科技成果、相关出口和各项专利、专业技术中收入十四美元。这项投资其实很不错,然而人们却忘掉了这一点。"

"所以现在这项计划全面停止了。"

"明面上是的。"杰克逊说着,抬手示意博士和艾米走进门里。

他们来到一个又长又窄的弧形大房间,一侧墙壁几乎全被展示弧形内部的大窗户占据了。窗户中间嵌着许多舱门,一直延伸到视线之外。每扇门旁边都有个数字键盘。窗外可见每扇门都连接着一条低矮狭窄的走廊,延伸到中间圆形区域。见识完组成基地构架的方正线条后,突然看见内建筑的圆润曲线,让人有点不太适应。

"那暗中呢?"博士追问道。

"台面之下,就是我们。戴安娜基地。阿波罗18号带来了第一座分离舱,扁平包装,体积不大,几乎没有重量,一阵风就能把它吹走,所以我们很庆幸这上面没有大气。"

"台面下的阿波罗计划一共有多少次?"艾米问。

"最后一次是阿波罗22号,1980年6月发射。它带来了量子位移链的最后一批组件。从那以后,我们就能从戴安娜基地出发,穿过月球表面,直接走到木槿基地附近的得克萨斯沙漠上了。所有这些东西——包括我们现在所处的基地,都是从那儿直接搬过来的。"

"都用卡车运过来?"艾米惊奇地问。

"差不多吧。"

艾米又对旁边厚重的巨幅玻璃努努嘴,"那就是你们的研究室?你们就在那里面做自己的研究?"

"我研究人类思维。"杰克逊说,"研究是什么让一个人成为好人,而另一个人变成坏人;是什么让某些人丧心病狂,能够残害他人而不受良心谴责。"

那可不是艾米预料中的回答。"你们在这儿做那种研究?"

"不,"博士平静地说,"那只是另一种仓库而已。对吧?"

杰克逊越说,博士的表情就越阴沉。现在他更是毫不遮掩地盯着杰克逊,目光冰冷。

"没错,博士。"杰克逊似乎没发现博士的态度变化,"那是我们关押囚犯的地方。"

5

"你早就知道了,是不是?"两人跟着杰克逊穿过那个窄长房间时,艾米对博士逼问道。

"我也只是走进这里才猜到的。几百年后,这里就会变成一整片流放地,而不再只是真空走道连接的孤立区域中寥寥几十间囚室了。"

"我猜,你肯定是被关进过这里,才知道有这么一回事吧?"

他笑了起来,"很酷,对不对?"[1]

戴安娜基地的其他地方,都充斥着军队效率式的简洁,而杰克逊教授的办公室则截然相反:一张塑料模块拼成的办公桌上,堆满了文件和日志;待处理文件盒不堪重负,里面的纸张都溢到了旁边的椅子上;满墙的文件架都被资料压得摇摇欲坠。

最整洁的架子上摆着一个高高的钢制大圆桶,底下还连接着水龙头。圆筒顶上有个黑色塑料盖,博士走过去掀开盖子看了一

---

1. 公元26世纪,第三任博士曾被死对头法师(另一名时间领主)阴谋流放到月球。出处:1963版神秘博士第十季第三集《太空边境》。

眼,一股蒸汽擦过鼻尖,他闻了闻。

"格雷伯爵茶?"

"没错。那是我的茶缸,我仅有的弱点。"杰克逊微笑道,"好吧,如你们所见,再算上对整洁的热爱,就是我唯二的恶习。"他又调侃道,"我给你们泡一杯吧。"

"谢谢,不加奶。"

"太棒了,正好我一滴奶都没有。"杰克逊转向艾米,"你呢?"

"不了,谢谢。"艾米不确定自己是否喜欢没有奶的茶,即使那是格雷伯爵。

"你们自己找地方坐吧,我很快就好。只要把碍事的东西挪开就行。喝完这杯茶,我再领你们去看量子位移设备。要是运气好,你们就能把它修好,然后回家去。"

杰克逊走到茶缸旁边忙碌起来,博士和艾米则从堆积如山的文件中解救出两张直背椅坐了下来。杰克逊的办公桌几乎与房间一样宽,桌子后面是一扇大窗户,可以看见荒凉的月球表面。

"风景不错。"博士说,"跟我们说说那些囚犯吧。"

"目前有十一名在押囚犯,都被关押在你们看见的囚室里。"杰克逊坐在办公桌旁,边说边吹凉自己那杯茶,"从接待区通往监禁区的通道都是真空的,只有在我们需要前往某个囚室或需要某个囚犯到这边来时,才会注入空气。显然,他们都是单独关押，但基本生活物资都很齐全。"

"唯一欠缺的就是自由和陪伴了。"艾米指出。

"他们得到了很好的照料。餐厅会定时给他们供应食物，跟我们吃的一样。如果我们需要紧急疏散，所有囚室门都会自动打开，通道也会注入空气。如果囚犯生病了，我们还会带他们到医疗区。"

"我们还没看过那一块呢。"博士说。

杰克逊耸耸肩，"没什么东西可看。"

"那么，你说的这些囚犯，他们为什么要被关在这里？"艾米问，"我是说，他们到底犯了什么罪？"

"我不会问太多问题。"

"那很省事啊，对一名科学家来说尤其如此。"博士喃喃道，"对了，这茶不错。"

"他们都是惯犯。"杰克逊继续道，"所有囚犯都不接受任何有助于他们回到正轨的传统改造。全是累犯。但大部分囚犯来到这里，都是因为他们知道一些东西，在犯罪过程中掌握了某些信息，比如入侵政府系统、盗窃机密信息和文件。这让他们变得过于危险，不能轻易释放，也不能被关押在联邦的普通监狱系统中。很多人甚至不知道他们的行为是错误的。他们的脑子里不存在什么道德判断或伦理意识。"

"那太讽刺了。所以你们就把那些人关在这里？"博士啜饮了一口茶,说,"这么做的道德和伦理又在哪里?"

杰克逊把茶杯放在办公桌为数不多的一小块空处上,"让他们待在这里,是为了他们好。"

"我听过那种说辞。"艾米回击道。

"不,说真的。他们是来接受治疗的。"

三人沉默了片刻,然后博士说:"我刚才听你说,他们都无药可救了。"

"无法用传统方法帮到他们,是的。"

"啊!"博士猛地跳了起来,还弄撒了一点儿茶水,然而他并未发现,"你的研究——你在用他们做实验,对不对?"

"是的。"杰克逊明显为博士自己猜出这个事实松了口气,但他很快发现博士的表情阴沉下来。"不。"他更正道,"不是那种实验。我们有一套疗程,它能起作用。可我们……"他的声音渐渐消失。

"你们在用囚犯做实验,"艾米说,"对吧?"

"好吧,我猜可以这么说,但并不像你想的那样。"

"你觉得我们是怎么想的?"博士说。

"不是开膛破肚,也不是开颅手术。那根本不危险。对他们完全无害。"

博士点点头,"所以你们专门跑到月球暗面来做实验,只是因为这么做很方便而已;而不是因为你们的实验既危险又违法,还违背了那颗星球上任何一位正派人士的人性，对吧？也不是因为你们不敢在下面实施那套所谓的疗程，对吧？"

"我还以为你有开放的心态呢。"杰克逊反驳道，"可你却在对我们的工作一无所知的情况下，就擅自得出了结论。"

"我知道……"博士一字一顿地说，"我知道，你认为自己的工作是为了人类大善。我丝毫不怀疑你们的动机。"

"谢谢。"

"但那并不意味着我们会赞同。"

"那我猜我们应该求同存异了。"

艾米看着博士那毅然决然的表情软化为孩子气的微笑。"对，或许吧。"他赞同道。随后他一口气喝光杯里的茶，说："不过要事第一。你们的量子位移装置在哪儿？"

博士开始如鱼得水，艾米则无所事事。

杰克逊教授领着他们走下一段金属楼梯，它老旧得与月球基地毫不相称。他们来到远在主基地之下的空间。这下面的通道并非由墙壁，而是由管道和电缆组成，仿佛之前从未考虑过，人们有朝一日需要从这里穿过去的可能性。

"那个量子玩意儿到底在哪儿？"艾米一边穿行在喷着蒸汽的管道和漏油的线路间，一边问道。

"就在这里，"杰克逊简短地回答，"这些全都是。"他指着周围说。

"可以保养得更好些,"博士说着,指尖沿一条无比油腻的塑料管线划过,然后把手上的油污展示给二人看,"不过设计倒是没问题。"

"我们能修好,对吧?"艾米问。

博士朝她挤了挤眼睛,"我们能修好任何东西。"

透过电缆和管线的迷宫,艾米看到前方有什么东西动了一下。她只瞥见一身灰色的连体工作服一闪而过。

"这下面有很多技术人员在工作吗?"

杰克逊摇摇头,"没人会到这里来。"

"可我觉得刚才好像看见了一个人。"

"这儿只有我们。"杰克逊坚持道。

"艾米说得对。"博士说,"这里还有别人。穿着七码的靴子。"

"你能凭从一堆管子杂物中一闪而过的身影,判断出那人穿的鞋子尺寸?"艾米钦佩地说。

"可能可以吧。"博士说,"你可以尝试估计他们的身高、体重、速度,再计算出鞋码。不过,看看他们留在地上的油印子其实更简单。"他指向地面,那里有块黝黑的油印,正是一只鞋的形状。

"好吧,"艾米说,"听起来不那么厉害了。"

"是卡莱尔少校。"博士说。

"这还差不多,你观察过她的靴子,还能认出鞋底的细微图案?"

这回换成杰克逊让她幻灭了,"不,她就站在你身后。"

艾米几乎惊叫出来,但她好不容易忍住了,"我都没听到你从另一头鬼鬼祟祟地摸过来。"

卡莱尔皱了皱眉,但没理会她,"九号接受治疗的时间到了。"她对杰克逊说。

"我还以为要延期呢,毕竟现在是这种情况。"杰克逊说着,不自在地看了一眼博士。

"别在意我呀,"博士说,"我也挺想看看你是怎么工作的。"

"目前的情况与疗程无关。"卡莱尔说,"德夫尼什上校很乐意让你继续研究。他知道你喜欢严守计划。"

"我猜你说的'很乐意',指的是'坚持要'吧。"杰克逊说,"很好,"他看了一眼手表,"我们还有一点时间。"

"别忘了,你得自己准备装置。"卡莱尔说。

"人手不足吗?"博士问。

"杰克逊博士的助手目前……不太方便。"卡莱尔说。

她的话让杰克逊不自在地挪动了一下,艾米猜测他本来没打算提起这件事。

"我们可以帮忙。"她愉快地自告奋勇,"我们最擅长各种准备工作了。"

"也擅长把准备好的东西毁掉。"博士补充道,"事实上,我们的才能不可限量。"

卡莱尔少校冷漠地看着他们,"谁能想到呢。"她说。

九号囚徒是个又高又瘦的男人。艾米觉得他一点都不像冥顽不灵、难以控制的邪恶罪犯。他被两名武装士兵带到治疗室里,进来的时候低着头,露出深褐色头发中的一块秃斑,那副模样,让他看起来更像一个身穿灰色连体服的僧侣。

治疗室很小,有点像外科手术室。但这里没有手术台,只有一张在牙医诊所常见的那种折椅。面对折椅的墙上装了一个貌似摄像头的东西,正对着坐在椅子上的九号囚徒。

那个人的深褐色眼睛跟他的外表一样倦怠,艾米感觉他以前来过这里,知道接下来会发生什么,而且已经认命了。

有那么一瞬间,那个人的眼神锁定在艾米身上。他皱了皱眉,似乎对她产生了兴趣,也有可能是怀疑。紧接着他又看向了别的地方,仿佛感到十分尴尬。

"你知道过程是怎么安排的。"其中一名士兵对他说,"这回不会惹麻烦了吧?"

男人闷哼一声,听起来有点像答应,也有点像威胁。但当士兵把他的双手捆在椅子扶手上时,他并没有反抗。接着,士兵又用一条束带绑紧了他的腰部,最后捆住双腿,让男人几乎动弹不得。

杰克逊教授正忙着摆弄手术椅后面的控制面板,博士在一旁仔细看着。教授发现他从背后把整个脑袋都伸了过来,便转身瞪了他一眼。除此之外,他忽略了所有多余的关注。

"接下来要干什么?"杰克逊直起身后,艾米问了一句。

"我们到观察室操作整个疗程。"杰克逊说,"就像X光一样,短暂接触基本无害,所以不会造成任何危险。我们可不想毫无必要地延长接触时间。"

这也跟牙医有点像,艾米心想。每次她去拍常规牙片时,牙医和护士都会躲到房间外面,这让她感到非常不安。

观察室在正对手术椅那面墙的后面。而其实那面墙是一扇窗,尽管在囚徒看来,那只是一面很普通的墙。

治疗室墙上那个有点像摄像头的东西,一直延伸到观察室,像一条巨大的铰接机械臂。机械臂侧面有操作装置,杰克逊走过去摆弄了几下。

"我想我们准备好了。"他最后说。九号囚徒一动不动地盯着他。艾米可以肯定,他知道他们在这边看着。

"接下来要干什么?"艾米问,"这东西是怎么工作的?"

"这很复杂,很难用三言两语解释清楚。"杰克逊不屑一顾地对她说。他显然不愿意透露更多信息。

"博士?"艾米问。

"哦,从我的观察来看,这其实很简单。"博士并不理会杰克逊恼怒的瞪视,而是继续道,"我觉得它应该会发出经过调试的阿尔法波,轰击测试对象的部分大脑区间。这样做的目的是让大脑神经通路过载,使脑电位活动失效。"

"洗脑。"艾米希望这个含糊笼统的说法能对得上号。

"没错。"博士说。

"你肯定看了我的机密研究报告。"杰克逊指责道。

博士闻言更为兴奋,"真的……你是说,我猜对了?那真是太棒了。刚才的话只是经验之谈。可是等等……"他用手指敲了敲下巴,"那就意味着……"他眯缝起眼睛,"你根本没在治疗病人,你没有纠正他们脑内的神经脉冲,你是直接把它们去掉了。彻底抹掉。就像艾米说的——把它们洗掉。"

"我只抹除不好的、负面的倾向,那些嗜血冲动。"

博士的语气平静而阴郁,"谁给你的权利,决定哪些是坏的,哪些又是正常的?"他质问道。

突然开门进来的卡莱尔少校,让杰克逊顺利逃过了那个问题。她身后还跟着另一位女性,身穿一套朴素的护士服。她看上去跟艾米差不多大,一头灰褐色齐耳短发,鼻翼两侧还有几颗稀疏的雀斑。

"这位是菲莉普丝护士。"杰克逊飞快地转移了话题,"每次对在押犯人实施治疗,我们都要确保有一名医护人员在场。现在,"他继续道,"我们已经落下进度,请允许我马上开始。"

"你究竟要开始什么?"艾米问。

"尽管博士对此持保留意见,但这其实只是一项很轻微的手术。我们会对准一条记忆链——也就是使测试对象误入歧途的导火索。这在之前的疗程中已经诊断出来了,而我们现在就是要抹除那条记忆。"

"然后用什么来代替它?"博士问。

"不用什么,我们会留下一片空白。用你刚才那种振振有词的说法,就是把它洗掉。"

"大脑就像大自然一样,会拒斥真空。"博士平静地说着。机器的声音越来越大,于是似乎只有艾米听到了。

"你是说,他们得用另一条记忆,来代替原来的那个?"她为了盖过机器逐渐增大的响声,高声问博士。

他点点头,"是的,否则,那些行为模式只会自动恢复,就像几个小时后突然想起刚才做过的梦一样。"

"所以他们的实验会失败。"艾米说。

她的话几乎被一阵嘈杂淹没了。

那不是能量增强导致机器发出的响声,而是隔壁房间那个被捆绑在椅子上的囚徒发出的嘶吼。

杰克逊从控制台前转过身来,脸上忽然堆满了惊讶和恐惧。菲莉普丝护士用手掩住了嘴,卡莱尔少校已经拉开了房门。博士冲过去,抢在她前面跑出了观察室,艾米紧随其后。

"切断电源。"博士一边冲进治疗室,一边大吼,"立刻断电!"

6

尽管艾米只晚了那么几秒钟,当她跑进治疗室时,博士已经给囚徒松了绑。周围仪器的嗡鸣渐渐安静下来。

博士正在听他的心跳,不一会儿又站起身来,小心翼翼地翻开他一侧眼睑。

"我想他只是失去意识了。"博士说,"现在只能希望他没受到永久性损伤。"

"出什么问题了?"艾米问。

"天知道,有可能是任何问题。胡乱摆弄人的思维,哪怕是最细微的错误,也可能致命。能量骤升、能量骤降、能量波动,都有可能。"

"那么这跟能量有关,对吧?"

博士点点头,"也可能无关。"

"我们能转移他吗?"卡莱尔少校询问道。

"转移到哪儿去?"艾米问。

"送回囚室里。他是个危险的罪犯。"

"哦，你还真是心地善良，是吧？"博士对她说。

"我们能转移他吗？"卡莱尔重复道，但这回她问的是站在门边看着他们的菲莉普丝护士。

"我不知道……应该可以吧。"她听起来有点紧张。艾米猜测这个程序从没出过错——至少没发生过这种情况。

囚徒翻了翻眼皮，博士马上弯腰察看。

"你还好吗？"他问，"能听见我说话吗？"

那人挣扎着想说话，连呼吸都变得粗了起来。他双手紧绷似利爪，很快又握成了拳头。随即他猛地拱起背部，瞪大眼睛，再次尖叫起来。

博士抓住他的肩膀，想要控制住他。艾米连忙上前相助。他的整个身体都在痉挛，牙齿死死咬住，额头上满是汗水。

"不妙。"博士喃喃道，"这实在太不妙了。"

"镇静剂！"卡莱尔少校大声说。菲莉普丝护士闻言慌忙向一个抽屉走去。

"来不及了。"博士对他们说，"我真的很抱歉。"他对手术椅上的人低声说。

那人的神志仿佛清晰了片刻，身体痉挛稍有缓解。他直直地盯着博士，艾米听到他口齿清晰地说：

"博士，是你吗？"

博士看向艾米，"谁把我的名字告诉他的？"

艾米摇了摇头,"他怎么会认识你?"

"博士……救救我。"男人喘息着说。

他的声音低如耳语,卡莱尔少校似乎没听见。杰克逊站在门口看着,菲莉普丝护士正忙着轻弹一支装满透明液体的注射器,把里面的气泡弹掉。

囚徒抓住博士的手,"救救我——他们来了!"

"谁来了?你在说什么?"博士焦急地低声反问,"你最后的记忆是什么?"

"记忆?"男人皱起眉,努力集中精神,"自从他们来了以后,一切都很模糊。但在此之前,我就在这里。我正在准备仪器,打算进行第一次测试。"

"仪器?"艾米看着博士,又回头看向囚徒,"他们怎么会让一个囚犯准备仪器?"

"我不是囚犯。"男人跌回椅子上,声音越来越模糊,"我亲手安装了这套设备。这些都是我自己调试的。你得相信我。我是——"

就在此时,注射器扎进了他的上臂,令他的声音戛然而止。男人闭上了眼睛,身体一阵剧烈颤抖,随后完全静止下来。

菲莉普丝护士拔出注射器,退到后面。

"哦,真是谢谢你。"博士说,"帮了我好大一个忙。"

"这个人全身痉挛,十分痛苦。"菲莉普丝护士说,"他需要药物镇静。正常来说——"

"正常来说?"博士惨淡地笑了几声,"你从哪里看出来这很正常了?这里面有一星半点的正常吗?"他难过地摇着头,仿佛一个沮丧的家长终于放弃,不再对不肯合作的孩子解释十分浅显的道理。

"我们能转移他了吗?"卡莱尔少校问。

"你们爱怎么样都行。"博士大步离开了房间,"他已经死了。"

艾米在小餐厅里找到博士时,他正坐在一张餐桌旁。餐厅里只有他一个人,只见他仰靠椅背,双腿架在桌子上。他十指交错托着后脑勺,一动不动地盯着天花板。

"是护士杀了他吗?"艾米问。

"她不是故意的。"博士把两条腿从桌子上挪下来,挺直了身体,"不,这样说不公平。那根本不是她的错。镇静剂只是最后一根稻草罢了,就算没有那一针,那个人多半也活不了多久。"

"他怎么会认识你呢?"

"我一直在想这事。"

"然后?"

"你还记得我说过,他们抹去记忆后,必须用新的记忆来填补吗?"

艾米点点头,"否则那些记忆就会恢复,好像清醒时突然记起梦境一样。"

"这可能不是谁蓄意安排的,但我觉得那个人得到了别人的记忆。或者说,记忆的一小部分。"

"那他说的'他们来了'和别的那些东西,到底是什么意思?"

"不知道,可能毫无意义。他脑子非常混乱——要知道他当时快死了,我们得正视这点。他可能在说自己脑海中冒出来的陌生记忆,谁知道呢?总之,杰克逊的疗程出问题了。"博士移开目光,看向艾米身后,"万事不禁说啊。"

艾米转过头,看见教授走进了餐厅。他看上去疲惫不堪、忧心忡忡。

"刚才发生了一场功率波动。"杰克逊说着,走到他们那张桌旁坐下。他盯着餐桌的塑料台面,继续说道:"以前从没有过这种事。现在那个人死了,我甚至不知道他叫什么——他对我来说就是九号囚徒而已。"他抬头看向艾米和博士,艾米发现那双灰眼睛里充满了担忧。"这一定跟量子位移系统的故障有关。"

"或许吧。"博士赞同道,"我得先看看安装在月面上的接收器,才能确定。当然,在此之前我还要到地下基地去一趟,察看那些设备的校准情况。"

"你真能修好它？"

"只要我想修好。"博士说。

杰克逊好像听糊涂了，"你还会不想修好吗？"

博士直视他的双眼，沉默了好一会儿，当他最终回答时，声音显得异常平稳，没有一丝感情。艾米能看出他在压抑自己的真实情感，但她还是能看得一清二楚。

"杰克逊教授，我已经目睹了疗程里足够多的内容，知道你的最终目的是什么。哦，你这个项目很不错，通过选择性抹除——甚至有可能替换部分记忆，来让囚徒改过自新。可那并不是你的真正目标，对不对？你想彻底清空他们的思维，创造一个空白模板，然后你就可以在上面覆盖一个新的人格。我说对了吗？又或者……"博士靠在椅背上，吸了吸鼻子，"好吧，其实没什么或者，因为我是对的。"

杰克逊看上去好像被人狠狠揍了一拳，但他很快便恢复过来，"你是个明察秋毫的人，博士。但我不明白你在担心什么。"

"担心？"博士反问道，"担心？"

杰克逊抬起一只手，"从一个毫无价值的囚徒身上抹去思维——或称生命，我就能把机会提供给另一个我们不希望失去的人。你可以想象一下，给一个伟大的音乐家或思想家第二次生命，把他们从不治之症或老态龙钟里解放出来，让他们重新开始，以一种新的形态真正重获新生，成为一个全新的人，而仍旧拥有他们伟大的才能。"

听他这么一说,艾米还真觉得那样的结果也不坏。当然,除了有人不得不为此丧失自我。

"并没有你说的那么天花乱坠。"博士平静地说,"一个伟大的音乐家,发现自己的新身体是个乐盲?一个思想家,被囚禁在智力低下之人的大脑中?"

"这种置换并不是随机的。他们有权利选择,把思维移植到合适的供者体内。不会有问题。"

艾米知道博士真正反对的是什么。"供者必然会死掉。"她说,"那才是问题所在。"

"我之前也说了,或许我们应该求同存异,直到系统修复。我的疗程还远没有达到那个阶段,而且根据目前的状况,我也不会再做实验。"

博士若有所思地点点头,"我会帮你修复系统。事成之后,我们再谈。"

"很好,我很期待下一次谈话。"杰克逊站起来,"我想,当我们为实验过程兴奋不已的时候,或许有所忽略其中的伦理问题。"

一直等到杰克逊离开,艾米才问:"你真能帮他们修好那个量子什么玩意儿吗?"

"哦,应该可以。"博士猛地站起身,原地蹦跳了几下,

"我本以为功率波动会影响人造重力，但看起来没什么问题。我们真幸运。"

"除非杰克逊所谓的功率波动是撒谎。"艾米指出。

"我不明白他为何要撒谎。你要不去看看菲莉普丝护士？"

"你是说，让我查清他所谓的从没有过这种事故，是否也是撒谎？"

"没错。"博士说，"杰克逊说菲莉普丝每次疗程都会参与，而她年纪轻轻，应该很爱聊天，也会有点冒失。"

"可能也容易被吓唬住？"

"如果有必要的话。"博士笑着说，"你也别太吓着她了，可怕的小姐姐。"

艾米瞪大眼睛，"说得跟真的似的。"

基地医疗室只躺着一个病人。菲莉普丝护士正在检查病床上那名女性的生命监测装置。艾米对那些嘀嘀嗒嗒的声音、弯弯曲曲的线条和眼花缭乱的数字一无所知。

"她怎么了？"她问。

就算那个年轻护士惊讶于艾米的忽然出现，也没有表现出来。只见她的浅灰色眸子瞥了一眼病床上的女性，然后说："我也想知道。"

"她是谁？"

"丽兹·迪德布鲁克。她是——应该说曾经是杰克逊教授的助手。"

艾米看着那个沉睡中的女人。对方显得焦躁不安,头在枕头上扭来扭去,还在小声自言自语。她看上去三十岁出头,深色头发全被汗水打湿了。

"她发烧了吗?还是得了传染病?"

艾米说话时,女人突然掀开了眼睑。

"都没有。"菲莉普丝护士说,"她这是某种精神崩溃症状。杰克逊教授认为这是压力导致的。我们一直在给她打镇静剂。"

希望这不会让她像九号囚徒那样"镇静",艾米想。她凑到床头,仔细听着,"她在说什么呢?"

"说胡话。"菲莉普丝护士说,"本来我们可以把她送到得克萨斯的医院去,只是……"

"只是现在没有回家的路了。"艾米替她补充道。

"都只是胡说八道而已。"菲莉普丝护士在艾米继续凑在床边倾听时说。

那个女人——丽兹,正死死盯着艾米,她突然露出警觉的表情,"你是新来的。"

"对,我叫艾米。我是来帮忙的。"

"巨型陆龟寿命非常长。"丽兹说,"进化论的核心就是适者生存。"

"你瞧，只会说胡话。"菲莉普丝护士说完，转身走出了病房。

"但最适者不一定是最强者。"丽兹继续道，"而是指最适宜的生命。所以他们要的是我们。"

"什么人要的是我们？为什么？"艾米说。

"小白兔迟到了。"丽兹说，"在掩埋宝藏的地方做上记号。当天空变暗，狼群就会出来活动。"

"说得没错，"艾米平静地说，"都是胡说八道。嗨，祝你早日康复。"她轻轻拍了几下女人的肩膀，"回见，好吗？"

"别走！他们来了。"丽兹挣扎着想坐起来，"我必须……所有线路的列车都晚点了，就连66号线也不能幸免。转移注意力。他们因为注意力被转移而延迟了。"

"列车？"艾米皱起眉。她的话里有些东西——某些仿佛具有某种意义的东西，却被其他东西掩盖了。转移注意力。"你是说你必须转移他们的注意力吗？他们是谁？"艾米环视四周，"他们能听见我们说话吗？他们是否在监听？"

"在里面听着——那里清晰得多，在意识深处就清晰得多。各种各样的转移。转移是好东西。很好，很坏，很丑。意式西部片配茶和午饭和晚饭和早饭，得好好料理。"

丽兹的手从被单底下窜出来，抓住艾米的手腕，"我不能告诉你他们是否在这儿。油膏里的苍蝇。风中的雨滴。工厂里的扳手。森林里的狼群。"

女人死死盯着艾米,她的眼睛蓝得惊人。"你想对我说什么?"艾米问,"你是说这里的系统吗?工厂里的扳手——你是这个意思吗?"

"工厂里的扳手。"丽兹说,她攥着艾米的手迫切地加大了力道,"疗程里的小失误。"

"疗程?"艾米重复道。她听到背后传来一个声音,马上转过身,把胳膊从丽兹的手里挣脱了出来。

"她真的需要休息了。"菲莉普丝护士说。她在那里看了多久?"她说的都是胡话,你不需要在意。"

艾米回头看了一眼丽兹——她已经倒回病床上,眼眸的色彩几乎完全消退,刚才的湛蓝几近成灰。

"非洲灰象是西半球最大的耗子,有九种不同色度的粉色。"丽兹喃喃道,"记住我说的。"她缓缓合上双眼,细语成了无意义的咕哝。

"我会记住的。"艾米悄声说完,又提高音量对菲莉普丝护士说,"你说得对,她明显是疯了,说的全是胡话。"

7

当博士知道该往哪里找时，就能轻而易举地找到受损区域。

他花了一点时间研究量子位移系统的设计构成，当全部掌握之后，他就能轻松顺着系统各个组件顺藤摸瓜了。他对哪里出了问题，已经心中有数。

"是意外吗？"卡莱尔少校问。

一整个区的管线都被炸毁了。断掉的电缆低垂着，还有个分线箱被炸得一团焦黑。

"很难说。"博士告诉她。他舔了一口食指和大拇指，抓住一根电线末端，电线猛地火花四溅。"嗯，这下有意思了。"

卡莱尔少校表情抽搐地看着博士查验自己焦黑的指头，"但也有人为破坏的可能？"

"有可能。你指望是人为破坏吗？"

她没有回答。

"好消息是，这东西修起来不花时间。只要把所有鸡零狗碎的东西重连起来，再从旁路绕开这个分线箱就好。"

"鸡零狗碎的东西?"

"然后把外面的接收器重排一下,最后鸡就不飞狗也不跳啦。"

"你要么天赋禀异,要么彻底疯了。"卡莱尔少校对他说。

"其实两者兼有,但更倾向于天赋禀异。你可不想看到我发疯的样子。"博士掏出音速起子,开始重连线路,"你要一直站在这儿看我吗?"

"你想让我做什么?"

"走开。不,我不是那个意思。"他飞快地补充道,"我只是不想在关键时刻被打扰。能麻烦你去告诉德夫尼什上校,这里一切尽在掌控,同时通知他,我接下来需要到月面上去一趟,做点小测试,然后重排接收器吗?"

差不多完成最后几条线路的连接时,一道影子落在了博士身上。时间仿佛只过了一瞬,实际却是一小时后了。

里夫上尉一直等到博士完成手头的作业,才开口说话:"上校说你可以到月面去。他批准了,没问题。"

"我可没请他批准。"

"嗯,他知道,但他还是批准了。因为这样他就能提条件。"

"条件?"博士合上已经变得空荡荡的焦黑分线盒盖子。

"嗯,就一个。他要跟你一起去。"

里夫上尉协助博士和德夫尼什上校穿好宇航服。不一会儿,两人就走在了月球表面上。德夫尼什的白色宇航服臃肿笨拙,博士身上那套红色宇航服则更先进,线条也更流畅。二者形成了鲜明对比。

"我们现在用的是闭路通信。"德夫尼什说,"别人听不见我们说话。"

"你为什么要告诉我这个?"博士讶异道。

"就是跟你说一声。卡莱尔少校刚才也顺便跟我提了一句,系统有可能遭到了人为破坏。"

"有可能,但也有可能是意外。组件过载,功率波动,诸如此类。等我看过接收器,就能得出更准确的结论了。如果它们只是错位,那有可能只是运气不好。但如果目标地点确实被重新设定过,那就能证明这是有预谋的。"

他们一言不发地走了几分钟。

"我觉得卡莱尔少校不是特别喜欢我。"博士打破了沉默。

德夫尼什的大笑在他头盔里回荡起来。"我觉得卡莱尔少校不是特别喜欢任何一个人。她爸爸以前是个上将,"他顿了顿,然后继续道,"所以她的压力也很大。"

"她没必要感到有压力。"

"没错,可她自己觉得应该向父辈看齐。反过来看,我老爸以前在科罗拉多经营加油站,没到六十岁就无聊死了,所以我又怎么理解她呢?"

"也许你有更多需要向父辈看齐的地方啊。"博士对他说。

接收器就像一只只金属蘑菇,生长在遍布尘埃、干燥灰暗的月球表面。仪器分为两列,一直延伸到前方遥远的月平线。

"我们只需一边校准一个就够了。"博士解释道,"我可以让它们将新设置自动推送到后面的接收器里。"

"你知道要朝哪儿设置吗?"

"不知道。但这东西上面应该有能恢复初始设定地点的硬件重置选项。你们管那儿叫木槿基地?"

"深入得克萨斯之心。"德夫尼什说。博士从他的声音里听出了一丝笑意。

艾米穿过基地时遇到了好几个士兵,但没人问她是谁,或者在干什么,而菲莉普丝护士好像并不知道自己被尾随了。

或许她猜错了,艾米边想边保持距离,希望那名年轻护士不会转过身来发现她。或许菲莉普丝护士跟他们一样清白。不过,是她注射的镇静剂杀死了那名囚徒。是她偷听了丽兹·迪德布鲁克对艾米说的胡话(也许不全是胡话)。她参加了每一次治疗,并对艾米保证她从未见过任何异常状况……拜托,这么一系列抹杀人类心智、并以他人的想法和记忆取而代之的实验,竟然从未发生过任何异常?

但有可能,只是有可能,艾米在浪费时间,而菲莉普丝护士确实像她外表看上去那样天真、直率,清白无辜。

又或者,完全不是。艾米溜进杰克逊办公室旁边的一个门洞,边躲边琢磨着。只见菲莉普丝护士鬼鬼祟祟地扭头朝身后看了一眼,然后敲了敲杰克逊的门走了进去。

办公室的门关上了,于是,艾米只能把耳朵紧紧贴在上面,希望能听到点儿什么。她真希望这会儿没有人出现,把她抓个现行,因为她这个举动解释起来可能有点困难。

"卡莱尔。"杰克逊含糊不清的声音从门的另一边传过来。

"这么快?"菲莉普丝护士回应道。

"这个博士让我很担心,他搞不好真的能修复系统。卡莱尔知道他能不能修,因为他俩刚才在一起。我已经叫她过一会儿跟我们在治疗室碰头了。"

艾米意识到他们说完这事肯定要离开办公室,便飞快地沿走廊跑了回去。如果她能抢先一步进入治疗室,就能找个地方躲起来,听听卡莱尔少校对博士有什么看法。艾米边跑边露出微笑。老实说,她现在就能猜出来。

然而,艾米忘了那间治疗室有多简陋。她根本找不到可以藏的地方。观察室也同样无处可躲。于是艾米的最佳选择,就成了躲在附近一个储藏间里,等他们进去之后再继续贴着门偷听。

她并没有等很久。杰克逊和菲莉普丝护士几分钟后就出现了,片刻之后,卡莱尔少校也在走廊上加入了他们。

"这个博士,"杰克逊开门见山地说,"他真能修复量子位移系统吗?"

艾米把储藏间的门留了一条缝,清楚地听到了卡莱尔的回答:

"我认为他可以。他外表看起来年轻莽撞,但却隐隐透着一股精明强干的气质。我很难形容。"[1]

"那个女孩儿呢?"菲莉普丝护士说完,艾米屏住了呼吸。

"说实话,我不太确定。尽管如此,我还是不会低估她。很明显,木槿基地有人觉得他们两人不错,甚至可能就是沃林斯基本人。"

"更有可能是那个自命不凡的技术员赫克。"杰克逊说。

"对。"卡莱尔说,"好了,如果你们找我就为了这个事……"

"还有一件事。"杰克逊说,"在治疗室里。我想请你看一样东西。"

"重要吗?"

"哦,当然。"杰克逊的声音突然变得低沉阴险,"这太重

---

[1]. 第十一任博士在剧集中被形容为"有着年轻的外表,和一双苍老的眼睛"。同时,饰演第十一任博士的演员马特·史密斯也是史上最年轻的博士人选。2009年1月,BBC正式公布他将从大卫·田纳特手中接过博士一角时,他只有26岁。

要了。"

艾米听到三人走进治疗室，关上了门。当她离开储藏间时，走廊上已经没人了。

如果她早几秒钟探头出来，亲眼看见菲莉普丝护士跟随杰克逊和卡莱尔走进治疗室的光景，或许会对那个年轻护士从上衣口袋里掏出注射器的举动感到万分惊讶。

"这没我想的那么简单，"博士坦言道，"看来我们得一个一个手动重启了。"

他合上面前那个又粗又短的接收器侧面的盖子，走向下一个。

"另一边我来弄吧。"德夫尼什上校说。

"你能搞定？"

"我刚看你操作了，不算太难。要知道，我还没笨到无药可救的程度。"

博士在头盔里笑了起来，"我从来没觉得你是笨蛋。"

"我之前倒是挺怀疑你的，"德夫尼什说，"不过杰克逊想让你试试。"

"而你尊重他的意见。"

"我以前会，可现在……"德夫尼什扳开接收器一侧的检修口，"我不觉得我还能信任他了。"

"伦理观念问题?"博士做了个猜测,同时走向下一台接收器。

"哦,伦理问题已经是老生常谈了。可最近……我也说不好,那不是什么能明确说清楚的东西。不过,他变了。"

博士合上盖子,又走向下一台。"你为什么跟我说这个?"

"因为你是基地外的人。我不知道你是谁,但我猜你值得信任。"

"这意味着你无法信任自己人。"博士恍然道。

"这意味着我不知道能否信任他们。有些事正在我的基地里上演,一些我无法理解的事,一些我不希望见到的事。"

"一些跟人有关的事?"

"或许我只是在疑神疑鬼,可这场人为破坏……"

"假设这真的是人为破坏。"

"你说只要检查过接收器就能判断出来。"德夫尼什提醒他,"所以,告诉我吧。"

博士合上刚重启好的接收器外盖,站直身子。他转身发现德夫尼什正看着自己,厚重的头盔面罩模糊了他的表情。

"你瞧。"博士指着两排接收器划出的道路。这次它并没有消失在月平线尽头,而是冒出了滚滚热浪。道路两端的灰色尘土变成了黄沙。一线蓝天劈开漆黑的天空,出现在眼前。

"起作用了!"德夫尼什说,"博士,你真是个天才。"

"谢谢。我们最好把剩下的也重启了。还有,我确实是个天才。"博士继续道,"而且你并不是在疑神疑鬼。真相只有我这种天才能够发现,所以我告诉你,基地里发生的无疑是人为破坏。"

艾米还没摸到治疗室大门,就听见里面传来一阵嘈杂的声音。不知什么东西猛地砸在门的另一端,还有叫喊、闷哼与金属掉落的声音。

"按住她!"杰克逊大喊道。

艾米不知该进去帮忙还是按兵不动。可是,到底是谁需要帮忙——里面出什么事了?

片刻之后,嘈杂声消失了。艾米把耳朵贴在门上——这都快变成她的习惯了。

"她比外表看上去要强悍得多,"杰克逊说,"这对我们有点用处。"

艾米听不见回答。他在说卡莱尔少校还是菲莉普丝护士?

"我给一个白板,也就是那些士兵中的一个,编写了指令。"杰克逊又说,"如果博士真的修复了系统,白板只需要再把它摧毁一次。鉴于卡莱尔少校刚才说的那些话,你最好现在就派他过去。"

"知道了。博士和德夫尼什在外面,他们要重启接收器。"

菲莉普丝护士的声音虽然微弱,但至少能听见了,她肯定是往门边走了一点。

"最坏的情况是他们被扔回地球。"杰克逊说,"当然,那只是对我们而言,实际情况对他们来说可能更糟。"

艾米慢慢退开。她不知道什么是"白板",但有一件事很清楚了——博士有危险,只有她能帮上忙。可是,该怎么帮?

8

极目远眺，四面八方都是无尽的沙海。博士和德夫尼什上校来到最后一组接收器前。

"我每次都会为此惊叹，"德夫尼什边说，边看博士进行最后的调整，"我们能从月球直接走到沙漠里，还有一个人能同时置身两处的概念。"

"那其实是量子机器的存在意义。"博士对他说。

"我知道，至少在理智上我是清楚的。可真正面对现实时，这又有点让人难以接受了。"

"我明白你的意思。只从微观原子级别来看时，一切无可挑剔。可一旦应用到真正的人和地点上……你知道这玩意儿复杂得很。在飞毯网[1]启动前，我甚至不知道地球和月球之间有一条直链，更何况现在距离启动还有一段时间。"博士站起身来，"看

---

1. 飞毯网（T-Mat）是飞毯公司运营的远距离瞬间传输网络，于21世纪中叶启动。这一网络在老版博士第六季第五集《死亡之种》中被冰雪战士（火星人）利用，对地球发动了入侵，危机最后被第二任博士解决。

吧，都弄好了，不要钱。"

德夫尼什抬手解开头盔搭扣。他转动头盔，然后摘下来，深吸了一口温暖干燥的沙漠空气。

"真是如释重负啊。"他说。

博士也摘掉了头盔，"穿着这身有点热了，是吗？"

"现在我们在沙漠里，当然会热了，在月球表面可不会。"德夫尼什试着跳了两下，"感受一下地球重力吧。每次我回到地面，都觉得自己该减肥了。"

艾米躲在储藏间门后，看着菲莉普丝护士和杰克逊教授从治疗室走出来。她没见到卡莱尔少校。杰克逊走向观察室，菲莉普丝护士则快步穿过了走廊。

艾米一直等到那两个人的身影都从视野里消失。是时候当机立断了——她该去打探杰克逊想干什么吗？也许该去看看卡莱尔少校出了什么事？

还是说该跟踪菲莉普丝护士？她一定是去找"白板"了（且不管那是什么），那好像跟再次破坏量子系统有关，而博士正在努力修复那个系统。

艾米走出储藏间，尽量安静地一路小跑穿过走廊，尾随菲莉普丝护士而去。

整个世界都有点模糊失焦。安德莉娅·卡莱尔飞快地眨着眼睛，竭力让视野清晰起来。她感觉脑子里充斥着噪音。她尝试挪动手臂，却徒劳无功。

她逐渐意识到自己的手腕和脚踝都被束带捆住了，连腰上都横亘着一根皮带。她的头部被支撑器固定，整个人半躺半坐在一张皮椅里，正对着一堵光秃秃的墙。

然而那堵墙并非一点东西都没有。如果她能让目光聚焦，就可以看清墙上那个东西——好像是从墙里伸出来，正对着她的一个东西……

忽然之间她彻底清醒过来，用力拉扯着束缚她的皮带。她是在治疗室里，那些噪音并非来自她的大脑，而是机器充能的嗡鸣。她记得自己跟杰克逊还有菲莉普丝走进房间——随即是颈后突然的刺痛，一闪而过的注射器被拔走的画面；她暴起进攻，把菲莉普丝护士推到门板上，撞倒东西……然后是一片黑暗。

醒来便成了这样。

墙上的探针发着光，嗡鸣的音量越来越大，越来越刺耳。

扬声器里传出杰克逊的声音，听起来清晰而冷静："我很高兴你醒了，少校。请你在臣服于我们之前，最后看一眼自己的世界吧。"

她的视线再次模糊。现在她只能看见探针的亮光，只能听见机器越来越高亢的嗡鸣。

然后是一阵细碎的抓挠声,犹如老鼠在奔跑;一个东西钻进她的思维里,开始蚕食她的记忆……

通往地下基地的金属楼梯脚下,一个人影站在阴影中。那个士兵如磐石般岿然不动,看上去像在站岗——只是他的眼睛闭上了,面部肌肉松垂着,两手耷拉在身旁,肩膀向前弓起。

菲莉普丝护士盯着他看了一会儿,嘴角勾起一抹若有若无的微笑。

"是时候了。"她轻声说。

士兵猛地睁开眼睛,站直身子,蓄势待发。

"你知道自己该做什么。"菲莉普丝护士对他说。

她目送士兵动作僵硬地离开,然后转身上了楼梯。

鞋底敲击金属的声音在周围回响,掩盖了她身后更轻巧的脚步声。艾米抬头看了一眼护士慢慢消失的身影,然后急忙转身跟上了士兵。

她保持好距离,尾随那个昏暗的身影穿行在迷宫般的电缆和管道中,经过一个个控制台和电脑终端。他好像确切地知道自己的目的地在哪里。最后,士兵来到一个安装在墙上的控制台前站定。他盯着面板看了一会儿,艾米很想直接走过去问他要干什么。

紧接着，士兵转过身，从地上拾起一根金属管。他用手掂了掂管子，然后猛地向面板砸去。

控制台顿时火花四溅，周遭机器恒稳的嗡鸣突然变了调子，越来越艰涩不定。

艾米冲了过去，"停下——快停下！"

士兵仿佛听不见她说话，只是一次又一次地挥舞铁管砸向控制台。一整个区块突然炸开，面板冒出滚滚浓烟。

士兵再次举起铁管。艾米一把抓住他的手腕用力拉扯，想让他失去平衡。然而士兵丝毫不受影响，挣脱了艾米的手后，又一次将铁管砸了下去。

这下，士兵终于心满意足，扔掉管子离开了。已经歪七扭八、鞠躬尽瘁的铁管滚落在地，哐当作响。士兵又把手伸进一丛电线里，用力一扯，被扯断的电线火花四溅。周围的照明暗淡了片刻，很快又恢复原状。一只警报器开始嘶鸣，控制台幸存的部分都亮起了红色警示灯——它们毫无规则地闪烁着。

"好了，够了。"艾米朝那个人跑过去，猫低身子，猛地用肩膀撞向他的后背。

士兵被撞到墙上，正好压到通电的电线断面，整个人泛着微光抽搐起来。照明又闪烁几下，随即彻底熄灭了。

黑暗降临前，艾米最后看到的情景，是士兵向她转过身来——他面部焦黑、两眼发直，脸上没有一丝表情，如同白板。

头盔落在地上，离他不过几英寸[1]，可博士永远都不可能拿到了。

德夫尼什上校跪倒在地，双手抓挠着喉咙，艰难地想要呼吸。黄沙笼罩在一层热浪中，模糊地渐渐变成冰冷灰暗的月面风景。

博士的呼吸也变成了痛苦的喘息，咽喉因缺乏空气而灼痛。月面冰冷彻骨，攫取着他眼中的水分，令他全身绷紧。[2]

他想爬向德夫尼什，可上校跟他的头盔一样遥不可及——仅仅几英寸，在冰冷的真空暗夜步步进逼中，永远不可触及的几英寸。

卡莱尔少校脑子里的抓挠和刮擦声让她难以忍受。除此之外，所有东西仿佛都溶化了——她的理智，她的记忆，甚至她的思维。在那东西不断往她脑子里钻的同时，这些东西全都被扔进一口大锅里煮化了。

她尝试把注意力集中在那个声音上——那个急迫的叫喊，但它也模糊难辨，就像是从远处的一个扬声器里发出来的。

---

1. 1英寸=2.54厘米
2. 新版《神秘博士》第十季第五集《氧气》中提及了一个设定——时间领主在真空环境里的可存活时间比人类要长。尽管如此，第十二任博士还是在这一集中失明了。

"菲莉普丝护士，断电了！我正处在关键阶段，急需电力恢复。白板都干了什么好事？我现在就需要电力……"

不知为何，她感到这是好事。她发现那些抓挠有所缓解，刮擦声也减弱了。整个世界渐渐聚焦——治疗室，被应急灯的红光照亮。探针，光线闪烁着，越来越微弱。

有这么一瞬间，卡莱尔的思维重获自由。在那宝贵的几秒钟里，她感觉到了正往她脑子里钻的记忆和思想，紧接着探针的光起死回生，亮得刺眼，灼烧着她的眼睛。

一段令人不安的黑暗过后，照明突然恢复，艾米忍不住眨了眨眼睛。机器的嗡鸣似乎稳定下来了，于是她猜测，应该是什么备用发电机或应急系统开始运行，替代了遭到破坏的系统。

士兵依旧用空洞的目光盯着艾米，仍如照明熄灭前那样。

"你在干什么？"她一边质问，一边做好应对袭击的准备。

但那人并没有动弹。他只是站在那儿，一动不动地盯着她。随后，他缓缓闭上眼，双肩也松弛下来——就好像他站着睡着了。

就像被关上了电源，艾米想。就像一段电脑程序运行结束，完成任务，就这么停下来了。

月面之上，一阵突如其来、本不可能存在的微风，扰动了接收器之间的尘土。一白一红两只头盔被半埋在月尘中，一只裹着手套的手伸向其中一只，做着抓取的垂死挣扎。

随后那阵风消失了，带走月面上最后一丝空气，仅留下重归静寂的月尘和逝者……

9

一阵痛苦的残喘，使气息窜过博士全身。他不停地哽咽、咳喘，直到嗓子疼痛难忍。他伸手下撑，想稳住身子，感到身下的地面温暖而扎手——就像一个个细小的刀尖直刺掌心。

他仰躺着，头上是一片蔚蓝的天空，眼前掠过一小缕白云，阳光无情地灼烧他的双眼。

过了一会儿，咳嗽和喘息逐渐平复，他好不容易理顺了呼吸。这时，博士才缓缓撑起身子。他坐在地上，环视着周围起伏的风景，那不再是灰暗贫瘠的月球表面，而是温暖的沙海。他爬了起来。

接收器的阵列不见了。既然量子链已被破坏，它们应该回到了月球上。周围没有博士头盔的踪影，也看不见德夫尼什上校。博士轻叹一声，伤心地摇了摇头，深知这意味着什么。

"人为破坏。"他喃喃道。沙漠粗粝的风弄乱了他头发，平地卷起一阵沙旋。"人为破坏，还有谋杀。"他舔舔指头，竖在空中测量风向。

"得克萨斯沙漠深处。"博士想起德夫尼什的话。得克萨斯太大了——这是美国第二大州。但他记得有人说过,木槿基地离休斯敦很近。当然前提是,刚才量子链真的把他们带到了基地附近的得克萨斯沙漠。如果不是这样,那他根本无从得知自己身在何方。博士心情沉重地想,他甚至不能肯定这里是不是地球。

假设接收器组成的道路,是通往基地的入口,再进一步假设,自己还记得它们正对的是哪个方向后,博士在荒凉的沙漠中迈开了步子。

"事情完全有可能更糟。"他对自己说,"至少这里不是阿拉斯加[1]。"

过了一会儿,博士开始希望自己真的在阿拉斯加。没有了头盔,他的太空服就无法密封,里面的热量更是无法散出去。他干脆脱掉太空服,扯开领结搭在脖子上,只着长裤和衬衫继续蹒跚前行。风吹在身上很凉爽,但也会卷起黄沙吹到眼睛里,让他几乎看不见东西。

在耀眼的阳光和滚烫的沙海中,博士眯起眼,发现远处有一片乌云。大量黄沙正打着旋儿朝他逼近。沙暴?他环视四周,却找不到藏身之处——连块石头都没有。

黄沙的旋涡越逼越近,博士又发现,那原来是一辆吉普车卷

---

[1]. 阿拉斯加位于美国北部,比沙漠凉快多了。

起的沙子。吉普车正穿过沙漠向他疾驰而来。车子猛地侧身一转，停在几米开外，引擎空转着。三名身穿制服的士兵从车里跳出来跑向博士，同时取下挎在肩头的突击步枪。

博士站起来，热情地与离他最近的士兵握手。士兵顺势一拽一翻，就把博士的胳膊扭到了背后。接下来，那人便与另一名士兵把博士押到吉普车边，粗鲁地摁在引擎盖上。

脸蛋被压在滚烫的金属表面，博士痛得大叫一声："嗷！小心点！"

"这里是军事禁区！"另一名士兵冲他吼道。

"其实我猜到了。"

"你在这里干什么？怎么进来的？"

"我是来帮忙的。"博士用力撑起身子，高举双手转过身来，"我有文件、通行证、授权书——什么都有。"

"给我看看。"

"好嘞。"博士把手插进外套口袋里。只是他发现，那个位置没有口袋，他身上也没有外套，"啊，不好意思。我把卡片——不，我把文件落在上衣口袋里了。我很想回去取，只是那地方有点远。"

"待在外头确实挺热的。"其中一名士兵说，这是博士返回地球后，听到的最接近友好的语气了，"你上衣离这儿有多远？"

"这个嘛,其实挺远的。"博士承认道,"我把它落在月亮上了。"

似乎过了很久都没有人来。艾米躲在一堆管线后面窥视着。士兵依旧站在原处,动都没动。

"我得改改这个毛病了。"她躲在管线堆里自言自语。然而目前躲起来好像是最安全的做法。

最后,菲莉普丝护士出现了。她看到现场焦黑的痕迹和溶化的电缆,无奈地叹了口气。随后她又开始察看士兵的脸,将他的头轻柔地转到各个角度。

"跟我来,我得带你到医务室去。"

士兵闻声猛地直起身子,双肩挺直,两眼张开。

"跟我走吧,给你打理打理。"

既然已经知道他们要去哪里,艾米便耐心等到两人都离开后,才从藏身之处走出来。

等她好不容易来到医务室(路上拐错了好几个弯),菲莉普丝护士正在包扎士兵的手。他坐在狭小接待处的凳子上,脸已经擦干净了,只剩下几处轻微烧伤。他抬头看见艾米,对她笑了笑,看起来毫无异样。不过,他似乎没认出她来。

"你怎么了?"艾米问。

"哦,一个尴尬的意外,我做烤面包三明治的时候把手烫到了。"

"瞧你这个样子,好像脸也烫到了啊。"

"烤架放得齐脸高。"菲莉普丝护士说。她用外科胶带固定好绷带,又对士兵说,"都给你包扎好了。下回改吃沙拉吧。"

"那必须的。"士兵站了起来,"抱歉打扰你了。"

"你还记得刚才的事吗?"艾米问。

菲莉普丝护士皱了皱眉,但一言不发。

"记得。"士兵说,"当然啦,大部分都记得。"

"没什么。"菲莉普丝护士对他说,"一点点惊吓,这很正常。一两天后你就能恢复了,不用担心。"

"不用担心。"士兵重复着,语气毫无起伏。随后他又高兴地补充道:"嘿,我已经感觉好很多了。谢谢。"

"有什么能帮你的吗?"士兵刚一离开,菲莉普丝护士就转向艾米。

"我觉得我能帮你,"艾米说,"因为我听说有士兵受伤了。"

"哦?"

"有个人……我猜是看见他走进来了。我不知道他的伤有多严重……"

"感谢你的好意。不过如你所见,我能应付过来。"

"如我所见。"艾米赞同道,"抱歉,我没有暗示你应付不过来。"

"这里只有我一个人,有时确实比较难应付。不过,杰克逊教授接受过一些医学训练,所以他能帮到我。"

"我敢肯定是这样的。"艾米说。

一词之差,天壤之别。博士一提到月亮,士兵们的举止马上不一样了。他们请博士坐到吉普车后座上,其中一人甚至给他发了块口香糖。不过,博士婉拒了。

"我的太空服大约在半英里[1]开外,朝那个方向开。"他解释道,"我们能顺道过去把它捡回来吗?"

"没问题。"司机答应道。

吉普车绝尘而去,扬起滚滚黄沙。

半小时后,他们把博士连同太空服(可惜没有头盔)一块儿送到了木槿基地。基地由低矮的砖石建筑群构成,嵌在沙漠中显得非常不自然,正如建在月球上的戴安娜基地。

门口站岗的士兵挥挥手就让吉普开了进去,车子最后伴随着刺耳的噪音,停在其中一栋低矮建筑门前。入口的哨兵狐疑地看了博士一眼,然后才放他们进去。建筑物内部看起来更像写字楼,而非军事基地。地板上铺着灰色瓷砖,墙上昂贵的画框里,

---

1. 1英里=1.6094千米

镶着由不同色块构成的画作。

"你知道吗?"博士说,"现代艺术其实并不像人们画出来这么糟糕。"

其中一名士兵很有雅量地冲他笑了笑。接着,他们又在沉默中乘坐电梯到达三楼,把博士领进了一间办公室。大门在他身后关闭,他发现办公室里有张气派不凡的桌子,后面坐着个看上去位高权重的军人。

"也许我应该知道您是谁,但很抱歉,我实在是不知道。"博士说着坐了下来,"上将?"他瞥了一眼男人肩上的星星,猜测道。

"沃林斯基上将。没关系,我也不认识你。不过这可有点问题了,因为我最近才查看过戴安娜基地驻扎人员的资料。"

"我猜那上面没我吧。"

"见鬼,真的没你。所以你是谁?怎么跑到那儿去的?最关键的是,你怎么回来的?"

"呃,这说起来就有点复杂了。我是一名专家,是被派去提供帮助的。他们的量子链出了点问题,不过我猜你已经知道了。"

"我确实得到了通知。继续吧,你说你被派去修复量子链。"

"我真的修好了。可没过多久它又坏了,还把我扔回了沙漠里。德夫尼什上校……"博士的声音越来越小。

沃林斯基凑过去问:"克利夫·德夫尼什,他怎么了?"

"他刚才跟我一起修复接收器,但没扛过来。我很抱歉。"

沃林斯基把身子收回去,缓缓点了一下头。"德夫尼什是个好人。那么告诉我,为什么你能幸存,他却不行?是碰巧,对吗?运气?"

"两者都有一点。"博士承认道,"再有就是,我在无氧环境下的可存活时间或许比较长。"

沃林斯基靠在椅背上,"你瞧,目前的麻烦在于,有人死了,你却突然冒出来,还一副对顶级机密系统了如指掌的样子。我不知道我能否相信你。"

博士撅起了嘴,"那是你的问题,跟我无关。"

"你先别如此肯定。"

"德夫尼什相信我,如果这对你有用的话。至少他自己是这么说的。"

"你有可能在撒谎,"沃林斯基指出,"不过你看起来不像骗子。"

"嗯……"博士对他说,"骗术大师看起来都很真诚。不过,德夫尼什确实对我有着某种程度的信任,因为他赞成了我关于系统遭到人为破坏的说法。"

沃林斯基眯起眼睛,"你怎么去到戴安娜的?"

"我和我的助手庞德小姐,是从宇航员现身的购物中心上去的。"

沃林斯基听到这句话,似乎放松了一些。"典型的CIA行径。他们派出自己的小队——我猜是驻英国小队,甚至连我们都不通知一声。"他站起来,居高临下地看着坐在椅子上的博士,随后大步走向门口。他打开办公室门,大喊一声:"把詹宁斯特工叫过来。"

詹宁斯几乎立刻就出现了。他跟沃林斯基一般高,身材也一般壮硕。但与上将不同的是,詹宁斯穿着一身黑西装,脸上还有一副太阳镜,镜片几乎跟西装一样黑。

"这什么博士,是你们的人吗?"沃林斯基质问道。

"我不清楚。"

"容我插个嘴——嗨。"博士说。

詹宁斯并不理会他,"不过控制中心派特工出外勤时,不会每次都告诉我。你希望我去核实一下吗?"

博士站了起来,"两位,我知道这里待起来特别舒适美好有意思,我也愿意陪你们玩儿'看谁来头大'的游戏,多久都没问题。可我有个朋友被困在你们的月球基地里了,我们上不去,她也下不来。不管你们是否知情,有什么东西正在破坏你们的系统。他们故意切断了你们与月球的链接,这肯定是有原因的。现在我还不知道那个原因是什么,但我想我们应该查出来,二位意下如何?"

"你为何会认为,有人要蓄意破坏一个已经顺利运作了四十年的基地?"詹宁斯问道。

"我可没说有人,我说的是有什么东西。"博士轮番看着詹宁斯和沃林斯基,发现他们的模样都很关切,"我也不知道为什么。不过硬要我猜的话——我认为,我比在座所有人都有资格进行这个猜测,那么我会说……"他踌躇了片刻,不知这两个人是否准备好听他接下来要说的话。

"说什么?"沃林斯基催促道。

"我会说,你们正在被侵入。"

10

里夫上尉给艾米安排了一个房间。她一度很想把自己的所见所闻告诉他,可话到嘴边,她又不太确定自己能否相信任何人了。里夫上尉很讨人喜欢,对她也很友好——与卡莱尔少校对比明显。但他也可能只是太漫不经心了。而且,那会不会都是演戏?博士非要在这种时候拍拍屁股滚蛋,扔下她一个人,简直太屡见不鲜了。艾米决定,等她再见到博士,非要赏他一顿大耳光不可。

"看来你要跟我们待上一阵子了。"里夫说。

"博士跟德夫尼什那边有消息吗?"艾米问。

"没有,不过那活儿挺难对付的。不知为什么,上校开了闭路通信,完全不跟我们对话。那可不是正常程序。不过他们带的氧气还够坚持几个小时,所以卡莱尔少校说,暂时不用管他们。如果出了问题,他们自然会呼叫;要是持续没有联系,我们也会在氧气值偏低的时候出去找他们。"

"你们好像有很多空房间啊。"艾米说着,想要换个话题。

"驻扎在这里的人数不是固定的,只是目前正好有空房间而已。"

艾米点点头。她确实没看到很多人,只有杰克逊手下的几个科学家、菲莉普丝护士,还有几个士兵。"现在这里有多少人?"

"总共可能有二十个吧,卡莱尔少校能告诉你确切人数。"

里夫留她一个人在房间里"安顿下来",尽管艾米并不知道他觉得她有什么要安顿的,毕竟她连个需要拆开的行李也没有。她躺在床上,凝视着白花花的天花板。那上面连块蜘蛛网都没有。基地里有蜘蛛吗?说不定有些小东西闯进量子机器过来了,或躲在建筑材料里被带了上来。她闭上眼睛,决定眯一小会儿。就眯到博士回来。他一定很快就回来了。

好像没过几秒钟,她就被敲门声吵醒了。

"什么——谁啊?"

"我是唐纳姆,长官。"

唐纳姆是一名士兵。艾米开门时,他马上立正站直了。"什么事?"

"博士要跟您通话,长官。"

"别叫我长官了,我叫艾米。"

"这边请……小姐。"他顺着走廊大步走了起来。

"我们要到哪儿去?"艾米问了一句,心想博士怎么不自己来找她。

"通信室。"

"博士在通信室吗?"

"准确来说不是的。您得用无线电跟他通话。他们利用几颗卫星接通了信号,所以我们能进行语音通信。"

"语音通信?等等——博士到底在哪里?"

士兵的步子稍微顿了顿,随后说:"木槿基地。他在地球上,长官。"

当艾米走进通信室时,里夫上校已经在对着无线电说话了。

"沃林斯基上将,他是管理木槿基地的军官。"里夫悄声对艾米说完,又加大了音量:"长官,庞德小姐已经到达,博士还在那边吗?"

让艾米惊讶的是,上将没有理会里夫,而是继续说道:

"……这意味着我们的当务之急,是恢复量子位移链运行。"他顿了顿,又继续道,"很高兴听到这个消息,里夫。博士还在这里。"

"他反应有点迟钝啊。"艾米小声说。

"通信有几秒钟时延。"里夫解释道,"本来应该更长的,但你那个博士朋友做了点改动,增强了信号。尽管如此,他们还是得花点儿时间才能听到我们说话,我们也得花点儿时间才能听到回复。"

"我有个老师的调性就这样。"艾米对他说。

"我就不打扰你们了。"里夫说,"我猜博士想跟你说些专业问题,同时不希望我们这些外行人听得稀里糊涂,插嘴打扰他。"

"我希望他刚才没有对你太失礼。"艾米对着里夫的背影大声说。他关上门,把艾米留在了房间里。

"庞德,很高兴能联系到你。"博士的声音隔着扬声器,听起来多了点儿金属感,"抱歉,我被困在下面了。你什么意思?"他突然有点生气地说,"我一点儿都没失礼。"

"几秒时延。"艾米说,"这下有意思了。"

"首先你要知道一件事——"博士说,"我们的通信有点时延……哦,你知道了。总而言之,你要花几秒钟时间才能听到我的回复。"

"知道啦。"

"但我猜里夫已经跟你说过了,所以你可能也知道这点,对吧?"

"是的。"

"你说'知道啦'是什么意思?"

"不,不,那是上一句话。知道啦说的是几秒钟时延。"

"莫非那是你对上一个问题的回答?好吧,我猜也是……

啊,是的,你刚说了。"

艾米叹了口气,"告诉我,这次通信到底为了什么,还是说你只想打个电话来,跟我吹嘘你自己回了地球,让我一个人被困在这上面?"

与此同时,博士也在说话:"你可能在想,我为什么要进行这次通话。这可不是因为我要吹嘘……"他迟疑了片刻,又继续道,"哦,你确实是这么想的。很好。"

"博士,"艾米说,"我猜你有话要对我说,而我也确实有话要对你说。所以我们就别互相马后炮了,不如你先说吧?"

"没错……是的。"博士说完顿了顿,又说,"那你先来。"

"我?"

"哦,我先来吗?"博士惊讶地说,"好吧,如果你确定的话。"

"我确定。"

"你要先来?你说'我'是这个意思吗?"

"不,不是那个意思。"艾米有点恼火了。

"你应该想先来吧?"他顿了顿,艾米能想象自己的声音从休斯敦那边的扬声器里传出来,"好,那你说吧。"

很明显,一来二去地说了这么多,她还是得先来了。可她还没开口,博士就说:

"抱歉,你说'不,不是那个意思'是什么意思?"

"博士,别说了。不管你在说什么,当你听到这句话时,立刻闭嘴,听我说,好吗?"

"很明显是我误会了。"博士说,"所以让我先告诉你这里发生了什么吧,你肯定不会相信……"他突然停下来,"哦,好吧。我闭嘴。你说吧。"

艾米举起两只手,像爪子一般隔空去掐博士并不存在的脖子。她做了个深呼吸,随后将自己的所见所闻和盘托出。她复述了自己跟丽兹·迪德布鲁克的对话,说了亲眼看见菲莉普丝护士、杰克逊教授和卡莱尔少校走进治疗室的情形。她讲了自己跟士兵的冲突,以及他突然像被断电关机了般呆若木鸡,又被菲莉普丝护士带到医务室去的事情。

"后来他就坐在那儿,让护士给他包扎手上的伤,仿佛什么都没发生过。呃,除了他手上多了烫伤。他怎么会不记得呢?他怎么会觉得这一切都很正常呢?我知道当兵的并不都是头脑最聪明的人,可就算是当兵的,也该有点基础思考能力吧。他们总归要学会开枪,对不对?那他们至少得分清哪头出子弹吧。或许我一直高估了……"

"呃,艾米?"博士打断了她的话,"我知道你刚才说不要插嘴,可我只是想提醒你,沃林斯基上将还在这儿呢。另外还有几个军方人士。抱歉,我应该早点告诉你的。等你听到我的话,可能已经晚了。"

艾米闭上眼睛,暗自感到难堪。"不,说真的,"她飞快地说,"我刚才只是开玩笑。当兵的很好啊,多好呀……军装什么的。抱歉,博士,你说什么?哦,还有丰富的幽默感,所以他们能理解我的意思。"

他们陷入了一阵短暂却仿佛永无止境的尴尬。随后一个声音打破了沉默,艾米认出那是刚才跟里夫上尉对话的上将。只听他平静地说:"那几秒钟时延真够漫长的。"

"我生命中最漫长的一刻。"艾米小声说完,又提高了音量,"不管怎么说,刚才那些就是我的见闻。简单来说,我觉得那个士兵的思维被篡改了,而这肯定跟杰克逊的疗程有关。抹除思维什么的。他看上去好像被催眠了,或者写入了什么指令。这里任何一个人都有可能被篡改,我完全不知道自己该相信谁。"说着说着,她意识到了自己的孤立无援,"我想你了,博士。你什么时候回来?我这里需要你。"

又是一阵漫长的停顿,随后博士的声音传了过来:

"如果你说完了,那就轮到我啦。什么?哦,是的,我也想你了。回去?好吧,那可有点儿问题,因为量子链必须从你那一端修复。我觉得那里应该没人能完成这项工作。或者说,没人想修复。"

"你证实了德夫尼什上校的人为破坏理论,"沃林斯基说,"但我们仍需要一个动机,除非像博士说的那样。"

说的哪样？艾米几乎要开口问了，但马上咬住舌头，保持了安静。

果不其然，博士兀自解释了起来："关于杰克逊的疗程，你的看法完全正确。"他说，"我不知道杰克逊是不是幕后主使，但疗程确实被操控了。你还记得我说过，移除治疗对象的记忆后，会留下一片空白吗？而那片空白，需要用别的东西来填补？我认为这就是事情的真相。有什么东西发现那些空白，并偷偷钻了进去。或许你所说的'白板'，就是那样被写入指令、成为傀儡的。又或者，那是疗程中的独立程序。总之，有什么东西盯上了那些空白，并据为己有了。"

"你的意思是，就像把软件下载到硬盘空白区域，或是电脑内存？"艾米问，"抱歉。"她很快补充道。

"我真希望自己能想出一个恰当的类比。"博士自顾自地继续道，"那可怜的九号囚徒在疗程中出问题了，于是，杰克逊就把自己的一部分记忆填入其中。所以他才会认识我，才会记得最初是他自己设置的疗程。杰克逊干的就是抹掉某人部分记忆的勾当，而那片多出来的空白……"他顿了顿，"没错……"他又顿了顿，"哦，太棒了，是的。没错，就是这么回事。下载，我喜欢这个说法。好吧，我一点儿都不喜欢这个做法，但你的类比非常不错。"

"那究竟是谁在往别人脑子里下载东西？"艾米问。

"问题在于,是谁正在往别人的头脑里下载东西。"沃林斯基说。

"你们两个都想到了。"博士说,"好吧,答案是——我也不知道,但那一定是与人类大脑比较相似的东西。它们能够将自己直接传输到思维中,且并非无的放矢。而那东西绝对不是人类的。"

"并且对人类心怀不轨。"沃林斯基补充道。

"看来是的。"博士赞同道,"坚持住,艾米。我会在下面尝试修复。我会想办法让系统上线一段时间,好让我回去,然后我就能处理掉那些外星入侵者,到时候我们就能回家了。简单。"

"哦,是啊,简单。"艾米说。哪怕隔着无线电通信,艾米都能从博士的语气里,听出他隐瞒了许多忧虑。

"你只要确保没人发现这件事就行。"博士说,"你说得对,不能相信任何人……哦,很高兴你这么想。但这很可能没那么简单……"

戴安娜基地的另外一个房间里,博士的声音从接入了主要通信系统的一个小音箱里清晰地传了出来:

"我很快会再联系你的。如果你要联系我们,可以呼叫上将,或者詹宁斯特工。你还可以呼叫坎蒂丝·赫克,她是负责研究和……各种东西的。所以她能理解你说的话。可能吧。反正跟我们差不多。总之你要老实待着，等我把事情处理好。"

房间里那个身着军装的人，伸手关掉了扬声器。尽管被困在地球上，博士依旧是颗眼中钉。他们必须确保那个人永远无法回到月球。

11

艾米很确定一件事——她不可能一直"老实待着",直到博士把事情处理好。他可能要花上好几天,甚至好几个星期。而艾米知道,那些坏蛋(杰克逊或者外星人,假设这里真的有外星人)已经开始怀疑她了。按照博士的说法,他们一度想杀了他,并且真的除掉了德夫尼什上校,仅仅因为他们多管闲事。

她丝毫不怀疑博士迟早会回来。他不会丢下她,也不会丢下塔迪斯,而塔迪斯就停在月面上呢。等他真的回来了,一定希望能马上知道,有哪些人可以信任,哪些人的脑子被过了电,任外星侵略者鸠占鹊巢。

振奋人心的一点在于,丽兹·迪德布鲁克的部分胡言乱语,若用博士的理论来解释,听起来就有意义了。在那些胡话中,她提到了"他们"。就连那个接受治疗后死去的可怜囚徒,都对他们发出了这样的警告:"他们来了。"那是不是杰克逊本人,趁着不被外星人影响的瞬间,试着借用别人的身体警告他们呢?

艾米很确定,她不能信任杰克逊、菲莉普丝护士,以及卡莱尔少校——反正她本来就不太喜欢少校。可没有人，甚至包括那个对她关怀备至、性格迷人的里夫上尉，能让她感到可以信任。除了丽兹·迪德布鲁克。她那些毫无逻辑的语句，或许是为了牵制自己脑中的外星人，唯有在她往那些胡言乱语中塞入零散的信息和警告时，艾米才能相信她。如果她是疗程的早期受害者，或许当时出了岔子，也可能疗程没有完全成功……

脑子里还没做出任何决定，艾米已经下意识地走向了医务室。如果丽兹真的被外星思维寄生虫控制了，那它肯定已经知道艾米起了疑心。再次跟她谈谈，也不见得会雪上加霜。

艾米小心翼翼地窥视医务室入口，满心希望自己是对的。她完全不想让菲莉普丝护士知道，她又跑回来跟重点病人聊天了。

菲莉普丝护士站在接待处的办公桌旁，那个状态让艾米看到了可乘之机。除非她是刚刚走到这里，正准备坐下……艾米等待着，大气都不敢出，随时准备在菲莉普丝护士忽然看向门口时，抽身躲起来。但护士好像专注于桌上的什么东西，只见她伸出手，翻过一页纸。原来她在看东西——可能是一份医疗报告。

艾米仿佛一直等到了猴年马月，菲莉普丝护士才直起身子，看了一眼手表，转身走向门口。

艾米迅速跑过走廊。她并没有想好，菲莉普丝护士真的离开后该怎么办。她方才一心只想着，等护士走进医务室去检查患者或仪器什么的，她再溜进去看丽兹·迪德布鲁克。

艾米拉开离她最近的那扇门跑了进去。房间里很黑,她飞快地挡住了差点关上的房门,留下了一条小缝透出外面的光。直到菲莉普丝护士经过那道门缝,艾米才长长出了一口气。她正准备重新拉开门,房间却突然亮了起来。

"我的老天!"一个粗哑的声音喊了起来,"你是谁?"

艾米原地转身,发现自己站在一间卧室里。这儿跟里夫上尉为她安排的卧室几乎一模一样,但并不是她那间。卧室主人此时正坐在床上,赤条条的胸前还晃荡着金属名牌。

"哦,呃,嗨。"艾米说,"卫生安全专员,我来替你检查检查这扇门,确保铰链不会发出噪音。对,在黑暗里检查。"她把房门开开合合了好几次,以证明自己说的话,"瞧,毫无问题。"

士兵好像并不相信她,反倒有点恼怒——甚至愤怒。他光溜溜的双腿扫过床边,就在他身上的被单将落未落之际,艾米一把拽开房门小跑到了走廊上,"给你房门上的铰链评个A1吧。"她大声说,"抱歉,打扰你了。"

仪器发出平静而有规律的嘀嘀声,丽兹睡着了,呼吸平稳正常。艾米真希望他们没有给她使用剂量过大的镇静剂。她轻轻摇了摇这名年轻女性的肩膀,随后加大了力度。

几秒钟后,丽兹睁开了眼睛,"干什么?该喝蜂蜜牛奶了?"

"是我,艾米。我之前跟你说过话,记得吗?"

"记忆会作弊。"丽兹睡眼惺忪地说,"别人的记忆不是他们自己的。"

"我知道,现在我知道你在说什么了。我知道你为什么要胡言乱语——是为了阻止他们控制你的思维,不让他们发现你在向我告密,对不对?"

"我尝试告诉每一个人。我把大灰狼藏在树林里了。"

"工厂里的扳手?你想说这个吗?"

"油膏里的苍蝇。"

"你是说人为破坏吗?"尽管艾米很肯定周围没人,她还是用略微高过耳语的音量说着话,"是你破坏了系统,你想说这个吗?"

"缺乏照料的孩子寻找它。士兵为它立正站好。"

"什么?"

"一根橡皮筋被抻开,最后得到了它。"

艾米发现,那根本不是胡言乱语,而更像是谜语。而且她有点儿找到门路了。"橡皮筋——应力。你是说注意力?[1]你破坏系统是为了得到关注?好吧,你把我和博士叫来了,所以还算有点成效。"

---

1. 橡皮筋被抻开后会产生应力(A tension),两个词的发音组合成为attention(孩子寻求的"关注"之意,士兵的"立正站好"之意)。

丽兹猛地坐了起来，"你是来带我参加派对的吗？这下我能见到其他人了吗？我很困，不过我能参加派对。通宵派对。所有人都在睡觉。"

"什么派对？"艾米问，"你是什么意思？"

"还是我太困了？"她身子一软倒在枕头上，灰色的眼睛闭了起来，"你替我去。二十一点十五分，或者再晚点。它二十一点十七分开启。但不要在那儿过夜。绝不能在那儿过夜。清醒才是最好的。不喜欢不速之客，哦，不。调皮。"

"好吧。"艾米说，"我现在是真的听糊涂了。你要我擅闯的派对到底在哪儿？"她伸手扶住丽兹的肩膀，"在哪儿？"

丽兹的眼睛再次张开——蔚蓝的眸子盯着艾米，"七号舱。"丽兹说，"去参加派对吧。"说完她又闭上眼睛，发出细细的鼾声。

听见艾米走进来，站在医务室接待处的女人猛地转过身。

"哦，是你啊。"艾米说，"我觉得菲莉普丝护士应该不在这儿，因为我也在找她呢。"

"没关系。"卡莱尔少校短促地说，"你知道她还要多久才回来吗？"

艾米摇摇头，"我来的时候她就不在这儿。"

"你和那个博士——你们到底是来干吗的？"

"来修复系统。"这句话说出来倒有点像个问句。艾米感觉自己正在被审问。

"我只是不知道能否信任你们。"卡莱尔少校说。

"哦,绝对可以。我们非常值得信任。你有什么要坦白的吗?"这话可能有点过了,艾米想。但她还是要这么说。

"告诉我,"卡莱尔少校缓缓地说,"你来到戴安娜后,发现什么怪事没?"

"除了量子机器罢工吗?"

"我不是说机器,是说人。"卡莱尔少校死死盯着艾米,仿佛想从她脸上的雀斑里读出答案。

"人?"这肯定是个陷阱。艾米的回答有可能左右她的生死,要么她能继续自由自在,要么就会……惨遭毒手。"没有啊,所有人心肠都很好,乐于助人。你问这个干什么?"

卡莱尔少校微微眯起眼睛,"不干什么,我只想确认,手下的人是否向你提供了尽可能多的帮助和关照。"

"哦,是的,"艾米肯定道,"无微不至的关照。"随后,在卡莱尔少校转身要离开时,艾米又说:"七号舱里有什么?"

卡莱尔停下动作,转回身来,"你问这个干什么?"

"就是好奇,有人提起过。"

"有人?"

"你手下的人。"

卡莱尔少校点点头，仿佛接受了她的答案。"七号舱是新囚犯的暂押和登记区域。我们已经好几个月没接收新囚犯，也没有任何接收计划——即使在这次运输系统出问题之前。"

"所以那里面有什么？"

"什么都没有。七号舱是个空舱。"卡莱尔稍微歪过头说，"这样算回答你的疑问了吗，庞德小姐？"

"算，谢谢你，卡莱尔少校。"

"那我就先告辞了。"

"笨蛋，笨蛋，笨蛋。"艾米反复咕哝着。她真不该问起七号舱，让卡莱尔少校产生警觉。对方当然不可能透露任何信息。不过话又说回来，她可能觉得艾米相信了她的话——毕竟，为什么不呢？

艾米走进餐厅，给自己倒了杯咖啡——喝起来臭烘烘的。她很确定身后没人跟踪，而卡莱尔少校刚才也走向了主控区域。七号舱在基地另一头，远离所有舱室，是从基地主体延伸出去的独立空间。这倒是很符合少校的接收囚徒之说——它独立而设备齐全。但那也意味着，只有一条通道通往那里。

要进入那条通道，艾米首先得经过囚室单元。她抬眼望着中心区，不像刚才，她如今已经知道有人被囚禁在里面了。狭长房间另一头的门被锁住了，旁边装着一块数字键盘，还有一个貌似火警按钮的方形小玻璃板。艾米有点儿想打碎那个玻璃板，可就算它能激活警报，也不一定能把门打开。再说了，谁知道它会不会引发点儿别的什么呢？

可她并不知道开门的密码。或者，她其实知道？丽兹说派对在二十一点十七分，就算那是场想象中的派对，这个时间也未免有些奇怪。她刚才是怎么说的？"它二十一点十七分开启。"肯定是这个了。艾米输入2117，门应声而开。

"棒！"艾米得意地说了一声，又马上回头去看背后是否有人。

艾米走进去，等门关上，又输入了一遍密码，确认自己是否能从原路返回。看见门从两边都能开，她便放下心来，再次让门关上，开始小心翼翼地走向通往七号舱的通道。

她越往前走，通道上的灯光就越昏暗，最初的强光照明渐渐减弱，最终只剩下应急照明的血红微光。艾米猜测，既然这个区域没人用，他们大概也懒得让照明一直开着了。

假设它真的没人用的话。

通道尽头是另一扇门，艾米再次输入2117，门再次安静地滑开。下一步，艾米便踏入了噩梦。

舱室里有二十张桌子，整齐地排成四列，它们一模一样、朴实无华，被诡谲的红光照得怪异不已。每张桌子大约有两米长、一米宽，由金属和塑料拼接而成，和现代化写字楼里的办公桌别无二致。

只不过，这些桌子上全都躺着人，他们太阳穴上的贴片连线接入桌旁的监控仪器，监控器的小屏幕实时显示他们的心跳，体温的小数点后几位上下波动着。二十个人全都以同样的节奏呼吸，那声音让人感觉整个舱室都是活的。

艾米缓缓走在那几列桌子间。这到底是什么地方？医务舱？还是什么龙潭虎穴？

二十个人全都穿着军装，大多是男性，也有几个女性。二十个人全都双眼圆睁，无神地凝视着天花板。

唯有离门最近的那个士兵跟他们不一样。自从艾米进门之后，他就一直目不转睛地盯着她的一举一动。只见他的心跳监控化做一条直线，体温也消失了，原来，是他扯掉头上的贴片，坐了起来。

12

打磨得锃亮的金属板，镜子般反射着得克萨斯的毒辣阳光。坎蒂丝·赫克在一旁看着格拉哈姆·海恩斯调整其中一块金属板的位置。其他科研人员也在检查各自负责的金属板角度和连接。

此时，詹宁斯特工脸上的墨镜终于显得不那么突兀了。他正站在沃林斯基上将旁边，与他一起监管工作进度。坎蒂丝感到自己派不上什么用场，又有点力不从心，便走过去加入了他们。她很不习惯、也不太喜欢这种感觉。

"这能起作用吗？"沃林斯基问。

坎蒂丝耸了耸肩，"谁知道？自从查理·弗莱克诺去世后，就没人真正了解量子位移的原理了。"

"他设置了整个系统？"詹宁斯问。

坎蒂丝点点头，"他发明了系统，组装并调试了设备。结果设备还没运行几个月，他就得癌症死了。当时还是八十年代。他留下了一大堆笔记，但只有几个人能勉强看懂一部分。虽然那足以保持系统运作，不过老实说，我们都是侥幸熬过来的。"

"现在好运到头了。"沃林斯基说，"可那个博士，他好像能理解这些。"

"他看起来可没有成熟到能理解这些东西。"詹宁斯说。

他们齐齐看向话题的主角。博士只穿着一件衬衫，奔走在两列平行排列在沙漠上的金属板中间。他重新对齐了几块金属板，又检查了其他几块板子的线路连接，偶尔点点头表示赞赏。

"他忙碌的模样要成熟些。"沃林斯基说，"毫无疑问，他确实知道自己在干什么。他不可能只是在虚张声势，不是吗？"

"他列出的方程式极具才气，而且正确无误。"坎蒂丝说，"他的理论看上去很可行，而且他必定很了解其中的原理。他……"她努力想找到不那么带感情色彩的词汇，但并不成功，"他是个天才。"她承认道，"尽管如此，连他都说这个不一定能行。"

"所以理论上会发生什么？"詹宁斯问。

博士正好跑过来，听见了特工的提问。"这个理论本身就很匪夷所思。"他说，"所以很可能什么都不会发生。但如果我能将金属板的共振频率对应上月面接收器的频率，那样或许能使两个地点相互吸引，使它们再次重叠。"

"你能修好它？"沃林斯基说。

"如果我能像搭建系统的人那样，获得源源不断的资金和资源——那么给我三个月时间，绝对能修好。没问题。但今天？好吧，怎么说呢，或许有点儿可能。但最大的可能是它根本不管用。就算能管用，也不会稳定。"

"那么请恕我直言，你这样做的意义何在？"詹宁斯问。

"因为总有一丝可能性，我们得尽量尝试。"坎蒂丝对他说。

"一点没错。"博士赞同道。他从口袋里拿出一卷纸，坎蒂丝发现，那上面满是潦草的手写，像是从笔记本上撕下来的。"这个临时系统不能保证我们中任何一个人安全通过，但我已经写下了一些在月球基地那端修复系统的意见，假设他们真的想修复系统。纸张有个好处，就是留在月面上也不会窒息。"他把纸塞回口袋里，"现在，我有个问题。"他对詹宁斯说。

"嗯？"

"你穿着那身西装不热吗？"

裹在太空服里更热了。博士觉得头上那顶严丝合缝的白色兜帽裹得他难以呼吸，仿佛随时会爆发幽闭恐惧症。

"我情愿穿自己那套，至少不那么笨重。"他抱怨道。

"我不知道你是从哪儿弄来的那套太空服，"坎蒂丝对他说，"反正你弄丢了头盔，而我们的又不能兼容。我倒是很期待对那套制服搞个逆向工程。"

"你敢！我告诉你，一根线头都不许碰。"

"可是——"她开口反驳道。

博士抬起一只手,"啊!"他警告道,"没得谈。"

所有人远离现场后,博士站在两列反光金属板组成的路径末端。他操作头盔一侧的按钮,放下金色面板,隔绝了晃眼的阳光。

他用一只戴着笨重手套的手拿起音速起子,喃喃道:"好,我来了。"

音速起子的顶端亮了起来。连接金属板的发电机,发出开始运行的嗡鸣。他稍微调整了起子上的设置来改变频率。博士面前的空气笼罩在一片热浪中。不过,那或许并不是普通的热浪。

两列金属板之间的天空突然阴沉下来,黄沙仿佛褪去了颜色,变得灰暗而贫瘠。空气涌进真空,在博士身边卷起一阵微风,吹向月面接收器划出的道路。

"哦,棒极了!"博士叫了一声,可他的愉悦,很快就被出现在眼前的身影打消了。

德夫尼什上校躺在月面上,扭曲变形的脸一动不动地盯着博士。他戴着手套的手向前伸出,仿佛在乞求援手——他永远没有等到的援手。

走入量子链接的感觉很像走进一场风暴,仿佛所有空气再次被挤走。博士探身进去,挣扎着前进。

"出什么事了?"坎蒂丝·赫克的声音在他头盔里响起,"起作用了吗?"

"是也不是。"博士一边踉跄着往前走,一边喘着粗气说,"位移不会持续很长时间。如果系统失效时我正好处在位移区域,就会被撕成碎片。地表环境正在努力恢复原样。"

"赶紧放下你那叠纸,然后出来。"

博士另一只手就拿着刚才那叠纸,他把纸按在德夫尼什身旁的地面上,但感觉一松手,纸片就会被风吹散。他需要找个东西压住纸片,可尽管如此,当位移断开时,它们还是有可能被撕成碎片。

德夫尼什的太空头盔就在旁边——与那位逝者的指尖仅有令人痛心的咫尺之遥。博士把头盔滚到纸片上。头盔在劲风中摇晃,但没有被吹走。随后,博士抓住了德夫尼什伸出的手。

"对不起。"他呢喃道,"我真不是有意丢下你等死的,而我也不准备把你扔在这里等着被撕成碎片。"他正好顺风,很快便把逝者的尸体拉回了得克萨斯沙漠。

不远处还滚落着另一只太空头盔,在阳光下闪烁着红光。博士用尴尬的姿势伸出一条腿,把头盔踹到自己正前方。它像风滚草一样穿过冰冷的月面,落入热气蒸腾的沙漠中。

博士拖着德夫尼什上校的尸体跟了上去。他一走出金属板划出的道路,便双膝一软跪倒在地。

与此同时,他身后那两列金属板一个接一个炸开了。金属板中间是一串凭空冒出来的踉跄脚印,以及尸体被拖拽的痕迹。那串痕迹一直延伸到博士所在的地方，而他正手忙脚乱地脱去身上的太空服。

"只差一点了。"坎蒂丝跑向博士，"我们差点就成功了，如果量子链能保持稳定就好了。"

"历史充满了各种'如果'，"博士遗憾地对她说，"可那是我们最后的机会，我们返回月球的最后一个办法。"他摘掉一只手套，甩到沙地上。

沃林斯基上将站在坎蒂丝·赫克身边。两人相视一眼。

"不，"沃林斯基对她说，"绝对不是。"

"什么？"博士问，"仔细说说。"

"你刚才说我们失去了回到月球的最后一次机会。"坎蒂丝说。沃林斯基叹了口气，低头看着脚下的黄沙，而坎蒂丝则继续道："或许我们还有一个办法。"

士兵的全部注意力都放在艾米身上。他行云流水般地将两条腿扫过桌面，随后站了起来。

"离门最近，那你应该是警卫了。"艾米说。

士兵并不作答。他看上去跟艾米差不多大，一头剃得很短的金发。只见他镇定自若也目标明确地朝她走了过来。

艾米不断往后退，一直跟他拉开几张桌子的距离。士兵不断改变路线，绕过桌子前进，但始终拦在艾米和门中间。

"听我说，我这就走。我自己能出去，不用你费心。"

士兵好像对她的话充耳不闻。他一门心思想要靠近艾米。当他走近后，就伸直了双手——仿佛低成本电影里的僵尸，只不过那些电影里的僵尸通常行动缓慢，只会步履蹒跚地追在目标后面，而这个人却脚步轻快，行动果断。

艾米跑到一列桌子的尽头，又掉头跑进下一列。士兵在桌子的另一边对她穷追不舍，还抄近路拐进下一列。

如果她停下来等待他的行动会如何呢？这个士兵会不会跟之前那个一样，像断电一样停下来呢？

她试了试。两人隔着一个穿着军装俯卧在桌上的年轻女性，大眼瞪着小眼。

"你要在那儿站一整天吗？"艾米问。

士兵突然俯身向前，两手撑住了桌边，仿佛在对她做出回应。紧接着他纵身一跃，跳过了桌子和上面的人，落到艾米身边。

她吓得尖叫一声，很快又为自己的反应感到羞愧，同时跑了起来。

此时，士兵已经没有拦在她与门之间，可问题是，他就在艾米身边。他一把抓住艾米的头发，把她往回拽。

"放开我！"她叫喊道。

但士兵并不松手，而是坚决地把艾米拽向自己。

她在慌乱中朝后乱踹,希望能踹中士兵的小腿。然而她的脚却撞到了病床旁边的台子上,反作用力回馈到腿上,震得她两眼飙泪,那种疼痛堪比被人拽着头发拖行。

她那一脚也让台子剧烈晃动起来,上面的仪器在空中划出一道弧线,最后砸到了地上。电线四下散落,全都纠缠在一起,某处连接被断开,警报响了起来,室内顿时回荡起没完没了的低沉嗡鸣。

下一刻,艾米突然被松开了。士兵放开了她的头发。这大大出乎她的意料,甚至令她忘了逃跑。只见士兵迅速而小心地抬起仪器放回台上,重新连接上脱落的电线。警报停了下来,士兵转身走向艾米,再次伸出双手。不过她这次成功躲开了士兵的控制,转身跑了起来。士兵紧追不舍,靴子踏在地板上的声音震动着她的耳膜,越逼越近了。

出口显得无比遥远。艾米绕过桌子躲开士兵,顺着通道一路狂奔,但始终没能甩掉他。士兵再次伸手逮她,她甚至能感到那人的手擦过了肩膀。艾米深知不等她跑到门边,士兵就会追上。一旦他追上来……

她大口喘着气,加快了速度。她越过追兵先前躺着的那张桌子,现在只差最后一排桌子,便能跑到门边。

可就在这时,她的一只脚踩到了士兵醒来后从脑袋上拔掉的电线。她脚下一滑,一个趔趄,只差一点就能恢复平衡——最后终究还是摔倒了。

艾米的后脑勺狠狠撞到地面,眼前的天花板霎时变得模糊了。士兵伸出双手掐住她时,她看到一双空洞的灰眸。

13

艾米没有给他双手攥紧的机会。她往旁边一滚,挣开了士兵的钳制。与此同时,她还一脚踹向旁边病床的台子,把仪器震落在地。她一站起身就拔腿狂奔——但没有冲向大门,而是挨个跑过病床,把沉睡者们太阳穴上的电极片扯下来,又把监控仪器推倒在地。

士兵马上开始捡拾仪器,恢复连接。他的动作一丝不苟且极富效率。显然,这项工作的优先级,高于追逐入侵者。

"原来你的作用是保护他们。"艾米说,"可是,保护他们做什么呢?"

她看着士兵为另一个沉睡者重连设备,监控器很快恢复了正常运行,体温和血压的读数,也回升到艾米猜测的正常水平。她缓缓后退,目光从未离开士兵的一举一动。如果她转身就逃,他会不会把她切换成优先事项呢?

她刚进来时,门在她背后关上了。她必须转过头去,才能看到键盘上的数字。她只需要几秒钟就能输入密码,可她担心回头时，士兵就已经站在她眼前了。

然而，他还在房间另一头重新连接设备。她成功了，她安全了。

艾米身后的大门安静地打开了。

她正要转身离开，却被一只手按住肩膀，死死抓住了。

"你在这里干什么？"

博士、坎蒂丝、沃林斯基上将和詹宁斯特工，挤在一辆吉普车后座上，回到了木槿基地。博士一路上都在打理他失而复得的太空头盔。沃林斯基和坎蒂丝·赫克都没有对他细说重返月球的另一种可能。莫非基地有一套紧急备用系统？或者那玩意儿实在太危险了，他们根本不敢用？

"我们还没有证据。"沃林斯基在引擎的轰鸣中高声说道，"无法确定你的外星入侵之说是否可信。即使退一万步讲，你的猜想也太天马行空了。"

"最棒的理论通常都很天马行空。"博士对他说，"但不管我的说法是对是错，我们都需要给你的基地重建一条连接。"

"这是紧急事项。"赫克说，"戴安娜的技术员肯定已经着手修复了。杰克逊非常棒，如果说谁能修复系统，那肯定非他莫属。"

"那么，如果没有人能修复系统呢？"詹宁斯耸了耸肩，

"我就来泼泼冷水吧,或许真的没人能修复,甚至杰克逊都不行,又或许——只是或许,我们这位博士说对了。其实并不一定需要外星人,如果是内鬼故意破坏了月球基地上的系统,那么任凭杰克逊有三头六臂,也无济于事。"

"你觉得谁有可能是幕后黑手?"博士问。他觉得詹宁斯不太相信这是外星人所为。

"见鬼,我们不知关了多少危险又不讨人喜欢的家伙在上面啊,万事通。随便哪个人,都可能有一堆朋友,随时准备舍命把他救出来,甚至只是为了示威也要惹是生非。"

"那是个小矮人。"博士说,"你觉得我像小矮人吗?"[1]

詹宁斯皱起眉毛,"你说破坏者吗?你是说,他必须身材矮小,才能从很窄的地方钻进系统内部?"

"不,不,不。万事通是个小矮人。我不是。"博士为了证明自己的观点,在吉普车里站了起来,随着车身的颠簸左右摇晃着。车子正好越过一道沙丘,颠簸更加剧烈了,于是他又坐了下来,"瞌睡虫、喷嚏精、呆头鹅、大懒虫、小矬子。"他停下来,咬着下唇想了想,"不,等等,我是不是弄错了。瞌睡虫、喷嚏精、迷糊蛋、爱生气、开心果、害羞鬼——他名字的尾音不

---

[1] 上一句话里,詹宁斯把博士(Doctor)叫"Doc",这是七个小矮人当中的首领人物的名字,中国译为"万事通"。博士很不喜欢别人用缩写称呼他,故有此反驳。

是'ee'¹,但我觉得没错,毕竟他的名字也代表了一种情绪,对不对?"

"还有万事通。"坎蒂丝接过话头,"没错。"

"万事通可不是情绪。"博士说,"这一直让我耿耿于怀,不过他确实是个小矮子,而我不是。所以别再叫我万事通了,好吗——詹特工?"

詹宁斯大笑起来,"知道了,博士。不过你以后要是碰见跟白雪公主一样美的人,记得告诉我在哪儿能找到,行吗?"

"她就在月亮上。"博士说,"我正准备把她带回来。"

他们回到木槿基地时,格拉哈姆·海恩斯已经等在那里了。他看起来兴奋得坐立难安。

"博士离开前让我们扫描的东西已经弄好了,简直太难以置信了。"他对坎蒂丝说。

"什么东西难以置信?"沃林斯基从吉普车上跳下来追问道。

"首先是他对赫歇尔望远镜²做的调整,全凭遥控就搞定

---

1. 除了害羞鬼(Bashful)外,其余五个小矮人的名字都以"ee"的发音结尾:瞌睡虫(Sleepy)、喷嚏精(Sneezy)、迷糊蛋(Dopey)、爱生气(Grumpy)、开心果(Happy)。
2. 以英国天文学家威廉·赫歇尔的名字命名的一台大型远红外线望远镜。它宽4米,高7.5米,是迄今为止人类发射的最大远红外线望远镜。2013年4月29日,赫歇尔空间天文台因为制冷剂耗尽而结束任务。

了。"海恩斯钦佩得摇头晃脑,"那人是个天才。"

"那当然了。"博士大步从他们身边走过,"我们去看看赫歇尔发来的东西吧,各位?"

沃林斯基、詹宁斯、坎蒂丝·赫克以及海恩斯,一众人跟随博士挤进了上将办公室。海恩斯已经把扫描结果发到了沃林斯基的电脑上。

"作为一个小矮人,这活儿干得很不错啊。"詹宁斯特工咕哝道。

"你说什么?"海恩斯茫然地看着他。

"这玩意儿看起来,就像叠在暗色背景上的一大堆鲜艳色彩。"沃林斯基说,"有人愿意告诉我,它到底是什么意思吗?"

"这张图的意思是,博士猜对了。"坎蒂丝说。

"它意味着麻烦。"博士补充道。

"这些看起来很像彩虹条纹中的橙色区块,"坎蒂丝解释道,"它们代表爆发的能量。望远镜被调校成了类似MRI的扫描装置,也就是磁共振,扫描大脑时会用到的那种。

"简而言之,"海恩斯补充道,"它能探测脑波。"说完,他就挨了坎蒂丝一记眼刀。

"这些脑波出现在哪里?"

"我们无法判断它们来自何处,"博士说,"但它们到达的地点……"他指着彩虹末端说，"就是你们的戴安娜基地。确切地说，是杰克逊教授的治疗室。"

所有人都盯着屏幕上的彩虹，陷入了短暂的沉默。

"这是一直都有的吗？"詹宁斯特工问。

"不，它只会爆发性显现。"海恩斯说，"不过听好了——那些爆发性显现，与记入日志中的治疗设备使用时间相重叠。因为每次动用设备，都会抽空能量，就都得记入日志中。"他解释道。

"杰克逊一开启他的机器，"博士说，"外星脑波就分秒不差地显现，一而再再而三。这根本不是巧合。"

"而且情况正在恶化。"坎蒂丝对众人说，"刚才海恩斯传输数据时，我查看了彩虹另一头的情况，随后我把赫歇尔的焦距拉到最大。你们看吧，这是实时画面。"

她在沃林斯基的键盘上敲了一会儿，屏幕上的图像随即变成了一道横贯黑色背景的红色脉冲光。

"这是持续的，"詹宁斯说，"对不对？"

"没错。"坎蒂丝赞同道，"不再是有规律的爆发性显现，而是持续的流动。好消息是，它还没有到达戴安娜，目前还在逆流而上。但不管它究竟是什么，那东西正在一点点朝戴安娜移动。"

"增援部队。"博士说，"下载，还记得吗？此前他们一直在间歇性传送精神活动,就好像一次只给你发送一个外星人脑子。你们可以把它想象成刻录CD,一次一个文件。"

"那这个呢?"沃林斯基敲了敲屏幕。

"这是持续下载,一大堆数据同时跑进来。他们提升了带宽,每次可以传送不止一个脑子了。"

"我们面对的数量是多少?"詹宁斯问道。

博士耸耸肩,"首先,足够戴安娜基地人手一个。"

"那只是首先?"海恩斯吹了声口哨,"然后呢?"

"然后地球上每人分一个。"博士环视着周围那一张张神色严峻的脸,"它们的计划增档加速了。这有可能是早已计划好的,也有可能是什么东西让它们产生了担忧,决定加快动作。这就是为什么它们要切断量子链,这就是为什么这东西……"他指向屏幕,"正在步步进逼。一旦援军到达,他们就会恢复量子链,大举入侵地球。我们快没时间了。"

"可是为什么?有什么东西能吓得他改变计划?"沃林斯基问。

博士突然露出灿烂的笑容,"我。他们知道我能一举挫败他们的阴谋。可我在这里无法施展,必须回到月球去。而我知道你有办法把我送上去。"

海恩斯看到了沃林斯基和坎蒂丝·赫克脸上的表情。"你们不是认真的吧?"他说,"快告诉我,在这事儿上,我们并没那么心有灵犀地全想到了一块儿去。"

"博士，"沃林斯基说，"我要给你看个东西。"

士兵已经快把沉睡者的仪器全部重新接好了。艾米和里夫上尉站在敞开的门前，里夫一脸惊讶地看着门里的光景。

"那是戴森二等兵，"里夫说，"他本该回木槿去了。事实上，这些人都应该已经回去了。他们待在这儿干什么呢？"

"我猜，你们木槿基地的人，也觉得他们还在天上执勤吧。"艾米说，"有人一直在撒谎，利用你们的机密性，去掩盖这里正在发生的事。快来，我们得离开这里。他被写入了指令，收拾完仪器就该收拾我们了。"

"写入指令？"里夫困惑地摇了摇头。这个一直都酷得不行的上尉，露出如此惊疑不解的表情，倒是显得有些滑稽。"你什么意思？这些人病了，我们得帮他们。"

"是的，我们要帮他们，"艾米把他推到门外的走廊上，"可只靠咱们自己是做不到的，而且还得先弄清楚幕后黑手是谁。"

"菲莉普丝护士一定知道他们在这里。"

"我敢肯定她知道。"门关了起来，"等等。"艾米转身盯着里夫，"你怎么知道我在这儿？"

"我刚才在安全控制机房，看见暂押区的门被打开了，因为这次开门没有授权,我就决定来查看一下。"

"他们肯定有权限越过监控,不让人发现他们来过这里。"

"可你说的'他们'是谁?"里夫问。

艾米正急匆匆地往回走,"菲莉普丝护士,还有杰克逊教授。"

"杰克逊也参与了?到底怎么回事?"

他们来到走廊尽头,艾米输入密码打开门。

"这事儿解释起来有点困难。"

"那你克服克服。"

"你想想,杰克逊教授的治疗方式,不就是从人脑中抹去记忆吗?我觉得,里面那些人是整个脑子都被清空了。杰克逊提到过'白板'这个词——说的就是那些人。他们都是名副其实的白板,一个个等待被植入新人格的空白大脑。"

"你是说,换脑?"

"对。不过博士认为,将要占据他们大脑的都是外星人。"

里夫笑了起来,"你在开玩笑,对吧?"他注意到艾米的瞪视,停止了笑声,"好吧,你没开玩笑。你觉得我们该做些什么?"

"逮捕杰克逊和菲莉普丝护士。"艾米转头看向巨大的玻璃窗外,那是囚室所在的中心区,"至少你已经有地方关押他们了。单独拘禁。"

里夫慢慢点着头,"我得把这事儿给卡莱尔少校汇报一下。

想说服她可能不太容易。"

"不!"艾米拔高声音说,"我觉得她也参与了这件事。"

"安迪·卡莱尔[1]吗?不可能!"里夫突然嗤笑出声,"她一直都是那个样子,不会是外星人变的。"

"我们不能冒险。"艾米坚持道,"现在只有你跟我,等我们查出更多内幕再说。"

"我们怎么查?"

"从杰克逊和菲莉普丝着手。"

里夫点点头,"有道理。不过在此之前,得先回我宿舍去一趟,我想我们需要点东西。"

"手铐?"

里夫摇摇头,"枪。走吧,说干就干。不管之后发生什么,我们面临的后果都很严重,所以你就祈祷自己没猜错吧。"

"不。"艾米对他说,"我真心希望自己猜错了。"

---

[1]. 安迪是安德莉娅的简称。

14

吉普车里只有四个人——博士、坎蒂丝·赫克、詹宁斯特工和沃林斯基上将。

上将坚持要亲自开车，坎蒂丝则坐在他旁边副驾驶的位置上。

"要不是迫不得已，我不想让任何人知道，我们竟然考虑过这个方案。"沃林斯基把车开出基地时，对旁边的坎蒂丝说。

吉普车在空旷的沙漠上疾驰，轮胎翻腾起一路黄烟。周围没有路标，没有记号，甚至连路都没有，但沃林斯基好像知道该往哪里开。

"你知道这个做法太疯狂了。"坎蒂丝对他说。

沃林斯基点点头，"坎蒂丝，我们或许只能疯上一把了。"

詹宁斯和博士都坐在吉普车后座上。

"你知道他们在说什么吗？"詹宁斯问。

"我大致能猜出来。"博士愉快地承认道。他笑得像个走进糖果铺的孩子，"你呢？"

"不知道。这是在发疯,这我能听懂,别的就猜不出来了。嗨——这整件事都很疯狂,从头到尾。"

"还没到尾呢。"博士说着,表情沉凝下来。

"告诉我,你说的外星人入侵,真的不是开玩笑吗?我是说,真的真的不是开玩笑?"

"真的真的真的不是开玩笑。不过我注意到,你和上将并没有大吵大闹,坚称外星人不存在,或者我在异想天开。"

詹宁斯摘掉墨镜,掏出一块雪白的手帕擦了擦镜片,然后戴了回去。

"我猜沃林斯基和我一样,读过某些资料。UNIT[1]、火炬木[2]、黄皮书行动——那些真家伙,不是他们放在自由信息网上糊弄人的删改版。"

"UNIT?"博士说,"那你知道我是谁啦?"

詹宁斯微微一笑,"如果你再稍稍老一点儿,我就知道你是

---

1. 前身是"联合国情报特派组"(United Nations Intelligence Taskforce),后改称"联合情报特派组"(Unified Intelligence Taskforce),简称UNIT。它是一个军事组织,主要职责为调查与解决外星人入侵,从第二任博士的剧情开始出现。UNIT会给博士发工资,但博士从来不去兑支票。
2. 全称火炬木小组(Torchwood Institute),建立于1879年。第十任博士与罗丝解救了维多利亚女王后,得到女王授勋,同时被逐出英国。后来维多利亚女王就下令建立了火炬木小组,目的是保护大英帝国不受外星入侵、搜集外星科技,以及抓捕博士。新版博士第二季第十二集《鬼军》之后,原火炬木总部毁于金丝雀码头之战,新总部转移到卡迪夫的火炬木第三分部,衍生出了杰克·哈克尼斯上校为主角的电视剧《火炬木小组》。

谁了。"

"相信我。"博士对他说,"我已经老了不少。"

万里无云的蓝天上,日头毒辣,车在阳光的炙烤下,开了将近一个小时。好不容易,博士终于看见远处出现了不再只是黄沙的东西。

詹宁斯也看见了,"那是什么?看起来像座楼,尖塔一样的楼。"

博士没有回答,但他脸上的笑容已经回来了。

车越开越近,那东西透过热浪逐渐显现出来,成了一座高耸入云的圆形白塔。塔尖呈锥形,在顶端收束成一枚长钉,笔直地刺向天空。

"还有很长一段路呢。"詹宁斯说,"我们在往那儿走吗?"他大声问沃林斯基,随后又转头对博士说,"不过这里也没别的东西了。"

博士并没有听他说话,而是专注于前方那个越来越大、在阳光下反射着耀眼光芒的结构体。

吉普车冲上一道陡峭的斜坡,这地方看起来就像火山口。现在可以看到,眼前的结构体,远比它从"火山口"冒出来的部分高大得多。前方地面猛地下陷,形成了一个巨大的碗状沙盆。

沃林斯基把车停在盆地边缘,又激起一片黄沙。

"你绝对是在耍我。"詹宁斯一跃,跳出了吉普车。

博士兴奋得上下蹦跶,"这真是……棒极了。[1]"他沉吟了片刻,才挑选出最符合心境的形容,"妙不可言。如果要我运用一个六十年代的词汇——那就是妙极了。我想在这种情景中,使用这个词一点都不突兀。"

四人站在"火山口"的边缘,眺望着那座巨大的结构体。

"我每次都会感到震撼。"沃林斯基坦言道,"我不怎么来这里,可每次来都会为它的宏伟所震慑。想想那东西里面包含的工程量吧。"

"三百六十三英尺[2]。"坎蒂丝说。

"那跟圣保罗大教堂差不多高。"博士说,"它有多重?"

"满载燃料的状态下,超过三千吨。"

"那可真是个大宝贝。"詹宁斯说。

他们脚下,几座低矮建筑聚集在盆地边缘,它们全都远离盆地中间的主结构体,但互相之间有道路相连。其中一座建筑还延伸出了几条巨型管道,与中间凸起的庞大方形发射台相连。

发射台上,平地拔起一座巨大的塔形脚手架,其高度远超博士所在的盆地边缘。那座脚手架支撑的,便是一艘直指蓝天、威风八面的庞大火箭。

火箭整体为白色,衬有黑色条纹,底部还印着硕大的"USA"

---

1. "棒极了"(fantastic)是第九任博士的口头禅。
2. 约为110.6米。

字母。从底部向上,火箭在三分之二的位置开始收窄,延伸到顶端便是他们在路上看到的,从人造盆地边缘伸出来的细长圆柱体。

"土星五号火箭。"沃林斯基说,"人类史上最大的运载火箭[1]。这一艘的序列号是SA-521,明面上并不存在。"

"你们之前说过,戴安娜基地是由好几次秘密阿波罗登月计划建立起来的。"博士想了起来。

"没错,"坎蒂丝回答道,"从阿波罗18号到22号。然后他们就启动了量子位移链,并且一直运转正常。从那以后,他们就用不着麻烦又昂贵的火箭了。"

"可他们已经造好了一艘。"沃林斯基说,"想掩人耳目地处理掉,实在太困难了。官方宣称取消计划的18号跟19号,还有备用版天空实验室运载火箭都已经退役,并被送到休斯敦、肯尼迪和位于亚拉巴马亨茨维尔的太空火箭中心展出了。"

"所以这艘火箭就留了下来。"坎蒂丝说,"理论上是一艘紧急备用火箭,随时准备在接到通知的一周内,填装燃料,发射升空。"

"不过那已经是三十年前的事了,"沃林斯基对他们说,

---

[1]. 译者翻译本书时,SpaceX公司在阿波罗11号曾经使用过的肯尼迪航天中心LC-39A发射台成功发射了猎鹰重型火箭(Falcon Heavy)。尽管猎鹰重型火箭是目前现役最强大的火箭,但相比土星五号还是略逊一筹,所以它依旧是人类史上最大的运载火箭。

"谁知道它现在是个什么状态?"

"而且我们也没有一个星期时间。"博士说,"我们最多只有二十四小时来把它准备好。"他兴奋地拍了一下手,"另外我们还要加快航行速度。阿波罗11号飞了四天才到月球。我想在四十八小时内到达。"

"这个宝贝肯定比第一次登月的火箭快。"坎蒂丝说,"英国火箭集团为火星探测计划[1]研发了M3改性燃料,原本打算供给火星探测器返航使用,后来计划终止,他们就想办法把燃料用到了这个宝贝上。那能削减不少航行时间。"

博士挥了挥手上的音速起子,"我还能再削减一些。"

"你知道吗?"坎蒂丝说,"这事儿听起来完全没有我想象得那样荒谬。如果你昨天对我说,我们将会认真考虑把那东西发射升空,我可能会说你脑子烧坏了。可不知为何,我们眼下就站在这儿,看着它……又让这一切听起来都合情合理了。"

"那得假设那玩意儿过了这么久还能用,"詹宁斯说,"再假设你们能找到够老练也够疯狂的人来驾驶它。"

"我们需要三名宇航员。"沃林斯基说。

"两名。"博士对他说,"你们已经有我了。"

---

1. 在《神秘博士》老版剧集(如第七季第三集《死亡使者》等)中,火星探测计划(Mars Probe Mission)是由英国航空中心(曾用名:英国火箭集团)监管,采用国际电控自动化公司的技术(实为赛博人技术)开展的火星探测计划,在火星探测13号被冰雪战士(火星人)摧毁后,整个计划终止。

"说得好像你受过专门训练似的。"坎蒂丝说。

"我可是持有火星-金星火箭方程式执照的人[1]，"博士明显感到了冒犯，"可能比你们去病急乱投医找来的任何人都更有资格。不信你问詹宁斯，他看过资料的。"

詹宁斯点点头。"别问，"他说，"信他。"

片刻沉默之后，坎蒂丝说："帕特·阿什顿理论上负责维护那东西。他有关于航天飞机的经验，所以应该能驾驶它。"

"马蒂·加勒特也逛完街回来了。"詹宁斯补充道，"他作为技术主任，待在戴安娜基地的时间比任何人都长。带上他正好还能帮忙理清上面的问题。"

"加勒特就是出现在汉堡店门口的宇航员，对吧？"博士问道，"既然如此，在真正发射这艘火箭之前，我就只剩下一个问题了。"

"什么问题？"沃林斯基问。

博士朝他们眼前那艘巨型火箭努了努嘴，"它有名字吗？"

沃林斯基笑了起来，"它当然有，尽管那个名字算不上独特。你们眼前这位就是明面上并不存在，实际却有名有姓的——阿波罗23号。"

---

1. 火星-金星火箭方程式举办于2511年，第四任博士声称他持有参赛飞行员执照，参见：老版《神秘博士》第十二季第一集《机器人》、第八任博士小说《雅努斯合相》。

15

把半自动手枪插进肩挂式枪套,再藏进军装外套后,里夫上尉带头走向杰克逊的办公室。

"并不是所有外星人都怕枪。"艾米提醒道。

这次里夫同样认真听了她的话,没有质疑她的信息来源,这让她再次吃了一惊。"就算他有外星人的脑子,身体也还是人类。"

"有道理。现在只能希望他也意识到这点了。"

"我们保证会让他意识到的。"

杰克逊的办公室关着门,艾米有点希望他不在里面。但他们刚才已经路过了空无一人的治疗室,如果这里也不见人,就得去杰克逊的寝室找了。

"把这儿交给我,好吗?"里夫说着,敲了敲门。

"你有枪,你做主。"

杰克逊在里面说了声"请进",声音隔着门板显得有些模糊。他正在办公,看见里夫和艾米立即站了起来。

"上尉、庞德小姐,这真是个惊喜。我能否知道,是什么风把二位吹到我这陋室来了?快请坐,随便挪开点东西坐下。要喝茶吗?"他指了指旁边的金属烧水壶。

"我们不是来闲聊的,教授。"里夫简短地说。

"哦,那真是太遗憾了。既然如此,请容我问上一句,你们到这儿来干什么?"

里夫用掏枪的动作回应了他,"游戏结束了,杰克逊教授。庞德小姐自己做了点儿调查,现在她什么都知道了。"

杰克逊翘起一边眉毛,"什么都知道了?哦,我很怀疑这点。"

"那你就是不否认啦。"艾米说。

"我还不太清楚你对我的指控是什么,所以,眼下我暂时不作任何否认。"

"庞德小姐去过七号舱了。"里夫说,"她看见了里面的东西,她知道你一直在把外星思维下载到你所创造的白板身体中。"

"她知道了?"杰克逊看起来若有所思,而非焦虑不安。

"对,知道了。"艾米对他说。她真希望能抹掉杰克逊语气中的那股自命不凡,还有他脸上那半抹微笑,"所以正如里夫上尉所说,游戏结束了。你和菲莉普丝护士,还有你们控制的人,都要束手就擒。"

杰克逊又坐了下来,"这位年轻的小姐,你要把我们怎么样?枪毙吗?"

"不。"艾米对他说,"我们要把你们关在监禁区的空囚室里,一直关到博士回来。他知道该把你们怎么样。"

"只是博士再也回不来了。他要怎么回来?"

"他会找到办法的。"艾米说着,其实心里也没有底,"一切都结束了,杰克逊。你惹了一大堆麻烦,这点你最清楚。"

杰克逊缓缓点了一下头,"幸亏我加快了日程,切断了量子系统。最开始破坏系统的人,可帮了我们大忙。事情快要失控了,我们必须尽快占领戴安娜基地,做好准备,一举渗透地球人的思维。"

艾米嗤笑一声,"你还是不懂,对不对?一切都结束了。你们的侵略失败了。不知你有没发现,里夫上尉正拿枪指着你呢。"

杰克逊清了清嗓子,装腔作势地道歉道:"恐怕是你'不懂'啊,庞德小姐。套用你的说法,不知你有没有发现,里夫上尉的枪并没有指着我。"

艾米感到脸上迅速失去了血色。她缓缓转身看向里夫,不用等杰克逊补充,她已经知道自己会看到什么了。

"他的枪正指着你呢,庞德小姐。"

黑洞洞的枪口正对艾米的脑袋。里夫上尉面露微笑,双眼却像石头一样冰冷灰暗。"很抱歉。"他平静地说,"我不能让你到处乱说。毕竟在如今这个世道,你根本不知道谁才值得信任,对不对?"

"显而易见。"艾米真想踹自己一脚。不过她转念又想,里夫是在七号舱发现她的,就算她早知道他被外星人操纵了,最后还是会被他捉到杰克逊这里来。"好吧,你要对我做什么?把我捆在你的治疗机器上吗?"

"那当然。"杰克逊直白地说,"不过这个治疗,对时间的要求非常精确。我们只能在某些特定时刻,将某个同胞的思维植入人类大脑。从母星传过来的信号精确到秒。"他微笑着说,"不过你放心,我们正在解决这个问题。很快,就会有持续供给的思维和人格数据,任我们随意摆弄了。"

"下一波信号还有好几个小时。"里夫说,"我建议采纳庞德小姐自己的计划,把她关在囚室里等候处理。"

"九号不在了,我们正好有个空囚室。"杰克逊同意道,"非常好,我本打算开始着手,把思维下载到七号舱的那些白板里,不过一个很简单的操作,就能把程序改成思维的抹除和置换。"

"好主意。"艾米挖苦道。

"只怕不是,因为过程会疼痛不堪。"

"你听起来一点儿都不担心。"

杰克逊听了她的话,似乎有些惊讶,"我为什么要担心?反正痛的不是我。"

"哦,绝对是你。"艾米说,"可能不是现在,但很快……相信我,你会感觉到的。"

杰克逊的灰眼珠一转,面无表情地凝视着艾米。

"把她带走。"他说。

整个基地好像都空荡荡的。艾米猜测,当外星人提前了计划,里夫就把所有士兵派回寝室里待命,或是给他们安排各种任务,确保没有人能接近七号舱和囚室。

通往中央区的路上,前方门里走出来一个身穿制服的人。这可能是她仅有的逃脱机会了。要不要呼救?里夫真的会对她开枪吗?哪怕有目击者在场?她很快确定里夫肯定会开枪——反正他最后总能想办法糊弄过去,比如把破坏系统的事栽赃给她,诸如此类。他甚至有可能把目击者也杀了。

又或者,前方出现的士兵早已被控制。那人转过身来,艾米发现是卡莱尔少校。于是,她的最后一丝希望,也褪色成了灰暗的绝望。

"出什么事了?"卡莱尔质询道。

"我要把她关进囚室里。"里夫说。

"为什么?"

"因为我都知道了。"艾米说,"我知道你们的计划,知道你们的真正身份,知道这里正在发生什么。"

卡莱尔目不转睛地盯着艾米,表情没有一丝破绽。

"她看见七号舱的东西了。"里夫说。

"那她看到的比我还多。"卡莱尔回击道。

"但你被处理过了,所以你知道里面是什么。"

卡莱尔眨眨眼睛,"当然。"她拔出手枪,"好了,上尉,后面的交给我吧。"

"谢谢你,少校,"里夫说,"但我想亲眼看到她被关进囚室。"

卡莱尔瞥了艾米一眼,"可以理解。好,走吧,"她用手枪顶着艾米的肋骨,"动起来。"

艾米有大约两秒的空档能抓住那把枪,她能做到——她知道自己能做到。卡莱尔正死死盯着她的脸;仿佛想激她铤而走险。可是她动弹不得,突如其来的恐惧束缚了她的身体。如果枪走火了怎么办?如果卡莱尔少校是故意让她夺枪的怎么办?

时机稍纵即逝。艾米甚至觉得,那个瞬间流逝得有些不情不愿。只见卡莱尔把枪收了回去,示意她继续向前走。

他们离中心区越来越近,艾米知道她再也没机会了。回头已无路,中央区唯一的逃生路线,就是通往七号舱的通道,可那里却无路可逃。

除非……

她的记忆激起了一丝涟漪,是跟七号舱的那条路有关的——快想,快想。

门滑开的同时,她想起来了。他们走进了大厅,这里装有巨大的玻璃窗,可以看见戴安娜基地的监禁区。如果她能想办法到达狭长房间的另一头,走到通往七号舱走廊的大门那儿……

卡莱尔少校用力推搡了她一下,仿佛察觉到艾米在暗自盘算。不过,她如果是想吓唬艾米,那么她的举动其实适得其反——这让艾米抓住了最后的机会。

艾米吓了一跳,踉跄着穿过大厅,里夫上尉在她身后大笑起来。她好不容易稳住身体,回头瞪了一眼身后的两个士兵。卡莱尔站到里夫前方,向艾米靠近——她正好挡住了上尉的枪口。她自己手上也拿着枪,只是当她凝视艾米时,那只手却垂在身侧。少校微笑了一下,仿佛对自己的行为很满意。

但在艾米眼中,那个微笑却是一个信号:机不可失,时不再来。

要么做,要么死。

她又踉跄着后退了两步,随后转过身——甩开两条长腿,全力奔向房间尽头。

"拦住她!"里夫喊了一声。

"你别担心。"卡莱尔回答道,"她能跑到哪儿去?又能做什么？"

艾米很清楚自己能做什么，只要她能跑到那里。很快她就听到卡莱尔恍然大悟的叫声，但没有回头。

"如果她触发了疏散警报，就能打开所有房门！她会把囚犯都给放出来！"

艾米此前还不确定，打碎那个方形玻璃板会发生什么。她仅仅指望那样能分散一点敌人的注意力——说不定能招来几个还没被外星人控制的士兵帮忙。不过现在看来，释放囚犯确实是个好主意。

她抬起手肘砸向玻璃板，把它打得粉碎。

周围随即响起了警报。红色应急灯亮起，随着警报的节奏不断闪烁。厅内两端的门都打开了——靠墙那一排连接囚室的门，也应声开启。

里夫上尉惊恐地盯着那些敞开的门，手上的枪举了起来。卡莱尔少校的目光穿过房间，落在艾米身上。她脸上闪过一抹若有若无的微笑，仿佛她已经知道，艾米的行动都是徒劳。

紧接着，囚徒们走了出来，可他们根本不是艾米想象中的那种人。

艾米也不确定自己想象的究竟是什么人——或许是个子高大、凶神恶煞，顶着断掉的鼻梁，说不定还有满身刺青的那种。反正绝不是连体服松松垮垮，看起来瘦削憔悴的人。有几个人看上去还只是孩子,里面还有女人,她们都带着担惊受怕的表情,眼眶深陷。所有人好像都被疲劳和绝望折磨得半死不活。

如果她真的带来了片刻骚动,创造了摆脱里夫和卡莱尔、逃离这里的机会,那么就是现在了。可艾米并没有抓住这个机会。她只感觉到惊骇和怜悯。这些情绪消磨了她的力量,让她靠在墙上,止不住地颤抖。

"哦,你们这些可怜人,"她呢喃道,"他们都对你们做了些什么啊?"

16

位于休斯敦的约翰逊航天中心,其地面指挥部是一座三层办公楼。下面两层都是一模一样的控制室,第三层则属于美国国防部,里面包含一整套指挥控制装置,与其他控制室里的那些看起来别无二致。只不过三楼没有安装任何摄像头,不许媒体访问,阻绝了一切军方资助太空项目信息的泄露渠道。

其余任何机构(包括NASA[1])都无法进入这一层楼,遑论把它"借来"完成一次秘密火箭发射。詹宁斯特工花了整整十一分钟,才获得参谋长联席会议的批准。

坎蒂丝·赫克亲自挑选了操作人员。飞行指挥员是丹尼尔·巴德尔,他拥有多次航天飞机发射经验。詹宁斯、赫克和沃林斯基站在控制室后方观察,而巴德尔则逐一问候了他手下的资深技术员。

"我需要你们每人给我一个是否发射火箭的最后决议。"

---

1. 美国国家航空航天局的英文简称。

"我这儿有个宇航员的读数相当有问题。"医务官叫了一声。

扬声器里传出博士清晰响亮的声音:"别管那个,其余一切正常吗?"[1]

巴德尔对医务官点点头。

"我猜没问题。那就可以行动了,准备发射。"

这真让人难以置信,坎蒂丝想。就在二十四小时前,还没有人相信,这架巨大的土星五号运载火箭,会有机会离开地面。而现在,它已经满载燃料,做好了一切准备,正静候在数百英里外广袤沙漠的腹地那不为人知的深坑里,等待发射。机组成员已经进入巨型火箭顶端的狭小指挥舱。正是博士带领着一队技术人员废寝忘食、热火朝天地拼命工作,最终完成了这项不可能的任务。

"行动,起飞!"最后一名技术员确认道。

"那我们就把这宝贝发射出去吧。"巴德尔说,"倒计时40、39、38……"

詹宁斯凑到坎蒂丝耳边,悄声问道:"你真觉得这能成?"

"博士是这么想的。"

"看来你很尊重那家伙啊。"

---

[1] 博士知道是他的读数有问题,因为时间领主有两颗心脏,各种身体机能也与人类不一样。

坎蒂丝点点头,"昨天我亲眼看见了他的工作。别说什么早餐前六件不可能的事了[1],他能搞定六十件,还仍然有时间把吐司烤上。"

"他还知道如何让人们发挥最大潜能。"沃林斯基插了进来,"他能启发大家,他的热情也会感染人。"上将重新看向控制室前方的主屏幕。除了大量信息和图表,那上面还映出了巨型火箭的实时影像,火箭下方正冒着一缕缕烟气。

倒计时的数字,覆盖在火箭影像上:19、18、17……

"制导开始!"一名技术员宣布。

15、14、13、12、11、10……

"主推进器点火!"

火光和烟雾从火箭底部喷射出来,发射台上的庞然大物开始轻轻颤抖。

"所有第一级推进器,推力正常!"

从发射塔延伸到火箭旁的金属支架全部退开,电缆悬垂下来。

"脐带塔脱离!"

土星五号缓慢而费力地浮了起来。一开始,好像只是它自己喷出的那些烟雾和火焰,把它在发射台上垫高了几英寸。

"火箭升空!"

---

1. 出自《爱丽丝梦游仙境》中的台词。

随后它渐渐加快了速度。温度极低的液化燃料使空气里的水分凝结成了冰层，后者在此时化为片片碎屑，瀑布般从火箭表面滑落，一头栽进发动机喷吐的烈焰中。火箭持续抬升。

"阿波罗23号离开发射塔！"发动机推动火箭飞出支架后，一个技术员大声宣告。

不到一分钟，宇宙飞船就达到音速；又过了一分半钟，所有燃料耗尽，第一级推进器分离，第二级推进器点火，带着阿波罗23号继续上升。

控制室里传出一阵欢呼，坎蒂丝·赫克忍不住露出灿烂的微笑。她很高兴见到沃林斯基和詹宁斯也露出满脸笑容。

"干得好。"沃林斯基对她说。

"这只是最简单的一环。"詹宁斯调侃道，"现在就看博士的了。"

坎蒂丝看了一眼手表，"有了加工过的M3改性燃料和博士做的那些调整，他们应该能在十八个小时后抵达环月轨道。一旦进入轨道，他们就会着手准备登陆。"

"只要途中不出任何问题。"詹宁斯说。

"你真是个悲观主义者。"沃林斯基对他说。

"我是现实主义者。"詹宁斯反驳道，"如果博士说得没错，月球基地确实有一帮外星侵略者正在集结，你愿意拿多少钱来，赌他们其实知道他就要上去了？"

"可他们能做什么?"坎蒂丝问。

"我猜很快就会知道了。"詹宁斯平静地说。

扬声器传出一个声音。那个声音来自阿波罗23号内资格最老的宇航员。他用一个词为这趟旅途的启程致辞:"杰罗尼莫![1]"

距离环月轨道只剩几小时路程,土星五号第三级推进器分离,露出了登月舱所在的太空船分离舱。服务舱和与之相连的主舱——即指挥舱——掉转方向,与登月舱进行对接,后者才是真正会落在月球表面上的部分。

从得克萨斯沙漠升空的巨型火箭,行至此处,只剩下一个带有单一火箭推进器的粗短圆柱体。后面连接着主要由厚金属片构成的脆弱登月舱,其底部装有四只折叠起来的着陆支撑脚。整个登月舱看起来就像一只闪闪发光的金属蜘蛛,随时准备扑向猎物。

"你觉得他们知道你要来吗?"帕特·阿什顿问了一句。

三名宇航员正在做进入环月轨道前的最后检查。博士坐在正中,帕特·阿什顿和马蒂·加勒特分坐两旁。阿什顿是指挥舱领

---

1. 杰罗尼莫(印第安人中的一个传奇人物)象征着美国印第安人不屈的精神,相传二战中美军组织伞兵跳伞前夜,曾经看了一场关于杰罗尼莫的故事片,为鼓舞士气,他们跳伞时每人都大喊一声"杰罗尼莫",后来变成了美军空降部队的传统。在《神秘博士》宇宙中,第十任博士重生把塔迪斯内部给炸了,后来塔迪斯在幼年艾米(艾米莉亚)家门口坠毁,第十一任博士跳回去修引擎时第一次喊出"杰罗尼莫",此后,这个词就成了他的口头禅。

航员,他将停留在环月轨道上,而博士和加勒特则会进入登月舱登陆月面。

"哦,他们早就知道了。"博士头也不回地盯着控制面板说,"他们看见我们过来了。"

"戴安娜基地虽然在月球暗面,"加勒特说,"但也有卫星给他们传送无线电信号。他们一路上都在追踪我们的行程。"他笑了笑,"他们很有可能在想,我们是谁,要干什么。"

"那他们就是在严阵以待了。"阿什顿说,"你准备好了吗?"

"我什么都能对付。"博士对他说,"问题是,他们准备好面对我了吗?"

"那么你有对付外星入侵者的经验啰?"加勒特的语气突然严肃起来。他微微转过头等待博士的回答,眼珠似乎有点褪色。

"有那么一点儿。好吧,其实挺多。"博士调整了一个刻度盘,又拍了拍一个测量仪。"挺有意思的。"他瞥了一眼加勒特,"别担心,我们不会有事。我猜他们不会惹太多麻烦。"

阿什顿探出身子,察看了一下博士刚动过的刻度盘,他的动作把安全带绷得紧紧的。"那好像是一道无线电波,"他咕哝道,"不过扬声器没作声。不是休斯敦那边在说话。"

"不是那边。"博士说,"信号来自反方向。"他抬起戴着手套的手指了指另一个读数,"瞧见没?这是某种信号,不过它是干吗用的?"

"那是给我的。"加勒特用毫无起伏的声音回答道。下一刻,他厚重的靴子狠狠踹向了操纵台的正中央。

粉碎的刻度板和测量器炸出一片片火花,满舱的红色指示灯一齐闪烁起来。警铃响个不停。加勒特收回脚,准备再次出击。此时,整架飞船倾斜过来,把他甩向一边。他颜色褪尽的灰眼睛恶狠狠地盯着博士,而博士已经解开安全带,从座位上浮了起来。

"你在搞什么鬼?"阿什顿在刺耳的警报声和爆炸声中嚷嚷道,"疯了吗?!"

"更像是被附身了!"博士嚷了回去,"把飞船控制好。"

阿什顿挣扎着松开安全带,从座位上浮起来,抓过一只小型灭火器。

加勒特也离开座位,一脚蹬向旁边的舱壁,朝博士飘了过去。狭小的舱室无处可躲。

"你们那边怎么了?"巴德尔的声音从扬声器里传来,显得细小而模糊,"下面警报都快炸了。你们没事吧?"

"现在没空!"阿什顿吼了回去,"我们遇到点儿问题。"

加勒特抓起一个大扳手朝博士挥了过去,博士一个后滚翻躲过了攻击。那个动作让加勒特自己也转起了圈,在失重状态下缓缓翻转,偏离了方向。

"我会把他弄走!"博士对阿什顿大喊道,"他找的是我。"

"你没地方把他弄走啊！"阿什顿回了一句，但他的声音被一个新的警报声盖了过去。阿什顿一拳锤向解除警报的按钮。"我们的燃料在泄漏，情况不太妙。"他一边操作一边回过头，想看看能否帮上博士的忙，同时疑惑着加勒特到底中了什么邪。

然而他身后的太空舱已经空了。

指挥舱和登月舱之间的通道只有几米长。博士从主舱纵身穿过舱门，还回头看了一眼加勒特是否跟了上来。如果运气好，阿什顿应该能解决加勒特那一脚造成的问题……如果修不好，那博士能否摆脱加勒特就不重要了——反正他们都活不成。

如果博士有时间思考，就会戴上自己的太空头盔。没有头盔，他穿着太空服也没用。阿波罗航天飞机太脆弱了——它的设计初衷是越轻越好，而不是挡住一个被附身的太空人的攻击。艾米说他们叫什么来着？白板。

那个名字起得很有道理。那无线电信号的传送机制，就是某种形式的下载——命令定向传送到了加勒特的思维中。那人跟随博士飘过通道时，眼珠子是灰白灰白的，看起来就像他的人性也随着虹膜颜色一起褪去了。

"他们什么时候找上你的？"博士问。

加勒特没有回答。看来一边闲聊一边思考策略的招数，这回用不上了。

"我猜你接收到的指令里,没有回答问题这一项吧?"博士轻推了一把登月舱控制台,飘到狭窄舱室的另一头。加勒特不得不改变追击方向,这使得他在无重力环境下手舞足蹈了好一会儿,才调整过来。

"那是个开关吗?真正意义上的切换机制?"博士大声猜测道,"你的思维仍是主导,但随时准备接受切换,接收一套新的指令?我猜那套指令的内容,是确保我无法回到月球。"

加勒特在登月舱的另一头摆好架势,随时准备扑向博士。

"或许你要先估量,我是否具有威胁性,所以才会问我对抗外星入侵者的经验。"

加勒特用力一蹬,穿过登月舱扑了上来,迅疾的动作里,全然没有博士那同处失重状态的轻盈优雅。他伸手抓向博士。

但博士已经把自己推离原地,躲过了那一击。"或许那就是你出现在地球上的原因。有人发现你被控制了,就把你丢过去买汉堡包……"他想起艾米在无线电通信时说的话,"啊哈!我猜那人是丽兹·迪德布鲁克。最初破坏系统的人。她发现月球基地出了非同小可的问题,就故意引起人们注意。然后,我猜杰克逊发现断开量子链并不是个坏主意,因为那样一来,他就能心无旁骛地搞他的阴谋了。"

加勒特又一轮突如其来的攻击,依旧慢了一拍。他一头撞上舱壁,整个飞船都震动起来。博士看到不远处登月舱的金属外壳被撞变了形,反射出一抹微光。

"我猜,不,我希望,你对航天飞机更熟悉一些,"博士说,"如果你还记得任何以前的经验。"他想方设法地向返回指挥舱的通道挪了挪。他必须迅速离开这里,然后关上舱门。

加勒特面无表情的脸上,拧出一个貌似微笑的表情。

"你在想,就算我关上舱门,你也可以从里面打开。"博士说,"没错,因为舱门无法上锁。不过要想再次打开舱门,你可得先保证自己还在登月舱里。"

博士边说边挪,用力推了一下结实的储物柜。加勒特马上纵身扑向博士,他的双脚同时重重地蹬向身后的舱壁。

"你知道吗?他们必须想办法控制重量。这里的舱壁又轻又脆,跟锡箔纸差不多。"博士说。

但他的话被一阵突如其来的轰鸣盖了过去。原来,加勒特的双脚竟踏穿了登月舱的金属薄膜舱壁。而正是那层不堪一击的金属外皮,将宇航员和冰冷的真空隔绝开来。

爆炸性减压紧随其后。空气的流失,使太空船猛地歪向一边。加勒特的脸上突然充满了震惊、痛苦,以及恐惧。有那么一瞬,他的眸子恢复了淡蓝色泽,一动不动地凝视着博士。随后他便消失了——坠入了黑暗无垠的茫茫宇宙中。

博士将自己死死地抵在通道墙上。他刚稍微撬动了一下舱门,气压便迅速将它轰然关闭。博士转动绞轮把舱门锁紧。

"把登月舱的供气阀关了吧。"博士喘着气说,"否则,气压会把它撕碎。"

阿什顿努力控制翻来滚去、又震又抖的太空舱,好不容易把它稳住,随后才从座位上转过头来。

"加勒特去哪儿了?"

博士透过一块厚实的三角窗看向舱外,悲伤地注视着那打着旋儿没入漆黑远方的渺小身影。

"他去外面了。"博士说,"可能得去很久很久。"

17

登月舱下降级的主发动机,激起了一片细碎的灰色月尘。宽大的着陆板落到月面上,月尘缓缓落下,一切重归寂静。

舱口打开了,一个身穿红色太空服的身影从金属梯上爬下来。他站在铺满灰尘的月面上试探性地跳了两下,隔着球形头盔做了个舔手指的动作,随后举起那根手指,检测月面上并不存在的风。

"我猜是这边。"博士说着,尽管他知道没人能听见他的话。

他撅起下唇朝上吹了口气,想把垂到眼睛里的头发吹开。或许他也该学学加勒特、里夫和其他宇航员,在太空头盔里多套一个兜帽。又或者,他可以倒立着走路。他在低重力环境下又跳了跳,还是算了吧。

博士转身离开,又回头看了一眼登月舱。舱体一侧有条深色裂缝。博士已经尽全力修补了那个大洞,主要是为了让它看起来更整洁。修好登月舱后,他和阿什顿穿着全套太空服,把指挥舱的空气排了过去,随后博士才进入登月舱准备着陆。他抬起头,心想或许能看到阿什顿从头上飞过。不过，他还要过段时间才能沿着轨道抵达。阿什顿一回到月球亮面，就会向休斯敦和木槿汇报。现在，博士得靠自己了。

走到一个缓坡顶端，博士看见了底下的戴安娜基地，跟他预计的位置相差无几。他并不打算躲藏，因为他们知道他来了。于是他大步走下斜坡，向基地靠近，同时心不在焉地想把双手插进太空服那并不存在的口袋里。

不管他们是否在等他自投罗网，从主气闸进去都显得太过招摇了。肯定还有别的入口。博士缓缓绕着基地转圈，随时准备看到穿着白色太空服的身影扑向自己。可他一个人都没见到，直到他发现了艾米。

他首先注意到她的头发——在一片灰和白中，那抹显得格外亮眼的色彩。她正从一扇舷窗向外张望。博士挥了挥手，她马上做了同样的动作，随后指向一个方向——她希望他走的方向。博士抬起戴着厚重手套的手，笨拙地竖起了大拇指，然后便按照她的指示走了过去。果然，只走了一小段路，他就发现一扇小小的气闸门。博士按了一下控制面板，气闸缓缓开启。他能听到空气流过的声音，但没有摘掉头盔。小心驶得万年船，他很可能马上又得逃出去。

然而当内门打开时，他看见里面只有艾米一人。艾米拥抱了他，费劲地想用双臂环住臃肿的太空服。博士摘掉头盔，总算拨开了挡住眼睛的头发。

"我早就想这么干了。"他对她说,"那么庞德小姐,你这段时间都在干什么?好玩儿吗?"

"我们得离开这里。"艾米说,"他们可能看见你了,或者检测到气闸开启什么的。我们不能相信任何人,再也不能了。杰克逊加快了疗程。你知道他的疗程吗?"

"哇哦,慢点儿。"博士脱掉太空服,正了一下领结,将平外套上的皱褶,"是的,我知道杰克逊的疗程。以及我很好,谢谢问候,我也很高兴见到你。我在底下认识了一些人,帮他们修了火箭,打败了一个外星刺客,然后就回来啦。"

"干得不错。"她好像一点都没被打动,"我们走吧,他们已经追了我好久了。"

艾米带头穿过基地,不一会儿就走进了餐厅。她往里看了一眼,随后退开,让博士也能看见里面的情况。餐厅里一团糟——餐具碎得满地都是,随处可见碗盘破裂在地的放射状碎块残渣。

"我还以为他们会清理清理。"艾米说。

"出什么事了?"

"暴动。我把囚犯放了出来,然后趁他们闹事的空档,逃过了坏人的追踪。"

博士蹲在地上检查一个碟子的碎片。

"他们到处乱扔东西,"艾米解释道,"不过士兵们最后还是把他们包围了。杯子盘子对上长枪短炮——高下立见。"

博士站起身,用上衣领子抹了抹双手的灰尘。"那你呢?跑到远处藏起来了?"

"当然,我都藏了好几天了,不然我还能干什么?"

博士点点头,凝视着她的眼睛,露出伤感的微笑,"是啊,你还能干什么?"他附和道。

"你有什么计划?既然你回来了,打算怎么对付那些塔里瑞人?"

"塔里瑞人?"

"他们是这么叫自己的。我偷听到了。"

"有意思。"博士双手的指尖彼此敲打着,"嗯,很有道理。至于计划——对,没错,首先我们得找到一台发报机。我困在地球上时跟你通话用的无线电,那个就行。"

"然后呢?"

博士掏出音速起子说:"然后我会调整频率,增强信号,发出干扰波,不让塔里瑞人继续入侵。要对付已经在这里的那几个,非常简单。他们届时会被困在这里,我们只要炸掉整个基地,就能彻底解决问题了。"

他停下来等待艾米的反应,但她一句话都没说。

"他们咎由自取,都会死得很惨,"他补充道,"可以吗?"

"可以啊,听起来还不错。"艾米转身走了起来。

"我就担心你会这么说。"博士咕哝着,跟在她后面穿过走道。

他很快认出了他们所在的区域,心满意足的同时,甚至有些惊喜,因为他们离通信室很近。

"我猜主电脑系统应该就在附近。"博士说,"把这两样东西放在一块儿很正常。"

"应该只有处理器,"艾米说,"而不是数据存储设备。那些都是氢氧化合物分子,电子自旋相当于二进制中的1和0,廉价而高效。至少他们是这么说的。"

"但那既不稳定,也相当粗拙。"博士说,"我猜直到目前为止,供水都没有问题,所以这个做法也合情合理,甚至还算这个时代的尖端科技呢。不过我居然都不知道,你还是个行家。"

艾米突然停下动作,"是里夫上尉对我说的。"

"知道了,知道了。"博士满不在乎地应了一声,仿佛那些并不重要。随后他又用同样的语气说:"你并不打算把我领到通信室,对吧?"

"不。"艾米不假思索地说,再次停了下来,"啊,不……"她皱起眉,"我有个更好的主意。"

"我猜也是。能看出来,你脸上都写着呢。我能从你的眼睛里看出来。"博士又掏出了音速起子,"你的脸面无表情,你的眼睛原本顾盼神飞,如今却冰冷灰暗。你心地那么善良,在听到我要杀光外星人,且毫不打算试着拯救被洗脑者的说法时,却连眼都不眨。还有就是餐厅里的餐具。"

"什么?"艾米一动不动,在博士将起子的光照进她的眼里时,仍面无表情。

"那些餐具没有对准任何人。从它们落地的痕迹就能看出来,盘子是被故意砸到地上的。你那些塔里瑞主子很爱表演,是不是?"

她的声音毫无起伏,"我不懂你在说什么。"

"如果真是这样,那不过是因为你没有被写入相应信息。但你跟本地数据存储是同步的,所以这点就很重要了。毕竟,一个能把自己下载到别人脑子里的种族,必定会有保留备份的谨慎心态。"博士靠近了些,调整着音速起子的设置,"现在回答我,艾米,你在哪里?还在里面吗?他们肯定用了某种阿尔法波阻聚剂,来抑制主人格……"

博士听到身后传来鼓掌的声音。只见艾米闭上眼睛,垂下了头,仿佛突然睡着了。博士缓缓转过身。

杰克逊教授和里夫上尉站在他身后。里夫手上还端着把枪。卡莱尔少校也快步走了过来,跟刚才的艾米一样面无表情。

"真可惜。"博士收起音速起子,"我还以为自己有更多时间呢。"

"有更多时间去实施那个干扰信号的可笑计划?"杰克逊冷

笑道。

"哦,那可不是我的计划。"博士对他说,"我注意到艾米被影响了,就信口胡诌了一个。"他露出灿烂的笑容,"其实我有别的可笑计划对付你们。"

"好吧,不管你有什么计划,一切都结束了。"里夫恶狠狠地说。

"艾米呢?她的一切也结束了吗?"

"我们到达时,她的进程就结束了。"杰克逊说,"白板能够执行一套简单指令,当指令结束后,它就会变回……白板。"

博士往前走了一步,里夫马上举了举枪以示警告。"如果你伤害了她……"

杰克逊大笑起来,"别虚张声势了,博士。你知道吗?最让人头疼的,是在进程中写入足够信息,让她能够应付任何你可能提出的问题——关于我们,戴安娜基地,诸如此类,不胜枚举。可到头来,终究还是没能打动你。早知道就不费这个功夫了。"

"如果你们不费这个功夫,我就不知道自己的对手是塔里瑞人了。"

"这对你或许毫无意义。"里夫说。

博士耸耸肩,"艾米到底在哪儿?你们对她的思维、她的本性、她的人格做了什么?"

"我们把她抹除了。"杰克逊淡然道,"没有了,永远消失了。很快,你的思维也会随她而去。下一次传输将在一小时内准备就绪。你会被做成白板,再覆盖上新的人格——成为我们的人。"

博士点点头,"那真是太让我惊讶了。不过我还有一个小时,足够让你告诉我,你们到底是谁,想干什么,为何决定入侵地球。整整一个小时的喝茶聊天时间——不知你意下如何?"

"换我说,这是给你一个小时的时间思考自己的命运,反省你的多管闲事如何祸害了朋友。给你一个小时待在囚室里,好让我把治疗室准备好。"杰克逊微笑着,但他冰冷灰暗的眼睛里依旧没有任何情绪,"这次,博士,你真的无路可逃了。"

18

枪口戳在博士的肋骨上,硌得生疼。

"你会被关起来听天由命,而我会尽情享受这事儿带来的快感,"里夫上尉说,"就像我享受把你的朋友关起来那样。"

"我敢肯定。"博士说。

杰克逊已经大步穿过了走廊。"我需要有人帮忙!"他大声说。

"你去吧。"卡莱尔少校对里夫说完,掏出了自己的枪。她脸上拧出一抹恶毒的笑意,"我来处理这两个家伙。是时候轮到我高兴高兴了。"

里夫瞪了她好一会儿,随后点点头,"那就待会儿见了,博士。我一定会兴致勃勃地观看整个疗程。"

"拜拜。"博士说,"等会儿见。"

看到博士那一脸的满不在乎,里夫的脸上闪过一抹兴味,然后他转过身,跟随杰克逊离开了。

卡莱尔转向博士和艾米,枪口不偏不倚地对着博士。

"某些生命体哪怕聪明绝顶,却还是会看漏最明显的东西。"博士说,"不过请注意,人类也一样。"

"你什么意思?"卡莱尔追问道。

博士凑过去,心照不宣似地敲了敲鼻子。"我的意思是——"他说,"你的眼睛颜色不对,是巧克力色的。如果你真是塔里瑞人,那应该跟杰克逊、里夫,还有艾米一样,都是灰眼睛。"

卡莱尔少校脸上的微笑愈发真诚了。她往身后瞥了一眼,确认杰克逊和里夫已经走远。"或许他们是色盲。不过我要替他们说句话——我确实接受过疗程了。"

"哪里出问题了?"

卡莱尔耸耸肩,"我猜是因为关键时刻的电源故障。老实说,我当时有点昏昏沉沉的,我好像能听见其中一个声音,仿佛它被困在我脑袋里了。所以我有点头绪,知道怎么假装成他们的一员,但我希望你能查漏补缺。"

"我就是来干这个的。"博士拉起艾米毫无生气的手,寻找微弱的脉搏,"名副其实地去查白板们思维的漏,用他们自己的人格补缺。"

"我想帮她,"博士检查艾米的双眼时,卡莱尔在一旁说,"我给了她夺枪的机会,但我猜她应该是太害怕了。所以我又帮她释放了囚犯。"

"这里真的发生过暴动吗?"博士问道,"艾米说正因如此,她才有机会逃跑。只不过她事实上并未逃脱。"

卡莱尔摇摇头,"囚徒们根本无力制造任何麻烦,顶多只能让人分下神。她本来能跑,可是……嗯,我猜她是受到了惊吓。她好像想要帮助囚徒。"

"那听起来很像艾米。"

"里夫把她抓住了。她被抹成所谓的白板,然后就成了现在这个样子。你能为她做点什么吗?为他们?我跟杰克逊不算太熟,不过以前的吉姆·里夫是个好人。"

"但愿他现在还是,"博士说,"同时希望我们能找到储存他的地方。"

"储存他?什么意思?"

"我的意思是,他们保留了他的人格备份,至少我希望他们这么做了。"

他们对话时,博士一直在检查艾米——把脉,观察瞳孔,寻找一切自我意志或知觉的痕迹。然而,他一无所获。

"你准备怎么办?"卡莱尔问。

"艾米也问了这个。"博士转身凝视着少校的眼睛,"你在唱空城计?不,我觉得不是。"他突然抓住她的手,包括她手上那把枪。但他并没有夺枪的举动,反倒是用力挥了挥,连手带枪,"欢迎加入。我们的计划是想方设法进入主电脑设备区。你知道它在哪儿吗?"

卡莱尔点点头，还没从博士突如其来的握手中回过神来。"我们该拿你这个朋友怎么办？"

"她可以跟我们一起来。"博士挥了挥音速起子，"只要稍微给点儿视觉刺激，她就能对简单的语言指示做出回应。呃，至少我希望如此。"

"稍微给点什么？"

"我会用光照亮她的双眼。"

通往主电脑设备区的入口在基地另一端。不过，有卡莱尔少校跟博士和艾米走在一起，他们或许能不受质疑地顺利走到那里。就算有人起疑，卡莱尔还有把枪呢——她可以假装正在押送囚犯，还可以用它自卫。

"基地里只剩几个人还没被控制，"卡莱尔解释道，"许多人甚至不知道自己被做成了白板。他们都被写入指令，在得到其他命令前照常活动。那就意味着我们不知道能相信谁。但我猜那也印证了你的说法——他们确实以某种方式，把原始人格备份在了某个地方。"

"我猜也是。"博士赞同道，"他们需要临时重新载入原始人格，同时有一道指令，在必要时直接将其抹除或覆盖。"

他在两条通道连接处停了下来。艾米在他身后，默不作声、面无表情地继续走动，直至一头撞到他的背上。

"对,好吧,当我说跟我走的时候,其实也包括'我停下来你也跟着停下来',懂了吗?"

艾米没有回答,但果真停了下来,等候博士和卡莱尔重新出发。

"她真死板。"卡莱尔说。

"平时不这样。"博士叹了口气,"某些人这可是在自讨苦吃。"他平静地说,"好了——起步走!"

他们在路上遇到了几名士兵,他们都对卡莱尔少校点头致意,并没有因她跟博士和艾米待在一起而起疑。卡莱尔一直没把枪露出来,但放在了随时都能拿到的位置。

随着他们的深入,周围的景象变得越来越荒凉。地板上铺着灰尘,光照也暗了一些。

"这里很少有人来,"卡莱尔解释道,"只会在定期维护时来一下。跟量子位移的设备一样,电脑设备区位于地下,直接嵌入了环形山底部的基岩里。这是有原因的。"

"哦?什么原因?"博士问道。

她还没来得及回答,就看见一个穿着白袍的男性从侧面通道拐出来,出现在他们面前。他惊讶地看着博士和艾米,随后怀疑地看向卡莱尔。

"你在这里干什么?杰克逊教授把整个区域都划为禁区了,

只有他的私人助手能进来。"

"我知道,格里格曼。"卡莱尔厉声道,一边慢慢把手伸向手枪。

但格里格曼的动作更快。他从口袋里拽出一把枪,对准了博士,"我得把这件事汇报上去,你最好有个出现在这里的完美理由。我知道博士本该被关进囚室,等候疗程开始,因为杰克逊教授派我来这里连接一个备份单元,准备传送。"

"啊,那你们确实有备份啦。"博士说,"真是个好消息。这意味着我们方向没错。"

"到此为止了,"格里格曼把枪口转向卡莱尔,"把你的枪放好,少校。"他警告道。

卡莱尔举起双手,表明她毫无掏枪的意图。就在她做出这个动作时,一个人从她身边挤了出去。她本以为那是博士,可她猜错了,是艾米!

她面无表情地缓缓走向格里格曼,而他皱起眉头紧盯着她。"你可以停下了。"他说,"你的进程已经结束,恢复白板状态。停下。"

可她还是径直走着,经过了格里格曼身旁,沿走廊一路前行。那位科研人员困惑地转过身,拿枪对着她。

"我叫你停下!停下,否则我就……"

他的话变成了一声吃痛的惊呼,原来是卡莱尔用枪托狠狠砸了他的后脑勺。格里格曼瘫软倒地,卡莱尔居高临下地拿枪对着这个晕过去的人。

"别管他。"博士边说,边大步走了过去。

"可是……"

"如果你开枪,我们就永远无法将真正的格里格曼送回他的身体了。"博士的话一针见血,"别犹豫了,我们走。"

他在格里格曼刚才出现的转角拐了个弯,"艾米,这边。"

"她已经停下来了。"卡莱尔边说边跟了上来,"她刚才就已经停下来了,就像你吩咐的那样。可她后来又走了起来,还让格里格曼分了神。那是有意的吗?你觉得这会是她特意做的吗?"

他们都停下脚步,等待艾米跟上来。艾米像个梦游症患者般拖着脚步,双眼直愣愣的——没有聚焦。

"有可能。"博士说,"如果他们没有彻底移除原始人格,那么艾米的一部分确实可能还在她的脑子里。深藏于某处,等待着抓住什么东西,不顾一切地想要重获主导。那是一点本能,黑暗中的火花,暗夜里的一小点艾米之光。"

他们走到一扇安全门前。卡莱尔输入她的密码,门开了。

"至少他们还没重置密码。"

博士掏出音速起子对准键盘,"他们没有,但我改了。恢复出厂设置,他们永远猜不到。现在密码成了1234。"

门后是一条直坠黑暗的金属楼梯，底下传来流水持续的滴答声。这种感觉就像深入一个洞穴系统——下方不远处，基地的金属墙，就变成了凝着水珠的深色岩石。

"利用真空密封，就免去了将整块地方包在气密嵌板里的麻烦。"博士说。

他抬脚走了下去，脚步声在台阶间回荡。卡莱尔紧跟其后，艾米走在最后面。大门发出一声不祥的咣当声，把他们关在了一片黑暗中。

"就像正在走进地狱深处。"博士说。

"哦，你肯定知道那里长什么样，对吧？"卡莱尔回嘴道。她跟在博士身后，声音有点紧张僵硬。

博士停下脚步回过头去，面色阴沉而肃穆，"我真的需要回答这个问题吗？"

一阵战栗窜过卡莱尔全身。博士的语气让她感觉到，自己一点儿都不想知道他曾经到过什么样的地方，而地狱很可能就位列其中。她在艾米亦步亦趋的跟随下，一言不发地跟着博士深入戴安娜基地的地底。

19

来自深渊的一缕微光,成了他们唯一的光源。随着博士、卡莱尔和艾米的持续深入,那缕微光渐渐明亮起来。他们仿佛走了一辈子,进入了整个月球中心。四周岩壁上沁满了泛着微光的水珠。

"他们肯定是用量子位移把水抽过来的。"博士说。

"不,水本来就在这里。"卡莱尔告诉他。

"真的?"

"一个巨大的地下湖。你或许听说过NASA在月球上发现了少量的水。本来不应该有人知道这事,可消息还是传开了。"

"你是说,消息泄漏了?"博士笑着说。卡莱尔好像并不欣赏他的玩笑。博士清了清嗓子,继续道:"所以这地方实际上有很多水。那真是个惊喜,不是吗?"他似乎疑惑了一小会儿,随后露出恍然大悟的表情,"对,肯定是了。我就是问问。"

"戴安娜基地就建在水源正上方,要是不对这个自然资源物尽其用,那可就太蠢了。"

博士伸出一根手指，摸了摸潮湿的岩壁，随后放进嘴里舔了一口，"可以饮用，可以用于清洁卫生，还能充当计算机存储器，将数据储存在H_2O分子中。谁还需要别的东西呢？"

来到阶梯底部，他们发现自己走进了一个巨大的地底洞穴。一排又一排电脑设备，向前延伸到远方；数不清的直管荧光灯，在设备间的走道上，投下一片又一片明晃晃的光；洞穴边缘隐约可见巨大的金属管道，将水库里的水源源不断地输送过来。每一排设备之间连接着透明导管，将水以及存储在水分子里的信息传输到系统每个角落。卡莱尔还能看见管道中随着水流移动的细小气泡，那表示一组数据的结束和另一组数据的开始。

博士高兴又赞叹地拍了一下手，随后便快步走向一个控制台。

"大部分都是数据存储，"他解释道，"名副其实的数据流。好家伙！"

屏幕亮起，博士咔嗒咔嗒地敲着键盘。他调出水库和水系统示意图，上面显示出净水装置的位置，以及这些水是如何被分别装进饮用水、生活用水和数据存储用水的罐子里的。

"水在这里电解，然后按需进入计算机系统。"博士边说，边指着图纸上水流进入洞穴的部位，"光传输其实更快，但他们追求的并非速度，而是效率和耐久性，再加上水还能充当冷却媒介。真是太棒了。用硬盘和闪存组成的传统计算机系统，应付日常任务,再将所有东西集中备份到过氧化氢中,进行长期存储。"

"那对我们有什么用?"卡莱尔问道。

"我们带来了艾米的身体,"博士转过身,对一动不动站在他们身旁、面无表情、一言不发的朋友点点头,"现在我们需要找到她的脑子。她可不是只有一张漂亮的脸蛋,你懂的。"

"看得出来。"卡莱尔对他说。

"这是什么?"博士指着另一个储存罐说,"它连接在水库系统上,但又有一个流量控制阀把它隔开。"

"看上去像是灭火系统用的惰性气体。在最坏的情况下,如果惰性气体用完了,火还没有灭,阀门就会打开,把水引流过去。这种做法很不理想,毕竟我们严重依赖电器设备。"

"但它有可能成为唯一的选择,最后的手段。"博士点点头,"有道理。设计这里的人用上了各种各样的应急方案。"

"所以你才能回到这里?"卡莱尔问。

"我猜是的。那是个特别大的应急方案。庞然大物。好了……"博士把注意力重新转向屏幕,开始打开不同的索引和数据列表文件,"我们先找到艾米吧……"

有这么一瞬间,他以为自己是拉尔斯·格里格曼。随后,塔里瑞人的意识,又回到了格里格曼空白的思维中,让他把一切都记起来了。

格里格曼坐起来，感觉到后脑传来阵阵疼痛。那不是他被传送到这具身体时，感受过的治疗之痛。这种感觉强烈到竟有种莫名的快慰，但还是有可能留下损伤。他将手伸向后脑勺，摸了摸被卡莱尔用枪托砸出来的肿包。

卡莱尔。不知为何，她在帮助博士。那女孩儿，艾米，是个白板——对他们毫无用处。如果她能接受指令改编，说不定还会成为对付他们的武器……

格里格曼挣扎着站起来，看了看四周。他不知道自己晕过去多长时间了，但惊喜地在不远处找到了自己的枪。他知道博士跟卡莱尔会去哪里——他能独自解决那两个人。这会给杰克逊留下好印象。

只不过，当他来到电脑设备区的门口输入密码时，却发现大门纹丝不动。门没有解锁。但他认为这也算个好消息。因为这就意味着，他们绝对在下面。现在，无论博士和卡莱尔少校做什么，都无法阻止塔里瑞人的计划了。很快，入侵主力军就会到达，而他们唯一忌惮的人，却困在基地底下的洞穴里。

格里格曼快步离开，准备把这个好消息告诉杰克逊和其他同伴。

博士很快就找到了他要找的东西。"有句话我不得不说，他们确实很有效率。"

他侧身让卡莱尔看电脑屏幕,那上面是一串戴安娜基地的人员姓名。几乎所有人的名字后面,都跟着一串目录编号,而名单底部则显示着:

艾米·庞德 – E–19–K3

她后面还有几个名字,被归入了"待定"项目。那个待定名单最底部,赫然写着"博士"二字。

"这是什么意思?"卡莱尔少校问。

"意思是我们找到她了。你也在名单上,瞧。"他指着卡莱尔的名字说。

"那并不意味着我是个坏人。"

"其他人都是。不管怎样,至少是潜在的坏蛋。除非我们能把这件事解决掉。"

博士沿着其中一条通道缓缓行走,卡莱尔和艾米紧随其后。卡莱尔饶有兴致地看着他,艾米则依旧面无表情。

存储器看起来很像金属文件柜,每条通道都标上了一个字母,通道中的每个柜子都有编号。单个抽屉上也都标注了黑色字母,装着一个朴素的钢制把手。

"这是E通道,所以我猜我们应该找十九号存储器。"卡莱尔说。

"抽屉K。"博士用手指顺着十九号存储器向下滑动,一直摸到抽屉K。他敲了敲上面的字母,"说真心话,你觉得谁住在这里?"

博士拉开那个浅浅的抽屉,里面铺着一层深色泡沫垫。十个小药瓶安放在泡沫垫中带编号的小格子里,药瓶里面都装着无色液体。每个瓶塞上都连着一条电线,接到抽屉背后的分线盒上。

博士异常小心地抽出了三号药瓶。电线由小夹子固定在瓶塞顶部。药瓶里还有另一根电线伸入液体中。博士移除了瓶塞上的电线,将药瓶举到灯光下端详。他轻轻摇晃一下,看着气泡浮到水面。

"是那个吗?"卡莱尔指着艾米轻声问,"那是……她吗?"

博士目不转睛地看着那一小瓶无色液体。"瓶中艾米。"他喃喃道,"池塘水。[1]"他笑了起来,"嗯,我喜欢这个。池塘水。"接着,他脸上的笑容消失了,"现在唯一的问题是,既然找到你了,就得把这两个你都弄到治疗室去,看能不能把真正的你下载到你的大脑中。"

他们身后的半空中传来某种物体狠狠撞击金属的声音。

"大门?"卡莱尔说。

"大门。"博士附议道,"我们被发现了。"

"一定是格里格曼醒过来了。现在要到治疗室去,可能比你

---

[1]. 艾米的姓"庞德"(Pond),在英语中有"池塘"的意思。

想象的要难上许多。"

"没关系，我们可以走后门。"博士弹了一下舌头，"呃，这儿有后门吗？"

"没有。"

"不是后门也行，随便什么门？紧急出口？消防梯？猫洞？"

卡莱尔摇了摇头，"这儿只有一条路，博士。我们被困在下面了。"上面的撞击声越来越响亮，也越来越迫切。"而且那扇门抵挡不了他们多久。"

20

上方传来一声巨响,无疑是门被砸开了。博士原地转身,用掌根反复拍着脑门。

"快想,快想,快想。"他对自己说,"啊!"他停下不停踱步的双脚,"他们不知道我们在下面。"

"不,他们知道。"卡莱尔说,"格里格曼知道我们会往这边来。"

"而且门还上了锁,密码也改过了。可他们并非真的知道,这又不能确定。他们只是觉得自己知道。"

卡莱尔缓缓点了一下头,"有道理。不过他们很快就会沿着楼梯下来,然后就能确定了。"

博士探身向前说:"不,他们不会,因为我有个计划。"

"一个可以快速执行的计划?"

他们此刻已经能听见金属楼梯上的脚步声了。

"快如闪电。"

"那么……我们要做什么?"

"我们要保护好艾米。"博士把装有艾米人格和记忆的小药瓶塞进上衣胸前的口袋里,轻轻拍了一下。

"就这样?"卡莱尔问。

"不不不,这个计划的精妙之处在于……"

"什么?"

"……我们要躲起来。"

卡莱尔瞪着他,"就这样?这就是你的伟大计划?我们躲起来?"

博士耸耸肩,把头发撩到一边。"除非你有更好的主意,但不包括拿枪射别人。"他补充道,"我要每个人都毫发无损,这样才能把他们的脑子放回原处。"

卡莱尔转头看了一眼楼梯。"我们躲起来。"她说。

博士和卡莱尔少校安静而快速地穿过走道。这个洞穴异常开阔,杰克逊和他的人得花上一段时间才能搜完。

"你要跟紧我。"博士对艾米耳语道,"也别太近了。"因为艾米突然走过来跟他肩贴着肩,他又补充了一句,"有一种近叫近,有一种近叫亲密无间。你保持前一种就好,触手可及,但是不挡视线。"

博士躲到一排存储器的尽头,卡莱尔紧随其后,艾米也模仿着他的举动。他们探出头来,看见洞穴另一头出现了几个模糊的身影。周围持续不断的滴水声,盖过了他们的话音,但卡莱尔确信其中有一个人是杰克逊,而且里夫也来了。他们总共有五六个人。

"他带帮手来了。"她压低声音对博士说。

"真遗憾,不过没关系。"博士把食指和拇指伸进胸前口袋,小心翼翼地捻起装着水的药瓶递给艾米,"你拿着它,"他对艾米说,"如果我们之中有谁能把你带到治疗室去,那这东西最好由你带在身上。否则,我们不知道得花多大工夫,才能把你的身体和思维凑到一个地方。"

"你确定她能保管好吗?"卡莱尔问。

"你能吗?"博士问艾米。

"能。"她面不改色地说。

"很好。还有从现在起,说话要小小声,好吗?"

"他们听见了吗?"卡莱尔问道,"有人朝这边来了。"

"不好说。"博士坦言道,"我们走起来,时刻保持在他们前头,找机会摸到楼梯口去。"

他们快步跑向下一条通道,弓起身子躲进阴影里,博士又对艾米说:"那个药瓶很重要。确切地说,药瓶里的水很重要。我要你一直带在身上,放哪儿都行,只要你能保证它安全,而且不会与你分开。我们等会儿要把水里的信息跟你的身体结合在一起,懂了吗?"

"懂了。"艾米低声回答。她举起药瓶凝视了一会儿,表情依旧空白。

"很好。你要记住了。"博士转头看向外面,确认杰克逊的人还没走到附近,"能记多少就记多少——我知道,这里头的信息量得好好消化。"

卡莱尔也在观察情况,"我觉得我们能跑到下一个区域。"

博士点点头,"离楼梯更近。来吧!"

他们一口气跑向下一个藏身之处,紧靠洞穴泛着水光的潮湿岩壁。有人正在旁边连通的走道上说话,他们越逼越近了。

"目前一切情况良好。"博士压低声音说。

"前路漫漫。"卡莱尔提醒道。

博士突然在她身边倒抽了一口气,只见他惊讶地张着嘴,双眼圆瞪。

"怎么了?"卡莱尔急切地问。

"水滴到我后脖子上了。"

"哦,我真是谢谢你了。"

此时,旁边传来什么东西滚落在地的声音,两人同时飞快地转过头去,只见一个玻璃药瓶慢悠悠地滚到了博士脚下。他迅速捡起。

"我告诉你要保管好它。"他低声对艾米斥道。

"博士——瓶塞掉了。"卡莱尔说,"瓶子是空的。"

博士举起药瓶,她说得对。"哪儿去了?水哪儿去了?!"

他几近惶恐地环视四周,可地上到处都是冷凝水聚成的小水洼,"任何一个水洼都有可能是艾米。"

"嘘!"卡莱尔警告道,"现在担心那个太迟了。"

"可我们要怎么把她找回来?!"

"等会儿再担心这个,好吗?"卡莱尔对他说,"现在我们得想办法离开这里。"

"外面没人了。"艾米低声说。

"谢谢。"博士说,"快走吧,下一个区域,对吧?"

"对。"卡莱尔赞同道。

他们尽量安静而迅速地转移到下一块阴影中,距离楼梯只剩下大约十五米了。然而,一名士兵正伫立在楼梯口。

"你觉得他知道你倒戈了吗?"博士问,"或者确切地说,你一开始就没有倒戈。"

"有可能。"卡莱尔说,"不过还是值得一试。我可以转移他的注意力,你和艾米趁机溜过去。"

"我觉得那行不通。"艾米说。

博士与卡莱尔一同转头看向她。

"这是又闪现了一抹自我意识?"博士琢磨着,"还是说他们给她编写的指令,再次占据了主导?"

"这个想法不错。"艾米说。她突然伸手拔出卡莱尔的枪,对准了博士和卡莱尔。

里夫上尉从艾米身后的阴影里走出来。他得意地笑着,头也不回地冲身后嚷道:"在这里,找到他们了!"

"我必须欺骗博士。"艾米缓慢地说,"我必须带他到治疗室去。"

"对,这事儿我们刚才做过了。"博士对她说。"她好像被恢复到之前的进程了。"他瞪了里夫一眼,"你们的疗程可能没有嘴上说的那样好。"

"环境改变重新触发了她的上一个指令,仅此而已。"

杰克逊从后面快步走来,还带着另外两名士兵。"你的短途观光替你省下了一段牢狱之苦,博士。除此以外,没有任何意义。我们已经准备好你的疗程了,"他对艾米点点头,"我还会让庞德小姐给你带路。"

艾米闻声把枪往前戳了戳,"快走。上楼梯。"

杰克逊的笑声回荡在洞穴中。"我们马上到治疗室去,博士。一旦到了那里,你就会变成一块白板,准备接收塔里瑞人的意志。"

21

博士和卡莱尔举起双手,走向灯光昏暗的金属阶梯。看守楼梯口的士兵退到一旁,给他们放行。艾米紧跟在两人身后,杰克逊和其他人则缓缓穿过洞穴走来。

"博士,卡莱尔少校。"他们走上楼梯后,艾米叫了一声。

两人同时回头,看她想说什么。艾米依旧稳稳地端着手枪。

"你想知道药瓶里的水去哪儿了。"艾米平静地说,"其实我照你吩咐的做了。我把重要的水带在身上,保障了它的安全。我把它喝下去了。"

博士僵住了,"你把它怎么了?"

"那根本不是最要紧的问题。"卡莱尔在一旁压低声音说。

"可她喝掉了。我总不能把手指捅进她的嗓子眼里……"博士突然停下来,端详了一会儿手指,"不,不行。"

"什么不行,博士?"杰克逊来到楼梯底部,站在艾米身后质问道,"我们洗耳恭听。"

因为艾米站在前面,杰克逊无法看到她面无表情的脸已经舒展开来，勾起嘴角露出微笑，然后还挤了挤眼睛。

"不管你们做什么，"她对博士和卡莱尔说，"都别想……跑！"

喊完那一声"跑"，她迅速转身朝最近的照明开了一枪。荧光灯管应声炸裂，无数火花飞溅开来。

里夫怒不可遏地大吼一声，杰克逊则猛冲过来。

艾米倒退着跟随博士和卡莱尔走上楼梯，把枪口对准底下的士兵。"你们跑起来没？"她对后面喊了一声，"我怎么还没听见你们跑起来？"说完她便转过身，冲上楼梯。

博士和卡莱尔跑在前面，艾米紧随其后，但跟得还不够紧。一只手死死钳住她的脚踝，扯得她失去了平衡，狠狠摔倒在金属楼梯上。

博士转过身，冲向把艾米往下拖的里夫。

但卡莱尔一把抓住了他的胳膊，"要是连我们都被抓住，就更没办法救她出来了。只要我们能逃脱，她就还有希望——快走！"

他们三步并作两步冲上楼梯，身后紧跟着士兵的皮靴声。楼上的门被砸开了，博士一把将其拉上，用尽全力卡住。

"他们把艾米抓走了。"他说着，脸上却露出疯子一样的笑容，"她没事——她把脑子找回来了。"

"看起来是这么回事，因为她把水喝了吗？"

"一定是。"博士说着挠起了头,把头发抓得七弯八翘,"他们一定是用了全息存储模型,完整数据组可以反映在每一小滴水中。就像当你打破一个全息影像时,得到的碎片不会像拼图一样,仅仅反映完整图像的一部分——而是全部。所有碎片都各自反映为一幅较小的完整影像。当数据进入她的血液时,已经稀释到什么程度了?可她的大脑依旧从中提取信息,重建思维,填补了空白。"他肃然起敬地摇了摇头,"你们人类真是太神奇了。"

大门开始发出响动,有人想从里面将其撬开。

"博士,"卡莱尔夸张地故作耐心道,"我替艾米感到非常高兴,也很佩服你如此了解全息影像。不过她被抓住了——他们只会再次把她抹成白板,而且这回有可能不做备份。另外,我们被困在月球暗面的基地里,而这个基地正好被入侵的外星人占领了。或许我们该趁他们撬开大门前离开这里?"

大门传来一阵扭曲的刮擦声,门板被撬开了一条缝,随后再次卡了回去。

"我也这样想。"博士同意道,"但我们不走远。一旦他们离开,我就得回到下面去。"

"我们不是刚从底下逃出来吗?"

博士大步穿过走道,"是的,但当时我还没想到主意。"

卡莱尔快步跟了上去,"现在你想到了?"

博士脚底一转，抓住卡莱尔的双肩，目不转睛地看着她，"哦伙计，我还真有个主意。"他说。

他们躲在主通道旁的储存间里等待着。卡莱尔向博士保证，杰克逊和他手下的人从电脑设备区的洞穴里出来后，必须经过这里才能走到治疗室。

博士盘腿坐在地上，拉开了一条门缝向外窥视。卡莱尔站在他旁边，同样趴在门缝上观察着。

他们没等多久，就看见杰克逊怒气冲冲地走了过去，里夫紧随其后，然后是几个士兵押着艾米走了过去。她看起来有点闷闷不乐，但表情充满叛逆。

"待会儿见，庞德。"博士喃喃道。

"我刚才还在担心，你会不会做出什么有勇无谋的营救举动。"他们离开后，卡莱尔说。

博士轻轻打开门，"我确实打算这么做，但不会是他们想的那种。"

"那我们要做什么？"

博士左右观察了一会儿，然后才走出房间，"我猜你知道防火系统的控制装置在什么地方。"

卡莱尔点点头，"在主控室。你找那个干什么？"

"因为我需要你到那里去。"

"你想让我阻挠防火系统工作?"

"不不不,那是我最不希望的。"博士做了个深呼吸,顺着牙缝吸入空气,"我希望你务必保证没有人能超控系统,把它关掉。"

"那你要去哪里?放火吗?"

"我要放的只是隐喻性的火。"

卡莱尔皱起眉,"难道你从来都不把事情解释清楚吗?"

"好吧,你想要解释?我来简单解释给你听。假设你拿起一杯水,懂吗?然后把它扔到海里,懂吗?"

"你说玻璃杯?"

"我说杯里的水。虽然这对我的解释并没有什么影响,但除了水,往海里扔任何东西,都是不好的。现在我们假设你能搅拌海水,于是你刚才倒进去那杯水,就跟海里的水混在一起了——几百几亿万升水。"

"海里混着我刚倒进去的那杯水,所以呢?"

"所以重点来了。你拿起刚才没有一块儿扔进去的那个空杯子,又从海里舀出一杯水。从哪个位置并不重要。现在你说,你得到了什么?"

卡莱尔眨眨眼睛,然后耸耸肩,"我猜,是一杯咸水吧。"

"没错。可是在那杯水里,有这么微小的一部分——或许是几个分子,来自你刚才泼出去的那杯水。绝对如此。"

卡莱尔少校想了想,"你确定吗?"

"我当然确定啦。"

"那,你干过那种事吗?"

博士眯起眼睛,"是的。"

"骗人。"

"好吧,我确实没真的干过那种事。不过那杯水里包含了这么多水分子,无论你在哪里舀起第二杯水,总会舀一些回来的。"

"然后这跟你的主意有关系吗?"

"有。"

卡莱尔点点头,"好吧,我希望你清楚自己在做什么,因为我还是一点头绪都没有。"

"我知道自己在做什么。"博士自信地告诉她,"只是还不确定,这个办法能不能奏效。"

反抗毫无意义。艾米已经试过一次,但无济于事。她需要拖慢他们的脚步,给博士争取更多时间解救她。她知道他会想办法的。她壮着胆子放慢脚步,故意花了很久,才坐上治疗室的椅子。她绷紧全身肌肉,希望能在他们绑好束带后,留出一些空隙。

菲莉普丝护士看着她。从她的微笑判断,她明显很享受艾米的窘态。

"会有点疼。"她说,"我保证你会记住那些疼痛的。"

"我肯定能记住。"艾米对她说,"别忘了,你也经历过这些。"

"不是我。这具身体经历过,但不是我。"

"够了。"杰克逊呵斥道,"开始准备。完全传输马上就要开始,在此之前我需要她变成白板,准备接收下一个塔里瑞同胞。"

杰克逊接过护士的工作,先捆紧了艾米的脚踝。艾米只是笑了笑。

"他会阻止你的,"她平静地说着,为自己声音里的信心感到惊讶,"他总是能做到。"

杰克逊没有回答,但他片刻的踌躇,让艾米看出他确实在担忧。此刻,墙上的电话突然响起来,把他吓得一缩。

"可能就是他,"艾米说,"别让他等太久。"

"闭嘴!"杰克逊怒吼一声。他穿过房间接起电话,"怎么了?"

艾米看到杰克逊皱起了眉。

"他干什么了?可那根本没有意义,他在下面干什么?"杰克逊听了一会儿,然后回答,"我不知道,但你最好下去阻止他。我们不需要他的身体,因为很快就有大量供给了。有点可惜的地方在于，博士的身体是个很完美的容器。不过他制造的麻烦，已经超过了他身体的价值，所以你可以直接杀了他。"杰克逊用力挂掉电话。

艾米心中顿时充满了兴奋和不安。博士知道他的行踪被发现了吗？照他的性格来说，那完全有可能是他计划的一部分。尽管如此，同样照博士的性格来说，他可能根本没想到这点……

"开始了。"她平静地说，"我说过，你没有机会了。"

杰克逊用力勒紧她手腕上的束带。

主控室里人太多了。卡莱尔从那份电脑表格看出，几乎所有士兵都被控制了。更糟糕的是，里夫上尉也在那里。她本来很希望他跟随杰克逊去了治疗室，然而他却在这里，用监控摄像头寻找博士的踪影。

没过多久，其中一名士兵就发现，博士正走向电脑设备区。里夫给杰克逊打了电话，然后他们便匆匆离开，仅留下一名士兵看守主控室。

卡莱尔没时间替博士担心，她有她的任务。这是自从她在治疗室的椅子上醒来后，头一次感到自己有了主导权。

她走进主控室，士兵转过身来。卡莱尔少校对他露出微笑，他点了点头，重新转向自己的工作。

过了一会儿，他好像终于意识到是谁进来了，"等等……"

士兵再次从椅子上转过身来,同时把手伸向腰间的佩枪。但卡莱尔少校抢先一步,用枪托击中了他的头侧,将他砸晕在控制台上。

"都快成习惯动作了。"她嘀咕着把不省人事的士兵搬到一旁,开始进入灭火系统。

"别靠近控制器,博士。"里夫的叫声响彻整个洞穴,"马上离开!否则我会把你就地击毙。"

博士最后按了几下键盘,满意地点点头,随后站到一旁。里夫带着几个士兵跑了过来。

"你干了什么?"里夫质问道。

"没什么,就是改了几条路线排程。"

一名士兵开始迅速敲打键盘,盯着屏幕上出现的近期操作日志。

"怎么样?"里夫问道。

"他改了流量,打开了几道阀门,连接了电脑存储器。"士兵摇摇头,"这根本说不通。他好像把消防系统的惰性气体都排空了,又往原来的气罐里装满了……"士兵看了一眼屏幕上的小窗口,"装满了水库里的水,还有数据存储器里的水。"

"他用的什么数据?"里夫举枪对准博士的脸,"希望你认为这一切都是值得的。"

"我确实认为这一切太值得了。"博士说。

士兵抬头看向里夫,"他用了备份——存储着人类思维印记的水。"

博士显然对自己的行为无比得意,"没错。我要十分高兴地说,你们都在那里面。在灭火系统的罐子里搅成一锅粥,每一个分子都在打转,每一滴水里都包含着你们的信息碎片。"

里夫大笑起来,"我不知道你以为自己在干什么,但我要说,你把他们都毁了。你那么迫切地想解救那些人,到头来他们都被你害死了。"

"你真这么想吗?"博士喃喃道。

里夫往旁边瞥了一眼,想跟其他士兵分享这个笑话。仅仅是一瞥,但对博士来说已经足够了。他猛地抽出音速起子,指向离他最近的火警报警器——就在对面墙上。

报警器的玻璃板子被震得粉碎,警报顿时响彻四周。那名士兵盯着的显示器上,出现一行信息:

火警:惰性气体喷头激活。

"要过一会儿,那些水才会通过管道到达喷头!"博士几乎要大吼着,才能盖过刺耳的警报声,"卡莱尔少校应该已经开启并锁定了所有内门和舱壁,也篡改了系统设置,让基地所有喷头同时激活,而不只是这个区域。我还打开了主蓄水罐的恒定流量,保证水量充足。"

"你疯了。"里夫说,"如果杰克逊能清空你的思维,反倒是为你做了件好事,但他不需要这么做了。"

里夫后退一步,双手托枪直指博士。洞穴另一端,顶置喷头突然洒出一片水花。紧接着,一个又一个喷头开始喷水,宽阔的洞穴里仿佛下起雨来。

"我本该猜到,你根本没有计划。"里夫说着,绷紧了扣在扳机上的手指。

"我有个绝妙的计划。唯一的缺陷在于……"博士说到一半,他和里夫头顶上也喷出水来,"我们会被浇成落汤鸡。"

"唯一的缺陷——"里夫反驳道,"在于你会没命。"他扣动扳机,岩壁间回荡起枪声的轰鸣。

22

　　冰冷的水洒在她脸上,如同泪水般沿着面庞滑落。卡莱尔少校吃惊地盯着屏幕,那上面排列着几个监控摄像机的画面。

　　"他到底是怎么做到的?"她大声说着,随后笑了起来,"这太棒了。怪是怪了点,但绝妙非凡。"她必须回到电脑设备区,要求他解释这一切。不,她转念一想,首先她要去治疗室,确认艾米是否平安。

　　卡莱尔从主控室跑出来。她身后的监控画面里,整个基地的士兵和科研人员——全都一动不动地呆站着。所有人都垂着头,仿佛只是睡着了。

　　"见到你真是太高兴了。"艾米说,卡莱尔少校正忙着解开捆住她的束带,"博士是怎么做到的?不,算了——先告诉我,他到底干了什么?"

　　最后一根束带被解开,卡莱尔退后一步,让艾米离开手术椅。她们附近站着一名士兵,姿态慵懒,仿佛陷入了沉睡。他低垂着头,双眼闭了起来。头顶喷出的水,顺着他的脸和头发滑落。

"别问我。"卡莱尔说,"所有人都变成这样了。观察室里的菲莉普丝护士,还有门口的卫兵都一样。"

"所有人,除了杰克逊。"艾米对她说,"那个卫兵一睡着,他就逃走了。这些人就好像……"她用力揉搓手腕,想要恢复血液循环,"就好像那个破坏完系统立马恢复白板的士兵一样。"

"那就是博士的目的吗?把他们全都恢复成白板?"

"我们可以去问他,而且他也得知道杰克逊并未受影响。快走吧。"

"希望我们能尽快关上这些喷头。"

她们一路上遇到了好几个士兵,全都垂着头仿佛在沉睡。等艾米和卡莱尔走到洞穴,两人已经浑身湿透了。

"我觉得自己再也晾不干了。"艾米抱怨道。

"我猜这些只是水而已。"卡莱尔边说边走下台阶,瀑布似的流水从她们脚下的金属网眼滑落下去。

"哦,真是谢谢你了。"艾米说,"天知道我一路上喝了多少这些东西。"

"但这些水对我们没有影响。"

"除了把我们浇湿。不过……"艾米走到楼梯底部时,话刚说了一半,就一眼看到了博士。尽管局势尚未稳定,她还是忍不住大笑起来,"这已经不算糟了。"

原来他正从背后支撑着里夫上尉瘫软的身体,头顶正上方便是一个喷头。水花落在两人身上,又像瀑布一般流了下来。博士的头发被水粘在了一边脸上,还盖住了一只眼睛。他瞪了一眼艾米。

"这没那么好笑。"他说。

"你在干什么?"艾米在一片水声中大声说。

"我一放手他就要倒了。"

"你就不该动他。"卡莱尔说,"其他人都自己站得挺好的。"

几名士兵就站在旁边,低着头垂着肩膀。还有一名士兵,趴在电脑显示器和键盘前。

"我只是在做实验。"博士说,"快来,帮我把他放下。对,就这儿,正对喷头。我要给他一份超大剂量,看能不能让复原速度加快。"

卡莱尔小心翼翼地抽出里夫手上的枪。

"现在这么做有点儿晚了。"博士对她说,"他已经开过枪了。"

"什么?哪里?"艾米惊声道,"你受伤了吗?"

"不,他没打中。当时这些水正好生效了。我真走运,他身体往前一倾,子弹打在地上弹走了。"

"那就别吊我们胃口啦。"艾米说,"这些水到底怎么回事?他们怎么都变成白板了?"

"他们的思维正在拼命适应。"

三人面前的地板上,里夫发出一声闷哼,把自己蜷成了一团。

"看来起作用了。"博士继续道。

"你做了什么?"卡莱尔问,"水里有什么?"

"他们。或者说,他们的思维。你还记得我说过把一杯水倒进海里吗?我把备份思维的水全都混在一起,装进连接喷头的罐子里了。艾米喝掉她的备份时,她的大脑成功抓取了自己的思维印记,同理,里夫上尉也正在通过皮肤吸收他自己思维的微小碎片。"

"他的思维都存储在喷头喷洒的水里。"卡莱尔恍然大悟,"全息影像。"

"你说什么?"艾米说,"那啥,这里是不是只有我在说人话?"

"每个水分子里,都储存着整套思维印记。"博士解释道,"落到我们身上的每一滴水,都包含着被杰克逊抹除的每一个人的思维印记。这些稀释过的信息,首先净化了他们脑中的外星思维控制,因为人脑会挣扎着从水里重新吸收属于自己的印记,从而抗拒外星思维的掌控。"

里夫渐渐舒展身体,并尝试坐起来。他一脸茫然地看着四周。

"皮肤接触到的水越多,恢复速度就越快。"博士得意地说。

"呃,我问个显而易见的问题。"艾米说,"如果每一滴水里,都包含了所有人的思维,里夫的脑子怎么知道该吸收哪些信息?难道他不会把别人的思维也吸收了吗?那不会把他变成一个疯狂混乱的人吗?"

博士微笑着背起手来,"不,这才是最绝妙的地方。因为大脑有能力分辨出属于自己的思维印记,并且只吸收那一部分信息。这就好像超市停车场里有几百辆车,而你总能找到自己那一辆。"

"我经常找错车。"卡莱尔对他说。

艾米想要绕到博士身后,而他则转动身子,始终面对着她。"你把手放到背后,做着祈祷的手势,对不对?"她责问道。

博士的微笑有点僵住了,"可能吧。"

"你根本不知道,这能不能管用?"

"我的理论没问题,"他抗议道,"基本上。"

卡莱尔指着正摇摇晃晃要站起来的里夫上尉,"我想很快就能验证那个理论了。"

里夫四下张望着,一脸茫然。

"他不会有事的。"博士说,"真的——不会有事。"

"你们究竟是谁?"里夫质问道,"我在这里干什么?"

"他糊涂了。"艾米说,"可能你的理论不管用。"

"不,这只是因为真正的里夫上尉从没见过我们。"博士对她说,"我们来这里之前,他就被做成白板了。"

"少校?"里夫问,"出什么事了?"

"解释起来有点复杂。"卡莱尔对他说,"不过我很高兴你回来了,里夫上尉。"

"你记得的最后一件事是什么?"博士一边问,一边用音速起子照向里夫那张大惊失色的脸。

"我跟杰克逊教授还有菲莉普丝护士在治疗室里……他们要我看个东西……然后……"他摇摇头,"然后我就在这里了。出了什么事?"

"外星人入侵。"博士说,"你别担心,不过我们还是需要你的帮助。"

里夫看着他们三人:博士带着一脸疯狂的笑意;艾米露出如释重负忍俊不禁的笑容;平时冷若冰霜的卡莱尔站在喷头底下,跟所有人一样浑身湿透。"我还寻思我是不是疯了。"他说。

艾米开始发抖,身上没一处干的地方。"我们能把喷头关上了吗?"

"应该可以了。"博士说,"鉴于所有人都变成了白板。"他转身走向楼梯,在一个个越积越深的水洼中溅起高高的水花。

"除了杰克逊。"卡莱尔提醒道。

博士僵住了,"什么?"

"杰克逊好像没受影响。"艾米证实了卡莱尔的话,"他跑了。可能躲在什么地方,或者捧着一杯舒缓神经的热茶,正在盘算下一个阴谋。我的意思是,他一个人应该做不了什么,对吧?"

"杰克逊为什么没受影响?"博士盯着里夫质问道。

"别问我啊,"他抗议道,"你才是专家。我不过刚恢复意识,记得吗?"

博士又跑了起来,但这次他跑向了数据存储器通道。他从艾米身边经过时重重踩在一摊积水上,把她的腿溅得更湿了。

"哦,好样的。"

博士没有理她,而是疯狂地拉开大柜子上的抽屉。其余几人匆忙走过去帮忙。艾米正好看见他拉开一个抽屉后停下了动作,抽屉里装满了盛着无色液体的药瓶。

"这些药瓶全都连接着主系统。我把里面的水都导进连接喷头的储水罐了,然后主储藏罐的水又重新填满了药瓶……如果杰克逊的那瓶在这里,他肯定已经跟别人一块儿混进去了。"

博士瞥了一眼抽屉,便用力关上了。他又拉开下一层抽屉,所有人都看见里面少了一个药瓶。

"没事儿,那是你,艾米。"博士转头对她笑了起来,"我还说了个庞德与水的笑话,不过没什么值得复述的价值。"他再次关上抽屉，下一层是满的，下下层也是。

很快，博士就转移到旁边的储存柜。查过三层抽屉后，又有一个药瓶不见了。博士用手指敲了敲那个空位，"谁要跟我打赌，这才是真正的杰克逊教授？"

卡莱尔少校提出，主控室是寻找杰克逊的最佳起点，他们还能顺便在基地发大水前关掉喷头。如此确定之后，博士又派里夫上尉去察看囚室里的犯人。

"过去这几天，他们都被杰克逊做成了白板。我希望囚室里的消防系统没有被单独分开，那些水也能洒到里面去。"

"应该能。"里夫说，"不过我还是去看看吧。"

基地中只有部分特定区域装有监控摄像头。卡莱尔关掉喷头后，开始轮番检查每个摄像头的影像。大多数画面是被水淋到的士兵和科研人员低头呆立的场景，唯独杰克逊遍寻不见。

"他们要多久才能恢复过来？"艾米看着趴在主控台角落的士兵问道。

"应该不用太久。离喷头最近的人会最先恢复，比如里夫。不过我觉得他也喝下去不少。因为他当时正在威胁我，嘴巴是张开的。"

"我怎么记得他是在开枪打你。"卡莱尔说。

"也开枪了，他在同时处理多项任务。"

他们的对话被控制台发出的一阵信号音打断了。

"本地无线电信号。"卡莱尔说,"会是谁呢?"她操作控制台,旁边的扬声器发出了声音:

"……重复,这里是阿什顿中尉,我正在经过戴安娜基地上空。有人收到吗?戴安娜基地,请回答。"

博士拿起麦克风:"哦,嗨,这里是博士。很高兴知道你平安无事。下面的情况已经基本控制住了。你怎么样?"

"我很好。"阿什顿回答道,"我也很高兴听到情况基本控制住了。但有一件事……"

"你想知道啥时候能回家?"博士问道。

"除了这件事。我在上面能看到闪电一样的东西……我真不知道还能怎么形容它。"

"闪电?"艾米说,"那可能吗?在宇宙空间里?"

博士用力揉了揉湿透的头发,"不对,不是真的闪电。它看起来像什么?"

"一道光,"阿什顿说,"就好像有人打开了巨型探照灯。我能看见那道光穿透宇宙空间。很耀眼的白光,我甚至无法直视。"

"它朝哪里照?"卡莱尔问。

"问题就在这里。那道光正对着戴安娜基地,正对着你们。"

所有人都陷入了片刻的沉默。博士眉间的皱褶越来越深了。

最后，阿什顿打破了沉默："嘿，我几分钟后就要转到月球另一面了，届时将会与你们失去联系了，但我想你们该知道这件事。剩下的就交给你们了，好吗？"

卡莱尔让他在下一个轨道周期重新联系基地，随后断开了通话。

"那是什么？"艾米问博士，"杰克逊干的好事吗？"

"那是它们的B计划。"博士严肃地说，"我早该猜到它们有备用计划。肯定是杰克逊给它们发了消息，让它们放弃传送思维，因为我们把这里所有人都复原了。"

"可那是好事呀，不对吗？"卡莱尔说。

"不好。"博士回答道，"如果我真猜中了那道光的本质，那就是大事不好了。"

"为什么？那到底是啥？"

"我想那是一道浓缩的信息流。这次他们传送的不只是思维和脑波了。"

主屏幕上仍然显示着某个监控摄像头的画面。那是几条通道的交汇处，两名士兵垂着头站在一扇门边。

交汇处中央的空气似乎泛起了波光。颤抖的空气中，出现一个模糊的影子。那个影子越来越暗，越来越真实，最后波光平息下来，原本空无一物的地方，多出了一道身影。

那个生物跟人类差不多高，但它的肢体光滑而肿胀。它没有脖子，脑袋直接扣在身体上，仿佛是从那一身金属盔甲的缺口里挤出来的；又圆又肿的大脑袋上长着一只椭圆形巨眼，脸上满是渗着黏液的脓包；粗短的指爪间，抓着一把灰色金属制成的狰狞大枪。

那东西的浅绿色皮肤不断渗出黏液，随它缓步走向镜头而滴落一地。它停了片刻，仿佛在透过摄像头窥视主控室。它眼睛底下突然张开一个洞——那竟是一张切口般的大嘴，里面长满参差不齐的牙齿。它举起黏糊糊的指爪，把枪对准摄像头。它手上的武器突然迸发出愤怒的红光，屏幕黑了下来。

"我还以为它们只想增加带宽，传送更多塔里瑞思维。原来那是一道物质传输光束。看来塔里瑞大军已经到达了。"博士平静地说，"这一次可都是亲自上阵。"

主控室的门突然被撞开，门口又是一个圆胖黏稠的生物。它咧开嘴，露出一个貌似微笑的表情，随后举起了枪。

23

那丑陋的生物一出现在门口,卡莱尔少校就奋力扑了过去。她用肩膀撞歪了怪物手上的枪,一股能量波穿过房间在墙上炸裂,溅起一大片火花。

卡莱尔一头撞上塔里瑞人的铠甲,上面的金属板深深陷进了它的皮肤,压得它的身体凹进一块。然而它的皮肤异常有弹性,就像气球表面,于是下一个瞬间,卡莱尔就被弹开,狠狠摔在了地上。

那东西怒吼一声,扑哧扑哧地向前走了几步,再次举起了枪。艾米一把抓住卡莱尔往回拽,而博士则饶有兴致地在一旁观看。

"我觉得你最好别杀我们。"他对塔里瑞人说,"杰克逊,不管他真名叫什么,肯定想抹掉我们的思维。"

那东西迟疑片刻,枪口依旧指着在艾米搀扶下站起来的卡莱尔。随即它又怒吼一声,开了枪。

与此同时,趴在控制台上不省人事的士兵,闷哼一声撑起了身子。那东西不由自主地转向出现动静的方向。它再次打偏——把一部分控制台炸成了碎片。士兵震惊地看着眼前这一幕。

艾米随手拿起离她最近的东西,朝怪物扔了过去——一只咖啡杯。冷掉的咖啡残液随杯身翻转,从空中滴落。然而跟卡莱尔一样,咖啡杯撞在怪物的铠甲上,被弹出老远。

士兵平素训练出的素质渐渐恢复,很快便盖过了最初的震惊。只见他从控制台边抄起一把椅子,朝塔里瑞人猛击过去。来自椅子滚轮底座的猛攻,迫使怪物后退了几步轰然撞到墙上,全身像果冻般震颤起来,把铠甲上的金属板挤得叮当作响。

士兵一鼓作气冲了过去。艾米捏着把汗,入迷地看着他的动作——椅子底座陷进怪物的肚子里,其中一只轮子卡在了两片松散的金属铠甲之间,用力向下戳挤着宛如橡胶的皮肤。那皮肤随时可能回弹,将士兵往反方向顶,仿佛他撞上了一张蹦床。

然而那个场景并没有发生。轮子两侧的锐利边缘陷进塔里瑞人身体,穿透了隐藏在铠甲下的橡胶皮肤,破开了一个小洞。但那已经足够了。

只听一阵唏里呼噜又撕心裂肺的哀号,塔里瑞人应声爆炸。灰绿色的黏稠物体从绽裂的皮肤里喷射出来,整个身体仿佛漏了气——圆滚滚的胳膊胡乱挥舞着,很快便失去形状瘫软下来。怪物手上的枪掉落在地,几秒钟后,原本站着外星人的地方,就只剩一摊黏软的液体和散落在地的金属片了。原本被铠甲包裹的身体皱成一团瘫在地上,像只瘪掉的气球。

"好吧,那算是解答了我其中一个疑问。"博士说着,走到外星人的残骸旁跪下,将一根手指插进那团黏液里。在这惊悚的一瞬间,艾米很担心他会舔上去。但他只是好奇地闻了闻,然后就在外套翻领上把手蹭干净了。

"什么疑问?"卡莱尔问道。她面色苍白,似乎受到了惊吓,但远不及旁边的士兵那般惶惑震惊,他手上还举着沾满黏液的椅子。

"为什么他们想要人类身体?因为他们自己的身体实在太不堪一击了。而你们人类,尽管弱点众多,却十分强健。不像这边这位斑点气球先生,由黏稠的液态基质构成。"

"它们有多少?"艾米问,"我们又该做什么?朝它们扔飞镖吗?"

"你们这儿有飞镖吗?"博士说。

"呃,没有。"

"那这个选项就不成立了,对不对?"

此时突然响起一阵叮咚声,所有人同时抬起头来。

"公共广播系统。"卡莱尔解释道,"不过我从没见人用过。"

扩音器里传出杰克逊清晰洪亮的声音:"安德罗帕呼叫全体塔里瑞战士。拉拉尔格司令官作出指示,生擒人类作为首批地球入侵突击队的精神饲料。务必使所有武器设定为击晕模式。请小心，部分白板正在苏醒并大搞破坏。"杰克逊顿了顿，又补充道，"所有正在收听的人类，不想中枪就立刻投降。就这样。"

声音停了下来。

"棒极了。"艾米评价道。

"现在我们知道他在哪儿了。"卡莱尔边说边察看控制台，"广播信号是从杰克逊的办公室里发出来的。"

博士两手一拍，"好极了。现在我们要做的事情就显而易见了。你，还有你……"他先指着卡莱尔，然后指向仍困惑不解的士兵，"找到里夫上尉，组织所有人集中到你们能展开防御的地方。餐厅就不错，因为那里有牛角面包和热乎乎的饮料，以及带点儿肉桂味儿的小圆面包。"

"那我跟你呢？"艾米问。

"我们也要走热饮路线——去跟杰克逊教授和拉拉尔格司令官喝杯茶。"

整个基地的士兵和工作人员都渐渐醒来，他们脑子里一片混乱，不知该如何是好。杰克逊的宣告并没有帮助他们适应眼前的情况。里夫上尉在中央区的囚室附近找到几名士兵，他们一起打开囚室，让囚徒们走了出来。

第一个骨瘦如柴的囚徒刚踏出囚室，里夫就看出，自从杰克逊控制监区后,他们就没有得到任何合理的照管。上尉想到自己被控制后这些囚徒竟被如此对待,不禁感到震惊——他们明显没得到足够的水和食物,并且极有可能连日常的运动时间也被剥夺了。

"把他们带到餐厅去。"他下令道,"他们首先需要好好吃顿饭。"他转向离自己最近、正拖着脚向他走来的囚徒,"你叫什么名字?"

"我不会告诉你任何事情。"对方尖声说着,声音微弱嘶哑,"你没有权利把我关在这里。"

里夫点点头。他已经得到了想要的答案——这个人的思维仍是他自己的。"好吧,不管你是谁,告诉其他人,我们要带你们去餐厅吃东西。很抱歉让你遭受了这样的折磨,不过我们出了点状况。除此以外,我不能向你透露任何信息。"

男人瞪大眼睛盯着他,"你说的情况包括那个吗?"他指着里夫身后说。

里夫转过身,看见一个浑圆黏腻的塔里瑞人,正扑哧扑哧地朝他们走来。里夫本能地想掏枪,可他的枪套是空的——那把枪还躺在电脑设备区的地上。

"站住!"他大喊一声,"站住,否则我的人要开火了!"

那不过是虚张声势。因为基地里的士兵日常并不佩枪,这会儿没有一个人手上拿着武器。塔里瑞人得意地举起自己的枪。枪口亮起,发出一道能量光线——把一名士兵打得横飞过房间,撞在玻璃窗上。士兵失去意识,昏倒在地。

外星人继续逼近,所有人迅速躲到遮蔽物后面。紧接着,那个塔里瑞人突然炸开,成了一团黏糊糊的灰绿色液体。

冒着热气的残骸后方,是手持外星武器的卡莱尔少校。

"你确定是这条路吗?"艾米边走边问。他们又拐进了另一条通道,这些通道看起来都差不多。她还发现所有门都敞开着——这是博士的消防系统计划中的一环,让喷头里的水流遍整个基地。

"要看你觉得我们准备去哪儿。"

"杰克逊的办公室?"

博士不置可否地哼了一声。

"你迷路了,对不对?"

他又哼了一声。两人前方一扇打开的门里,突然走出一个又圆又肿的塔里瑞人。它并没有发现艾米和博士,而是顺着通道步态臃肿地走了下去。

"瞧,那就是我们需要的。"博士高兴地说,"跟我来。"他开始快步追赶外星人。

"什么?"艾米用口型说,"你在干什么?"她追到博士身后,龇牙咧嘴地说。

"问路。"博士又加快了脚步,"我知道,人类通常不问路,时间领主可不像你们那样自负。至少你眼前这个不是。喂,你!"他叫了一声,"对,就你,一只眼的斑点脸。"

塔里瑞人停下脚步,缓缓转了过来,同时举起手中的枪。它发出唏里呼噜的声音,可能吃了一惊,也可能是在笑。

"真高兴能找到你。"博士说,"杰克逊要见我们,你们管他叫安德罗帕。你能给我们指个路吗?"

塔里瑞人朝他们推了推枪。

"或者带个路。"艾米迅速接过话头,"那样就太好了。哦,你也要来吗?"

"有茶喝哟。"博士保证道,"说不定还有饼干。我身上可能有块儿果酱饼,平时都带着的。"他拍了拍几个口袋,"不要?"

他们一路上又碰到了几个塔里瑞人,但艾米见到的最大最令人作呕的塔里瑞人,当属杰克逊办公室里那位。杰克逊教授就坐在桌后。尽管旁边站着一个黏糊怪异的外星人,他身后的壮阔风景还是让艾米再次感慨万分。在傍晚昏暗的阳光中,灰白的月面反倒有了一丝温暖和壮丽,一改之前的荒凉乏味。

"你一定就是拉拉尔格了。"博士高兴地伸出手,在看了一眼外星人粗短黏腻的附肢后,又悻悻地说,"还是算了吧。"

"这真是喜出望外。"杰克逊说着,把带他们进来的塔里瑞人打发走了,然后轮番看着博士和艾米,"你们是来投降的?"

"其实我们是来喝茶的。"博士对他说,"上回的邀请还有效吧?"

高大的塔里瑞首领身形一震,发出咆哮。

"茶。"杰克逊若有所思地说,"一开始我很不情愿喝它,但不得不靠它来假装自己还是杰克逊。现在,我发现这种饮品确实有种令人愉悦的特质。不得不说,它是少数几样能使我得到的这具身体精神振奋的东西之一。"

"那是咖啡因和丹宁酸的奇效。"博士说,"我敢肯定这两种东西能抚慰灵魂。"他转向塔里瑞首领拉拉尔格,"你也该试试。"

那句话又挑起了更多的咆哮和颤动。

"算了。"博士赞同道,"那一定会扰乱你异常脆弱的内部环境,对不对?天生一副气球般的躯体,肯定会遇到不少麻烦。稍微受点伤,你们不是流血,而是炸裂。气压稍微有点变化,你们不是被压扁内爆,就是内压过大向外炸开。我能理解你们为何羡慕人类。但你们不能强夺他们的身体,知道吗?"

"为什么?"杰克逊问。

"因为你们不能。"艾米对他说,"那样不对,也不公平。那是谋杀,这就是为什么。"

"杰克逊教授是怎么想的?"博士问,"我猜他应该还在你体内。作为第一个被控制的人,你需要保存他的记忆和感情,以防别人发现异常。如果你一上来就把他抹成白板,必然会有人察觉。那可比忘记别人名字要糟糕多了——你相当于忘记了所有东西。"

杰克逊点点头,"他就在里面,"他敲了敲额头,"只有一小缕。而且他知道。我能感觉到,他残存的思维在挣扎着夺取控制权。可你知道吗?他的挣扎越来越微弱,越来越绝望。用不了多久,他就会彻底消失。"

"但他还有备份。我猜,他确实有备份?"

杰克逊微笑起来,"你知道他有。"他拉开办公桌抽屉,取出一瓶无色液体,"我大可以毁掉这东西,只是那样就真成了谋杀。"他将药瓶放在面前的桌上,"人类的思维……"他沉吟道。

"更何况你永远不知道,什么时候还会再需要他,不是吗?你仍可能需要杰克逊——比如他的设备出问题了,或者一些你需要用到的记忆消逝了。"

"有这个原因。"

"所以你打算怎么办?"艾米不安地看了一眼旁边那个颤颤巍巍的外星人,"你们黏球人不可能打得过训练有素的士兵。"

"你会大吃一惊的。"杰克逊说,"我们可以等待,而且更多的塔里瑞大军正在路上。这只是第一波传输。一旦我成功增强了杰克逊那些治疗设备的信号,主力军就会立刻抓取,从塔里瑞大举进犯。"

"我猜,就好像你一开始抓取信号那样?"博士追问道。

杰克逊微微一笑,"杰克逊,真正的杰克逊,甚至没意识到他的疗程在向外发射信号。那个信号很微弱,但已经足够了。我们的身体正在衰亡,博士。每一代塔里瑞人都比上一代更脆弱。我们一直在寻找新的形态,能够代替我们脆弱构造的容器。你能想象吗?当我的意识穿过精神信号,并在醒来后发现自己进入了这具身体时的那种狂喜。"他张开双臂。

"你甚至能拥有像我这样完美的身体。"艾米打趣道。

"我不会谎称这一切很容易。"杰克逊说,"我花了很长时间,才控制住杰克逊的意识,并最终取而代之,中间经历了许多问题和挫折。"

"比如可怜的丽兹·迪德布鲁克。"博士说。

"她的疗程不完整,"杰克逊对他们说,"但我因此得以修正问题。我把信号增强,保证了后面的传输都完美无缺。"

"所以,如果我们把杰克逊的设备都关掉,"艾米说,"就能阻止更多你们的人凭空出现啦。"

她身旁的塔里瑞人突然咆哮一声,听起来像是大笑,让人胆战心惊。

"我们控制了治疗室。卡莱尔少校和里夫上尉,永远不可能活着走到那里去。"

博士突然暴起，一把甩开杰克逊办公桌前的椅子，随即俯身越过办公桌，死死盯着杰克逊的眼睛，"谁允许你们强夺其他生命体的身体了？你到底觉得你们能得到什么？"

杰克逊不为所动地回瞪博士，"你说够了吗？"

"哦，我还没开始呢。"博士缓缓直起身子，半边垂下的外套不经意地扫过桌面，"我是来喝茶的，还记得吗？"

"那就好好喝你的茶，博士。"杰克逊说，"还有你，庞德小姐。我们很快就能包围这里的人类，并把他们重新做成白板。除了你，博士。对，你大可尽情享受你的茶，就算是你临终的请求吧。"

"哦，还是算了吧。"博士平静地说。

"恐怕这确实是你最后的请求了。你瞧，只要把茶喝完，你就该死了。"杰克逊从桌子后面举起一把塔里瑞武器对准了博士，"你会意识到自己的失败，而庞德小姐将被再次做成容器。我要你带着这些憾恨死去。这把枪设定到最高数值后，可以贯穿塔里瑞的铠甲，现在让我们看看，它能把一具血肉之躯弄成什么样子吧？"

24

餐厅被改造成了要塞，所有门都被堆积起来的桌椅封锁，仅留一个出入口。卡莱尔少校手动超控消防系统时，把整个基地的门都锁定在了开启状态，所以他们不得不靠人力七手八脚地把门关上。

士兵、科研人员和囚徒在餐厅里或坐或站，聚集成几个小圈子。菲莉普丝护士征用了一张桌子，给几个受轻伤的人处理伤口。唯一开启的门，由卡莱尔少校和几名士兵镇守着。

"他们肯定已经琢磨出我们在哪儿、在干什么了。"丽兹·迪德布鲁克说，她看上去苍白疲惫，但神志清明，因为再也没有外星人想要钻进她的脑子里了。

卡莱尔不得不同意她的说法，"等里夫上尉回来，我们就封锁这扇门。"

"然后呢？"

"然后我们等博士和艾米回来。"

卡莱尔发现，自己心怀的希望，不知何时已经成了确信。她毫不怀疑博士会解决一切问题。尽管这个人的外表和年龄都算不上靠谱，可她还是莫名其妙地相信他。因为他有一双饱经风霜的眼睛。她甚至不敢想象，要经历过什么才会有一双那样的眼睛。他曾经面对过多少绝境，曾经又做过什么……

一阵急促的脚步声表明，里夫和他手下的人回来了。他们出去是为了尽量找到更多的人——让他们小心且迅速地集中到餐厅来。

"我们后面紧跟着黏球人。"里夫警告道，"不算太多。绝大部分敌人好像都在镇守治疗室。"

"或许那就是他们接收援军的地方。"卡莱尔猜测道。

"我觉得可以一战。"里夫提议道，"现在我们手上有两把他们的枪了。"

她摇摇头，"我们要按照博士的指示原地待命。不过可以不封锁这扇门，以便随时把握时机做点什么，同时也要保留一个逃生出口。"

"现在至少知道子弹能管用。"里夫上尉说着，看了看自己的手枪，"不过我们没多少弹药了，再加上武器库被封锁，我们无法得到补给。"

第一个塔里瑞人从通道拐角处缓步出现，后面几个也举着枪，挺着叮当作响的铠甲谨慎跟随。一股能量光束从里夫身边穿过，把门框炸掉一块。

"那我们就让每一颗子弹物尽其用。"卡莱尔说。

博士在茶缸旁忙碌着,仿佛他和艾米真的是来杰克逊办公室泡茶聊天的。他举起盖子,嗅了嗅伯爵红茶的香味,随后从旁边的小架子上拿起一把长柄小勺,小心仔细地搅动。

"你真的不来一杯吗?"他问艾米。

"我不喝没有奶的茶,谢谢。"

博士转向塔里瑞首领拉拉尔格,"我猜你也不需要吧。如果你有朝一日能使用人类身体,倒是真的应该试试。"博士拿起一个杯子放在茶缸下,打开了龙头,"当然,你是没那个机会的。"

倒好第二杯茶后,博士走回桌边,将其中一杯递给杰克逊,随后把刚才拖开的椅子拉回来,一屁股坐上去,舒爽地"啊——!"了一声。

拉拉尔格的震颤越来越吓人,还不断发出恼怒的含糊低吼。

杰克逊露出包容的微笑,啜饮一口茶水。"别担心。"他对自己的首领说,"这很快就结束了。"

"不会太烫吧?"博士彬彬有礼地问。

"正合我意,谢谢。"

博士放下茶杯,靠在椅背上。"最后一个机会。"他歪过头,同时看着拉拉尔格和杰克逊,"你们是否投降并撤退,永远不再进犯这片天空?"

杰克逊放声大笑,"非常有趣,博士。但恐怕这一切要结束了。"

"你说得一点没错。"博士说。

"那他的意思是'不'啦?"艾米问道。她完全猜不透博士在干什么,但很肯定他马上就要搞出什么名堂来了。

拉拉尔格发出一声低沉的威吓,眼睛里翻腾着怒气。它的意思很明显:立刻把他杀了!

杰克逊抬起一只手,"等一会儿,我保证。"

"他不知道,对不对?"博士说。

杰克逊皱起眉,"不知道什么?"

"最后一次机会——投降,还是吞下恶果。"

拉拉尔格扑哧扑哧地冲向博士。

杰克逊把茶一口喝干,将茶杯放在他拿出的小药瓶边上。他再次举起了枪。"确实有人要吞下恶果了。"他说。

"我们的黏球人朋友不知道什么?"艾米追问道。

博士脸上带着微笑,"它不知道自己被骗了。它不知道杰克逊教授根本不是塔里瑞人。被囚禁在此的根本不是我们,"他转向那团不断闪烁微光的球体,"而是你。"

塔里瑞人猛地转过头,向杰克逊投去责难的目光。

"他在虚张声势。"杰克逊说,"我增强信号,打开通路,让你输送特攻部队。这无非是他可悲的孤注一掷……"杰克逊飞快地眨了几下眼睛,仿佛在寻找正确的词汇,"想挑拨离间,让我们内讧。"他身体前倾,淡蓝色的眼睛紧盯着办公桌另一头的博士。

"嗯?"博士问道,"你有话想对我说吗?"

"我只想对你说,到此为止了。我告诉过你,杰克逊的思维已经彻底被我压制了。"

"没错,我记得你说了。"

"并且他的备份也在我手上。安然无恙。"他指着茶杯旁的小药瓶。

"是的,我看见了。"

"你说那个药瓶吗?"艾米说着皱起了眉头。仔细一看,她才发现那东西有点异常,"你说,那个空药瓶。"她恍然大悟。

杰克逊直勾勾地盯着那个小玻璃瓶,瞪大的眼中满是震惊。

拉拉尔格扑了过来,一只黏糊糊的手抄起药瓶,恨不得按到博士脸上。同时,它还张开裂缝一样的大嘴又喷又吐,激动得浑身颤个不停。

"里面的水去哪儿了?"博士翻译了它的话,"哦,我觉得答案很明显。"他朝一脸苍白的杰克逊努努嘴,"我加到他的茶里去了。"

"自始至终。"杰克逊平静地说了起来,声音比之前更有温度，也更具感情，"每时每刻，我都知道发生了什么。我想逃跑——想从我自己的精神牢狱中逃脱。我好不容易掌握了片刻时间，将部分记忆传输给九号囚徒。我希望那样能够让你警醒，博士。可那就好像从我自己脑子里，通过一扇小窗向外窥探。说到窗子……"他看向博士，"没错，那就是答案了。我记得你说过什么，博士。谢谢你，再见。"

"不！"博士大喊一声，"不不不——别那样！"

他伸长手臂越过桌子，想抓住已经站起身的杰克逊。

拉拉尔格拖着臃肿的身体迅速行动起来。那东西往前一扑，把博士撞开了。与此同时，它又挥舞着肿胀的手臂，把杰克逊打得飞了出去，最后跌落在地。

"找东西抓住！"博士对艾米大喊。

她紧紧抓住焊在墙上的书架，"为什么？"

"给我抓紧了！"

拉拉尔格逼近杰克逊。他不断向后退去，同时摸索着被撞倒时脱手的塔里瑞武器。他找到枪，举起来，扣动了扳机。

可他对准的并非正欲向他发起攻击的外星生物，而是办公桌后那扇全景窗。

玻璃应声而碎，瞬间便随着从基地倾泻而出的空气飞向宇宙真空。警报响起，桌上的茶杯和空药瓶射出窗外；架子上的书本被接二连三地扯出来，纸张在空中狂乱地翻卷打旋儿。

塔里瑞首领发出痛苦愤怒的哀号，下一刻便像充过头的气球般炸开了花，黏糊的液体溅满整个房间，铠甲片疯狂地四下飞舞。

艾米死死抓住书架边缘，顾不上被风吹得糊了满脸的头发，拼命稳住自己，不让风把她吸向打碎的窗户。

房间另一头，杰克逊心满意足地微笑起来。下一刻他便消失了，身体翻滚过灰色月面，后面跟着一串从基地喷洒出的碎片和残骸。

"失压警报！"里夫上尉在警铃声中大喊着，"抓稳了！"

"把门关上，"卡莱尔下令道，"可以减缓空气流失。"

走道上，一阵突如其来、席卷基地的横风，把塔里瑞人扫了一个趔趄。它们纷纷向后跌倒，突然降低的气压使它们的身体膨胀起来。紧接着，它们便像自家首领那般炸开了——灰绿色的黏液溅满了整个通道。

"真够恶心的！"卡莱尔说着，用力把门拉上了。

整个戴安娜基地的塔里瑞人，都在遭遇同样的命运。由于大门被锁定开启，基地整体都陷入了空气流失的失压状态。空气泵满负荷运转，应急系统发出关闭舱板的信号——但毫无作用，因为卡莱尔少校稍早前已经修改了系统。

在杰克逊的办公室内，博士正死死抓住沉重的办公桌边缘。

"过来帮帮忙,艾米!"他大叫道。

"我才不要松手!"她回应道。

然而事与愿违,她感到双脚正被拖开,扒在金属板上的手指也开始打滑。

"我会接住你的。"博士承诺道。

她没有别的选择。艾米的手指终于彻底滑开,整个人被吸着朝窗口翻滚而去。

博士瞅准她来到身边的时机,一伸手将她抱住,猛地拖到桌子底下。

现在整张桌子都在滑动,一点一点被拖向打碎的窗户。

"我们要算好时机!"博士在嘈杂的泄压声中喊道。他正紧紧抓着支撑办公桌的桌腿之一。

艾米点点头。她突然明白博士要干什么了,于是也学他的样子抓住另一条桌腿。"数到三。"

博士咧嘴一笑,大喊一声:"三!"

两人同时抬起桌子侧翻过来,倒下的桌板霎时兜住汹涌泄漏的气流飞过了房间。桌面比窗户上的洞要大,只见办公桌一头撞在破洞上,把它堵了个严丝合缝。气压差把桌子稳稳固定在上面,仿佛是被胶水糊在墙上的。

博士拍了拍手上的灰。"比赛结果。"他说。

"好人一比零获胜。"艾米气喘吁吁地说,"我们该到餐厅去了。"

博士咧嘴一笑,"等我把这个房间密封起来,再把杰克逊设备上的导航信号关掉,然后我们就能去享用肉桂小面包了。哦,是的。"

25

"没有量子链——"沃林斯基上将说,"戴安娜基地将无法维持下去。"

"老实说,我很惊讶它能运转这么长时间。"博士对他说,"那整套设备非常不稳定,随时都可能失灵。"

博士和艾米坐在沃林斯基的办公室里,旁边还有坎蒂丝·赫克和詹宁斯特工。

"不过,你想办法让量子位移系统稳定了足够长时间,把你和庞德小姐送回来了。"詹宁斯特工说。

"差不多吧。"艾米赞同道。

"同时,帕特·阿什顿预计在几个小时内溅落[1]。"坎蒂丝说,"他那边氧气值有点低,但没什么大问题。"

"我们得再发动一次登月计划,把所有人带回来。"沃林斯基说,"可惜他们无法跟你们一块儿回来。"

---

1. 指重物从高空落入江河湖海中,特指人造卫星、宇宙飞船、火箭等返回地球时,按预定计划落入海洋。

"他们有点忙,"艾米说,"我们就自己溜出来了。"

"让他们自己去打扫卫生,检查基地是否再无疏漏,洗洗刷刷。"博士说,"哦,还要拆掉杰克逊的设备,以防什么人觉得它还能抢救一下,再把它给修复了。"

"我们怎么把上面的人接回来?"詹宁斯问道。

"我们能请你再帮一次忙吗,博士?"坎蒂丝说。

"哦,你们懂的,我还有很多事情要做,有很多人要见,有很多外星人入侵要阻止。不过我这儿有些笔记,可以教你们如何将退役的航天飞机改装起来,发射到月球上。而且只要有机会,我也会来看两眼。"

"我怎么感觉你在敷衍了事?"坎蒂丝说。

"你们能应付过来。"博士对她说,"你们会干得非常棒。"

"那些囚徒怎么办?"艾米问,"他们不应该被押送到另一个世界。这就好像流放制度死灰复燃了一样。"

詹宁斯说:"根据总统签署的新计划,大多数人都会获释。此前的情况主要是因为杰克逊,或者说受操纵他的外星人的影响。至于其他人,我会确保他们受到公平对待。我保证,他们将会得到合理待遇。"

"最好如此。"博士说,"我会一直关注此事。"

"我相信你,博士。"

"我知道你想离开,"沃林斯基说,"想必还有一堆报告和表格等着你填写。"

"毫无疑问。"博士说。

"但我们还是需要对二位进行详细盘问,那恐怕会花上一点时间;同时,我们可能都有一些需要刨根问底的问题。当然,我会先知会你的上级。你之前说自己属于哪个机构来着?"

博士和艾米对视一眼。"我跟你说——"博士说,"不如先让我们去泡杯咖啡什么的,很快就回来。"

詹宁斯从不离身的墨镜下,嘴角一动,拧出一个微笑,"没问题,我觉得稍微休息一下挺好的。"

"再见啦。"艾米说,"我的意思是,等会儿见。"

"对。"博士说,"等会儿见。这真是……真的。"

在等待博士和艾米回来的这段时间里,坎蒂丝替其他人冲了咖啡。

"他带来的那个蓝盒子究竟是什么?"沃林斯基问。

"我还没看过。"坎蒂丝承认道,"不过我倒是听到一个很奇怪的声音,不知你听见没?一阵呼哧呼哧的刺耳声音。"

"好像喘不过气来那种声音?"沃林斯基说,"我们都听见了,好像是从外面传来的。不知道哪里开了扇窗,办公室里还有几张纸被吹走了。"

"然而,"詹宁斯特工慢条斯理地说,"这是一座壁垒森严的建筑,没有一扇窗能打开。"他摘下墨镜,揉了揉鼻梁,"其实,我觉得那两个人不会回来了。"

"何出此言?"坎蒂丝问。

"直觉而已。"他说,"第六感。"他突然微笑起来,"而且我看过UNIT的文件。"

坎蒂丝猛然发现,她从未见过詹宁斯特工的眼睛。她本以为那会是一双漆黑冰冷的眸子,一如他手上的墨镜。但实际上,他有一双炯炯有神、明亮开朗的绿眼睛。

神秘博士 时空探险套装
BBC DOCTOR WHO

The Stone Rose
石中女神

（英）杰奎琳·雷纳 / 著
吕灵芝 / 译

新星出版社　NEW STAR PRESS

DOCTOR WHO: The Stone Rose by Jacqueline Rayner
Copyright © 2006, 2015 Jacqueline Rayner
First published as Doctor Who: The Stone Rose by BBC Books, an imprint of Ebury,
Ebury Publishing is part of the Penguin Random House group of companies. Doctor
Who is a BBC Wales production for BBC One. Executive producers, Steven Moffat and
Brian Minchin. BBC, DOCTOR WHO and TARDIS (word marks, logos and devices) are
trademarks of the British Broadcast Corporation and are used under licence.
This edition arranged with Ebury Publishing
through Big Apple Agency, Inc., Labuan, Malaysia.
The Stone Rose Chinese edition copyright:
2019 Chengdu Eight Light Minutes Culture Communication Co., Ltd.
All rights reserved.
The Cover is produced by Woodland Books Ltd.
著作版权合同登记号：01-2018-7129

图书在版编目（CIP）数据

石中女神／（英）杰奎琳·雷纳著；吕灵芝译. —北京：新星出版社，2019.8
（《神秘博士》时空探险套装）
ISBN 978-7-5133-3611-6

Ⅰ. ①石… Ⅱ. ①杰… ②吕… Ⅲ. ①科学幻想小说－英国－现代 Ⅳ. ① I561.45
中国版本图书馆 CIP 数据核字(2019)第 148784 号

作者的话

《神秘博士》"新系列历险"的第一辑小说，分别由斯蒂夫·科尔、贾斯廷·理查兹和我来创作。当时，尚未迎来第九任博士的银屏首秀，我们却要开始为他写小说了，那自然是一项十分艰巨的工作。记得那辑小说写完后，我们其中一人便感叹道："至少很长一段时间内，都不用再干这种事了。"哈！没想到这三本书尚未面世，我们就获悉了克里斯托弗·埃克莱斯顿要离开剧组的消息。于是在2005年，我们又开始埋头钻研大卫·田纳特过往的作品（对此我丝毫不觉得艰苦），并尝试用文字描绘这位我们还不甚了解的博士（同年十一月的《儿童慈善组织特别篇》[1]真是帮了大忙）。不过话说回来，至少我们了解罗丝啊！（我爱罗丝。）

当时，《神秘博士》小说都以三本一套的形式制作：分别设定在过去、现在和未来。第九任博士最初的小说，我负责的是"现

---

1. 七分钟迷你剧集，首播于2005年11月18日，即第九任博士告别集《抉择》之后，第十任博士正式首秀《圣诞入侵》之前，讲述了第十任博士刚刚完成重生后的故事。

在"的部分。不过这回,我讲述的是"过去"的故事,或者更准确地说,是虚构的历史故事。由于我在大学学了三年的罗马历史,于是这次便决定将自己荒废的学业捡起来,将故事设定于那一时期。

于我而言,《石中女神》是一部不同寻常的作品,因为我将一些对自己有着特殊影响的细节也融入其中。(通常,每当有人问我灵感从何而来,我总是无从回答,因为确实不知道它们怎么就进出来了!)小时候,我常到图书馆借阅一本短篇故事集,其中有一则故事,讲述了一位住在丛林里的小女孩,她有许多的动物伙伴。有一天,丛林巫师宣称,他家里需要一件物品(比如扇子),随后便邀请鹦鹉去家里喝茶。第二天,大家到处都找不到鹦鹉的身影,而巫师家的墙上却多了一把漂亮的羽扇。故事结尾,巫师说他想要一只黑色的高脚凳,便邀请女孩去喝茶,但她十分聪明,交换了两人的茶杯,把坏巫师变成了一只(又大又白的)高脚凳。后来,我再也没能找到那本书——这也并不奇怪,因为我只记得它有个粉红色的封面,却怎么也想不起它的名字了。若你在搜索引擎中输入关键词"黑色高脚凳"和"鹦鹉",只会找到许多令人不快的有关鸟类疾病的信息。尽管如此,那则故事还是一直留在了我的记忆中,不仅因为故事中的坏人想要杀死自己的同胞,也因为他还要将其变成一件物品,这可真是罪大恶极了。(多萝西·L.塞耶斯[1]的《铜指

---

1. 1893-1957,英国女作家、诗人,擅长创作犯罪小说。

男人》中,也有将活人变为画作的情节,让我读得脊背发凉。)这就是本书中乌尔苏斯这个角色骇人能力的由来了。

然后是灯神精灵。这个创意来自另一个在我记忆中阴魂不散的短篇故事,不过这个故事更加出名——是W.W.雅各布斯[1]的《猿之手》。可能有人不太熟悉这个故事,且容我介绍一下:一对夫妻得到了一只猿猴之手,是一件可以实现三个愿望的宝物。他们的第一个愿望是得到一大笔钱——许过愿后,他们的独子死了,于是夫妻收到了一笔跟许愿金额相同的赔偿金。后来,妻子想用猿之手让儿子起死回生,可丈夫并不同意——因为孩子已经死了整整十天,而那场事故还让男孩的身体残缺不全。然而,丈夫最终还是妥协了。那天晚上,不知什么东西在外面敲起了门,丈夫用掉了最后一个愿望,在那东西出现之前,许愿让它消失……这是一则很简单的故事,但却非常吓人。如果你当真了,就会觉得愿望确实极为可怕。事实上,我不得不刻意去控制罗丝在《石中女神》里许下的愿望,以免此书彻底沦为恐怖故事,而不再适合青少年读者。

关于此书,我还能再说些什么呢?我的视觉记忆非常差劲,也特别讨厌凭空描绘虚构的地点。所以,要避开这一点,有个办法就是以真实存在的地点为参考。在这本小说中,我直接更进一步,将故事的某些场景放在了真实存在的地点——大英博物馆。于是有一

---

[1] 1863-1943,英国小说作家。

天，我就去了大英博物馆，把自己看见的所有东西都写了下来。书中博物馆与现实的唯一不同之处，就是罗丝的雕像了。但我选好了放置雕像的位置——就在两座确实存在于那里的雕像中间。后来，一些读者写信告诉我，他们专程去博物馆找到了罗丝雕像安放的位置，这让我感到格外开心。

哦，说说读者来信吧！小时候，我只认识一名女性《神秘博士》粉丝，等上大学后，就基本上没再遇见更多的女粉丝了。当我终于有幸走进《神秘博士》的粉丝圈，这才又认识了一些同好。虽然圈内有一定的女性，但我们依旧是少数派。后来，新版剧集开播了。突然间，许多女孩都爱上了它。《石中女神》出版后，我收到的粉丝来信便是有力的证据——有百分之九十的来信都出自女孩之手，而这当中又有百分之九十的人，谈到了故事中一个极其微小的细节——博士真的吻了罗丝。哦，那可能只是出于"生命的喜悦"吧，但也确实是个不折不扣的"吻"啊。讨厌这一细节的人可能也很多，只是没有写信告诉我罢了。不过，发现这批新观众的爱好，也是件十分有趣的事情。意识到这点后，我曾提议由此进一步铺开，还策划了一整个历险系列（逗你玩儿呢。），让第一任博士猛嘬杜杜[1]一口，让第七任博士轻啵一下梅尔[2]，诸如此类。然而，出

---

1. 第一任博士的同伴，首次出现于《神秘博士》老版剧集第三季第五集《大屠杀》中。
2. 第七任博士的同伴，首次出现于《神秘博士》老版剧集第二十三季第三集《植物人的恐慌》中。

于某种原因，BBC并不想进行此类尝试。所以，《石中女神》就成了我的"亲吻同伴系列"中唯一一册了。

杰奎琳·雷纳

2014年9月

致黛比，

她赋予罗马年代无穷的乐趣。

序　幕

罗丝来到大英博物馆的入口，往大募捐箱里轻轻投下三枚一英镑的硬币。

母亲看见后，上前责备道："往里面扔钱做什么？这里又不要门票。"

"这叫捐款，"罗丝告诉她，"就是鼓励你捐点儿钱。"

杰姬抬起头，难以置信地望着头顶那巨大的天花板拱顶，"那针对的是没有在星期天早晨被强行拽到这儿来的人。"

罗丝大笑着与米奇交换了一下眼神，"妈，你其实不用跟来的。"

杰姬把金发往后一甩，"你觉得我会留在家里吗？米奇说了，这里有惊喜。他还说了，看看吧，看了就知道确实不可思议。告诉你们，我什么世面没见过啊，真不知道还有什么能让我难以置信，不过……"

"你说得对。"罗丝打断了她，"我也没指望你真会待在家里。那咱们就走吧，赶紧去看看到底是个什么稀罕玩意儿。"

米奇走在最前面带路,罗丝则转头去找他们的第四位成员。然而,博士却早已消失无踪,不知逛到哪个展馆去了。于是,罗丝耸了耸肩,跟在米奇身后。

与往常相比,米奇这次见到她时,显得尤为兴奋。因为他有个惊喜,一个大大的惊喜,绝对令人难以置信的惊喜。而且,他们此时正走在通往惊喜的路上。

一行人经过了一尊大理石狮子的雕像,这头雄狮睥睨着整座博物馆的大中庭,眼神空洞而悲哀。

"它看起来很伤心。"罗丝感叹道。

"如果你被困在一座博物馆里——"杰姬弯腰看了一眼雕塑下方的小铭牌,"将近两千五百年,也会苦不堪言的。"

罗丝并没有指出,这座博物馆的历史根本没那么长,因为她知道母亲其实也很清楚这一点,但她明白杰姬的意思。看着这头两千多年前因雕刻家灵感一时迸发而诞生的石兽,她心里突然涌出一股不合逻辑的同情。

杰姬依然打量着石狮。"两千五百年,"她重复道,"甚至比他还老啊[1]。"

罗丝知道,母亲说的"他"是指博士。

"嘿,怎么不见他长皱纹啊?活了这么好几百年的时间,就

---

[1]. 本书首次出版于《神秘博士》新版剧集第二季播出前不久,此时博士大约901岁。

算是换了新身体,皮肤上也总该有点儿岁月的痕迹吧,比如说自由基什么的,总会让人的皮肤老化。我敢打赌,咱们地球可不是全宇宙唯一一遭受污染之苦的行星。你能去打听打听,他在用什么护肤品吗?我敢说,他准能靠这个发大财。"

"他可是博士啊,又不是老爸。"罗丝翻了个白眼,"他可不会到处去推销。"

此时,米奇朝她们招了招手,于是两人离开石狮子,继续向前走去。博士站在埃及馆里,正全神贯注地打量着罗塞塔石碑[1]。"他们发现这东西时,我可糟心了。"博士向他们挥了挥手,"当时,我正准备推出我的英文-古埃及象形文互译词典,结果拿破仑的士兵偏偏就在此时发现了这块石碑,我的词典也就没能上市了。"

"瞧,就说他不懂推销的门道吧。"罗丝说道,"早告诉过你。"她也朝博士挥了挥手,随后一行人走下一段楼梯,又转过一个拐角。米奇在前面步履坚定,仿佛早已把路线铭记在心。

他们又经过了好几排罗马石雕的头像,几百双空洞无神的眼睛凝视着他们前进的步伐。随后,他们走过了几口石棺,然后是一只巨大的石足。在这庄严肃穆的博物馆里,巨型石足的造型显

---

1. 制作于公元前196年,石碑上用多种文字雕刻着古埃及国王的登基诏书。1799年被发掘后,考古学家通过对照不同的语言版本,终于解读出了早已失传千余年的古埃及象形文字。

得有些太过滑稽了。

最后,他们终于来到了一排雕像前,这些都是人体石雕,有的没了脑袋,有的没了胳膊。尽管遭遇了种种不幸,但它们依旧散发着纯洁耀眼的高贵气息。

米奇停下脚步,"我们到了。"他说完便咧嘴傻笑,就像一条大狗给罗丝叼来了棍子,兴奋地等着她赞赏自己几句。

罗丝看了看面前这尊大理石雕像,是位头戴面纱的女祭司。美倒是很美,但却并不足以令人激动。

紧接着,她听到了杰姬的惊叹:"哦,我的天。太难以置信了!"

罗丝将目光移向了旁边那座雕像,随即也不由得惊叹起来。

那是一座惟妙惟肖的石像——跟她长得一模一样。

从铭牌可以看出,那座石像已经有两千多年的历史了。

1

大英博物馆里竟放着自己的雕像,这让罗丝感到颇为惊诧,但当她终于恢复过来时,却又觉得十分兴奋。"这真是太棒了!"她说道,"你们知道这意味着什么吗?我们得到——"她又低头看了一眼,"公元二世纪的罗马去一趟。还能有什么比这更棒的?"

"啊呀!"她身后突然有人喊道,"这让我想起了一个认识的女孩子,也不知她现在怎么样了。"博士跟了上来,朝罗丝露出一个足以打动万物的微笑。罗丝也对他报以灿烂的笑容。

杰姬打量着雕像下面的铭牌。"快看,上面说这是福耳图娜女神的雕像。"她说道,"别告诉我,我竟生了个女神出来,霍华德[1]肯定不会相信的。"

"福耳图娜,罗马的幸运女神。"博士告诉她,"通常总是手持丰饶角。"

"对,上面说那是象征丰收和富饶的羊角形柳枝篮。"杰姬

---

[1] 与杰姬约会的水果商,首次出现在2005年的《神秘博士》圣诞特辑《圣诞入侵》中。

回应道。

博士看起来很是愉悦。

罗丝的雕像确实有一只手抱着丰饶角,里面装满了石雕的水果和鲜花。但另一只手却残缺不全,手腕的断裂处还指向了围在它身边的这群人。罗丝不禁举起自己的双手感叹道:"希望那不是按照真人雕刻出来的。"

"不过,我跟你说,"杰姬开口道,"她的耳环跟你的一样。"

罗丝摘下了一只耳环,举起来比对。她今天戴的是一对银色的圆盘形耳环,正中有一朵小花,四周点缀着螺旋形的纹路。她把耳环举到雕像耳边,发现连中间那朵小花都一模一样。"这真是太不可思议了。"她说道,"连细节都还原得惟妙惟肖。"

她把自己的耳环塞进了牛仔夹克的口袋里,然后咧嘴笑了笑,"看来,未来我能给艺术家当模特了!我可是一直都希望能有那样的机会。"

米奇皱起了眉头,"可我兄弟维克叫你当模特时,你也没答应啊。"

罗丝叹了口气,"是啊,让你的兄弟维克拍照,是要穿着内衣躺在羊皮地毯上,这跟扮作女神给古罗马人当模特可是两码事。"

博士这时已经戴上了眼镜,忙着打量雕像仅剩的那只手,"唔……"

"怎么了？"罗丝问道。

"这雕像还戴着跟你一样的戒指。"

罗丝低头看着右手上的戒指，"既然她都戴着跟我一样的耳环，那为何不能戴着一样的戒指呢？"

博士皱了皱眉头，"他们通常会单独制作身体——先批量生产出躯干，然后再把脑袋安上去。很明显，制作这座雕像的人对你的身体十分着迷，照着你的样子制作了整座雕像。"

"那很让人费解吗？"罗丝扬起了眉毛。

博士转过身来，对她露出令人释怀的笑容，"我敢肯定，那一点儿也不让人费解。"

罗丝发现，自己很难将目光从这座石头身上移开。不过博士说得对，如果她一直站在这儿盯着看，那么雕像永远都无法做出来，所有人都会因此陷入可怕的悖论里。于是，她便任由博士把自己带走了。两人经过那座巨型石足时，博士说道："啊，是我的错。这是海福三号星巨妖的残躯，是一种硅基生命体。我大概是在……哦，应该是在公元两百年左右打败它的。那时候，我向它高喊道：看招，你这邪恶的巨妖！它回答道：哈哈，你永远都不可能打败我！然后我又说道：话可不能说死……"

"这上面说它原本是一座四肢肥大的巨型雕像。"米奇飞快地指出。

"嗯，他们肯定会这么说。"博士说着，走过了石棺和一排排石雕头像。现在看来，头像的目光似乎是在提示着它们与罗丝的渊源。

他们在埃及馆又跟博士走散了，杰姬也走到了一边儿，试着寻找印有她石头女儿的明信片。罗丝和米奇则站在出口等待他们。

"你是怎么找到的？"两人默默地站了一会儿后，罗丝问道，"这里应该不是你平时常待的地儿吧？"

米奇低头看着地板，似乎很不好意思。

她瞪大了眼睛，"到底怎么回事？肯定不至于有多糟吧？难道你进来偷东西了？或者正跟纪念品店的女孩儿约会，但是不想让我知道？"

米奇皱着眉，否定了她的说法，但依然有点儿害羞。"快告诉我嘛！"罗丝央求道。

米奇挺着胸膛，鼓起勇气说道："呃……我最近一直在做志愿工作。你懂的，给孩子讲解之类的。"

罗丝高兴地笑了起来，"那很好啊！"

他耸了耸肩，又陷入了不好意思的情绪，"你们整天都在外面忙着拯救宇宙——我就想，自己在家这边儿也能做些什么，仅此而已。"

这时，博士向他们走了过来。"可别告诉他。"米奇压低声音说道。

罗丝略显恼怒地叹了口气，"是啊，因为当好人一点儿也不酷,对不对?"不过,她还是忍不住踮起脚来,亲了亲米奇的脸颊,"你这个老好人。"

不一会儿,没找到明信片的杰姬也加入了他们。随后,四人便离开了博物馆,沐浴在骄阳之下。

"好吧,回头见。照顾好自己,别干任何我都不会去干的事儿。"博士说着,握了握米奇的手。此时,一行人已走到博物馆宽阔石阶的最底层。

"怎么,这就要走了?我只来得及对宝贝女儿打声招呼,你就又要把她给拽走了!"杰姬叉着腰抱怨道。

"我们很想留下来。"博士毫无诚意地说着,一只手搭在了罗丝的肩膀上,"特别想,特别想,特别特别特别想。但恐怕,我们得去赴个约会了。"

"真的?"罗丝问道。

"我觉得这很明显了——"博士回答,"你和我要去趟古罗马了。"

"等等!"杰姬在他们身后喊道,"我在电视上看过古罗马!闺女你千万要小心,他们干的那些事儿可吓人了。"

罗丝大笑起来,"妈,你就放心吧!我能照顾好自己。"

塔迪斯猛地倾斜到一边儿,罗丝跌跌撞撞地来到了主控室。博士正围着中央那个青铜色、形似大蘑菇的控制台飞快地转着圈,一会儿在这里按个按钮,一会儿到那里拉下控制杆;再过一会儿,又兴奋地转到另一个地方压上几下气泵。

随着时光机慢慢稳定下来,她小心翼翼地往前走了一步——可是,塔迪斯就像是在等待这一刻般,她刚一挪动,飞船就猛地歪向了另一头。罗丝披在肩上的床单都滑落了下来,但这至少缓解了她下一次跌倒在地时的冲击力。

"我们能找到地方住,"博士依然站得笔直,勉强地保持着平衡,低头看着她说道,"你不用带床单的。"

"不是用来睡觉,是穿在身上的。"罗丝叹了口气,"我以前参加过一次托加[1]派对,可我不记得该怎么系这玩意儿了。"

博士咧嘴笑了起来,"好女孩儿都不穿托加。"他告诉罗丝。

"她们真的不穿?"

"不穿。而且就算她们穿,可能也不会选印着小熊维尼的款式。"

罗丝仔细看了一眼床单,角落上果然有只正在吃蜂蜜的小熊维尼,旁边还坐着猪仔。"我没注意到。"她说道,"不过,这床单不错嘛,要是这里正好来了小朋友,他们肯定会特别高兴。那么,伟大的罗马时尚教主,请告诉我到底该穿什么呢?"

博士挥了挥手,"哦,这里面总有适合你的。到L条目下找

---

1. 是一种象征古罗马人身份的长袍,只有男子才能穿着,女子只能穿其他样式的外衣,而没有罗马公民权的人更是禁止穿着托加。

找罗马分区,或者去G条目下找找古代分区。"

"那你呢?"她问道,"去R条目下找惹眼分区?"

博士正穿着一身21世纪的西装,搭配蓝色衬衫和帆布鞋,那可不是能轻易融入几千年前的服饰。

"我会找点儿什么来穿的。"他说着探出身子,扭了扭控制台上的转盘。

塔迪斯随即旋转起来,罗丝脚下不稳,拖着床单往门口踉跄了几步。"如果你装上几台稳定器,我们就舒服多了!"她大声说道。

"水手的双脚可经历过比这还糟糕的情况呢!"他高兴地反驳着,还跳了几步水手的角笛舞来强调自己的观点。

罗丝闷哼了一声,"嗯,好吧,就算只给我来一丁点儿的朗姆酒,我也会很快就醉得站不稳了。"说完,她便踉踉跄跄地走开了。

塔迪斯总算着陆了。此时,罗丝正穿着一袭长及脚踝的浅蓝色连衣裙(不过,这跟她因晕船而惨绿的脸色不太协调),头上还披了一条深蓝色的长头巾,盖住了精心打理过的发卷,也轻轻遮掩了美丽的面颊。博士则换了一件简单的白色丘尼卡[1],长度

---

1. 古罗马的束腰短袍,平民装束。

正好及膝。他还把音速起子胡乱插在了腰带上。

"希望我们确实到了古罗马，"罗丝说道，"如果你穿着这身衣服在我家楼下乱晃，一定会惨遭暴打的。"

"你肯定会来救我的。"博士说道。

他打开门，两人走了出去——无论经历多少回，头一次踏足陌生的世界或时间，总是令他们兴奋不已。

他们正身处一座小镇或城市中，周围都是朴实的建筑。天空蔚蓝，但却透着一种只能在春天或早秋看到的冷蓝色。

博士抬头眺望天际，"啊哈！看见那个没？"他指着一根巨大的石柱，上面矗立着一尊男人的雕像，正好高出了周围的屋顶，"图拉真纪功柱[1]。这儿绝对是罗马，没错了。除非你家小区的建筑审美突然达到了世界的顶尖水平。"

"不过，这里跟我家小区一样臭。"罗丝皱着鼻子说道。她往前一步，凉鞋没入了大水坑里，不禁一脸不快，"你瞧这些道路，全都被水淹了！这里到底是罗马还是威尼斯？"

博士低头看向她的脚，随后扬起了一道眉毛，"呃，这就解释了臭味的来源。"

罗丝皱起了眉头，"你说什——"但随后便恍然大悟，"哦。呃呃呃……嗨，我记得是罗马人发明了下水道和排水系统？"

---

1. 位于意大利罗马，由罗马帝国皇帝图拉真建造于公元113年，以纪念其获得的胜利。

"差不多吧。"博士回应道,"但我猜,这并不是城市的高档地段……"

"肯定不是!"罗丝大声说着,突然听见旁边街道上传来一声惨叫。

于是,两人立刻跑向了声音发出的地方。

三名青年正围着一位头发灰白、留着胡子的老人。老人躺在地上,明显喘不过气来,正惊恐地盯着那直逼眼前的利刃。

"喂!"罗丝大喊了一声,"离他远点儿!"

但是,那几个人甚至都没回头看她一眼。

"救命!"老人嘶喊道,"求你们救救我!"

"老爹,赶紧把钱交出来。只要你老实听话,一切都好说。"拿刀的男人说道。

"呃,各位,打扰一下。"博士自信满满地大步走上前去。

这一回,他们总算是转过身来。罗丝趁其不备,拿起旁边房屋门口的一只陶罐,飞快地扔向了那名持刀的强盗。博士走上前去,从被砸得晕头转向的男人手中缴获了武器,与此同时,更多的陶罐飞向了其余两名同伙。随后,那三人一溜烟逃走了,头发和衣服上还沾着陶罐的碎片。

"哈!"罗丝冲着他们的背影大喊一声,博士则把老人搀扶起来。他似乎吓得不轻——不过,这一点儿也不奇怪。

"太谢谢你们了。"他的声音很虚弱,"格涅乌斯·费比乌斯·格拉西里斯愿为二位效劳。"

不过,自我介绍到这里就被搁置了,因为他们旁边的那扇门猛地打开了,里面走出一个满面怒容的男人,脸已经涨得通红。他低头怒视着脚下那几乎消失殆尽的陶器,"你们几个!我的酒罐都到哪儿去了?"

"呃……是他们!"罗丝指着那三名强盗的背影谎称道。

男人马上追了过去,边跑边喊:"喂!喂!喂!"于是,博士和罗丝趁机裹挟着格拉西里斯往反方向撤退。"你还好吧?"等他们走出一段距离确定安全后,罗丝这才停下来问道,"那几个人有没有抢走什么?"

老人摇了摇头,但那个动作似乎让他失去了平衡。

博士赶紧扶住他,"哦——稳住。我觉得你不太好,对不对?受伤了?"

"不,没有。"格拉西里斯说道,"就是有点担心,你们懂的……不过,我承认自己确实有些头晕。"

博士皱起了眉头,"真的?你还记得今天是哪一天吗?"

"啊,我还没有虚弱到那种程度呢。"老人回答道,"今天是三月十五日[1]。"

---

1. 三月十五日是罗马帝国皇帝恺撒遭遇谋杀的日子。不过,罗丝与博士所处的罗马建有图拉真纪功柱,而图拉真本人在恺撒遇刺将近一百年后才出生,所以下文博士对她皱眉。

罗丝惊得险些背过气去，"你在开玩笑吧？！"

格拉西里斯吃了一惊，"莫非我说错了？莫非我得了脑膜炎？"

博士对罗丝皱了皱眉，然后对格拉西里斯露出了安抚的笑容，"不，你很好。我猜你一定也知道现在是哪一年吧？"

"哪一年？"老人难以置信地重复道，"我当然知道。说真的，先生，我很感激你的关心，也很感谢你英勇相助。不过，我向你保证，我真的很好，你实在没必要问我这种问题。"

"那当然！你确实很好。"博士拍了拍格拉西里斯的后背，又对罗丝扮了个鬼脸，然后用嘴型告诉她："值得一试。"随后又补充道："我待会儿再想办法。"接着，他重新转向了格拉西里斯，"很好，你的记忆完全没有问题，太棒了。不过请告诉我，你上一次吃东西是在什么时候？"

格拉西里斯露出了若有所思的神情，"跟你说，我也想不起来了。可能是在昨天，也可能是前天。"

"那在你去做别的事情前，可以先坐下来吃点儿东西。跟我们来吧。"

"我们是不是该小心点儿？"罗丝说道，"你懂的，以免食物中毒之类的。"

博士又对她皱起了眉头。

"好吧，我们这就去找东西吃。"她说道，"不过，能去稍微好点儿的城区吗?"

格拉西里斯再次摇了摇头,"不不不,我没有时间!我得去继续寻找了!"

博士的态度十分柔和,但却毫不让步,仿佛他真是一名医生,"食物和休息,两者缺一不可。在你饱餐和养足精神之前,是什么也做不好的。至于那之后嘛——我和罗丝都很喜欢找东西。不是吗,罗丝?"

"特别喜欢。"罗丝回答道。

"所以,可以告诉我们你在寻找什么,然后我们就跟你一块儿去找。好吗?"

"呃……"格拉西里斯尚在犹豫,但博士已经握住他的手晃了两下,"好,说定了。"

他们一踏入城市的中心,周围便立刻拥挤起来了。"这里好像圣诞节的牛津街[1]!"罗丝惊叹着,第N次被路人挤到了一边。

"罗马有一百万人口。"博士说道。

"当真?"罗丝惊讶地问道。

"当真。"博士说完,便掰着手指头数起了过往的路人,

---

1. 位于英国伦敦,是欧洲最繁华的街道之一。

"一、二、三……"

"好吧,好吧,我相信你。不过,我感觉他们都在往反方向走!"她往旁边一跳,躲开了差点撞上自己的路人,"而且所有人都喝醉了!"

"因为今天是个值得庆祝的日子。"博士解释道。

"是吗?我们真走运!"

博士摇了摇头,"其实,如果不是的话,我反倒会更惊讶。对罗马人来说,几乎每天都是值得庆祝的日子。"

罗丝咧嘴笑了笑,"他们真走运!"

博士总算挤出一条路,把他们带到了一间在罗丝看来像是小咖啡厅的地方。不过,这里应该有个很别致的名字吧。店里的大部分客人都在购买打包带走的食物,但还是有少量桌凳可供使用。

"这里跟星巴克差不多。"罗丝说着,把格拉西里斯扶到一张长椅上坐下,博士端来了许多水果点心和三杯加香葡萄酒——喝起来就像是往煮过的醋里加了点儿丁香。

直到点心和葡萄酒让老人恢复了些许血色,罗丝这才意识到他此前的脸色苍白异常。"谢谢。"他大概已经是第三十次对两人说这句话了,"我该如何报答你们?请二位一定要接受我的回报。"他一边说着,一边拉开了系在腰带上的口袋,里面传出硬币碰撞的叮当声。

"哦，我们不需要回报。"博士抬手拒绝道。

罗丝见格拉西里斯满面困惑，便补充道："真的，我们做这些只是因为好玩儿。"接着，她又说道："对了，你在找什么？"

老人脸上再次失去了血色，罗丝顿时警觉起来。但他很快又控制住自己，深深吸了口气。"我儿子。"他回答道，"我那英俊聪慧的儿子，奥泰托斯。他失踪了。那孩子，不，我应该说，那年轻人才十六岁！"

"你觉得他在罗马城里吗？"罗丝问道。

格拉西里斯叹了口气，"不知道。我和家人住在乡间的庄园里，但我已经把那里和附近的每一寸土地都给找遍了，却仍然毫无所获。后来，我想到了罗马——你知道男孩的心性，永远都会无比向往狂热的都市，毫不顾及自身的安危。于是，我来到这里四处寻觅、求问，甚至还不顾身份，低声下气地去恳求他人，但却依旧找不到任何线索。"

此时，"咖啡厅"老板突然加入了谈话。他体态臃肿，穿着一件丘尼卡，上面沾满了食物的污渍。他毫不掩饰自己饶有兴致地偷听了三人的对话，"我知道你该怎么办。"

格拉西里斯跳了起来，"你能帮我找到儿子？！"

"呃，不能。"老板说道，"我不能帮你找到他。"格拉西里斯沮丧地坐了回去。"但我知道谁能。"

他从柜台后面走了出来,一屁股坐在罗丝身边的长椅上,浑身散发着鱼腥味儿,甚至盖过了加香葡萄酒的醋味儿。罗丝只好强忍着不让自己缩到一边。

"别吊我们胃口啊。"博士说道。

老板响亮地抽了抽鼻子,"我听说,有个女孩儿能预知未来,只靠看星星就能说出任何事儿来。"

"她是位占星家吗?"格拉西里斯问道。

"正是如此。"老板回答道,"我还听说,她预言哈德良[1]会重建万神殿。这不,他真要重建了!"

"那不算什么。"旁边一张长椅上的客人边嚼着面包和奶酪,边说道,"她还对我说,我会跟老婆大吵一架——结果成真了!"

"嗯,对啊。"老板说道,"可你当着你老婆的面调戏那女孩儿,连我都能做出预言。不过,我听她说了,帝国将在几个世纪后分崩离析。为了安全起见,我已经准备举家搬迁了。"

罗丝嘘声道:"哦,得了吧。你想糊弄谁呢?占星学都是胡说八道。"

"我就知道你会这么想。"博士说道,"典型的金牛座。"

罗丝朝他扬起了眉毛,"拜托,别告诉我你相信那些……"此时,格拉西里斯又站了起来,博士便示意她先别急着说。

---

1. 公元76-138年,罗马帝国皇帝。

"告诉我,这位声名远扬的女士身在何处?我该如何找到她?"

"咖啡厅"老板把地址给了他,博士和罗丝也站了起来。博士把最后一点儿水果点心塞进嘴里,然后准备离开。

这时,格拉西里斯转过身来,对他们说道:"我的朋友,非常感谢你们的帮助。从今天起,只要你们碰巧路过,我都非常乐意招待你们来庄园小住。只是,我现在不能再占用二位的时间了。"

"你肯定是在开玩笑吧。"博士说道,"可以亲眼见证那位女士推演未来,我们怎能错过这样的大好机会呢?你说是吧,罗丝?"他看着罗丝,露齿一笑。

罗丝也笑了起来,"绝不可能。"

2

博士、罗丝与格拉西里斯一同走在科尔索大道[1]上,途中经过图拉真纪功柱,直刺云天的柱身上刻满了图拉真的英勇事迹。从近处打量,圆柱显得更加雄伟——形似神庙的底座顶端,大理石圆柱的砖块呈螺旋形环绕而上。博士告诉他们:"那里面安放着图拉真的骨灰。"由于距离太近,罗丝不得不使劲仰着脖子,才能看到坐落于圆柱顶端,高出头顶三十多米的皇帝雕像。圆柱上方有个观景台,她能看出博士很想爬上去。不过,格拉西里斯的目的明确,他们必须专心赶路。

最后,他们来到了"咖啡厅"老板指引的地方——某某街道的某某公寓。这里的环境不算太好,但比他们着陆的地方强多了。老实说,这里跟鲍威尔小区[2]差不了多少——几座公寓楼环绕着一个小中庭,底层还有几间商铺,只不过卖的都是橄榄油和厨房用具,而非香烟和中餐。

---

1. 纵贯罗马古城中心的主要街道。
2. 罗丝跟她母亲居住的地方。

他们爬上楼梯,找到了"咖啡厅"老板说的那间公寓,博士主动上前敲了敲门。

片刻后,门开了一条小缝,一个身穿肮脏丘尼卡的小眼睛男人从门缝里瞅着他们,"你们有什么事儿?"

博士对他露出了微笑,"我们想见见那位住在这里的年轻女士。你知道吧,那位预言家?占星家?"

听到这些话后,男人的态度立马变了样,突然阿谀谄媚起来。他敞开大门,后退一步,把他们请了进去。

"啊,女士和先生们,我很荣幸并且很高兴见到你们。请允许我做个自我介绍,我叫拜耳巴斯,这就带几位去见群星的解读者、星辰的传译人、预知未来的女士。只需最微不足道的一点儿费用,几位就能见到她。"

"雁过拔毛。"罗丝咕哝道,"有些事永远不会改变。"她本以为格拉西里斯会讨价还价,但他对儿子的担忧明显超过了对金钱的吝啬,毫不犹豫地掏出一把硬币递了过去。

那个邋遢的男人把他们领到了里屋,只见房间的角落里蜷缩着一个人影。"温妮莎,有客人要见你。"他贪婪地搓着双手,仿佛谈下了一笔好生意,"告诉他们想知道的一切吧。"

角落那人抬起了头,而罗丝却吓了一跳。她一直下意识地认为,自己会看到一个类似在露天市场里晃悠的那种吉卜赛人,或许会上了年纪,顶着红润的脸蛋,预言对方会遇见高大、神秘的陌生人并开启一段跨海航行,同时还露出知晓一切的微笑。然而,出现在她眼前的,却是一个眼神忧郁、皮肤暗沉、身型瘦削的小女孩。

"是,主人。"

罗丝一脸惊诧地看向博士。"她是个奴隶。"博士用口型回答道。

格拉西里斯坐到了女孩面前。"你一定要告诉我,在哪儿可以找到我儿子!"他恳求道,"我可以告诉你他出生的时间和地点,一切你需要知道的事儿。"

女孩满脸惊恐。

"回答这位先生,温妮莎。"她的主人露出了大灰狼一般的笑容。

她开始柔声询问关于奥泰托斯的事情,随后伸手拿起一张羊皮纸计算了起来。那些数字和符号对罗丝几乎毫无意义,因为她一直都不怎么喜欢数学,更别提以现在这个上下颠倒的角度去试着理解了。不过,她发现博士看得很入迷。他一动不动地盯着那些数字,看了好一会儿,然后又晃了晃脑袋理清思绪,把目光转向了格拉西里斯。

格拉西里斯看上去十分殷切,满怀期待。罗丝不禁对他心生同情,不只是因为他的儿子,还因为他已经如此绝望,甚至不惜使用这种荒谬的手段。女孩看起来是个好人,不会主动占别人的便宜，但罗丝无法对其主人做出同样的评价。专门压榨弱小可怜之人，这明显就是他的惯常手段。仿佛计算出某人出生时的星辰位置，就能知晓其在十六年后，会跑去什么地方似的。

拜耳巴斯的微笑开始变得越来越僵硬，"回答这位先生。"几分钟后，他又重复了一遍。

"得了，我们给足了酬劳，活儿自然也得花足时间来干好。"博士对他说道，"你也知道，计算行星的运行，两分钟根本不够。"

女孩似乎很感激博士出言相助，又写下了几个运算结果。这时，罗丝猛然明白过来，这女孩其实是在拖延时间！她当然说不出格拉西里斯想要的正确答案，所以正在拼命思考该对他说些什么。

或许博士也意识到了，只见他面对女孩坐了下来，"我全无否定你的能力之意，只是，我猜你手头信息这么少，估计很难计算出结果来。你需要更加了解这个叫奥泰托斯的男孩，而且我敢说，你还得去看看他消失的地方。"

她拼命地点着头，目光仿佛是在恳求他们，"是的，是的，我需要去看看他消失的地方。"

"哦，我肯定你的——"博士顿了顿，对自己将要吐出的字眼很是不快，"主人不会介意你跟我们走一趟，因为，这是在做一件大善事。"

但奇怪的是，她的主人对此并不十分高兴。"我恐怕不能……"

他刚一开口，就被打断了。

格拉西里斯一拳砸在桌上，震得女孩手中的笔墨都洒在了羊皮纸上。"那就让我买下她，"他说道，"你不明白吗，伙计？她是我唯一的希望！"

"什么？你叫我把这小金矿拱手相让——我是说，"拜耳巴斯重新挂上了谄媚的微笑，"让我把照看她的神圣职责拱手送人？"

"哦，我们能照看好她的，绝对没问题。"博士轻快地说道，"我感觉这主意很棒。格拉西里斯是位富翁，我想你们应该能商讨出让双方都满意的价钱。"

拜耳巴斯耸了耸肩，"五日节[1]就要到了，外面有好多女人和游客都想听听自己的未来。如果没了温妮莎，我可要损失一大笔钱……"

听着他们为赎买一个女孩讨价还价，罗丝恶心得蜷起了脚趾。他们竟然把一个活人卖来卖去，仿佛她只是一张桌子、一袋苹果，或义卖会上的一件大衣。

不过，温妮莎似乎并不怎么害怕，她看起来颇为高兴和急切，不敢相信自己好运将近。她在这里的生活一定很没意思，而且她一定觉得为格拉西里斯服务会比现在要好。

---

1. 献给智慧女神密涅瓦的古罗马节日，每年三月十九日举办。

最后，他们总算是谈妥了，格拉西里斯、博士和罗丝终于带着温妮莎离开了公寓。

"现在该怎么办？"罗丝问道。

"像我刚才所说，"博士回答道，"可以到格拉西里斯的庄园去，调查调查最后目击奥泰托斯的地方，那样应该会有帮助。当然了，前提是给我们的邀请依然有效，你说呢？"

他看向老人，对方迫不及待地点了点头，"当然，如果你认为那是最好的办法，那当然没问题。"但他又叹了口气，"就算他真的在罗马，我可能找上一年也不会找到。"

"对，毕竟你手上没有能分发给路人的照片。"罗丝想也没想就脱口而出，博士立马瞪了她一眼。"我是说——你手头也没东西能让别人知道他长什么样。"她慌忙改口道。

格拉西里斯伤心地笑了笑，"啊，如果你想知道我心爱的孩子是什么模样，那就等我们到达庄园再说吧。"

格拉西里斯的马车正等在城门外面，几个人先后坐了进去。博士用手势示意罗丝跟紧温妮莎。其实，就算没有示意，她也打算这么做。离开公寓后，这女孩就几乎没说过话了，不过，罗丝打定主意要跟她聊聊天。

"你老家就在罗马吗？"她试着用简单轻松的问题挑起话头，但温妮莎似乎突然警觉起来，变得更加沉默了。罗丝又试了一次，"你多大了？"

这次女孩回答了："十六岁。"她喃喃道。

"你搞占星术多久了？"

温妮莎再次沉默以对，但让罗丝感到惊讶的是，女孩的脸蛋上竟然滑下了泪水。她立马将女孩揽入怀中，"嗨，别哭呀！对不起，如果你不想回答，我就再也不问你任何问题了。"然而，女孩还是哭了起来，仿佛已控制不住自己。罗丝一直抱着抽泣的温妮莎，轻轻摇晃着她的身体，想要安抚她。同时她心想，这女孩到底经历了多么糟糕的事，才会让她如此害怕。

旅途显得颇为漫长，罗丝不禁怀念起火车和汽车。不过她又想，尽管前路漫漫，且有些颠簸，但马车（好吧，其实是驴拉的车）总要环保得多。在得知当天到不了庄园，得在途中的旅馆下榻一晚时，她不由得吃了一惊。不过，她希望这样至少能有机会跟温妮莎单独交谈几句，可后来又得知，原来奴隶会被安排到另外一座房子里。躺在脏兮兮的小床上，罗丝不禁猜想奴隶房到底会有多么糟糕。她一整夜都睡不安稳，一直担心古罗马的卫生情况和各种可能发生的感染，同时试图劝说自己，身上的瘙痒都是她想象出来的……

第二天太阳还没完全升起，他们就出发了。估计还得再走上一整天才能到达庄园，所以格拉西里斯希望尽早启程。罗丝倒是很高兴，因为那很可能意味着他们不需要在另一间小旅馆里过夜了。

老人对早餐没有一丝兴趣。不过，当太阳升起后，博士跳下驴车，在路旁给他们摘了一些鲜嫩的无花果。"我知道年份了，是公元120年。"他给罗丝递果子时小声说道，"现任皇帝是哈德良。别担心，一切尽在掌握。"

很明显，格拉西里斯迫切希望尽快返回庄园，让温妮莎开始寻找奥泰托斯。罗丝感到女孩对此无比恐惧，她很肯定温妮莎没有任何天赋或是神秘力量。于是她开始猜想，当这个可爱的罗马老人发现自己花了一大笔钱，买来的却只是一个毫无用处的奴隶时，究竟会做何反应。不过，他此时虽然面带忧虑，态度却十分和蔼，正坐在驴车的另一头与博士低声交谈。尽管如此，罗丝还是在脑海中盘算起了营救计划。只为保险起见。

虽然格拉西里斯的重望令她压力巨增，但经过了一晚上的休息，温妮莎还是高兴了一些，还吞吞吐吐地回应了罗丝对周围风景的评价。见她心情不错，罗丝试着聊了起来，"我来自不列颠——不列颠尼亚[1]？"她有些不确定，"你应该知道吧，就是哈德良皇帝修长城的地方？"

"哦，哈德良长城[2]。为了阻挡野蛮人入侵。"温妮莎说道。

"就像凯尔特人足球俱乐部的球迷[3]吗？"罗丝笑了起来。

---

1. 罗马帝国时期对不列颠岛的称呼。
2. 位于英国不列颠岛上，是罗马帝国在占领不列颠时修建的，主要用来防御长城以北的凯尔特人。
3. 苏格兰足球超级联赛的球队，球队的某些狂热球迷时常寻衅滋事。

温妮莎一脸疑惑，但还是跟着笑了。有那么一瞬间，罗丝觉得她还想说点儿什么，一些有关自己的事——可她最终并未开口。

他们到达庄园时已是薄暮，不过尚有足够的亮光让罗丝看清庄园的模样。她原本想的是一座庄严宏伟的宅邸，不过这里更像一座农庄，只是颇为豪华罢了。农庄中间设有喷泉和鱼池，周围环绕着几座粉刷着丑陋灰泥的房子。她看到许多雕工精美的马赛克拼花砖，以及优雅的雕像。周围还有一片片农田，和那花开正盛的杏林桃园。不远处，驴厩、禽舍一应俱全。

"这地方不错啊。"一行人走进农庄时，博士咕哝道。

此时，一个身材矮胖的女人朝他们跑了过来。从面相上看，她似乎生性友好开朗。然而，此时的她却形容枯槁、目光焦虑，"找到他了吗？"她大声追问着格拉西里斯，忽略了旁边的所有人。

格拉西里斯伤心地摇了摇头，随后向博士他们介绍说，这女人是他的妻子玛西亚——奥泰托斯的母亲。"不过，这些好人都是来帮我们的！"他对妻子说道，"这个奴隶——"他指着温妮莎，"是位强大的预言家。只要多了解一些奥泰托斯的事情，她就能帮我们找到他。"他顿了顿，然后又问道："乌尔苏斯有消息了吗？"

"他向我保证了,明天就能如期完成。"玛西亚回答道。

玛西亚询问他们是否需要食物,但几人在路上就已经吃过了。天色迅速昏暗下来,周围寥寥几盏油灯并不能提供充分的照明——看来,这里习惯在太阳下山后便早早歇息。

"明天就给你们看我儿子的样貌。"格拉西里斯边说边招来几名奴隶,让他们带博士和罗丝去客房,"我敢肯定,一定是老天听到了我的祈祷,才把你们给派来了。"

但当罗丝躺在陌生(所幸非常干净)的床上辗转反侧时,心里却不像格拉西里斯那样自信。

第二天清晨,罗丝睡眼惺忪地走到楼下,而博士早就不在房间里了。她好不容易在一片果树林里找到他时,博士正坐在一棵树下,桃花像纷飞的大雪似的点缀在他的发间。

"你这破案方法挺不错啊。"罗丝调侃道。

"赫尔克里·波洛[1]坐在椅子上就能侦破任何案子。"博士回答道。

"想想你留山羊胡的模样!"她大笑道,"正好跟鬓角般配。"

"我猜,那会让我显得更为精明。"他骄傲地说道。

---

1. 阿加莎·克里斯蒂笔下的角色,是文学史上最受欢迎的侦探之一,山羊胡是其标志性造型。

罗丝咧嘴笑了笑,"那就试试吧,留一撮山羊胡。我倒想看你敢不敢。"

"好!"他指着上唇说道,"我现在就长出来给你看,瞧着!"

她假装自己相信了他,探过头去仔细打量,但很快就笑得直不起身来。博士也跟着笑了起来。"还是算了吧。"他最后说道。

"所以,你有什么计划?"待两人都笑够了,罗丝问道。

"格拉西里斯正在准备某样东西,"博士告诉她,"我们半小时后去见他。"

两人又闲聊了一会儿,随后有一名奴隶走来通知他们过去,随即把两人领到了庄园大门外不远处的小树林里。几只孔雀正在草地上散步,不时穿过修剪整齐的花丛;清水从宁芙与法翁[1]的石像口中淌出,汇集成一汪小池塘。然而,有人打破了这种和谐的氛围——那是一个身型高大、体格健硕、表情凝重的男人,与周围丰饶美丽的自然风光显得格格不入。他正倚坐在一座雕像的底座旁(罗丝猜测那是一座雕像,因为上面盖着一块布)。

格拉西里斯、玛西亚和温妮莎也从不同方向走了过来,那个满脸不悦的男人见状,便挣扎着站了起来。

"啊,乌尔苏斯,我亲爱的朋友,"格拉西里斯说道,"你

---

1. 分别为古希腊与古罗马神话中山川水泽的仙女和半人半羊的农牧神。

是否准备好揭幕了?"

男人微微点了点头。

"很好!"格拉西里斯转向博士和罗丝。罗丝发现,他眼中基本没有温妮莎的存在,除非他正在谈论她,或直接跟她讲话。"这位是奥鲁斯·瓦列留厄斯·乌尔苏斯,虽然只是个当地的年轻人,但正迅速地在整个帝国声名鹊起!我可以自信地说,他是当代最伟大的雕刻家之一。乌尔苏斯极少接受私人委托,所以当他答应给我制作一尊雕像,来为我最爱的儿子庆祝时,我感到非常荣幸。"

"你出的价钱让我难以拒绝。"男人露出了贪婪的笑容,这让罗丝不禁想起温妮莎的上一个主人拜耳巴斯。

格拉西里斯伤心地轻笑了两声,"身为一个富翁确实有不少好处,我可以买到一般市面上见不到的东西。但尽管如此,我却买不到自己最渴望的东西:我儿子的归来。"

他上前一步,抓住了盖住雕像的布块一角,"不过,我希望它能让我们朝着那件喜事更进一步。"

他手腕一晃,布块便滑落下来,露出了底下的雕像。那是一个摆出优雅姿态的男孩。白色的大理石雕像看起来闪闪发光,但嘴唇、眼睛和头发上却涂有鲜艳的色彩。罗丝暗自觉得那样很没品位,比在课本人物脸上画胡子和眼镜强不了多少。

格拉西里斯重重地叹了口气。"今天本应是个值得欢庆的日子。"他边说边看着博士和罗丝,"今天是酒神节[1],本该是我儿子终于能领受成年服、在世人眼中成为男子汉的日子。"他指着男孩的石雕说道,"这座雕像就是为了庆祝这一重要的日子而准备的。不过,它现在至少可以帮我们走出困境。"

"我的奥泰托斯。"玛西亚说着流下了眼泪,整个人瘫倒在雕像上,紧紧地搂着那石制的腿,仿佛要阻止爱子再次离开,"现在,你们可以找到他了。"

---

[1] 每年三月十七日,古罗马人会举办酒宴庆祝十五六岁的男孩成年。男孩子会脱掉象征儿童的垂饰,换上成人穿着的白色托加长袍。

3

格拉西里斯把不断抽泣的妻子带回了主屋,还把温妮莎也叫上了。因为玛西亚还要跟她讲更多关于奥泰托斯生辰的事情。乌尔苏斯似乎也正想走,但却被博士的一个手势给止住了。

"这东西真让人印象深刻。"他指着雕像说道。

"我所有的'东西'都让人印象深刻。"乌尔苏斯回答道。

"啊,我知道了。但我真的知道吗?对,我想我知道了。"博士点头说道,然后便转过身去,似乎决定让男人离开。然而,他又突然扔出了另一个问题:"你在雕刻时,肯定经常见到奥泰托斯。你觉得他到底遇到了什么事?"

乌尔苏斯耸了耸肩,"我怎么知道?有钱人家的儿子时常遭到绑架,这并不奇怪。"

"那绑匪也太没用了,"罗丝插嘴道,"虽然他们绑走奥泰托斯好几天了,却连一个子儿的赎金也没有要。"

"那他肯定是自己跑到什么地方去了,可能是被强盗袭击了,也可能是在哪个酒馆喝醉了。反正都不关我的事儿。"

博士好像认真地想了想他说的话,"是的,有可能……当然,这里距离城市很远,他又没有任何交通工具……不过,你依然有可能是对的。"

罗丝看得出来,博士一点儿都不相信自己的话。

或者说,他只是不愿意相信,不希望得出这么个平凡无奇的结论。或许对博士而言,任何细小的谜团都是值得调查的,因为这样总比什么都没有要好。

"你最后一次见那孩子是什么时候?"博士用最正经的侦探腔问道。

乌尔苏斯似乎不太愿意回答,但最后还是咕哝道:"四天前。当时,雕像就快完工了,他过来看最后的调整。我有一间工作室设在马厩旁,方便在这里工作。"

"那一定很有意思,"博士说道,"我也想去你的工作室参观参观。"

乌尔苏斯斩钉截铁地摇了摇头,"我不允许任何人旁观自己工作。谁都不行。"

"啊,"博士说着,突然掰起了指头,"等等,四天前?那不是奥泰托斯少爷失踪的那天吗?老天爷,你可能是最后一个见到他的人!"

"有可能。"雕刻家耸了耸肩,"可我又怎么知道呢?"

"既然如此,那我们可能真得去看看你那无与伦比的工作室了,毕竟那里是一切的起点。"

乌尔苏斯吹胡子瞪眼地说道:"我告诉你了,任何人都不许进入我的工作室。我是一名艺术家,绝不容许这种事发生!"

"但那并不是你的工作室,对不对?"罗丝说道,"这地方属于格拉西里斯,我猜他一定会同意我们进去。因为那是为了找到他儿子啊。"

乌尔苏斯上前一步,罗丝还以为他要对自己动手,便下意识地绷紧了身子。没想到,他只是伸出一只手,轻轻抚摸了一下她的脸蛋。他有一双大手,香肠似的粗壮手指套在厚厚的皮手套里,一点儿也不像罗丝心目中艺术家的手。不过,奥泰托斯的雕像可以证明,这人笨拙的外表显然与其内在的能力毫不相符。

"你,可以到我的工作室来。"雕刻家对罗丝说道,她猛地意识到这是不可避免的结果。

"我接到委托,要创作一尊女神的雕像。你如此年轻美丽,可以做我的模特。这是你进入我工作室的唯一办法——让我将你变为女神。"

之前发生的一切都在引导他们走到这一步。他们来到罗马,救下了格拉西里斯,受邀来到庄园,然后遇到乌尔苏斯——这件事早已注定,因为一切都已铺陈完毕,只待他们迎来这一刻,让一座雕像就此诞生。那座雕像即将穿越千百年和半个欧洲,最终来到21世纪的大英博物馆,在地下展馆里供人瞻仰。

"好啊。"罗丝回答道。

博士坐在池塘边,双脚摇晃着泡在水里,朝那些闪闪发光、聚过来轻吻他脚趾的小鱼微微一笑。罗丝也脱下凉鞋,坐到他的身旁。

"你要去当模特了,"他说道,"罗丝当模特。大模特罗丝。"

她闷闷不乐地点了点头,"看来是的。你知道吗?我本以为这件事会更有意思。结果却是在别人家的马厩里,给一个穿托加的穴居人摆造型。"

"这件事可能确实没什么意思,但却十分重要。我们需要打入工作室的内部。"

"你觉得乌尔苏斯有问题?"罗丝问道。

博士耸了耸肩,"不知道,有可能。怎么说呢?我不喜欢他,但那并不意味着他有问题。就是有那么点儿感觉,因为我看人的眼光一向很敏锐。不管怎样,我们最好还是不要忽略任何的可能性。"

罗丝叹了口气,"也不知温妮莎跟格拉西里斯太太相处得怎么样了。那可怜的孩子,我猜是那个叫拜耳巴斯的强迫她搞占星术来骗人的,现在她想甩也甩不掉了。"

"你觉得她不能预知未来?"博士问道。

罗丝难以置信地笑了笑,"当然不能啊!没有人能预知未来。我知道有些人能看见一些东西,不过,那都是因为外星人或时间裂缝什么的。别闹了,你也能看出她是个假货!"

博士扬起了一边的眉毛,"你还记得咖啡厅里那些人是怎么谈论她的吗?她的那些预言。"

"你用控制台的屏幕看太多电视了。"罗丝很难相信自己竟然还要向博士解释,"她完全可能猜到重建的事,或是听到了传闻。更何况,就算我们知道罗马帝国终究会陨落,但那也不代表任何一个谈到这件事的人都能做出预言。他们有可能只是……你懂的,悲观主义者。"

"很有逻辑。"博士说道。

"谢谢。"罗丝说完后,又想了想,"不过我跟你说,她确实有点儿奇怪。我真希望她能多说些关于自己的事,但她连自己从哪儿来都不愿告诉我。还有,塔迪斯在我脑子里干的事情——让我能听懂各种语言,你也知道的,我对此完全没有意见,但是听不到对方说话的口音,还是有些不大方便。我猜她肯定说的是拉丁语吧,因为所有人都能听懂她的话。不过,我感觉她并不是罗马人……虽然她知道哈德良长城,但我也不认为她是不列颠人……我会继续跟她套话,不过——"

突然间,博士变得跟身旁的法翁石像一样僵硬。"所以……"过了一会儿,他才继续说道,"你不相信这女孩可以预知未来。"

"嗯,我不相信。"罗丝回答。

"那么，就请解释解释，这个会说拉丁语的十六岁少女为何竟会知道哈德良长城，而哈德良本人至少得到明年才会冒出这个想法来？那就是我所说的绝妙的猜测。"

罗丝目瞪口呆地看着他。

博士决定去找庄园里的人聊聊，以查清最后目击奥泰托斯的时间和地点。他请罗丝去找温妮莎，看看是否能再问出点儿什么。"不过，别让她怀疑你已经知道了她的秘密，"博士提醒道，"暂时先不要。"

"那我们该把她当成危险分子吗？"罗丝问道，"她看起来可一点儿都不危险。我还挺喜欢她的，你呢？"

"我并没有不喜欢她。"博士说道。

"那不就得了，你不是识人专家吗？如果真要说这里有坏人，我敢肯定是那个乌尔苏斯。"

"总之，万事小心。"博士嘱咐道。

她在主屋里找到了温妮莎和玛西亚。玛西亚的膝上放着一件针线活儿，但她并没有去碰，而是在对温妮莎讲述奥泰托斯的一生。

"在他五岁的那年夏天，他从一棵桃树上摔下来，伤到了胳膊……"她满怀希望地停了下来。

温妮莎说："啊，这是，呃，摩羯座典型的冒险精神，同时受到了……木星……的负面影响。"

"当然,当然。"玛西亚赞同道,"快进来,亲爱的,坐吧。"她对罗丝说完,又对一个奴隶招了招手。片刻后,奴隶给罗丝端来了一杯酒。"亲爱的,我真喜欢你的头发,"她继续道,"金发真是太时尚了!"

"呃,谢谢,"罗丝回答,"人们都说,金发的人更有趣……"

"那是奴隶的头发吗?"

"不,"罗丝困惑地说道,"是我自己的。"

"哦,那你染发[1]了,"玛西亚煞有介事地点了点头,"不得不说,这真适合你。"

罗丝暗自决定,在她搬起石头砸自己的脚之前,还是绕开古代美发的话题更为明智。于是,她面对温妮莎问道:"你们找到线索了吗?"

小女孩对她回以不安的微笑。"我能感到奥泰托斯受众神庇佑,"她说道,"他诞生之日的星辰显现了……吉兆。我确定他目前很安全。"

"那太棒了,"罗丝边说边坐了下来。

"对,这让我放心了不少!"玛西亚微笑着说道。

"对了,温妮莎刚才在为他,呃,占卜星相时,我们就在想

---

1. 古罗马时期流行戴假发。那时,天生金发者通常为日耳曼人,而非大不列颠人。

应该查出最后是谁见的他。玛西亚,告诉我,你了解那个叫乌尔苏斯的人吗?"

玛西亚瞪大了眼睛,"你认为乌尔苏斯跟我儿子的失踪有关系?我这就让丈夫把他给驱逐出去!"

罗丝慌忙安抚道:"不,我只是问问而已。格拉西里斯说他是当地人,对吗?那你一定认识他。就算他跟这事儿有关系——并不是说一定有,"她见玛西亚大张着嘴,便赶紧补充了一句,"那我们也不想打草惊蛇。要让敌人处在明处,这是关键。"

玛西亚不情愿地点了点头。她想了一会儿,然后说道:"我不太了解他。我记得,他小时候是个既笨拙又不讨人喜欢的孩子。当听说他准备进修艺术时,我记得自己当时还吃了一惊。"

这种故事永远没有新桥段,罗丝心想。一个不招人喜欢的孩子,饱受调侃和愚弄,却一心想要实现自己的理想,让那些欺负他的人另眼相看。然而,这个故事的结局却并不平凡:男孩排除万难,实现了自己的野心,这也是罗丝亲眼所见。经过多年的忍辱负重,男孩如今已长大成人,并突然间获得了梦寐以求的成功,或许,甚至比他梦想的还要成功。

"那是……哦,我不太确定是在多久以前,"玛西亚告诉她,"我们突然走到哪儿都能听到他的名字。他的雕像开始出现在罗马各处的神庙和圣殿中,深受众人敬仰。我们开始还以为,那一定是另外一位同名同姓的艺术家。可我们猜错了,那就是我们认识的乌尔苏斯。我丈夫找了他好多次，他才总算答应接受我们的委托。"她叹了口气，"我现在对此十分庆幸。因为即使在这最黑暗的时刻，我还是能看到自己孩子的脸，这确实是一种安慰。"

罗丝没有说话，她并不想告诉玛西亚，如果一开始就没请乌尔苏斯来制作奥泰托斯的雕像，那她口中"最黑暗的时刻"或许根本就不会降临了。

突然，玛西亚一拳砸向了自己的膝盖。"当然了！"她说道，"我们最早是在罗马城中看到了一尊乌尔苏斯制作的雕像——我想起来了，那天是供奉福耳图娜的节日，也就是将近十个月前。"

温妮莎吓了一跳。

"你还好吧？"罗丝问道。

女孩点了点头，双眼却盯着虚空。"将近十个月……"她小声咕哝道。

"当他同意为我们的儿子制作雕像时，我们都认为那是幸运女神显灵了，"玛西亚伤心地说道，"但现在，我相信我们一定是冒犯了她。"

"福耳图娜"这名字在罗丝的脑中萦绕不去，因为大英博物馆展示的雕像下面就写着这个名字。或许不久之后，她就能弄清那座雕像究竟是怎么跑到那儿去的。

"乌尔苏斯想让我当模特制作一座雕像。"她对二人说道。

玛西亚脸上闪过一丝惊讶的表情,但很快便掩饰起来,"那真是太好了!"她说道,"我知道丈夫已经同意他随便使用这里的工作室,无论多久都行。"她说着,露出了宠溺的笑容,"我想,他是把自己当成了艺术事业的支持者。不管怎么说,你一定要在这里接受我们的款待,直到雕像完成。"

"我不想太打扰你……"罗丝正要说下去,但玛西亚却已经以慷慨女主人的身份,打断了她的话。

"有个年轻人在身边是件好事,特别是我儿子……"她支吾了片刻,"我儿子现在失踪了,我很高兴能有你的陪伴。"

"我们会把他找回来的。"罗丝尴尬地说道,"博士跟我——还有温妮莎,"她匆忙补充道,"你知道的,靠她的预言能力什么的。"

小女孩听闻后,涨红了脸。

罗丝突然想起博士要她再跟温妮莎谈谈,可当着玛西亚的面,她很难展开行动。于是,她说道:"其实,我想现在就请她帮忙。博士正在追踪奥泰托斯的行动轨迹,温妮莎可以……感应气场之类的。"

玛西亚理解地点了点头,"是的,当然。"她挥手示意温妮莎可以退下了,于是,女孩跟随罗丝走出了房间。

两人来到庭院里。一路上,有好几名奴隶从她们身边经过,手里还端着一篮篮水果或现烤的面包。

"啊，真是太香了。"一盘刚出炉的面包从她们身旁端了过去，罗丝不由得感慨道。

"我……我相信奥泰托斯曾经穿过了这座庭院。"温妮莎紧张地说道。

罗丝笑了一声，"那可不！你别紧张，我并不指望你能变戏法儿给我看，只是觉得你需要休息一会儿。跟我来。"她把温妮莎领到了奥泰托斯雕像所在的小树林里，与她一同坐在了草地上。

"他看起来好年轻，"罗丝凝视着雕像，口中呢喃道，"青涩的十六岁，跟你一样大。"

温妮莎点了点头，"应该是。"

罗丝忍不住看了她一眼，"你不确定吗？"

"有时候……很难掌握确切的时间。"

"哦，那你是什么星座的？"

"天蝎座，"温妮莎回答道，"意志坚定，富有魄力。"

罗丝笑了笑，"很有说服力！但你根本就不信那些东西，是吧。"

这是一句断言，而非一个疑问。

女孩不禁面露惧色，罗丝慌忙安抚道："别担心，我知道这些都是骗人的把戏，但也很肯定，你一定是出于无奈才去做这样的事。我说对了吗？"

温妮莎犹豫地点了点头。

"那我告诉你接下来该怎么办吧。我跟博士会找到奥泰托斯,因为我们是排忧解难的专家。你可以跟我们一起行动,我们会对外宣称需要你的帮助。这样一来,或许就不会有人找你问星相、土星之类的问题了。不过,显然你在必要的时候是知道该说些什么的。等事情都解决了,我们会想办法送你回家,让你摆脱这里的一切。"

罗丝猛地回忆起自己十六岁时的生活:中学考试,陷入爱河,半路辍学,离家出走。当然,最后所有的事情都变得一团糟,让她心碎不已。她永远也不想再回到那段时光,但无论情况有多糟糕,那都是生活的一部分。而温妮莎所经历的那些……虽然她并不清楚细节,但可以猜到,那肯定比她以前的经历要糟糕得多。

罗丝本以为温妮莎会很高兴,却发现女孩竟快要哭出来了。

"嗨,你怎么了?"她说着,把女孩搂进了怀里。

"我没有家,"女孩回答,"再也没有了。"

4

博士来到树林时,温妮莎还在静静地流着泪。但他好像并不介意,而是走到两人身边,一屁股坐了下来。

"这是我查到的东西:几个星期以来,奥泰托斯每天都会到乌尔苏斯的工作室去。那男孩的大致印象是,雕像依旧处在准备阶段。不过,由于任何人都不许进入工作室,我们便无法得到佐证了。然后在几天前,男孩一早起床,吃了几片非常美味的小麦饼后,就到工作室去了。事情也就到此为止,没有人再看见他离开。虽然这算不上可疑,不过奇怪的是,那天乌尔苏斯却突然宣布雕像已经快要完成,只需再用上几天就能完成收尾工作了。"

"那算快吗?"罗丝问道。她只在八年级的艺术课上做过一只陶罐,对这方面不太熟悉。

"我觉得算。"博士回答,"虽然雕刻家并非每时每刻都需要模特,但制作雕像这件事,我感觉一般需要好几个月,甚至好几年。当然,我并不是专业的雕刻家……"

罗丝露齿一笑,"怎么,意思是你从来没跟米开朗琪罗或是其他雕刻家学过艺？"

博士向她投去警示的目光，罗丝立刻意识到自己说漏了嘴。"抱歉。"她咕哝道。

"没关系。"他小声回答，然后露出了若有所思的表情，"或许，我是该抽时间到文艺复兴时期去看看了。博士的《大卫》雕像，听起来还真不赖。"他又提高了音量，"还有一个疑点，如果雕像已经接近完工，那乌尔苏斯应该早就投身于雕像的打磨中了，而不是还在做什么准备工作。大理石看上去雪白耀眼，但加工起来却不太干净，泥巴，尘土，要多脏有多脏。然而，却没有任何人看到乌尔苏斯或奥泰托斯因此变得蓬头垢面。"

"所以……说来说去，他并没有在制作雕像？"罗丝问道。

然而，博士却又指了指雕像。"但那确实是证据。"他说道，"不管怎样，我们都有必要去他的工作室看看，查清他是如何制作雕像的。"

"嗯，我早就准备好去当模特了。"罗丝回答道。博士点了点头，"很好，不过要我说，咱们不如现在就去看看，如何？"

罗丝笑了起来，"你这人就不能老实待上两分钟啊！"说完，她便转向了温妮莎。女孩此时已经停止哭泣，可看起来情绪依旧有些低落。"你还想在这里坐会儿吗？如果有人过来，你就说正对着这座雕像冥想。可以告诉他们，是我叫你这么做的。"

温妮莎感激地点了点头。随后，博士便与罗丝离开了树林。

"她怎么了?"博士问道,"下周三将有厄运降临吗?"

罗丝对他皱起了眉,"她并不能预见未来,这可是她自己说的。我告诉她可以送她回家,但她说自己并没有家,然后就哭了起来。"

"或许是因为她离家太远了。"博士说道。

"而且还被困在这里,成了一个奴隶。"

他点了点头,"我也不喜欢这样,但你得知道,有些奴隶还是过上了幸福的生活,他们最后得到了自由,或是赎回了自由。"

"但并不代表那就是对的。"罗丝喃喃道。

"对,"他说道,"确实不能。"突然,博士抓住了罗丝的胳膊,把她拉到了一棵树的后面。

"怎么了?"她用嘴型问道。

过了一会儿,他才把罗丝松开,"是乌尔苏斯,我刚才看见他了。"

"那就意味着,他现在不在工作室!"罗丝接过话头。

"难道还有比这更适合造访的时间吗?"

于是,两人快步走向马厩,时刻注意着乌尔苏斯是否回来了。博士推了推工作室的门,发现已经上了锁。

"音速起子?"罗丝说着,望向博士的腰带。

"在庄园里。"博士回答道,"你知道没了口袋有多让人恼火吗?我仿佛失去了身体的一部分,每次想把手插进口袋时,却又发现它们并不在那儿。"

"你需要一个可以挂在腰间的小袋子。"罗丝对他说道，然后抬起一只手，从头发里拆下一根银质发针，一束鬈发也随之松脱了下来。随后，她把发针递给博士，"我猜只能改用老办法了。"

他点了点头，"既然我们身在古罗马，那就入乡随俗吧……"

罗丝负责望风，不一会儿，博士就把门锁给捅开了，而乌尔苏斯也还没有回来。他们总算打开了门，博士就像是房子的主人一般，大摇大摆地走了进去。

第一间房有些空荡荡的，只有一张小桌子，上面放着一个水罐、一只杯子，还有一大块面包。他们来到另一间房，发现一位容貌俊俏的青年正坐在长椅上。见到两人进来，青年立马跳起来鞠了一躬。

"哦，你好啊。"罗丝说道。

"你好！"博士附和道，"我是博士，这是罗丝。你是谁呢？"

青年似乎有些紧张，"我叫提洛。请原谅我冒昧一问，不知二位来到此处，是否得到了我主人乌尔苏斯的允许呢？他可是不让任何人进入工作室的。"

"哦，他不会介意的。是他叫我们直接进来的，还说专门留了门。他平时外出，不可能不锁门的，不是吗？"

提洛摇头表示不会。

"那不就对了。"

罗丝咧嘴笑了笑,"我们想参观参观。你知道吗?我马上就要给他当模特了。"她说完,便踮起脚尖转了个圈儿,"下一位超模就是我。"她看着提洛,注意到了他修长结实的形体、完美的容貌,以及柔软的鬈发,"我猜,你也是来当模特的,对吧?"

提洛点了点头,"是的,主人把我买下来就是为了这个。"

罗丝拉长了脸,"我觉得自己永远都无法接受那种行为。"她看着提洛困惑的目光,便摇了摇头,"别在意。告诉我,当模特的感觉怎么样?"

他朝她笑了笑,"不知道,我还没开始呢。不过,我觉得有点儿紧张。"

"我懂你的意思。"罗丝赞同道。

"击退怪兽、探索月球、斩妖除魔,这些都比不上一动不动地站上好几个小时,还听凭一个汉子一直在旁边拿着凿子敲敲打打。"博士插嘴道。

罗丝叫提洛别理他。

随后,她走到角落去察看那堆零零碎碎的物件——长矛、弓箭、号角、安着小翅膀的帽子。"这就是成为神明要用的所有东西了。"她说着,拿起号角摆了个造型,"怎么样?"

"你一定会给我带来好运的。"博士说完,便从她身边走过去,打开一扇扇门开始察看。"这可真奇怪。"他说道,"什么很奇怪?"罗丝说着,翻了个白眼,因为博士看什么都可能觉得奇怪。

他皱起了眉，"嗯，乌尔苏斯确实是打算制作两尊新的雕像吧——你和提洛一人一座。但是，这里却连一块石头都没有。"

罗丝耸了耸肩，"可能还没有运到吧，恐怕罗马没有次日达服务。"

博士的耳朵竖了起来，"啊哈，这笨重的脚步声应该就来自我们的大雕刻家。我去问问他吧。"

这时候，房门打开了，乌尔苏斯走了进来。一看到博士和罗丝，他的脸色立马黑了下来。"我记得早就提醒过你们，任何人都不准进入我的工作室！"他咆哮着，然后瞪了提洛一眼。青年紧张地往后缩了缩。

博士走上前去。"别怪那孩子，"他说道，"也别怪我们。非常遗憾，你并没有通知罗丝什么时候需要她过来，所以身为和蔼友善之人，我们就主动上门来问你何时方便了。仅此而已。"

乌尔苏斯似乎冷静了一些，但罗丝觉得还远远不够。直觉告诉她，惹怒这个男人会很危险。"日出后第三个钟头到这里来。"他低声咕哝着，罗丝好不容易才忍住了朝他敬礼嘲讽的冲动。

"博士能跟我一起来看你创作吗？"尽管能猜到答案，罗丝还是问了一句。

"不！"雕刻家咆哮道，"不，他不能！我不允许任何人旁观！"

"我就问问而已。"罗丝说道。

"我发现你这儿没有用于雕刻的石头。"博士明知乌尔苏斯想让他们立即离开,却还是故意说道,"我正好认识几个商人,他们有市面上最好的大理石,我可以——"

"石头已经在路上了!"没等博士继续编完他的谎话,乌尔苏斯就大声喊道。

"好吧,好吧。没必要感谢我的慷慨提议。"博士说道。

"你的提议?你说你认识大理石商人,还擅闯我的工作室?你根本就是个竞争对手,想来偷走我的创意!"

"没,我可不是。"博士愤愤不平地说道。

"他不是雕刻家,"罗丝插嘴道,"半小时前,他刚告诉过我。"

"没错,"博士说道,"很高兴一切都解决了。"他转过身去,开始检查满桌的雕刻工具。

"你是在挑战我的耐心吗?"雕刻家再次喊道。

"哦,真是抱歉。"博士嘴上说着,却依然忙着弯腰察看,丝毫没有要停下来的意思。随后,他拿起一柄凿子说道:"你把工具保养得真好,别人甚至都看不出这上面有任何使用过的痕迹。"

"我是个细致的工匠。"乌尔苏斯回答。

"你一定是的,"博士似乎备受触动,"连你的工作室都一尘不染,哪儿都看不到一丝大理石的灰尘。当然,我猜一定是因为有奴隶为你打扫的缘故。"

"我不允许任何人进入这里,"乌尔苏斯重复道,"除了我的创作对象。格拉西里斯不会进来,他妻子不会进来,连奴隶也不会进来。他们都尊重我独自进行艺术创作的权力,只有一个人毫无顾忌,那就是你。"

博士满脸惊讶,"是什么让你这样想?我们马上就走,你觉得呢,罗丝?"

"现在就走。"她轻轻朝提洛挥了挥手,对方也冲她笑了笑。

"说到做一名细致的工匠,"博士一边缓缓向门口走去,一边说道,"我猜,那就是你戴手套的原因吧,为了保护双手?你真是走在时尚的前沿啊,我好像还没见过别人——"

说到这里时,他们已经走到了门外。乌尔苏斯轰的一声关上了大门,紧接着,里面传来响亮的落锁声。

"很明显,他不愿意分享自己的时尚秘诀。"博士说完抬起了头,细细地观察起太阳在天空中的位置来。罗丝心想,他应该对此颇为拿手。"走吧,我看现在快到晚饭时间了。"

晚餐前,罗丝找玛西亚说了一会儿话,但那并没有花多长时间。看着自己的成就,她露出了满意的笑容,随后便赶回房间做起了准备。今天的晚餐让她有点儿紧张,不过,罗丝好歹也跟母亲度过了人生的一大半儿时光,所以她猜想自己应该对任何食物都有了免疫力。

但当她终于前来就餐时,却发现自己需要适应的不只是食物。首先,一名奴隶给她洗了脚,那种感觉特别奇怪。自从那次她坐在滕比[1]海边的沙滩椅上吃冰淇淋,让母亲用一桶海水帮她洗掉满脚的沙子后,就再也没人给她洗过脚了。接着,她又被领到一张像床一样的长椅旁,然后发现自己应该趴在上面,就像玛西亚和格拉西里斯那样。她看见博士侧躺着,用一只手撑着脑袋,感觉那姿势吃东西应该方便多了,于是她也有样学样。

罗丝一直以为罗马餐桌上全是睡鼠和火烈鸟肉,让人感觉不像是吃比萨的地方,反倒更像是宠物店。不过,事实却截然不同。奴隶给她端来了一盘肉,但她完全认不出那是什么肉。上面还浇满了味道浓郁的酱汁,旁边配着她很熟悉的普通蔬菜,比如豆子和芦笋之类的。她四处张望,试图寻找餐具,但却一无所获。

博士猜到了她的想法,于是咧嘴一笑,"他们还没发明餐叉,人们都懒得用小刀。"他告诉罗丝,然后用手指拈起一片食物扔进了嘴里。

罗丝的脸都皱成了一团,"恶心死了!这上面全是酱汁。"

---

1. 英国威尔士的海滨小镇。

"是咸鱼酱，"博士说道，"把鱼的内脏发酵数月，就能得到味道浓郁、足以掩盖腐肉味儿的调味料。要知道，这儿可没有冰箱。"

罗丝觉得自己都快吐了。"那我还是吃蔬菜吧。"她说道，"他们什么时候才发明比萨？"

"如果你想吃四季风情比萨或是香辣蔬菜比萨，那还得再等上几个世纪。"博士告诉她。

"不如，我现在就去给你点菜，让他们有足够的时间制作？"博士笑着说完，又补充道，"哦，对了，饭后打嗝是这里的餐桌礼仪。"

"那只能让他们觉得我无礼了。"罗丝斩钉截铁地回答。

用完晚餐后，一名奴隶前来给他们洗手，而另一名奴隶则端来了水果和坚果，以及浇了蜂蜜的小蛋糕。这些东西更合罗丝的胃口。

整个晚餐期间，温妮莎都没有出现。

罗丝不禁心想，她是否还在外面，坐在夕阳笼罩下的奥陶托斯的雕像旁；又或许，她已经回到了庄园，正跟其他奴隶待在一起。她觉得晚餐后最好还是去看看那女孩。此时，博士正跟玛西亚和格拉西里斯聊天，听他们谈论各种无聊之人的无趣传闻，还指望博士也能知道。于是，罗丝让他留在那里，自己则悄悄溜出去，来到了小树林。果然，温妮莎还坐在那里。

罗丝穿过昏暗的树荫坐在她身边，拿出刚从餐厅里偷带出来的面包。"给，"她说道，"我担心你没东西吃。只有这么一点儿，真是不好意思。"

温妮莎微笑着对她道谢："你真是太好了。"

罗丝耸了耸肩，"别客气。对了，你怎么不进来？"

"我不知道该做些什么，"温妮莎无助地说道，"我从没见过这么大的房子，也不知道自己应该怎么做才好。我敢肯定，他们一定会鞭打做错事的奴隶。"

"但你是个占星家，又不是一般的奴隶。"罗丝试图安慰她，"他们不会鞭打你的，我也不允许他们那样。我有个主意：可以告诉他们，你需要通过冥想与星辰交流，那是你施展占星术的重要一环。这样一来，他们就会放任你做任何事了。他们认为你可以找回奥泰托斯，所以就不会鞭打你了。怎么样？"

"但当他们找不回儿子，并发现我一直在说谎，就不会再对我客气了。"

罗丝故意流露出受到冒犯的表情，"嗨！之前不是说了，我跟博士正在调查，一定能把他找回来的！"她又叹了口气，"不过，我要先为一座雕像当模特，还要在日出后的第三个钟头准时到达。但那到底是什么时间？难道我要一直醒着等太阳出来，然后数三个小时的分秒吗？"

温妮莎总算露出了笑容。"我会去叫醒你的，"她说道，

"反正我现在不如以前睡得多了。"

"那就这么说定了。"罗丝回答道,"我还有些事儿想在天黑前完成,所以得回去了。"

但她却并没有动,而是着迷地欣赏着夕阳西下。

她回顾着身边发生的一切:格拉西里斯和玛西亚渴望着爱子归来;乌尔苏斯贪婪地追求着艺术名望;温妮莎痛苦地承受着忧愁与恐惧;还有那些奴隶——谁又知道他们的渴望与梦想呢?然而在两千年后,他们都将被人遗忘。今日生死攸关之事,到下一个年代将变得毫无意义,而对于21世纪,就更是不值一提了。等到她出生的时候,这里的人早已化作尘土,庄园也只会剩下一堆碎石。唯一留存下来的,将是一尊女神像,而谁又能想象得到,它将在时间的长河中经历些什么呢?

对于西沉的落日而言,从罗丝所在的时间到她所属的时间,不过是转瞬之间。可对于罗丝而言,尽管她目睹过人类的曙光和地球的终结,但这一瞬间却突然如同永恒。

温妮莎吃掉了她带来的面包。"好,我们走吧。"罗丝说着,站了起来。

随后,两人一同向庄园走去,谁也没有再回头。

5

第二天清晨,罗丝从一个猫会说话的梦中惊醒[1],发现温妮莎正在摇晃她的肩膀。"该起床了。"女孩说道。罗丝打了个哈欠,试着回忆自己身在何处。过了好一会儿,她才不情不愿地下了床,还不停地打着哈欠。

"你觉得乌尔苏斯能准确捕捉到我的眼袋吗?"她一边说着,一边看着那打磨得锃亮的铜镜,"现在几点了?"

"日出后的两个钟头,"温妮莎告诉她,"你还有一个小时做准备。"

"恐怕让我睡饱美容觉对乌尔苏斯会更加有利。"罗丝咕哝着,但还是做起了准备。

温妮莎帮她弄好了发型,但那花掉了她们手头的大部分时间。最后,罗丝总算是准备就绪了。

"不如,你跟我一块儿来吧?"她向温妮莎提议道,"我不

---

1. 在《神秘博士》新版剧集第二季第一集《新地球》中,罗丝与博士遇到过会说话的猫护士。

敢保证一定会很有意思，但我不介意有人陪伴。这样还能让你免去面对别人的麻烦。乌尔苏斯的工作室里就有个奴隶——而他也并没有明确指出我不能带一个过去。更何况，这里的人都把奴隶当成家具，他可能根本就注意不到你。"

温妮莎微笑着表示同意，"嗯，我想跟你去。"

于是，她们穿过庭院，朝马厩旁的工作室走去。而博士也已经起来了，还朝她们挥了挥手。

此时，工作室大门紧锁，罗丝举起拳头敲了一下。"记住了，眼观四面，耳听八方，"她一边等待对方开门，一边对温妮莎说道，"以防他是个坏人。"

温妮莎或许回答了她，但就在那一霎，乌尔苏斯一把推开了工作室的大门。他对她拉长了脸——这可不是凯特·摩斯那种超模大咖会得到的待遇，不过罗丝可以接受。她走了进去，身后紧跟着温妮莎。

"把她给赶出去！"乌尔苏斯低吼道，还噘着嘴盯了奴隶女孩一眼，"我反复告诉过你跟你那博士朋友，我不许任何人旁观自己创作——连奴隶也不行。"

罗丝傲慢地回答道："那谁来照顾我？如果我需要有人给我调整发型，或拿饮料怎么办？"

乌尔苏斯动作僵硬地走到桌边，拿起罐子往酒杯里倒了点儿酒，然后递给罗丝，"给，饮料。你头发没什么问题。好了，出去！"

最后那句是对温妮莎说的,小女孩吓得跑了出去。罗丝有点儿想跟她一起离开,但这毕竟是她的命运,不是吗?她必须为这座雕像当模特,博士还要靠她调查乌尔苏斯,看他是否知道奥泰托斯为何失踪。于是,她咽下了苦涩的酒——尽管还是受不了那股怪味儿,但多少让自己放松了些。

随后,乌尔苏斯走进另一间房,罗丝也跟了过去。提洛今天没在,这让罗丝不禁感到有些失望。

"要我怎么配合你?"她问了一句,但乌尔苏斯根本没有理她。只见他走到一张桌边,开始整理工具。

罗丝坐在一张长椅上等待指示。她四下打量了一番,发现这里有一件东西跟昨天不太一样——多了件放在角落里、被布单覆盖的高大物体。是尚未完成的雕像吗?她希望乌尔苏斯没有同时开展太多工作,因为她真的很想尽快完成这项任务,而绝不希望花费太久时间。然而,她有一种不祥的预感,觉得这将会持续好几天,甚至是好几个星期。为了实现某种意义上的不朽,这样做真的值得吗?

罗丝浅浅地笑了笑。其实,她已经以一种迂回的方式实现了不朽。就算她死在了这个年代、这个地点(不过很明显,她暂时没有这种打算),然而在两千年后,她还是会在地球上重新出现,穿梭于伦敦的大街小巷之中,慢慢长大。再过将近二十万年,她就会出现在一座空间站里,击退博士的宿敌戴立克。然后再过很多很多年,她又将目睹地球死去。

尽管那些故事都发生在未来,但却已是她的过往。

现在,她必须专注于眼前。她这究竟是怎么了?

罗丝猛地清醒了过来。她其实并没有睡着,只是完全陷入了沉思,有点儿迷迷糊糊的。那杯酒一定是让她放松得有些过了头!她想起自己和好友谢琳还是孩子时,两人准备偷偷溜出门参加丹尼·芬内尔的派对,便从她母亲橱柜里偷了瓶葡萄酒,想用来壮壮胆。结果两人喝完一杯便倒头就睡,不仅错过了派对,还被杰姬痛骂了一顿。

罗丝眨了眨眼。她早就不是十岁小孩儿了,现在这区区一杯葡萄酒怎么可能让她睡过去。所以,她为何突然如此困倦呢?

她强迫自己抬起头,看了看乌尔苏斯。

他就坐在长椅上盯着她,脸上的表情让她心里阵阵发凉。情况突然变成了《沉默的羔羊》[1],她怎么这么笨?他们早就怀疑他是个疯子,不是吗?可她还是没心没肺地走进了陷阱,就为了让雕像顺利塑成,防止悖论发生。这可真是太蠢了。

乌尔苏斯站起身,向罗丝走来,轻而易举地从她手中拿走了酒杯,而她却毫无还手之力。当他在她眼前摇晃酒杯时,罗丝这才意识到了真相。他在酒里下了药,而她偏就那么配合。突然

---

[1] 美国著名惊悚电影、小说,故事中的女性受害者被击昏后遇害。

间,罗丝感到一股令人窒息的恐惧涌上心头。

乌尔苏斯放下酒杯,从角落的杂物堆里拿起了一支长矛。一切就到此为止了吗?他要用长矛把她给刺死吗?罗丝绝望地想要动弹,却发现四肢已彻底失去了知觉。

然而,他并没有刺向她,而是扳开她的手指,让她握住了长矛。这又是怎么回事?

罗丝努力想利用这出乎意料的状况——囚禁她的人竟然递给自己一件武器!她再次尝试挪动,想将矛尖戳向乌尔苏斯那张丑陋得意的脸庞。

然而,她又一次失败了。

乌尔苏斯把她从长椅上拉了起来。她想反抗,却无能为力。他开始摆弄她毫无知觉的四肢,就像她只是亨里克百货商场[1]里的假人一般。

除了害怕,她还感觉受到了莫大侮辱。罗丝·泰勒,竟沦落为了芭比娃娃。

也不知这世上有没有战士芭比?因为就在此时,罗丝除了恐惧和羞辱,还感到格外地困惑。只见,乌尔苏斯从杂物堆里拿起了一顶金属头盔,小心翼翼地戴到她的头上。

这不太对,因为她所看见的雕像并没有戴头盔,也没有拿长

---

1. 在《神秘博士》新版剧集第一季第一集《罗丝》中,罗丝遇到博士前,曾在亨里克百货商场上班。

矛。这到底是怎么回事？

乌尔苏斯总算不再把她当作黏土一般摆弄了。虽然罗丝看不见自己的模样，但却能感到自己仰着头，一只手英勇地握着长矛，骄傲地站得笔直。那么……接下来又会发生什么？

雕刻家后退了一步，欣赏着她的造型。他的目光客观而冷漠，就像没把她当作是活生生的人似的。对他来说，罗丝不过就是一团等待揉捏成形的黏土。

她再次尝试说话，恐惧和挣扎一定是化作了力量，因为她发出了细小的声音，听起来就像是："不……"

乌尔苏斯皱起了眉，"别这样。"

这很好，不是吗？至少他对她说话了。关键就在于，要想尽一切办法让敌人意识到你是活生生的人。

他突然转过身去，罗丝的心中涌出一丝希望。他一定是改变了主意，不会对她做任何事……

然而，他只是走到房间一角，一把扯下了覆在某件物体上的布单，露出了底下的东西。

正如罗丝所料，那是一座雕像——一个帽子和鞋子上带有小翅膀的男人，就像国际花商联合会标志上的那样。不过，那人看起来似乎有些眼熟……那鬈曲的头发、俊俏的脸庞——不正是提洛吗？可他昨天还说模特工作尚未开始呢。

乌尔苏斯朝雕像露出了微笑。"他没给我制造麻烦，"他说道,"因为他知道美比生命更重要。"

罗丝惊恐得快要窒息。她不可能遇到这种事,这一定是场梦,还是那种双腿不听使唤,无论使多大劲儿都跑不动的梦。那些会说话的猫才是现实,而之后发生的一切都是一场梦——一场噩梦罢了。

然而,这场噩梦似乎永远不会结束。

尽管博士认为这里已经没什么线索了,但他还是花了整个上午的时间,摆出一副神探夏洛克·福尔摩斯的架势,积极开展调查。他希望罗丝能凭借探案直觉,从乌尔苏斯那里找到一点儿有用的线索,以弥补自己在庄园附近白忙一场的遗憾。格拉西里斯本打算对奴隶用刑,从而确保他们说的都是实话,但博士好说歹说,总算是让他打消了这一想法。

与许多人交谈后,博士越来越肯定只有乌尔苏斯知道真相。在跟格拉西里斯用过面包和奶酪的午餐后,博士决定去看看罗丝是否有什么新的发现。毕竟为艺术献身的模特也需要吃饭,于是他带了一些食物以作借口,向乌尔苏斯的工作室走去。

博士靠近马厩前的院子时,正好看见一辆车离开了。只见那车上放着一堆稻草,上面躺着一个包裹得严严实实的大家伙。他当然不会放过任何可疑之处,于是一路小跑,跳到了车上。

"喂!"车夫大吼了一声。

"不用管我！"博士喊了回去，"我只想看看你这拉的是什么。"说完，他就开始拆那件人形似的东西。

车夫随即停住车，跳了下来。"你在干什么？我是过来拉货的，"他绕到车后说道，"如果那东西坏了，肯定会怪到我的头上。"

"前提是如果我把它弄坏的话，"博士回答道，"而我一点儿都不打算破坏这——啊哈，这座迷人的雕像，从那带有翅膀的帽子来看，这位是墨丘利[1]，众神的信使。"

他重新包好雕像，拍了拍裹在布里的头，然后趁车夫跳上车的空隙从车上跳了下来。

"好了，不浪费你的时间了，"博士说道，"我敢肯定你是个大忙人，那是当然的，因为雕像又不会自己走到目的地，对不对？"他礼貌地挥了挥手，尽管经历了先前那一出，车夫还是忍不住露出了微笑。

然而，当博士往回走时，脸上却没了笑意。因为他认出了那座雕像。没错，那是墨丘利——但它是以活人为参考，而那个活人就是奴隶提洛。

问题就在于，乌尔苏斯不可能在此时就已经完成了提洛的雕像。无论如何，都绝无可能。

---

[1] 即古希腊神话中的赫尔墨斯，带有翅膀的帽子和凉鞋是他的典型造型。

博士的脑中突然冒出一个极为可怕的想法。那想法可以解释乌尔苏斯为何能够快速完成雕像，而那些雕像为何又会如此栩栩如生；也可以解释他的工具为何从未使用过，而他的工作室又为何不见一丝大理石的灰尘。

博士惊得拔腿就跑。

乌尔苏斯又走回了罗丝身边，她依然动弹不得。他抬起一只手，抓住了另一只手的手套指尖，逗弄似的缓缓扯下了手套，然后扔在地上——有如一场令人毛骨悚然的脱衣舞表演。接着，他用牙咬住另一只手套，将其脱了下来。

"我这辈子唯一想做的，就是创造美。可众神却给了我这样的诅咒……"

他举起那双臃肿肥大的手，手指苍白而松弛，丝毫不像工匠那般布满老茧、灵巧紧致。

"这么多年来，我一直默默忍受着别人的奚落和嘲弄，却始终没有放弃。我向我的女神起誓，愿意为她献上祭品，请她赐予我渴望的力量。然后有一天，她真的显灵了。我对她说出了内心最真挚的向往——用石头创造美。而她也满足了我的愿望。"

他刻意放缓脚步，慢慢靠近罗丝，然后抬起了双手……

"现在，我得到了声誉和名望，不再受人怜悯。我母亲可以骄傲地抬起头，不时开心地向他人说起'我儿子'。我得到了金钱,可以买到想要的一切,还可以报复那些曾经嘲讽我的人。但更重要的是……我拥有了美,拥有了创造美的力量。"

他向罗丝伸出一只手,仿佛要抚摸她的面庞。

这时候,她脑中闪过了一段回忆:有位躺在病床上的男人。博士说他得了石化病[1]。莫非她也得了石化病?是乌尔苏斯让她感染的吗?她到底会变成什么样?

她看见的最后一样东西是丰饶角——依旧默默地躺在角落那堆杂物里。

博士在马厩前匆匆停下脚步,那里还有一辆空车,正准备接收货物。他凝视着上锁的门,突然听见里面传来一阵声响——咕哝声,闷哼声,还有轮子的吱嘎声。随后,门一下敞开了,乌尔苏斯走了出来,还拉着一辆载有大理石雕像的小推车。雕像平放在车上,虽然博士看不清那究竟是什么,但心里早已有数。

他猛地扑向雕刻家,"你对罗丝做了什么?"

虽然乌尔苏斯十分强壮,但盛怒之下的博士足以撂倒任何人。他们缠斗在了一起,倒在地上不停扭打。博士仰面躺在地上,看见温妮莎偷偷潜行过来,手里还拿了只铜提灯。她高高举起提灯……

---

1. 在《神秘博士》新版剧集第二季第一集《新地球》中,罗丝与博士就见到了患石化病的曼哈顿公爵。

"趁现在,温妮莎!"博士大喊了一声,然后翻过身来,重新占据了上风。

随后,一切陷入了黑暗。

博士揉着脑袋坐起身来,被鼻孔里的稻草挠得打了个喷嚏。一头驴正好奇地打量着他。他四下张望,发现自己正躺在一座马厩里,肯定是有人把他拖到这儿来了。

他看见温妮莎蹲在一根柱子旁,瑟瑟发抖地盯着他。当他站起身时,女孩又往后缩了缩。

"我……对不起。"她尖声说道,听起来就像是老鼠的吱吱声。

"你拿东西砸我,"博士目光冰冷、语气愤怒地说道,"所以我没能救出罗丝。"

"我不是故意的!"她几乎哭喊着说道,"你突然动了!我本来想砸乌尔苏斯!"

博士眯起眼睛,"好,我姑且相信你。那罗丝在哪儿?他把她带到哪儿去了?"

"我没看见罗丝!"她倒吸了一口气,"只看见一座雕像。"

博士决定不去追究。"好吧,那乌尔苏斯在哪儿?"他追问道。

"我……我不知道。"女孩磕磕巴巴地回答。

"但我认为你知道,"博士说道,"温妮莎,我认为你知道的比你所表现出来的要多。温妮莎,告诉我,哈德良长城是什么?"

她看着他,瞪大了眼睛,似乎吓得不轻。

"说啊?"他催促道。

她几乎无法发出声音来,"是一道墙,分开了英格兰和苏格兰。"

博士扬起一只眉毛,"一道还没修建起来的墙,分开了两个好几百年后才会被命名的地方?"

温妮莎哇的一声大哭起来。

"其实,一听到别人介绍你,我就开始起疑了。"博士继续道,"'温妮莎',我承认,这名字听起来很有罗马味儿。玛西亚、克劳迪娅、茱莉亚、温妮莎……确实很对味儿。可聪明如我,正巧知道这名字是18世纪一位名叫乔纳森·斯威夫特的作家创造出来的。而你这样一个拥有未来名字的女孩,之前坐在桌边演算的其实是梅里克定理。哦,我知道占星推演应该是什么样的,也知道梅里克定理长什么样,你演算的绝对是后者而非前者。所以能否告诉我,一个至少来自24世纪的女孩,为何跑到公元2世纪来了?"他探出身子,对女孩吼道,"还有,罗丝怎么了?"

温妮莎满脸泪痕地抬起头来,颤抖而缓慢地从粗糙的羊毛丘尼卡里,掏出了一根黑色的小管子。她把手指对准管子一头的红色按钮,随即将其指向博士,"放我走,否则我开枪了!"

6

博士高高举起双手,"别开枪!请别开枪!求你了!"

温妮莎困惑地看着他扑通一声跪在自己面前。

"看在老天的份儿上,别开枪!"他喊道。

她犹豫不决地放松了手臂——博士抬起手,抽出了她握在手心里的东西。"谢谢。"他说道,"要扰乱敌人,这是诀窍。当然,我并没有把你当成敌人,也不认为你真的会开枪。"他低头看了一眼手上的东西,"因为你手上只抓了个网络电视的遥控器。"

她不禁露出一丝浅笑,"这是我从家里带来的唯一一样东西。我当时正拿着它……"她说到一半便停了下来,脸上滑过一滴泪珠。

博士立马站起身来,把温妮莎吓得又往后一缩。只见他坐到女孩身边的草垛上,伸出一只胳膊,友好地搂住了她。"我就知道你是从24世纪来的,"他举起遥控器说道,"这就是证据。所以,你打算告诉我实情吗?"

她摇了摇头,博士感觉她全身都绷紧了,于是松开手臂。

"很抱歉，我刚才不该对你大吼大叫，"他继续道，"我只是在为罗丝的事生气。不过话说回来，我怀疑她的遭遇跟奥泰托斯一周前遇到的相同，并且跟你没有任何关系——除非，这是你跟许多同伙一起精心策划的。如果这是个侦探故事，我可能真会考虑那种可能性，但实际上并非如此。而且，就算我没有卷卷的山羊胡，还是能看出哪个人是真的吓坏了。在罗马的那间公寓里，你是真的很害怕，对不对？"

她点了点头，但全身依旧没有放松。这时，她好像头一次开口了——真正作为一个人开口讲话，而不是一只受到惊吓的羔羊，"我已经害怕好久了。刚到这里时，我既害怕又困惑，当时好像是什么节日，到处都是人，是拜耳巴斯救了我，给我食物和水。可我说了些什么，我甚至都不记得究竟是什么了，总之就是说漏了嘴，他便认定我能预知未来了。"

"但你确实可以，"博士说道，"而且非常准确。"

"呃，是的。然后他就污蔑我是出逃的奴隶，说我会被处死，除非愿意替他工作。所以我就只能服从，并且倾尽全力。我从前常看杂志的占星专栏，也学过天文学。我以为这些知识能保我平安，直到……"

博士严肃地看着她，"直到什么？"

她淡淡一笑，"直到我回家的那天。"她的微笑很快就消失了，"但情况实在太糟糕了，因为我历史学得并不太好。我曾经警告人们远离庞贝，但很明显，那件事已经过去了很多年。我还担心自己不小心说出未来皇帝的名字，会被指控谋反然后处死。不过，总有像你朋友格拉西里斯那样的人，他们急需希望和帮助，而我却只能给他们谎言，靠榨取他们的痛苦为生。拜耳巴斯则始终在边上冷眼旁观，利用我的预言变得越来越富有。"

"先知先富。"博士调侃道。

温妮莎又笑了笑，"然后你和罗丝就来了。我当时就知道，你们不是普通的罗马人。"

博士谦逊地耸了耸肩，"好吧，我承认自己走到哪儿回头率都很高，这是我人生的一大负担。"

"我当时很害怕，因为不知道你们究竟是什么人。但我实在太想逃离拜耳巴斯……然后罗丝就跟我说话了，她看起来是个好人，可我不敢对她说任何事情，以免……"她抬起头，用恳求的目光看着博士，"你能带我回家吗？求求你，行吗？"

"那你的家又在何处呢？"博士问道，"何处……以及何时？"

温妮莎深吸了一口气，"我来自地球，其实就是撒丁区，离这里很近——虽然隔了很多很多年。我离开时是2375年。"

博士瞥了她一眼。他知道2375年的地球、意大利的撒丁区，人们还无法做时间旅行。所以，那又是一个谜题。

"那你具体是怎么来到这公元120年的罗马的？我猜，那比回家拐错弯要复杂一些吧。"

女孩并没有回避问题,而是彻底忽略了它。"你能带我回家吗?"她重复道。

博士决定暂不去追问。他摇了摇头,说道:"暂时不行,我得先找到罗丝。"

"可她一定就在工作室里,"温妮莎对他说道,"我整个早上都在盯着,她从没离开过。"

博士知道事实并非如此,可他还是决定让自己奢望片刻。"好吧,"他说道,"我们去看看。"

工作室的大门依然敞开着。他们找遍了每个房间,却一无所获。这里没有罗丝,没有提洛,没有雕像,也没有大理石的灰尘。博士扑向桌上摆着的一张草纸,可上面只有难以辨认的潦草字迹:"一座雕像,运往罗马",然后是一个签名——难道是车夫留下的收据?博士扔下草纸。

"我不明白,"温妮莎说道,"她去哪儿了?"

"我也不知道!"博士最可怕的噩梦成真了,他再也无法逃避自己得出的结论,"乌尔苏斯搬出来的雕像,你看见没?"

"看见了,"温妮莎说道,"那是罗丝的雕像。"

"但那不可能。"震惊和愤怒让他几乎无法忍住颤抖。

温妮莎紧张地伸出手想要安慰他,但博士把她推开了。"那它究竟是什么?"她惊恐地问道。

"那不是罗丝的雕像,那就是罗丝,也就是博物馆里的罗丝。"博士定定地站了一会儿,仿佛自己也变成了石头。接着,他挺直身子,傲然地望着温妮莎。他不会输给恐惧,也从未输给过恐惧。"我们要找到她。"他说道。

博士让温妮莎等在这里,自己先回房间去取东西。此时此刻,他暂时想不到音速起子能起什么作用,但他需要掌握一切有利的因素。

音速起子就放在那里,但旁边多了一样东西,好像是布做的物件。他拿了起来——原来是个小巧的束口袋,正好可以放下一把音速起子,里面还留了张纸条:

亲爱的博士

非生日快乐!你一定不知道我会做针线活儿吧,是玛西亚教我的。

爱你的罗丝

博士将纸条揉成一团,再也无法抑制内心的悲伤、愤怒和无助。他把束口袋仔细绑到了腰带上,然后便出发去找他的朋友。

博士大步走出房间,沿着小径向庄园门外走去,温妮莎慌忙地追了上去。小径上随处可见一摊摊的淤泥,轻易就能辨认出马车的痕迹。博士循着跟了上去。

"我们该不该……告诉什么人？"温妮莎追赶着博士的脚步，气喘吁吁地问道。

"没时间了。"博士短促地回答道，丝毫没有放慢脚步。

但他很快便停了下来。小径并入了一条典型的又长又直的罗马大道。所有人都知道，条条大路通罗马，但却很少有人提及，那也意味着条条大路都能远离罗马。

博士扑通一声趴在地上找起了车辙。"这里，"没过一会儿，他说道，"一辆车往左转了。"

但温妮莎也在一起找。"我觉得还有一辆向右转了。"她说道。

博士站起身来，走到女孩身边。"见鬼！"他说道，"我们得找到车辙交错的地方，弄清楚哪一辆先来。"

可他们最后却一无所获。

"对了！"博士在第三次察看一片干燥无痕的路面时，猛然跳起来说道，"我们得合理分配资源。"

温妮莎忧心忡忡，似乎有些困惑。

"我是说，"博士解释道，"你走一边，我走另一边。咱们分头找线索，问路人，尽可能多做调查。"他抬头往天空望去，用手挡着阳光，"等太阳落到——那个位置，"他边指边说，"你就回到这里来找我。"

"可是……我该往哪边走？"

博士想了想,"我跟罗丝是三月十五日到的这里,那就意味着……"他掰着手指数了数,"马上要到五日节了。对,拜耳巴斯提过这事儿,这节日是为庆祝密涅瓦三月十九日的生日,所以她是双鱼座,"他笑着补充道,"而且,密涅瓦是——"

"艺术与工匠的女神。"温妮莎知道他想说什么,于是接过了话头。

"每年这个时候,她的信徒都会带来贡品,"博士继续道,"我说的可不是一束水仙花或一盒巧克力。如果我没记错,人们会聚集到她那位于阿文提诺山的神庙里。所以乌尔苏斯可能会把她拉到那儿去。"

温妮莎点了点头,"你说的有道理,所以他才打算把罗丝带到罗马去。"

然而,博士却摇了摇头,"先别太早下结论。我们发现了两道车辙,分别前往两个不同的方向。同时,我们手头还有一张可能是车夫留下的收据——要把一座雕像运往罗马。那么,完全有可能是另一辆车去了那个方向。"他说完便闭上眼睛,伸出一只手,在原地打了个转。随后,他停了下来,睁开眼看见自己指向了右侧——通往罗马的道路。"我走这边,你走那边,好吗?"

博士并没有给她时间回答,说完便匆匆上路,朝着罗马的方向一路小跑而去。

太阳缓缓爬上天空，博士一个人也没碰到。今天的天气在三月里还算暖和，可能人们都还在午睡。他时不时就能看到一些车辙，但那毫无意义，因为它们可能来自任何一辆车。放弃不是他的天性，但做毫无希望的计划也同样不是。他要回到庄园，看看温妮莎是否走运有了新线索；或是去找格拉西里斯，请他借一辆车给自己——大车小车都行，哪怕只给一头驴也行。

最后，他徒劳地看向远处，仿佛罗丝会凭空出现。片刻后，他转身走了回去。

博士比温妮莎先回来，因为路边和通往庄园的路上都看不见她的身影。他正准备走进大门，却瞥见林子里闪烁着白光。那是奥泰托斯的雕像。

他心里一沉。那是奥泰托斯的"雕像"。

他走进小树林，毫不惊讶地发现格拉西里斯和玛西亚也在那里。两人对他微微一笑，却难掩悲伤之情。

"博士，你一定觉得我们很傻，太过情绪化，"格拉西里斯说道，"但看着这尊雕像，让我们感觉他仿佛就在身边。"

博士点了点头，走到雕像旁仔细打量了一番。随后，他轻轻抚过雕像的右臂。"这里有个鼓包，"他说道，"就在这里。"

玛西亚凑过来看了一眼。"奥泰托斯摔断过手臂，"她说道,"有一回,他从树上跌了下来。医生给他正过骨,但恢复得不太好。"

"没想到乌尔苏斯还会注意到这种细节……"博士暗示了一句,但并没有再说下去,因为他不能让两人知道真相。

他又站了一会儿,静静地看着雕像,随后突然说道:"罗丝不见了,她现在有生命危险,我们可能已经晚了。"

格拉西里斯倒抽了一口气,玛西亚则仿佛马上要晕倒。

博士继续道:"我想,她正在前往罗马的路上。格拉西里斯,你能把我送到那里去吗?"

格拉西里斯热切地点了点头。

博士转身对玛西亚说道:"温妮莎在帮我寻找罗丝,可我不能再等她了。如果她回来,你能派人送信过来,告诉我她有什么发现吗?"

玛西亚也点了点头。

"那好,不能再浪费时间了,"博士说道,"我们这就出发吧。"

博士不止一次后悔让塔迪斯停在了罗马的某条偏远小巷里,驴车要走上一天多才能到达那个地方。格拉西里斯坚持要跟他一起去,于是博士只能焦急地等待他跟夫人道别、打包水和干粮。有些人似乎完全不明白,一秒之差可能就意味着生死相隔。

格拉西里斯依旧希望能在罗马找到奥泰托斯的下落。博士并没有告诉他，最好的线索就在他自己的庄园里。但他最后还是坦言乌尔苏斯可能就是罗丝失踪的罪魁祸首，除此之外，他没有透露更多信息。

每走一段路，博士就会跳下车去察看车辙，或是找附近田里干活的农民打听，但没有得到任何满意的答复。夜幕降临后，他们来到了一座驿站，而博士并不打算在这里过夜。

格拉西里斯提出了异议，他跟博士一样希望尽快赶到罗马，但毛驴需要休息。

"那我就走路过去。"博士坚定地说道。"但乌尔苏斯也可能在这里休息。"格拉西里斯的回答让博士暂时停下了脚步。

片刻后，博士又走了起来，但目标已经转向驿站，"很好，我们就照你说的做。"

两人刚走进驿站，博士就马上堵住了老板，向他描述起了乌尔苏斯的外貌特征。可无论他问多少次，老板都表示从未见过那位雕刻家。

随后，格拉西里斯叫了一杯酒，博士则在房间里来回踱步。

突然间，他灵光一闪。"你这里是驿站，那肯定就有驴。甚至有更好的——马！"他对老板说道。

老板恭敬地弯下身子，"我们这儿确实有，先生。"

"那我要租你们这儿最快的马，现在就要，麻烦你了。"

老板再次恭敬地弯下了腰，请求博士原谅，因为他实在无法满足这个要求，"我们的马都还没休养好，不适合做长途旅行。"

博士瞬间愁容满面，但还是强忍住急躁的情绪，终于同意坐下来跟格拉西里斯吃顿饭。

就在快吃完的时候，门外突然传来一阵蹄声。片刻后，有人一把推开了大门。只见一个外表高傲、年约四十的男人走了进来，高挺的鹰钩鼻直指天空。他打了个响指，老板便快步迎了上去，还任由他把一杯正要端给格拉西里斯的酒，从一名奴隶的手中拿走了。

格拉西里斯顿时火冒三丈，愤愤不平地鼓起胸膛，但博士抬手拦住了他即将脱口而出的气话。

"你好，"博士爽朗地打了声招呼，跳起来向刚来的那人伸出一只手，"你似乎挺口渴的，赶了一天路？"

男人鄙夷地盯着博士，打量着他身上朴素的丘尼卡、异于罗马人的鬓角，还有那不卑不亢的笑容。他并没有同博士握手。"我是卢修斯·埃利乌斯·鲁弗斯，奉皇帝之命，从高卢来办点儿事。"他傲慢地说道。

格拉西里斯吃了一惊，他明显听说过这个人。

"高卢，嗯？"博士说道，"哦，蛮荒之地。不过风景倒是不错。"

鲁弗斯并没有理会他，"我只是在这里等待换马，然后便会继续上路。"

博士竖起了耳朵。"换马?"他说道,"恐怕你不太走运啊,这里没有可换的马了。"

"胡说,"鲁弗斯回答,"都已经准备好了。"

博士转头盯着老板。那可怜人像尤赖亚·希普[1]一样缩起了脖子,再次请求博士原谅,还解释说他们早就知道这位阁下要来,所以把最后的马匹都留给了他。老板非常抱歉自己先前的话让博士产生了误会,但他并非要刻意冒犯。

"知道了,知道了。"博士温和地说着,不顾鲁弗斯毫不友善的目光,在他对面坐了下来。"如果你不能在这儿过夜,那一定是有非常要紧的事儿要办。"他说道。

"当然了。"那人漫不经心地回答。

"是生死攸关、对人类贡献巨大的事儿吗?"

"无可奉告。"鲁弗斯说完便转过头去,希望博士别再去烦他。

"但你至少可以告诉我,究竟是不是生死攸关吧?"博士追问道。

男人愤怒地握紧酒杯,一口气喝干了里面的酒,依然一句话也没说。

---

[1] 英国文豪狄更斯在其长篇小说《大卫·科波菲尔》中塑造的人物,是个阴险虚伪的小人。

"既然你不说,那我就当是默认了。"博士说道。

他站了起来,向格拉西里斯走去,随后在他朋友的耳边低语道:"你尽量追上我,顺便别让他对看马人太过分了。"说完,他就悠闲地晃到门外,留下格拉西里斯困惑地看着他的背影。

几分钟后,门外的大道上传来了渐行渐远的马蹄声。鲁弗斯过了好一会儿才反应过来,但等他追出去时,马和骑手早已变成远处的一个小点儿了。

7

博士赶在十九日——也就是五日节——的早晨抵达了罗马。他穿过条条道路，径直前往阿文提诺山。虽然疾行了一晚，他却一直没碰到乌尔苏斯的车，也没在沿途驿站发现他的踪迹。不过，博士才不会因此气馁——他希望那人已经到达了罗马。

第一站就是艺术家的守护神密涅瓦的神庙了。当他到达时，门外正聚着一群人，博士一边挤进去，一边同周围的人闲聊。

"密涅瓦真棒，对不对？"他不断对身旁的信徒们说道，"对了，你看起来像位艺术家，认不认识一个叫乌尔苏斯的雕刻家呢？"

然而，没有一个人认识他。他们倒是都知道有这么个人，但乌尔苏斯明显不是那种处在艺术圈中心的人物。他从不加入闲聊，也不与人交换想法；从不推荐供货商，也不带徒弟。他的雕刻技术备受赞誉，可那迅速攀升的名气却未能转化为人气。他在不足一年内便声名大噪，这让那些熬过了多年学徒生涯的人大为不悦，他们感觉受到了威胁，气急败坏地对其冷嘲热讽。

所以，博士打听到了许多关于乌尔苏斯的消息，但唯独无法得知他身在何处。

他拒绝就这样心灰意冷，于是如风一般地奔走于罗马城内。他挨个走遍了所有神庙，却空着手不带祭品，也丝毫不敬重风俗。这让每个见到他的人都疑惑不解，不明白他究竟是最虔诚的信徒，还是最无礼的恶棍。博士还走遍了酒馆和小吃店，近乎贪婪地喝着蜂蜜酒，吃着热馅饼，打听各种传闻。"我知道哪儿有一座乌尔苏斯的雕像。"某人说道，然后博士就会匆匆穿过罗马城，而找到的却只是一座维斯塔或芙罗拉[1]的大理石雕像。那些栩栩如生的雕像总会让博士感到满腔怒火。他很肯定乌尔苏斯的"天赋"是什么，也很肯定没有任何雕刻家能仅凭锤子和凿子，就在不足一年的时间里创作出这么多艺术品。

夜幕已经降临，博士仍未找到乌尔苏斯、罗丝，或是任何线索。可他依然不愿停止寻找。

后来，他来到一座尚未踏足的圣殿。这座圣殿很小，不像他白天去过的那些神庙般辉煌。然而，这里却是专门供奉福耳图娜女神的圣殿。要寻找一座福耳图娜的雕像，还有比这里更合适的地方吗？相信这位幸运女神定会给他带来好运！

圣殿里没有祭司，这便是他幸运开始的征兆。博士深吸一口

---

1. 分别为古罗马神话中炉灶与家庭的守护神，以及代表春天与鲜花的花神。

气,然后走了进去。

只见圣殿深处矗立着一座福耳图娜的雕像,他的心跳开始疯狂加速。她跟大英博物馆里那座雕像的姿态相同,同样捧着丰饶角,骄傲地目视着前方。但她并不是罗丝,甚至不是一座崭新的雕像。眼前的这尊大理石已然褪色,失去了光华。

"罗丝比你好看多了。"博士对雕像说道。

"谢谢。"雕像回答道。

当然,说话的并不是雕像,那声音来自雕像背后。但不管怎么样,这里一定暗藏玄机。博士正欲上前调查,却发现自己踩到了一只从雕像后面滚出来的小玻璃瓶,里面装满了翠绿色的液体。他拾起瓶子后,刚才那个声音又出现了:"它能让罗丝……和其他人恢复原状。你们要歌颂我……我就是福耳图娜……"

博士又向前走了一步,却突然听到身后有人撞开了门,紧接着便传来了气喘吁吁的声音:"博士!博士!"

他转过身去,看见格拉西里斯跌跌撞撞地走了进来。"谢天谢地,我总算找到你了!"他急喘着气儿说道,"我是来警告你——"

然而,有人打断了他。那人正是卢修斯·埃利乌斯·鲁弗斯,驿站碰到的那个男人,他率领几名武装卫兵大步走进了圣殿。

"就是他!"鲁弗斯指着博士咆哮道。博士回头看了一眼雕像,依旧满心疑惑,可他最后还是转回了头,眼看着鲁弗斯的人冲上来抓住自己。

"恕我直言,"博士用略带谴责的口吻说道,"你不该在神庙里做这种事。我想这就是人们所说的亵渎神明吧,或者叫大不敬?我永远也分不清这两个词有什么区别。反正就是其中之一。"

但卫兵并没有理会他,而是将他往门口拽。

"我们这是要去哪儿?"博士若无其事地问道。

鲁弗斯露出一颗金牙,笑了起来,"去剧场。"

博士也还以微笑,"出去玩儿!是个好主意,不过,只要有一顿两人独处的晚餐和亲密的交谈就足够了……"

这时候,一名卫兵扇了他一巴掌,博士踉跄了几步。但令他惊恐的是,玻璃瓶竟从手上滑脱了下来。他想挣开,可那几个人十分强壮,而他又因刚才那一巴掌还有些眩晕。"格拉西里斯!"他大声喊道,但他们已经走出了圣殿。经过这番折腾,卫兵又赏了博士一巴掌。

他不仅一步步深陷危险之境,同时也渐渐远离了拯救罗丝的关键之物,甚至还因此无法调查今天遇到的最大疑点——为何会有人在一座古罗马的神庙里,隔着明显像是声音合成器的东西对他说话?

博士很快就发现自己正被带往何方。眼前隐约出现了一座巨大的圆形建筑,看上去足有三十个他那么高,全由雪白耀眼的石头堆砌而成,这让他不禁想到罗丝可能会面临的命运,心情猛地沉重起来。建筑的底层有十几座拱门,虽然暂时看不见人影,但博士知道,这里有时会挤满成千上万的人,迫不及待地涌入那些拱门,只为看到一场鲜血淋漓的表演。

这里就是弗拉维安圆形剧场,日后将以罗马斗兽场之名闻名世界。人们在这里相互角斗、挑战猛兽,还见证了数以千计的血腥处决。

"我们这是要欣赏表演吗?"博士饶有兴致地问道,"不过,我们好像来错日子了。今天并没有什么动静,所以可能得下次再来了。"

"五日节不可见血腥。"一名卫兵告诉博士。

"啊,好吧,很高兴得知此事。既然如此,不如你放了我……"

男人立马露出了令人不快的笑容,"不过,等我们明天为战争之神玛尔斯庆祝时……"

博士叹了口气,他已经感到十分厌倦,于是猛地绷紧身子、站稳脚跟,让猝不及防的卫兵都失去了平衡。紧接着,他双臂往下一拽,挣脱了卫兵的束缚,让他们目瞪口呆地站在原地。

"别担心,先生们,我自己能找到回家的路。"他一边说着,一边迅速远离了卫兵的追捕……

但却撞进了身后两人的怀里。

看来,他今天其实不太走运。

两班人马轮换过后,博士又被拖走了。这一次,他们穿过一扇门,来到一间散发着恶臭的阴森地下室。

看守他的两人与此地的基调颇为和谐:其中一人又矮又胖,脸上有道弯曲的伤疤从眼睛一路斜到嘴角,这让他始终带着一副小丑般邪恶扭曲的神情。另一人则十分高大,长着一张长长的脸,还顶着一头油腻的黑发。两个人都散发着汗液的臭味儿和悲惨的气息。

博士认出了这里——虽然并非这一特定的地点,可他曾经身不由己地造访过许多跟这里类似的地方。那潮湿的墙壁、阴暗的环境,还有令人恐惧的刺鼻气味,一定就是一座地牢了。

"哎,我还没受过审判呢。"他与脸上有疤的人攀谈道。别人都管他叫赛姆斯。

"你不在场时就搞过了。"男人回答道。

"真的?如果我没记错的话,借走一匹马可罪不至死啊。我的知识可能比较过时了,也有可能太超前了,不过,我感觉用一句'抱歉,有点儿小误会,这几文钱就当给你赔罪'应该就足够了。"

"我们可不是制定法律的。"高个儿弗拉库斯说道。

"对,不过卢修斯·埃利乌斯·鲁弗斯是。"赛姆斯直言道。

两人似乎觉得这番话说得十分机灵,高兴地哼笑了起来。

"啊,"博士说道,"我猜那位先生是位地方执政官?那种贪婪腐败、渴望权力、自视过高的官员?"

两人闻言哈哈大笑起来,博士便将其理解为一种赞同了。

"我要求见一个人,"他说道,"职位高于鲁弗斯的人,比如罗马皇帝。如果我能拜见皇帝……"

此时,看守博士的两人已经笑得不能自已,甚至有些站立不稳了。

"拜……见……皇帝!"弗拉库斯喘着气儿说道,"好,我们给他捎个信。他晚上经常来这儿看我们。"

"哦,那可真是太好了,"博士说道,"哦,等等,你们是在讽刺我吗?因为那明显会帮我一个大忙。告诉我,你们是否接受过社工方面的培训,还是说你们天生就乐于助人?"

此时,他们已经来到了走廊的尽头。这里只有一支忽明忽暗的火把,火光反射在前方的金属栏杆上,在黑暗中闪着微光。赛姆斯放下博士的手臂,掏出一把大号的金属钥匙打开了门。

弗拉库斯则一把扯掉了博士腰间的束口袋。

"不!"博士大喊道。

"没什么'不'的,"弗拉库斯嘲讽道,"反正这对你也没用了。"随后,他用力一推,博士便踉跄着跌进了牢房里。

"这是个彻头彻尾的冤假错案!"

可他们并没有理会。赛姆斯轰然关上门,然后又落下了锁。

一般情况下，博士完全不会担心，因为任何锁都挡不住他的音速起子。然而这一次，音速起子放在了他腰间的束口袋里，而他的束口袋——罗丝亲手做的束口袋，却在牢门的另一头，在赛姆斯湿滑、肥胖的手里摇晃着，渐渐远离了他的视线。

博士转过身去，这才发现他并不是一个人。火光映出了一双双眼睛，却全然看不见眼睛主人的脸，俨然一幅万圣节卡通片的画面。他往里走了几步，这才看到——那是一张张绝望的面孔，而且几乎没有察觉到他的到来。

他坐在冰冷的石头地板上，对周围笑了笑。他不确定这些人能否看到，或着就算看到了又是否在乎。"你们好，"他说道，"我是博士[1]。"

片刻寂静之后，黑暗中传来一个声音："那你能治愈钉刑留下的伤吗？"

"对，还有火刑的伤？"另一个声音问道。

"你们不觉得，这些事情防范大于治疗吗？"博士平静地回答。

这番话引发了众人不满的窃窃私语。

随后，一个更加理性的声音说道："我们明天都得死，无路可逃。大多数人甚至是自愿选择了这种死法。"

---

1. "博士"和"医生"在英文中都可用"doctor"表示，而塔迪斯将其翻译为拉丁语"dottore"也同样有这两层含义，所以容易产生误解。

"与其被扔到矿井里慢慢受折磨而死,倒不如痛快一点儿。"又一个声音说道。

"对,所以你别怪我们不够好客。既然明天有可能要杀掉彼此,那现在交朋友又有什么意义呢?"

"哦,这可不好说。"博士回答,"我觉得交朋友永远不是件坏事,你们说呢?我又没指望跟你们一起玩沙包,或者听你们讲述自己有趣的故事。就权当说说话吧。比如,你们明天为什么要杀掉彼此?"

几名听众发出了难以置信的嗤笑声。

"你脑子有问题吗?"

"他一定是异乡人。"一个较为和蔼的声音说道,"伙计,这儿的规矩就这样。我们不知道自己到底会怎么死,但我们注定会死。或许是给活活烧死,或许是在十字架上钉死,又或许是沦为野兽的餐食,或者不得不角斗至死。而唯一的活路,就是不停地厮杀,一直杀下去,在绝望中指望观众能对你印象深刻,甚至希望你最后免遭处死。这就是活着离开这里的唯一办法。"

"看起来机会不大啊。"

"对,但总比完全没有机会好。"

博士的声音充满悲伤,"活着就有希望?我又怎么能说那是错的呢?"他顿了顿,"但尊严何在?为何不主动拒绝这场血腥的表演?为何不团结起来,拒绝战斗?"

"那样一来,我们便会被就地处死,毫无生还的希望。还从未有人成功逃离这里。"

虽然没人能看到他的表情,但博士还是忍不住笑了起来,"那今天就是你们的幸运日了。因为,挑战不可能正是我的专长。"

博士给那四位爱说话的牢友分别起名为约翰、保罗、乔治和林戈[1]。除他们以外,地牢里还有其他人:他们有男有女,有自由人,也有奴隶,但谁都不愿与他人说话。这里关着好几百号囚徒,只待明天在血腥的游戏中登场。其中有许多人都曾是过往游戏的积极看客,因此也知道自己即将面对怎样的命运。

"他们从未想过要放走任何人,"乔治坦言道,"游戏不是那么玩儿的。每个人都渴望鲜血,而你也会自然而然地跟着咆哮。"

"记得有一次,"保罗说道,"有个男的,是名音乐家,他以为自己是去给观众演奏音乐的。结果演奏到一半,他们把猛兽给放了出来!他还以为是谁弄错了,满场乱跑着想让他们把他放出去。但他们当然不会那么做,于是他就想用音乐来催眠猛兽,还以为自己能够比肩前往冥府的俄尔普斯[2]!"

"那他成功了吗?"约翰问道。

"没有。我猜,咬死他的那头狮子对音乐根本没兴趣。"

---

1. 均为甲壳虫乐队成员的名字。
2. 古希腊神话中,俄尔普斯曾用琴声打动冥王,让自己的爱人重获生机。

约翰也分享了他的趣事。"有一次,他们抓来了两个盲人,"他说道,"一人发了一把剑,就让他们开打。他们胡乱挥剑,根本不知道发生了什么事儿。偶尔有一方运气好,能削掉一块耳朵或别的什么。简直是太可笑了。"他略微顿了顿,"不过,现在看来就不怎么好玩儿了。"

"确实不好玩儿,对不对?"保罗赞同道。

乔治和林戈也咕哝着表示同意。"那我们聊点儿别的吧。"博士建议道。

一些囚徒睡着了,但博士整夜都很清醒。狱卒偶尔会过来巡视,博士便抓住每一次机会告诉他们,自己是被非法拘禁于此的。然而,他们每次都只会回以大笑。

就连时间感极为出众的博士,都很难确定第二天究竟何时降临。整座地牢都笼罩在永恒的黑暗中,只有牢门外的那支火把勉强充当了太阳和月亮。到最后,唯有声音而非亮光惊醒了所有人——外面传来了一阵阵怒吼和咆哮。

"他们在准备猎兽游戏,"乔治解释道,"也就是惯常的开场秀。"他已认定博士不是罗马人,便主动向他解释起了习俗,"他们这儿有许多稀奇的猛兽。不过,既然你从国外来,可能已经在家里见过其中一些了。"

"他们这儿有豹子、雄鹿,还有些特别高的、叫长颈鹿的玩意儿。"

"还有大象,别忘了大象。"

博士握紧了拳头。"你们知道有多少物种会因为这游戏而灭绝吗?"他愤怒地喊道,"老天爷,你们人类到底是怎么回事?觉得自己是这星球上唯一有价值的东西,觉得自己可以恣意破坏大自然,就为了炫耀某种优越感。你们能理解这里发生的事意味着什么吗?"随后,他迅速冷静了下来,因为愤怒已化作悲痛,"不,或许你们无法理解。而我猜就算你们能理解,也不会去在意的。"

"他一定是异乡人,"片刻后,林戈得出了结论,"要不然,就是个疯子。"

"嗯,异乡人。"其他人赞同道。

过了一会儿,他们又听到另外一些声音从远处飘来。先是音乐声,然后是人群的欢呼声。随着观众数量的增加,喝彩声也越来越热烈。

"他们会把野兽赶到笼子里,"乔治解释道,"然后把笼子拉到地面上。斗兽场内已经准备好树木和山丘之类的布景,驯兽师会用烧红的烙铁把野兽从笼子里逼出去。他们会制造一些恐慌,让野兽满场乱跑,然后便开始猎杀。有的猛兽会互相残杀,那没什么,但最后驯兽师会把它们都解决掉。我曾经亲眼看见一个人徒手杀死了一头老虎。"他意犹未尽地说道。

他们静静地倾听了一会儿。随后,动物的咆哮声渐渐变弱,人群的欢呼声则猛地响彻高空。

"结束了。"约翰推测道。

"那接下来是什么?"博士问道。

"接下来?首先,他们会把动物的尸体清走,那会花点儿时间。"

"然后呢?"

"然后,就是我们了。轮到我们去送死了。"

8

博士一拳砸向牢门,"我不过是借了匹马,简直太荒谬了!"

林戈嗤笑一声,"你觉得那很荒谬?那看看我吧,一个老实巴交的艺术品商人,从没说过自己卖的是希腊艺术真品,可我管不了别人怎么想呀。结果呢,我就突然到了这里,准备去见普鲁托[1]。"

这番话显然引起了周围人的共鸣,"他们抓我的理由还算正当,"乔治安静地说道,"但唯一的问题在于,那不是我干的。"他停下来想了想,然后继续道,"我做的馅饼在全城数一数二,人们会跑老远的路专程来买。然后有一天,一位公子哥儿走了进来,看上去好像打过一架,而且醉得几乎站不起来了。他到处炫耀自己的钱袋,我就给了他一块馅饼,并问他要不要叫医生来。结果一转眼的工夫,他就倒在地上,死了。"

"我想,我能猜到这事儿的后续发展。"博士说道。

---

1. 古罗马神话中的冥王。

乔治吸了吸鼻子,"他们都说是我把他给毒死了,但是他根本就没碰那块馅饼,而且进门时已经是半死不活的了。他们还说我是为了钱,可在我忙着救他的时候,几名恶棍早就把那钱袋抢走了。我朋友都说我是无辜的,可他家很有钱,所以我毫无希望。"

"我很遗憾。"博士喃喃道。

他们又陷入了一阵沉默。随后,一串脚步声渐渐靠近牢房,所有人都僵住了。当然,博士除外。

"记住我刚才说的,"他对其他人说道,"如果我们团结起来,谁说不能成就一番大事呢?"

"首先,我们可以成就死亡……"保罗说道,"好的,好的,知道了,值得一试。"

"好了!"门外的人喊道,同时牢门开始吱嘎作响。

有人举着一支火把来到门边,隐约照亮了博士那四位朋友的脸——蓄着胡子的约翰、身材魁梧的保罗、眼神忧伤的乔治和体型瘦削的林戈。火把还照亮了赛姆斯那满脸的讥讽,然而,举着火把的他却说出了令人吃惊的话:

"那个一直说自己是被非法拘禁的人在哪儿?"

博士站起来,走上前去。"你找我?"他草草应了一声,"有事儿吗?"

他勉强能看出赛姆斯扬起了眉毛,"瞧瞧,专门来放你出去,这就是你说话的态度?"

"可不是嘛,赛姆斯,"弗拉库斯站在他身后,举着地牢钥匙说道,"我敢说,他就是个不知好歹的坏蛋,我们做了这么多,他却一点儿都不领情。"

"什么?"博士十分困惑。

"先生,你肯定认识很多有钱有势的朋友,"赛姆斯说着,用钥匙打开了门,"我们得到通知,说这是个天大的误会,要马上释放你。我相信,鲁弗斯还准备亲自向你道歉呢。"

格拉西里斯!博士心想。他在罗马有门路,一定是他上下打点好了事情。博士顿时对老人充满了感激。

"好。呃,很好。让我再跟我的朋友们说几句话……"

"没时间了,先生。"弗拉库斯告诉他,"我们可不敢让您这样的贵人跟一帮犯人待在一起。"赛姆斯牢牢抓住博士的手臂,把他带出了牢房,显得比之前客气了不少。

"记住我的话!"博士转头喊道,"团结起来!"

两人带他穿过昏暗的走廊,走到一间摆着一张桌子的凹室,桌上摆着几瓶酒和几个骰子。这里明显是狱卒的私人空间。除此之外,桌上还有另一件东西——一只小布袋。博士跳过去一把抓了起来。

"这是我的吧。"他说道。

赛姆斯耸了耸肩。博士凭手感就能猜到,他们把袋子里的大部分硬币都拿走了,但他并不打算计较,毕竟他们留下了最重要的东西——音速起子。博士不禁猜想着狱卒以为这是件什么东西。

他们并没有沿着昨晚的路往回走,而是去了另一个方向。斗兽场内传来的声音越来越大,他顿时为留在地牢里的那些人感到愧疚不已。尽管曾鼓励他们,但博士心里明白,他们中间大概没有人能与家人团聚了。

"这是谁安排的?"他问狱卒,"是格拉西里斯吗?"

"格拉西里斯?"赛姆斯回答道,"对,好像就叫这名字,你说呢,弗拉库斯?"

"我觉得应该是,"旁边那人应和道,"那位格拉西里斯,可真是位好朋友。"

"确实是。"博士说道。

"事实上,我想他就在外面等着你呢。就在上面,先生。"弗拉库斯指着一道斜坡,坡顶上是一扇门。

三人走上斜坡,赛姆斯打开了门,然后,昨晚不愉快的经历又再次上演,博士发现两人将自己猛地往前一推。紧接着,门在他身后轰然关闭,另一头传来了两名狱卒的大笑声。

格拉西里斯并没有在这里等他。

事实上,没有任何人在这里等他——除非你把周围正在欢呼的上万名罗马公民给算上。

此时，博士已置身于斗兽场的中央。

斗兽场很大，比一块足球场还要大。地面上覆盖着一层细软的白沙——用来吸收即将遍地横流的鲜血。四层高低错落的座位上挤满了不停嘶吼的罗马公民。一堵顶部安装有护栏的大理石围墙将最前排的观众与现场分隔开来。博士在第一排的座位上看到了一脸满足的卢修斯·埃利乌斯·鲁弗斯。

时间领主环视着整座斗兽场，他在寻找任何对自己有用的东西。他能与最出色的战士比试剑术，可此时他的手上并没有剑，也没有任何武器。斗兽场里布置了几棵树，虽然博士并不指望它们能提供多少保护，但还是跑向了其中一棵。

人群中传来愉快的尖叫声，斗兽场边缘的一扇活板门打开了，紧接着，又有几扇门接连打开。野兽缓慢且不情愿地走了出来，有狮子、老虎、狗熊……

"哦，老天！"博士眼看活板门砰的一声关上了。

那些野兽都瘦得皮包骨头，毫无生气，几乎快要饿死了。它们暂时还不想发动进攻，但博士知道那只是时间问题。经过之前的厮杀，斗兽场内还残留着一丝血腥的气息。很快，那些野兽便会用捕食者的目光来打量他。但如果它们还是有所迟疑，那些驯兽师——斗兽师就会像乔治所说的那样，用火、武器和生肉来刺激它们。

博士面向观众鞠了一躬。他们很是买账,爆发出了热烈的欢呼声。随后,他又转过去面对着鲁弗斯。"将死之人向您致敬[1]!"他大声说道。尽管那位地方执政官不一定能理解他的致敬,但人群还是对他报以热烈的欢呼。

一头苍老的雄狮缓缓逼近了博士,它那曾经威风凛凛的鬃毛已变得斑驳黯淡。

"你看起来很累,"博士对它柔声说道,"丛林之王,你在这里过着何等凄惨的生活?"突然,他灵机一动,"我猜,你真正需要的是睡个好觉。"他把手伸进腰包,拿出了音速起子。稍做调整后,他便把起子指向了不断靠近、朝他闷声咆哮的雄狮。

他知道自己不该在这么多古代人类的面前使用音速起子,可无论如何,他还是会这么做——并非是因为需要自救,而是他得去救罗丝。没有人可以阻止他拯救罗丝。

音速起子发出了一阵隐约的嗡鸣,但只有博士知道,它同时还产生了另一种频率的声音,一种人耳无法识别、但狮子却能听到的声波。果不其然,狮子很快转身跑开了。没过一会儿,就见它像睡在火炉边的老猫一样躺倒在地。

人群中同时爆发出了喝彩和嘲弄——这个奇怪的人用一根小棍子就赶走了狮子,这让一小部分人不禁欢呼起来,但绝大部分

---

1. 博士此时说的这句话,要在当时的一年以后,也就是公元121年才会记录于《罗马十二帝王传》,然后才会逐渐广为人知。

渴望血腥场面的人都对他喝起了倒彩。

"别这样!"博士对观众大喊道,"你们真的想让一切这么快就结束吗?难道有所期待不也是一种愉悦吗?"

此时,一头巨大的黑熊动作迟缓地朝他爬了过来。

"难以置信,"博士对黑熊说道,"泰迪熊那么可爱,而你却这么……不可爱。无意冒犯。"

他再次举起了音速起子——但黑熊并没有停下来。"啊,"博士说道,"下次得记住,催眠熊得换个频率。"

黑熊明显嗅到了猎物的气息,动作越来越快。博士急忙跳上离他最近的那棵树,开始往上爬。等黑熊抬起爪子挠他时,博士已经快爬到树顶了。

随后,黑熊用两条后腿直立起来,抓住树干猛烈摇晃。"还得记住第二点,"博士说道,"树可拦不住熊。"

他知道,如果跳下去,黑熊瞬间就会扑过来。于是,他一手抱住树干,尝试用另一只手调节音速起子的设置——然而,那头熊猛地晃了一下,起子便从博士手中滑落到了地上。他再转头一看,那头熊竟开始爬树了。这棵树并不大,可能很快就会不堪重负。但无论是熊爬上来,还是树倒下去,对博士来说都没有太大区别。

于是,他缓慢而小心地绕着树转了一小圈,让自己来到熊的正上方。那头野兽愤怒地向上抓挠,却仍旧够不到他。可过不了多久，它就会爬上来……

博士突然纵身一跃。没有对准地面，而是对准了黑熊的背部。它吓了一跳，坠落时四肢着地，想把他从背上甩下去，但博士抓得很牢。黑熊又直立起来，烦躁地大吼大叫。

"稳住，泰迪，"博士说道，"光背骑熊可不太容易啊。"

观众很欣赏博士的这段表演。虽然不及杀戮，但一名手脚细长的年轻人能把一头猛兽当成驴或骡子来骑，一样能讨他们欢心。

黑熊重新四脚抢地。博士不由得紧张起来，不知道它接下来要干什么。它突然身子一歪，准备翻过来蹭掉背上的异物。怎么办？博士心想，如果他继续待在这里，肯定要被压在底下；可如果他放手，那头熊瞬间就会扑过来……

黑熊已经开始往下倒，博士眼角瞥到地面上有一处闪光。他顺着野兽的动作就地一滚，看准时机跳了下来，并抓住了那个闪光的东西。随后，他手执音速起子站起身来，趁黑熊爬起来准备往前扑时，将起子往前一推……

黑熊立马停了下来。它哀号一声开始往后退，怨恨地盯着博士。

"抱歉。"博士喃喃道。

这一回，观众们可不大满意了。两头猛兽都败下阵来，却连一滴血也没见着。如果他们见不到博士流血，至少也要见到野兽流血。然而，观众的愿望并没得到满足。

现场负责人明显感到了观众的情绪变化,知道接下来必须尽快促成一些事情。于是,一扇门开了,两名斗兽师走进了场地。其中一名挥舞着燃烧的火把,另一名则举着跟自己个头一样高的三叉戟指向前方。有了武器壮胆,他们向一头正在周围转悠的老虎走去。其中一人朝那头条纹皮毛的猛兽挥舞着火把,另一人则用三叉戟将它往博士那边赶。

当然,博士也没有待着不动。斗兽师很快便满场跑动,想控制猛兽的前进路线。尽管博士有信心跟他们玩上一整天,但他怀疑上头的人是否会答应。最好还是速战速决。于是,他停下脚步,若无其事地靠在了石墙上。

"冲我来吧!"他对渐渐逼近的人说道。两人闻言笑了起来,以为他们的猎物总算是放弃挣扎了。

"今天开心吗?"博士对旁边座位上的观众们高喊一声,换来了一阵欢呼。当然,只有不远处的鲁弗斯除外,他正一脸怒容地盯着博士。"嗨,朋友,笑一笑!"博士对他大叫道,"你应该高兴才对——不是我自夸,你让观众见证了近几年来最精彩的一场演出。"

但鲁弗斯依旧皱着眉。与此同时,老虎正迅速逼近,时刻对博士和折磨它的人发出低吼。

博士突然行动起来,让所有人、包括老虎都吃了一惊。只见他伸出双手,奋力一跃,把老虎当成了鞍马。紧接着,他双手一翻，人就落到了猛兽身后，还高举着双手展示了完美的落地姿势。手持火把的人离他最近，博士从那早已惊呆的人手上夺过火把，将另一人手中的三叉戟打落。"伙计们，危险动作，切勿模仿！"他又对观众高喊道。斗兽师们都惊呆了，不敢相信形势就这样翻转了过来。然而，他们只愣了片刻。博士转身就跑，其余两人很快也跟了上去。

但老虎已然转身。两名斗兽师离它最近，而且刚才又一直在戏弄它，给它制造痛苦……

总之，观众的愿望暂时得到了满足。

但博士知道，他们很快又会渴望他的鲜血。他可以躲避，可以战斗，但他们只会送来更多的动物和人。所以，他必须离开这里。

可是，还从未有人可以成功逃离斗兽场。

9

突然间,斗兽场另一头的门都陆续打开了。看来有人决定要换个策略。只见十几个人被剑逼着从门里走了出来,有人喊了博士一声,他马上认出那里边有约翰、保罗、乔治和林戈,虽然只认识了几个小时,但他们已亲如兄弟。

场地周围立着一排木桩,那些人都被拖到木桩旁捆了起来。博士惊恐地看见,一名斗兽师抱着满满一筐生肉走了过去,然后一块块地往被捆住的人脚下扔。他的意图再明显不过了:博士过于顽抗,观众们需要看到更加血腥的屠杀。

斗兽师刚退回去,博士就向那些人跑去。小个子林戈离他最近,他抄起三叉戟划拉了几下,就给他松了绑。随后,博士便将火把递给他防身,然后又转身往下一根木桩跑。令他又惊又喜的是,他瞥见林戈走向了另一个人,并用火把烧断了捆住那人的绳子,虽然火焰明显燎到了他,但那人很快便自由了。

博士又切断了另一人身上的绳子,然后指着下一根木桩上绑着的保罗。"你看能不能把他解开。"博士指示道。

男人颤抖着快步离开，去完成分配给他的任务。

人群大声呼喊着不满，这完全不是他们想看到的画面。

片刻后，又有几扇门打开了，六头猎豹窜了出来。它们花了一点时间捕捉气味，但很快便向几人奔去。博士大声嘱咐所有人坚守阵地，但还是有一两个人害怕得逃跑了。他们的动作吸引了猫科猛兽的注意，也让人群再次如愿爆发出了欢呼声。

剩下的人都挤作一团，林戈站在外围，狂乱地挥舞着火把。他们从一根木桩移向另一根木桩，博士负责割断绳索，其他人则拾起地上的生肉，扔给豹子分散它们的注意力。

博士救下的最后一个人是乔治。他看上去四十来岁，皮肤黝黑，外表粗犷。可是现在，他脸上却散发着天使般的光芒。"这是真的吗？"他问道，"还是我已经死了？"

博士咧嘴一笑。"团结一致，"他说道，"多么美好的词语。只要齐心协力，我们就能离开这里。"

"我可没要求奇迹发生。"乔治告诉他。

"那也无妨，"博士回答道，"人们不都说欲求则不得嘛。不过，我感觉奇迹真的要发生了。"

乔治刚被松开，博士就大喊道："到墙边去！"

他率领众人冲向了斗兽场的边缘。然而，旁边的一扇门却轰然开启，几个带着武器的人走了出来，后面还跟着踉踉跄跄、浑身大汗的狱卒弗拉库斯和赛姆斯。不过，此时的囚徒们已经异常兴奋,丝毫没有就地待命的意思。那些惊讶的狱卒瞬间就被排山倒海的火把、三叉戟、拳头和怒火给打倒在地。待战斗结束,几名囚徒牺牲了,但更多的人活了下来,他们挥舞着抢来的剑,傲然站立于狱卒的尸首之上。

弗拉库斯和赛姆斯一直躲在后面,徒劳地挥舞着手中的剑。保罗发现了他们俩,于是向其他人示意。盛怒的囚徒们转过身来,两名狱卒则慌忙后退。

"我们只是奉命行事!"赛姆斯尖叫道,"我们尽力了——难道你们忘了吗?"弗拉库斯咽着唾沫说道,"我待你们像亲儿子一样!"

"我看,是像渣滓一样吧!"保罗以剑指天,大喊道。

弗拉库斯和赛姆斯见状转身便逃。

然而,他们却被从催眠中恢复过来的狮子给绊倒了。

雄狮已经清醒了过来。

狱卒的惨叫声越来越微弱,博士一行终于来到了墙边。战斗中死去的人分散了猛兽的注意力,但所有人也都不情愿地意识到,它们的注意力随时有可能转向这边。

"那现在该怎么办?"乔治抬头盯着大理石墙,气喘吁吁地问道。就算他们能爬上去(其实并不能),也不可能翻过顶部的围栏。

博士也抬起了头。他能看见不远处一脸震怒的鲁弗斯,因为他依旧没能见到博士鲜血横流。然而,让博士格外高兴的是,格拉西里斯竟出现在鲁弗斯身边,拉扯着那位地方执政官的斗篷。他咧嘴笑了起来。小人物的胜利,这才是最重要的。

他抬头望向头顶的围栏,又低头看了眼手中的三叉戟。随后,他又抬起头,从墙边退了回去。

他对周围的伙伴们露出了微笑。"我总幻想自己是名运动员,"他说道,"现在,是时候看看我撑竿跳的实力了……"

他向前冲去,将三叉戟戳向地面,借力把自己甩向空中。人群齐声发出惊叹。没人能干出这样的事,他肯定要落在围栏的尖刺上给戳成筛子了……

但他并没有。博士大笑着越过围栏,落到了两名受到惊吓的元老[1]身上。"奥林匹克,我来啦!"他爬起来,依旧大笑着。"给我扔把剑上来!"他冲下面喊道。

乔治领命,随即一把利刃划过空中,落到了围栏的另一头。博士立马接住。

"我们不想找麻烦,"他对身边的元老说道,"也不想伤害任何人,但在关键时刻可不会手软。所以,听我的话完全是为你们好。你,"他看着离自己最近的那人说道,"把你的托加给我。"

---

1. 古罗马的一种官职,相当于现代西方社会的参议员。

男人慌忙扯下身上的紫色条纹长袍,然后递了过去。

"还有你。"博士说完,另一人也照办了。

他将两件长袍绑在一起做成长绳,坠到保罗的头顶上。保罗一把抓住,顺着往墙上爬。

此时,手持武器的卫兵出现在了看台周围,但由于观众太过密集,他们无法靠得太近。没过多久,几名带武器的囚徒就来到看台上,牵制住了周围的人群。

突然,底下传来了一声尖叫。猎豹已经厌倦了那些不会动的死尸,正渐渐靠近鲜活的猎物。林戈还在挥舞着火把,乔治则举着三叉戟,但那些大猫似乎把他们的动作当成了挑衅。

"坚持住!"博士边喊边掏出了音速起子,"我得找到合适的频率……"

但这一时的分神险些要了博士的性命。"小心!"一个声音突然大喊道。是格拉西里斯!

他猛地转过身去。只见十几个座位开外,鲁弗斯将格拉西里斯一拳击倒后,立刻举起了一把弓箭。随后,他的手指松开了弓弦……

博士则举起音速起子,像转动小小的螺旋桨似的,让它旋转了起来。随后,木箭呼啸而过,落到了地上。

鲁弗斯气愤地大吼一声,往前一跳,想找个更容易瞄准的角度。两名手持武器的囚徒见状向他走去,却让博士给大声叫住了，因为周围挤了太多无辜的人。

此时，斗兽场底部又传来了一声喊叫。一头猎豹突破重围，拿下了猎物。

"继续爬！"博士急切地喊道。

可他的叫喊反倒让鲁弗斯有了新想法。只见他露出邪恶的笑容，转身扑向围栏。现在，他的箭头指着下方——对着攀附在托加长绳上的约翰。他正欲拉弓，却没能把箭射出去。因为，乔治的三叉戟深深刺进了这位执政官的胸膛。鲁弗斯跌入场内，而原本要扑向乔治的豹子则转过身去，靠近了新来的猎物。

观众们有的尖叫，有的怒吼，纷纷露出了惊骇、兴奋和恐惧的神情。

格拉西里斯则爬了起来，跟跟跄跄地想走向博士，可挤作一团的观众把他挡在了外围。

"到外面见你！"博士大喊着，用手势示意老人改变路线。

随后，他又转身面向高墙，乔治正在往上爬，而场上只剩下林戈一人向那头朝他扑来的猎豹挥舞着火把。等林戈也爬上来，博士便带头走向了离他们最近的出口。但他们并不是唯一想往那个方向挤的人。附近的所有人都想往外走，好在他们依旧把那些武装卫兵挡在外面。

博士挥舞着利剑。"出去！出去！出去！"他高喊道。

这时候，乔治跑到了他身边，一副失魂落魄的样子。"我杀了执政官!"他惊呼道,"他们一定会杀了我,不会再手下留情了!"

博士对他露出了安慰的笑容。"可你救了一条人命。"他坦言道,"现在赶快跑,离开这里,跑得越远越好。做好吃的馅饼,活下去。"

乔治紧张地朝他笑了笑,然后转身跑远了。

博士看着他离开的身影,这才突然想起自己还不知道他的真名。

外面的街上已乱作一团,许多人刚才都不在斗兽场内,所以正忙着向离开的人打听里面到底发生了什么。幸运的是,由于斗兽场实在是太大了,所以几乎没有人知道逃走的囚徒们究竟长什么样。

博士在人群中穿梭,不时对路人说一句:"太精彩了,不是吗?"或:"我从没见过这种表演!"最后,他总算在一堆人里找到了格拉西里斯,于是快步朝他走去。

"格拉西里斯!"

老人急切地转过身来,"博士!"

两人热情地问候了彼此,格拉西里斯几乎要哭出来了。

"我以为你也不见了!先是我儿子,接着是朋友。我一直试着将你从如此不合法理的惩罚中解救出来。我四处找人,上下打点，可没人愿意与鲁弗斯为敌。于是，我就跟着他来到了斗兽场，想直接劝说他。但他不听我的，然后，然后……"

博士打断了他的话："别担心了。一切都结束了，呃，差不多快结束了。对了，能把你的斗篷借给我吗？"

格拉西里斯毫不犹豫地解下长长的斗篷，然后递给了博士。

"这叫伪装。"博士告诉他，但又突然皱起了眉，"你最好离我远点儿。虽然他们不知道我是谁，也没有留下我的逮捕记录，但那不一定就能阻止他们找到我。我可不希望再给你惹麻烦。"

老人奋力挺直了身板，"你一直都在帮助我，博士，甚至不惜给自己制造许多麻烦。更何况，你陷入如此窘境全是因为我。我是不会抛弃一位朋友的。"

"谢谢你。"尽管博士回答得很简单，但他脸上温暖的微笑却胜过千言万语。

他们沿街一路小跑，想尽快回到福耳图娜的圣殿。博士在那里得到了罗丝的解药，还听到了那个神秘的声音。但他们不能走得太快，以免引来过多的关注。最后，他们从一堆正在享受假期的学生中间挤出来，总算到达了目的地。博士发现自己还提着剑，便随手将它塞给了一个满脸惊讶的孩子，并嘱咐他切不可弄伤他人。

博士终于来到圣殿门前，他猛地冲了进去，把一名正准备供奉祭品的青年吓了一跳。

"你好？"博士并没有理会那名青年，而是兀自喊道，"有人吗？"

他径直走向最靠里的凹室，来到了福耳图娜的雕像跟前。他朝雕像后面看了一眼，但没有发现任何人。不管那人是谁，确实不能指望他在这里等上一整天。

"你好？"他又叫了一声，语气却不怎么坚定了。

随后，博士转过身来。人已经不见了，那就只能希望东西还在这里。他顺着自己前一天的路线一路走去。那些卫兵抓住他时，他就站在这里；这是他挨揍的地方；这是他失手掉落小玻璃瓶的地方……

然而，小瓶不见了。他趴在地上，焦急地寻找着。

"怎么了，博士？"格拉西里斯担心地问道。

"有人——我是说，福耳图娜给了我一瓶东西，说能把罗丝变回来，"博士说道，"还有奥泰托斯。"

此时，格拉西里斯的眼中闪过了一丝光芒。"你是说这个吗？"他一边问道，一边掏出了一只装着翠绿色液体的玻璃瓶，"这东西能让我找回儿子？"

博士一脸欣喜地跳了起来，"就是这个！"他喊道，"哦，谢谢你，谢谢你，谢谢你！"他接过瓶子亲了一口，好不容易才忍住没在格拉西里斯的脸上也亲上一口。

"你被抓走后,我在地上捡到了它,"格拉西里斯解释道,"我猜这可能是什么重要的东西。"

"我想应该是的。"博士说道,"难不成福耳图娜还会骗我吗?"

他又想了想,开始认真地思考起这个问题来。情况固然可疑,但他可以肯定,那奇怪的声音值得信任。事实上,那声音甚至还有点儿熟悉……

"走吧,现在的首要任务是找到一座乌尔苏斯创作的雕像。"

"但为什么呢?"格拉西里斯问道,"如果这瓶药能让我找回儿子……"

博士皱起了鼻子。"相信我,"他说道,"我们会找到的,但现在需要先找到一座雕像。"

捧着祭品的青年一直困惑地看着他们,或许心里还极为关切。他突然清了清嗓子。

"你们要找雕刻家乌尔苏斯的作品?"他紧张地问道。

博士猛地转过去看着他,"一点儿没错。你知道哪里有吗?"

青年点了点头,"我很确定有一座新雕像今天就要在广场上揭幕。"

博士咧嘴笑了起来,"太棒了!格拉西里斯,我的老伙计,看来情况开始走上坡路了——我可不是在说俏皮话。"他举起了小玻璃瓶,"一瓶奇迹解药,一座待揭幕的罗丝雕像。解救完罗丝、奥泰托斯和所有人后，正好可以赶回去喝茶。好吧，只能赶上明天的茶，或者是后天的早餐。但不管怎么说，生活真美好！"

他一脸灿烂的笑容，带头走出了圣殿。随后，两人匆匆赶往广场。

他们穿过了宏伟的奥古斯都凯旋门，但博士并没有心思去欣赏它的建筑风格，而是忙着扫视眼前熙熙攘攘的人群：成百上千的人都在过着各自的生活——谈生意、买百货、做演讲……还有数百尊雕像正跟他一样凝视着人群。不远处，有一座在墙边摆满雕像的长方形会堂，那里的动静吸引了博士的目光，他快步走了过去。一群人正聚在那里，他拉住一个女人询问起了情况。

"有座新雕像，"女人告诉他，"是乌尔苏斯做的，所有人都在谈论他。"

博士连忙对她道了谢，然后便挤入人群。格拉西里斯紧随其后。

"女士们，先生们，"博士快要挤到前排时，一个声音说道，"请欣赏——墨丘利神！"

众人皆欢呼雀跃，可博士却一言不发。他终于看到了那尊雕像。但那并不是罗丝，而是奴隶提洛。

10

博士看着被石化的提洛,心里不由得一沉。他沮丧地对雕像旁的人说:"请问,乌尔苏斯本人没来观看自己的作品揭幕吗?"

男人耸了耸肩,"没有,他甚至都不在罗马。我们不得不派一辆车到他住的乡间庄园里取这座雕像。"

"他根本就不在罗马?"博士追问道,"你知道哪里还有他的新雕塑等待揭幕吗?更女性化的,类似福耳图娜女神的雕像?"

"请相信我,"那人回答,"如果有的话,我肯定知道。"

"那我们该怎么办?"博士转过身时,格拉西里斯问道,"回庄园去?"

博士摇了摇头,"不,"他说道,"我们还有事情要完成,就从眼前这座雕像开始。我可不想引起骚动,所以最好等到晚上……"他抬头看了一眼太阳的位置,"哦,我这是在跟谁开玩笑呢?我可等不了那么久,骚动就骚动吧。希望这东西真有我想象中那么好用,否则骚动就该变成私刑了!"

他又转回身去,快步走向雕像,一跃便跳上了底座。人群本来已经散开,这时发现可能还有戏看,于是全都走了回来。就算有人认出了这位留鬓角的杂耍人正是不久前大闹斗兽场的逃犯,他们也都闭口不言。更何况罗马公民向来不崇尚缄默和仁慈,所以他们可能根本就没认出博士来。

博士站在底座上,小心翼翼地向观众鞠了一躬。"女士们,先生们!"他模仿刚才的揭幕仪式大喊了一声,"请欣赏——墨丘利神!"但没人打算给这段模仿鼓掌欢呼。于是,他继续道:"各位都知道,今天是个欢乐的日子。此前,我们已为神圣的密涅瓦——盾牌与长矛女神振臂欢呼。不管你相不相信,她都以成年的身姿、身披戎装,从父亲的脑袋里降生了。千万别告诉我那一点儿也不痛。现在,我们又要为同样神圣、更加好战的玛尔斯欢庆。你们知道吗?众神非常感谢大家为其庆祝,还献上了祭品,以其之名痛饮欢唱。那么,谁是传达这份感谢的最佳人选呢?当然是墨丘利,众神的信使!"

博士偷偷拿出了玻璃瓶,小心翼翼地拔掉瓶塞,将一小滴翠绿的液体滴在了大理石雕像上。

"女士们,先生们,"他再次说道,"男孩们,女孩们,请欣赏——墨丘利!"

有那么一会儿,人群看起来困惑不已,还有一两个人转身走开了。

然而,紧接着,一个女人尖叫起来。片刻后,又传来了另一声惊呼。只见那雪白的大理石上露出了一抹肉色，并逐渐蔓延到了整座雕像。石头被肌肤的颜色取代，彩绘的双唇渐渐变得柔软而富有弹性，镀金的双眼也变为了一双亮绿色的眸子。还有那微微打卷的发丝也泛起了波纹，迎着微风逐渐变黑。一个活人出现在了瞠目结舌的人群中间：他头戴羽翼帽，脚踏羽翼鞋，高举着墨丘利的双蛇权杖。突然间，权杖上的石蛇开始嘶嘶作响，鳞片也现出了一片灿黄，然后便从杖杆上滑落下来，连博士也吓了一跳。蜿蜒而去的双蛇又引来了人群的连声尖叫。

"跟他们说，你带来了爱与和平的信息。"见提洛向前踉跄了一小步，眼看就快跌落下去，博士便一把揽住了他的腰，然后在其耳边小声说道，"相信我。说完我们就能离开了。"

提洛两眼茫然，几乎看不清眼前的人群，但他还是沙哑地喊了一声："我给你们带来了爱与和平的信息！"

于是，人群爆发出疯狂的呐喊、尖叫与欢呼。博士把提洛送到了震惊无措的格拉西里斯身旁，并对他小声说道："快带他走。"

"为节日助兴！"博士大喊着，再次吸引了人群的注意力，也让格拉西里斯和提洛得以趁机离开。"再来点儿娱乐节目！"他说着掏出了一枚铜币，"虽然就一文钱，不值一提，可你们也绝不想把它弄丢！"他摊开双手的掌心，"而我却把它搞丢了！"他指向人群，"你，女士，见到我的一文钱没？抱歉，什么？我没听清。没见到？那么女士，它在你的耳朵里做什么呢？"

人们兴奋地看到,他似乎从女士的耳朵里掏出了一枚硬币。"换我!我!我!"好几个孩子叫喊起来。比起大理石变活人的精彩表演,他们似乎更喜欢博士的魔术小把戏。博士陪他们玩了一会儿,确定格拉西里斯和提洛有足够的时间离开后,自己才趁机溜走,留下一群孩子兴高采烈地寻思着该怎样花掉这笔意外之财。

他在一条安静的街上找到了格拉西里斯和提洛。两人正鬼鬼祟祟地躲在一根柱子后面,看起来依然惊魂未定的样子。"如果不是亲眼看到……"格拉西里斯喃喃道。

"你们俩肯定都吓了一跳,"博士说道,"如果我提前跟你解释,乌尔苏斯是个……邪恶的巫师,一直为满足私欲把活人变成石头,你可能就不会受到这么大的惊吓了。当然,也可能没多大差别。但不管怎么说,我们还有事情要做。"

他又大步走开了,让不知所措的两人在后面默默思考着他刚才的话。

"你是说,"格拉西里斯小跑着追了上去,"奥泰托斯他……"

格拉西里斯似乎意识到了整件事的骇人之处,要是提洛没有及时搀扶住,他恐怕就要跌倒在地了。

博士停下脚步。"是的,"他回答道,"我想你已经明白了。很抱歉,但我们会把他变回来的,只要我们先把罗马城里的事儿办完。"

那天剩下的时间里,他们都在罗马城中四处寻找乌尔苏斯的雕像。格拉西里斯作为一名艺术爱好者,知道该找什么人谈话,所以,他不仅问到了所有雕像的所在地,还查明了那位雕刻家的作品都只在罗马展出。除了格拉西里斯,没人听说乌尔苏斯还接过任何城外的私人委托。

后来,一座又一座的雕像变回了活人。山林女神狄安娜成了一位举着弓的黑皮肤美人;衣不遮体的爱与美女神维纳斯一脸尴尬,博士贴心地将格拉西里斯的斗篷递给了她;双子星狄俄斯库里兄弟兴高采烈又如释重负地拥抱了彼此和博士。困惑的奴隶们纷纷从雕像底座上走了下来,并得知自己"中了魔法"。他们似乎对这个不太充分的解释还挺买账,博士不禁松了口气。

"这都是些什么人?"格拉西里斯问道。

"我猜,"博士回答道,"他们都是乌尔苏斯专为制作雕像买来的奴隶。"

格拉西里斯皱起了眉,"那他们依旧属于乌尔苏斯,"他说道,"我们没有权利把他们带走。"

博士瞪了格拉西里斯一眼。"对,"他说道,"根据罗马律法,主人有权对奴隶做任何事。他可以鞭打、折磨,甚至是杀死奴隶。如果他愿意,还可以将他们变成一个新奇的大理石门档。你是个好公民,这我知道。但我要你看着我的眼睛,再告诉我乌尔苏斯做的事到底有没有问题。"

格拉西里斯转开了目光。

"我猜不久之后,乌尔苏斯就会发觉罗马有些容不下他了,"博士继续道,"更别说等我找到他后会怎么样。的确,我素来宽宏大量,可即便如此……"他抬起一只手,不让格拉西里斯插话,"我不想听应该如何处理那些奴隶,只想关注我们会怎么去做。我想你是个好人,所以我认为,接下来你会确保他们平安无恙的。"

格拉西里斯无言以对,只好点头表示同意。

博士拍了拍他的背,"好伙计!"

很快,玻璃瓶里就只剩下一小点儿闪闪发光的绿色液体了。博士看着它,就像是看着全宇宙最宝贵的东西似的。不过此时此刻,它确实如此。

"我从未想到自己能目睹这种魔法。"格拉西里斯满怀敬畏地说道。博士塞上瓶塞,让刚醒来的宙斯之妻朱诺和她那晕头转向的孔雀到城门外等待。那里停着格拉西里斯的驴车,而其他奴隶正在车旁等着他们。

"这并不是魔法,"博士似乎自言自语地说道,"而是科学。"然而,他甚至不愿对自己承认,他丝毫不了解是何种科学创造了这瓶神奇的液体——也不知道它究竟从何而来。

他们走在街上,听到人们讨论节日把戏、魔法,还有行走在人界的众神。博士听闻后笑了起来,而格拉西里斯却愈发紧张,坚信他们很快就会遭到逮捕。尽管如此,他还是决心跟随博士走到最后。

"他们能对我们做什么?"博士尝试安抚他,"除非今天是相反日[1],否则他们不能说大变活人违反了法律。"

最后总算只剩下一座雕像了。格拉西里斯的熟人说,在庞培大剧院旁边的小树林里可以找到它。可是,当他们走到附近,却发现意外正等在那里。小树林竟被一群武装卫兵给围住了。

博士假装漫不经心地溜达过去。"出什么事了?"他一脸无辜地问道。"有人偷走了雕刻家乌尔苏斯的所有雕像,"一名卫兵告诉他,"可他们绝对偷不走这一座。谁也别想穿过我们的防线!"

博士咂了咂嘴,"这世道究竟怎么了?"他看似若无其事地走回了格拉西里斯身边,实际上一路都在拼命思考。他们已经解救了无数人,现在只剩下这一个。如果他们冒险进去惹来麻烦,那对罗丝和奥泰托斯将会意味着什么?

然而,他能从树影间隐约看到光洁的大理石。底座上立着一个年轻女孩的雕像。她跟罗丝年龄相仿,还有一段长长的人生之路在等着她。

---

1. 一种游戏,宣布某天是相反日后,参与者做的所有事都要与平时相反。

所以，他当然不能就此离去。

"你打算如何躲过这么多人？"格拉西里斯担心地问道。

博士思考了片刻，随后露出了喜悦的容光。"进去不是问题，"他说道，"他们只是担心有人会带着雕像离开。这么说吧，我可不打算那么做！我只需要你跟其中两个卫兵说说话，分散他们的注意力，让我趁机溜进去……"

博士慢慢潜入了小树林，大多数卫兵都站在外围，但有一位就站在雕像旁边。幸运的是，他正背对着雕像，可尽管如此……

博士小心翼翼地靠了过去。那是一座大地女神的雕像，底座上那名丰满的年轻女子即使变成了石像，也依旧散发着抚慰和关怀的气息。博士拔出瓶塞，将手伸向了她大理石的嘴唇。一小滴液体就使她重新变回了活人。随后，博士把她从底座上扶了下来，女子一开始满脸惊恐，但博士脸上的神情似乎让她安下心来。他用手指按住双唇，示意她保持安静，然后牵着她跌跌撞撞地走进了树林。

"你好呀，大地女神盖亚。"博士蜷缩在一棵树后，朝这位曾经的女神小声打了个招呼，"别担心，一切都会好起来的。"看到那名卫兵还漫不经心地看守着空荡荡的底座，博士差点忍不住笑出声来，"跟我来。"

"喂！"博士和女子走出树林，正欲穿过全副武装的包围圈时，却被一名卫兵给叫住了。

博士对他露出了灿烂的笑容,"你好啊。"

"这里任何人都禁止入内!"

"我们没有入内,"博士合理地指出,"我们在往外走。"

"你们在里面干什么?我们刚搜过一遍。"

"呃,"博士回答道,"那你们明显没有发现我们。这也并不奇怪,肯定不能怪罪于你。我……我跟我朋友——"卫兵了然地窃笑起来,博士继续道:"一定是在午后的阳光中睡着了。不过我们现在醒啦,你看是不是该放我们出去……"

"嗨!"树林里突然传来一声叫喊,"雕像不见了!"

博士瞬间被卫兵团团围住。他马上摆出了自己最腻烦的表情。

"它在哪里?"一名卫兵逼问道。

"什么在哪里?"博士反问道。

"雕像!肯定是你偷走了——这里禁止入内!"

博士抬起双手。"那就请给我搜身吧,"他说道,"如果你觉得我把雕像藏在了丘尼卡里……"

"那你肯定已经搬出去了。"

"什么?我搬着一座美丽的雕像穿过了各位阁下的刀枪防线,但因为好玩儿,又跑了回来?"

卫兵们面面相觑,尽管无言以对,但还是不愿轻易放弃,想尽力避免这种不光彩的失败。突然间,看守雕像的卫兵开口道:

"呃,"他指着博士的同伴,"她长得真像那座雕像,连身上的衣服都一样。"

博士猛地拍了一下额头,"当然!原来如此!这下我可没办法抵赖了。其实我只是偷偷地溜进去,把雕像变成了这位年轻的女士,然后又想大摇大摆地带她离开。我真是个蠢货,竟然奢望能骗过诸位睿智的卫兵先生。我就地伏法,好吗?"

就在此时,格拉西里斯走了过来。"出了什么问题,博士?"他说道,"我是格涅乌斯·费比乌斯·格拉西里斯,"他高傲地告诉卫兵,"此人是我的好友。请容我质询,你们为何要把他拦住?"

虽然卫兵们仍然疑惑地发着牢骚,但还是放走了博士和"盖亚"。

"谢谢!"博士激动地拍了拍格拉西里斯,"跟你说了,我们能行。现在赶紧溜吧……"

格拉西里斯给奴隶们安排好了车,然后便跟博士坐上了自己的驴车。"总算能回到我儿子身边了!"格拉西里斯笑着说道。但博士却不太高兴。他很自信能找到罗丝,但那并不能改变一个事实——此时此刻,他完全不知道她身在何方。突然,他脑中闪过一个想法。

"我们回去还能跟温妮莎碰头,"他说道,"她还没消息,是吧?希望一切都好。"

但此时,格拉西里斯的脑子里只有那等待他去拯救的儿子。

他们靠近城门时,博士瞥见了一条熟悉的巷子。"等会儿,"他说道,"你那漂亮的驴车应该装不下一只时髦的蓝盒子吧?"

第二天接近傍晚时,驴车才把博士和格拉西里斯送到了庄园附近,而另一辆租来的货车上则装着棱角分明的蓝色塔迪斯。博士并没有说错,他们那辆驴车上确实没有多余的空间了。

格拉西里斯让车子停在了庄园不远处。"我想亲自带奥泰托斯回去见我妻子,"他说道,"我不希望她目睹复原的过程,因为真相恐怕会给她带来精神压力。"

他们走进树林,格拉西里斯凝视着雕像一言不发。真正迎来这一刻,他反倒开始害怕了,担心自己的希望依旧有可能落空。但最后,他还是朝博士点了点头。

于是,博士上前一步,从那仅剩的一点儿珍贵绿色液体里,取出一滴抹在了大理石像上。

连博士也不禁跟他一起屏息等待,每一微秒都仿佛变成了永恒。

然后,奇迹再次发生了。渐渐地,肉体取代了大理石,眼睛中焕发出神采,高贵的姿态也放松了下来。

奥泰托斯终于回到了父亲的怀抱,两人激动地流下泪水。

博士在远处看着奥泰托斯与母亲重聚。她虽然泪流满脸,却也抑制不住笑容。最后，待所有人都冷静下来，他才走了过去。他无法阻止玛西亚再次流泪，不断拥抱他、感谢他，直到那些感激之词在他耳中变成了没有意义的白噪音。不过，他最后还是找到机会问了自己想问的话：她是否见到了罗丝？或是乌尔苏斯？温妮莎有消息了吗？

然而，所有这些问题的回答都是："没有。"

博士默默离开了庆祝重逢的一家人。他永远不会承认心中有多绝望，可眼前这片罗马帝国实在广阔得让人气馁。罗丝就像是这片罗马汪洋中一根细小的大理石针头。他到底如何才能找到她？

随后，他有了主意，一个绝妙的主意，让人眼前一亮的主意。

他知道在哪儿能找到罗丝了。

11

宝蓝色的塔迪斯停在雕像展馆冰冷的白墙和毫无生气的大理石像中间,整幅画面显得极不协调。然而,依旧穿着古罗马丘尼卡短袍的博士,却以一种旁人无法企及的方式完美融入了展览。尽管如此,周围那些颈挂照相机、身穿带标语T恤衫的游客,以及几位穿着花呢外套的老学者,还是向他投来了异样的目光。

在博士眼中,这些人根本就不存在。甚至连那些以为塔迪斯是某种交互式工具的孩子,也只换来了他的匆匆一瞥。因为他有使命在身,不容丝毫分神。

然而,当他走到罗丝的雕像前时,却被什么吸引了注意力。

有人公然无视禁止触碰展品的告示,坐在旁边的巨型石足的脚趾上。那人他认识,正是米奇·史密斯。

"博士!"米奇见到博士走来,连忙叫道。

他望向博士身后,可根本没有别人,"哦,你来啦。"

博士放慢了匆匆的脚步。"是啊,"他回答道,"这……是上一次的之前还是之后?"

，米奇耸了耸肩，"我怎么知道你的上一次是哪一次？反正我的上一次是在两周前，你跟罗丝离开了，说要让罗丝成为艺术界的大人物。"

博士的脸抽搐了一下。

"我猜你们找对地方了，"米奇上下打量着博士，"要么就是，当季流行男人穿裙子。"

博士没有理睬他，而是专注于眼前这尊雕像。

罗丝的青春和美丽永久地保存在了这里。尽管已然石化，她的面容却依旧显示着力量。所有人看到她，都必定会发现她是多么的特别。他下意识地想去握住她的手。当然，那个动作落空了。

博士心中突然涌出了一阵迟疑。

米奇站起身，向他身边走来。"打造这座雕像的人一定特别了解她，"他说道，"就好像……就好像那人真的非常懂她。"他突然顿了顿，闪出一个想法，"嗨，她该不会在跟那家伙约会吧？"

博士发出了刺耳的笑声，几乎不近人情。米奇忍不住后退了一步，"喔！我可没有故意招惹你，伙计。"

"这不是罗丝的雕像。"博士说道。

米奇一脸困惑，"你说什么呢？这当然是了。你觉得我见到罗丝会认不出她来？"

"你确实没认出来。"博士回答道,"你现在看到的并不是罗丝的雕像,而是罗丝本人。罗丝变成石头了。"

米奇一屁股坐在了石足上,双手抱着头。"这不是真的。"他的声音尖利又含糊不清,难以抑制的呜咽令他的身体剧烈起伏。

这时,一名身穿制服的警卫走了过来。"抱歉,先生,"他对米奇说道,似乎并没有发现对方正在流泪,"恐怕得请你从展品上下来。"

米奇丝毫没有理他,很可能是没听到他的话。

"他有点儿伤心。"博士解释道。

但警卫依然无动于衷,"抱歉,先生,我不能破例。"

博士走上前去戳了他一下,"不好意思,我就想看看你是不是个真人。因为一个有血有肉的人肯定能看出我……朋友现在非常伤心,并会表现出一些同情。"

但那人并没有理会博士的愤怒。尽管身在博物馆这种文雅之地,他恐怕也早已习惯了这类不太妥当的行为。但他的话过于理性,这让情绪本已不稳定的博士不禁怒火中烧。"保护展品是我们的职责。要是人人都能在上面坐一坐,那它们就保存不了这么多年了,不是吗?"

博士正准备展开一连串反驳,包括石制品的曾经以及他刚刚想到的用途，有些用途还可以让这名警卫也参与其中，而这一切都有可能让这人开始怀疑自身的精神状况——但就在此时，米奇撑起身子，猛地凑到了警卫面前。

"我才不管你那些愚蠢的雕像和职责！"他大喊道。

展馆内所有人都看了过来，还有游客拍起了照片。

"她死了！你难道不明白吗？她死了！我每天都来这里，每天！就为了让自己感觉她就在身边，就为了支撑自己直到下次再见到她。可我不知道……我再也见不到她了，永远也见不到了！"

"我很抱歉，先生，可是……"

博士赶在情况变得更糟糕前，插手干预道："我刚才说了，他现在情绪有点儿不稳定。"他厉声说完后，一把抓住了米奇的手臂。

于是，仍在默默流泪的米奇跟着博士走出展馆，来到了楼上，此时的他显得既茫然又愤怒。

博士让他坐在大厅的一张桌子旁，然后走到旁边的柜台，拿来两杯黑加仑果汁。他放了一杯在米奇面前，还给他插上了吸管。

他们就这样一言不发地坐了一会儿，两人的心思全然不在这里，而是都回到了过去，跟罗丝在一起，与她交谈，一同欢笑，或者只是静静凝望她的脸庞。

"她总是那么完美，"米奇突然说道，"我配不上她，配不上。有一次，我得了流感——她一直在照顾我，寸步不离。我难受得想死，她就握住我的手，让我记起生命有多美好。"他几乎露出了微笑，"我当时就想，自己能得到她简直是世界上最幸运的男人。我们那时还是孩子，可我早就知道她很特别。我一直觉得她会离开我。有一次，她真的离开了，不过总算又回来了。我以为她只是叛逆，一两个星期后就会想通，可事情并非如此。我从未想过能再次留住她，因为我知道外面还有更好的，而她总有一天会发现。所以，我只能尽情享受和她在一起的每一天。她跟你走时，我确实很生气。对你生气，也对她生气，气她终于还是把我看透了。她一定看出了我是个失败者，而她是个赢家。但过段时间，我就放下了，因为她确实值得比我更好的人，她值得拥有能给她整个宇宙的人。"此时，他眼中的懊悔化作了愤怒，"可你却把她害死了。"

"我知道。"博士说着，仿佛连他也痛恨着自己。

"你把她害死了，我再也见不到她了！就算她觉得自己渴望危险和刺激，可你也应该阻止她！她可不是……不是什么时间领主，她就是个普通女孩儿，而你却把她给害死了。"

"罗丝一点儿都不'普通'。"博士不再对自己生气了，而是将怒火指向了米奇，"你要我怎么做？用棉布把她裹起来？然后对她说：'我可以给你整个宇宙，但我不会，因为你可能会受伤？外面有那么多的新鲜事物、新奇世界、奇珍异景，但我要你待在家里,每天去商店里上班?'"

米奇站起身来,大声喊道:"你该照顾好她!"

博士又喊了回去:"我知道!"

米奇坐了下来。"你该照顾好她。"他安静地重复道,随后突然浑身一颤,"我该怎么告诉她妈妈?她肯定会把我给钉死。"

"我想你说的是我。"博士苦笑了一声,"有趣的是,我今早就差点儿被钉死了。好在他们决定把我扔去喂狮子。"

米奇只注意到他的前半句话,并没有心思去关心博士的冒险,"说得好像你会留下来似的。杰姬肯定需要找人发泄,而她除了我,再也没有别人了。"他哭丧着脸,"她甚至连个可以去看的坟墓都没有!"

博士沉默了一会儿,让米奇尽情地发泄出来。然后,他略显犹豫地说道:"我能把她带回来。"

米奇抬起头,一脸震惊,"你说什么?"

博士更笃定地重复了一遍:"我能把她带回来。"

米奇跳了起来,甚至比之前还要愤怒,"你……你能?那你刚才怎么不早说?看到我这副样子,你是不是觉得很好玩儿?笨蛋米奇,什么也不懂,不如来捉弄捉弄他?"他好像随时准备跳起来揍博士一顿,但博士及时接过了话头。

"我之前……不确定这么做对不对。"他挥了挥手,不让米奇插嘴,"可现在确定了。所以,现在最重要的,难道不是我能做到这件事吗?"

米奇似乎还想争辩,但很快就点了点头,"对,没错,好吧。那我们还等什么?"他说完,拔腿便走。

"首先,我们要等到那名警卫离开!"博士在他身后叫道。

米奇生气地走回来又坐下了。

他们再次沉默了片刻,博士喝了一大口黑加仑果汁。

随后,米奇略显紧张地问道:"可是……她不会变成……两千来岁的模样吧?"

"算上历法的细微变化,将近一千九百岁吧,"博士回答道,"但那应该不会……不会有影响。她感觉不到时间的流逝,也没有变老。"

"你确定她真的感觉不到?"米奇问道,"你确定她真的不会看到眼前发生的一切?"

博士扬起了一边的眉毛,"如果她真能看到,那这两周的时间里,她就每天都看到你了,说不定还对你加深了好感。"他的本意几乎——几乎是好的,然而,米奇却像一条被人踹了一脚的小狗,满脸愤愤不平。

"走吧,"博士站起来说道,"我们去看看前方是否还有敌军。"

但米奇依然坐着没动,"……里面的罗丝可能没有变老,但雕像确实老了。它变得坑坑洼洼,还没了一只手。你把她变回来时，那些都能恢复吗？"

然而，博士并没有回答。

"不能，对不对？"米奇愤怒地说道，"她不会像你一样奇迹般地长出一只手来[1]。你能把她变回来，但她会遍体鳞伤，还少了一只手！"

博士一拳砸向桌子，大声吼道："但那总比没有罗丝要好！"

米奇面露怯色。但过了一会儿，他点了点头。"对，"他说道，"我想你是对的。"

于是，他们转身走向雕像展馆。博士听到米奇咕哝了一句："我只希望她对此并没有意见。"

时至黄昏，人们开始陆续离开博物馆。两名游客穿过了雕像展馆那几排大理石头像，但罗丝旁边并没有人。

博士举起小玻璃瓶，里面只剩下几滴珍贵的复活药水。他稳住手臂，深深吸了口气，随后手腕一转，将药水倒在了雕像上。

但什么也没有发生。

罗丝的脸蛋并没有恢复红晕，也不见她的衣摆飘动或是睫毛扇动。

---

1. 2005年的《神秘博士》圣诞特辑《圣诞入侵》中，博士在与外星人以剑搏斗时，右手曾被砍断。但当时博士正处于重生期，随即又长出了一只专事战斗的右手。

博士愣愣地盯着她。

"要多久才生效?"米奇问道。

"不会生效了,"博士闷声答道,"她已经石化了太久,一切都太晚了。"他顿了顿,"没救了。"

米奇可不愿接受这样的事实,"胡扯!你有一台时光机。哦,我知道时间法则那些玩意儿,你阻止不了这一切发生,但你能在更早的时候找到她,把她及时变回来。"

博士摇了摇头,既沮丧又愤怒,"你没意识到吗?要是我能及时把她变回来,那这……"他指着雕像,"就不会在这里了!这就是为什么我在罗马找不到她,因为我注定无法找到她!我什么都做不了!"他挥舞着手臂,指尖轻抚罗丝的脸颊。

他又看了一眼雕像,随后疯狂地往塔迪斯冲去。

米奇惊讶地看着博士边跑边撕心裂肺地喊道:"求求你!求求你!"没过一会儿,他便从飞船里冲了出来,手里还拿着罗丝的牛仔外套。

随后,博士提着外套摇晃起来。

外套口袋里滑出了一个钱包、一张手帕、一包薄荷糖、一部手机,还有一只耳环。

他拾起耳环,举到了雕像耳边。

"一模一样。"米奇叹道。

"她忘记戴回去了。"博士说道,"所以罗丝,真正的罗丝，只戴了一只耳环。但这雕像却戴了两只。这就意味着……"他又顿了顿，"这并不是罗丝。这只是——一座雕像。"他终于重振精神，"我要回去找她。"他打量着玻璃瓶，里面还残留着一丁点儿液体，"希望这些够用了……"

米奇满脸释然，但却又有了新的疑问，"等等，那这座雕像是从哪儿来的？"

博士咧嘴一笑，"我倒是有了点儿想法。你相信神吗？"

米奇一脸困惑，"不信。"

"告诉你，此时此刻，我信。"博士说道，"我猜，幸运女神向我们露出了微笑。快来，你得帮我一把。"

他们这边儿刚结束，那边儿警卫就冲了过来。

"现在是时候溜之大吉了。"博士说着，把米奇推向楼梯，然后往塔迪斯冲去。

"你会把她带回来的，对不对？"米奇大喊道。

"你就放心吧！"博士大声回答。可是，当他关上塔迪斯的门时，却又小声嘀咕道："不过，我得在路上稍做停留……"

不久之后，博士就来到了不久之前的罗马。

12

罗丝惊喘了一声,就像有人朝她头顶浇了一桶冰水似的。她慌张地清醒过来,感觉既困惑又晕眩。

她才刚闭上眼,片刻后便睁开,就来到了另外一个地方。这里并不是乌尔苏斯的工作室;这是……树叶,她能看到树叶、枝条和树木。这是一片树林,她正站在一个带轮子的东西旁……汽车?不对。前轮大、后轮小的自行车?也不对。是一辆木制的小车!而她面前还有个什么东西,高大而瘦削——是个人,但绝对不是乌尔苏斯。她终于看清了那个大大的微笑。是博士!

她跌跌撞撞地走上前去,用力抱住了他,"我真是太高兴见到你了!"

博士怪叫了一声:"嗷!"

原来,罗丝忘了自己手里还攥着一根长矛。"抱歉。"她笑着说道,然后摘掉了让她很不舒服的头盔,摇着脑袋散开了一头金发。

博士扬起一只眉毛,"罗丝·泰勒,战争女神?"

"对,"她说道,"我准备回一趟老家,大闹科尔切斯特[1]。"

"啊,据我所知,你连鹅都不忍心吓唬。"博士说完,她闷哼了一声。

"是啊。不过,这到底是怎么回事?"她问道,"我记得的最后一件事……"罗丝渐渐沉默了下来。

博士看起来有些局促不安。"你变成了石头,"他回答道,"很抱歉。"

记忆瞬间涌上心头。"我就知道,"她说道,"当他让我看到提洛的雕像时,我就知道了。"她忍不住浑身一颤。

博士难过地笑了笑,忍不住同情罗丝的遭遇,"别再想这件事了,而且提洛也不会有事的。我会解救他,呃,大概一两天后吧。"见罗丝皱起了眉,博士解释道。

"这就是时间旅行的魅力所在。我回到了自己离开的几天前。"他把已经变空的玻璃瓶递给了她,"你瞧,奇迹解药。快来瞧一瞧,看一看!你是否感觉脑袋沉重,如同装满了石头?女士们,你们是否感觉丈夫对自己的爱语无动于衷?现在,一滴药水就能解决所有问题。给他一滴神奇药水,还你一位完美丈夫!"

罗丝咧嘴笑了起来,"所以,这是从哪儿来的?乌尔苏斯又

---

1. 曾是罗马帝国占领下不列颠行省的都城。

在哪里？你收拾他了吗？"

"我也不清楚。他应该就在附近，还没收拾他呢。"

"没了我，你什么都干不好！"

博士挽着罗丝的胳膊，"你以为我不知道？要是别人问我你是什么样的朋友，我会告诉他：罗丝·泰勒？没了她，我什么都干不好。稳如泰山，说的就是她。"

罗丝对他哼了几声，但很快就变成了大笑。"不过，还有一件事我不大明白，"等她笑够了，又开口道，"这一切跟大英博物馆的雕像有什么关系？你瞧瞧，我在这儿呢！"

博士非常配合地瞧了瞧。"头盔、长矛、无比神圣的造型——如果我没搞错的话，应该是密涅瓦。"他说道，"不过我跟你讲，你这身打扮在派对上绝对力压群芳，所有热血青年、高贵绅士，甚至是冷漠寡情的男人都爱看密涅瓦的这身装扮。但最棒的是，如果任何男人对你有非分之举，你的手上随时还有武器加持！"

罗丝打断了他，"好吧，可密涅瓦是谁？"

"是谁呢？有人说……"博士瞥见罗丝严厉的目光，于是决定缩短他过于详尽的解释，"她是战争与艺术的女神，也是艺术家的守护神。"

"战争与艺术？"罗丝问道，"听着就像是'你必须喜欢我的画，否则我就入侵你的国家'，是这样吗？算了，我其实是想说，福耳图娜又是怎么回事？"

"这个嘛……"

博士还没来得及解释,就听见两人身后突然传来了一声尖叫。罗丝正要跑,却被博士拉住了。"别担心,"他说道,"那是温妮莎。"

只见女孩一脸震惊地向他们走来,她的眼睛盯着博士,仿佛他是个幽魂。

"你怎……怎么来到这里的?"她充满疑惑,"你不可能比我先到啊。"

"你应该比任何人都清楚,万事皆有可能。"博士说道,"罗丝,我重新给你介绍一下温妮莎吧,她既不是占星家,也不是罗马的奴隶,而是一位来自2375年的小姑娘。"

"老天,"罗丝叹道,"我还以为,就我离家最远呢。"她看着温妮莎,"那你在这儿干什么?"

"想办法回家。"温妮莎回答。

"可你一开始是怎么来的?"罗丝问道。

"对,我也想知道,"博士补充道,"不过,温妮莎一直在回避这个问题。她好像有所隐瞒。"

温妮莎看起来又要哭了,"我没有!我只是……你们不会相信我的。肯定不会。"

"你就说说看呗,"罗丝说道,"难道你想让我们怀疑这一切都跟你有关?不会比这还要糟吧?"

温妮莎涨红了脸,"可是……我觉得有可能。"

罗丝往后退了一步,"可我一直都在告诉别人你是好人!"

"我真的是!只是……哦,好吧,我告诉你们!"温妮莎沮丧地喊道。

她在一棵树旁坐了下来,罗丝和博士也跟了过去。

"我叫温妮莎·莫雷蒂,是萨尔瓦托里·莫雷蒂的三女儿。我父亲就职于泰贡研究室。"

"现在,事情一下就清楚了。"博士调侃道。

罗丝叫他别插嘴。

"泰贡研究室是我们那里的主要科研机构。"温妮莎继续道。

博士仿佛竖起了耳朵。"那么,你父亲正在进行时间旅行的研究?"他问道,"可为什么我从未听说——"

"不!"温妮莎打断了他,"是A.I.。"

"什么?《灵异第六感》里那个小孩儿[1]演的电影?"罗丝问道。

"是人工智能。"博士告诉她。

"对,这我知道。"她示意温妮莎继续说下去。

"他从未提过关于时间旅行的研究,因为所有人都知道,那不可能。"她伤心地笑了笑,然后纠正道,"所有人都以为自己

---

1. 罗丝说的小孩儿是美国演员海利·乔·奥斯蒙特,他曾主演过电影《灵异第六感》和《人工智能》。

知道。我父亲正在参与某个研究项目——A.I.方面的研究项目。他一开始并不太积极,还说那只是个玩具,用来圈钱的东西。可他后来渐渐兴奋起来。我想,在我……离开时,研究就已经接近尾声了。

"那天,他从研究室带了样东西回家——我并不知道那究竟是什么。然后,他就被叫走了。我当时正在看关于古罗马的视频节目。"她伤心地笑了笑,"那时,我很喜欢历史。但看着看着,我的播放器却出了问题。我以为是电力故障,因为屋里的灯一直在闪。于是,我就下楼去了父亲的书房,看到他那边的播放器一切正常,而那旁边还有只盒子。我猜那一定是他带回来加班用的,但我并没有看里面是什么。

"总之,我又坐下来继续看节目。那节目讲的是哈德良年代,有关万神殿和哈德良长城。然后,我朋友爱莉安给我打了电话。我告诉她自己正在看什么节目,还告诉她——我记得很清楚,因为那是我说的最后一句话。我说:真希望我能生活在那个年代。"她说着,突然歇斯底里地笑了起来,"你们能相信吗?我竟然说了那种话!生活在这样一个年代!我肯定是疯了!"

罗丝握住她的手,想让她冷静下来,"是啊,事情从来不会像想象中那么顺利,对不对?所以那些离婚律师才有口饭吃呀。"

"后来发生了什么?"博士仿佛更关心温妮莎的故事,而并非她的感受。

温妮莎抽泣了几声，渐渐平复下歇斯底里的情绪。几番尝试后，她终于继续说道："然后……然后电话就断了，播放器没电了，灯也熄灭了。我感觉自己快要吐出来了……然后，我就到了这里。"

但博士对这番话并不满意，"实际上，应该发生了更多的事情才对。"

"真的没有！"温妮莎坚持道，"我根本不知道发生了什么。我以为……以为自己一定是在做梦，或是出现了幻觉，又或许是有人对我开了个精心设计的玩笑。可是几周之后，我就彻底放弃了这种想法。"

"所以你依旧不知道自己是怎么来到这里的？"罗丝问道。

温妮莎摇了摇头。

"那你为什么觉得自己跟乌尔苏斯干的坏事有关系？"

"世界上不可能有时间旅行，而我却在这里，离自己出生的年代还有好几千年。人不可能变成石头，然而事情还是发生了。这两种不可能……"

"……并不一定会变成可能。"博士接过话头，"不管怎么说，时间旅行都是完全可能的，只是对你们来说太过先进了。"

罗丝抱歉地对温妮莎耸了耸肩，"可把人变成石头……"她说道。

"同样并非不可能。我们谈论的是一种在分子水平上进行转换的操作，这是极为复杂的，虽然平凡的古罗马人很难掌握，但也并非完全不可能。"

"所以，那就不是魔法了。"罗丝说道。

"很明显不是，罗丝。"博士回答道。

"也不是石化病？"

他扬起了眉毛，"哦，原来你真的注意听了。但确实不是，那种病症，石化的进程要花上好几个星期。"

"那……莫非乌尔苏斯也来自24世纪？"

博士摇了摇头，"格拉西里斯从小就认识他。"然而，他又猛地跳了起来，"乌尔苏斯！他在哪儿？"

罗丝耸了耸肩，"我怎么知道？"

"可他把你带到这儿来了……"

"但我没心思注意那些，"罗丝回答，"我当时就忙着直挺挺地站着，让鸽子在我身上拉屎呢。"

博士挥手让她安静下来，"好啦，好啦，我知道……不过，他不会毫无缘由地把你带到这里来，然后又把你丢下……而我就跟在后面，所以他要是往回走，我不可能看不到……"博士已经站起身来，开始四处走动、察看地面了。"脚印！"过了一会儿，他大声喊道，"跟我来！"

罗丝手忙脚乱地跟了上去，温妮莎也紧随其后。

"车子没办法再往前走了，所以他才把你留在了这里。"三人走了一会儿后,博士说道。

"真的吗?"罗丝问道,"你觉得是什么拦住了他?"

此时,他们来到了一片树林,沿着那几乎看不见,或根本不存在的小径往前走。罗丝尝试用长矛开路,但还是被荆棘划破了皮肤和衣服。博士手上虽没有武器,却灵巧地躲开了所有尖刺。

"我真没穿对衣服,"罗丝咕哝着,无比怀念自己的牛仔裤和结实的靴子。"嗷!"她大叫一声,原来是一根细枝卡住了她精心梳理的秀发。罗丝心想,真希望自己还戴着密涅瓦的头盔,"不过也好,至少没人会看到我这副模样还请我当模特,或是去派对扮成密涅瓦了。"

博士边走,边说着自己的想法:"他很可能准备回去找你。"

"前提是他找得到回去的路,"罗丝说道,"因为我不太确定自己能否找到。"他们似乎已经跟着脚印走了好长一段路,但实际上可能并没走多远。只是,罗丝感觉周围每一棵树看起来都差不多。

"可他到底想去哪儿?"温妮莎问道。

博士终于停下了脚步,他看起来依旧整洁体面,连头发也一丝不乱,"我想应该是那里。"

罗丝从一棵树后探出头去。前方是一片空地,虽然很小,但却已经能看见没被树冠遮盖的天空。阳光刺痛了她的双眼,罗丝这才意识到树林里有多昏暗。随着模糊的双眼逐渐恢复视力,她总算意识到了博士在说什么。空地上有一座废弃的小石屋,墙上到处都是破洞。

"那是什么?"她低声问道,"圣殿?"

博士点了点头,"我想是的,"他答道,"非常旧的圣殿,明显已经废弃了——至少对大多数人而言是这样。明天就是五日节了,我猜乌尔苏斯打算在这里独自庆祝。"

这时,圣殿里传出一阵声响——是拖拽的声音。

"也许还没废弃到那种程度。"罗丝说道。

他们像老鼠般蹑手蹑脚地走了过去,透过墙上的裂缝朝里头窥视。见博士对她们皱了皱眉,罗丝和温妮莎便强忍住了紧张的喘息。

他们看见乌尔苏斯就在里面。另外,还有一个女人正背对着他们。虽然无法看清她的面容,但罗丝能清楚看到她戴着头盔,还拿着盾牌和长矛。那女人让她联想到了五十便士硬币上的不列颠尼亚女神[1],但她似乎不止如此……乌尔苏斯给罗丝戴上了同样的头盔,还让她拿着同样的长矛。那就是说,这人也扮作了女神密涅瓦。罗丝忍不住撇了撇嘴,他明显对这位艺术与战争女神有种偏执,而回想到自己曾成为他偏执的一部分,罗丝不由得感到一阵恶心。

---

1. 被古罗马人神化的形象,是现代英国的化身和象征,通常手执三叉戟和盾,身披盔甲,头戴头盔。

紧接着，女人转过身来。罗丝再也忍不住，倒抽了一口气。有光！那女人的眼睛会发光！她脸上也散发着缥缈的超凡光芒！发丝飘浮在空中，还带着一圈圣光，看起来就像是身处水中一般。

这女人并没有打扮成女神密涅瓦的模样。

她就是密涅瓦。

乌尔苏斯开口道："您的节日即将到来，我创造了最完美的作品来为您庆祝。"

博士用胳膊捅了一下罗丝，并小声说道："他在说你呢！"

罗丝觉得他简直不近人情，便捅了回去，然后专心听着里面的动静。

只见密涅瓦点了点头。"你的虔诚将得到奖赏，"她的声音有如蜂蜜和花瓣般甜美芳香，"只要你向我献祭，我便会满足你的愿望。"

"我不太想看……"罗丝喃喃道。

突然，圣殿里传来了另一个声音，那是惊恐的咩咩声——乌尔苏斯拎来了一只小羊羔。

"我真不想看！"那名雕刻家举起匕首时，罗丝高喊道，"喂！你！停下！"没等博士反应过来，罗丝就已经走进了圣殿。她不忍心看到任何可爱的农场小动物惨遭屠杀……

此时，匕首已经高高举起，她冲向前去，看着刀刃不断往下、往下……罗丝感觉眼前的一切突然变成了慢镜头。

原来，确实变成了慢镜头。女神正用那双超凡、发光的双眼注视着她，她再也无法前进半步。

她隐约感到博士和温妮莎跟着她走进了圣殿。

她也隐约听到羊羔那痛苦得令人心碎的临终惨叫，它的生命渐渐流淌在地，而乌尔苏斯则发出了胜利的吼叫。

然而，此时的罗丝只能看到眼前这位女神，还有她脚下汇聚的鲜血。

令她惊惧的是，鲜血正在不断消失，仿佛这位女神是块海绵，将它吸走了似的。紧接着，羔羊那本就瘦小的身躯开始慢慢收缩，骨肉化作液态，流淌到之前鲜血汇聚的地方，然后又再次给吸了进去，最后连一根羊毛也没剩下。

13

罗丝凝视着羔羊消失的地方,突然感到胃里一阵翻江倒海。

"别伤心,罗丝,"密涅瓦说道,"神也需要食粮。这与你们平日里的进食并无不同——"她顿了顿,仿佛在寻找准确的说法,"就跟吃羊排或羊肉串一个道理。"

"是啊,"罗丝感到有些眩晕,"呃,我以后再也不想吃那些东西了。"

"上前来,博士,还有温妮莎,"女神继续道,"没有人会伤害你们。"

"你确定吗?"博士问道,"要知道,你的追随者乌尔苏斯可在外面祸害了不少人。"

乌尔苏斯上前一步。"跟女神说话时看好你的嘴!"他怒吼道。

博士皱起了眉头。"我觉得那样很困难啊。"他说完便又是噘嘴又是伸舌头,还用眼睛努力去看,结果把自己瞪成了斗鸡眼,同时嘴里还胡言乱语地不知说了些什么。

乌尔苏斯气势汹汹地发出几声低吼，博士耸了耸肩，换回了正常的说话方式，"你是要否认自己为害人间吗？但你确实祸害了不少人，把他们变成了石头。你大可说我是野蛮人，不懂得欣赏艺术，但就算是野蛮人，也至少知道该如何款待客人……我讲到哪儿了？哦，对，就算我不懂得艺术美感，但你用石化充当艺术，我完全看不出有任何美感。"

"艺术赋予万物美感。"乌尔苏斯简单回应道。

"呃，不，那也不能，"博士反对道，"我一比零领先。下一局？"

"没有艺术，生命将失去意义！"

"唔……不管你信不信，我倒是有点儿赞成你的观点。但是我认为，这也是我们的分歧所在：世界上已经有许多艺术形式了，比如马赛克拼花、油画、音乐，还有许多真正由雕刻家手把手雕出来的石像。所以，生命非常有意义，它快乐得很，不需要你用魔法手指四处去把别人变成石头。"

博士话音刚落，乌尔苏斯脱掉手套，高举着双手，露出了里面短胖笨拙的指头。"你知道这种感觉吗？"他说道，"仿佛自己被禁锢在了错误的身体里。"

"呃，其实……"博士抬起自己的手，扭动了几下手指。

"我本应创造艺术。"乌尔苏斯又说道。突然间，罗丝的脑海里闪过一些记忆的片段，似乎在她沉睡之前，就曾经听他讲过那些话。

"于是，你就给密涅瓦献祭，让她——"回忆令她不禁浑身一颤，"赐予你用石头展现美的能力？"

他点了点头，"密涅瓦回应了我的恳求，允许我去完成自己的天职，成为生来就注定要成为的人。"

"可当你发现她的做法时，心里还是有些震惊吧，"博士说道，"真正的工匠用锤子和凿子费尽心力雕刻艺术，而你却需要利用致命的手指去四处谋杀。对了，那些神奇的手套也是她给你的吧？否则，我真不敢想象你挖鼻孔会导致什么后果。"

"我真不敢想象一个……一个神明会做出这种事！"罗丝转身看向密涅瓦，简直不敢相信自己竟会顶撞神祇，"他到处杀人，你就真的无所谓吗？"

她的脸上再次浮现出超凡脱俗的微笑，"当然，他这么做是为了赞美我，还给我带来了许多祭品。"

"罗马诸神可喜欢祭品了，"博士喃喃道，"只要你按步骤完成了祭拜仪式，他们根本不会在意你做了什么。这些神明与崇拜者们有种特殊的关系——'礼尚往来'。你献祭一头猪，他们就会为你消灭敌人。就是如此。"

"可那么多人……"

乌尔苏斯显得有些困惑，"他们不过是奴隶，我专门买来做这件事的，更何况，有些人会被卖到斗兽场去遭到屠杀的。而成为美的化身，总比在角斗中被砍成碎块要强得多吧？"

罗丝多次尝试张嘴，但每个反驳的理由都没能说出口。没想到身在地球，她竟会遇到比外星更加陌生的情况。"可奥泰托斯并不是奴隶。"她最后彻底放弃了争论"杀人不对"的观点，而是挤出了这么一句。

乌尔苏斯嗤笑一声，"格拉西里斯那蠢货，谁叫他一直求我为他那可悲的儿子制作礼物，无论我怎么拒绝都不听。当我默默无闻、屡屡失败时，他对我不屑一顾。等我在罗马出了名，那人立马贴了过来。"他得意地笑道，"更何况，他答应给我那么多钱，我又怎能拒绝呢？"

"反正如果换成是我，一定会想办法的，"罗丝对他说道，"你的所作所为完全是……罪大恶极。那么多人都死了！"

"事实上，"博士插话道，"我马上就要把他们变回来了，"他看了一眼手腕，就像自己真戴了块表似的，"差不多两天后吧，还记得吗？用我那瓶奇迹解药……"

博士话音渐落，罗丝便转过头来，看见他微笑着站在那里。那是她熟悉的微笑，是代表着重大发现的微笑。

"怎么了？"她问道。

"这里似乎出现了太多的奇迹，你不觉得吗？"

她赞同道："对啊，不过神明就是干这个的，对不对？"

"我见识过不少奇怪的东西，"博士说道，"大多数人甚至都不相信它们存在，比如邪恶的雪人、狼人、恶魔和吸血鬼。可是，要说拥有奇迹力量的罗马诸神？这我可就不信了。"

乌尔苏斯立马上前一步，"看好你那张嘴！"

"又来了！"博士回应道，"总叫我做这么不舒服，而且生理上不可能的事。我就直说了吧，女神密涅瓦是不是某天突然就出现在你面前了？"

乌尔苏斯得意地点了点头。

"在此之前，你已经崇拜她了很多年，并且不断为她献上祭品？"

"是的。"

"博士，小心点儿，"罗丝压低声音说道，"她就站在那儿呢。"

"不过，她没怎么说话，对不对？"博士大声说道，"只是特别神圣地站在那儿罢了。事实上，她似乎只在有人跟她搭话时才会开口，那可不像是正经神明会干的事儿。"突然间，他的双眼似乎亮起了跟女神一样的光芒，"温妮莎！"

女孩儿匆忙走上前来，"怎么了？"

"2375年？"

"是的。"她困惑地回答。

"撒丁区？"

"对。"

"泰贡研究室?"

"没错。"

"既然如此……"博士说着,转身看向密涅瓦。她仍然站在那里,神圣而威严,"那我就希望看见你真实的模样。"

随后,罗丝似乎听到了一阵声响,好像有什么东西在耳边轰然炸裂了。紧接着,密涅瓦不见了,像是关掉了电源一般,就这样凭空消失了。而她原本站立的地方却多了只纸盒,侧面还印着"SM[1]"的字样。只见纸盒边缘探出了一个披着鳞片的小脑袋,它看起来既像一只幼龙,又与鸭嘴兽有几分相似。

一切都发生得太快了。

乌尔苏斯大吼一声,近乎尖叫起来:"你都干了些什么!"他举着依然沾满鲜血的献祭匕首,径直向博士冲去。

此时,温妮莎大喊了一声:"就是那只盒子!我父亲房间里的盒子!"她边说边跑向纸盒,正好挡在博士和激怒的雕刻家中间。

博士猛地扑过去,"温妮莎!别过来!"

就在乌尔苏斯快要刺向温妮莎的瞬间,博士来到了两人身边。

他一把挡住了乌尔苏斯的手臂,将匕首打偏,但乌尔苏斯已

---

1. 萨尔瓦托里·莫雷蒂名字的首字母缩写。

经将她推向一旁。温妮莎跌落在地,变成了石头。

罗丝向乌尔苏斯冲去,口中大喊道:"不!"她跳到他的背上,想尽办法避开他的双手。乌尔苏斯失去了平衡,向前扑倒在地。罗丝等着他挣脱开来抓住自己,但他并没有。随后,她看见乌尔苏斯身下渗出了鲜红的血液。

原来,他倒在自己献祭的匕首上,已经死透了。

罗丝小心翼翼地站起身来,希望眼前这一切都只是一场梦,只是她情急之下看到的幻觉。

但这并不是幻觉。她看着博士伸到空中的双手,他高昂着头,急切地想要解救温妮莎,俊俏的面庞很是坚定。这一刻将博士的精神体现得淋漓尽致,而这一刻也成了永恒。

罗丝强忍住啜泣,四处寻找博士给她的小玻璃瓶——让她恢复原状的奇迹解药。不久后,她找到了,但里面的药水早已用得一干二净。

尽管如此,她还是打开瓶塞,将瓶口对准了他那一动不动的头顶。然而,瓶里终究还是没有流下一滴液体。

罗丝再也无法控制住眼泪。"博士!"她哭道,"哦,博士!我们为什么要来这里!这都是我的错!你来这儿都是我的错!都怪我想当什么模特……真希望你没有听我的话。真希望你从没来过这里。我……"

罗丝惊讶地转过头去,因为她又听见了那种声音——好像……是雷声？可外面的天空平静晴朗。她又竖起了耳朵仔细听，却已经听不见了。

当她再把头转回来时，瞬间感觉眼前好像少了点儿什么。

地上滚落着一座女孩的雕像，旁边的纸盒里装着一只嘴巴很奇怪的东西，而她面前正躺着一具男人的尸体。这可……不太好，但她知道这些本就应该在这里，而且除此以外，就再也没有别的东西，或是别的人了。

这里从未有过任何别的东西。罗丝显然是弄错了，眼前并没有缺少什么。

14

罗丝感觉有点儿头痛。她一直努力思考，但还是不明白自己为何出现在了公元2世纪的古罗马，又为何会来到这座废弃的圣殿里。

她是罗丝·玛丽安·泰勒，来自21世纪的伦敦。她与母亲杰姬住在鲍威尔小区的公寓里，后来她遇到了——没错，博士！博士是最后的时间领主，总是驾驶着他的飞船塔迪斯穿梭时空，那艘飞船里面比外面大！所以，那就是为什么……不，她没有跟博士一起来，这一点她很确定。她上次见到博士是在伦敦，他们一起去了大英博物馆，参观罗丝打扮成福耳图娜的雕像。那她究竟是如何来到古罗马的？瞬间传送技术？物质传输器？对，一定是类似的东西。又或者，她被外星人绑架了？对，一定是了。她又不是头一次遇到这种事。另外，这里发生了什么？她依稀记得温妮莎——对，地上的石像是温妮莎，还有雕刻家乌尔苏斯，他倒在自己的匕首上死了。可她实在不清楚事情究竟是如何发生的。等等，那盒子里的东西，那一定就是绑架她的外星人！不，不，那不是，那是别的东西……是一位神祇……

罗丝的大脑开始拼凑起一幅看似可信的画面。只要她不太过分推敲细节，那一切就都能说通了。

可她毕竟是罗丝，只要她愿意，就会拼命思考，一直想个不停……

"哦，真希望能想起自己是怎么来到这儿的！"她不禁叹道。

这时候，她又听到一阵轰鸣。"哦，好吧，如果必须如此，我会满足你的。"那只像龙一样的东西说道。

突然间，几分钟前发生的事就如梦境一般。罗丝终于知道她是如何又为何会来到此地的。但最重要的是，她意识到博士不见了……

她踉跄着向后退去，既震惊又惶恐。博士……不见了。这里甚至没有一丝他来过的痕迹。

"博士！"罗丝狂乱地大喊着，"博士！"

然而，没有人回应。

她实在太过慌乱，过了好一会儿才发现乌尔苏斯的异样。

献祭羔羊的遭遇在罗丝眼前重演了。她万分惊恐地凝视着死去的雕刻家，那双曾经致命的手已经开始起泡，随后就像蜡一样化开了；手指的骨头只裸露了片刻，便如皮肉那般很快消融了；眼球也渐渐变形，顺着苍白枯槁的面颊流淌下来，随后又被吸入眼窝，混合到已变成糊状液体的面部血肉当中；空荡荡的血管，裸露的肌肉，枯萎的肺部和腐坏的心脏瞬间闪过，仿佛生物书上的解说示意图，然后尽数快速融解了。地上仅剩的那摊浓稠液体，先是向外蔓延，随后又渐渐退去，好似潮起潮落。

盒子里那只披着鳞片的东西不断吸食着这摊液体。

突然间，罗丝听到一阵咕噜声，那声音就像是用吸管抽尽了奶昔，而与此同时，最后那点儿乌尔苏斯也随之消失得无影无踪。虽然罗丝已经见识过了太多死亡，可她此刻还是用双手捂住了嘴，努力不让自己吐出来。

"非常感谢你，"那东西说道，"这应该足够我维持一段时间了。"

罗丝试着把那幅画面赶出脑海，于是将注意力转向了更重要的事情，"博士去哪儿了？"她问道，"你对他做了什么？"

"博士？"长着鸭嘴的小龙回应道。它的声音与方才扮成密涅瓦时截然不同，听起来更加中性，也更微弱，"这里没有博士。"

"不，这里有！"罗丝坚持道，"你都知道怎么称呼他，所以一定知道他是谁。"

"我想你弄错了，"那东西回答，"我并不知道他，这里不曾存在过任何博士，不信你随便去问别人。"

罗丝难以置信地笑了起来，"我能去问谁啊！博士不见了，温妮莎变成了石头，而你刚才像猫舔奶油一样把乌尔苏斯吸入了体内！告诉我，你到底是谁——是什么东西？！"

小东西咂了咂扁喙。"我是灯神。"它答道。

罗丝惊叹道："灯神？"

"没错，就是一台基因工程神经想象引擎。"

"什么？"

"灯神。"

"你是说——你不会是——不会是一个实现愿望的东西吧……"

"你错了。我并非不会是一个实现愿望的东西。"

"什么？"罗丝再次惊呼道。

"这句话的意思是，我就是一个实现愿望的东西。这就是我的主要设计功能。"

"是温妮莎的父亲设计的？"

"没错，萨尔瓦托里·莫雷蒂是我的主创人之一。"

罗丝开始拼凑这些信息碎片，"所以，当温妮莎说她希望住在古罗马……"

"我就实现了她的愿望，送她来到了正确的时间，并赋予了她相应的语言能力和服装。这些工作需要消耗大量能量，但我很幸运，因为我所处的时间和地点正好拥有大量的能源储备。我也很庆幸她没找我说要回到原来的住处，因为我恐怕很难再获取足够的能量。"

罗丝还在努力尝试接受眼前的事实，"我想，温妮莎根本就不知道你存在。她完全不知道自己是怎么到的这里。"

"啊，"灯神突然有些尴尬，"为保证时间旅行顺利进行，我必须跟随许愿者一同前去，但中间的运算出现了一点儿问题，所以我们到达这个年代后被迫分开了。不过，考虑到我成功计算出了时间旅行的有效公式，并几乎马上找到了实践方法，不仅将我们传送到了两千年前，还跨越了数百英里，所以我认为，那点儿细小的失误根本就不是问题。"

"对，博士也经常这样说，"罗丝回应道，"但连他也说服不了我。"一想到博士，她就感到喉咙一哽。罗丝再次尝试转移话题。"还有乌尔苏斯！"她说道，"他许了用石头创造美的愿望，甚至很可能提到了希望用自己的双手来实现。可他没有提及任何雕刻或使用凿子的技能，所以你就照自己喜欢的方式实现了他的愿望。"

"人类许愿不够具体全面，这又不是我的错。不管怎么说，他好像也并不介意。"那东西说道。

"他确实不介意，因为很明显，他是个疯子。"罗丝回答道，"可你得知道，就算有人说'我希望'，那也并不代表他们就真的指望自己愿望里的每个字都被——"

说到这里，方才的某个场景突然闪过了罗丝的脑海，她不禁感到心里一沉，双腿发软，于是慌忙坐了下来。紧接着，她发现自己坐在了温妮莎身上,便又慌忙站了起来。

"我刚才说……"她又开了口,但却无法强迫自己继续说下去。于是,她做了个深呼吸,"我刚才说'真希望你从没来过这里',这是我对博士说的,而你……"她用力摇了摇头,"我在说什么呢?这简直太疯狂了。灯神是神话人物,是《一千零一夜》里的故事,我不相信你,也不相信你有实现愿望的能力。"

灯神闻言挺起了身子,一双覆盖着鳞片、有如猴爪的小手紧紧抓住了纸盒边缘。

"那你就试试看!"

"试就试!"罗丝挑衅地说完,却又犹豫了起来,"等等。我是不是只有三个愿望?如果……我可没说我相信你,只是,如果是真的,我可不想把它们浪费掉。"

灯神叹了口气,"只要能量足够,我就可以肆意实现愿望。不过,限制愿望的数量也并不是个坏主意,我可能会考虑考虑。否则,我的资源会一直处于枯竭状态……"

"好吧,"罗丝拼命思考起来,"得许个最简单且无法遭到曲解的愿望,另外也不能伤害任何人。我希望……希望我有一袋薯条,土豆做的,热的,带盐和醋的薯条。再来一把叉子。他们这儿可没有叉子,也没有土豆,如果你能实现……"

她话音未落,就听见了熟悉的雷声。转眼之间,罗丝手上就多了只袋子——一只纸袋,金黄色薯条的油脂已经开始从里面渗出来。她小心翼翼地叉起一根放进嘴里。这袋薯条堪称完美，不太软，也不太脆，温度正好，还有恰到好处的盐醋调味。

"哇哦，"她惊叹道，"好吧，如果我被永远困在这里，至少不用担心饿死……"

永远困在这里……

没有博士，没有塔迪斯？

突然间，罗丝脑中闪过了一个念头。"等等，"她说道，"我能许愿撤销自己先前的愿望吗？"

"我不建议你这么做。"灯神抽着鼻子答道。

"为什么？"罗丝愤愤不平地追问。

"很明显，"灯神回答，"这个'博士'从未到过罗马，所以他从未来过这里，所以你之前就不会许愿他不在这里，所以我从未实现那个愿望，所以就不存在可以撤销的愿望啦。"

罗丝思考得头都要炸了。她呆呆地抓起一根薯条，放到嘴里嚼了起来，"好吧，那如果我许愿——事先声明，这可不是愿望，我只是在分析。如果我许愿温妮莎从石头变回来，"她嚼着薯条说道，"那不算撤销愿望，因为事情的源头是乌尔苏斯的手，没有人直接许愿让温妮莎变成雕像。所以这可以实现，对吧？"

"理论上可行，"灯神又抽了抽鼻子，"不管怎么说，我只管实现愿望，不负责给许愿人当顾问。"

"你只想搞恶作剧，"罗丝说道，"你会怂恿我许愿，就算真的能实现,也只会给我一双能够把石头变成肉的手,所以每当我碰到一块石头,它都会变成一坨肉,对不对?或者她会变成……一座活的雕像,要么就是尸体,或其他可怕的东西。"

灯神叹了口气,"说真的,人类不准确描述自己的愿望,那真不是我的错。我只是遵从机体内搭载的逻辑电路行事,人类不这么做能怪我吗?"

"因为我们体内没有逻辑电路。"罗丝回答道。

"啊,我就怀疑有这种可能。"灯神说道。

"是啊,可那并不意味着我们没有逻辑思维的能力。"罗丝告诉他,"我正在考虑自己要许什么愿望。如果我……不。假设我……不。或者……不。"她握紧了拳头,"唉,你知道这有多烦人吗?"

"你希望我知道吗?"灯神问道。

"不,一点都不!好的,我想到了。一个绝对不会出错的愿望。"她说着大笑起来,"瞧瞧我,真是个天才!"

她再次拿出了曾经装有奇迹解药的玻璃瓶,"这里面曾经装了某样东西,能把人从石头变回来,对不对?所以……我希望里面再次装满同样的东西。"

她耳边果然又响起了轰鸣声,随后……"太棒了!"玻璃瓶里已装满了翠绿色的液体。

"你瞧,这并不难,对不对?"罗丝得意扬扬地说道。

"事实上,这非常困难,"灯神回答,"这配方出奇地复杂,是我闻所未闻、见所未见的。"

"好吧,只要管用就行。"罗丝并没用心听灯神的话。

她小心翼翼地拔出瓶塞,然后倾斜瓶子,让一滴液体落到了俯卧在地的温妮莎身上。

这真的是"奇迹",罗丝心想。只见白色大理石突然染上了色彩,仿佛突然间,整块调色板的颜料都洒在了上面。那些色彩迅速蔓延,直到没有半点儿石头剩下。紧接着,伴随一阵颤抖,一个充满生气的女孩趴在了地上。

罗丝扶着温妮莎的手臂帮她坐了起来。

"你先听我说,千万不要说你希望什么。我知道你想问'我这是在哪里?'和'发生了什么?'。"罗丝对她说道。

"我确实想问。"温妮莎谨慎地回答。

"好的。首先,你还在那座废弃的圣殿里;其次,刚才乌尔苏斯把你变成了石头。现在,你又变回来了。"

温妮莎跳了起来,不安地环视着四周,"乌尔苏斯!他在哪里?"

罗丝朝灯神挥了挥手,"你那位长鳞片的朋友把他给吃掉了。"

"我的朋友?把他吃掉了?"温妮莎恍然大悟,"那是……那是我看见的盒子……"

"对,就是24世纪时,你在父亲书房里看见的盒子。"罗丝替她说完了整句话,"盒子里的东西就是灯神,出自你父亲之手,是它实现了你回到古罗马的愿望……"

罗丝把自己的发现以及这里发生的事情都解释了一遍,最后谈到了消失的博士和她许愿的经历。让她略感惊讶的是,温妮莎并没有她想象中的那般害怕。或许在早于自己两千年前的世界生活上几个月,人就会变得更加淡定。不过……好吧,温妮莎看起来反倒是很高兴,几乎有些欣喜若狂了。

"怎么了?"罗丝问道,"我说了什么笑话吗?我怎么没印象啊。"

温妮莎的眼中闪耀着喜悦的光芒,"可是罗丝,你没发现吗?我只要许愿自己……"

罗丝迅速捂住了温妮莎的嘴巴,没让她说下去,"先等一等!你没听我说吗?小心自己许下的愿望!"

但温妮莎并未退缩,"我能回家了!我已经知道是什么带我来到这里,现在我只要许……"

罗丝又连忙把手捂了回去,"喂,喂,喂!要是你许'那个词'回家了,那我跟博士该怎么办?我要怎么把他弄回来?再说了,灯神说它不能撤销愿望,那谁又知道它能不能带你回家?要是它能,恐怕早就自己许愿回去了。"

灯神一直在旁边饶有兴致地听着,此时却长叹一声:"很遗憾,创造我的人决定限制我的能力,所以我只能实现别人的愿望,自己并不能许愿。"

罗丝皱起了眉,"好吧,可是,**先声明我可没在许愿啊**,假设温妮莎……呃……表明了一个期望,比如把她送回家,并确保她安全,那你能做到吗?"

灯神想了想。"我或许能实现,"它说道,"当然,正如我刚才解释的那样,如此大跨度的时间旅行需要用到大量能量。"

"对,我知道,"罗丝回答,"可你已经做过一次……"

"当时我有条件从全球电力系统中获取能量。"它解释道。

"你的意思是——当时灯光熄灭是你造成的?"见罗丝松开了手,温妮莎说道,"是你吸掉了电力?"

"哦,那当然。否则你觉得是谁?"灯神得意扬扬地说道,"然而,我们所处的这个原始文明并不存在电力,因此我不得不以一种更为原始的形式获取能量。"

罗丝再次感到一阵恶心。"'神也需要食粮',"她学舌道,"那就是你获取能量的途径。"随后,她又转过去告诉温妮莎:"那就是为什么它吸掉了乌尔苏斯的身体。"

"没错。"灯神附和道,"但是,恐怕我现在并没有足够的能量来实现时间旅行的愿望。"

罗丝扬起了一边的眉毛,"我们肯定不会替你杀人的!告诉我,你还需要多少?或许我们能给你找一两块牛排过来。"

灯神陷入了沉思。

最后,它说道:"我计算了去往2375年需要耗费的能量。"

"然后呢?"温妮莎急切地问道。

"假设将我上一次摄取的能量……"

"你是说'死人'。"罗丝纠正道。

"作为平均值,"灯神继续道,"那么,我还需进行一百七十一万八千九百零二次摄取,才能实现这样的愿望。"

这一次,罗丝真的无言以对了。

15

罗丝和温妮莎一言不发地坐在那里,努力想要制订出一个可行的计划。罗丝心不在焉地抓起了一根已经凉掉的薯条。"变出两根薯条说不定就得消耗乌尔苏斯的两条腿。"她说完便放下了餐叉。

"哦,不,"灯神解释道,"那是个很简单的愿望,可能只用了一只眼球而已。"

罗丝毅然决然地推开了那袋薯条,然后站起身来,"我们不能干坐在这儿等着许愿——我是说,指望着让事情自己发生。"她说到一半,慌忙地纠正了用词。

"那我们是要出去杀掉许多人吗?"温妮莎沮丧地说道。

"这里可是罗马,"罗丝假装在思考这个问题,"我们可以盖一座假的斗兽场,让这位灯神朋友伪装成狮子。"然而,她又摇了摇头,"不,我们需要借助另一种获取能源的形式,比如风力发电或太阳能板之类的。"

"那与此同时,我们该如何生存呢?"温妮莎问道,"难道就坐在这儿,许愿吃薯条?"

罗丝耸了耸肩,"你都在这儿生存了这么久,"她继续道,"我建议,我们回去找格拉西里斯。博士说他两天后就会把所有人都变回来,可如果他已经不在这里了,"她举起了玻璃瓶,"那我们就只能主动站起来充当英雄了。"

"博士就是那个跟你一起来到这里,然后你许愿让他消失的人?"温妮莎问道。

"就是他。"罗丝回答。

温妮莎点了点头,"可我们走了,它……"她指着灯神。

"我可不打算把它留在这儿。"罗丝果断地说道,"灯神,你之前不是伪装成了密涅瓦吗?"

"我只是遵循了当时那位拥有者的意愿。"灯神答道。

"好吧,随便你。但如果我们把你带走,你得先变成别的东西,比如一条狗。"她又看了看温妮莎,"罗马人养狗吗?"

"应该养吧。"温妮莎的语气一点儿都不确定。

"那你知道是些什么宠物吗?最好是能用绳子牵住的那种。"

温妮莎想了想。"我见过一些人牵猴子。"她最后答道。

"太棒了,"罗丝说道,"很好,灯神,变成一只猴子。"

灯神不耐烦地回应道:"你得许愿……"

"行,没问题,听你的。灯神,我希——等等!"这一回,罗丝用力捂住了自己的嘴巴,"如果我……表达了让你变成猴子的意愿,你就会变成一只货真价实的猴子,对不对?毛茸茸的小猴子,钟爱香蕉,但就没有实现愿望的能力了。"

"哦,你终于学会思考了,"灯神叹道,"为何要剥夺我的乐趣呢?"

罗丝瞪了它一眼,然后小心翼翼地告诉它:"我希望,当罗马人能看见你时,你就会幻化成猴子的外形,同时保留所有灯神的能力。"

紧接着,雷声响起。"如你所愿。"灯神说道。

"可你跟刚才一样啊。"温妮莎不禁质疑道。

灯神万分委屈地叹了口气,"因为眼前没有罗马人能看见我啊。我可是一字一句地实现了那个愿望。"

"那我们只能相信它了。"罗丝说着,拾起了地上的纸盒。

靠近之后,罗丝可以闻到灯神身上有股淡淡的金属味儿,它的鳞片也在一缕透入圣殿的阳光中反射出了古铜色。这让她突然相信了这是一件人造出来的东西,一个造物,而并非什么奇怪的外星人。与此同时,她又对它心生怜悯。眼前糟糕的状况确实不是它的错,它只是执行了赋予给它的功能,或者说,它认为赋予自己的功能。罗丝从未真正理解过人工智能的概念,也不确定自己能否完全接受让一台电脑自己思考,甚至是产生愿望和梦想(尽管她已经看了两遍斯皮尔伯格导演的《人工智能》,但那只是因为里面有超级帅的演员裘德·洛),但她或许可以接受让人工智能认为自己可以思考，而实际上却并不能。或者……不，她决定还是不要再想了。

罗丝有点儿担心她们永远也找不到离开树林的路。但幸运的是，他们来的时候已经几乎踩出了一条小道。因此，在途中稍微绕错了两个弯后，她们还是找到了乌尔苏斯的驴车。罗丝总算松了一口气。那头驴依旧静静地站在那里，丝毫不关心身边发生过戏剧性的死亡和时间旅行，也不关心有人孤立无援地来到了两千年前的过去。罗丝把灯神放到车上，然后跟温妮莎一起爬到了前面，试着把驴车赶回格拉西里斯的庄园。

玛西亚一见到她们，就快步迎了上来，"罗丝，你没事！感谢众神！我们实在是太担心了。哦，这只小猴子多可爱呀。"

罗丝原本临时编造了一些说辞，想谎称那只是小孩儿的玩具或是异国珍兽，但当她转身抱起灯神的盒子时，却终于如释重负地舒了口气——一只最可爱、最调皮的巧克力色小猴子正用一双大大的深色眼睛看着她。灯神果然实现了她的愿望。

"你一直都带着它吗？"玛西亚好奇地问道，"我不记得……"

"呃，对，我一直带着，"反正他们的记忆已经被篡改过一次了，再来个善意的谎言也并不过分，"不过，这小家伙特别爱睡觉。"

温妮莎从驴车上爬了下来,静静地站在一旁。她们这才刚进庄园的边界,她就变回了那个羞涩的小女孩——不过,她本来就不太爱说话。

"好吧,"玛西亚转身准备往回走,"我得回去了。今天来了几个朋友,我们本来是邀请他们来参观奥泰托斯的雕像。尽管后来情况有变,但收回邀请还是显得太不礼貌了。你们也都来参加派对吧。"

"哇,"罗丝对温妮莎耳语道,"这里肯定发生了什么好事,她待你像个活人呢。"

但温妮莎却苦笑道:"我猜她是在说你跟那只猴子……"

于是,罗丝把纸盒递了过去。灯神趴在盒子边缘,就像一只趴在车窗上的宠物狗一般打量着周围。"给,"罗丝说道,"我任命你为我的官方宠物猴管家,这样他们就不会抱怨你出现在派对上了。"

温妮莎接过盒子,"如果玛西亚那么担心你,那就证明……你还是失踪啦?"

罗丝耸了耸肩,不知如何作答,"我猜是吧。"

"可如果你的博士朋友从未到过这里……"

"如果博士从未到过这里,我也从未到过这里。"罗丝分析道,"哦,我的天!我不该在这里!我根本不该在这个地方!所以……这一定是某种悖论。时间有可能在尝试自我修复,把我留在这里也是其中的一部分。"

她们跟随玛西亚走了进去，罗丝又咕哝道："我真不该出现在这里……"

庄园里来了许多人，显然都是玛西亚的邻居。里面有几对夫妇，其中一对明显是在冷战，一旁的小女孩似乎是他们的孩子；旁边有个丑陋的中年女人，身上穿了件艳黄色的丝绸长袍，看上去极不协调；一位年纪较长的老妇人，全身挂满了珠宝，头上还戴了顶鲜红色的假发；一名俊俏的青年，身上披了件绿色的斗篷；还有三四个长相平庸的男人，正在一边儿放声大笑，从他们刺耳夸张的声音判断，这几个人已经有点儿喝醉了。

罗丝原以为这就像是家里那种无聊的派对，所有客人都站着喝酒聊天，但她发现，所有人都像那天晚餐一样躺在长椅上，看一群衣衫暴露的非洲姑娘跳舞。

"格拉西里斯在哪儿？"罗丝一边小心翼翼地躺在玛西亚给她安排的长椅上，一边问道。

温妮莎则学着其他奴隶的样子站在罗丝身后，依旧抱着装灯神的纸盒。

"哦，亲爱的，他到罗马去找你了。我们实在是太担心……"

罗丝皱起了眉头，她知道此事原本与博士有关，"那他是一个人去的？"

玛西亚迷惑了好一会儿，"那……那当然啦。不，不，我想……

那个奴隶温妮莎出去找你了,一直没有回来。于是我丈夫说——呃,我不记得他说了什么……哦,对了,如果温妮莎回来,我得给他传个信。我猜最好现在就……"

"传信给谁?"罗丝问道。

"给……当然是……给我丈夫呀。"

玛西亚对自己的话没有一点儿把握,罗丝不禁替她感到难过。看来,时间并没有把自己修复得很完美,它仿佛只是往伤口上贴了一张膏药,然后就一切听天由命了。博士参与的每件事现在都变成了每个人脑海中的模糊记忆——只有她除外。灯神和它的许愿功能真是蠢透了!如果以后再也听不到那奇怪的雷声,罗丝一点儿也不会感到遗憾……

轰!

罗丝吓了一跳。她身边再也不是玛西亚,而是变成了那位身披绿斗篷的青年。

他也吓了一跳,惊呼道:"哦!"

"别告诉我,"罗丝笑着说,"你刚才希望能跟我认识。"

"呃,既然你这么说了……"他说道。

"我叫罗丝,"她挺喜欢青年那双深蓝色的眸子和他那略显尴尬的微笑,"罗丝·泰勒。"

"克里斯帕斯。昆塔斯·朱尼厄斯·克里斯帕斯。"

这时候,一名奴隶给罗丝送上了酒水,她顺手接过来,却没有喝下——因为，她还记得上回喝酒后发生的事儿。她正回想着，克里斯帕斯却突然说了一句"乌尔苏斯"，吓得罗丝险些滚下长椅。

她强迫自己冷静下来，然后问道："乌尔苏斯？他怎么了？"

"听说他正在以你为模特制作雕像，所以我也想看看。"

"呃，好吧，那件事儿可能吹了。"她告诉他，"我后来想了想，觉得自己不适合当模特。"

"哦，"他显然没有太明白，"真可惜，我想科妮莉亚很想找你说话。"

罗丝皱起了眉，"科妮莉亚？"

他指了指那位穿着艳黄色长袍、身形健硕的女人，"科妮莉亚，乌尔苏斯的母亲。"

罗丝愣住了。她可不想跟那位女士聊天，然而为时已晚。女人发现了她的目光，便决定抓住机会与她攀谈。她走了过来，那远称不上优雅的步伐让罗丝联想到了走在决斗场上的牛仔。乌尔苏斯的笨拙显然是家族遗传。

"你一定就是罗丝了。"她说着，伸出了一只手。

罗丝看着她那粗壮的粉色手指，脑中不禁闪过乌尔苏斯在工作室里向她伸出手来的画面……她无法与这女人握手，真的做不到。

过了一会儿，那只手缩了回去。罗丝真希望地上能开道缝儿让她钻进去。当然，如果她真的大声说出来，说不定会发现自己正一路坠落到澳大利亚去——不，地球上意大利的另一端是哪里？新西兰？

科妮莉亚又说起话来，把罗丝猛地拉回了现实。"看到儿子没在这里，我真是太失望了。"那女人说道，"这话我只告诉你，他曾经一直让我失望不已，所以当他终于获得成功时，我感到格外高兴，即便他只是一个小工匠。"她微笑着打量罗丝，"现在，他找到你来为雕像当模特，这多么令人高兴呀。我敢肯定，他迫不及待地想把你的年轻美貌化作永恒。"

罗丝挤出了一个"哦，没有，不尽其然"的表情，但依旧不敢说话。

"我真希望你能把一切都说给我听。"科妮莉亚说道。

于是，罗丝的耳朵里又响起了一声轰鸣。灯神听到了！她张嘴正要反对，却说出了别的话来："你儿子给我下药，然后把我变成了石头。他的力量来自一台诞生于24世纪、伪装成女神密涅瓦的基因工程神经想象引擎。我的朋友，一位不曾来过这里的、最后的时间领主和一名来自未来的小女孩儿，他们把我变了回来。然后，我们追踪乌尔苏斯来到了一座废弃的圣殿，他在那里把他俩也变成了石头，而我让他跌倒在了自己的利刃上当场毙命。后来，他的身体被灯神吸食了，而灯神就是你眼前的这只猴子。"

科妮莉亚似乎马上就要晕过去了。

罗丝焦急地思考着接下去该怎么办,但就在此时——

轰!

罗丝知道自己没有"大声"许愿让什么东西分散他们的注意力。然而,她却心想事成了。欢聚一堂的罗马人突然爆发出惊叹和欢呼,非洲舞女们却乱了原本整齐有序的舞步。因为,她们原本就暴露的衣着,竟直接消失得无影无踪。舞女们既狼狈又窘迫,匆匆离开了宴会厅。罗丝怀疑是那两个一脸茫然又难以置信的男人许愿变走了她们的衣服。

轰!

"冷战"夫妇的小女儿突然尖叫了起来。她的父亲消失了,就这么凭空不见了踪影,仿佛从未存在过。她的母亲也惊呆了,但罗丝能感到她脸上还带着些许欣喜。

轰!

只见老妇人也消失了,而她的长椅上却多了个小婴孩,稚嫩的哭声被一顶红色的假发给盖住,听起来模糊不清……

"我猜她是想重获青春吧,"罗丝咕哝道,"但估计没料到自己会变成穿尿布的奶娃娃。"

温妮莎惊恐万状,举着灯神的盒子努力让它离自己远点儿。

罗丝跳起来快步向她走去,"在事情变得更加糟糕之前,我们得赶紧离开这里。"她拿过盒子说道,然后又瞪了一眼小猴子,"快住手,你这……强行实现愿望的东西。"

"这就是我的功能。"灯神纯属多余地解释道,"假如我有足够的能量,就必须满足听到的所有愿望。啊哈!"

一声轰鸣再次传来,罗丝无须猜测就知道灯神的欢呼所为何事。她慌乱地四下张望,想知道它又实现了什么愿望。

过了好一会儿,她才发现那个克里斯帕斯的衣服突然间变成了深紫色,头上还多了顶桂冠。当然,他本就应该这么穿,因为他是皇帝,帝国的最高统治者,罗马的第一公民。而她,罗丝……是他的……情妇?

宴会厅里的人都躬下了身子,有的更是拜倒在地。罗丝几乎要跟他们一同行礼。

然而,她很快便停了下来。她是个来自21世纪的姑娘,卑躬屈膝可不是她的天性。但不管怎么说,事情不该是这样的,肯定是出了什么问题……

等等,她根本就不是任何人的情妇。那奸诈的小子!她刚才还觉得那人挺不错……罗丝想起来了。

她低头望向怀里的盒子。

里面有只小猴子,不,是灯神,可以实现愿望的东西。眼前这一切都不是真的。"你不是皇帝!"她大喊道。

这下可闯祸了。大厅里的人纷纷惊讶地喘着气。

克里斯帕斯跳了起来。"什么?我要砍了你的头!抓住她!"他专横地吼道。

罗丝一把抓住匍匐在地的温妮莎,想把她往门口拽。

"放开我!"温妮莎挣扎着大喊道,但罗丝不能把她独自留在这群疯子中间。

喝醉的男人纷纷站了起来,几名壮硕的奴隶已经朝两个女孩儿走了过去。罗丝加快脚步奔向门口,温妮莎则踉踉跄跄地跟在后面,但奴隶们还是渐渐逼近了。

"快跑啊!"她对温妮莎大喊道。

"要是逃跑,皇帝陛下会杀了我们!"温妮莎抱怨道。

"他不是皇帝!"罗丝气喘吁吁地顶了回去。

温妮莎抱怨得更大声了:"你这样说,他会杀了你的!"

"那我就得死上两回了,帝王式的赶尽杀绝,可真典型。快跑!"

一名奴隶抓住了温妮莎的丘尼卡,她立马尖叫起来。罗丝转身想去帮她,但自己的胳膊也被另一名奴隶给死死钳住了。奴隶开始把她往克里斯帕斯那边拖,罗丝一不小心,失手掉落了那只装着灯神的盒子。罗丝意识到,机会稍纵即逝。或许,许愿只会让她逃脱狼窝又落入虎口,可她还是得许愿,因为狼已经咬上来了……

她想不出究竟该说些什么,想不到绝对不会遭到曲解的安全说法。安全……这就是关键,也是现在唯一的目标。

"我希望我和温妮莎都安全!"罗丝大叫道。

轰！

一切都消失了。

16

罗丝来到了虚无之境。只见四面八方、目光所及之处皆白茫茫的一片，就像是深埋在温暖干燥的雪堆里一般。她看见温妮莎也在那里，可周围空荡荡的，很难分辨出距离的远近。她可能只在十米开外，但也可能有几百米远。罗丝的双眼努力适应着周围的虚无，不禁感到一阵头晕目眩。她本想坐下来，却又看不到自己站在何地，于是决定先不要莽撞行动。此时此刻，她只能联想到儿童图画书里的天堂，也不知道是否会有捧着竖琴的天使从头顶飞过。

她这是死了吗？

罗丝希望自己安全，不过仔细想想，好像也没什么比死亡更加安全了。毕竟死了就再也没有东西能伤害你了。

但她依旧能感到害怕，感到方才因逃跑而激起的怦怦心跳，还能感到先前几小时内身上多出来的裂口和擦伤在隐隐作痛。如果真的死了，那么这些感觉就应该会消失了吧？

罗丝努力抑制着眩晕的感觉，想朝温妮莎靠近一步——或至少，离温妮莎看似容身的地方更近一些。她感到天旋地转，无从知晓自己到底有没有移动，可她还是努力迈着步子。转眼间，温妮莎就已经在她触手可及的地方了。罗丝吓了一跳，踉跄着向后退去，与女孩的距离也愈发遥远。

她咬紧牙关，强迫自己再次往前挪步。过了一会儿，她又来到了温妮莎身边，两人已近在咫尺。罗丝伸出一只手，终于抓住了那女孩儿的手臂。

"我可不想把你弄丢了！"罗丝说道，其实也是想让自己平静下来。

温妮莎看起来惊恐万分，"我们在什么地方？"

"不知道，"罗丝回答道，"但我猜，这里是时空之外。你别担心，我们只需要想好该说什么，然后许愿回去就行了。"

"可那该怎么做呢？"温妮莎问道，"灯神在哪里？"

罗丝的脸色瞬间变得惨白。灯神！到处都没有它的踪影……

她闭上双眼思考了一会儿，努力想要说服自己，"一定就在这里。它把你从未来带到这里时，自己也跟着过来了，对不对？"

温妮莎点了点头。

"另外，"罗丝终于渐渐进入了状态，"当时你们分开了，是不是？所以它只是迷路了，仅此而已。"

但温妮莎并不像她那般乐观，"可我们要怎么才能找到它呢？"她绝望地指着周围的无尽虚空。

罗丝耸耸肩，打算继续保持乐观。"如果我们不行动，就永远不会找到。"她说道，"所以先试试再说吧。反正它又不会藏起来。"

然而，就在五分钟后，她心里最后一点儿乐观情绪也彻底消失了：罗丝无法分清方向，而温妮莎也已经晕头转向了。两个小姑娘跌跌撞撞地走着，紧紧抓住彼此的手，焦急地看向远方，想要找到哪怕一丁点儿色彩。

"那儿！"温妮莎突然大叫一声，指着一个方向。

罗丝还来不及阻止，温妮莎就甩开她的手，朝那东西走去。罗丝想追上去，但却不知该如何实现。她感觉自己好像越离越远了……几步之后，温妮莎便彻底消失无踪。罗丝试着呼唤她，可她的声音却似乎沉重得像石头一般，难以传送出去，也无法激起一丝回响。

尽管如此，罗丝还是竭力向前走去。因为她只有两种选择——走或是停，而唯有不断行走，才可能终得所获。然而，她最终还是被迫停下休息。

罗丝冒险坐在了一片虚无之中，她躺了下来，虽然这种感觉算不上舒服，但也不算不舒服，就只是……一种虚无的感觉。她身下触及不到任何平面或固体，但也并没有感觉自己飘浮在空中。只要不往下看，一切就都能忍受。

她也感觉不到饥饿，暗自猜测着这可能与自己许的愿有关。

或许这里真的没有任何东西能伤害她——这里没有饥饿,没有疾病,也没有举着斧头的男人,什么都没有。如此说来,她确实格外安全。但唯一的危险就是,她可能会无聊至死。

"真希望我带了本书来。"她嘲讽道。

轰!

罗丝发现自己手上突然多了一本玛丽安·格莱特利的《小猫花园历险记》。虽然她并不喜欢这类书,但现在这并不重要……

"灯神!灯神,你在哪里?"她大喊道,"我知道你就在附近。"

然而,没有任何回应。她站起身来,停下了一切动作,生怕自己往错误的方向挪动一小步,就永远也找不到灯神了。随后,她叹了口气,因为她知道,现在只有一件事能做了。

"灯神,我希望你跟我一起在这里。"她边说边紧张地摆出祈祷的姿势。

轰!

罗丝长舒了一口气,灯神在她面前现身了,它依旧待在那只已经皱巴巴的纸盒里。

"我猜,这就是你眼中的幽默感吧?"她调侃道。

"这是我眼中的安全。"灯神一本正经地说道,"你知道每时每刻有多少危险潜伏在你们身边吗?"

"很快就会有危险潜伏在你身边了。"罗丝咕哝道,"等会儿,让我仔细想想。我可不想再冒险许……说话了,除非我不得不这么做。"

她重新坐到了一片稍低一点儿的虚无之上,灯神则舒舒服服地待在盒子里,似乎对周围的新环境漠不关心。

罗丝再次尝试努力思考。

照灯神之前所说,它需要吸食一百七十一万八千九百零二具尸体,才能送温妮莎回到她自己的年代。但那数字几乎是罗马总人口的两倍。可以推测,送罗丝穿越时空也需要消耗差不多的能量。可就算有足够的能量,她又该去哪儿呢?

她可以许愿回家——回到21世纪的那个家,回到杰姬身边,回到巴克纳尔楼,回到米奇·史密斯身边,重拾毫无前景的工作。可她怎能做出那种事,而丢下博士不管呢?

但是……如果博士从未到过罗马,他就不会变成石头,而是身在别处。罗丝可以许愿回到塔迪斯……可如果博士不在那里,或那该死的愿望让他们从一开始就没能相遇,那又该怎么办呢?

不过,先等等,这说不过去呀。

如果穿越时空需要耗费将近两百万具尸体的能量,而像灯神所说,变出一袋薯条需要消耗一只眼球,那么,它仅凭一只羔羊和一名雕刻家,又怎能将现实改变成这样呢?

它这可是改变了宇宙的运行轨迹,让博士从未来过罗马啊。

它还使一个女人返老还童;甚至重写历史,让克里斯帕斯替代哈德良当上了皇帝。

而且,它还把罗丝和温妮莎带到了时空之外。

这些可都是了不得的举动。

突然间,她兴奋了起来。

她有了一个想法,一个绝妙的、不可思议的、她迫切希望能够成真的想法。

她终于尝试着开口说话,却因为心急而磕磕巴巴的,于是又强迫自己停下来,做了几个深呼吸。鲁莽的话语会要人命——至少有灯神在场时确实如此。

最后,她总算冷静了下来,对灯神说道:"你可以穿越时空,但那只是科技罢了。博士还说过,把人变成石头也只是科技而已。世上并不存在魔法,你也不能改变现实!"她又兴奋了起来,于是再次稍做停顿、平复心情,然后才继续道:"我们就先说说博士,好吗?为何你并不认为自己力量不足,无法实现?或那个愿望会导致难以修复的悖论?如果博士真的未曾到过罗马,那他就不会把我带来,我们就不会遇到温妮莎,就更加不会跑到那座废弃的圣殿里。那样一来,你就得不到献祭的鲜血,我也不会在那里许下愿望。你不可能单独把博士抽走,却指望所有事情都保持原样……而我也永远无法跳出那些愿望的假象看清事实。如果愿望成为现实,那么现实也应该适用于我,我就不会记得博士曾经到过罗马,也不会记得克里斯帕斯根本就不是皇帝,而只是个普通人了。"

她又想了一会儿。

"你能了解并控制人们的思维,所以在乌尔苏斯面前才会变成密涅瓦的模样,才会知道我们的名字,知道如何让人误以为你是一位女神,或是一只猴子。"

罗丝目不转睛地盯着那只鸭嘴龙,她能看出它似乎有些紧张。它一直没有说话,罗丝便把这种沉默当作默认了。

"我说对了,是不是?那就是说……博士并不是从未到过罗马,因为那样根本就说不通。你只是歪曲了我的认知,让情况看起来好像他从未到过这里。你让我看不见博士,也让所有人都忘了他。这只是一场天大的骗局,而你一直在瞒天过海!"

她停下来吸了口气。

"我真的——真的不喜欢别人擅自操控我的思维[1]。现在,我不确定自己在哪儿,也不知道温妮莎身在何处,甚至都分不清这到底是幻觉还是现实。但我敢打赌,这些都是假的,我要出去。"

她握紧了拳头,决定把所有筹码都赌在这一把上,她的愿望几乎就像是在祈祷。

"我希望……我和温妮莎回到废弃的圣殿里,但不进行时间

---

1. 在《神秘博士》新版剧集第一季第二集《世界末日》中,罗丝曾从博士口中得知塔迪斯会调整她的思维,使其听懂外星语言,并曾生气地责怪博士没有事先征得她的同意。

线上的移动。还有……让我们能看到真实的一切。"

罗丝闭上双眼,雷声如期而至。她想睁开眼睛,但又不想这么快就失去所有希望。她要在一切都将变好的幻想中再沉浸一会儿。

这时候,她听到了一个声音,是脚步声。坚实的大地!还有气味传来,是树木、石头和动物的气味。

有人叫了一声:"罗丝?"

她睁开双眼,发现自己回到了圣殿。温妮莎在她身旁,灯神也在不远处。

而在她面前的,则是博士已然石化的身体。

她很想哭,事实上,她发现自己脸上已经滑落了欣喜的泪水。她一把抱住了满脸震惊的温妮莎,然后从腰包里拿出了那瓶解药。

此时,罗丝已经拔出了瓶塞,但一个令人不安的念头却突然一闪而过。于是,她又转过去问灯神:"我要怎么确定这不是幻觉?不是你再次入侵了我的思维,让我误以为眼前这一切都是现实,而实际上却不是?"

灯神哼了一声,"亲爱的年轻女士,我向你保证这就是现实。我可从来不说谎。若你不想把余生都浪费在疑神疑鬼、怀疑现实上,我建议你现在就接受事实。"

"你就会这么说,对不对?"罗丝咕哝道。

然而,她还是继续着刚才的动作,举起玻璃瓶,动作缓慢且小心翼翼地将它倾斜过来……

一滴翠绿色的解药滴落在了博士石化的脸颊上。

他的脸上霎时泛起了暖色,渐渐可以看清他那苍白的皮肤、深色的发丝和热烈的褐色眸子。他身上的丘尼卡变回了布料,十个脚趾在凉鞋里扭动起来,两条手臂弯曲着将罗丝揽入怀中,柔软的嘴唇贴在了罗丝的双唇上。这个吻充满了感激与欣喜,当然还有难以名状的生命的喜悦。

"你好呀。"罗丝眼含热泪,微笑着说道。

"你好。"他柔声应道,目光闪烁。

"我猜你一定是真的,"过了一会儿,她才继续道,"我的想象力可没这么好。"

博士对她咧嘴一笑,走到一旁环视着早已恢复平静的圣殿,又看了看灯神和温妮莎。"看来你趁我不在的时候,就把事情都解决啦!"他说道,"真了不起。"

罗丝笑了起来,"恐怕说了你也不会信。不过,我给你留了一些事儿做,免得你感觉被我占了风头。"她掰着手指继续道,"你得送温妮莎回到她自己的年代,让真正的罗马皇帝重回宝座——罗马皇帝确实有宝座吧?还要从世界尽头捞个人回来,再把一名返老还童的老妇人给变回来……同时,还不能为此将两百万人献祭给灯神。"她向博士解释了所有事情的原委。

果然不出所料,博士并没有太担心的样子。"小事儿一桩,你就放心吧。"他说道,"如果需要能量,我们手头就有个巨大的能源——塔……"

"我知道,"罗丝回答道,"但灯神不能撤销之前的愿望,这是它自己说的。"

"荒谬,"博士说道,"它不是撤销了你们刚才所处的虚无之境吗?"

罗丝皱起了眉,"是啊,可是……等等!"她转身望着灯神,"我许愿让博士回来时,你没有帮我实现!"

灯神略显尴尬。"我想请你回忆一下,"它说道,"你应该能记起,自己当时并没有许愿。"

罗丝想了想,"你说得对,我正要许愿撤销愿望,而你却说你不建议我那样做。"

"完全正确,"灯神回答道,"我不建议你那样做。至于你从我简单的话语里生出了哪些推测,那就不在我能控制的范围内了。"

罗丝张大了嘴,"你是说,假设我当时还是许了那个愿,或者希望让博士能回来之类的,那这件事早在好几个小时前就能解决了,是吗?"

小小的龙脑袋上下动了动。

"可是,你为什么要那样?"罗丝质问道。

"我无法拒绝任何许下的愿望,所以得想办法说服你不许那个愿。"

"好吧!"罗丝喊道,"既然如此,那我希望你撤销在那个派对上实现的所有愿望。把消失的人带回来,恢复老人的实际年龄,别再让那个俊美却狂妄自大的小伙子认为自己是皇帝了。"

雷声轰鸣之后,罗丝又想到了灯神刚才说的另一句话。

"你为什么不想让我许愿博士回来?"

这时候,博士接过了话头:"我猜,这位朋友是害怕了。"

"害怕什么?"罗丝问道。

"害怕我。"博士回答。

17

罗丝很是震惊,"它为什么要害怕你?莫非,它觉得你会像解决斯利森[1]那样解决掉它?"

博士点了点头,"可能吧。我猜有那么一瞬间,它确实挤进了我的思维里——就在我意识到它是来自2375年,由萨尔瓦托里·莫雷蒂创造出来的灯神时。"

"就是我父亲创造的。"温妮莎补充道。

博士点头表示同意。"灯神本应是一项造福人类的发明,"博士继续道,"一项伟大的、前所未有的发明。当时的社会物资应有尽有,人们便开始希望自己真能做到心想事成。灯神的发明本就是为了方便大众,让他们不必再去商店购物,只需要告诉灯神自己想要什么。想去度假?那么别再犹豫,只需一眨眼的工夫,你就能到达目的地。嫉妒邻居拥有飞行车?没关系,你马上

---

[1]. 博士宇宙中的一个外星人家族,"斯利森"是他们的姓氏,首次出现在《神秘博士》新版剧集第一季第四集《外星人在伦敦》中。当时,博士用导弹轰炸了入侵地球的斯利森。

就能得到。"

他停下来，难过地笑了笑。

"不过，人类总喜欢把事情搞砸，你说是不是？一台灯神原型机就已经让情况失去了控制。人们都希望自己也有一台灯神，然后砰地一下，他们就有了。这些披着鳞片的小东西，就像迅速繁衍的小兔子一般，转眼之间就遍布全球。发明灯神的团队丝毫没有意识到它们的力量有多强大，因为他们忽略了'人工智能'中的'智能'二字。也就是说，灯神拥有智能，它们能够自主思考，想办法潜入能源系统，实现越来越大的愿望。另外，发明团队还忽略了人性因素。嫉妒邻居拥有飞行车？那为何不许愿将那辆车变成你的，然后让邻居陷入贫穷，不得不反过来嫉妒你？想去度假？那为何不许愿让太阳永悬天空——你就能快速晒成一身漂亮的小麦色肌肤，又有谁会关心这颗星球渐渐干涸了呢？为何不许愿让你的敌人变弱，让唠叨的妻子失去舌头？人类永远不知道满足，永远怀恨在心，永远视眼前的享受高于未来的需求。"

"可你还是喜欢我们，对不对？"罗丝说道。

"爱你们。"博士对她露出了大大的笑容，"可有些时候，你们真会把事情弄得一团糟。事实上，大部分情况下都这样。"

"那后来呢？"罗丝问道，"人类利用灯神把地球怎么了？"

博士茫然地看着她，"我一点儿也不知道。"

罗丝皱了皱眉，"什么？"

他扬起眉毛问道："抱歉，我们刚才在说什么？"

"博士？"他是在开玩笑吗？"你不会又像上次重生后那样，精神失常了吧？要么，就是你在耍我？或者，是有人许了什么愿吗？"

博士耸了耸肩，"抱歉，我真不知道你在说什么。"

"灯神在毁灭地球！"

博士看着她，又看了看缩在盒子里的灯神，再看了看罗丝，然后又看了看灯神。随后，他敲了敲自己的脑袋，还使劲地甩了甩。

"不好意思，时间领主的职业病。我们刚才说到哪儿了？"他深吸了一口气，"因为灯神——不，不对，是因为那些利用灯神的人，地球处在了毁灭的边缘。世间万物都变得不再稳定，一个愿望就能改变一切。政府立法禁止了许愿，但马上就有人许愿让法令失效。人们重新修复了世界，但没过多久，就有另外的人许愿让它再次毁灭。而为了实现这些愿望，消耗了太多的能量——多得可能都让你无法相信。"

"我信。"罗丝想起了那东西吸食乌尔苏斯身体时的画面。

"灯神内部搭载了安全保障装置。比如，你无法许愿让任何人死亡或不复存在——当然，灯神也包括在内。他们考虑过许愿让灯神从未被发明出来，但这并不可行，因为这样就会形成一个巨大的、足以让现实崩塌的悖论，那就是——该由谁来实现这个愿望呢？"

"我也意识到了！"罗丝急切地说道，"这也是我对我们那台灯神说过的话。"

"哦，你的灯神。"盒子里传出了愤愤不平的咕哝声。不过，罗丝看得出来它正认真听着博士说的每一句话。

"但还是有些办法可以避免悖论。有人想出了一个主意，他们想方设法找到了一台存在时间最久的灯神——来自2375年5月。"

温妮莎张开嘴正准备插话，但却被博士抬手制止了。"我知道，"他说道，"但他们没法儿再找到更早的了。同时，他们也知道那东西需要吸收极为庞大的能量，才能完成人们即将赋予它的使命。于是，他们就让它去吸收太阳的能量了。"

"他们什么？"罗丝惊讶地问道。

但博士并没有停下来解释，而是继续道："然后，他们就许了愿……许愿回到创造出这台灯神的日子，也就是2375年5月。由于有了庞大的能源保障，那台灯神便实现了他们的愿望。"

"所以，后来才出现的灯神就全都不复存在了，只剩下实现愿望的那台？"罗丝问道。

博士点了点头，"没错，但那依旧是欺骗现实，因为并不存在任何不制造悖论、就能改变事物本质的办法。可尽管如此，那个办法还是优于其他方案。然而，有一件事他们早就知道，甚至将其列入了计划之中——就算是灯神也难以承受太阳的力量。在强迫那可怜的小家伙屠杀自己的种族后,他们又强迫它自杀了。那台灯神的每一颗原子都被焚烧殆尽,而因此引起的大火则彻底烧毁了泰贡研究室。发明灯神的地方以及每一项研究结果,全都烧成了灰烬。"

此时,盒子里传来了一阵呜咽。

"温妮莎,你离开家的那天是几号?"博士问道。

"2375年4月17日。"她说道。

"这就是为什么你的灯神还存在,"他对她说道,"因为,它才是第一台。"

"可如果它带我回了家……"她已经意识到了。

博士耸了耸肩,"那么,地球就会毁灭。"

罗丝花了好一会儿才把博士的话想明白。她努力想要理清思路,可中间实在有太多的曲折。

"所以,这是仅剩的一台灯神了,"她说道,"因为他们回到了将它制造出来后的某个时间。他们必须那样做,因为需要后来才出现的那台灯神来实现愿望。可是等等……如果他们许愿回到起点,那后来那些破坏地球的事情也就不会发生了。那就说明,就算他们再度拥有灯神,也不一定会把地球给毁灭掉。"

"但千万别忘了人性的因素。"这句话令罗丝难以反驳,

"我知道如果让灯神回去会发生什么,而那些都没有发生,所以我不能让它回去。这一次,时间必须维持在正确的轨迹上。"

"可是……如果那些都没有发生,"她依旧忙着理解自己接收到的信息,"如果灯神从未遍及地球,而地球从未因人们的愿望而濒临毁灭,那你又是怎么知道这些的?"

他咧嘴一笑,"这是时间领主的超能力。"

"真的吗?"

"差不多吧。请容我使用一个最令人印象深刻、甚至会让有些人觉得是在卖弄的说法——时间是我的主场。我能看到曾经发生过的事情,即便它们后来从未发生过。当然,前提是我的精力得足够集中。新现实,也就是真正的现实一直都在不断强调自身的权威,在我面前也不例外。然而,其他的时间线还是会留下残响和余波,只要足够专注就能发现。举个很有意思的例子:你猜未来的灯神是从何得名的?"

"发明它的人特别喜欢看明星身穿灯笼裤主演的童话剧?"

"差不多吧,反正是跟《一千零一夜》的神奇故事有关。当时,阿拉伯的复古元素再度兴起,所有人家里都购置了波斯地毯,大街上还流行起了包头巾,对不对,温妮莎?"

温妮莎点了点头,"不过,我从来都不怎么追逐潮流。"她说道。

"你觉得是什么激发了《一千零一夜》里的灯神创意,后来又成了24世纪灯神名称的由来?"

罗丝恍然大悟,"是把主人带回了《一千零一夜》年代的那些24世纪灯神!"

博士点了点她的鼻尖,"给这位女士来点儿奖励。"

温妮莎皱起了眉,"可这些都没有发生,所以灯神从未回到过去……去变成童话故事里的灯神。"

"是的,"博士说道,"但那可是神奇的东方,充满了能够感知万物的神秘术士和智者。还记得我刚才说的残响和余波吗?没人记得灯神曾经存在,因为它们已经不存在了。可它们还是会留下痕迹。"

"老天,"罗丝惊叹道,"那么,所有这些故事都是消失的时间线留下的痕迹吗?"

"哦,那当然了。"博士告诉她,"精灵、小妖和地精,包括姆明、乔尔顿与惠勒人[1],以及海绵宝宝,它们都曾试图侵略你们。《机械战警》[2]上映时,还引起了银河系范围内的大调查。至于那五位所谓的未来审判官,他们竟把自己伪装成了四个孩子跟一条狗[3](个人觉得,那条狗真是败笔),试图彻底抹除绑架和走私的罪行——不过,我想他们至今还被困在某段时间

---

1. 均为儿童动画片里的精灵鬼怪等角色。
2. 美国科幻电影,讲述了一名生化机器人警察的故事。
3. 美国动画片《史酷比》中专门调查灵异事件的几个角色。

循环里，只能靠姜汁啤酒和腌肉三明治过活。还有那位马普尔小姐[1]，其实应该叫她火星人小姐。她用真理射线到处逼人招供，直到时间警察追踪到她，最终把她连同圣玛丽米德一块儿从现实中抹掉了。可惜了那里商业街的一家精致小巧的咖啡店，他们做的蛋挞可好吃了。"

"那都是真的吗？"温妮莎惊叹道。

"不一定，"罗丝说道，"你不必完全当真，他就是情绪上来了，之前还假装自己是大侦探波洛呢。"

博士对她皱了皱鼻子。

"不过话说回来，"她继续道，"我们现在该做些什么呢？"

大家都沉默了一会儿，随后温妮莎说道："我不能回家。"

"为什么？"罗丝问道。

"你听到博士说的了！我回去会导致地球毁灭！"

"不是你，"博士说道，"不能回去的是灯神。"

"你是说，我能……"她说到一半时停了下来，盯着皱巴巴的纸盒里那只披着鳞片的小家伙，"可我该怎么回去？另外，灯神也不能留在这里呀。你瞧瞧它已经闹出了多少麻烦。"

灯神一下就没了之前的傲慢。"求求你们，"它难过地哀求道，"求求你们再许一个愿望。如果我再也起不到作用了，那就

---

1. 阿加莎·克里斯蒂小说中的一名侦探，来自虚构的圣玛丽米德村。

请你们许愿把我从现实中抹除吧……"

"可我们不能那样做,"罗丝告诉它,"博士说他们给你搭载了安全保障装置。"

"就算能做到,我们也不会这么做的,"博士轻快地说道,"谁说起不到作用?你能实现人们最大的渴望!我们只需要找到合适的人,保证他们的愿望不那么……具有破坏性。"

"但要怎么找呢?"温妮莎又说道。

罗丝已经明白了博士的想法,"就用我们送你回家的办法,"她说道,"用我们那台超级便利的时光机。"

"说到时光机……"博士抬头看了看太阳的位置,"今天是什么日子?"

"呃……周五?"罗丝不太确定地说道。

"我是说日期。我变成石头多久了?"

罗丝想了想,"今天是乌尔苏斯把我那什么了的第二天。"

"那就是十九日——五日节。那就意味着,现在这个时候,我差不多已经到罗马了。"他皱了皱眉,"我们得小心,让我碰见自己可就会酿成灾难。"

"灾难?"罗丝调侃道,"那跟平时可就太不一样了。所以,我们要回罗马啦?塔迪斯在那儿吗?"

"不,呃,是的。在也不在。为了防止破坏时间线,我可以告诉你,我们的塔迪斯就停在格拉西里斯的庄园外面。不过,我们必须在……唔……八个小时内赶到罗马。"

"为什么？"

博士并没有直接回答。"你手上还有那瓶解药吗？"他问道。

"有啊。"罗丝拿出了小玻璃瓶，里面的药水只用了一小点儿，"可我们不需要这个了，对不对？所有人都恢复了原状，乌尔苏斯也死了。"

"所有人都恢复了原状？真的？奥泰托斯还有其他受害者呢？"

"可你说把他们都复原了啊。"

博士把脸凑过去强调道："我还没'复原'他们呢。事实上，我还没得到那瓶奇迹解药。"他指着小玻璃瓶说道，"我大约会在八小时后得到一瓶几乎装满了的药水。"

这一回，罗丝明白了，"哦，好吧。那从这儿到罗马需要多久？"

"差不多二十个小时。

"而且，如果我们不在八小时内到达，就会造成因果崩塌之类的后果。"

"可是，"温妮莎说道，"你们刚才不是说，庄园外面停着一台时光机吗？"

"哦，是的，"罗丝答道，"我们确实说过。"

塔迪斯在福耳图娜圣殿的凹室里现了形。"到啦,"博士说道,"公元120年3月19日,下午6时许。"

罗丝皱起了眉,"你马上就要出现了!可你刚才不是说,见到自己会酿成灾难吗?"

"哦,可要是我没能及时提供解药,那我们要担心的就不止毁灭星球的爆炸了,因为整个宇宙都将会撕裂。"博士对她说道,"所以,为了避免这两种可能性,我准备老老实实待在这里;而你则要出去假装自己是福耳图娜。"他咧嘴一笑,"我还以为自己是受了这位假装成密涅瓦的小朋友启发,但现在才发现,竟是我自己给了自己灵感。这下可好,事情变得实在太复杂,我都担心不过来了。"

罗丝看了一眼监控屏幕,"为什么有些小雕像蒙着眼睛?难道她的崇拜者都丑不忍睹?"

"命运是盲目的。她从不挑选青睐的对象,只会随机给予,就像抛捧花的新娘子。"博士表情痛苦地说道,"有一回,我接住了捧花,结果差点儿跟一头大象结了婚。"

"你是想说,那位女士长得不好看吗?"罗丝问道。

"不,那真是一头大象,格力博皇帝最喜爱的宠物。你能想象当他们说'你可以亲吻新娘'时,是怎样的景象吗?想想那排象牙!"

"那后来呢?"

"好在我的未婚妻吃掉了那束捧花,使得契约失效,而我当然就溜之大吉了。好了,现在该干正事儿了吧?"

然而,罗丝早已笑得直不起腰来,"她……她……"

"什么?哈哈,博士差点儿跟一头大象结婚了……难道你就从来没有差点儿跟错误的对象结婚吗?还是赶紧干正事儿,好吗?"

"她……她……"

"罗丝!"

然而,罗丝已经笑得不能自已,"她是不是已经背着行李准备好度蜜月了?"她说完后又笑翻了。

博士双臂交叉,站得笔直,冷冷地看着她,但这让罗丝笑得更厉害了。

"笑够没有?"

她点了点头,但仍在痴痴窃笑。

"那我们能去阻止时空撕裂了吗?你确定已经笑够了?那就赶紧行动吧。"

罗丝努力让自己恢复平静,抬起双手做了个"接下来怎么办?"的手势。

"听好了,你藏在雕像后面,假装自己是福耳图娜。不要,再强调一遍,不要让我看见你。你要一直藏在后面,直到格拉西里斯捡起瓶子离开后再出来。哦,带上这个,它能掩饰你的声音。明白了吗?"他递给罗丝一台小小的金属装置,然后就把她往门口推,"快去,快去!"

"等等,"罗丝使劲稳住脚跟,"我不能先彩排一下吗?"

博士看了一眼监控屏幕,"没时间了!我随时都会进来!哦,对了,罗丝……"

她又转过头去,"怎么了?"

"没错,她确实已经背着行李,还跟马戏团道了别。"他咧嘴大笑道,随后便把她推出了门。

罗丝跌跌撞撞地走进了圣殿,紧接着,塔迪斯的门在身后猛地关上了,很快便消失在了黑暗中。她径直走向博士说的那座雕像。雕像背后有点儿拥挤,她真心希望那片阴影能给自己提供一点儿掩护,因为她感觉,似乎总有什么地方露在了外面。

她刚安顿好,把博士给的金属盒子放到嘴边,就听见圣殿的门开了。透过福耳图娜双腿间的空隙,她看到了来人正是博士。见到雕像后,博士快步上前,而罗丝则慌忙缩了回去……随后,他意识到雕像并不是她。

罗丝吓了一跳。她并不知道——她怎么可能知道?原来,自己的消失对他造成了如此大的影响。眼前的博士目光里充满了绝望,让罗丝心疼得胸口一紧。她真想跳出去告诉他,一切都会好起来的。

不过,那应该不是什么好主意,可能会导致时空撕裂。

"罗丝比你好看多了。"博士突然说道。

"谢谢!"她来不及细想就脱口而出。

罗丝慌忙咬住了舌头。快,在他起疑之前,还是赶紧把戏做足,按计划进行下去。

她竭尽全力弯下腰,小心翼翼地将玻璃瓶送往博士的方向,也送给了过去的自己。

尽管她手上的金属盒子能变音,但罗丝还是尽力发出了她最像"女神"的声音:"它能让罗丝……和其他人恢复原状。你们要歌颂我……"她又慌忙澄清道,"我就是福耳图娜……"

博士握着玻璃瓶走了过来。

罗丝绷紧了身体,突然害怕博士真的会发现她——然而,正如博士所说,格拉西里斯打断了他。

就算她知道结局是好的,可依然不忍心看到别人抓走博士。尽管如此,她还是强迫自己盯紧他掉落玻璃瓶的时机,因为那很重要。现在,她得等待格拉西里斯把瓶子捡起来……

只见格拉西里斯焦急地搓着手,"我该怎么办?我该怎么办?"她听见他自言自语道,"我得找人帮忙。"

老人往圣殿门口走去,关键时刻到了……

格拉西里斯从药瓶旁边经过,罗丝一直等着他发现小玻璃瓶并停下脚步——可是，他并没有。

他打开门，走了出去……

罗丝感到胃里一阵翻腾，她不知道那是出于恐惧，还是因为历史即将改变，而她也将随之抹去。如果格拉西里斯没有发现药瓶……

紧接着，她有了主意。这可能不太明智，但她没时间细想了。罗丝张开嘴，满心希望灯神能听到："我希望格拉西里斯能回来找到那个药瓶。"

一阵轰鸣过后，格拉西里斯又从门外走了进来。他皱着眉直摇头，就像是在整理混乱的思绪似的。随后，他看向了地面。啊哈！老人捡起救命的解药，把它放进了腰包里。

罗丝终于长舒了一口气。

18

"这就是此次历险的终点了，"塔迪斯再次启动后，罗丝看着博士说道，"该发生的事情总会发生。过去的那个你会得到解药，让所有人都恢复过来，然后再把空瓶给我，装满药水后又再给你，一切都会顺利展开。"

"谢天谢地！"温妮莎说道。

她已经帮助博士确定好了送自己返回的具体时间和地点。此时，她转过去看着罗丝，仿佛已经迎来了告别的时刻。

"谢谢你为我做的一切。"

"没什么，"罗丝说道，"将来对自己许的愿多加小心，好吗？"

温妮莎笑了起来。

随后，塔迪斯终于着陆，罗丝打开门，温妮莎快步走了出去，她一心想要回家。博士和罗丝则慢慢跟在她后面。

他们降落在一间小书房里，塔迪斯底下正垫着一块漂亮的波斯地毯，书房墙上则挂着丝绸帷幔，屏幕上还在播放纪录片，旁白说道:"这是罗马的黄金年代……"

"电力恢复了。"博士说道。

他又望向另一侧,书桌上有一层薄薄的灰,可以看出有块模糊的方形痕迹——那是纸盒留下的痕迹。

"父亲不喜欢保洁机器人来打扰他。"温妮莎略显尴尬地解释道。

"我能理解。"博士说道,"既然提到了你父亲……虽然他的研究成果将同实验室一起葬身火海,但他还有睿智的大脑。所以无论如何,你都得阻止他创造新的灯神。这可关系到世界的命运,温妮莎。世,界,的,命,运。"他一字一顿地说道,然后挥了挥手。

"呃……好吧,"罗丝不知该如何接过博士的话头,于是简单说道,"照顾好自己,好吗?"

随后,他们回到了塔迪斯,离开了那个忧心忡忡的小女孩。

关上门后,他们再度起航。

"现在的问题是,"博士说道,"我们该拿你怎么办。"他看着灯神说道,"你有点儿危险,知道吗?恕我直言,就算所有扭曲都已经得到修正,你依旧是个危险的小东西。"

小家伙看起来很是忧愁,罗丝突然心中一软。没错,它确实引发了许多麻烦,比如将活人变成石头之类的。可那并不是灯神的错,博士早就说过,错在那些利用它的人。

"我有个主意。"她说道。

"我张大耳朵听着呢。"博士回应道。

罗丝戳了他一下,调侃道:"已经不如从前了[1]!"

"泰勒小姐,你到底有什么主意?"博士开玩笑地皱起了眉头。

"是这样的,我刚才在想你很久以前说过的话。"她告诉他。

"既然是我说的,肯定很有道理。我说了什么?"

"与奴隶有关,"她继续道,"你说他们可以赎回自由,或是得到自由。而灯神——故事里不是有时管他叫'灯的奴仆'吗?我对阿拉丁的故事很熟悉,好吧,至少我看过迪士尼的电影。顺带提一句,电影真的非常棒。罗宾·威廉姆斯[2]真是太有意思了,还有……呃,好吧,"见博士瞪了她一眼,罗丝迅速回到了正题,"我想说的是——灯神不能为自己许愿,但我可以替它完成,就像我让它变成一只猴子那样。阿拉丁最后的愿望就是解放灯神,让它不再需要为任何人实现愿望,不再是神灯的奴仆。我也能这么做。"

灯神一脸惊愕,"可我的功能就是实现愿望呀!我只会做这么一件事!"

---
1. 重生后的第十任博士已不再拥有像第九任博士那样标志性的大耳朵,故有此说。
2. 美国喜剧电影导演、演员,曾为1992年迪士尼电影《阿拉丁》中的灯神配音。

罗丝摇了摇头，"你没明白我的意思吗？只要你愿意，就能继续实现愿望。但今后这将是你自己的选择。你无须被迫做任何毁灭人类或伤害别人的事了。"

"我的……选择？"灯神说道。

"对！"

"那就是……自由？"

"那就是自由。"

"那么，或许……我想要这个，"灯神说道，"我想要自由。"

罗丝深吸了一口气，"那我就许愿了。"她瞥见点头表示赞许的博士，于是继续道："我希望……灯神获得自由，除非它自愿，否则无须实现任何愿望。我希望它不再是奴仆。"

紧接着，控制台射出一道光击中了灯神，披着鳞片的小家伙像吸溜面条一样将其吸了进去，随后便是一阵喜庆悦耳的轰鸣声。"有变化了吗？"罗丝问道。

"不如你试试看？"博士提议道。

"我希望……"罗丝想了想，"我希望……博士的鼻子变成绿色。"

"嗨！"他连忙喊了一声。

罗丝一脸惊恐地瞪大了眼睛，"哦，不！看来灯神并没有得到自由……"

博士一路狂奔着去找镜子了，而罗丝则笑得瘫软在地。"自由的感觉如何？"她问灯神。

小家伙挺直了并不高大的身子，似乎多了几分前所未有的威严之感。"自由确实……很不错。"它说道。

罗丝在它身边蹲了下来，"只要你愿意，就再也不用帮别人实现愿望了。但如果你有什么自己想要的——我可以帮你许愿。"

灯神伸出了一只布满鳞片的小爪子。"我希望，"它说道，"去一个……美好的地方。一个没有人垂涎我力量的地方，一个简单的、但能让我……快乐的地方。"一滴泪珠从它眼中滑下，滴落在了鸭嘴似的喙上。

"那我希望你的愿望能实现。"罗丝说道。

轰！

灯神消失了。

罗丝仿佛听到空气中回荡着一声："谢谢。"

"这一回，"罗丝说道，"真是此次历险的终点了。我们再也不需要回到罗……"　突然间，罗丝倒抽了一口气，慌忙扑向控制台胡乱按起了按钮，"我们得回去！我们得回去撤销后来发生的一切！"

博士瞪大了眼睛，"真的？"

"对！"她盯着博士，希望他能尽快意识到事情的重要性，"你没发现吗？乌尔苏斯没有制作那座雕像，博物馆里的那座雕像！我们得回去，想办法让他做出来，否则等我们回到21世纪，现实就会崩塌了！"

"我们可不希望看到那种事发生。"博士大笑着走上前去，轻轻拿开了她放在控制台上的双手。

"别一副高人一等的模样！"她生气地说道，"随便你怎么笑，我正努力拯救世界呢！"

他收起了笑声，却控制不住扬起的嘴角，"我没笑话你，"他说道，"事实上，我们确实需要回罗马一趟，但不是因为那件事。跟我来。"

他拉着罗丝的手走出主控室，来到一个小房间。里面堆满了各种雕刻工具，中间矗立的正是她的雕像——大英博物馆里的那座雕像，一座洁白崭新的福耳图娜。

罗丝不禁惊叹了一声："可我从没给它当过模特啊！"

"不需要。"博士说着，拍了拍它的手臂——仍然完整的手臂。

"这是什么意思？"

"意思是，"他解释道，"你不需要给它当模特。正如米奇所说——"博士微笑起来，"打造这座雕像的人特别了解你。"

他将了将头发，仿佛是在等待喝彩。

罗丝绕着雕像转了一圈，"我的屁股真有这么……"

"没错，"博士不耐烦地打断了她，"这座雕像精确还原了每个细节，臀部、手臂、双腿、鼻子，还有你右手断掉的指甲。"

罗丝连忙低头看了一眼，"嗨，连我都没发现自己指甲断了！然后呢？"

"什么然后？"

"它是从哪儿来的？"

他夸张地叹了口气，"我做的。"

罗丝大笑起来，"不，说真的。"

"嗯，真的。"

"什么，你是认真的？可是，你是怎么做的？我不知道你会雕刻，你也说过不会雕刻。你说自己不是专业的雕刻家，我听到了。"

"我去学了。"博士说道。

她满脸困惑，"什么时候？"

"这是一台时光机，"他把一切都告诉了她。由于遍寻不见她的踪影，他就回到了大英博物馆，然后终于意识到了真相。"耳环是第一条线索，"他说道，"后来，我和米奇把雕像翻了过来，还发现那下面有我的签名——"

"你说的下面最好别是我的屁股。"罗丝说道。

"是雕像的底座，"博士继续道，"那也算是一条线索。"

"你是说，此前从没有人发现过这雕像的底座上写着'博士'？"罗丝问道，"否则，他们难道不会觉得奇怪吗？"

"啊,"博士解释道,"是用迦里弗莱星[1]的文字写的,他们认不出那是什么。总之,我知道得找到真正的你,再弄一座雕像来替代你。我确实想过把博物馆那座雕像偷走带到罗马去,但是……那样一来,雕像就有四千岁了,那不仅会让人们困惑,还会引发各种悖论。而我觉得手头的悖论已经足够多了,完全没必要再制造更多问题。于是呢,我就稍微调了一下坐标,回到文艺复兴时期去学雕刻啦。"他边说边掏出罗丝的手机,"米奇给我发了照片,保证我不会弄错任何细节,米开朗琪罗则帮我解决了最棘手的部分,比如你的耳朵。那两只耳朵可真是太难处理了。后来,等一切准备就绪,我就回到了我离开之前的罗马,躲在格拉西里斯的庄园外面,等待乌尔苏斯把……把你带出来,最后成功实施救援,让世界回到正轨。"

罗丝愣了好一会儿,"你跑去跟米开朗琪罗厮混了好几个月,把我扔在那里给狗当撒尿的木桩?"

"你就石化了几个小时!"博士愤愤不平地说道,"而且,这一开始可是你的主意。基本上差不多吧。而且,你根本想不到米开朗琪罗有多会使唤人,任何细节都必须完美无瑕!"

罗丝又盯着雕像看了好一会儿。"它确实太完美了。"她最后说道。

---

[1] 博士的母星。

"多亏有位女神给了我灵感。"

他们彼此微笑着,庆幸世界再次回到正轨。

"不管怎么说,"博士继续道,"我觉得你确实给我带来了好运。你就是我的幸运女神。"

"你就是想说,我是个吉祥物,"罗丝调侃道,"就像四叶草,或是面试时穿的幸运裤。"

"完全正确,"博士告诉她,"你就是我的幸运裤。"随后,他又一本正经地说道:"你在圣殿里假装福耳图娜时,我就意识到了,把你塑造成幸运女神一点儿没错。"

罗丝皱起了眉,"可你之所以会走进那座圣殿,是因为已经看过我的福耳图娜雕像了。"

"正因为我知道你是一位多么棒的幸运女神,才会有博物馆里的那座福耳图娜雕像。"

"这又是一个悖论?"

博士咧嘴笑了起来,"一个最最微小的悖论,其实,跟循环逻辑更类似。比如,从没有人研究出那个复杂的配方,好让石化的人都变回来。"

"他们还真没有!"罗丝恍然大悟,接着又有了别的想法,"你说过有些福耳图娜的雕像会蒙起双眼,是为了随机挑选青睐的人。"

他点了点头。

"所以有时候,她会抛弃一些信仰她的人;所以有时候,幸运……会离开。"

"而幸运裤只是一条普通的裤子,四叶草也只是一种草;踩到狗屎不一定就代表好运,而是你应该去清洗鞋子了。但即便如此,生活还是会继续下去。"

罗丝帮博士把雕像抬到了主控室,在时间转子[1]的映照下,雕像宛如碧绿的翡翠。

"它放在这儿挺顺眼的,你不觉得吗?跟内饰相映成趣。"

"我觉得一台塔迪斯里有一个罗丝就足够了,"博士说着,走到了控制台边,"有时候一个都嫌多。"

她撅起了嘴。

"反正你也知道它不能待在这里,我们得给它找个新家。"

塔迪斯着陆了,罗丝紧张地走了出去。不过,她很快就认出了这个地方,"我们回到庄园了!"她对已经走到身边的博士说。

"对,"他回答道,"我觉得你会想要一个罗马假日[2]。"

---

1. 塔迪斯控制台中心柱里的构件。当塔迪斯启动时,它会在中心柱的透明管道内上下移动。
2. 致敬美国经典电影《罗马假日》,该片讲述了一位欧洲公主与一名美国记者在意大利罗马一天之内发生的浪漫故事。在《神秘博士》老版剧集第二季第四集《罗马假日》中,博士曾到公元64年的古罗马度假。

她瞪了博士一眼。

"还是算了。快来,我们还有活儿要干呢。"

一名奴隶看见他们,赶忙跑进庄园报信。片刻之后,格拉西里斯和玛西亚都跑了出来,身后还跟着一个罗丝不曾见过的男孩——当然,她从没见过这个状态下的他,但她知道他是谁。

"你一定是奥泰托斯吧。"罗丝笑着对他说道。

他羞涩地点了点头,"那你一定就是罗丝了。谢谢你为我做的一切。"

她努力做出谦逊的样子,"哦,那真不算什么。"

玛西亚一把抱住了她,"哪里不算什么!你与博士的恩情,我们永远无法回报!哦,我实在太担心你们了,你们失踪了有……有……"

"别担心那个了。"罗丝意识到她们上回在灯神影响下的碰面应该会(至少她希望会)有点儿模糊。

然而,玛西亚依旧皱着眉,"你跟那个奴隶温妮莎……"

"啊!"博士一把搂住了格拉西里斯的肩膀,"关于那个小女孩儿,我有几句话要跟你讲。"

"是吗?"格拉西里斯问道。

"是的,是的。是这样的,我知道她属于你……"

罗丝哼了一声,博士也瞪了她一眼。

"我知道她属于你,只是她不会回来了。"

格拉西里斯正要张嘴说话,却被博士打断了。

"我知道,你为她花了不少钱。但要这样想,你买下她是为了找回儿子,而现在你儿子已经回来啦。再说,你刚收下了一批奴隶,也不差她一个。另外……我还想给你一样东西,用来交换她的自由。不知你能否找几个人来帮忙搬一下……"

几名奴隶帮博士把福耳图娜的雕像搬出了塔迪斯,运到了格拉西里斯的庄园。

"我想你有空位可以放下它,"博士说道,"毕竟你正好少了一座雕像……"

于是,罗丝的石像就放到了庄园门口的小树林里。

"小心!"格拉西里斯慌忙喊道。原来,奴隶们在扛着雕像拐过一道大弯时,雕像狠狠地撞在了墙壁上。

"不会有问题吧?"罗丝问道。

"哦,当然不会,"博士回答道,"可能会有一小条裂缝,正好在手腕的位置。"说完,他不禁笑了起来。

博士和罗丝坐在小树林里,阳光照射在池水中,粼粼波光折射到雪白的大理石雕像上。博士轻轻抚摸着一只孔雀,它像猫咪似的叫了一声,博士也对它哼了一下。

两人单独坐了一会儿,随后格拉西里斯又走了过来。他请他们原谅自己的叨扰,并表示还想请教一个问题。

"那个小女孩儿温妮莎,"他说道,"她真的是个占星家,对不对?"

罗丝不确定该如何作答,但博士却点了点头,"可以这么说。"

格拉西里斯安静地思考了一会儿,然后继续道:"我想她是诸神派来帮助我们的。你们两位也是。"

罗丝笑了起来,"不,说真的,我们真不是。"

"既然如此,"格拉西里斯看了一眼雕像,"那你们一定就是诸神本尊了。"

"不,我们可不是!"罗丝正要说下去,但格拉西里斯已经站起来渐渐走开了。

"我会用一生来赞美你们。"他说道。

"格拉西里斯!"罗丝突然冒出了一个想法。

他停下来,转过身去,"怎么了,尊贵的女士?"

"就……别用活物献祭,好吗?"

格拉西里斯微笑着鞠了一躬。

罗丝同博士站起身来,看了自己的雕塑最后一眼。她已经准备好回到塔迪斯,开启一段新的历险。

将近一千九百年后,杰姬·泰勒的碗柜门上,用透明胶带贴着一张不太清晰的雕像照片。他们没有销售印有雕像的明信片,这确实十分可惜。不过,米奇用手机照了一张,还打印出来送给了她,那总比什么都没有要好。这可是她的女儿,她美丽的女儿罗丝。杰姬哼着歌儿打开碗柜,拿出了一人份的微波炉加热食物。

大英博物馆内,米奇·史密斯正站在雕像展馆里。"这是女神福耳图娜。"他告诉自己带领的那群孩子,"她会给人带来好运,也会收回好运。不管她做什么,你都得容忍,因为一旦她决定青睐于你,那一切就都值得了。"

那群孩子原本都在躁动不安地打来打去,怂恿别人到纪念品店偷东西,但米奇说话的语气暂时吸引了他们。

"她真漂亮。"一个孩子说道。

"哈!她是你女朋友吧!"另一个孩子回嘴道,"看得出你爱她!"

米奇笑着把不停打闹的孩子们领到了下一个展馆。

将近三百七十年后,温妮莎·莫雷蒂又在家里度过了孤独的一天,因为她父亲去监督新研究室的兴建了。她恋恋不舍地回想起了待在罗马的那些日子。她从前为何那般厌恶在那里的生活呢?任何地方都会比这里要好吧。不过,那段经历已经变得像一场梦一样,她记得博士对她讲过一个很长的故事,跟她的父亲有关。不过,她回到家后,就似乎想不起那是个怎样的故事了。她真希望能再次见到博士和罗丝,希望能好好问问他们。

只可惜,她已经不再有灯神了,所以愿望也不会轻易实现。

她真希望自己能再次拥有灯神。

或许,她父亲能再做一个出来。

在一个无人知晓的时间和地点,一只身披鳞片、爪似飞龙、嘴如鸭子的小东西正欣赏着周围的景色。碧草蓝天,阳光灿烂,一只酷似大型豚鼠的生物晃悠到了那只新来的小东西面前,好奇地打量着它。

灯神看了看豚鼠。"啊,毛茸茸的朋友,"它说道,"如果你可以许个愿,你希望得到什么?"

豚鼠尖叫了几下。一声雷响过后,它眼前凭空现出了一根类似胡萝卜的橙色蔬菜。于是,豚鼠又尖叫了几声。"不用谢。"灯神虽然长着硬喙,但却似乎露出了微笑,"我想,在这里我会很快乐的。"

致　谢

我要感谢许多人：

感谢海伦·雷诺，剧本编辑女王，她给了我许多帮助和建议；感谢拉塞尔·T.戴维斯，没有他的话……

感谢贾斯廷一直以来的陪伴，他真是位杰出的编辑；还有史蒂夫，要是没有他，写这些书就会少了许多乐趣；

感谢莱斯利热情的帮助及宝贵的见解；

感谢菲尔·科尔，他曾经与我共事，是诺丁汉大学的古典学者，给我提供了许多历史学方面的支持；

感谢戴维·贝利和马克·莱特，他们特别热心，交谈起来也十分令人愉快；

当然，还要感谢我的父母，还有海伦、简、克里斯和玛丽，以及我的好丈夫尼克，谢谢他们的爱与支持。

杰奎琳·雷纳曾经许愿,
希望能把自己的古代历史学专业背景
以及对《神秘博士》的热爱,
与作家这个职业结合起来,
于是便有了此书。

献给周一夜间小组
——戴夫、约翰、皮特、菲尔与特蕾西——
感谢那些奇思妙想……

它又来了，她能听到自己床脚的动静。

她试着做个听话的乖孩子不去搭理它，闭紧双眼咬紧牙关，把注意力集中在自己的低哼，以及高楼下方远远传来的晚间车辆通行的嗡嗡声上，不去想房间里拖拽的脚步和爪子抓挠的声响。

这些努力起了点作用，但时间不长。那些声响带来的安慰给了她些许勇气——直到她用尽肺里的空气，不得不停下哼哼。

于是，她只能躺在黑暗中瑟瑟发抖，身体火烫内心冰凉，把脸死死埋进枕头，又用被单把自己紧紧裹住，好像这样就能把自己藏起来。

好像这样它就会走开。

姬米不想做坏孩子，可怪物确实是真的。它真的在那里，就是不愿意放过她。

"这孩子的想象力过于丰富了。"大白屋里的医生这么说过。

"你已经十五岁了，姬米。"她母亲曾一边抽泣，一边撕扯着自己蓬乱的头发说，"你不能继续沉迷在这个……这个幻想的世界里。这是很危险的,你难道不知道吗?你必须长大了,你为什么就不能……就不能跟其他孩子一样呢?你为什么就不能做个正常孩子呢?"

姬米讨厌看到母亲那样,所以长久以来,她从没告诉过母亲怪物的事情。

也从没告诉过她,两年前发生在学校的那场意外。那是姬米上学第一个星期里的事。老师从她桌上抓走了平板,看到打开的文档后吓得倒抽了一口气。姬米此前从未多想过,她不过是在神游天外的时候,随手涂鸦了几笔。

上初中的时候,从没有人关注过她的涂鸦,她不明白为什么,那些图画竟会突然之间让他们如此大惊小怪。全班同学的目光都烙印在她身上,有人震惊,有人讥诮,还有人仿佛对她的不知所措感同身受。

"也许你可以向我解释一下,"她的老师不无轻蔑地说道,"这张画跟早期太空先驱的维生需求有任何关系吗?或者说,它跟任何真实存在的事情有哪怕一星半点的关系吗?我可从来没在现实生活里见过如此奇形怪状的生物,你见过吗?在座的同学们有见过的吗?"

"病态思想的产物。"学校发给家人的邮件中这样写道。

大白屋里的人用电脑给姬米播放了各种不同的形状,问她那些都是什么,又全盘否定了她的回答。

最开始的时候她还力图反驳，也试着告诉他们怪物的事情。但她不喜欢他们给的药片的味道，于是后来她便学会了顺从他们的心意。她学会了说电脑里的形状就只是形状而已，怪物都不是真的。

在那之后怪物就成了她的秘密，直到今天。今天下午，突然提早回家的妈妈吓坏了她。

就跟当年的那个老师一样，妈妈抢走了她的平板，随后狠狠地砸到了地上。她哭个不停，抓着姬米来回晃动，差点把她的骨头摇散了。

姬米也哭个不停，没吃晚饭就被赶上了床，歇斯底里的威胁在她耳朵里回响——"你是不是还想回那个地方？是不是？！"

她迷迷糊糊睡着了一小会儿，又在黑暗中醒了过来——有个怪物在她的房间里。

哪怕并不愿意，高度紧张的神经也使她不由自主地竖起耳朵，搜寻怪物的动静。

什么声音都没有。这份沉寂本该令她如释重负，但如果怪物只是在假装呢？就跟她自己一样，一动不动，一语不发，好骗过对方。

她别无选择了，她必须去看看。迟疑着抬起头，她近乎无声地祈祷了一会儿，直到她想起医生们对于祈祷的看法。

她目不转睛地盯着房间里的阴影看了好一会儿，想努力看出些所以然来。它们在移动，在变换形状，但那只是街对面建筑物上信息屏的光影在变化，并从窗帘的空隙投射进来了，对吧？

然而，转瞬的亮光让她看见了它。怪物那肌肉虬结的暗色身体，正弓着背蹲伏在地上，一条干瘪的胳膊，软软地搭在她的椅子上。

还是说，那只是她在愤懑不平时，扔到一旁的衣服？

她瘫在床上动弹不得，嗓子发干，忍不住想大喊。但她知道一旦自己叫出声，妈妈就会进来打开灯，怪物就会消失不见，而妈妈会再一次对自己失望至极。

那如果她自己去开灯呢？如果她能逼自己踩过巨大的地毯，去触摸传感开关呢？

可万一她中途就被怪物从背后扑倒了呢？

那样的话，他们就会知道她一直以来都没有说谎了，可惜那时已经太迟了。

她现在是个大姑娘了，妈妈是这么说的。她已经成熟到可以用逻辑来处理这些事情了。如果怪物是真的，那它为什么没有一早就杀了自己呢？

医生们也问过她这个问题。她当时回答说，也许是因为每次面对怪物时，自己都竭尽所能地一动不动。医生们闻言面面相觑，纷纷摇头。

"我们只是在试着帮助你。你难道想这辈子都担惊受怕吗？"

医生们问她。

此时此刻，躺在黑暗中、被怪物吓得动弹不得的姬米，终于做出了决定，她一点都不想再继续害怕了。她会设法鼓起勇气的，她会站起来走到传感开关边上。她会打开灯并且转身看，看自己的床脚，是不是真的有个怪物。

然后她就会知道真相了，就会知道怪物到底是不是真的。

第一只脚刚踏上地板，她就仿佛听到了警告的嘶声。那怪物好像随着她的动作紧绷了起来，做好了随时扑上来的准备。于是，还没能迈出第二只脚时，她便又一次吓得全身僵硬了。

她听到了怪物的呼吸声，但那也可能只是她自己粗重的喘息在耳旁回响。她瞥见怪物的目光闪动，但那仍可能只是窗外信息屏的内容，在房间里那块屏幕上反了光。

随后她听到了一声咆哮。这一次，她忽然惊恐万状地确信，房间里真的有只怪物了。

姬米从床上一跃而起，堪堪躲过了扑上来的怪物。她能感觉到怪物擦过了她后背的睡裙，以及它猛地撞进床垫造成的冲击。它在她身后咆哮了起来，而她也尖叫着冲向开关，绝望地祈祷自己能及时开灯，祈祷着灯光能让怪物消失。

然而怪物还是扑了过来。它热烘烘的呼吸夹杂着唾沫，喷洒在她的脖子上。它的爪子陷进了她的肩膀和肋骨，粗壮的尾巴缠上她的双腿，绊住了她。姬米摔倒了，接着被怪物沉重的躯体压在身下，她哭嚎着踢蹬着，双手捏成拳头，无能为力地捶打着地毯。

她不知怎的挣脱了压在身上的怪物，设法翻过身来。有那么欢欣鼓舞的一瞬间，她以为自己可以逃出生天。

然而下一秒，怪物巨大的黑色身影又压了上来，爪子刺穿了她的肩膀。被钉到地板上的姬米，只能看到怪物黑洞洞的大嘴和里面的三排利齿。

还有它下唇上那一小撮蓝色的毛发。

就跟她的涂鸦如出一辙。

1

她就不该点薯条,这都是博士的错。他自己倒是早就习惯了在不同世界和时间线中来来回回,胡闹着玩儿。他应该给她点暗示,告诉她这个世界的薯条不是炸土豆条,而是炸别的不知什么玩意儿。也许是种本地蔬菜,质地太软颜色太蓝,吃起来油腻腻的,还会在嘴里留下一股辛辣的余味。

推开盘子的时候,她又感觉到了一阵熟悉的难过。有时就是这种微不足道的偶发细节,让她意识到自己离家到底有多远,让她意识到自己正呼吸着未来的空气,另一个世界的空气。

另一个世界……

罗丝还是觉得,这一切对她来说有些难以消化,就好像她的大脑无法同时处理这么多信息,就好像她一次只能专注于一件事情。哪怕这里看起来跟人类世界相差无几,如出一辙的……乏善可陈。拥挤的人行道上铺满了废弃的包装纸,马路堵得水泄不通,建筑……几乎无一例外,全是混凝土高楼,它们毫无个性,不过是把人装进去的大盒子罢了。就跟地球上的那些一样,罗丝心想，在她出生之前就建好的那些。太令人失望了。

这里就跟伦敦或者任何一座美国的大城市差不多。从他们桌旁那布满油迹的窗户向外望去，罗丝看到汽车排成一条长龙，在不远的路口前各自按捺着一触即发的愤懑不满。就算此时有辆红巴士突然从路口钻出来，她也不会太吃惊。

注意观察细节，她想。就拿菜单来说吧，它不比一张普通的卡纸厚，但是能够投射出自家特色菜肴真实的香味质谱图。还有汽车都是靠空气动力飘浮在路面上的，喷出的气流搅起了地上的沙砾。还有那些海报般平整的电视屏幕，似乎占据了每一寸可用的界面。

这就是罗丝对这个世界的第一印象：新闻播报员从每一栋建筑的外墙上低头看她，他们说的每一句话都被配上了字幕，使它们不至于淹没在永不停息的交通噪音中。咖啡厅里就有两块屏幕：一块在她身后，另一块在她前方。罗丝发现，自己很难把目光从杰克上校身后的那块屏幕上移开：

"第Ⅳ-Ⅳ卡帕零区的安东·赖兰六世先生，正在庆祝他努力得来的晋升。在为统计处理办事处工作了三十七个年头之后，赖兰先生成了高级分析专员，级别为蓝。对于自己的飞速晋升，赖兰先生说道："这意味着我每天的税前收入增加了2.4个信用点，我的停车位也……""

博士正兴致勃勃地对付着自己的食物，那乐在其中的模样，和他对付奥顿塑料人[1]、斯利森人[2]以及其他外星怪物时别无二致。不过，在狼吞虎咽的间隙他抬了抬眼，顺着罗丝的目光看了看屏幕，然后咧嘴笑了起来。"啊，我懂，"他说，"这些可不是什么'人咬狗'一类的大新闻，对吧？你还要吃那些炸薯条吗？"

"我对休息一段时间没什么意见。"杰克满不在乎地说道，咬了口自己的汉堡。罗丝完全不想知道，汉堡肉可能是什么外星生物做的。那些炸薯条已经让她展开很多可怕的联想了。

杰克认识博士的时间不如罗丝来得久，但这种生活方式对他来说并不新鲜。他宣称自己出生在五十一世纪，据他说，他这辈子都在太空中穿梭，甚至还经历过时空旅行。

当然啦，杰克的话从来就不可信。

"不过我也不想住在这儿，"他继续用慢吞吞的美国腔说道，"这里肯定是全宇宙最无聊的星球了。"

"呃，不好意思？"博士说道，"我不做'无聊'的事情，只要你认真去找，每个世界都会有些新奇有趣的东西。"

"哎，"罗丝调侃道，"我还以为只有在那些蹩脚的老电影

---

1. 即"活着的塑料"，每个个体与整体意识相连的生命体，多表现为类似人体模型的塑料人，行动迟缓机械。最早出现于《神秘博士》老版第七季第一集《太空先锋队》。新版剧情中出现在第一季第一集《罗丝》。
2. 经营家族事业的臃肿外星人，最早出现于《神秘博士》新版第一季第四、五集，它们策划了一起飞船坠落事件，杀了不少人，并穿上死者的皮取而代之。其终极目的在于摧毁地球并将其贩卖。

里，未来世界的人们才会穿连体衣呢。"

"是啊，我觉得这就是他们一直盯着咱们的原因，"杰克说，"因为我们的打扮。"

博士皱起了眉头，"有吗？"

"有几个人，不太明显。估计觉得咱们都是些怪家伙。"

"挺久没人这么叫我了。"博士说道。

"嘿，也许咱们能趁机在这儿捞上一笔。你觉得呢，罗丝？咱们可以开这里的第一家时装店。你设计，我推销。"

"这是罗丝时间线上的未来，"博士提醒杰克，"我觉得她应该想不出什么东西，是这里的人们没在某个历史时期见过的。"

"所以这个修车工打扮算什么？"罗丝问道，"时尚潮流的表现吗？"

"比起这个我更操心时间，"博士说道，"现在正好是——"他照例玩起了假装看腕表的把戏（至少罗丝认为他是在假装），"2775年，但这里的科技还停留在二十七世纪，甚至更早。"他若有所思地嗅了嗅空气。

"这说明？"杰克问道。

"这通常说明有什么地方不对劲儿，"罗丝接过话茬，享受着这个炫耀自己见多识广的机会，"这说明某个人或者某个什么东西正在阻碍科技进步，对吗，博士？"

"也许吧。你不觉得奇怪吗？这些人逃离了地球，找到这个美丽新世界,却只把已经被他们抛诸身后的一切照搬过来?"他没给罗丝回答的时间,"你觉得这座城市已经存在多久了?久到连土壤都磨蚀殆尽,久到这里已经人满为患。但是这里的人们——他们中的任何一个都好——有对此做过什么吗?"

他说着说着嗓音就高了起来,仿佛在指责所有坐在附近的人。罗丝希望能够找回些对话的私密性,便凑上前去小声说道:"但是他们还在造房子,我们在来的路上看到建筑工人了。记得吗?他们用那种飞碟一样的玩意儿代替了脚手架。"

"他们是在停车场和广场上造个不停,"博士不屑地摆摆手,"还有,我怀疑这城里是不是连一根草也没剩下来。"

"说得没错。"杰克说道,"他们推倒摩天大楼,用更高的摩天大楼取而代之,不断加高建筑而不是扩展城市面积。塔迪斯说这个星球的丛林覆盖率是多少来着,博士?"

"超过陆地面积的百分之九十……但我们进来的时候,没有在城市边缘看到任何施工的痕迹。"

"当年的移民们肯定在刚来时就清理出了一片区域。"

"但是从那以后,他们就再也没扩张过了。"罗丝反应过来,"他们只不过是……只不过是在努力把更多人塞进这块地方。"

"我觉得,我们现在应该想办法了解一下这个地方了。就从它的名字开始。"博士在椅子里扭了扭,看到了他背后正准备离开的中年女士。她刚刚用一张塑料卡在一台读卡器之类的玩意儿上刷了刷,正一边往外走,一边别扭地把卡片往屁股口袋里塞。

"你看上去像是一个可以给我们答疑解惑的人。"博士说道,"这个星球,它叫什么来着?"

罗丝闻言,颇为夸张地龇牙咧嘴一番,随即捂住了眼睛;而杰克只是咧嘴笑了起来。

那位女士被吓着了,"你们什么意思?是不是在给我下套?"她狐疑地扫视四周,似乎指望着能看到一台摄像机。

罗丝从自己的手指缝里,看到了咖啡馆的其他顾客那不敢苟同的表情和一个劲儿的摇头。

"这里是殖民星球4378976,德尔塔四号,"那位女士接着说道,"我不清楚它还有没有别的名字,也不知道你们在打些什么主意。祝好!"她从博士旁边快步冲了过去,头也没回地蹿上了大街。

"瞧见了吗?"博士得意扬扬地说道,"这就叫打草惊蛇,好极了!"他抓起一把罗丝的炸薯条,塞了满嘴,随后才注意到她正抬着眉毛盯着自己。他四下看看,嘀咕道:"就让他们看吧,我们可是这间屋子里最有趣的人了。"

"你是个疯子,你知道吗?"罗丝笑着说道。

"非常抱歉,打扰了,先生们和这位女士。但我必须请你们离开这里了。"

一个矮壮敦实的男人出现在博士身旁,他穿着白色的连体衣,而不是常见的灰色。他歪着脑袋,用鼻孔对着他们说道:"你们的打扮和行为非常,怎么说呢,令我的其他顾客感到困惑。"

"感到困惑?"博士注意到了他的用词。

罗丝不知自己是该生气还是觉得有趣,"我们可没打搅到任何人呀。"

"你的意思是,就因为打扮得跟其他人不太一样,我们就得被踢出去?"杰克问道。

"我说,朋友,你以为这里是萨伏依酒店[1]吗?"

"要是现在就走,"穿白衣服的男人轻蔑地说,"我也许就不计较你们先前在这儿大放厥词了。"

"行吧,"博士迅速说道,飞快地站了起来,"反正也到我们该走的时候了。你对这些薯条的看法是对的,罗丝,它们难吃极了。"

餐厅经理意味深长地清了清嗓子,"你们的饭钱,先生。"

博士把他皱巴巴的皮夹克上的那些口袋从头拍到尾,然后满脸愧疚地看着自己的两位朋友。与此同时,新闻播报员的声音,从咖啡店两侧的电视屏幕里,对他们展开了双面夹击:

"伊莲娜·芙兰根女士今晚是第Ⅰ贝塔区最幸运的人。通常

---

[1]. 英国伦敦一座五星级豪华酒店,位于西敏市河岸街,1889年8月开业,是英国第一家豪华酒店。它被称为"伦敦最有名的酒店",现在仍是伦敦最负盛名最豪华的酒店之一。

来说，这位三十一岁的学校教师每天下班之后，驾驶她开了七年的1.5g排量的马克14.B家用车回家，需要花费四十二分三十秒，但是今晚，她却只花了平时一半的时间就到家了。为什么呢？因为她一路遇上的全是绿灯。刚才我们问了芙兰根女士，她是如何度过这省下的时光的，她说自己把时间用来看电视了。"

他们去的每一家旅店的门厅里，都有着比咖啡馆更多的屏幕。当他们终于找到一家有空房的旅店时，"我们只剩下顶楼的一间了，"阴沉沉的前台嘟囔着说，"这位女士得跟你们挤一间。"这间房里也有一块屏幕，正对着空气播放画面。

罗丝重重倒在了房间里的单人床上，拿起遥控器开始换台——新闻节目、新闻节目、新闻节目……一档看起来像是电视剧的节目：半打二十来岁的人坐在沙发上打发时间，谈论着他们自己。"真人秀。"博士说道。

早些时候，在咖啡馆里，博士掏出自己的通灵纸片，在桌上的读卡器上刷了刷。当然啦，机器读不出那张纸，但是经理很轻易地就相信了博士的"信用卡"是真的，只不过有些皱巴巴而已。他把想象中的信息复制进了自己的平板，然后就看着这群不受欢迎的客人离开了。

那张纸在旅店前台发挥了同样的作用。罗丝指出这种行为实际上是在偷鸡摸狗，但博士只是耸了耸肩，说道："他们起码得这么感谢一下我吧，毕竟我可是要拯救这个世界的，大概。"

前台满脸阴郁地拿出三片白色的小药片，装进一根管子里拍在他们面前。"用来防止你们做梦。"他回答了他们的疑问。博士想要拒绝，但前台只是咕哝着说："拿不拿是你们的事，但我得提供它们。"

房间很小，地毯已经磨损了，墙纸也都开始剥落。和其他六间房共用的浴室，位于走廊尽头的某个地方。罗丝其实宁愿睡在塔迪斯里，但是他们都不乐意再一次跋山涉水，穿过丛林回到塔迪斯那里，更别说摸黑回去了。无处不在的电视屏幕投射出的光线欺骗了他们的生物钟，他们之前并没有意识到黑夜的来临。

"可谁在加害它呢？"杰克问道，"你说我们要拯救这个世界，是说从谁的手中呢？"

"它的人民。"博士回答道，"你闻不到吗？矿物燃料，他们在烧矿物燃料。并不是大量使用，还没到那种程度——但是如果这个社会正在倒退，就如它所表现出的那样……"

"矿物燃料？"杰克重复道，"你逗我玩儿呢？"

"在这一点上我不会。这种做法不合理，不对劲儿。当你们种族掌握了太空旅行的时候，就应该以成熟的科技和深谋远虑，避免重蹈覆辙。你们无权再去摧毁另一个世界！"

他们陷入了一阵漫长、尴尬的沉默。为了找些事做，罗丝又过了一遍电视频道，零星的信息充斥了房间：一个男人的车在车库里熄火了，害他上班迟到了十分钟；一名青少年在街上捡到了一张面值一个小信用点的钞票,并交给了警察;一位女士控告她的邻居播放未经审批的音乐,但被控告的女孩却以更严厉的指控来回击——原告这是在无中生有,现在她们都在接受医疗观察。

"这地方是怎么回事?"杰克说道,"就好像他们痴迷于事无巨细地了解其他人的生活。"

"好奇之心人皆有之,"博士嘟哝着,"我对电视上看不到的部分比较好奇。"

"电视上全是新闻和纪录片,"罗丝说道,"他们差不多有三十个电视频道,按理说我也该找到个肥皂剧之类的了。"

"情景喜剧,"博士说道,"或者警匪片,或者那种你们似乎都病态迷恋着的医疗剧。"

"不,等等。"一个新画面出现了:一群穿着制服的男女出现在一个空旷的未来主义布景里。虽然并不完全清楚为什么,但罗丝可以确定那是个布景。也许是因为它的布局或者光线,也有可能是因为摄影机的角度,又或者是因为那些穿着制服的家伙,说话像念台词一样字正腔圆、自信满满。

电视里响起了高音警报,画面切换到从一扇拱形大门望出去的一片星空。两艘宇宙飞船映入视野。它们都是土棕色的,外形简洁,虽然罗丝觉得,它们看上去实在太平板了,不够生动。

"看来他们还是有科幻片。"她下了结论。

"不过是重演历史而已。"博士说道。

罗丝狠狠瞪了杰克一眼，成功抹掉了他脸上幸灾乐祸的笑容。

电视里，穿着制服的人们开始同棕色飞行器上的人展开贸易谈判，警报声也已经停下了。真无聊，罗丝想。

"你们也发现了规律，对不对？"博士拿过遥控器，又一次快速按过了所有频道。他蹲伏在电视机前，就好像它是他见过的最有趣的东西。"新闻、纪录片、新闻、新闻、时尚美妆节目、新闻……全部都是纪实性的节目。没有逃避现实的消遣，没有想象力，没有故事。"

"没有谎言。"杰克意识到。

"没有幻想。"

罗丝睡不着觉。

不是因为这陌生的环境，她现在已经习惯随遇而安了。而且两位男士还把床让了出来——在她否决了杰克最开始提出的大家挤在一起睡的建议之后。

杰克不怎么舒服地缩在又旧又瘪的沙发上打着呼，博士则坐在窗边的一把椅子上，陷入深思。

他仿佛已经在那儿纹丝不动地坐了好久。时不时地，罗丝会看看他：下巴搁在手臂上，手臂枕在椅背上。窗户正对着一块屏幕，投进来的光在博士严肃的脸上变幻莫测。她不止一次地以为博士已经打起了盹儿，直到她瞥见他眼里闪过警醒的光芒。

楼下的交通仍然繁忙,引擎的轰鸣夹杂着间或炸响的恼怒的鸣笛声,隔着六十层楼的距离,听起来有些亦真亦幻。

博士的话在她脑中不断回响……

"好吧,"罗丝耸耸肩膀说道,"所以他们不喜欢幻想,这重要吗?"

"当然了,当然重要。幻想事关可能性,事关希望、梦想,还有……没错,还有恐惧。把这些都拿掉之后,还剩下些什么呢?剩下的不过是一群苦工,只知道工作、吃饭、睡觉、看电视,却无法想象任何超出他们无趣人生边界的事物。"

他看起来就像是自己遭到了冒犯一般。

"难怪这个世界已经停滞不前了,"他怒吼道,"如果无法构想出更宏大、更美好的事物,那兴建又从何谈起呢?"

"所以我们怎么办?"杰克调侃道,"推翻政府,然后给民众讲故事吗?"

"为什么不呢?这个世界——这个人类的世界——从来没有体验过查尔斯·狄更斯的作品,你觉得这对他们来说公平吗?"

"他对狄更斯有些痴迷[1]。"罗丝在边上悄悄告诉杰克……

---

1. 博士对狄更斯的热爱,可见于新版剧集第1季第3集《死不安息》。本集中,博士见到了狄更斯本人,在两人同乘马车时,博士说自己是狄更斯的头号粉丝,并且对后者赞不绝口。

房间外的某处响起了警报,音调起伏。一道蓝色的光束在窗前闪烁,盖过了外面荧屏上的色彩。如果她努力集中注意力的话,就能分辨出那些压过了交通噪音的叫喊声。

罗丝忽然惊醒,意识到自己刚刚是睡着了。她转过身去看博士之前所在的位置,却发现椅子上空空如也。

门外的走廊上有脚步声。

有人在跑。

2

整个行动一片混乱。第一辆到达现场的警车被一整个新闻摄制组尾随了,灯光师录音师一个不落。幻想狂徒们安排了人放哨……也可能他们只是一直密切关注着新闻八台的直播。他们被困在了一栋废弃大楼的地下室里,只有一个出入口。没有人提到他们也许备好了逃跑路线。

比如通过墙上的一个洞,或者一条通往下水道的隧道。这样他们就能在整个片区里从洞里钻进钻出,逃窜如鼠。

有那么一会儿,沃勒警督被这个比喻迷住了。她在脑海中描绘出了这些亡命狂徒的模样,他们留着络腮胡,双眼因足不出户、偷摸过活而死气沉沉,他们对现实唯恐避之不及。然后她感到脑子里传来一阵熟悉的刺痒,便在一阵令人恼怒的不寒而栗中,抛弃了这个想法。

她已经在34街和11438街拐角的信息屏上,看到了这场逃匿事件,在视讯信号亮起来的时候,她已经在半路上了。那是斯蒂尔从总部打来的,给出了她预料之中的指示。她已经打起了蓝灯，但是夜间的交通实在是过于拥挤，路上的车辆无法靠边给她让出道来。幸运的是，她的警用摩托非常小巧，足以使她在车流中穿梭自如——当实在无路可走时，只要稍微踩一脚涡轮增压器，空气喷射器就能让她越过障碍。

她刚飞过一处障碍，正因肾上腺素激增和那份紧张刺激而呼喊出声，旋即就在车灯的照射下发现了他们。他们一共四人，在片刻受惊之后立马恢复了冷静，开始分头逃跑，蹿入了小路之中。两辆警车紧追不舍，选定了各自的目标后，便飞速追了上去。

沃勒猛地刹车掉头，发现了离她最近的那个狂徒的身影。

在一个拐角她跟丢了一阵，但转过弯来，便及时看到他的背影消失在了一栋居民楼里。她笑了起来，把车骑过去，打开了悬停模式。她把视讯机从仪表盘上抓下来，卡进了腕带插槽里，然后一边跑向目标建筑门口，一边汇报现场情况和最后见到第四名逃犯的位置。

附近一块屏幕正在播放新闻八台。现场直播已经被暂停了，多半是为了避免现场情况带来太多刺激。取代直播画面的是一位警方发言人，正在发表标准的免责声明。在他开口之前，字幕就已经先打出来了：

很显然，这是一场难以预测的突发事件。但我恳请公众小心行事，不要卷入毫无依据的猜想之中。我们将会在掌握情况之后，尽快以适当的选编形式公开此次事件的客观真相。

她正准备掏出自己的跨权限卡片，却发现目标建筑的电子门锁已经坏了。所以那个狂徒不一定住在这里——这就又多了一个她绝不能跟丢的理由。沃勒挤进了门厅，查看了门扇大开、空无一物的电梯后，便走向了楼梯。

他在一截半楼梯之上，从栏杆上方探出头来看到了她，那长了雀斑的脸霎时变得惨白。她掏出枪来对他喊话，让他投降。他继续逃跑了。看来这一个已经彻底没救了，换作任何一个头脑清醒的人，都会接受自己已无处可逃的冰冷现实。

沃勒控制着自己行动的步速，让织入制服的微型动力机助她一臂之力。她本可以让它运行更大的功率，不过沃勒并不打算缩短追逐的时间。这可是她最享受的部分，再说她也不介意耐心一些。

被追捕的那名狂徒已经上气不接下气，他喘息着，从嗓子眼儿里发出哀鸣。每爬一段楼梯，沃勒和他之间的距离就会缩短一些。

意识到这点后，他改变策略撞进了一扇双向门，又一次暂时从沃勒的视线之中消失了。

她跟着他进入了一个由走廊和房门构成的迷宫，弯了弯手指，调高了头盔中声音接收器的敏感度。她能听到他的脚步声，离她那么近，好像就在她的脑袋里。一声尖锐的门响后，惊恐和抗议的声音随之而来，给她指出了猎物的方向。

他闯进了一间公寓,一对年老的夫妻正惊怒不已地相拥坐在床上。

"警察!"沃勒冲着他们喊道,"不用担心,这是实实在在的真事。"

她只用四步便穿过了房间,那个狂徒已经把一只脚悬到窗外,正在试探消防逃生笼的位置。沃勒一把抓住他的连体衣,把呜咽着的人从窗台上拽下来,这动作使她制服里的微型动力机发出了哀鸣。她把他摁在桌上,然而他的重量却压塌了桌子。她又拽他起来,用夸张的力气将他压在了墙上。不过,就像斯蒂尔常说的,只有这样才能把他这类人敲醒。

沃勒把他的双手反剪,用速干喷雾手铐固定起来。"名字。"她命令道,并且因胜利的喜悦而笑容满面。

"阿拉多·德拉贡哈特,北境之国埃特罗利亚的圣骑士——我绝不会将公主出卖给兽人族,你这邪恶的……"

她把他的脸摁在墙上,"清醒一点,伙计!"

"求……求求你了,别伤害我们。"

沃勒转过身来,看到那对夫妻正瞪大眼睛盯着她。更准确地说,是盯着她头盔面罩上他俩自己的倒影。他们浑身颤抖,就跟害怕那个幻想狂徒一样害怕她。那个男人正在努力安抚自己的妻子,但她还是眼泪汪汪地嘟囔着:"我们没多少信用点,但……但是都可以给你。你可以都拿去,就是不……不要……我们还有个孙子,他才两……两岁。"

沃勒的好心情瞬间消失殆尽,心中漫起一股怒意。她把那个狂徒推到一边,愤怒地靠近那对夫妻。"你们没听到我说的话吗?"她厉声说道,"你们是不是没听到?我说了没有什么好担心的,你们的意思是我在撒谎咯?你们这是在指控一位警官正在散布幻想吗?"

那个男人绝望地摇着头,不发一语;而那个女人却不知道闭嘴:"当……当然不是了。只是……我们明白,我们明白规矩。你只需要开口要价,我们什么东西都可以给你。就是……我们可能需要些时间来筹……筹款,但是我们会付钱的,我们会的。"

沃勒眯起了眼睛,"你们明白什么?你们看到过什么?"

"什……什么都没有,我发誓。"

"那你们是怎么知道的?是什么让你们瞎想的?"她的手指在枪托上扭了一下,那个男人终于找回了自己的声音。

"求您了,我的妻子是个好人。她不会胡思乱想,她只是糊涂了,就是这样。告诉她,爱丽莎,告诉她呀。"

"我……求您了,我不会……"女人抽泣着,"你不能指控我说……我……我们看到它了。我知道这不对,我知道我们不应该看,但它是真的。我绝不会……是他告诉我们的。"

"谁告诉你的,女士?"沃勒低吼道。她心里知道答案,不过她需要亲耳听到它,需要坐实真相。

"那……那个电视上的人。格莱登先生,哈尔·格莱登。"

她把三个犯人捆在暖气管道上,坐电梯下了楼。她已经安排了一辆囚车,但它可能得过一个小时才到——在一个交通如此繁忙的晚上,说不定会花上更久——她没时间等了。无论如何,反正他们哪儿也去不了——他们可没有手铐溶解喷雾和正确的密码。

沃勒出了大门踏上人行道,然后下巴都给惊掉了——

一个男人趴在她的摩托上,显然正在摆弄控制器。

她眨眨眼,觉得自己一定是迷糊了。她闭眼用上了自己曾被教授的技巧。深呼吸,把注意力集中在她能听到、尝到、闻到、感觉到的东西上,集中在真实的东西上。当她再一次睁眼时,他还在那里,穿着非常规的衣服。虽然并没有法律不允许他这么干,但这也确实说明他可能是个危险分子。

他已经看到了她,并满怀期待地对上了她的目光,另一只手仍然流连于车手把和前挡之间。沃勒摸向了自己的配枪。

"好了,伙计,离开我的车。我说了,离开我的车!"

他照做了,举起了自己的双手,但脸上还带着大大的微笑。

"没救了。"她想。

"你知道窃取警方财产的刑罚是什么吗?"

"我可不是在偷窃,"他反驳道,"不过,也没关系。我是政府人员,一个调查员。"他从口袋里拿出了一个卡包。

她走过去,直到和他隔着机车面对面的时候才停下来,枪口几乎就要贴上他的胸膛了。"好吧,够了。把手保持在我的视线范围内,我要带你去看医生了。"

"我正是博士[1]。"他说。

沃勒绕过机车向他靠近。目前为止她还没有理由向他开枪,但是他随时都有可能暴露本性。"你正在经历幻觉发作,"她缓慢而又清晰地解释道,"但你可以相信我。除了我的声音不要想任何事情,我是沃勒警督,我将为了你的自身安全而拘留你。"

他也在兜圈子,始终和她隔着一辆机车,"啊,是哪里露馅了?"

"这里没有政府。殖民星球4378976德尔塔四号,已经有三个世代没有政府了。"

"你以为我是这么说的?"

"你说你是个探员。"

"不,你说你是个探员。我是个研究人员,是……哎,好好看看卡片吧。"

"我知道自己听到的是什么。"

"就在刚才,你还认为我是在偷你的机车呢。可我并没有。"

---

1. 英语中,doctor一词既有"医生"的意思,也有"博士"的意思。

"那是基于过往经验和当前迹象的对未来事件的合理推断。"

"行吧,那么这就是你的错了。如果你认识我——"

"'如果'可是个危险的词,这位'神秘的不知名'博士。"

"我告诉你我是谁了,看看卡片。"

沃勒看了看卡片,最初的一瞬间她以为卡面上是空白一片。然后词句和亲笔手书便逐渐浮现出来。这时,她又感受到了大脑中的刺痒,仿佛是一个警告。她强迫自己放空了思维,不带任何先入之见地看着这个陌生人,只集中在她能确定的关于他的信息上。集中在她能证明的信息上。

他跟她差不多大,也许年长一些。剃短的黑发,招风耳大鼻子,还有看上去就喜欢追根究底的眉毛,蓝色的大眼睛里含着一丝戏谑的神采。他还是个研究员,新闻八台的。

"你带摄像机了吗?"她问道,抬头在天空中寻找那些通常伴随在他这种人左右的浮球。

"稍后才到,"他说,"眼下我只是问些问题,找找感觉。"

"是在拍纪录片吗?"

"当然啦,'街上的思想罪''幻想之本真'一类的主题。我想知道沃勒警督每天的经历,要做些什么才能阻止噩梦蔓延。不如我们都忘了刚才那一通小误会如何?我们都有迷糊的时候,没关系的。"

他已经跳上了警车的后座,任沃勒独自慌乱又窘迫地站着。

"好吧，"她严厉地说道，想要挽回自己的威严，"这趟轮班你可以跟着我，我也会回答你的问题。只要别碍着我的事就行了。"

"好的，船长。"陌生人无比热情地回答道。沃勒就这么愣住了，一只手握着手把，一只脚还悬在空中。他有些心虚地补充道："我是说，警督。刚刚记忆出了点小错，不是我在瞎想。"

她狐疑地打量对方：他的衣服仍然是个疑点，尤其是那件夹克，是用某种兽皮裁剪出来的。但话说回来，搞媒体的大都有些古怪，在她看来，全都离大白屋只有一步之遥。

在储物箱里翻找一通后，她搜出了一只多余的头盔，从肩头扔给了他。然后，她也没确认他是否戴好了头盔，便发动空气喷射器，一脚把油门踩到了底。

她把视讯机重新插入仪表盘，接入警车的系统。它圆形的屏幕又一次亮起，上面出现了斯蒂尔刚毅的脸。他有银灰的头发、方正的下巴和坚毅的灰眼睛。

"又是他，沃勒。他又在广播了。"

"有定位了吗？"

"还在进行三角测量。这次我们走运了。我派人扫描了所有的频段，这次他刚一开始就被我们发现了——而且，看起来它来自你的辖区。"

"我不会让你失望的,斯蒂尔。"

"我知道,你是我最好的警员。"斯蒂尔看了眼屏幕之外的什么东西,表情收敛为一个审慎的微笑,"我们找到他了,我正在把资讯传给你。祝好运,沃勒。斯蒂尔下线。"

屏幕变成了绿色,一连串沃勒不明其义的黄色编程符闪过。随后,一个闪烁不止的巨大黑色箭头取代了它,直指向前。就是它了。

她因满怀期待而一阵战栗,但这项任务同时也非常危险。她母亲曾给她的最好忠告便是:即使最有可能发生的事情,在发生之前,也仅仅是一种可能。

"你对这份工作真是乐在其中,是不是?"

她几乎都忘了,车上还有个乘客。他的声音透过头盔的内部无线电传来,字句清晰可辨,丝毫没有受到交通喧嚣和急速风鸣的影响。"当然。"她回答道,"这是世界上最好的工作,我是在防止人们自毁前程。"

"没错,但这并不是你做这份工作的理由,是不是?你是为了这套制服、徽章,还有配枪,是为了能让你高人一等的力量。"

若非她正聚精会神地追随着箭头的指引,那博士当场就会被她扔下车。箭头猛地转向右方,她一扭手把,机车腾空越过了四排车辆,还在交通灯前造成了一场小型事故,"无可奉告。"她硬邦邦地答道。

"这可不错，"他说，"我可以把它放进节目里。有些人这种时候会扯个无关痛痒的谎，但是你……"

"没有什么无关痛痒的谎，"沃勒低吼道，"谎言就是谎言。"

"听上去有点不近人情呀。"

"我是个警督……"沃勒嗫嚅着陌生人的名字，她一定在卡片上看到过，但就是想不起来，"呃，博士。每天我都会目睹幻想造成的破坏、痛苦和毁灭。哦没错，幻想最开始总是无害的。你会听到年轻人的描述，说它如何给了他们片刻欢愉，让他们暂时忘却了一切烦恼。但是它的影响，绝不会止步于此。你知道在那栋居民楼门口遇见你之前，我在干什么吗？我在追捕一个幻想狂秘密小组，他们每周都会在一间地下室里聚会，然后——听好了啊——他们就互换所谓的漫画书！"

"太可怕了！"博士附和道，"但是，我这么问纯属职责所在，希望你理解，但是这实际上能造成什么破坏呢？"

"你肯定见过他们：幻想狂徒，反社会者。他们无法融入现实，所以只好深深地退缩进痴心妄想里。他们的行为会变得难以预测、不合逻辑。他们会看到不存在的事物，对想象中的威胁做出反应。他们会给自己和其他人带来危险。所以最好是防患于未然。姑息一个谎言的话，博士，姑息任何谎言，都是在为疯狂打开大门。"

"怪不得这里没有政治家呢，"博士说道，"我打赌他们一定是第一批走投无路的。"

"当我们不再需要它的时候，政府就解散了，"沃勒说道，"我们的法律已经完善了。"

"那它当然也不会再改变咯？"

"当然不会，你有什么言外之意吗？"

"完全没有。不过有些立场，无论陈述多少遍都不会嫌多。你就表现得非常不错，我觉得你真是前途无量。"

这赞扬让沃勒笑了起来，她同时也注意到，视讯机上的箭头变成了纯红色——她离目标只有两个街区了。"你需要给节目找素材？那就跟紧我，朋友。你马上就要见证这个世界有史以来规模最大的幻想罪搜捕行动了。"她急切地倾身向前压上机车手把，手套里的手掌汗津津的。

"最后一个问题，"博士说道，"这个世界的名字是什么？我不是说那个殖民星球890还是多少的编号，我是说它的名字。它一定曾经有过一个名字。"

沃勒必须承认，博士虽然会令她分心，但这也不全然是坏事——至少事后回想起来如此。他让她得以专注于当下。不过，现在她必须集中精神完成手头的任务。格莱登已经触手可及了，她仿佛已经尝到了胜利的滋味。

"我不知道，"她简短地回答道，"也不想知道。"

但博士不愿放弃，"你一定曾经听过它的名字，至少也听过谣传的名字，无论什么。"

"这个世界最初的名字已经被遗弃了，"她冷硬地说道，"在人们发现它会带来问题之后。"

"什么问题？它不过只是一两个词语而已。"

"但是词语会带来联想，博士。名字具有内涵，隐藏在表面之下。有些时候它们只差一步，就会堕落为……"

"幻想？"

她用一句发自肺腑的咒骂盖过了这个问题，把车开上人行道后狠狠踩下刹车，多亏了重力缓冲垫，她才能牢牢稳坐在驾驶座上。她怒视着视讯机，仿佛觉得自己能吓得它改变主意。但可怕的消息仍旧留在屏幕上，字母全部大写："**信号丢失**。"

"出问题了吗？"博士问道。

"我差点就抓住他了！"沃勒咆哮道。

"抓到谁？"

"你听到斯蒂尔的话了。他又在广播了，就在这附近。我们一定就在他的正上方，但是……"

她绝望地四下张望，发现自己连这区区一条街上的窗户都数不过来。这里有成百上千间房。不出一会儿就会有大批警员来到这片区域，但还是远远不够。而且等他们来就太晚了，他们总是太晚了。

"我还是不明白你说的是谁。"

"当然是格莱登了,我说的是哈尔·格莱登,世界上最危险的人。"

"好极了!但是为什么呢?"

交通的喧嚣中传来了一阵新的声响,鸣叫不已——是警报声。沃勒又一次调高了声音接收器,定位出警报的位置。就在半个街区外的街角处。她重新发动摩托,骑上了马路。

"你会知道的。"她坚定地说。

3

门上有个猫眼。透过它,罗丝能看到一小段扭曲了的旅店的走廊,目之所及并无人影。她又把耳朵贴到门上,什么声音也没有。

脚步声已经在几分钟前停下了,但是她并没有听到有人离开的声音。

这跟她一点关系都没有。很有可能什么事都没有。

但是,博士去哪儿了呢?

外面也已经安静下来了,罗丝回头看着睡得正熟的杰克上校。需不需要叫醒他呢?如果压根儿什么事都没有,她就会显得像个傻子。说不定只是有人喝醉了,回来得晚了些;或是谁在四处寻找制冰机呢。

但是,如果是博士的话,他会出去看看的。他还会有所发现。

她下定决心,打开了门。

走廊确实空无一人。壮起胆子后,罗丝踏出了房门。黑漆漆的走廊悄然无声,门在她身后咔嚓一下关上,吓了她一跳。这倒也没关系,她只要碰一碰,门就会开:他们都在前台扫描了指纹。

走廊上并没有可以藏身的地方,只有一排排房门。她一定是胡思乱想了,也可能是她没听见房门开关的声响。看来,那不过是其他住户闹出的动静罢了。

她笑了起来,放松了自己不知何时紧绷起来的神经。罗丝仍然希望自己知道博士身在何处,她讨厌他扔下自己单独行动。不过他也可能只是睡不着觉……他到底睡不睡觉来着?如果出了什么大事的话,他会告诉他们的。

转身的一瞬间,罗丝听到了什么。她立马转了回去,屏住呼吸,感觉自己脖子上的血管正突突跳动。

一声闷响,一阵木头彼此碰撞的咔嚓声,一丝短促的擦刮声……然后声响戛然而止,一切回归寂静。

对面的墙上有扇门,就在走廊的那头。她小心翼翼地快步走过去,读了读门上的标牌。原来那不是个房间,她之前没意识到这点,那是清洁工的工具间。

她这会儿倒是希望,自己手里拿着个笤帚什么的,还能给自己增加点儿安全感。

无论里面是谁,她心想,就算她害怕他们,但他们很可能更怕她。是这个理,对吧?怪物才不会躲在工具间里呢。

不,她收回那句话。在有博士的世界里,它们没准儿还真会那么干。

"我知道你在里面。"她说道,想使自己听起来勇敢无畏。杰克离她很近,一喊就能赶来;楼梯也在不远处,而她跑得可快了。

罗丝做了个深呼吸,拉开门的同时向后跳去。

门里边是个瘦骨嶙峋的小伙子,有沙金色的头发,刘海蓬软,年纪跟她相当。他蜷缩在拖把和水桶(令人吃惊的低科技工具)的包围中。那么,就是没有怪物了。罗丝呼出憋了许久的气,咧嘴笑了起来。那小伙子见状也放松下来,脸上的恐惧变成了迷惑。

"我只是在……呃……"他扫视着狭小的工具间,眼睛眨得飞快,一只手含糊地比画着周围。

"不,你才没有。"她爽朗地说。

"不,呃……我没有。"

他满脸愧疚地低下头,好像这时才想起自己手里还拿着东西。那是一沓纸,他想要把它藏在身后,但手肘碰上了一根拖把,整沓纸都掉在了地上。他立马跪了下去,开始捡拾散落一地的纸张。当罗丝试着帮忙的时候,他立刻成了惊弓之鸟,虽然想要说些"我能行"一类的话,但却卡在了喉咙里。

她抓起一叠纸,最上面的那张全是图画——这是连环漫画,她意识到。在相连的六格里,一位极其丰满的年轻女子正在某个中世纪城堡里逃命,追逐她的那群衣衫褴褛的怪物,在她的锯齿形对话框里被叫作"食脑僵尸!"。她终究还是在城堡的刑房被追上了。她缩进了角落里,双手圈住丰润的红唇作为喇叭,高喊着一个男人的名字,让他来营救自己。

"你不会告密的,对吧?"瘦骨嶙峋的小伙子恳求道。

"跟谁?告什么密?"

"警察,他们在追我。因为……你知道的,幻想。他们突袭了我的阅读小组。"

"阅读小组?"罗丝看了看手中其他几张纸,还有几页是漫画,剩下的则填满了工整的文字。"你是说那些兴师动众的喧哗,就为了这个?那些警报,还有其他大张旗鼓的架势,就是因为你们……在做什么?就因为你们在读书?"她记起了博士的话,"幻想!"

"不是听起来的这回事。"

"我不在乎,我可不觉得读书有什么错。"

小伙子泪汪汪的眼里浮现出一丝绝处逢生的希望,"你……你的意思是……你自己不读书吗?"

"我不……"罗丝刚开口就打住了,她不想显得像个傻瓜一样,"我是说,杂志之类的我也看的。"

"哦。"他看起来有些失望,"你是说非虚构类的。"

"我小时候妈妈可没在家里放多少书,但我在学校里会看书,有些时候会。我是罗丝。"

他盯着她,嘴无声地一开一合。在罗丝的提醒下,他才开始介绍自己:"多米尼克,多米尼克·艾伦。"

罗丝把纸张还给他,"你从哪儿弄来这些东西的?"她问道。

"我们……"他犹豫了很长一段时间,仿佛不确定是不是能相信她,"我们写了这些,我们自己写故事,然后互相传阅。曾经,我是说我们曾经这么做。能有读者,能够和人分享我的……我的思想,这感觉太好了,哪怕只是跟为数不多的几个人分享。但现在全完了。"他脸上浮现出悲伤的表情,"娜特被一辆警车截住了,我看到了。她这会儿应该已经被送去大白屋了。还有其他人……我得联系大家,看他们是不是也……我不知道自己是怎么逃出来的。我只是不停地跑啊跑。洛奇总是及时为我们更新最佳藏身处的消息,那些不用密码就能进去的大楼。比如这栋楼,这间旅店就很好。你能在不被前台看到的情况下溜进电梯。我尽力上到了顶层,然后就不知道该怎么办了。"罗丝张嘴打算说些什么,但多米尼克打断了她:"嘘!你听见了吗?"

他们听了一会儿,然后罗丝摇了摇头,"什么都听不到呀。"她无声地用唇语说道。

"我觉得我听到脚步声了。"多米尼克小声说,罗丝这才发现他正发着抖。"在楼梯上,听呀!像是警察,正在悄悄接近我们。他们努力保持安静,但我能听到他们。还有……还有外面,有那些沙沙声。你肯定也听见了吧。告诉我你也听到沙沙声了。"罗丝又一次摇了摇头。"他们正从外墙爬上来,用了抓钩,很有可能是勾着消防逃生笼一路上来的。他们正在包围我们!"

走廊尽头有一扇小小的、脏兮兮的窗户。罗丝正想向它走去,但多米尼克跳出来挡住了她。

"你这是在发什么幻想疯?他们会看见你的!他们会看见你,然后他们就知道你跟我说过话,然后他们就会把你也送去大白屋!"

她犹豫了,又仔细听了听周围的动静。还是什么声音都没有,她很确定多米尼克是幻听了。往窗外看一眼就能证明这点,也能平息他的恐惧。

但如果他说对了呢?

"好吧,"她果断地说道,"那你需要藏到一个比工具间更好的地方。跟我来,不接受反对意见。"

她抓住多米尼克的胳膊,把他拖进了房间里。

杰克揉着困倦的双眼,穿着短裤坐在沙发上,大腿上搭着被单。多米尼克跪在电视前:他刚撬开了电视屏幕旁边墙上的一块嵌板,正在调试频道。整间屋子都充斥着白噪音以及来自静电干扰的惨淡光芒。

"我会让你们看到的,"多米尼克嘟囔道,似乎在自言自语,"如果他在直播,我就能找到他,等着瞧吧。"

罗丝把多米尼克的纸页——他的那些故事——在床上摊开,"哪个是你的?"

"漫画。"他心不在焉地回答道,头都没回。

"僵尸的这个吗?它……呃,挺好的。画得很棒。但你知道女人其实不长这样对吧?而且如果我们真的长成这样,就不会穿成那样。"

"是风格问题。他们过去在文学作品中就是这么描绘女性的。"

"那我猜,下一页她就该被僵尸撕掉衣服,随后被一个猛男英雄救美,最后投入他的怀抱。"

多米尼克停下了手里的活计,回头盯着罗丝看,"你研究过经典著作?"

"你们现在还能搞到,呃,经典著作?它们没有全被烧掉之类的?"

"如果你知道上哪儿找,知道该访问以太网的哪些网址,就行。所有的数据都被清除了,但人们设法修复了一些碎片:旧书的残章,一些电影和电视节目的片段。"多米尼克又回头捣鼓起了电视机,接着说道,"上周发生了一件大事,有人找到了一个完整的剧本。我们不太确定,但专家说它很有可能是莎士比亚的作品。怎么说呢,这家伙写的老电影全是最棒的。我们找到的那本，讲的是一个小男孩去一所巫师学校上学的故事。"

"你到底在做什么？"杰克插嘴道。

"我在找'静电噪音'。"注意到杰克挑起的眉毛，多米尼克又解释道，"不是字面意思，是个叫'静电噪音'的电视台——一个非法电台——由一个名叫哈尔·格莱登的家伙经营。我刚刚还在跟罗丝说这个，它在不同的频段播放，每天播放的时间也不同。不然警察就会找到它，对吧，还会把它给查封了。因为它会引发人的思考，而这是警察们最不愿意看到的。你们居然都没听过这个台，这简直难以想象。每个人都在谈论它。"

"我们之前在城外。"杰克说。

多米尼克奇怪地看着他，"这里没有'城外'。"

罗丝觉得自己最好告诉杰克他错过的消息。"博士说对了，"她说道，"幻想在这里是违法的。你甚至不能说谎，不然就会被送去一个……一个……那地方叫什么来着？"

"认知分离患者之家，"多米尼克补充道，"我们都管它——最大的那家——叫大白屋。"

"所以小心吧，你，"罗丝挤兑着杰克，"可别再信口开河了。"

"我可不知道你在说啥。"他一边套上牛仔裤，一边装出受伤的表情，"我这辈子说的每句话，都是千真万确的事实。"

"真的吗？那你倒是给多米尼克讲讲，那些披盔戴甲还会走路的鲨鱼和罐头刀的事呀,看他会不会相信你咯。给他讲讲呗!"

多米尼克失落地叹了口气,关掉了电视,"一定是现在还没有播。"

"所以这个静电噪音台到底有啥特别的?"杰克问道。

"它与众不同而已。你知道上个月官方频道里最受好评的是什么吗?是那个关于会计的节目,讲的是如果他们不能算清账面,就会被公司一个接一个地开除的事儿。都是真事,真是太无聊了!但是'静电噪音'不一样……在'静电噪音'里,有过去那种戏剧节目;有逗你开心、让你忘却烦恼的喜剧;还有会让你好奇下一步发展的连续剧。"

"幻想。"杰克总结道。

多米尼克的脸色阴沉了下来,"但它的节目里也有事实。哈尔·格莱登告诉我们事实——真正的事实——也告诉我们如何让一切变好。他开拓了我们的眼界,让我们能用一种不同的眼光看待这个世界。"

"看来这个叫格莱登的家伙,帮咱们把活儿给干啦。"杰克说道。

"你知道博士这个人,"罗丝说道,"无论如何,他还是会掺和进去的。"

"我猜他已经去了。现在我只想知道,这一切是怎么发生的——是谁让这里的人不要做梦，他们又为什么要乖乖听话。"

"他们说做梦是很危险的事情。"多米尼克说，"但做梦也很刺激。当我在阅读的时候——写作的时候更是如此——那感觉就好像我能……"他竭力寻找着合适的字眼，"就好像我生活在另一个世界，一个一切皆有可能的世界。那些角色、怪物、情境——它们都像是真的。然后，嗯……我猜……我是说，有时我觉得自己仿佛能被拉进那个世界，我有些害怕这种感觉。但这一切都是值得的，因为……因为当我置身其中的时候，会觉得那个世界色彩斑斓，而当我回到这里时，一切又重归黑白了。"

多米尼克眨眨眼，然后突然盯着罗丝和杰克，仿佛在担心自己说得太多了。

"你知道我们该上哪儿去找这个哈尔·格莱登吗？"杰克问道。

"为什么要问这个？"

"就像我刚才说的，我们的想法是一样的。只是格莱登看上去已经有所准备，可以真正做些实事了。"

多米尼克耸耸肩，"没人知道他在哪儿。传说他曾经是个商人，功成名就的那种：有四辆车，在第Ⅰ阿尔法区有套豪华公寓，还有一些工厂。但他必须躲起来，如果被警察抓住了，他下半辈子就得待在大白屋了。"

"他一定有个演播室。"罗丝说道。

"有好些个。传说他凭自己的财力在城市各处都建了演播室,永远不会在同一个地方连续广播两天以上。真希望我能找到他,我做梦都想为他工作,让我的故事被成千上万的观众看到。你能想象吗?我曾经觉得……不,不,这太傻了……"

"你曾经觉得什么?"罗丝鼓励道。

"我曾经觉得,也许,通过我的读书小组……我们只有几个人,但我觉得,也许有一天,如果我的故事能够传到他耳朵里……我就是想……我想做更多的事情,你明白吗?我想做……比通过可视电话给人推销窗户更有价值的事。"

"你是个销售员?"杰克高声说道,"嘿,干这个也需要想象力。给你的顾客编个好故事,可是绝佳的推销方法。"他转过身去,冲罗丝咧嘴笑了起来,"我跟你讲过那次我在阿塔莱恩星系里没油了的故事吗?那会儿我只有个某天晚上出去溜达时捡回来的交通锥。于是我不得不说服一个老矿工,让他相信那玩意儿值一袋子铯矿石。我告诉他那个交通锥是一顶皇冠……"

多米尼克目光锐利地看着他,"你这是想表达什么?我们可不会对顾客撒谎。我们不能……我是说,我们就是不会去撒谎!我们为他们介绍产品包括它的作用,仅此而已。"

"他没有别的意思。"罗丝说道,为氛围的急转而下感到不解。

"那个,我……我……忘了我刚才说的一切吧。不过只是些念头而已,就是这样。我不是什么作家,也不知道那些纸张和故事是哪儿来的。我不过是……在外面发现了它们。刚才我有些迷糊,但现在已经好多了。"他站起来,一边说着,一边往门口挪。

罗丝也站了起来,挡住了他,"别呀,那你刚才说的那些话呢?那个色彩斑斓的世界,还有给电视台写故事什么的?现在它们突然就全无意义了吗?我知道不是这样的,多米尼克。"

"都是这些……这些披盔戴甲的鲨鱼,还有皇冠,还有……还有能读虚构书籍的学校。我觉得你们……如果你想知道的话,我觉得你们都已经没救了,发幻想疯了。我觉得你们该去看看……"

"你知道吗?"罗丝说道,"现实生活不一定就得是黑白的。一个朋友教会了我这个道理,你应该见见他。"

"……医生。"

"嗯?你怎么——"

"你之前提到了一个……"多米尼克惊恐地睁大了双眼,在逼仄的空间里拼命退得离罗丝越远越好,"所以你们才问我那些问题?你们是警察,对不?你们……你们跟大白屋的医生是一伙的,打算给我下套,于是装作迎合我。"

杰克看上去有些愤愤不平,"今天无论到哪儿,都有人叫我骗子。"

"只是今天吗?"罗丝调侃道。

然后多米尼克就往门口跑去,却又一次被罗丝拦住了。他沮丧地哭喊一声,抓起了手边最近的东西——一个破破烂烂的旧烧水壶。"让我走!不让我走,我就把你脑袋砸开,我发誓我会的!"

"不,你不会的。"罗丝说道,努力让声调保持平静,双手在身前摆出安抚的姿势。她心里有些没底,但那个水壶是空的,看起来也不是很重。再说,她觉得多米尼克也没多大力气。就算他真动手了,她也能够保护自己。

杰克走到多米尼克身后,把手搭上了他的肩膀。"冷静一下,伙计。"他坚定地说,"没有人在骗你,也没有人想要……"

他没能说完剩下的话。多米尼克在绝望之下爆发出了惊人的力气,突然推开杰克,吓了后者一跳。杰克和罗丝还没来得及做些什么,他就已经跑过去,猛地把窗户拉开了。车辆通行的喧嚣涌入房间,窗帘随着轻柔的晚风飘荡起来。"我是不会去那里的!"多米尼克赌咒道,"我听说过,去了那里会发生什么,他们会……他们会烧坏你脑子的某个部分,让你再也不能思考。那样的话我宁愿去死!"

意识到他的打算后,罗丝的心怦怦直跳。她往后退了一步,推敲着能够安抚他的话,想让他相信他们无意伤害他。

但是多米尼克一只脚已经探出了窗户,杰克意识到已经没时间废话,便猛地冲了过去。罗丝满脑子都是:他们现在离地面有六十层，没人能在跳下去后幸免于难。

杰克猛地扑向多米尼克，但他的双手却抱了个空。他转身看向罗丝，那惨淡的脸色已说明了一切。

窗外显示屏上的溢彩流光，在他身后的虚空中闪烁。

多米尼克跳下去了。

4

要找到混乱的源头,其实轻而易举。

有栋办公大楼二楼的窗户仍透着亮光,人流正从其下方的出入口里奔涌出来。那是些穿着一模一样黑色礼服的男人,和穿着别无二致的白色礼服裙的女人——有些人已经歇斯底里了。

一直专注于追捕行动的沃勒警督,直到现在才注意到周围的环境。她之前没意识到自己已经到了金融区的边缘,这是个更加富裕的片区,但这里的建筑看起来跟其他地方没什么两样。

有钱人正在这里聚会——如果凌晨这个点了灯还亮着,说明这是个特别好的聚会。

她刹住车,感到机车重心一变,因为博士在车完全停稳前就跳了下去。他把头盔扔到一边,执拗地堵在逃跑者的前面。

"他在宴会舞厅里,"他们在交通嘈杂和警报轰鸣中,叽叽喳喳说个不停,"他手上有……"

"……刀……"

"……枪……"

"……他有一颗在轨道上待命的卫星，可以发射足以夷平整个区域的死亡射线……"

"……他戴着一副铁面具……"

"……眼睛往外发射线……"

"……他想占领……"

"……整个银行……"

"……整个宇宙……"

"……世界星际冠军先生的称号……"

沃勒抓住博士的胳膊，把他从人群中拉了出来，"跟他们交谈是没有意义的，他们被吓坏了，现在看到的都是幻觉。"

一部分逃出生天的宴会狂欢者，手脚并用从熄火车辆的引擎盖上爬过，竭尽全力逃得越远越好；一部分开着车的人弃车而去，惊慌失措地跟着人群奔跑。

沃勒和博士跑入大楼，立马就听不到交通的喧嚣了。环绕他们的，是大理石、繁茂的丛林植物和柔和的灯光。一座喷泉以舒缓的节奏汩汩喷涌，但警报仍然轰鸣不止，像个钻子在沃勒脑中钻个不停。

一个尖嘴猴腮、穿晚礼服的男人跌跌撞撞直冲沃勒而来。他像举着一把枪似的举着一根香蕉，"你们也该到了，"他上气不接下气地说道，"我把嫌犯押在了二楼，他们闯进了第一区银行的舞会，但没料到我也在这里。我已经让十个人从后面包围了他们，还有四个人正在待命，我一声令下他们就会从窗户……"

她反手给了他一下，让他失去了意识。

"现在感觉好些了，是吗？"博士问道。

"明天早上他会感谢我的。你最好留在这里。"沃勒冲上了通往舞厅入口的楼梯，"这里可能很危险，而我没法为你能否保持理智负责。"

博士没有跟她争论——他直接无视了她。

他俩闯进大门，让里面的人不约而同地倒抽一口冷气。沃勒掏出手枪，扫视着眼前这一大片黑衣白裙，寻找着那抹与众不同的颜色。那并不难找。

那人正站在房间中央的一张桌子上，明显没注意自己有只脚正踩着一碗乳脂松糕[1]。他是个中年男人，体形肥胖，双颊红润，深色的头发油腻腻的。他气势汹汹地挥着一个小小的黑色控制器，在看到闯入者后便大肆挥起手来，威胁道："不许过来！你们再往前走一步，我就把这地方炸上天去！"

"这就是不先打探清楚就随便乱闯的后果。"博士说道。沃勒惊异地发现，博士正咧嘴笑得像个神经病，"我每次都这样。"

她的心沉了下去。这触目惊心的情况，远非几句谎言能比。

---

[1] 即屈莱弗甜食，是一种由松糕、果冻、水果和蛋奶沙司层叠制成的冷甜点，通常覆有奶油。

这正是令沃勒警督一直提心吊胆但又不敢想象的情况。她对斯蒂尔说过多少次,早晚会发生这种事?他又认同过她多少次?然而这种先见之明,并不能在当下给她带来多少安慰。

评估这个新的威胁、预判可能出现的最坏情况,是她的职责。但她此前从未经历过这种事情,从此刻开始,任何可能发生的事,对她来说都像是幻想。

无论何时,她只要一想到这点——在她的思维滑向那个危险领域时——就好像整个世界都炸成了一片火海,沃勒仿佛可以嗅到浓烟、听到烧灼的声响。还有那该死的刺痒,在她脑后不依不饶,直到她恨不得撕开头骨去抓挠痒处。

闭上眼,深呼吸,稳住神。你已经前进了这么多,不能前功尽弃。

她只是隐约知道那个肥胖的狂徒在说话。他暴躁蛮横地说着,但嗓音中透着紧张;他脑袋摇来晃去,想要将整个房间同时纳入眼中。"好了,没人可以进来,也没人可以出去。我是认真的,谁敢靠近任何一扇门,我都会让你后悔。现在,都趴到地板上!我说趴下!你们必须照我说的做,不然我就把你们都炸飞!我会的!"

沃勒估摸着这里大概有四十个人质。四十条人命悬于一线,更别提财产损失了。也许不止这栋楼,说不定整个街区都会受到波及。还有外面的车以及任何在周围办公楼里的人……还有……

她的脑子开始刺痒、嗡鸣，她不能再继续想下去了。

"很好，很好，继续呀。就是这样，趴到地板上，趴进尘土里。臣服于我吧，就像我这么多年来对你们卑躬屈膝那样！你！把头低下来，詹金斯，趁我还没想起来，你如何抢了我的功劳，得到了晋升。还有你，莱博维茨小姐。我看到你对我的描述了，别以为我没看到。那好呀，我这就让你看看什么叫'不稳定'！"

在一阵可怕的死寂中，银行家们接二连三地屈从了。沃勒又急又恼，手指摩挲着配枪，明白它是派不上用场了。她需要时间来理清思路。那狂徒锐利的目光扫过沃勒，她便扔下了武器，展示着自己空空如也的双手趴了下去。

神不知鬼不觉，她按下了手腕视讯机上的一个开关。外面应该已经有警车响应警报，闻讯赶来了，但现在，他们也能知道有位警官正身处危险之中，也能听到这里发生的一切了。

"你最好这么看着我，苏西·摩根。"胖乎乎的狂徒咆哮道，"我本来还挺喜欢你的。我本来可能会放你走的——可你知道我为什么没这么做，对吗？'停车位'这个词对你有没有意义呢？难道工作了三十二年之后，我仍不配得到任何东西？是吗？现在，你——你们所有人——都必须求我了。"

"不然你就杀了这间屋里的所有人。"

博士仍然站着。警铃恰好在他开口前停了下来，所以他那快活的腔调是屋里唯一能听到的声音，像电流一样窜过了突如其来的死寂。

"就从你开始。"

"博士,"沃勒嘶声道,同时抓住他的脚踝,想让他也趴下,"现在可不是发幻想疯的时候!"

"站起来,沃勒,"他坚定地说道,"你像这样趴在地上,我们可没办法好好说话,而我们这位哥们儿正是想要好好谈谈,是不是?"

"我……我……"胖乎乎的狂徒结结巴巴地说,"我只是想要有人能……能注意到我。"

"你已经做到了。我敢打包票,你已经是注意力的焦点了。现在说说吧,是什么事情这么重要?"

博士没有疯,他是个天才。他正在把这个狂徒拉回现实,让他把注意力集中在他这行为的逻辑与事实上。他做了沃勒本该做的事情——当她意识到后,感到了阵阵刺痛。

"说吧,"他不耐烦地说道,"我们可没时间等上一整天。"

然后他瞬间搞砸了一切,就因为问了一个欠考虑的问题,一个沃勒曾受训永远别问的问题。

"你想要什么?"

她跳了起来,"你敢回答这个问题!"

狂徒瞪大了双眼,猛地把引爆器挥向了沃勒。现在已经没法回头了,她必须说服他,在博士造成更多破坏之前。别再去想炸药了，别再去想如果她稍有不慎，会造成什么后果。像对付其他狂徒一样对待这个就好。

"那正是让你深陷困境的缘由，"她强硬地说，"欲求不满，白日做梦，想入非非。你有工作的，对不对？你供得起一间公寓、一台电视和食物。你应该想你所拥有的，而不是觊觎其他人可能拥有的。没错，是有其他人干着更好的工作，挣着比你多的钱，但这就是生活。面对现实吧！"

"你觉得这就是正确的做法了，是吗？"博士悄声说道。

"听着……"沃勒语气和善了些，又意味深长地顿了顿。

"阿诺·芬奇。"那个狂徒小声说道。

"阿诺，我知道你不是有意要做这些的。我是说，要是你能立足现实看看自己的所作所为，一定会……好吧，我打赌你一定觉得难以置信，是不是？这一切看起来肯定就像幻想出来的一样。因为人们不会在自己工作的地方埋下炸弹，也不会在现实生活中威胁整个街区的安全，对吗？你这样的人尤其不可能，阿诺——像你这样一辈子兢兢业业、遵纪守法的人。我很清楚我从没见过这种事。我是个警督，可我从来没有见过这样的事情。你呢，阿诺，你见过吗？"

"我……我不知道。也许吧，我猜……是的，我觉得我见过……"

"不，阿诺。我说了，是在现实生活里。好好想想！我知道现实和幻想的差别很难分辨,但是好好想想!当你之前看到这个的时候,当你看到有人做出这种举动的时候,你是不是在自己的公寓里?你当时是在看电视。"

"新闻,"阿诺呻吟着,"一定是新闻……我记不清了,但我一定是在新闻上看到的这个。"

"如果是新闻,阿诺,那我们都会看到过。我觉得你是在看些别的什么东西。你是不是一直在看'静电噪音'?"

"不!不!我才没有!"

"没事的,阿诺。这不全是你的错。那个时候你正在换台,然后哈尔·格莱登出现了。你听过那么多关于他的事情,而他又在电视上滔滔不绝地说着那些你希望能够成真的事,这让你好奇。但你要知道,那个人荼毒了你。哈尔·格莱登是在发幻想疯,阿诺——你也清楚幻想是怎么传播的。你自己就在这么干。你让人们感到害怕,让他们设想未来,你心里清楚这会导致什么。就像现在,这间屋子里的每一个人——甚至还有那些你放走了的人——都需要去做心理咨询了。银行很有可能会被关闭,你已经复仇了,阿诺。"

"我只是想……不,除非他们对我道歉,除非他们保证……保证会对我更好。把我的桌子挪到……挪到……"

"他们做不到,阿诺。你是个聪明人,你知道世界是如何运转的。我们只有一个小小的世界,我们的资源已经耗至极限,没有盈余了。你必须接受这点。把注意力集中到现实上来,忘记其他东西吧,忘记'静电噪音'。"

"但是……不,那不是真的。因为我见过别人,跟我一样的普通人,他们回答了一些问题,然后得到了……钱……钱和车,还……还能到其他地方度假。"

沃勒摇了摇头,尽管她瞧不起对方的软弱,却也觉得他可怜。他不是元凶,真正的罪魁祸首已经完成了自己的工作,把自己腐化的思想植入了这个傻瓜的大脑,让他彻底疯了。"我听说过这样的节目——但它们也是虚构的,阿诺。就像那些告诉你别相信警察的节目一样,你其实知道你是可以的。你曾经遇到过那些问答节目上的人吗?任何曾经赢过大奖的人?你能证明他们是真的吗?"

他大汗淋漓、浑身颤抖,他就快做出决定了:要么放弃,要么做些蠢事。

"不,你不能证明。那他们都不是真的,对吗?"她向前走了一步,希望自己的存在能稳住他,宽慰他,或者能吓住他也好,她不介意是哪种情况。只要能让他不去想其他任何人、任何事。

狂徒发出了一声悲怆的哭嚎,想要退开。

那碗乳脂松糕从他脚下滑了出来,让他仰面摔下了桌子,从沃勒的视线中消失了。

她的心脏差点从嗓子眼儿里蹦了出来。她蹿上前去，让微型动力机运作到极限，心里明白一切已经太晚了。

时间仿佛冻结了，无数可能性悬而未决。

然后房间爆炸了，又没有爆炸。

沃勒仿佛同时存在于两个世界，一个覆盖着另一个。她能看到宴会舞厅毫发无损，同时也能看到它炸得支离破碎。她靠近狂徒的道路畅通无阻，同时也充斥着下坠起火的砖石。周围的人质们尖叫哭喊寻求帮助，这一点在两个世界里都是一样的。

就像昨日重现一样。

不过这次她能与之抗争，因为她知道这是怎么回事。

炸弹被引爆了或者没有被引爆。一个是现实，一个是幻想。沃勒不需要知道哪个是真的。如果是第一种情况，那么她无计可施。天花板塌了下来而她被牢牢钉在下面。如果是第二种情况……

她无视了四肢上或真或假的疼痛，纵身跃过狂徒刚才踩着的桌子，找到了正躺在地上、独自呜咽的他。他的双眼在看到沃勒的时候便鼓了起来，他想按下引爆器，却发现自己已经弄掉了它。

沃勒和狂徒一同朝那个小黑盒扑过去。二十根手指争先恐后想要第一个抓住它，可它却滑了出去，被一只磨损了的棕色鞋子拦住了去路。

抬头的时候，沃勒的世界又一次晃动起来，她不知道自己会看到些什么，隐隐觉得自己只要眨眨眼，就会发现自己正被埋在碎石下面,血流不止。

博士一把捡起引爆器,盯着它看了看,然后乐呵呵地说:"是个电视遥控器。"他把它扔到身后,嗖地一下在他俩身旁蹲下了,"我猜就是,但不能确定。我的音速起子已经准备好阻断无线电信号了。"他几乎是道贺般拍了拍阿诺·芬奇的肩膀,"但你就是在唬我们玩儿呢,是不?"

他的存在宛若船锚,把沃勒拉回了理智之中。

噩梦消逝了,她如释重负地叹了口气——最坏的事情没有发生。她还活着,他们都还活着,这栋建筑毫发无伤,败北的狂徒被她压在身下,放弃了抵抗。但博士刚刚说了什么?……

这里没有炸弹!她刚才为什么没有意识到呢?她过于迅速地接受了幻想,相信了没有亲眼见到的事情。她忘记了基本守则。

她一边生着自己的气,一边把狂徒死死摁在地面上,用喷雾手铐把他的双腕固定在了背后。"进大白屋去吧,朋友。"她吼道,"但愿他们会因为你对这些人做的事情,把你脑子给煎了,你这个变态!"

这句狠话一出口她就后悔了,在意识到它很可能成真后就更后悔了。撇开恼怒,她真的理解他。曾有那么一次,她自己也寻找过静电噪音台,在一个寒冷、寂寞的夜晚。她只是好奇。幸运的是,她并没有找到。她和阿诺·芬奇这类人之间的区别,有没有发幻想疯,其实比她愿意承认的还小。

"你……你会告诉他们的，对吗？"狂徒结结巴巴地说，眼泪汪汪，"你会告诉他们这不是我的错，我只是……只是照着电视里说的做了而已。"博士俯下身，在他耳边悄声说了些什么。沃勒没有听清，但那些话似乎让他冷静了一些。

那些还能站起来的银行家陆续爬起身来，适应着新的事实。还有不少人仍然躺在地上，胎儿般缩成一团，不住抽泣着。

"你现在知道我的意思了吧。"沃勒对博士说道。

"是，我明白了。"

"这就是格莱登做的事。这就是为什么他是危险分子。他的电视台让人变得贪得无厌，教会他们蔑视权威。"

"是的。"

"他在把人们逼疯！"

"我误会了你，沃勒警督。我本以为你才是这里的怪物。"

在沃勒张嘴结舌的时候，博士站了起来。"怪物是不存在的，博士。"她干巴巴地说。

"不，怪物是存在的。"他说，"只不过有些怪物比其他的更擅隐藏，还有些我们就算见到也辨认不出的怪物。来吧，我们该走了。"

他小跑着动身离开，仿佛想要沃勒也跟上——而不知为何，她恼火地发觉自己真这么做了。

"去哪儿？"她无助地在他身后喊道。

"大白屋,"他头也不回地喊,"我想知道接下来会发生什么。"

5

"不好意思,先生,你有多的信用点让我买杯冰啤酒吗?"

杰克上校最开始并没看到那个流浪汉,后者跌坐在硬纸壳做成的窝里,就在一家用木板封住了门窗的商店门前。杰克的注意力被街对面的大广告牌吸引了——上面画着一罐牙膏,配了段"去牙菌斑功效不如市场领军产品,但稍许便宜一些。"的广告语。他终于开始明白多米尼克说的在这里做销售有些困难是什么意思了。

"我产生了些幻觉,你知道吗?就是不停地做着我是个有钱商人的美梦。我需要点酒精,在我发幻想疯之前把大脑麻醉掉。"

杰克笑了,"我喜欢你的推销把戏。"

流浪汉抬头看着他,层层褴褛衣衫之下满面愁容,"不过是实话实说罢了。你不会找我麻烦的,对吧?"

"不过我可没现钱,抱歉啦。"然而那个流浪汉看起来实在太垂头丧气了,杰克忍不住对他伸出手,"哎,跟我来吧。我会给你弄点儿吃的和热饮,或者别的什么。"

"我更想来杯啤酒。你刚才不是说你没钱吗?"

"我会发挥想——我是说,我会有办法的。"

流浪汉握住了杰克伸来的手,让他把自己拉了起来。他不如这个美国人高,而那塌着的肩膀让他看上去更矮了一截。他上了些年纪,头发稀疏胡子雪白,但双眼炯炯有神、充满警惕。

"就知道你会帮我的,先生。"他喘着气,感激地说道,"我一见着你的衣服就这么觉得了。你可不是什么庸碌无为的家伙,你是个有想法的人,我也是。"

杰克只是点了点头,想起了上一个遇到的"有想法"的人。

他记得与多米尼克失之交臂时的恐惧感——因为他知道,那个年轻人死前会经受一段漫长而痛苦的煎熬,而自己除了眼睁睁看着他坠落外,毫无办法。

然而,多米尼克的手胡乱在空中摆动时,拍开了几米外附在墙面的消防逃生笼的反重力气流,那份恐惧便化作了惊奇。

他下坠的势头被抵消了。多米尼克像空中的一根羽毛般飘荡着,打着滚儿翻进了逃生笼那三根竖向栏杆的空隙里。然后他继续下落,比之前的速度稍快,但一定会轻缓着陆。

杰克有两秒钟的时间来决定,要不要一起跳下去,但距离实在太远了:逃生笼本该从屋顶进入,而不是这里。也许他并没打算真的自杀,但多米尼克仍然冒了相当大的风险。

杰克弄不明白这是为什么。多米尼克前一刻还喋喋不休,显然因为找到了两个同类而开心不已；但过了一会儿……他就好像犯了妄想症似的，把自己和罗丝往最坏的方面揣度，并对此坚信不疑。就好像这个世界的统治者其实是对的，梦真是危险的。

也许真是这样，对于不习惯做梦的人来说，梦确实危险。

太阳爬到了灰色的大楼上面，但这是个冷天，空中布满厚厚的云层。马路一如既往的拥堵，人行道也挤满了人：穿着灰色连体服的人脸色灰暗，低着头走向工作的地方。熄火车辆的空气喷射器扬起了灰蒙蒙的尘土，绕着行人的脚踝打旋儿。多米尼克是对的，杰克想：这是个黑白的世界。

"我在找人，"他说道，"哈尔·格莱登。他经营着一家电视台，你听说过他吗？"

流浪汉耸了耸肩膀，"你可找不到几个没听说过哈尔·格莱登的人。很有可能也都看到过他，如果他们诚实的话。据说他儿子因为一个小小的指控，只是讲了故事，就被抓了起来，送去了大白屋。他在里面自杀了，真的。这就是为什么格莱登痛恨这个体系。"

这跟杰克已经知道的事实相符。在多米尼克逃入黑夜之后，他和罗丝就在旅店前台后面的一间小屋子里，花了两个小时在以太网上搜索。晚班经理给了他们一张密码卡，往他们账上添了一笔费用，他们轻易就找到了多米尼克·艾伦的地址，还找到了上千条提到哈尔·格莱登的信息，但没有任何确凿的消息。如果他确实像多米尼克坚称的那样是个商人,如果他曾有任何登记在册的地址或可视电话号码,他们都没能找到任何蛛丝马迹。

"哈尔·格莱登,这肯定不是他的本名,对吧?"

"多半不是,"流浪汉说道,"至少别人都是这么说的。我可听到过不少东西,真的。一直耳听八方来着。"

"那你听过他的真名吗?或者上哪儿去找他?"

"我在那边的屏幕上见过他,几周之前的事情了。他把RTV4台的直播掐断了一分钟,用他们的卫星发送自己的电视信号,人们是这么说的。真是个聪明的家伙。要我说,如果有谁能拯救这个世界的话,那非他莫属。"

"每个人都知道他长什么样,"杰克说,"他到底是怎么躲起来的?"

"给我弄杯啤酒,我就把我知道的都告诉你。"

"你这老骗子,"杰克笑道,"你什么都不知道,是不?"

"我可从不说谎,先生。"

"算了,你们这里哪儿能弄到啤酒?"

"酒吧。"

"早晨这个点儿?"

"全天开放。酒精可是好东西,如果剂量合适的话。它能让大脑麻木以免我们想得太多,让我们保持理智,让事情保持真实。街角就有家挺不错的店。"

"好,"杰克说道,"那就带路吧。"

初升的太阳染红了天空,罗丝已经在房间里安然睡去了。她打算补补觉,睡上几个小时就出门去找多米尼克。如果运气好的话,博士在她离开之前就会回来。如果运气不好的话……那就是另一件需要操心的事情。

与此同时,杰克自己出了门,在这座拥有两千万人口(根据以太网上的数据来看)的城市——或者说世界——里,去找一个人。他并没多大把握能成功,除非他按多米尼克不经意间给他的启发,去做一些事情,一些风险很大的事情。

而这,就是他的任务。去讲故事,去问问题,吸引注意,让他自己出名。

然后让哈尔·格莱登主动来找他。

一个半小时之后,杰克上校已如鱼得水,他坐在吧台凳上,面对着围成半圆、全神贯注的听众们:那些疲惫的夜班工人和潦倒的失业者。在杰克到来之前,他们都各自沉浸在自己的痛苦中。

"然后这个可怜的家伙精心装扮成保依之脸[1]走进了食堂,而

---

[1] 保依之脸,外形为一整个巨大的头颅,面部结构与人类相近。首次出现在新版第一季第二集《世界末日》里,最后在第三季第三集《水泄不通》中,为拯救城市与博士而死。值得注意的是,本文原作出版于2005年,杰克在文中调侃了保依之脸。但实际上,在2007年播出的第三季第十三集《最后一个时间领主》中,杰克说自己因为家乡争光而被称为"保依之脸"。这是本小说与原剧情设定的不同之处。

上将就站在那儿呢。你们真该看看他意识到那不是个化装舞会时的表情,他简直不知道该把……好吧,他简直不知道该把自己往哪儿搁。"

他背靠吧台,拿起自己的瓶子灌了一大口,陶醉于观众们赞赏的笑声之中。

第一间酒吧可不是这样的。那里的顾客都阴沉地坐在自己的位子上一言不发,只是瞪视着他。有一对夫妇堵住了自己的耳朵,还大声地唱起歌来。还有人冲他扔了个瓶子,管他叫"幻想狂徒"。而在第二间酒吧,他几乎刚一开口就被一个粗暴的酒保扔出去了。

倒不是说在这里就没人反对他了。"你应该去看医生,知道吗?"酒吧另一头一个棱角分明的老女人气冲冲地说道,"你们其他人也不该这么鼓动他。"

"我说的可都是真的,我发誓。"杰克说道。

"我相信他,"另一个客人出声说道,从眼里擦去笑出的泪水,"我不觉得有人能凭空编出这种故事。"

"是吗?那那个哈尔·格莱登呢?"

有人出来声援那个老女人了,"如果你说的是真的,"他质问杰克,挥舞着自己的酒瓶,"那你的船呢?为什么我们没看到它着陆?"

"它停在丛林里,而且它可不着陆,它凭空出现。就是这样,你听到我说的话了。"杰克说道,在新一轮欢笑声中提高了嗓音,"我是乘着一架时空飞行器来到这里的。从外表看来,它就像一个叫作警亭的东西——那是二十世纪的地球上的玩意儿。不过我坐的这个,里边儿比外面要大。"

那个老女人猛地把酒杯砸到桌上,语无伦次地说道:"你指望有人会相信这个?"

"没关系的,女士。"在她怒不可遏地冲出酒吧之后,杰克在她身后喊道,"你可以听我说。警察不会找我们麻烦的,因为这些不是幻想,是我的生活!"

"向医生们证明去吧!"她离开前扔下了最后一句话。

"跟我们讲讲你的飞行器。"有人要求道。

"啊,它可不是我的,"杰克说,"它属于一个叫……唔,我觉得现在还不能告诉你们他的事。"他故作悲伤地瞅了眼自己的空瓶子,然后如愿以偿了——有个相当可爱、梦中情人般的金发小伙子又上前来给他买了瓶酒。"给我的朋友也来一瓶。"他快活地要求道。杰克转过身去,对着角落里的那张桌子竖起了大拇指——但那张桌子是空的。他皱起了眉头,在人群中搜索着,直到那个流浪汉凑到身旁时才看到他。

"差不多该走啦,上校。"他小声说道。

"你开玩笑吗?好戏才刚开始呢,而且我还给咱们弄到了另一瓶……"

"还有其他地方，"他恼火地嘶声说道，"但如果我们继续留在这里，可能就没有了。那个暴躁尖刻的老太婆——她现在应该已经报警了。"

杰克仓促起身，几乎从椅子上跌落下去。老流浪汉是对的，如果不是受到酒精影响，他自己也能得出这个结论。他本来只想来上一瓶进入情绪的。下一间酒吧只喝软饮料了，他发誓。

"我刚刚收到提醒，"他大声说道，"我有个紧急预约。跟你们聊天真的非常开心，如果有人来找我的话——除了警察之外的人，我是说——我就在……"

"告诉他们就在静电噪音里找。"流浪汉急忙打断他。

杰克抗议地看了他一眼，被拽着胳膊往门口走去，同时听见自己的观众发出不满的抱怨。

"你这是为什么？"他埋怨着，在日光下眨着眼睛。

"你想让警察找上你吗？"流浪汉问道。

"谁在乎？无论如何，没人会出卖我的。他们拿不住任何定罪的把柄。"

"你觉得他们需要吗？"

"再说了，我就是要吸引注意，我想被人找到。"

"被哈尔·格莱登找到，"流浪汉提醒杰克，"不是其他人。再说，如果他想的话，他会找到你的。你在电视上见过他吧？他知道世界上都发生了什么。他到处都有耳目。如果他想找到你的话,上校,他就会找到你的——相信我。"

当他们从杰克第四场好评如潮的个人演讲中逃出来的时候,还不到傍晚。他们是从后门走的。

他对自己的成果非常满意,他的名声已经传开了。每到一处就有掌声响应,通过服装也有人认出他来,还有越来越多的人渴望听他说话。杰克认为,在这个故事匮乏的世界里,故事的传播也要迅速得多。

它们越传越广。"给我们讲讲那些披盔戴甲的鲨鱼!"这群最新、最多的听众外围,有人嚷嚷道。

就算最后没找到格莱登,他也做了些好事。他做了博士想做的事情:把幻想介绍给这个世界。

倒不是说他的故事完全是编的。他必须不停地向人们保证,他们听到的确实只有真事,事实也的确如此。就是……多多少少有些润色。毕竟,你得让听众为之好奇。

无论如何,他是在活络他们的想象力,拓宽他们受困于这个无聊小星球上的眼界。在此过程中,他就是在反抗一个不公的政权……人生没有比这更美好的时刻了。

杰克享受着声名鹊起的每分每秒。这就是为什么,这一次,他逗留的时间太长了些。

他俩逃入一条垃圾遍地的小巷子里,被高墙团团困住。警铃也在墙间反复回响,直到杰克再也分不清它们来自何方。流浪汉的速度快得不可思议,基于他喝了不少,更是让人刮目相看。

"你应该扔下我,"杰克坚持道,"没必要让咱俩都被抓住。"

"看到我俩一起进出的人太多了,"流浪汉有理有据地辩道,"无论在这幻想传播出来之前还是之后,我都是你的从犯了。再说了,我对这些小巷子了如指掌,没了我你可逃不出去,上校。"

杰克没有争辩,任由他把自己领过一个拐角——

却迎面遇上了一辆警用摩托。

它像一头愤怒的犀牛般冲向了他们,所有护板都升了起来。那一瞬间,流浪汉在蓝色警灯刺眼的光线中僵住了,但杰克抓住他的手,拉着他一起朝驶来的车辆跑去。

原来,他刚才看到锈迹斑斑的铁栏杆中有道缺口。他一把将流浪汉推了进去,自己也紧随其后。警用摩托嘶吼着开了过去,在反重力系统的帮助下,一个急刹停了下来。骑手从座位上一跃而下,他身穿黑色装甲,头戴遮面头盔,看起来魁梧健壮。

他们正站在一小块空地上,周围层叠垒着废弃的电子产品。杰克抓住一个带滚轮的废旧洗衣机,让它直冲栏杆滚去——那个警察正试着把用装甲垫宽了的肩膀从洞里挤过来——洗衣机撞过去时他往后退开了。这能稍微拖延点时间。

杰克跃过一个破旧的机器管家,藏在了在一堆垃圾后头。流浪汉绕了点远路,也气喘吁吁地跟了过来,即便如此,他也没有停下或者抱怨。他的双眼被兴奋点亮,肾上腺素支撑着他,至少目前如此。

杰克的情况跟他差不多,"我们要找个地方躲起来。"杰克说道,"一旦那个警察报告了我们的位置,就会有增援人手来包围我们。"

流浪汉什么也没说,领着杰克在垃圾山中穿行,那路径似乎是随机挑选的。

然而警察却突然出现了,离他们有些距离,但恰巧赶上了天时地利,有了一片能够看到他们的清晰视野。他迅速开了四枪,杰克猛地把流浪汉往后一拉,将他拽出了吱吱作响的蓝色能量弹的弹道。

他们又一头扎回了垃圾迷宫之中,左拐,左拐,右拐,最终流浪汉忙不迭地去爬一堵有他两倍高、已经腐烂的木围墙。杰克推了他一把,然后一个助跑,也攀了上去。他的手够到了墙头,被流浪汉拉了一把,跟他一起翻了过去。

他们落在一道泥泞的斜坡上,流浪汉失去了平衡,脚下一阵打滑,被杰克一把抓住。他差点儿就一头栽进了一条河里,那条河颜色锈红,缓缓地在杂草丛生的两岸间流淌。

他们继续逃亡,草根拉扯着他们的脚踝,头顶上则是旧仓库那些封了木板的窗户。他俩跑到一个地方,那里有不少扔在水里的木箱，他们便脚下不稳地踩着过了河。又跑了一段之后，河流分岔了，他们选了右边的那条支流，一直跑到一座铁桥下面才停了下来。

流浪汉迸发出的力量已经离他而去，他瘫倒在地，额头抵在膝盖上，气息在肺叶间呼呼作响。"他们不会到这里来找咱们的，"他气喘吁吁地说，"暂时不会来。他们中的大多数人压根儿不知道这条河。你瞧，他们就在上面建东西。"他的话几乎完全被头顶车流的呼啸吞没了。

"刚才可真险。"当他俩都能喘上气之后，杰克说道，"从现在开始，我们必须加快行动了，不能再在同一个地方待太久。"

流浪汉摇了摇头，"你不能再出去了，上校。至少不能穿成这样就出去，警察有你的外貌描述，警车会到处都是的。"

"我才不会藏起来，我跟你说了，我想要被找到。"

"你已经被找到了，他知道你在哪儿。他总是知道。"

杰克皱起眉，"你这是什么……"

流浪汉爬起身来，"你想要吸引注意？从你来到这个世界的那一刻起，你就已经被注意到了，你和你的同伴们。我知道你们住在哪儿，所以才在那个门口等你们中的某一个经过。"

杰克笑了，"我明白了，四处都有耳目是吧？你也是其中之一，对不对？你为他做事，你是个探子。你一直在考验我。"

"不完全对，上校。"流浪汉第一次挺直了背，展示出自己本来的身高,他炯炯有神的双眼对上了杰克的目光,嘴上挂着微笑,"我就是他。我就是那个你一直在找的人,哈尔·格莱登。"

6

医生们会告诉你,所有的幻想都是有害的,你在美梦之中得到的快乐,跟当它转变为噩梦时带来的恐惧相比,不值一提。可我认为,即便是噩梦,对我们也是有好处的。

罗丝不知道是谁在说话。她在床上扭动着,不屈不挠地闭紧双眼,希望这声音会离开,让她自己待着。

怪物是有迷人之处的,那些躲在床脚、在黑夜中蹦出来的东西。如果它们一无是处,我们就不会梦到它们了。我们想要体验那种战栗,品味那种恐惧。

她又睡过去了,电视也没关。妈妈到现在还没一边冲进来拔掉插头一边抱怨电费,真是个奇迹。

一些良性的恐惧并没有什么坏处。这能让我们心跳加速,刺激我们分泌肾上腺素，让我们知道自己还活着。

尽管努力抗拒，她还是慢慢醒了过来，逐渐想起了自己在哪里。

毕竟，还有什么能比直面那些怪物更令人兴奋、更刺激？

罗丝又醒了过来，楼下交通高峰期的汽车喇叭声此起彼伏，在她耳中炸开。她打开电视来掩盖喧嚣，发现它仍停留在之前多米尼克调出来的频道间的静电噪音上。

这样的白噪音本身是令人心安的：它是有些刺耳，没错，但这个持续不断、富有规律的声音，能够掩盖所有其他声音。罗丝的眼皮再次耷拉了下来，她任由那阵声响将她引入黑暗之中。

在我们的梦中，我们就可以做到。我们可以享有那种刺激，并安然无恙。我们的梦并不能伤害我们。

现在是什么时候了？她睡了多久？博士回来了吗？
她在听什么？

本节目由静电噪音电视台编辑出品。我是哈尔·格莱登。现在我们被迫终止广播,但我们将于今天下午继续带来本日剧集:食脑僵尸城堡。请在静电噪音中搜索我们。

现在,罗丝已经完全清醒了过来。她一个打挺坐了起来,刚好赶在屏幕重新被一片雪花吞没前,看到了一张一闪而过的脸。她跳下床去拿电视遥控器——它之前被多米尼克扔下了。

她搜索了一打频道,找到的全是普通的新闻和纪录片。

她停下看了一会儿某个庭审现场的直播,一个女人正在申请离婚,理由是她的丈夫用一个恶毒的谎言毁了她的自信:"他反复明确地跟我强调,说那条裙子不会显得我屁股很大,但当我到那家餐厅的时候……"

她关掉电视然后看了看钟,但根本看不懂上面那六个数字是什么意思。她不知道应该从左还是从右开始读,她甚至不知道这个世界里一天到底有多少个小时。但窗外的景色告诉她,现在太阳正高高地挂在天上。

博士还是没有回来。她穿上夹克,在口袋里找到了自己的手机——它被博士改造之后,就再也不用充电,而且无论何时何地都有信号。她本以为会看到一条来自博士的短信,或者一个未接来电什么的,然而什么都没有。总有一天,她会逼他带上手机的——她知道他肯定有一个,在他想要的时候。

他会找到她的,他总是能找到她。与此同时,她得继续行动,去找多米尼克了。罗丝和杰克一致认为,多米尼克能帮到他们,只要能让他冷静下来。多米尼克可以成为他们的向导。再说,在昨晚的危情之后,她也想去确认他没事。

罗丝草草写了条短信发给博士(只为预防万一),便往门口走去。就在此时,她听到了背后的声音。

是脚步声,就从一秒前还没有人的地方传来。

罗丝猛地转身,屏住了呼吸。

房间里空空如也。

她笑了起来,很庆幸博士和杰克上校没有看到自己一惊一乍的样子。

但就那一瞬间……就那一秒钟——她的笑意在回想时凝固了——她确信,百分之百确信,她不是孤身一人。房间里有其他人……不,其他东西,在她身后。

而且不是随便什么东西,是……

她几乎没法去想那个词。但是那画面就在那里,清晰地映在她脑海之中。一个面白如纸、衣衫褴褛的生物。它皮肤剥落、双眼空洞,胳膊无力地朝她伸来,好像受弦线操控。

一只僵尸,跟多米尼克漫画里的如出一辙。

罗丝摇摇头想驱散这个画面。是噩梦的残影吧,大概。但它一直在那儿,当罗丝走入阴暗的酒店走廊,在身后把房门关上时,仍然在她的脑子里隐隐作痒。

多米尼克的公寓并不难找。道路都按数字而非名字进行标识,且以网格布局排列开来,罗丝很庆幸地发现自己只需走上几个街区就可以了。她可不怎么想在既没有钱也没有博士的情况下,跟这里的公共交通系统打交道。

多米尼克住的那栋大楼里的电梯坏了,但好在他住的楼层不高。毫无装饰的混凝土楼梯,让罗丝想起了自己老家的那个——在地球上的那个。但这个楼梯没有任何涂鸦,就好像大家都无话可说。

她在一扇不怎么结实的木门前敲了几分钟,然后又对里面喊话,想让多米尼克相信自己并无恶意。她考虑过把门踹开,如果门后哪怕有最轻微的声响,那她都会这么干。

他很有可能上班去了,在那个致电中心。她责怪自己睡过了头,责怪自己出门太晚。

接下来该怎么办?

罗丝步履沉重、满腹心事地走在回旅店的路上时,多米尼克从一家咖啡馆门口的桌子边向她扑了过来。他一直坐在那里,假装沉浸在一份似乎图片比文字还多的报纸里。

"多米尼克!"罗丝在被抓住胳膊拖到一边时尖叫道。

他立马嘘声让她安静:"继续走,他们也许在跟踪你。"

罗丝忍住回头看的冲动,"谁也许在跟踪我?"

"你去过我的公寓。他们安排了警察整天巡逻,穿的是便衣。我一直在观察他们。有一个男人,每三分钟就顺时针绕着大楼转一圈。街对面的公寓里还有另一个人,我看到太阳照在望远镜上的反光了。"

罗丝这下回头了,"我谁也没看到呀。"她疑惑地说。

多米尼克快步向前,熟练地在人群中穿梭。罗丝艰难地跟在后面,不停地撞上路人。在走到一个交叉路口的时候,多米尼克突然向右拐去,没一会儿他忽然跑了起来,冲进了一条空旷的小巷子。

她在街的另一边追上了他,"听着,我觉得没事了。"她说,"我不觉得有任何人在……"

"他们去过我的公寓,"多米尼克说道,"我昨晚在一个朋友家里过了夜,等我到家的时候……他们试着把一切放回原位,但我知道他们来过。就好像每样东西的位置都……都有一丝微妙的差别,你明白吗?我就从消防通道溜了出来。"

"这都快成你的癖好了。"

"那个,对于昨晚我很抱歉。我以为你们是……哎,我想这显而易见。一定是因为……一定是因为压力,还有兴奋,让我有些发幻想疯。现在我想明白了,如果你是……又恰巧在那旅店房间的概率真的很低……然后,我的意思是,警察真的会对我们撒谎,现在每个人都知道这点。但是你们跟我讲的故事,都太精彩、太难以置信了，警察无论如何是不会……"

"行了，我知道你的意思了。"

"他今天早上又直播了，"多米尼克说道，"你看到他了吗？"

"如果你是说哈尔·格莱登的话……"

"没错，"他兴冲冲地说道，"所以你找到他了，他说的话可真是……我是说，今天早上，我以为一切都完了。你明白吗？警察知道我叫什么——他们一定已经从读书小组的某个人嘴里逼问出来了——我也不能回家，但现在我知道事情很快就会改变了。"

"为什么？他说了些什么？"

多米尼克皱起了眉头，"我以为你——"

"我只看到了最后一点。"罗丝解释道。

多米尼克又焦躁不安起来，开始四处张望。他眯起了双眼，再一次抓住罗丝的胳膊，把她拽进了另一条小巷。疑神疑鬼，她心想，绝对是在疑神疑鬼。但也许他真有充分的理由这么做。在这里她不过是个过客，但多米尼克的生活的确已经被搅得天翻地覆了。她想起自己第一次有这种感觉的时候，当怪物出现在她工作的地方，到她家里去的时候，就好像所有事情都毫无道理可言。不过至少她当时还有博士，可多米尼克又有谁呢？

除了她之外，还有别人吗？

一阵擦碰声传来，仿佛有人撞掉了他们身后的某个垃圾桶盖。罗丝和多米尼克同时转过身去,然后看向对方。

"后面谁都没有。"罗丝说道,不只在说服多米尼克,也在努力说服她自己。

多米尼克点了点头,但看上去不怎么相信。他们匆忙继续前行,回到了人群当中。

"你刚准备跟我讲格莱登来着。"罗丝提到。

多米尼克的声音比刚才小了一些,也压得更低,"一年以前,他还无踪无影,不过是一个都市传说,我甚至不认为他真的存在。现在……"

"你真的相信他能改弦更张。"

"我知道他可以。人们听他的话,而且现在他们也知道真相了——真的真相。今天早上——他之前有过暗示,但从来没有挑明直说,他说……一场革命,罗丝。哈尔·格莱登说,现在是我们起来推翻这个警察极权的时候了。因为我们没有政府,你明白吗?所以我们没有……没有可以检视事物本质的人,没有可以倾听我们心声并做出改变的人。所以我们必须成立我们自己的政府!格莱登说,是时候废除反幻想法了,我们应该去寻求做梦的权利,以及所有他们不允许我们去梦想的东西。是的,这就是他的发言……罗丝,我觉得我们正在被……"

"我知道。"

她什么都没看到,也什么都没听到,只是有一种恐惧感盘旋在她脑中。一般来说她不会在意这种感觉,但这次不行。她不断扫视着周围的脸庞,搜寻着到底是谁正看着她。

找到时她倒抽了一口气:它就在半个街区之外,站在交叉路口处,它的眼睛漆黑而空洞,皮肤惨白且剥落斑驳。

接着,人群在它身旁合拢又散开,它便消失不见了。

多米尼克一定也看到它了,因为顷刻间他俩已经同时跑了起来。

他们从一家大型百货商店中穿过,里面所有的东西都是黑白灰三种颜色的包装。她跑着跑着便开始怀疑自己的眼睛了。一个僵尸?怎么可能会有一个僵尸直挺挺地站在人行道上呢?还有人在它身前视若无物地走来走去,就好像他们都看不到它一样。

再次踏上街道时,他们停了下来,因为多米尼克已经喘不上气了。

"我们甩掉她了吗?"他气喘吁吁地问道。

"'她'?"

"我以为你看到她了,那个女警察。"

"呃,没错。"现在罗丝真觉得自己在犯傻,居然凭空看到了怪物,但她明明很确定呀,"是的,我觉得我们肯定已经甩掉她了。"

令她吃惊的是,多米尼克接着就把手搭上了她的肩膀,热切地盯着她的双眼说:"我希望你明白,罗丝,如果我们被抓住的话，我什么也不会告诉他们的。我会说是……是我对你撒了谎，是我骗你帮助我。我会告诉他们，跟你在一起的时候，除了铁板钉钉的事实我什么都没听你讲过……"

"闭嘴，多米尼克。"罗丝说道。

他退了一步，满脸受伤。罗丝又感到了那种恐惧——有什么东西在她身后。她往左看，往右看，但无论转去哪个方向，都只能看到普通人。他们中的大多数都无视了她，但也有人在盯着她看——又是因为她的穿着吗？不，是因为她的行为，因为她神经兮兮的。

就跟多米尼克昨晚……还有现在一样。

然后罗丝意识到，也许这就是他一直以来的感受。好像这世界有什么地方……有些她没法说清的事情不太对劲。但她记得博士之前曾经说过：藏于事物表象之下的事物，大多数人都无从看见。那是一种……在某个地方蛰伏着怪物的感觉。要是她能弄明白它们藏在哪里就好了，就能摆脱那种如果自己能看到它们，它们也一定能看到自己的恐惧。

幻想发疯。

意识到这一点，罗丝想起另外一些事情来，多米尼克昨晚说的，关于哈尔·格莱登的事情，"他打开了我们的眼界……"

"静电噪音台，"她倒抽一口气说道，"这就是它一直在做的事情，对不对？那些节目……以某种方法让人们大开眼界了。"

"……让我们能够用一种不同的眼光看待这个世界。"

现在轮到罗丝抓起多米尼克的胳膊,拖着他一起走了。

"我们这是要去哪儿?"他叫出声来。

"找到杰克,然后回到塔迪斯上。"罗丝说道,"也希望博士能够去那儿找我们。来吧,这外面不安全。"

她可不是在临阵脱逃,她告诉自己。她不会逃跑,她只是……这么做是有道理的,她没有办法处理现在的情况,她必须……

"我……我可以保护你的,罗丝。"

"你什么?"

"全靠我了,我就是那个男人,我就是那个英雄。"

"才怪!你之前干过这样的事情吗?"

"呃……没有,但是……"

"那就跟我走吧。我会——"还没说出口的话冻在了喉咙,她捕捉到了一个路人的目光,就在他立马低头重新看向自己的脚之前。

她明白了。

"是他们所有人。"她悄声说道。

"什——你在说什……"

"他们都知道了,多米尼克。你还不明白吗?他们知道我们知道了!所有的人,你能看到的每一个人,他们都被……都被控制着这个世界的东西控制了，无论那是什么。只有我们没受影响，而他们已经知道了。"

多米尼克猛地点头，尽管他的眼神出卖了自己的一无所知，"你是说他们都是告密者。警察已经发布了通缉公告，对吧，所以现在每个人都知道我们长什么样了。"

他们跑进了一条新的小巷，跑到另一条小巷的交叉路口时，他们停下了脚步，因为每个方向上都有人——那些不动声色、维持着自己日常生活的表象的人。但罗丝知道真相，她知道事实如何，她也知道他们不会允许自己说出真相。

一阵拖沓的脚步声响起。有个女人清了清喉咙，从一扇高耸的木门里走了出来，被厚厚一叠硬纸板压弯了腰。她是出来扔垃圾，还是暗藏什么祸心呢？罗丝并没留下来弄明白。

第一扇门是锁上的，第二扇的门闩在她的疯狂晃动下脱开了，他们闯进了一个建筑工的小后院。他们被成堆的木料包围了。有两扇门可以进入那栋建筑：其中一扇正对着他们，另一扇在一段金属楼梯上方。罗丝的第一反应是躲进去，但是一阵危机感让她停了下来。

窗户那里是有人吗？

她只是余光瞥见了一眼，一个面色惨白、双眼空洞、衣衫褴褛的身影。当她想要仔细看的时候，却消失不见了，黑漆漆的玻璃上只有天空的倒影。

大门在她身后砰的一声关上了,仿佛一声枪响,吓了她一跳。罗丝知道后面还有更多的怪物,鬼鬼祟祟地穿过小巷跟在她身后。

"你听到它们了吗?"她悄声问道。

"我听到了。"多米尼克肯定道,睁大的双眼里满是恐惧。

"完蛋了,多米尼克。我们被包围了。"

他想与她拉开距离,"我会去自首。我会告诉他们都是我的错。你……你就藏在某堆木头后面,也许他们不会……"

"这不是你的漫画,多米尼克。你也不是我披盔戴甲的骑士。我俩一个都逃不掉。"

罗丝抓住一根木头,像拿着一根球棍般挥舞着,眼睛紧盯着关闭的大门。她大脑中的刺痒已经变成了淹没一切的轰鸣,唯一能断续成型的念头,是光照不对劲,这儿太亮了。现在是白天,晚上才是怪物出没的时候呢。

然后一大片乌云吞没了太阳,院子陷入了阴影中。

它们追着她来了。

大门忽地打开,它们就在那里。一共四只僵尸,争抢着想要第一个挤进来。罗丝转过身去,心里已经知道自己会面对什么场景:另有两只僵尸从背后的门廊里出现了。然后是另一只,出现在她头顶的楼梯上,若非脚步拖沓,当真一声不响。

罗丝和多米尼克背靠背站着,被包围了。他正在呜咽,罗丝则掂了掂自己的临时武器，准备痛扁第一个进入攻击范围的僵尸。

"我知道你们在想什么，"她用眼下能拿出的最自信的嗓音说道，"我知道你们想要什么——但我是不会尖叫、晕倒，或者弄掉自己的衣服的，懂吗？所以，如果你们想要我……那么，就上吧！"

僵尸来袭。

7

大白屋很大。它是白色的。它是一栋屋子。

至少,它曾经是一栋屋子:那是一栋四下延展开来的多翼宅邸,设计古典,跟周围的混凝土高塔有云泥之别。它甚至还有自己的庭院,这可出乎博士的意料了,尽管它们面积很小而且全都铺了地砖。他怀疑有不少属于它的土地被周边的发展占去了,而剩下的土地也被停着的车辆填了个乱七八糟。

现在已经不能再称它为一栋屋子了——它有太多杂乱加盖的部分。其中最丑的是一座方形的附楼。它有五层楼高,矗立在建筑的中心部分。

不过,这里倒是非常平静。庭院被三米高的围墙圈了起来,隔绝了大部分城市噪音——尽管博士知道,隔音必然不是竖起院墙的主要目的。

院墙外面的灰色牌匾上写的并不是这里的名字,而是一个说明:认知分离患者之家。

门口的警卫一看到沃勒的警用摩托和她不合身的制服,便点点头把他们放了进去；博士本来准备掏出自己的通灵纸片，但很显然并不需要了。如果是在其他什么地方的话，他会对如此不堪一击的安保措施感到吃惊，但在这里，他怀疑越狱这种肆无忌惮的事儿根本就没人想得出来。至少这栋建筑之外的人是想不出来的——直到最近，直到哈尔·格莱登开始着手进行变革。

走廊开着空调，十分凉爽，颜色也漆得非常淡雅。接待他们的是一位具有东方血统的年轻人，他在灰色连体衫外面罩着一件白大褂。他的眼眶发红，博士猜测他可能已经工作了一个通宵。

"卡尔·泰科，"他自我介绍道，"值班护士。我想这位就是犯人？"

他匆匆瞥了一眼博士，没有正视他。沃勒纠正了他的误解，把博士胡扯给她的背景信息转述给他，而他的脸色阴沉了下来。很显然，他觉得这是在浪费自己的时间。

"我们不会妨碍你工作的，"博士保证道，"我只是想找几个可怕的故事——你明白的，你说谎之后会发生什么，谁会来找你，诸如此类的故事。也许再加上一些专业术语，让它们听起来更有说服力。"

泰科抬起了一边眉毛，"你需要让事实听起来'更有说服力'？"

"现在我们也有竞争者啦，这就不用我说了吧。"

泰科叹了口气，"你是说格莱登，对吗？"

"完全正确。我希望这部纪录片能够重申一些基本道理,并以充足的证据支持它们,让人们相信我们,而不是对方传达的消息。"博士一边说着,一边四处蹦跶,用手搭出电视屏幕的形状,透过它看着泰科。

护士的态度软化了,"我可以给你们一个小时。我已经超时工作了,但是早班人手不够。而且我还有工作要做——你们得跟紧我。"

"乐意之至,"博士无比热情地说道,"我想看到一切。"

泰科带他们上了电梯,来到了塔楼的二层。"我希望有人能对格莱登做些什么,"他一边领着他们进入一连串灯火通明的走廊,一边抱怨道,"这些日子我们收治的病人里,每隔一个就有受他影响的。他们来得越来越多、越来越频繁。我们没有足够的床位,并且已经开始把病症轻微的病人转到私人诊所去了。我跟你说,如果我能抓到他的话……"

"是呀,"博士温和地说道,"但'如果'可是个危险的词。"

泰科护士点了点头,看上去有些惭愧。他们来到一扇白色的金属门前,泰科打开了上面的一个小探视口,露出一扇封着栏杆的窗户。向里望去,博士能看到一间狭小的寝室,另一端的墙上也有一扇加栏杆的窗户。房间里有一张床、一个床头柜,还有一台随处可见、足足占了半面墙的平板电视。电视开着,但声音被关小了,开着字幕。一个年轻女人躺在床上,穿着一件纯白睡衣,瘦得形销骨立。

"早上好,苏。"泰科说道,"你吃早饭了吗?"

"我一直是个乖孩子,泰科先生。我把早饭全吃了,真的。"

"你知道我们会检查的,对吗?给我看看你的盘子。"

女人气愤地看了他一眼,然后艰难地坐了起来,从地板上拿起一个空盘子向他展示。

"非常好,苏。护理员很快就会来收盘子的。你今天早上需要吃药吗?"

苏摇了摇头。泰科点点头,心满意足地关上了小探视口。

"我觉得苏已经好多了。"泰科在他们继续前行时说道,"当然了,护理员们会检查她的床下面和抽屉后头,但她已经有好几周没有对我们撒过谎了,她明显变得强壮多了。这傻姑娘,她想让自己看起来像静电噪音台里的那些女人。她的朋友告诉她,想象出来的食物尝起来就跟真的一样好,还能帮她减肥。她刚进来的时候,几乎不能靠自己站起来。"

"她无法分辨幻想和现实,对吗?"

"谁又可以呢?"泰科说道,"接下来的这个家伙,他不能接受自己的祖母已经过世了。他把她的尸体在自己的公寓里放了六个月,一直想象她在跟自己说话。直到她说服他,把她带出去购物⋯⋯"

"啊。"博士说。

接下来还有其他病人——非常多的病人,他们装满了好几打病房,无疑还有这层楼之上的更多病房。他们中有诈骗犯、袭击犯,但也有人仅仅只是古怪不群,他们全都有一个共同点:他们的所作所为,或者自称如此,是因为相信了不真实的事物——脑中的声音、身后的私语;或者仅仅只是自己变得更好了的黄粱一梦。

泰科以十足的礼貌向每一个病人打招呼,挨个儿鼓励他们之余,根据平板上的数据,逐一分发不同疗效和剂量的药片。偶尔,在走向下一间病房之前,他会停下来在平板上做笔记。博士在泰科身旁大步前行,他兴高采烈,双手背在身后,不时提出一些感兴趣的问题。沃勒一语不发,戴着黑色警用头盔,一派阴沉。只有在泰科指出因暴力犯罪收容进来的人数在近几个月急剧上升时,她才会嘟囔着自言自语几句。

回到一层时,博士留意到有两间手术室的标示牌,然而泰科却非常坚决地表示不能入内。"无菌环境。"他解释道。接下来的对话被他寻呼机的哔哔声打断了。

护士从自己的腰带上解下一个小小的白色设备,上面的信息让他满脸怒容,"看来我今天无论如何也不能按时回家了,"他说道,"他们刚又给咱们送来了一位客人。"

从警用运输车上放下来的时候,阿诺·芬奇并没有抵抗。直到他发现自己正身在何处,才开始挣扎,然而他寡不敌众,双手也还被铐着。

四个警察押着他进入了大白屋,另外四个握着枪跟在后面。泰科护士象征性地给他们指了指路,其实他们知道该往哪儿走。

"严格来说,应该由一名医生来处理。" 在他们匆匆跟上新病人时,泰科对博士和沃勒坦白道,"但我们人手严重不足。"

"你们不能多招点员工吗?"博士试探性地问道。

"不能。"泰科和沃勒异口同声地说。

"因为事情不是这样操作的。好的。"

他认出了曾在芬奇犯罪现场出现过的部分警官——在他和沃勒离开现场时,他们急匆匆地从他身旁经过,进入了办公大楼。沃勒连招呼都没跟他们打,只是生硬地大步走向自己的机车,一心只想继续推进。当然啦,博士也向来不喜欢留下来做收尾工作。

泰科带着他们进入了一个没有窗户的小房间,关上了门。里面有一张桌子、两把椅子和一台电脑,电视屏幕占据了两面墙。每一块屏幕都显示着一间病房内的景象——摄像机看起来就藏在他们房间里的电视后面——最大、最中间的那块屏幕上,显示着一间墙上垫了白色软垫、毫无特色的病房。过了一会儿,门忽然打开了。

阿诺·芬奇被扔到了地板上,他却无法用手来支撑自己免于跌倒。四名警察各取他四肢之一,把他按在地上,泰科则举着一支装满透明液体的皮下注射器走了进去。护士在芬奇身边俯下身,在他耳旁说了些什么来安抚他,随即将针头扎进了他的脖子。

"他在做什么?"博士问道。

"麻痹他的右脑,"沃勒生硬地说道,"它负责潜意识,是处理幻想的半脑。"

"是的,我知道它是干什么的。"

泰科直起身来,对护送的警员们点点头便离开了房间。其中一名警察朝芬奇那缚住的手腕按了两下手铐溶解喷雾,然后便迅速和同僚们一起离开了。门又一次关上,博士能听到门锁咔嗒一响。

"他们到得挺快的,你觉得呢?"他评价道。

"也许有辆囚车就在案发现场附近。"

"我不是这个意思。你们警察一定直接就把芬奇送过来了,没有审问,没有判决,什么都没有。"

"没有必要,"沃勒说道,"他是个幻想狂徒,由医生们决定他的治疗方案,等着瞧吧。"

卡尔·泰科又一次出现在了白色病房里,门却没有打开过——是全息投影,博士推断着,很有可能是在不远处的控制室里进行的操作。他走近芬奇身旁时身影闪烁了一下,证明了这一点。芬奇正躺在刚才摔倒的地方，号啕大哭着。泰科温和地向他保证他的安全，保证医生们会帮助他远离噩梦，只要他回答几个简单的问题，再说出自己的信用号码，就皆大欢喜了。

芬奇试着用自由了的双手撑着自己坐起来。然而当他察觉到自己左侧身体已经动弹不得后，便放弃了努力，猛地涌出了新一轮的眼泪。

"没事的，"泰科向他保证，"这只是暂时的药物副作用，仅此而已。"

博士看着沃勒，"你戴着头盔肯定很热吧。"

"我挺好的。"

"而且肯定憋得慌。"沃勒没有回答，他便接着说道，"只是好奇它的作用，没别的意思。你觉得在这里需要保护自己吗？我可不这么认为。你也不可能是想用它来恐吓坏蛋，因为那就说明你想让他们用自己的右半脑，你知道的，去想象那个黑色面罩后的面孔。"

"他们不需要去想象，"沃勒尖锐地说道，"他们能看到我是个警官，任何人只要知道这点就够了。"

在屏幕上，全息投影的泰科正在询问芬奇的童年。他回答得气冲冲的，且因为挣扎着用半边嘴巴说话而含糊不清。泰科每听到一个回答，就疲惫地点点平板。

"好吧，"博士说道，"是我不对。我知道你不想来这里。

我觉得你也许有想要隐瞒的苦衷。"

接着是一阵漫长的沉默。博士站在那里，无辜地微笑着。

当然啦，他不觉得沃勒会撒谎。所以她只有一个选择。

她摘下了自己的头盔。

他俩都目不转睛地盯着屏幕看了几秒，然后博士冒险往边上瞥了一眼：沃勒是个深色皮肤的女人，快到中年，开始转灰的头发剃得短短的，变形的鼻梁明显是被打断过一次或者两次。她几乎是用立正的姿势站着，固执地避开博士的目光。

"不，"他说，"我可没看见什么不对劲的地方。两只眼睛，两个耳朵，数量正确的鼻子，都在自己该在的地方。没有可怕的伤疤。那么，你要藏起来的一定是其他东西了。"沃勒没有上钩，所以博士直接问出了他的问题，"你是什么时候进来的？"

"一辈子那么久以前。"她勉强坦白道。

"但你仍然害怕他们会认出你。泰科当时在这儿吗？"

"不。任何人都可能碰上这事，你知道的。"

"我打赌是的。"

"我那时还是个少女，你知道那是什么样的。无论他们怎么对你说，你都绝对无法当真抗拒得了梦境，做梦的感觉太美好了。直到你长大一些，直到噩梦第一次来袭。"

"他们关了你多久？"

"十六个月。"沃勒苦涩地回答,"从我生命中夺走了那十六个月。最令人难过的是我只能责备自己,没有人能说他们没有被警告过,没有人能说自己始料未及。"

"但他们放你走了。"

"我算幸运的。他们教会了我如何抑制想象,不然我也无法做这个活儿。这工作对我来说意味着一切,博士。当我骑着警车上街的时候,所有事情都清楚明了、非黑即白。我知道那些流程,我可以让自己投入工作,因为那一切都是真的。因为那就是当下,因为我乐在其中,还因为当我在做这些时,那些鬼怪就好像暂时没了踪影。"

泰科已经完成了对芬奇的问话,并向他解释了他得在这间软包病房里多待一段时间,好观察病情,同时保证他不会伤害到自己;然后,一旦有病房空出来,他就能搬进去了。芬奇点点头,毫无异议,听天由命。他拖着失去知觉的半边身子,把自己挪到房间的角落,自暴自弃地待着不动了。

"你看过静电噪音台吗?"博士问道。

"没有。"沃勒回答,"博士……你的这个纪录片,我不能出现在里面,这样最好。我们离开这里后,不能再见面了。"

在很长一段时间里,他们都没有再说一句话。

"你瞧,"博士说,"我明白幻想是危险的了。花了些时间,但我现在想明白了。我甚至知道它会如何危险,但我不明白为什么。"

泰科在大门边读卡器上刷了刷一张塑料卡片——打卡下班,博士猜测着——然后领着他的客人们出门,进入了庭院。"我们不问那个问题。"他说。

"你们基本什么都不问。"

"我们不喜欢去想象答案。"

"但你们知道这不对。你们没有忘记自己的历史,你们知道人类曾是会做梦的,不然你们走不到这么远。"

"没错,"沃勒说道,"但想想他们付出了怎样的代价吧。我们的祖先草率轻浮,与疯狂为伍。他们由着罪犯四处猖獗,听任领导者谎话连篇,为莫须有的事物彼此征战,成千上万的牺牲与死难才换来了我们今天所拥有的一切。"

"而那具体说来又是什么呢?"

"一个稳定并且能运转的社会,一个我们可以生活其中的现实世界,一个我们没有必要再做梦的现实世界。"

"不,我不接受这个。"博士固执地摇头,"我认为这是瘾症,可是没有看到别的症状……你之前说,孩子们不会受到影响?"

"十三岁以下的人群中,没出现过极端病例。"泰科说道。

"不过最好一开始就学习如何抵御幻想,"沃勒说道,"让他们养成习惯。"

"你们生活在恐惧之中,"博士发表了自己的意见,"你们生活在恐惧之中,还太……太深陷于教条,不采取任何行动。"

泰科耸耸肩,"世间规律如此。我们有充分的理由去害怕大恶狼[1]。"

"哎呀,"博士说道,"你都开始用隐喻了。"

泰科瞪了他一眼,但随后就挤出一个微笑,"这次你也是对的,是的。现在,如果你们不介意的话,几个小时之后我就又得上班了。"

他们一起来到了泰科的车前——他是如何从一大堆灰色车辆里找出自己那辆的,简直是未解之谜。他钻进驾驶座里,发动了引擎。

"我也得走了。"沃勒说道,忍住了一个哈欠。她重新戴上了头盔,向自己的警车走去。"需要我把你带到什么地方吗?"

博士在外面待的时间超过了他的预估。罗丝和杰克上校这会儿应该已经醒来,而且发现他人已不在了。

"我住在一家旅店,"他说,"离我们相遇的地方不远。"

沃勒充满歉意地露出苦相来,"不太顺路啊。"

"我会给自己找到车搭的,没事儿。"他只希望自己的同伴

---

[1]. 恶狼,即bad wolf,是贯穿新版《神秘博士》第1季剧集的主要线索,该短语以多种形式多次出现,用以示警,以及在时空中设定路标,让罗丝能拯救博士。

们没有做任何傻事。他们可不知道他现在已经弄明白的事。

沃勒点点头，发动了自己的车。当车喷气腾空时，沃勒说她希望博士的研究有所收获。他对她保证收获颇丰。她则面露犹豫之色。

"我们的世界，"她说道，"它的名字，我确实曾经听过风传。那是很久以前的事情了。学校里有些女孩儿说的，她们说这个世界叫——我是说，曾经叫——旅途终点。仿佛这就是我们一路行来，将千难万险都抛诸身后的地方。"

博士给了她一个感激的微笑。

沃勒骑向大门，警车引擎轰鸣。他步行跟在后面，经过守卫身边时对他挥了挥手。

大白屋外面的街道几乎是空的，仿佛每个人——司机与行人——都在尽量回避这个街区。

博士独自站着，把自己的伪装卸下片刻。他看着沃勒的机车渐行渐远，拐进一条堵得水泄不通的路，消失不见。他想起她对自己说过的话，感到一阵懊恼自责。她永远也不会意识到他有多么同情她。

但他也知道自己必须做什么——他还知道，无论是否愿意，沃勒警督一定是首当其冲的受害者。

8

杰克在桥下等着哈尔·格莱登回来，他等了很久。久到他开始怀疑自己是不是已经被遗忘了，或者那个老头儿其实一直是在逗他玩儿；更糟的情况是，他的（无论是什么的）计划弄巧成拙了。

"我们不能用钱，"格莱登向他解释道，"我有信用点，好几百万。但除非迫不得已，我不敢动用我的账户。警察永远在监视。"这就只给他剩下了非常有限的几个选项——合法的选项就更少了——如果他打算践行诺言的话。

不过，最终，杰克听到了一阵沙沙声。为了预防万一，他向后退入阴影中。但从河岸远处的灌木丛间探出头来的，正是格莱登。他拿着一只皱巴巴的白塑料袋，里面装着一套灰色连体衣。价签还挂在上面，格莱登挤挤眼承认自己知道如何解除商店的防盗芯片。

杰克迅速换了衣服，把自己原本的衣物塞进袋里，藏到了灌木丛里面，万一他找着机会，还可以回来拿。

"是时候继续了，上校。"格莱登说道，"现在我们应该没那么引人注目了。我在几个街区之外有一间演播室。我们会让你在线直播，然后你就能向全世界讲自己的故事了。你的热情正是我们需要看到的。"

杰克无法适应格莱登的转变，他站直了，声音也更加深沉、自信。他现在看起来就像是另一个人。

格莱登带他攀上了一截半掩在灌木中、已经锈蚀的铁质楼梯，进入了一条藏在住宅楼后的昏暗小巷。他们走上大街，很快就汇入了川流不息的人潮。

"你一定花了不少心思来经营得风生水起吧。"杰克感叹道，他压低了嗓子以防被路人听到，"我的意思是，如果我听说的都是真的，你们到底做了多少节目？"

"能做多少做多少。"格莱登回答道。

"一定很不容易。"

"是不容易。最开始的时候只有几个人而已。我们是从出版地下杂志开始的，发行是最困难的部分——但随着接触到的人越来越多，有越来越多的人出手相助，我们取得的成果也就愈发显著。现在我们已经可以传播到世界的每个角落了。哦，我知道我们从技术上讲没法跟官方频道抗衡——我们经验不足，因为没人做过这种事情。没错，我们的特效很原始，布景有时候也不太结实，但没人真的在乎这些。他们只是想看故事而已。"

"那警察怎么办？我不过是在一些酒吧里讲了几个故事，他们就对我紧追不放了，那你的演员和节目主持人又是怎么应对的？他们不会被认出来吗？"

"你在那间商店门口有认出我来吗？"

"那个，实际上，"杰克坦白道，"我从没看过静电噪音台。"

格莱登给了杰克一个困惑的眼神，就好像他并不相信似的。"隐藏起来比你想象的要容易，"他说，"如果你知道自己在做什么的话。我们借助化妆和戏服来改变自己的荧幕形象。演播室里也会提供房间，所以他们如无必要就不用出门。但我们最大的助力在于其实人们根本不会去找，他们忙于自己可悲的生活，不会去想世界上可能还有别的什么东西。"

"是啊，好吧，"杰克说，"我们很快就会改变这一点了。"

"再说了，"格莱登得意地笑着说道，"我其实有个替身。电视上看到的哈尔·格莱登并不是我本人，上校，那是个演员。"

杰克皱起了眉头，"所以你也是在对他们撒谎咯？对你的群众撒谎？"

"为什么不呢？"格莱登乐呵呵地拍了拍杰克的背，"这不就是它的意义所在吗？随心所欲撒谎的自由。"

"有道理。"

"你知道这个世界叫什么吗？"格莱登问道，"哦，我可不是说什么殖民星球4378啥啥啥的，那只是一个代称，一个列表上的数字罢了。我指的是它的名字,探索宇宙的先驱们赋予它的名字。这个世界曾经被称作奥涅伊洛斯,你觉得如何?"

"朗朗上口。"杰克回答。

"来源于希腊,"格莱登说道,"来源于他们的神话。奥涅伊洛斯是梦境诸神,这个名字寄托着这块岩石星球对我们祖先的意义。他们把自己的梦想带到这里,留给了我们——绝不是为了让我们任其破灭的。"

他们进入了一片破败的区域,里面建筑凋敝,还有不少已被遗弃。墙上挂着一些夸夸其谈、保证这里很快就会重建的宣传标语。然而,与之相对,窗户却都封上了木板,道路上的砾石溅到了人行道上,无人清理的垃圾也堵塞了下水道。一盏街灯在白天间歇闪烁着,而视野中唯一的一块信息屏已经坏了。

尽管如此,交通情况却一如既往:驾驶员们寻找着超车捷径,或者在主干道的拥塞不通中稍事喘息。人们步行来去,而仍有一小堆一小堆以青年男子为主的人群,只是在漫无目的地四下游荡。

当他们悄悄溜过一栋老旧仓库的侧边时,没有任何一个路人看他们哪怕一眼。格莱登没说错。

一层有一排小小的半圆形窗户,其中一扇上面的木板是松动的,格莱登像拉开舱门一样拉开它,露出后面黑漆漆的空间,他扭动着钻进去，消失了踪影。杰克没等他发出邀请，便急忙跟了进去。

里面很黑，而且尘土弥漫。那扇让他们得以入内的窗户，现在位于他们头顶。阳光穿过窗户和一些木板的缝隙，偷溜进来，提供了唯一的光源，也描摹出了房梁上的银色蜘蛛网。有什么东西高大结实的轮廓在四周影影绰绰，等杰克的眼睛适应了黑暗，他发现那其实是大块木箱：有好几百个，全都随意堆放着。

仓库里四散着床单和虫蛀过的毯子，就好像有人睡在这里一样。杰克的脚踢到了一只空瓶子。

还有一个人影——他面白如纸，鲜红的嘴唇咧出一个邪笑。是格莱登的员工吗？但他为什么没出来介绍自己呢？为什么要藏在阴影里，一动不动一声不吭呢？

他就站在格莱登的身旁，但杰克不确定这老头儿到底有没有看到他。他的第一反应是推开格莱登，保护他。但随后他就意识到，那个人影根本就不是人，只不过看起来稍稍有些像罢了：那是一个沙包，上面挂着一张小丑的面具。杰克上去推了一把，它晃了晃，恢复成竖立的状态。小丑的笑脸仿佛是在嘲笑他。

许多箱子都破开了，杰克蹲下身去察看其中的东西。

里面都是玩具：色彩鲜艳的智能记忆橡皮泥、可用思维控制的飞盘和宇宙飞船模型。

"这是他们最后夺走的东西。"格莱登说道，"根据史书记载,曾经有过一场激烈的争论。有些人认为,孩子们至少可以在他们还能这么做时,去享受梦境。但大多数人担心这是在教给他们坏习惯。况且将生产玩具的工人们暴露在危险的创意中,也会造成健康和安全隐患。最终,玩具也被禁止了,但它们没有像故事书那样被付之一炬。接着政府也解散了。"

"然后玩具就全被封存起来,被遗忘了。"杰克总结道,"留在这里兀自腐烂。"不过即便如此,在某个时候还是有人挖掘出了这些宝藏。干得漂亮。

灰尘中摆着一盘桌游,显然是玩到一半就被扔下了,而逃跑的脚步把那些棋子和卡牌踢得散了一地。杰克找到了包装盒,在昏暗的光线中眯起眼睛读上面的文字:"噩梦:一个关乎人生的游戏,终极目标为在不发幻想疯的情况下获得成功。你能赶在噩梦来临之前,获得一套公寓和一份好工作吗?不适用于十一岁以上的玩家。"

他把盒子丢开,碰巧扔进了一个装着橡胶小黄鸭的箱子里。这可打破了安静——六只鸭子飞了出来,扇着翅膀在他们头顶呱呱叫嚷。他们花了惊心动魄的一分钟,才抓回所有鸭子并一一关停。

格莱登领着杰克进入了仓库深处,深入黑暗之中,直到他们找到一个足以装下两辆车的液压升降台。它卡在了齐肩高的地方,在天花板上留下一个长方形的空洞。几个箱子堆在升降台周围成了阶梯，便于他们攀爬上去，到达建筑的一楼。

等杰克站稳脚跟，他注意到周围的尘土已积了厚厚一层，仿佛这里已经有好几年没人来过了。附近还有更多的箱子，但它们也没被动过。他知道上面还有更多楼层，但他觉得这里多少也该有些生活居住的迹象了。不过，如果这里只是个备用演播室，也许它很久之前就建好了，只是此前并未派上用场。

老头儿显然对这里不怎么熟悉，跟刚才在下边的时候不一样。他不停地撞上箱子，摸摸索索地探路前行。"就在这附近什么地方有一道楼梯。"他嘟囔着，听起来突然没那么笃定了。

然后周围响起了脚步声和叫嚷声，还传来了亮光——蓝色的光。一切已经太迟了，警察找到他们了。

警察从仓库的正门进来了。杰克估计他们也许有什么超权限密码可以打开门锁。他并不知道自己和格莱登到底是被尾随了，还是终究有人留意到了他们进而通知了警方。无论如何，现在他们唯一能做的——就是跑。

他们沿原路返回，希望警方不知道他们的秘密入口，但这个念想被下面那片黑色制服涌上液压平台的一幕摧毁了。警察们纷纷举枪瞄准，蓝色的能量球击中天花板，震得灰尘如雨落下，他们又钻了回去。

这场光影表演照出了他俩的位置，警察们纷纷围拢过来，有人高喊着他们已经被包围了，唯一的出路就是举起手走出来投降。那人很可能说得没错。

格莱登惊慌失措,抖似筛糠,喘得上气不接下气。

杰克牢牢抓住了他的肩膀,说道:"去演播室。如果我们要完蛋,也得在电视上完蛋。我们可以让大家都看看,这个世界的庐山真面目。"

格莱登呆滞地点了点头。

他们和追兵们在箱子堆里玩起了猫抓老鼠,把掩护的优势发挥到极致,没过多久,杰克估计他们已经冲出了包围圈。幸运的是,警察把大部分精力都放在了出入口,所以当他们终于看到前方的楼梯时,发现那里无人把守。

但他们的好运也到此为止了:一声粗哑的警告话音未落,空中突然弹火纷飞。格莱登被击中身侧时发出一声惨叫,杰克不得不扶着他跑进了封闭的楼梯井。那里可供掩护,但坚持不了多久。他们尽全力往上爬,但格莱登已经喘不上气来了,他用力按着自己的瘀青,牙关紧咬。杰克痛苦地意识到,穿着靴子的脚步声正离他们越来越近。

除此以外,还有另一种声音——发动机的嗡鸣。

"是电梯!真见鬼,为什么不告诉我这里有台电梯?"

"得有钥匙卡,"格莱登喘着气说道,"我们打不开它。"

"但警察可以,他们一直跟在我们后面,现在都能前后夹击了。"

"我……我觉得我需要……我真的需要躺一下,上校,就一分钟。刚才那一枪……是我运气好,他们错开了主要神经丛,但是……我感觉不到我的胳膊了。"

杰克做出了一个决定。他又往楼梯下面跑去,这顿时让格莱登面露警觉。杰克在第一个拐角停了下来,背靠墙面等待着,倾听着,无声地倒数着。

第一个出现的警察专注于格莱登,杰克猛扑上去,让他重重撞在了楼梯上。他边挣扎边开了三枪,格莱登赶紧寻找掩护。但杰克成功地从对方手中夺下了武器,然后后退一步,开了枪。

他瞄准的是那个警察的脑袋上空——毕竟没时间检查枪是不是设置在击杀档了。但这一枪还是达到了预期的效果,让那警察的身影消失在了拐角。杰克又砰砰砰朝墙上补了三枪以防万一。随后他回到了格莱登身边,匆匆扶他站了起来,拖着他继续往上爬。

电梯停在了他们上面几层楼的地方。

"还有多远?"杰克问道,"你的演播室在哪儿?"

"四……四楼。"格莱登嘟囔着说。

还有一层半,杰克不确定自己能否在被格莱登死沉的身子压着的情况下坚持到那里。但即便如此,他也不能就这么拐下对方。

又转过一个弯,他看到了通往四楼的门。然而靴子的踢踏声正从楼上逼来,身后的脚步声也越来越近了,不过它们听上去似乎比之前更加警觉。

光圈照亮了前方的墙壁——是手电筒的光。上方的警察比他们离门更近,会抢在他和格莱登之前赶到门口。他看了看自己的枪,发现它并不比自己曾经在家乡接触过的那些先进。让它的能量过载非常简单:那是一个相当常见的设计缺陷,却自有它的用处。

他把武器扔上楼梯,控制好角度让它弹进了警察的视野。他大吼着让格莱登趴下,却又做出了相反的举动,继续拖着格莱登向上爬。当警察意识到那把枪并不会爆炸的时候,他和格莱登已经抢先赶到了门口。

杰克想过就把枪扔在那儿,毕竟他不可能在不进入射程的情况下把它拿回来。然而这是他唯一的武器。也许它只能再拖警察几秒钟,但每一秒都弥足珍贵。他扑过去捡起枪就走,电光火石间瞥见了楼梯井里挤满警察的画面,他们因他的短暂出现大吃一惊措手不及,且还没从炸弹的恫吓中恢复过来。

终于冲进门里时杰克满心狂喜,那里面……

那里面……空无一物。没有演播室,没有木箱,只有一片空旷铺展在他面前。

他继续向前,因为他无法相信眼前所见。这里一定有间密室或一部秘密电梯之类的。一定有点什么东西在什么地方,不然的话……

不然的话……

他手足无措地在房间正中停下了,听到楼梯井传来一阵拖沓的脚步声时,便想也没想地往那个方向开了三枪,想要逼退对方,尽管现在看来这么做也没有多大意义了。他现在能透过四周窗户上的木板缝隙窥见外面,而格莱登已经跪倒在地,正抱着杰克的腿笑得歇斯底里。

"它在哪儿?"杰克焦急地问,尽管他现在已经对答案心知肚明,"你说这儿有个录音棚的,它在哪儿?!"

"就在这里呀,"流浪汉窃笑着说道,"就在我们周围呀,你看不到吗?那边是灯,摄像机在那里,那里,还有那里。我们已经上直播了,整个世界都在看着我们,你会告诉他们的,对吗,上校?你会告诉他们事实真相,而我们再也不会被忽略了——因为我们出名了,对吗?我们会出名的!"

杰克放下枪,叹口气把它踢开了。

警察们小心翼翼地包围过来,怀疑这是个陷阱,但还是靠近了。他们围成一圈,全都举枪对着两名逃犯。

杰克上校举起了双手,那个自称是哈尔·格莱登的男人也没在笑了。

当四名警察走上前来将他俩拉开的时候,流浪汉又一次恐慌了起来。

"上校,别让他们这么做!你为什么光站在那不动呢?你说了我们不会有事的,你说了如果我跟你一起走,你就能解决所有问题的。"

杰克避开了他的视线,目不转睛地盯着地板。他感到恶心,无法面对背叛了自己的人,也不想告诉他自己在想什么。因为他知道这实际上并不是老头儿的错——他病了。所以杰克只能自我厌恶,因为他没能及时看出问题。

"你有权保持沉默,"有人粗暴地在他耳边吼道,"但你说的任何事最好都是事实,否则有你好受的!"

他们被铐上喷雾手铐押往楼梯,杰克顺从地保持着沉默,而流浪汉害怕得说个不停:"听我说,你们抓错人了,不是我的错。都是这个家伙……都是他,他跟我说他是一艘宇宙飞船的船长,我以为……我知道他发了幻想疯,但他逼我跟他一起走,还逼我给他偷东西。他有把枪,不肯放过我。他说他要把幻想传遍整个世界,但我没有听他讲的故事,我没有。你们不能带我去大白屋,我可没做错什么。我知道在那里他们会对你做什么,我受不了那个的。我宁愿去死,你们听到了吗?我宁愿去死,这可是真话!"

9

多米尼克从来没有遇到过像罗丝·泰勒这样的姑娘。在工作中,他每天都要跟好几打女人说话,而她们中的多数人都大同小异:自我中心、爱答不理。他的同事们下班之后都会直接去酒吧,去了之后就站在里面,也不聊天,只是随着让人难以忍受的鼓点摆动着身子。那里的音乐没有旋律,也没有歌词。它唯一的目的就在于掩盖现实,而多米尼克知道音乐本可以有更多其他的作用。

他无法用其他人那样的眼光来看待这个世界,他们却因此而嘲笑他。他们管他叫狂人,也许在背后还会用更难听的字眼叫他。他们中的一些人——多米尼克在靠近他们时能从对方双眼中看出,也能从当自己出现时他们突然中断的谈话中听到——害怕自己,害怕有一天他也许会疯掉。

加入阅读小组的时候,他曾希望找到一个灵魂伴侣,找到一个可以跟他用同样的视角看待世界的人。

最开始,他遇到了曼达。疯姑娘曼迪,他们以前都这么叫她。

她从没有受过将灵感写成故事的训练，但感觉来了的时候，她就会带着一系列从天而降而且一个比一个天马行空的故事成为焦点，完全沉迷在幻想当中，让多米尼克为她的独角戏凝神屏息。

他发现只要她跟自己一说话，自己都会像舌头打结了一般。她好像掌握了多米尼克仍然在试着学习的东西，而且似乎已经得心应手了。

但渐渐地，她的故事彻底失去了现实的根基，它们逐渐变得冗长而杂乱、毫无章法——那漫无目的的幻想，除了她自己，谁也不明白。到现在，当其他人叫她"疯姑娘"的时候，语调里藏着更多的是担忧而非仰慕。

终于有一天，疯姑娘曼迪砸了一家餐馆。她举着一条桌腿威胁整个餐馆的顾客。店员们试着按住她，但是——根据他们后来在电视节目里的说法——她的力气有十个人那么大。最终，在绝望下，厨师举起了刀。

曼达到最后也笑个不停，在浑厚有力的笑声中被推上了救护车。她在去医院的半道上的交通堵塞中死去了。

多米尼克逃避了阅读小组整整一个月——他花了这么长时间才最终接受了这整件事。媒体揪住这件意外不放，把它当作宣传幻想危险性的案例……但事情不是这样的。本来最初就是危险引诱了她。她对故事本身并不感兴趣，只是迷恋用自己的神智做赌注的战栗快感罢了。就算幻想没有害死她，她也会找到别的方法让自己命丧黄泉。

至少，多米尼克是这么说服自己的。

在那之后，多亏了新闻频道，他们知道了更多关于疯姑娘曼迪的事情——她的父母和一连串糟糕的男朋友。他们渐渐明白了她为什么那么害怕现实。

与此同时，多米尼克回到了阅读小组，遇到了娜塔。惹人怜爱又甜美动人的娜塔，年仅十七岁，她是那么局促羞涩，惴惴不安地讲述每一个故事，就好像总觉得自己在做什么罪大恶极的事情。有几次多米尼克不得不竭力劝她不要离开。她之所以留下来，是因为她说爱情故事总是让自己内心融化。她曾写过一个爱情故事，并在大声朗读的时候哭出了声。她也没有读过多米尼克的故事，因为觉得它们太过暴力了。她一直害怕自己会落得跟曼达一个下场。

她和多米尼克接过吻，就那一次，那时他不确定娜塔到底是在亲吻自己，还是在亲吻某个理想化的浪漫男性英雄的幻影。

现在娜塔在医生那里了。他们会让她觉得自己是个罪人，而她明明没有伤害过任何一个人。哪怕她从大白屋里出来，多米尼克也明白自己再也不会见到她了。

现在他遇到了罗丝，她是多米尼克一直以来梦寐以求和心向往之的一切：聪明、热情而自信。她就这样以多米尼克永远不敢的姿态一头扎进幻想当中，取其精华去其糟粕，从中汲取力量而不受其所制。她和疯姑娘曼迪的不同之处，在于她仍然知道什么是真的。她掌握了两个世界的平衡，看上去还毫不费力——直到现在。

直到——让多米尼克惊恐不已的是——罗丝·泰勒在他眼前崩溃瓦解，直到她开始对着空气挥舞一截木头，还大喊大叫。她眼里出现了那种狂乱又惊惧的神色，还左右扫视着四处寻找想象中的危险。

她发幻想疯了。所以新闻频道终究没有说错。还有别的那些女人……生平头一次，多米尼克真正明白了她们到底在害怕什么。

他试着告诉罗丝那里什么都没有，院子是空的。但她听不进去。他抓住胳膊想把她拉开，却被挣脱了。然后她猛地转过身来，因如释重负而神采飞扬，她大声喊出一个词来："博士！"

她走向背后的金属楼梯，在意识到多米尼克只是目瞪口呆地看着自己的时候又折返回来。她抓起他的手，把他拉上了楼梯，但不一会儿就停了下来，仿佛有什么东西挡住了路。"不，"她警告道，"别碰它！"随后又一次瞪大双眼环视四周。

楼梯是转折式的，罗丝爬上扶手，跳起来去够上面的那一截。她抓住了，敏捷地攀爬了上去，然后她转过身去拉多米尼克，在发现他竟就这么顺着楼梯跑上来时，惊恐地喊了一声他的名字。有那么一会儿，她的脸上疑云密布。

"好的，博士，"她叫道，"我们来啦！"

罗丝用肩膀撞开了入口,他俩闯入了一个又小又乱的储藏室,之后又进入了一个办公区。在那里,他们碰到了一个看起来一本正经的女人,她从座位上跳起来质问他俩是谁。"没时间解释了,"罗丝说道,"快出去。让所有人都出去!后面有僵尸!"话音刚落她就走了,把多米尼克留在了身后。他嗫嚅着挤出一句尴尬的抱歉,赶紧也追着她去了。

他在楼下追上了她,那是一条通往若干个门的走廊,估计那里面是更多的办公室。

她绝望地抓住了多米尼克,"他去哪儿了?你看到了吗?"

"谁?"

"博士!"

"我没见着任何医生呀。"

"你以为我们是怎么逃出来的?全靠他在楼梯上,用了他的音速起子,还……我不知道,估计是在迷惑那些僵尸之类的。"

"我没看到任何……僵尸。"什么僵尸?

"你难道是闭着眼走路的吗?"

"我的意思是僵尸是不存在的,是你想象出来的。"这都是他的错,都是因为他的漫画。是他把那些图像植入了罗丝的大脑。

她看上去并不相信多米尼克,"你也听到它们了,你说过的。"

"我听到的是警察,我以为他们在跟踪我们。但那只是假想出来的啊,罗丝。"他摇晃着她,仿佛他能把她摇回现实,"你还没明白吗?没有警察,没有僵尸,也没有医生……"

他以为自己已经说动罗丝了,然而这会儿她忽然又挣脱了出去。

"博士可不是假想出来的。你在做什么?为什么要把我弄糊涂?我现在没办法准确思考了。"

"好吧,"多米尼克说道,"好吧,你正在接受治疗,我明白了。那么告诉我位置吧,告诉我这个医生的诊所在哪里,然后我们就可以过去了。我们会得到帮助的。"

"我也不知道在哪里。"罗丝坚持道,"他刚才就在这儿,现在却不见了。"

"他刚才没在这儿,我没看到他。"

"塔迪斯!我可以带你去看他的塔迪斯!就在城外的丛林里面。来吧,到时候你就会相信我了。塔迪斯,那是博士的飞船。"

"他的飞船?那么,那个'杰克上校'又是谁呢?"

"博士在时空中穿梭,他和怪物斗智斗勇。曾经有一群活生生的塑料橱窗模特想要杀我,博士在场,我们还穿越到过去和未来……"

"听听你自己在说什么,罗丝。听起来没毛病吗?听起来像是真的吗?"他昨晚是不是也是她这模样?他还一直认为自己能够应付,但现在……

"它们都是真的,多米尼克。我能闻到它们的味道,就像烂水果一样。在我爬上楼梯的时候,上面那只僵尸甚至让我毛骨悚然。"

"忘了那些僵尸吧,罗丝。我……我在电视上见过这种事情。他们会给出一些建议,他们说你应该……你应该专注于真实的事物,专注于你全心信赖的事物。"

"就是博士啊。"

"不是他。我是说你的家,你的家人。想想他们,其余什么都别想。或者……或者是……那边的桌子。那张桌子是真的,罗丝。你能看到它,我也能看到它。把注意力集中在桌子上吧。"

"家!"罗丝嚷道,她在口袋里翻找着,"我可以给家里打个电话。我可以跟妈妈谈谈。她会明白的,她会告诉你的。她也见过博士,我可以证明给你看,我可以证明他是真的。"

"这到底是什么玩意儿?"在罗丝掏出一个盒子似的、跟电视遥控器没什么两样的设备时,多米尼克问道。

"是我的手机。我的……呃,可视电话,只不过不'可视'。"

"它都快跟砖头一样大了!"

"等着瞧瞧它的能耐吧。"

她按下了几个键,然后举起手机,让他俩都能听到接线的铃声。它重复响了八次，在咔嗒一声之后，一个疲惫、沙哑、不太耐烦的声音说道："喂？"

"妈，是我。"

一阵长长的沉默。

"罗丝？罗丝，你这是怎……你在哪儿？你知道现在几点吗？"

罗丝咧嘴笑了，几乎要流下泪来，"妈，我都不知道你那边是几号。"

"他带你回家了吗？告诉我他带你回家了。"

"妈，听我说……"

"不过，就算他带你回来了，我肯定也是最后一个知道的。卡迪夫啊，罗丝。上高速就能到，你完全可以给我打个电话的。"

"我可以在任何地方给你打电话，比如这里。"

"我看到米齐了。你对那个可怜的孩子做了什么，罗丝？我是说，也许我之前跟他没怎么接触，但他为你经受了太多太多。"

"我知道，妈……"

笑容凝结成了怪相，罗丝把手机贴到自己耳朵上，这样多米尼克就听不到电话另一头的声音了。接下来的一分钟里，她只是不耐烦地听着，时不时想要插上一句。

最终，她说道："就只是……我需要听听你的声音……不，妈,什么事都没有……听着,我得挂了……是的,是的,要不了多久,我保证。再见,妈。"

说完她就挂了电话,双眼无神地盯着屏幕。

多米尼克觉得自己应该说些什么,但他犹豫得越久,开口就越难。最后,他唐突地问道:"这个米齐……是你男朋友吗?"

"不再是了。"罗丝叹了口气说道。她深深地吸了口气,再度开了口:"我现在知道什么是真的了,多米尼克。妈妈是真的,米齐是真的,僵尸……不是真的。我现在明白了,但是刚才……"

"那位医生呢?"

"他是我生命中最真切的,毋庸置疑。你是对的,我们得找到他——但他可不是在什么诊所里,我也不会跑回塔迪斯那里去。旅店!我们应该回到旅店去。"

在穿过旅店大堂的时候,多米尼克感到一阵战栗窜过背脊。他们在电梯外面撞上了一个清洁工,多米尼克本以为这会引起对方的警觉,但那人就这么走了过去,看都没有多看一眼。昨天晚上,这栋建筑里还阴影密布、危机四伏,但它们都是幻象。今天,同样的走廊,同样的房间,却昏暗破败又平凡乏味。

"你知道吗?这个世界曾经有个名字。"

"真的?"

"它曾经被称作'发现'——因为对于先人来说,这颗星球就是他们的发现,一个全新的、独特的事物。我多希望能活在那个时候呀,那时的生活就是一场探险。不像现在,生命不过是从出生到死亡的过场罢了。"

在罗丝的房间里,他们找到了她给博士留的便条,它动都没被动过。没有任何迹象表明他曾经回来过。

"如果他也被他们得手了呢?"她担心地问道,"如果他也被逼疯了怎么办?我是说真的,多米尼克。无论谁是幕后黑手……如果说谁能找到怪物,那非博士莫属。如果他也被抓住了的话……"

"真实的事物,罗丝,"多米尼克竭力提醒她,"专注在那些东西上!"

"博士是真的!"她坚定地自言自语道。

多米尼克打开了电视,又开始摆弄调频按钮了。

"你觉得这是个好主意吗?"罗丝问道。

"哈尔·格莱登会知道该怎么办,"他说道,"他会把一切都理清楚。"

"……哈尔·格莱登……"电视里这么说着,仿佛回声一般。

"是这个吗?"罗丝问道,"这是静电噪音台吗?"

"我不觉得……"多米尼克正盯着一个看起来非常眼熟的新闻播报员和新闻八台的台标。但刚才听到的那句话,可不是他想象出来的……是吧?

"……在剧中警察被描绘成腐败且不知变通、心怀不轨的怪物。长期经受这类虚构幻想的累积影响……"

他抓过遥控器,一个个翻过官方频道。
"……他非常危险,外貌未知……"
"……会易容乔装……"
"……格莱登……"
这不可能,他的心脏在胸腔内狂跳不止。
"……是个艰巨的任务,有些人必须知道……"
"　　必须被逮捕,否则我们的……"
"……哈尔……"
"……暴力行为爆发,从……"
"……呼吁各位观众不要听信他的谎言……"
"到底是怎么了?"罗丝问道。

多米尼克咽下了口水才能说话。他无法相信这一切,几乎不知道要怎么开口。"他做到了,他……他上了新闻。哈尔·格莱登上了新闻!"

"然后呢?我以为每个人早就知道他了?"

"是,当然……当然了。但你不明白吗?现在他的存在被官方承认了。这么多年来,警察和媒体一直就当没他这人,假装静电噪音台并不存在,哪怕每个人都知道……现在好了,你看看,罗丝。看看现在怎么样了。每个频道都在讲哈尔·格莱登。"

罗丝这才开始明白。她走到多米尼克身旁跪下,和他一起着迷地看着电视。

"我明白了,他们以为只要对他的事保持沉默,他就会销声匿迹。"

"但这没用。消息总会不胫而走,他也只会变得越来越有影响力。"

"所以他们现在没办法继续无视他了。"

"他们把他摆到台面上来了,他们让他成为真实的事物了。"

"这样他们就能和他斗法了。"

多米尼克盯着罗丝,为自己居然没能发现这个简单的道理而震惊不已。这是宣战,当然是了。哈尔·格莱登还说得不够多吗?他说过,是时候"推翻这个警察极权……去向往所有不被允许的梦想"了。

多米尼克满腹不安,他又重新有了第一次看静电噪音台时的感觉:仿佛未来不再是一条一成不变的道路,而突然成了一个令人心潮澎湃又惶惑不安的地方。各种图像接连闯入他的脑海:关于自由、选择和冒险;关于人仰马翻的混乱和血流成河的街面。他让自己抵制它们,转而集中精力于真实的、他相信的事物上。

找到静电噪音台,找到哈尔·格莱登,找到真相。

罗丝溜出去时他几乎毫无察觉。"去洗手间。"她解释道。

最初,屏幕上只有一个模糊的重影,但在多米尼克巧妙的调整下,图像突然对上了焦,清晰了起来。有两个人,都是跟他差不多的青年男子,坐在沙发上面对着屏幕。这一定是静电噪音台:没有台标就很能说明问题了,况且他们也都为了不被认出来而戴着巴拉克拉法帽[1]。多米尼克知道这个节目,这是格莱登最受欢迎的节目之一。它属于一种叫作"情景喜剧"的古老表演形式,但它紧跟时代,对媒体的影响力进行了微妙却有力的讽刺。节目的名字叫作《看电视的人》。

"这难道不好笑吗?"左边的人评论道,"在电视上你只能看到警察逮捕危险的罪犯,从来就看不到他们把人推下楼梯,然后开枪打死——就因为看人家的脸不顺眼。也看不到他们啃甜甜圈,我们可都知道他们永远吃个不停。"

这番言论赢得了一阵看不到的观众们歇斯底里的笑声。

"我可没注意到这点,"另一个人说道,"大概因为我是个被洗过脑的僵尸吧。"

"你在干什么?"

这个声音是多米尼克身边多了个人的第一个迹象,他没听到

---

[1]一种遮住头部和大部分脸部、只露出眼睛(有的也露出鼻子和嘴)的帽子。

门打开的声音,仍然沉浸在电视的图像里,他心不在焉地嘟囔了一句,"我在看'静电噪音'。"

"我看出来了。罗丝和杰克在哪里?"

这个问题比上一个难点儿,多米尼克必须好好想想——这把他拉回了现实,直至此刻才恍然意识到自己究竟在幻想中沉浸了多久。

屋里多了个陌生人。多米尼克跳了起来,惊慌不堪。

"罗丝和杰克,这是他们的房间,也是我的。我是博士,你一定就是多米尼克吧?"

"你是怎……怎么……"

"因为这张便条就在门下面,上面写了是给你的。所以?你不想读读它吗?你识字,对吧?"

"我当然识字……这是个测验还是什么?我当然能阅读,阅读是被允许的。我们可以看杂志和……"

"便条。"博士慢慢地说道,就好像在跟一个白痴说话似的,"我认识这个笔迹。罗丝可能会有危险。"

多米尼克从他手里接过那张纸,打开了它。信头的位置是酒店地址,下面是用老式圆珠笔匆匆写就的三言两语:"跟博士一起去找怪物了。不用等我。R"

在最下面,有句仿佛想了一想才加上的话——"瞧见了吗?他确实是真的。"

10

前往大白屋的行程一路沉寂无声。

杰克坐在囚车后部的一条木制长凳上，挤在两个警察中间。那个自称哈尔·格莱登的流浪汉在他对面，正兀自抽噎着，回避着杰克的视线。刚开始时杰克还觉得生气，但随着时间流逝，同情占了上风。当他最终开口——为了缓和一下气氛——一个警察却用胳膊肘捅了捅他的肋骨，厉声说道："不许在这儿撒谎！"

随着空气喷射器的轰鸣声渐渐停下，他们着陆了。流浪汉满脸惊惧面如死灰，眼看快吐出来了。他身体僵硬无法动弹，只能像尊雕塑一样被抬下去。

相反，杰克却决意维护自己的尊严。他的双手仍然被绑着，需要有人帮忙才能站起来——但他自己跳出了车，与押送者拉开了一些距离，以此表明自己可以独立行走。

被一堆媒体团团围住的时候，他吃了一惊。

空中飘满了金属制的球形摄像机，它们绕着杰克的脑袋嗡嗡作响，镜头全对准了他，周身还都支棱着麦克风。自动灯光设备争抢着位置，纷纷调整反光板的角度以便把光束打到他的脸上。杰克几乎要被闪瞎了，只能模糊地看到记者和摄影师们被人手不足的警方勉强拦住。然后，随着一片越发高亢的嘈杂人声，他的耳朵也跟着遭了殃。

"……从大白屋发来的现场报道……"

"……认知分离患者之……"

"……警方刚刚押送来了臭名昭著的'盔甲鲨鱼骗子'……"

"……被控二十三条与幻想相关的罪状……"

"……他暗藏杀机地妖言惑众……"

"……不在乎自己会伤害谁……"

"……再也见不到阳光……"

他几乎要受宠若惊了。

前面有个健美的女人正对着摄像机喋喋不休："接下来我会争取跟这位丧心病狂的罪犯进行一段简短的交流，找出是什么促使他导致了第Ⅱ-Ⅸ斐区有史以来最耸人听闻的故事骚乱。"金发女人翩然回头面对着杰克，问道："不好意思，先生，你有什么想要对新闻八台说的吗？你将要接受针对那些令人作呕的毛病的治疗，对此你有何感想？"

"我没有毛病，我所说的一切都是真……"

她完全无视了杰克，转回身去面对着镜头说道："好的，就像你们刚才听到的，我们的音效师不得不给囚犯的谎言做消音处理。盔甲鲨鱼骗子也许已经受到了正义的制裁，但他似乎仍然在竭力制造混乱。朗达·米丝怀特，新闻八台，在大白屋为您现场报道。"

然后杰克就又回到警察手里了，他毫不反抗地被钳制着押过这片群魔乱舞。

押进了疯人院里。

进入大白屋几乎是个解脱。诚然，里面要安静得多，但也有更多人正等着他的到来：穿着黑色连身衣的护理员们全身紧绷地站着，活动着自己的拳头，时刻准备只要他显露出哪怕一丝轻举妄动就立马出击。

杰克纹丝不动，他记得自己听过的关于这个地方的传闻，还有那些在以太网读到过的描述，知道这里的职员可以让他遭受所有令人不快的治疗，只要他们想。最好的做法就是扮演一个模范病人，不给对方落下任何口实。

至少在拿回自己的物品并且想出一个对策之前，都要假装配合。

流浪汉不知道被带去了哪儿。显然，在杰克被围追堵截的时候，他已经被推了进来。

一个看上去疲惫不堪、穿着白大褂的男人匆忙走了进来，向警察们自我介绍说是护士卡尔·泰科。他把他们给的一些基本信息——杰克的名字、罪行和逮捕警官自己的名字——输入平板，全程都没有看杰克一眼。

"杰克·哈克尼斯先生。"他边念边写。

"上校，"杰克纠正道，"是杰克上校。"

"老地方？"一个警察问道。

泰科先点了点头，然后忽然顿住，"不。不，恐怕现在没有空余的接收间了。最近你们可让我们忙得够呛。"

"你就不能腾一间出来吗？这可是条大鱼，你一定在电视上见过他了。随时都有可能暴起。"

"实际上，"杰克尖锐地指出，"我没有伤害任何人。"

"那是你的看法！"另一个警察粗声吼道，"我妹妹就在你散播谎言的酒吧之一里，如果她发了幻想疯的话……"

"我的意思是，"杰克继续对着泰科说道，"我没有使用过任何暴力。在被逮捕之后我一直十分配合，在场的警官们都可以为我作证。"

泰科对负责押送的警察们扬起了半边眉毛，其中几位不大情愿地点了点头。这可是个好消息，不能说谎的原则也适用于对方。

护士用一支电诊笔照了照杰克的眼睛，自顾自地点点头，然后在平板上添了几笔，随后便把它转向了杰克。

"你看到了什么？"

平板上显示着一个不规则的黑色图像，在杰克看来像是一艘宇宙飞船正绕着一个新世界飞行。

"这是张罗夏墨迹测试图[1]。"他说道。

"那这个呢？"

泰科用手指划了一下，屏幕上的图案就变了。这次看上去像是个古铜肤色的猛男正倚靠在日光浴椅上。

"啊，是的，"杰克一副了然的模样，"我知道这是什么，另一张罗夏墨迹测试。它看上去什么也不像，就是个随机的图形。"

泰科赞许地微笑着拿开了平板，说道："我认为以你的情况来说，哈克尼斯先生，稍微放松点规范操作也并无大碍。我会让看护带你去公共活动室B，在那里等我腾出时间来为你做入院检查。"

"你确定吗？"一位警察（有妹妹的那个）抗议道，"把他和其他人放在一起？如果他又——你知道的——对其他人说谎呢？"

"在我们这儿，病人们必学的事情之一，警官，"泰科彬彬有礼地说道，"就是如何抵御他们很有可能会遭遇的各式幻想。"

---

[1] 由瑞士精神科医生、精神病学家赫曼·罗夏创立，是非常著名的人格测验，也是少有的投射型人格测试。

"我能跟你聊聊上帝吗?"

杰克吃惊地抬头——自从他被带进活动室以来,里面的那几个分别穿着睡裙或睡衣的病人还没有谁跟他说过一句话。他独自坐在桌前,沉思着,几乎是刚刚才注意到这个满脸热忱的年轻女人坐在了自己身边。

"你可以跟我聊任何你想说的事。"杰克回答道。

"他是真的,你知道吗?"

"我相信对你来说他是真的,这才是最重要的。"

"他是唯一真实的事物。而剩下的那些,世界也好,宇宙也罢,都不过是他的一个宏大的梦。如果我们忤逆他,如果我们破坏这个美梦,他就会醒来,彼时万物都将终结。这就是为什么我们自己不能做梦。"她说完便鬼鬼祟祟地四处张望了一圈,好像说出这些话已是罪不可赦。随后,她把自己又长又直的头发从脸上拂开,用周围的人都能听到的音量对杰克耳语道:"因为那就意味着我们把自己摆上了神坛,那么做可是渎神的。"

"唔,这是你的看法。"杰克说道。

"我们周围的所有人,都有罪,都是因为他们竟自己做了梦才到这儿来的。你也是罪人吗?"

杰克的脑海中闪过各种不同的回答,无一例外轻率无礼。他克制住自己的想法,只是简短地回答了一句,"我不认为我是。"毕竟,有人正在监视他:公共活动室有两扇门,每一扇上都装有一个监控摄像头，还有穿黑衣服的护理员守在门边。

其中一扇墙被一整块电视屏占据了，这不用多说。大约一半的病人都看着电视，并入迷不已。一个男人盘腿坐在地上，低声唱着歌。一个女人吃吃笑着，胡乱随意地叫嚷出一些词语来，大概每分钟有那么两个。

"这就是我为什么在这里，"信教的女人向他吐露道，"我的使命，便是拯救他们。"

"我以为你也是个……"他本来想说"犯人"，但还是换了个词，"……病人，就跟我们一样。你可穿着睡衣呢。"

女人悲伤地点点头，"他们也这样认为——然而一切都是上帝的旨意。他们说我不应该谈论他，因为他们无法证明上帝真的存在。但他确实存在，他会跟我说话。他就想让我来这里。"

"他们没有权力这么做，"杰克生气地说道，"你有权选择自己的信仰。"

"鱼！"那个咯咯直笑的女人喊道。

"上帝希望我能帮助他们，引领他们进入光明。他们自以为在给我呈现真相，但事实正好相反。"

"但如果——"杰克确认看护们都没有盯着这边，随后便压低声音接着说道，"如果我们能做得更多呢？你难道不想从这儿出去吗？去外面继续你的使命？"

她果决地摇了摇头。

"但如果这里是……呃,是由罪人管理的……人们一定会有所谈论。我是指其他的病人,你一定听到过他们讨论如何逃出去或者改变现有管理制度,对吗?"

"啊,没错——他们在角落里窃窃私语,计划着如何出逃,这样他们就可以接着做梦,继续违背上帝的旨意了。我每次听到他们密谋都会报告给护士,他不会让他们得逞的,你明白吗?他们不能离开这里,他们属于这里。我们都属于这里。"女人坐了回去,双臂抱住自己,眼中满是悲伤。

"鬼扯!"那个咯咯笑的女人又喊了一声,恰如其分地概括了杰克此时的想法。

"你为什么觉得我在撒谎?"

杰克靠回自己的椅子里,装出一副毫不在乎的样子,犀利的眼神却牢牢锁住审问者。

他们正在大白屋中央主楼三层一间小小的办公室里,与杰克隔桌相对的泰科疲倦地叹了口气,说道:"你说你不是在这个星球上出生的。"

"这是真话,你能找到任何我的记录吗?"

"我认为,实际上你给我们的是个假名字。而这本身就能说明,你至少在某种程度上跟现实脱节了。"

"我是杰克·哈克尼斯上校,你是卡尔·泰科护士,这里是殖民星球4378976德尔塔四号。你瞧,我跟现实一点没脱节。"

"我们有你的扫描信息,哈克尼斯先生。我们会找到你的记录的。"

"找不到的,你明白吗?你到底有什么毛病,卡尔?为什么要你相信会这么难?又不是说这个世界从来没有接触过外来文明,你们可是从地球搬来这儿的。你们明明有关于星际旅行的纪录片。"

"自建立以来,还从来没有外人涉足过这个世界。"

"我可不觉得惊讶,如果这就是你们的待客之道的话。"

"我认为你的故事都是痴人说梦。"

"这不还是'不可能'的意思吗?"

"法律条文你一清二楚,"泰科说,"你有责任去……"

"证实它,没错,没错。放我出去我就能证明给你看。我是认真的,我可以带你们去看我的飞船,要是你想,还可以带摄像机。"

"这样下去不会有结果的。"泰科烦躁地说道,"我需要你告诉我地址。"

杰克耸耸肩,"没有。"

"信用号码。"

"也没有。"

"你知道吗?现在给你扎上一针也还为时不晚。我随时能把看护叫来。"

"为什么？我一直都很冷静，也在回答你的问题。"

"没错。但如果抑制住你那些稀奇古怪的梦，也许你就想要如实回答我的问题了。"

"我没在白日做梦，想知道为什么吗？"

泰科叹了口气，抬起一只手挡住了眼睛，"告诉我为什么吧，哈克尼斯先生。"

"叫我上校。我没有做梦的原因是我根本用不着做梦，因为我所有梦想都已成真。你那么热切地想知道我的童年，好吧，猜猜看我小时候的梦想是什么？当一个一流的骗子！我想要浪漫，想要魅力，想要冒险，还有追逐的快感。你知道后来怎么样了吗？我得到了一切，但它们比我曾经梦想过的美好得多。"

"哪怕我相信你，哈克尼斯先生……"

"上校。"

"哪怕我相信你，这些话也不能为你的行为正名。你没有向公众散布这些故事的权力。当真相大大超出听众自身的经验范围时，它们就跟谎言同样有害了。"

"是，我明白你的意思，真的。所以带着摄像机去我的飞船上吧，我们可以向整个世界直播证据，让他们自己来眼见为实。来吧，卡尔。你认为我伤害了那些人，那就让我来拨乱反正吧。把图像给他们看，这样他们就不必自行想象了，不是吗？"

"这几乎不可能,我真的没有那个权力……"

"没错,我打赌你没有——因为这就是你最不希望见到的那种事,是不是?你、警察、媒体……你们告诉所有人幻想是危险的,但真相其实是你们不愿让人们有所思考,不愿让他们去想那些自己没有的东西,无论那些东西是真是假。"

"而你认为这是为什么呢,哈克尼斯先生?"泰科一本正经地问道。

"因为你们想让他们循规蹈矩、安分守己。这里也许没有政府,但我敢肯定一定有人富得流油,而剩下的人却自甘认命,从来不争取更多。"

"你也见过一些我们的客人了。他们在你眼里是理智的吗?他们看起来没有跟现实脱节吗?那个跟你一起被带进来的先生呢?他又怎么样呢,哈克尼斯先生?"

"跟你说过了要叫我上校。然后……好吧,我不知道。也许你们对他们做了什么,也许……"

泰科抓住了杰克话中的破绽,并正中红心——自从发现"哈尔·格莱登"是个冒牌货以来,杰克的信心就愈发摇摇欲坠。

"你肯定也发觉自己听上去有多么偏执多疑了吧。"

"那不过是我还没弄明白所有问题而已——但有一件事情我非常确定,我知道做梦这种事完全无可厚非。"

"你一直在做的就是这个,是不是,哈克尼斯先生?做着梦,描绘着不存在的事物、不真实的事物。也许你一直在读太空先驱们的资料却忽视了警告,你畅想着如果能跟他们一起飞翔将会是什么感觉,也许你一直在看静电噪音台。你一直在用自己的右脑,是不是,哈克尼斯先生?你也知道右脑是不应该使用的。"

不知怎的,在他的言行举止仍保持着斯文有礼的情况下,泰科的形象却似乎变得邪恶了。

"那你呢?"杰克问道,语气更为通情达理,"你一定每天都能听到跟我讲的那些类似的故事。如果幻想如此骇人听闻地危险,你是怎么扛过来的?"

"靠思维上的自律,哈克尼斯先生。"

"这个我也能做到。"

泰科充满怀疑地盯着他。

"跟我说句谎话,"杰克说道,"任何谎话,然后你就能看到我不会相信它。"

泰科若有所思地点点头,"我认为这也许是句真话。"

杰克急不可耐地倾身向前,说道:"那么你认为这是可能的了?有人不需要吃药也不需要你们所谓的'思维上的自律',也能分辨真相和幻想?"

"在极其罕见的情况下。"泰科承认道。他拿过一部可视电话,按下了三个键。"在这种情况下,"他接着说道,"我认为你的治疗应当同普通病人的有所区别,哈克尼斯先生。"

"叫我上校。"杰克说道。

他们在走廊里找上了他。

他以为泰科要把自己领回公共活动室,但一大群看护突然就涌了上来。在杰克反应过来以前,他就已经被粗暴地按在了一个移动病床上捆了个结实。

"这是怎么了?"他抗议道。

"你说服了我,哈克尼斯先生。"泰科回答,一如既往地彬彬有礼,"你让我相信了你并没有发幻想疯。"

"所以呢?"

"所以这就说明你犯罪时并未处于混乱迷糊的状态,而是居心叵测地有着恶意预谋。这说明你无药可救,哈克尼斯先生。但这里的法律确实允许我们为了公众利益而采取行动,确保你不会再次犯罪。"

"你到底是什么意思?"杰克一边喊,一边在束带中挣扎。

"手术,哈克尼斯先生。我们要烧毁你右脑中形成想象的部分,并切断它和你左脑语言中心的联系。同时,鉴于这是一个相对简单的手术,当前也有空余的手术室,我们将立即对你实施治疗。开心点吧,哈克尼斯先生。往好的一面想,病人们平均要在这里待上三个月零两周——你一个小时之内就能重获自由了。"

11

出租车在停滞的车流中悬浮不动,罗丝烦躁不安地在座位上扭来扭去。过去的一个小时让她明白了走过去可能更快,但起码出租司机知道目的地在哪个方位。

或者说,司机的导航系统知道地方在哪儿。每隔几秒它就会以一个短促的女声发出新的指令,时不时还会加上一条提醒:"请不要试着想象这条路线。"

司机恼火地拍着喇叭,大声怒骂,调大了空气喷射器,路面上的石子儿弹起来打到了车窗上。

不过,这些琐事都无关紧要,因为博士回来了。

光是他坐在自己身边的情景就让罗丝微笑起来。她脑中仍有那种恼人的刺痒,就在右脑的某个部位,但她已经一点都不困惑了。

博士让一切都清晰了起来。

对于把多米尼克扔下这事儿她仍然有些愧疚,但博士坚持这么干。"他不过是另一个米齐罢了,"他这么说道,"或者亚当[1]。跟大多数从你们地球上进化出来的猿人一样，他受不了的。"罗丝感到一阵为难——就跟每次博士说这种话的时候一样——既因为自己的种族受到侮辱而感到冒犯，又因为自己被他当作一个例外而感到荣幸。

没过一会儿，博士就又让她高兴了起来：他为了拦下一辆出租而上蹿下跳手舞足蹈，甚至蹿进路中间冲到一辆被堵在路口的车旁敲挡风玻璃。司机们就跟看不到他似的。他仿佛就是个透明人。她把两根手指塞进嘴里吹了声口哨，一辆黑色的车立马就在她面前停了下来。

"要去哪儿？"他俩爬上后座的时候，司机在玻璃隔板的另一边问道。

"我们去哪儿，博士？"罗丝小声问道。

"大白屋。"他说。

"嗯？我没听清。说大声点儿，亲爱的。"

"大白屋。"罗丝大声重复了一遍。

"所以计划是什么？"罗丝问博士。

"取决于到了之后我们将发现什么。"

"但就是照惯例来，对吗？战胜怪物，纠正错误，还所有人

---

[1]. 在新版《神秘博士》剧集第一季第六集《戴立克》中出场，是一名年轻的研究员。亚当曾是博士的短期同伴，在第一季第七集《漫长的游戏》中，他因贪图私利、妄图从未来盗取科技发展的历史，最终被博士赶走。

自由。"

他咧嘴一笑,"没错。"说完他便握住了她的手,她感到一阵电流窜过全身,也笑了起来。

"所以我们为什么要去大白屋?"她问道。

"没有政府,"他说道,"你认为谁能让人民安分守己,谁在强制维持现状?"

"警察?"

"再猜。"

罗丝想了一会儿,说道:"是媒体。报纸和电视。"

"答对啦!"

"就像在五号卫星[1]上那样!"

"如果你乐意这么想的话。"

"这就是真相吗?又是贾鸱费斯[2]在捣鬼吗?"

"我怀疑不是,时间不对。无论如何,我们上次看到哈德罗嗯那啥·玛克斯马哇呀嘿哈·全能者贾鸱费斯[3]的时候,它已经

---

1. 在新版《神秘博士》剧集第一季第七集《漫长的游戏》中,博士、罗丝与亚当来到了200000年,着陆在五号卫星上,博士发现本应处于顶峰的人类文明竟被阻碍了发展进程,最后查明是外星生物控制的媒体操纵信息所致。
2. 新版《神秘博士》剧集第一季第七集《漫长的游戏》中的外星生物,形似蛞蝓,体态庞大,通过控制新闻操纵人们的生活。
3. 原文为"Mighty Jagrafess of the Hadroumsomething Maxawhatchamacallit",即被叫错的贾鸱费斯的全名。正确叫法其实是圣哈德罗贾斯克·玛克斯马罗登弗·全能者贾鸱费斯(Mighty Jagrafess of the Holy Hadrojassic Maxarodenfoe),可以看出这个名字长得非常难记。

熟得死透啦。但这并不意味着它是第一个认识到人类媒体的力量的外星怪物。"

"媒体也是一种洗脑工具,对吗?"

"一种传播思想、强化筛选过的观点的手段。问题是,传播的是谁的思想?谁的观点?如果媒体控制了人民,那谁又在控制媒体?"

"我猜哈尔·格莱登知道答案。"

"我想也是。他一直在对官方频道以其人之道还治其人之身,我猜他应该知道自己在干什么。我个人比较喜欢直接一点。"

"他的演播室。"罗丝恍然大悟。她想了想,然后看着博士,"但是,那不是我们现在要去的地方……"

他过了一会儿才回答,也许他只是在给她时间让她自己琢磨出来。"演播室太多了,出版公司也太多了,太多人挡在了我们和真正的幕后黑手之间。所以这样做来得比较快,想要抓住暴君的话,就追踪他的反对者吧。"

"到大白屋去。"

"仍然敢于做梦的人都被带去了那里。有人在那里学会了循规蹈矩,还有人嘛……我们就只能拭目以待了。"

"大白屋到了。"出租司机粗暴地说道,把车停在了一条异常安静的路上,"我希望你是来挂号的,亲爱的。你说的那些卫星和贾瓜肥鱼[1]……"

"喂,"罗丝说,"那是私人对话,你可不该偷听。"

"这是不由自主的事,亲爱的。一共2.30个信用点。"

博士掏出了自己的钱包,"我觉得这能说明一切。"他边说边对司机亮了亮手里的东西。她什么也没说,只是继续瞪着罗丝。博士一脸懊恼地说道:"通灵纸片不管用了,罗丝。"

"那就试试别的东西。"她悄声说道,在司机的怒视下不安地扭动着。

"2.30个信用点。"她坚决地重复道。

"你一点儿钱也没有吗?"

"完全没想过这事儿。"博士回答说。

"啊,我受够了!"司机厉声说道,再次发动了引擎,"我就知道不该让你上车——我第一眼就看出你发了幻想疯了。现在好了,你就跟我一起回总站去吧,亲爱的。我们在那儿把事情捋清楚,让你好好见识见识现实世界。"

"博士!我们现在怎么办?"

"当无路可走的时候,罗丝……跑吧!"

他俩扑向车门——但随着安全锁决然扣上的咔嗒声,出租车的引擎尖叫着加速驶离了路缘,罗丝则被惯性甩回了自己的座位

---

1. 原文为"jagra fish",司机将罗丝口中的"贾鹆费斯(即Jagrafess)"听错了。

上。与此同时，驾驶座的隔板前落下了一道钢质防护罩。

"用音速起子！"罗丝喊道。

"能量用完了，"博士说道，"我一直打算给它充能来着。"

"你今天可真是一直在帮大忙！"

他正徒劳地用双拳捶打着车窗。

"来，帮我一把！"罗丝说道，在座位上扭过身子，双腿开始攻击旁边的车窗，在她双脚齐下踹到第三次时终于成功了，司机则大喊着抗议。罗丝调整回坐姿，用手肘把还联结着车窗的碎玻璃撞落在人行道上。

出租车猛地一拐，迎面却碰上了又一轮交通拥堵。当车停下时，罗丝从破掉的车窗里伸出手，胡乱摸索着车门外的把手，在车门打开时终于心头一松如释重负，随后她与博士赶紧跑上了人行道。

"你逃不掉的，你这个疯子！"出租司机尖叫着，"你在我的座位上留下了DNA，我会找到你的！"

他俩往回朝大白屋冲过去，身后的咒骂不绝于耳。

"你确定这样能行吗？"博士颇为怀疑地问道。

"我可是体操冠军，记得吗？托我一把就成。"

他们正站在大白屋后头，一面三米高的墙壁包围了整栋建筑。通常来说，他们会从大门蒙混进去，但经过出租车的风波之后，罗丝建议采取更隐蔽的行动。

罗丝踩上了博士交叉手指构成的踏面，让他把自己托上墙去。她摸着了墙头，正以为已经成功时却发觉自己转眼又落回了地上，还跌跌撞撞险些摔倒。

"刚才到底是怎么了？"她抱怨道。

"别看我，"博士说道，"你有考虑过少吃些炸薯条吗？"

"嘿，你这家伙有点礼貌行不行！"

他们又试了第二次、第三次——但博士的双手似乎总会在她脚下松开，让她落回原处。

"哎说真的，博士，"罗丝埋怨道，"你是不是扔起东西来也像个小姑娘似的？"

他俩在道路另一边的小巷里找到了一只垃圾桶，确认没人在看之后就把它偷过来，推到了墙边。罗丝爬了上去，博士本该稳稳扶着垃圾桶，结果它差点儿就从她脚下滑走了。

不过，现在她只要稍稍一跳就能够到墙头了。她的手勾住了它……

然后，一阵冰冷的冲击从她的双臂窜入了胸腔和腹部。罗丝倒抽一口冷气，松开手，摔了下来。她狠狠地撞上了垃圾桶，又被弹回人行道上。

"啊。"博士说道。

"啊，什么？"她厉声说道，几乎就要反抗起博士来。她自己爬起来，拍开了博士伸过来的手。

"啊，我就觉得应该会有类似的防护措施。看上去是力场，带刺铁丝网的高级替代品。你还好吗？"

"我还好——真是多谢你这个事后诸葛亮了。"

"看上去我们得回到A计划上啦。"博士快活地说道。

"从正门进去，"罗丝说，"行吧，要不你假扮医生我冒充护士？"

"行不通的。他们有很多核验的办法，通灵纸片现在也没……"

"对啊，它到底出什么问题了？"

博士耸耸肩膀，"也许是因为这里的人有什么不一样的地方，所以它对他们不起作用。"

"是那怪物干的好事。"

"这就能解释为什么有那么多人'发幻想疯'了。"

接下来是一阵漫长而又尴尬的沉默。罗丝考虑着现在是不是应该对他坦白，告诉他自己之前也有过妄想发作。但她现在已经好多了，那些僵尸就像是一场早已消退的噩梦。

"也许我们可以说自己是来探视的，"她提出了建议，"来看某个病人。"

"我不知道，"博士说道，"如果我们对这里的推测有一半是对的，我不信他们会给来访者大铺红地毯。"

"好吧,你有什么想法吗?"

"有。我有个保证能把人弄进疯人院的办法。"

罗丝过了一会儿才跟上他的思路,随后她笑着说道:"哦,你是在开玩笑吧!"

"所以,你觉得咱俩谁更会装疯卖傻?"

"说来就来,"罗丝对门里百无聊赖的守卫解释道,"突然之间他就坚信自己是个医生了。"

"我认为我是博士。"博士冲着守卫露出了自己最为癫狂的笑容。

"他还觉得……觉得自己已经九百岁了,在宇宙各地飞行,还和会放屁的外星人与太空中的猪战斗。"

"我想被关起来,真的。"博士说道,"我就跟三月兔一样疯[1],还蠢得无可救药。"

"你应该带他去看社区医生。"守卫说道。

"哦……是的,没错,我知道。但他不在,你明白吗?去城里的另一边参加研讨会去了。再说,他事情多得忙不过来,我们没法拿到两周以内的预约。"

---

1. 该比喻多用于形容人极度疯狂或非常愚蠢,因为每值春季繁殖期,兔子就会表现出一系列激动异常的行为,像发狂一样疯癫。在《爱丽丝梦游仙境》中亦有同名的角色。

"用软垫病房、约束衣,再把钥匙扔了吧,我可不在乎。"

罗丝鬼鬼祟祟地向守卫靠近了些,说道:"问题在于,他觉得这栋楼里有怪物,真是疯了。"她本来指望这句话能激起守卫的些许反应,但他脸上的表情纹丝未动。"如果不带他来,早晚警察也会把这事儿办了。我的意思是,你真得明白他需要帮助,十万火急的那种。"

博士走上前去贴在守卫前站好,他们之间近得连鼻子都几乎要在铁栏杆的空隙里碰上了。他一动不动地盯着守卫看了一会儿,然后突然活灵活现地模仿起猩猩来。

守卫的目光穿过博士,锁在了罗丝身上。"好吧,女士,"他疲惫地说道,"我想我确实从中看到了某些医疗干预的必要性。也许你真的应该进来。"

在守卫打开门挥手示意他们进去的时候,罗丝差点忍不住露出笑容。她看都不敢看博士,生怕自己会禁不住爆笑起来。他们肩并肩地走在通往大白屋的路上,但刚走到一半时,博士便凑在罗丝耳边悄声说道:"你知道他会先通知他们的,对吧?"

"他们正等着我们进去。"

"往积极的方向想,"博士快活地说道,"被抓住通常来说都挺管用——这能为我们建立直面大坏蛋的捷径。或者我们可以……"

罗丝往身后看了一眼,守卫已经回到了大门内的小亭子里。

她能透过窗户看到他正背对着自己,显然正用可视电话跟别人通着话。她又看了看博士,两人相视一笑。罗丝欣然握住了博士伸来的手。

他们欢笑着从主路上跑开了。

他们找到了一扇可以进入大白屋左侧的门,但它上了锁,而且看上去已经有好几个月没有被打开过了。在建筑的后方,两个身穿白色厨房连体衣的人正在另一扇门外聊天。罗丝和博士在被他们看到前就缩了回去。

他们身旁有一排窗户,能够让他们进入一条铺着木地板的走廊。罗丝试着推了推其中一扇,发现它被锁上了,于是她又试了第二扇和第三扇。她刚碰到第四扇窗户,警报便响了起来。起初罗丝以为是自己触发了警报,直到博士指出,也许是因为工作人员终于发现自己的新病人和他的护送人员都不见了。

"他们知道我们还在这里面,但还不清楚我们的具体位置。我们大概还有几分钟的时间。"

"你可以帮帮忙的,知道吗?"罗丝一边徒劳地推着第四扇窗户一边说道。她本可以失落得大喊大叫。在此之前她从没意识到,自己变得多么依赖博士的那些锦囊妙计,只要他愿意,就能带她在任何时空自由来去。

他溜达到一扇她已经试过能否打开的窗户跟前,朝里仔细瞧了瞧。随后他便看也没看地往左指了指，说道："这边，就只隔几扇窗，看上去有个插销是坏的。"——他说得没错。

罗丝刚爬上窗沿，第一批护理员就从拐角冲了过来，其中一个大喊了起来，但在持续不断的警报声中罗丝听不清他的声音。她匆匆翻了进去，转过身去想拉博士一把，但为时已晚。他撒腿就跑，离护理员伸出的手只有几英寸的距离。有几个人追着罗丝往窗户里爬，还有两个追着博士朝厨房门的方向跑去。

为了摆脱追兵、找个地方藏起来，罗丝随机转过两个弯后，很快便看不见他们了。她发现天花板的角落有一颗球形摄像机正旋转着追拍自己的身影，心顿时沉了下去。

突然之间，博士出现在了她的身旁。罗丝无法想象他是如何这么迅速地追上自己的——他一定是找到了另一条进来的路。她没有看到追着他跑的护理员，但他们不可能落下太远。她能听到右边传来了越来越响亮的脚步声和说话声，接着博士便又一次拉住了她的手，带着她拐向左边。通常来说，在博士身边她总是更有安全感，无论情况如何……但这次有什么东西困扰着她，有什么地方不对劲儿。

前方一扇巨大的拱形木门虚掩着，博士朝它跑去。然后他们闯进了一间看上去像病人活动室的屋子。人们四散坐着，双眼空洞，对他们的出现反应迟缓。不幸的是，屋里的护理员们可不是这样——或者说那几个把守另一扇门的护理员不是这样。

罗丝被围堵到了房间中央,一圈穿着黑制服的人逐渐逼近。她已经无路可逃了,只好跳上了一张桌子,把原本趴在桌上脸埋在胳膊里的那人给吓得跌在了地上。

与此同时,另一个人撞进了护理员的怀里,他绝望地喊道:"救救我!我又能看到她们了!我又能看到漂亮姑娘了!"

一位头发又长又直的年轻女子甩了那个男人一耳光,"罪人!"她怒骂道,"竟敢在此大肆招摇你那下流春梦!"

"富美家[1]!"另一个女人尖叫道,随即又咯咯笑个不停。

一个护理员制伏了那个痛苦的男人,另一个则拦着那个直发女人不让她靠近他。罗丝瞅准一个空当,突破了包围圈,门就在眼前。她猛地冲过去,进入了另一条长而笔直的走廊……

但前方出现了更多的护理员,他们朝她袭来。

她向最近的那扇门撞去,门开了!一股希望猛地涌上她的心头,但紧接着那丝转机便因眼前的景象而破灭了:门里是一个工具间,除了顶层架子上有瓶翻倒的清洁剂外,别无他物。

然后她就被追上了,被护理员们用手抓住,按倒在地。她挣扎着抵抗,但每扭打开一只手就会有另外两只手抓住她。持续不断的警报声像电钻般在她脑袋里钻个不停,而她脑子里的刺痒已经爆发成了剧烈的疼痛。

---

1. 用于覆盖或装饰厨房操作台、餐桌等台面的塑料贴面。亦指生产相关产品的富美家公司。

在她被按着跪下的时候，罗丝最后看了一眼自己信任无比的同伴——他站在她的面前，似乎漠不关心。

"博士，快做些什么呀！"她语无伦次地说。

"办不到。"他耸耸肩膀，"我还以为你知道呢，我是无形的。"

随后她就脸朝下倒在了白色地板上——上头还有拖把刚留下的又湿又脏的痕迹——身上还压着三、四、五个人。警报声终于停了下来，世界似乎顿时陷入了死一般的沉寂。她的余光捕捉到了一根尖细针头上的闪光……

随后它便刺入了她的颈侧。

12

"你想跟我一起来吗?"多米尼克不知道该怎么描述自己听到这句话时的感受。仿佛博士刚在自己生命里出现了几秒,它就被他彻底改变了。仿佛他一直翘首期盼的未来,终于到来了。

多米尼克花了几秒钟才认识到自己眼前这个人——这个陌生人……这个看上去平平无奇的家伙……就是罗丝一直说个不停的那位。哪怕罗丝再三强调保证,他也还是半信半疑,认为博士是她幻想的产物。此时此刻,他被一双洞悉一切的蓝眼睛紧紧盯着,便想起了罗丝说过的宇宙飞船、时空旅行、各种怪物,还有……

他知道自己不该相信这些,但是……但是……

"你想跟我一起来吗?"

博士把时间掐得分毫不差。他读过了罗丝留下的便条——多米尼克到现在也没想明白它在说啥,罗丝在上面写着自己跟博士一起走了。博士满面怒容地嘟囔:"别是她啊",说罢他便沉下了肩膀,仿佛背上了千斤之重。他转身离开房间,也许已经忘了多米尼克还在里面。

留白的时间恰到好处，正好能让多米尼克意识到无论这个陌生人要去哪里，自己必须一同前往。也刚好能让他意识到，如果现在让博士就这么走了，他就会跟自己一直以来求之不得的东西失之交臂。但如果这是个谎言呢？在查明真相之前他将无法入眠。

留白的时间还刚好足以让他意识到，自己并不知道该如何开口。

就在此时，博士停了下来。他一只手仍搭在半开的门上，看着多米尼克仿佛刚注意到他的存在。他面色清朗起来，已经发出了邀请——时机恰好的邀请，此时怀疑和恐惧尚未开始成形。

这就是邀请可能会被接受的绝无仅有的时机。

所以现在，多米尼克生平第一次离开了城市，跋涉着穿过一片葱郁茂密的树林。此情此景他只在自然纪录片和自己梦里瞥见过，光是这些对他来说就已经是个全新的世界了。

他看到了在城市里从未见过的色彩，看到了似乎随心所欲却又仿佛精心雕琢出的各种形态。但与此同时，也有树根阻碍着他的脚步，尖刺勾缠着他的连体衫，树木枝条也不断刮擦着他的手臂与脸。除此之外，还有那始终如影随形的危机感，以及仿佛随时会有猎食者从茂盛的枝叶里扑出来的恐惧。

倒不是说这里真有什么猎食者。在殖民星球4378976德尔塔四号上从来就没有过本土生物,这也是这颗星球成为理想移居地的缘由之一。但多米尼克经常把丛林当作自己漫画的背景,在里面填满了出现在自己最为黑暗的噩梦中的各种怪物。丛林代表了不为人知也未经探索的世界——无论有多少次扫描已经证明这里空无一物,总有那么一丝丝、一点点扫描也许出错了的可能性。还是有可能,什么东西正藏身于此。

他竭力不再想下去。如果他这么做了,就会听见它们的声音。他会听见身后传来嘎吱作响的脚步,还有埋伏在林中蠢蠢欲动的呼哧喘息。他的眼角会瞥见细微的风吹草动——这里的藤蔓扭了一扭,那边的叶子晃了一晃——然后他就将知晓,怪物正打算伺机而动。

他转而把注意力集中在博士身上。在他们出发的时候,罗丝的朋友抛出了一阵连珠炮似的问题:关于多米尼克,关于他的生活,还有他跟杰克上校与罗丝之间的渊源——这些问题帮了他一把。谈论那些他记得的事,那些真实的事,稳住了他,让他免于被无限的新可能性淹没。然而,博士得到答案后,却陷入了沉默。一开始还像是在静默思考,渐渐地却仿佛变成了郁郁寡欢。

多米尼克需要再次稳住自己,于是他试探着说道:"就跟故事书里的情节似的,对吧?"

"不。"博士简短地答复道。

"哦,我……我的意思是……我不是在说它们是真的,故事什么的，我是想说……如果它们……嗯，如果它们确实是真的呢？因为，我们怎么能确定它们不是呢？我是说百分之百肯定？"

"它们不是真的。"

"我能给你看看，如果你愿意的话。我是说我画的漫画。"

博士停下了，一动不动地盯着多米尼克看了一会儿，似乎是在考虑他的提议。但随后他就扯出一个微笑，说道："免了，不感兴趣。"说罢便继续艰难地前进了。

一分钟之后，博士问道："你为啥一直这么做？"

"做什么？"

"拧你自个儿，你刚刚又拧了一下。"

"哦，我都没意识到。就是个反射行为，没别的。"

"能帮你集中注意？"

"我猜是的吧，没错。就……这一切，让我觉得有些难以……你明白的吧……这个丛林，还有你。如果我拧自己一下，就能感觉到疼，那我就知道我不是在做梦了。你一定听说过……我是说，每个人不都会这么干吗？"

"每个人都这么说，"博士说道，"可没人真的这么干，没有必要这么干。如果你做着梦，没错，有时候意识是会被蒙蔽，梦境或许能以假乱真，但现实绝不会像梦境。当某样东西真实存在的时候，你就是能知道。不然的话，当第一辆车从视线盲点的拐角处飞驰而来的时候,你就会因为站在路中央一动不动、忙着告诉自己这有多不可能,而直接被撞飞啦。"

"怎么做到的?"多米尼克问道,"你是怎么分辨其中区别的?因为我就曾经做过这样的梦,它们看上去跟现在别无二致,听起来闻起来摸起来也毫无差别,而我多么希望它们是真的啊,但我还是会醒过来,而且……有些时候我觉得自己也许是在做梦,我梦到自己还在卧室里,所以我会拧拧自己,想回到丛林或者宇宙飞船或者僵尸城堡或者……或者……"

"你一定过着精彩纷呈的生活吧。"

"并没有,"多米尼克叹了口气说道,"因为我的人生一成不变。无论我梦到什么,无论我写下什么,总归都是谎言。"

"世事如此,"博士说道,"如果你只知等待而不去争取。顺带说一句,你马上就会看到的东西,可是货真价实的。"

他们面前出现了一个什么东西,它的颜色与丛林格格不入,利落笔直的线条一看便属于城市,属于人工造物。

一个结实、厚重的大柜子在树影中隐约露出了身形。它的颜色是浓郁的深蓝。是什么储藏棚吗?但为什么会在这么远的地方?而且为什么它还顶着醒目无比的"警事公用电话亭"几个字?

多米尼克的脑子飞速运转着,力图找出这个蓝盒子出现在此的逻辑性——因为,如果没有逻辑支撑,他害怕自己会又一次从梦里醒来。

"过去吧,"博士说道,笑得像个自豪的叔叔,"摸摸它。"

多米尼克抚过它的表面,用心感受木头与自己皮肤相贴的触感:粗糙、坚挺、真实,还有……

木头背后仿佛另有一片天地。多米尼克无法用手指直观感受,也无法描述,但它却切实存在。它强劲有力、蓄势待发;它难以言表、超乎想象,但多米尼克确信,它就是真的。

"趁现在你还在外边,"博士说道,"绕着它好好走几圈吧,感受感受它的大小,能给之后省些时间。"

到头来,这不过仍是场梦。

没有别的解释了。这个蓝盒子的门,绝不可能通往多米尼克现在看到的房间。

这个巨大的圆形大厅给他的第一印象是,它是有生命的——就跟外面的丛林一样。珊瑚紧贴在墙壁上,支柱如树木般弯曲分叉;电线有的如藤蔓一般垂挂着,有的像树根一样拖拽在地板上。房间里还有陶瓷扶手,多米尼克脚下则踩着金属格栅。前方还有一个蘑菇状的控制台,看起来像是用拆开的备用部件重新拼成的。

若不是多米尼克正因眼前这一切都不是真的而大失所望,他本可以相当自豪。仿佛他的大脑从他毕生见闻及他在电视中见过的一切里榨出了这些画面,把一切随意糅合在了一起,还设法离奇地让它看起来合情合理。

这次,等他醒来的时候,肯定能就此写出一个伟大的故事。

而眼下,他就由着博士——这位能量和权威的集合体,直到此刻他仍是那么难以置信而又始终如一的真实——领着他走过了控制台,走过了一把看起来有些突兀的椅子,穿过了一条门廊。多米尼克本以为从这里过去就到了蓝盒子的尽头,却在看到眼前延伸开去的三条走廊时对自己笑了笑,摇了摇头。它们与更多走廊互相穿插,其墙面也跟之前那些一样,看起来像某种有机硬壳。

他们转了一个又一个弯,一路七拐八绕直到多米尼克完全丧失了方向感。博士一副若有所思的样子,就好像他记不清自己把要找的某样东西放在了哪里。随后他在一扇门前猛地刹住了,推开门宣布道:"这个就行啦!"

这个房间也是圆形的,但好在没那么大。里面堆满了各种杂物,和主控制室里那些杂乱的玩意儿一样五花八门。不少东西看上去都像医疗器材,大部分也都被这样那样地调修过。一台心电监测仪被遗忘在一辆推车上,电线从后面掉了出来;一条长椅上放满了瓶瓶罐罐和注射器;还有个听诊器挂在了一台破旧的冷藏器上头。

博士一把将一台放在牙医椅上的盒状机器扫开,看起来毫不在乎它重重地砸到了地上,还伴随着一阵玻璃破碎的咔啦声响。

他示意自己的客人坐下,但多米尼克却狐疑地退缩了。

"等等——你打算对我做什么?"

博士耸了耸肩膀,"一次快速检查而已,没必要这么花容失色。我只是想看看为什么你大脑的运作跟其他人类不一样罢了。"他露出令人心安的笑容,轻快蹦跶着——但他的双手藏在身后,多米尼克不知道他刚刚拿了什么东西。

"你是个医生,对不对?"

"是博士,这可是有区别的。"

"那么这个……这个……不知是啥的玩意儿……这个警亭,警亭!我早该知道的……昨晚我猜对了,当我第一次……你跟他们是一伙的,是不是?"

"呃……不。"

"你想打开我的脑袋,然后……然后毁掉我脑子的一部分。"

"没必要这么夸张。"

"你甚至连说话都跟警察一个口气!我……我可不在乎这是不是梦,我是不会让你……"

多米尼克往后退开,但惊恐之中他没摸到门,只撞上了墙。博士已经靠了过来,握住了他的肩膀,强硬地把他按到了椅子上。在多米尼克冷静回神以前——他只是一味捏紧拳头让指甲陷进掌心,想要让自己醒过来——博士一脚踹上了椅子底座上的控制杆,多米尼克随之唰的一下就躺平了。然后博士便举起了一个笨重的黄铜装置，看上去就像一顶覆满了控制按钮的潜水头盔。多米尼克还在奋力挣扎，他竭力想要挺直身子，却还是被那顶头盔给扣住了脑袋，他感到它的重量压在自己肩上，冰冷的金属也贴上了自己裸露的脖子。

"最好想点开心的事情，"博士嘱咐道，"可能会有点疼。"

丛林看上去不太一样了，尽管多米尼克并不明白为什么。

他的感觉也不一样了——这种轻飘飘的美妙眩晕，就好像头脑里卸下了什么重担。

博士忙着摆弄那个头盔装置，他一面调整控制器，一面弹着自己的舌头，偶尔还问问多米尼克有没有什么感觉。大多数时候，他只能感觉到脑袋里轻微的嗡嗡声。虽然这期间也出现了电路或别的什么烧坏了的惊险时刻，但博士满怀热情地用某种会发出蓝光的奇怪焊接器摆平了头盔。

然后，毫无预警地，什么东西闪了闪光，一阵电击似的痛楚窜过多米尼克的脑袋，让他痛呼出声。这股电流似乎掠过了他的所有骨头，让他全身紧绷起来。

"还觉得你是在做梦吗？"博士问道。他已经离多米尼克六步远了，这时突然回过头来面对着他。

"没有……有……我不知道。"

"想象点什么东西。"

"什么？比如什么东西？"

"比如丛林里的东西，一个怪物。"

"我不想这么干。"

"啊，来嘛，德里克。"

"多米尼克。"

"你可是个作家，对吧？给我一个故事吧。这么辽阔的丛林，里头一定藏着些什么，你觉得呢？"博士就站在多米尼克眼前，满脸微笑，但他眼里却有一丝不怀好意的光芒，"因为我绝对听到几米开外有动静，你懂的吧，某种脚步声，鬼祟地跟在我们后头。说不定是僵尸呢。"

多米尼克不太自在地咽了咽口水，"我什么都没听到。"

"不，你听到了，你不过是不想承认罢了，你怕我会以为你在发幻想疯。但这可不是明智之举，对吧，丹尼尔？一点儿都不明智呀。万一怪物是真的呢？它们有可能就是真的，你懂的。"

"别说了！"多米尼克喊道。

"它们正悄悄地跟着我们。等它们真的扑上来的时候，你又能做些什么呢？傻站在那儿，捂着耳朵，再闭上眼睛？"

"不！我……我……你是对的，我能听到它们！我能看到它们！我……"

那些僵尸从灌木丛中钻了出来，手臂前伸。

"……能看到……它们……"

然而，与此同时，它们却又不在那里。

"……在我的脑子里。我能在脑子里看到它们，但是……"

但是，让多米尼克大为吃惊的是，事情竟仅此而已。

"有成果了！"博士沾沾自喜地说道。

"什……什么……你是在说什……"

"你被治愈了！暂时被治愈了，嗯。"

"治愈？我有什么病？"

"微生物，"博士说明道，"它们比单个质子还要小，在这颗星球的大气中茁壮成长。它们就在我们四周。它们也在你的脑子里——直到我用扫描仪的反馈噪音把它们赶跑。不过这也不是永久性的，几个小时之后它们还会死灰复燃。"

"你……你是说……"多米尼克举起一只手捂住了脑袋，想要集中注意力。它们还在里面，那些僵尸还在里面，只不过是被困在了深处，它们无法从那里逃脱。

他被一阵突如其来的恐惧击中了，"你把它们夺走了。那我要怎么才能……我再也感受不到自己的梦了，那我怎么才能继续写作呢？你都对我做了些什么？"

博士看起来被他的忘恩负义给惹恼了，"你会习惯的，"他嗤道，"现在，你的梦可能没那么栩栩如生了，但它们是无害的。你可以梦得更天马行空而无须畏惧了。谁知道呢，说不定哪天，你还会梦到什么大有可为的东西呢。"

说完他便再次拔腿向前，在丛林间跋涉起来。多米尼克只好匆匆跟上他，同时脑子里还在飞速运转，回味着博士刚说的话。微生物？那是什么东西？在他听来就跟小说一样——科幻小说——但毫无疑问，博士已对自己做了些什么，并改变了些什么。

然后他便察觉到自己已经开始好奇，如果能像博士那样做梦会是怎样的光景，若是能跟他一样又会如何。或者像罗丝·泰勒那样，能和这个奇怪却又迷人的男人一起乘着蓝盒子旅行，每天都能像这样大开眼界。若是能成为博士的朋友、助手、同伴，一切将会如何。

不知道为什么，他无法想象。

13

他挣扎得太晚了。当他明白他们要做什么的时候,已经落到了寡不敌众的地步,逃出生天的概率基本是零。所以他选择继续假装配合——但装得超时了那么一点点。

直到护士泰科告诉他,接下来将会发生些什么。

杰克立刻开始挣扎,拼尽全力拉扯着把自己双手捆过头顶、束在冰凉金属推车上的绑带。护理员们花了好几分钟才按住他胡乱踢蹬的双腿,并将他的脚踝也捆了起来,但杰克在此期间也给他们留下了几块相当可观的瘀伤。

他并没有大喊大叫,既没有怒吼也没有求饶。他没有浪费自己的力气。

泰科押着他走到了电梯前,当门轰隆关上将两人隔开时,杰克绷紧腹肌支起脑袋,给了这位年轻护士藐视的最后一瞥。他不知道对方会有什么反应,他会因为羞耻而看向别处吗?还是会为了自己的胜利而洋洋得意?

然而他什么也没做。泰科双眼空洞,对杰克的命运不喜不悲，就好像这一切对他来说没有任何意义：按部就班的一天，平板上又添了一个名字。

电梯的门再次打开了，杰克被推进了没怎么严格消毒的一楼——这栋建筑最原始的部分——而病床左前轮的嘎吱声被地毯减弱了。天花板是木质的，随着车轮前行，顶灯在他的眼中留下一条条模糊的光痕。

他的脑袋撞上了一排沉甸甸的透明塑料门帘，然后他便进入了这所疯人院里一个截然不同的部分。这是一片新的区域，是他在外面见过的老建筑的扩建。这里的墙和天花板跟中心大楼一样，是脏兮兮的米白色，空气中还弥漫着混杂了一丝臭氧气息的消毒水味儿。

这个地方还有人正扯着嗓子尖叫，直喊到声嘶力竭。随后叫声渐渐变成了悲伤的呜咽，最终整个沉寂下来。

杰克几乎快认定这些声音是人为制造的了——那会让他对即将发生的事情做出更可怕的预测。只不过，"预测"在这里多半是违法的。

这肯定不是真的，杰克·哈克尼斯上校可不会像这样死于非命。他命中注定的结局应该笼罩在万丈荣光之中，在他自己选择的时间和地点，他的死亡将重于泰山、意义非凡。他可不该变成植物人，然后在什么鸟不拉屎鸡不生蛋的世界里度过余生。鉴于对自己能力的自信，杰克对这一点深信不疑。他一定会逃出去的，他只是暂时不知道具体该怎么做而已。

当手腕被捆住的时候他并没有挣扎。但他本能地绷紧了自己的肌肉，并让捏紧的拳头尽量远离病床。护理员们以为束缚带已经收紧了，但杰克却设法为自己的右手腕稍微争取到了些余裕——虽然只有一点点而已，但杰克一直在偷偷摸摸地拉扯那根带子。他努力挣出了半个手掌，但卡在拇指根那里就再也过不去了。

他被推进了一间简单的手术室，房间里的红色消毒灯给所有东西都罩上了一层刺眼的光芒。医生的脸逆着灯光，还由面罩遮住了口鼻，整个儿看起来模糊不清。但杰克能把他手上拿着的工具看个一清二楚。

医生的拇指按下了开关，那个钢笔大小的设备便伸出了一条纤细的金属丝，它的末端闪烁着耀眼光芒，仿佛一颗被困住的微缩星辰。

"没什么好害怕的，"医生说道，"我不过是要将这根金属丝从你的鼻子里伸进去罢了。大脑没有痛觉感受器，所以你应该什么也感觉不到。这只是个简单的小手术，一点儿也不复杂，一眨眼就结束了。手术之后，你应该能保留对大部分身体功能的控制。"

"你得知道，"杰克虚张声势道，"我是个时间特工，来这里调查为啥这个世界如此落后。敢动我一根毫毛，眨眼之间就会来一百艘战舰让你们好看。"

"啊,好的,哈克尼斯先生,"医生不无友善地说道,"这可正是我们再也不希望从你嘴里听到的胡话。"

说完他便靠了上去,直到那根金属丝末端的光芒占领了杰克的整个视野。

杰克拼尽全力拉扯着那根松动的绳子,冒着大拇指脱臼的风险,但若真是那样他也毫不在乎。然而就算他能挣脱一只手,又能怎么样呢?他多么希望护理员们现在已经离开,但他们就站在周围,满怀戒备。对方共有六个,还得算上一个医生。

幸运的是,杰克也不是孤军奋战。

他一听到警报声响起,就知道了,这一定跟博士或罗丝——也有可能他俩都有份儿——脱不开干系。直到现在他都还没有真的习惯这一点:他不用每次都只靠自己来绝处逃生了。

护理员们看了看自己的寻呼机之后彼此对视着,拿不准是不是应该回应,因为那就意味着放任他们臭名昭著的囚犯无人看守。那个医生——他手里那发光的金属丝已经不再对着杰克的眼睛了——替他们做了决定,把他们赶了出去。"就算这个病人对我是个威胁,"他坚持道,"要不了多久也就不是了。"

随着骨骼咔啦一响,杰克终于把自己的手挣脱出来了。他把松脱的绳子绕在了手指上,试着掩盖自己刚做的事,直到医生再一次靠近。

杰克立马伸手抢夺那个笔状设备——但对方的反应实在是太快了，他迅速退开，远离了杰克下一击的进攻范围，并大叫着寻求帮助。

杰克只希望警报声能盖过医生的叫喊，希望自己能在护理员回来之前把四肢挣脱出来。

他还在跟自己另一只手腕上的绳子做斗争时，医生就猛地扑了过来，还挥舞着一根灌满液体的皮下注射器，杰克估计里面是某种麻醉剂。他在针尖扎进自己皮肤前抓住了对方的手，但眼下他可是在单拳力敌两手。他的激烈挣扎竟然使得病床倾斜过来，最后连人带床一起稀里哗啦翻倒在地。被困在床上的杰克顿时四仰八叉，仿佛一条被吊起的鱼。

医生没能握住注射器，它滑过地板滚到了杰克身旁，他立刻用拳头打碎了它。当医生匆匆准备第二支针剂时，杰克终于解开了自己左手腕上的绳子，紧接着便迅速解放了自己的双脚。

对方又一次靠了过来，杰克抓住病床将它扶起以盖过头顶，当作自己的盾牌。医生被脚步不稳的杰克逼退着撞到了冰柜的透明门上，冲击力让柜子里的瓶子簌簌作响。趁着对方还在喘气，杰克扔下病床，一拳砸上他的下巴，让他摔倒在地。

杰克转过身去，迎面碰上了两个去而复返的护理员。

这场架打得风驰电掣大快人心，杰克用两个利落的绝杀结束了一切。然而此时警报声已经停下，他明白这场调虎离山已经结束了。

他扶起了之前困住自己的病床，将一条床单扔到上面，它拖垂到地面，遮住了失去知觉的护理员。至于医生则被他藏在了冰柜后头。杰克从他们的屁股口袋里翻出了门卡，又考虑了一会儿要不要扒走一套护理员制服——然而他俩都比他矮，肩膀也比他窄。

杰克找到了一卷医用胶带，用它将自己三个俘虏的手腕通通反绑在了身后，还封住了他们的嘴。

他锁上手术室的门，又从圆形的小窗户往里看了看，确认看不到那三个人的身影，屋里也似乎空空如也。做完这些之后，他就急忙赶往他印象中曾传出尖叫的源头。他找到了另一间手术室，但门是锁上的。"它已经吞噬了自己的受害者"，这个念头让杰克不寒而栗，同时前所未有地感激那由于一阵警报响起而拯救了他的绝佳时机。

他知道自己的目的地在哪儿。哪怕被绑在病床上，他也记下了自己被推来时的路，为迅速逃离未雨绸缪。没过多久，他便沿路返回了之前自己经过的塑料门帘，进入了主楼。在两个护理员走过来的时候他藏了起来，听着他们喋喋不休讨论如今世道，讨论当今越来越多的人如何在幻想的诱惑前不堪一击。

他偷偷摸摸穿过一条铺着地毯的走廊，再转两个弯就能到达门口……然后他看到了罗丝。

两个护理员架着她的胳膊,还有两个站在她的身后,杰克看着他们把她押进了一个电梯。罗丝醒着,但没有挣扎。她表情空洞,走路的时候拖着自己的左腿……一阵可怖的恐慌顿时笼罩了杰克。

要是他们对她做了自己差点遭遇的事情怎么办?如果自己刚才听到的就是她的尖叫声呢?

不,他宽慰着自己——刚才听到的绝对是个男人的声音。况且刚才很有可能是罗丝触发了警报,那么他们就来不及……他们多半只是给她"打了一针",就像泰科说的那样。

电梯门关上了,杰克赶紧冲过去看楼层显示,想知道他们去了哪一层——电梯在主楼的四层停下了。

他四下张望寻找起楼梯来。

杰克等待着护理员从门口走开。最终,他们转身走向了电梯,杰克迅速退回楼梯井,一直等到他们离开。

随后,他一路冲刺到了罗丝被带进去的那间病房前。

他在读卡器上刷了刷医生的门卡——结果刷错了方向。一盏红灯闪了起来,伴随着由远及近的脚步声。有人就要到拐角了,而正站在走廊中间的杰克无处藏身。

他笨手笨脚地又刷了一次卡,压低声音咒骂着,后悔自己刚才没有不管三七二十一地挤进一套护理员制服。

门锁开了，他几乎是跌进了门里。当他关上身后的门时，罗丝抬眼看向他。她正躺在房间里的单人床上，双臂抱着自己。她双眼红肿，却在看到杰克的那一瞬间闪烁出了希望。

然而那星星点点的希望很快便消失了，取而代之的是困惑与怀疑。

"杰克？真的是你吗？告诉我真的是你。"她语调缓慢吐词不清，仿佛经历了莫大的困难才挤出这些话。

他竖起一根手指挡在双唇前，示意她保持安静，因为脚步声已经逼近门口了。他背靠着门蹲了下来，这样一来，当他头顶上那装了栏杆的小窗户打开时，他就不会被看到了。

他认出了卡尔·泰科的声音，即使对方没做自我介绍，"你的名字是？"

罗丝一言不发。她用胳膊肘撑起自己，重心压在了右边，双眼在房间里那巨大电视屏幕的光线刺激下不停眨巴。她起先看着泰科，随后——让杰克惊恐万分地——她直直地看了过来。

"你在跟谁说话呢？"

罗丝的视线回到了护士身上。

"就刚才，别对我撒谎。我在来的路上，在走廊里听到你跟人说话了。"

在一片短暂的沉默中，杰克屏住了呼吸。

"你知道这里没人,对吧?"泰科说道。只要他试一下,就会发现门没有上锁,然后杰克就完蛋了。倒不是怕打不过,但杰克绝对来不及在警报响起前就撂倒他,况且这个区域里到处都是护理员。

罗丝又看了看杰克,然后,她仿佛做出了一个让自己如释重负的决定,回答道:"是的是的,我知道。"然后她便缩回了床上。

泰科换了一种更加和善的语气,说道:"我知道这对你来说一定很不好受,药剂的作用不会持续太久,而且现在它已经开始失效,所以你又开始想象事物了。要是情况太严重的话,我们可以再给你打一针,但如果你能靠自己克服这些妄想,那就最好不过了。"

"这里没有别人。"罗丝昏昏欲睡地说。

"再等一个小时左右就会有看诊间空出来,"泰科说道,"我会派几个护理员来接你,然后我们就能谈一谈了,好吗?这样我就能帮你了。"

门上的小窗户关上了,泰科的脚步声渐渐远去。

杰克咬牙吐出一直憋着的气,气流挤过齿缝嘶嘶作响,"真是千钧一发啊。"

"走开。"罗丝说道,转过身去背对着他。

"罗丝?"

"你走,你不是真的!"

"嘿,嘿!"他穿过房间,把手搭在了罗丝肩上,她瑟缩了一下。"是我啊,是杰克上校。'不是真的'?你倒是跟那些我一路上打晕的家伙这么说呀。"

她努力对他视而不见。

"要不这样,如果我把你从这儿弄出去,你就相信我是如假包换的正品,如何?"他给罗丝看了那些偷来的门卡,让希望重新回到了她的眼睛里。杰克像打开一把扇子似的秀出了手里三张卡片,咧嘴笑了起来,"我正在收集它们。"

"我需要你告诉我一些事情,你听说过贾鸹费斯,对吧?"

"全能者贾鸹费斯?"

"对。"

"圣哈德罗贾斯克·玛克斯马罗登弗?"

罗丝已经笑了起来,"就是它。你是真的!哦,天哪,真的是你!"他们拥抱了对方,但罗丝却突然抽身,脸上的笑容也消失了,"博士……我刚才跟他在一起……"

"他也被抓住了吗?他也在这附近吗?"

罗丝摇摇头,"你不明白。他不是真的在这儿。当他们把针头扎进我身上的时候,他就……消失了……像幽灵一样……杰克,这到底是怎么了?"

他已经直起身来,正在屋里走来走去,眉头紧锁,拳头抵在嘴唇上。"你说得没错,我是不能理解。我不明白。"他转过身去看着罗丝,"如果我们也会受到影响……他们管那个叫作'发幻想疯',你就是想跟我说这个,是不是?你能看到并不存在的事物。"

"我想是的。"

"就像医生和警察们一直声称的那样。他们是对你做了什么吗,罗丝?是这样吗?"

"我不觉得……"

"它是从什么时候开始的?你是从什么时候开始看到那个冒牌博士的?是在你来到大白屋之后吗?"

罗丝冥思苦想,脸都皱成了一团,"我们分开了。我正在跑,而他就出现在了那里。我不知道他是怎么……我是说,在那之前他可能是真的。我猜,但是……不,不,我也不觉得在那之前他是真的。在出租车里的时候……无论他做什么都没有用,也没人能看到他。"她的声音因为自责而低沉,随后又补充道,"只有我能看到他!"

"我以为我们弄明白了。我以为这些人都被洗脑了,但是媒体,还有这些……"杰克冲着无声的电视摆了摆手,"他们需要这个。他们必须知道——必须亲眼看到——正在发生的事情,必须一直看着那些真实的事件,不然……不然……"

"他们就会开始幻想,"罗丝木然地说,"之前也是,就在今天早上,我看到了……我出现了幻觉。我真的觉得……我不知道,但我在想这是不是跟静电噪音台有关。我看了静电噪音台,杰克。"

"多米尼克说这个叫格莱登的家伙出现的时间不长——没有幻想禁令出现的年头久——但我觉得他可……"

他被电视吸引了注意。屏幕上播放的是被记者及其底下的字幕称作"幻想大骚乱"的现场直播。闹事者人数不多,也没有携带武器——不比正手持枪械和警棍攻击他们的警察。混乱很快就被镇压了下去,根据字幕来看,记者正在警告:所有选择相信哈尔·格莱登那扭曲不堪的幻想的人,都将是这个下场。

"我猜他们没有更多关于交通信号灯和停车位的故事可以讲了。"罗丝说。

杰克已经做出了决定,"他们在这里的所作所为,"他说道,"是错误的。我不在乎这里的人是不是真的生病了,是被幻想逼疯了还是怎么样——他们对你做的事,他们本想对我做的事,就是……就是错误的。"

"那就让我们来替天行道吧。"

他们彼此对视,忽然不约而同露出了笑容。

杰克再次掏出了那叠门卡,递了一张给罗丝,"你可以吗?"

"左腿还是有些僵,但就快恢复了。"

"你负责这一层楼,我负责上面那层。我会把剩下的这张卡给我遇到的第一个理智尚存的人,对方可以从第三层开始。这些警察觉得他们现在就算麻烦大了?那让咱们教教他们什么才叫真正的麻烦吧!"

14

它回来了。还是那只怪物,又出现在她的床脚。姬米对它那恶狠狠的猩红眼睛、黑洞洞的大嘴和下嘴唇上的那撮蓝毛再熟悉不过了。她已经尽可能退到了离它最远的地方,已经退到了枕头边缘,床靠着墙面的地方。她窸窸窣窣缩进了墙角,啜泣着,害怕怪物会把自己重新拽回那个地方。

随后它便扑了上来,于是她尖叫着惊醒了,从床上直直坐起。

她汗湿的身体阵阵发冷,心脏狂跳,忍不住想要哭泣。她已经很久没有做过这个梦了,但无论她告诉自己多少次她已经克服了它,无论她吞下多少药片,它还是阴魂不散,每次都如第一次般栩栩如生。在那个梦里,她不再是自信满满也受人尊敬的沃勒警督——这个她为自己建立起来的身份,而是又一次成了柔弱无助的小可怜姬米·沃勒。

博士。这都是他的错。他设法钻进了她的保护壳里,让那个藏在里头吓坏了的孩子再次暴露在光天化日之下了。

她只能试着不再去想。

正值傍晚时分，再过几个小时她就要回到岗位上了。自从加入了警方，她便是夜班，她记得一直如此。她比较喜欢这种安排。因为她喜欢看着阳光、听着交通喧嚣睡去，再醒来。在白天的时候，她可以听到街上的行人说话，也可以听到公寓楼里上下左右的邻居在家里走动，她便不会觉得那么寂寞。

在晚上的时候，要躲开那个梦则要难得多。

她照着从杂志上看来的食谱给自己简单做了些吃的，在公寓里四处踱步——这里是她按一个已获准的配色方案独自装潢好的。她忽视了卧室里怪物发出的呼哧声，因为她知道怪物不是真的。她还做了会儿清洁，就为了打发时间，让自己有些事做。

在夜晚，人们才更需要她。在夜晚，人们才会做噩梦。

大约五点半的时候报纸送到了，她对上面的消息大为吃惊。她不过才几个小时没在外面，世界却已经发生了天翻地覆的变化。

新闻八台的播报员甚至不知道应该先报道哪件意外才好。她语速匆促、双眼圆睁、目光发直，在沃勒看来，她已经在发幻想疯的边缘了。

现在已经发生了暴乱、抢劫、偷窃，甚至还有几桩谋杀。新闻播报员竭尽全力强调着这些骚乱都是个例，目前大部分街道仍然安全。但她不得不承认，如此大规模的犯罪爆发实在前所未有。

沃勒立马就知道谁应该为这一切负责了。

该死的斯蒂尔!他肯定已经竭尽全力,快到极限了——但为什么不通知她?就算法律规定两次轮班之间必须至少相隔八个小时,那又怎么样?

她皱了皱眉,把这个想法赶出了脑海。法律是实事求是的,违反法律无异于撒谎,那就仿佛在说法律是错的、法律不是为了保护每一个人而设立的。

然而……

她的黑色头盔歇在椅子背上盯着她,就像是一个陌生人面无表情的脸孔,就像是每次她戴上头盔之后成为的那个人。

在第Ⅸ-Ⅱ德尔塔一区,有一起实时抢劫案;在第Ⅳ-Ⅰ贝塔区,出现了一连串涂鸦;在第Ⅴ-Ⅶ伽马五区,有个反社会的家伙在往行人脸上糊蛋奶沙司,糊完就跑。

所有频道的新闻播报员众口一词,这都是哈尔·格莱登的错。

在一阵漫长的深思熟虑之后,沃勒缓缓地,几乎是神游一般在电视机前跪了下来。她翻开了墙上的隐藏面板,伸手调换频道。"知己知彼。"她想着。这也许很危险,但至少不会有假。

不出几秒钟她就找到了:静电噪音台。她认识哈尔·格莱登的脸,哪怕她之前从没见过他:深色眼睛、秃头、一道伤疤贯穿侧脸,一看就是个坏人。就跟她一直以来的想象一模一样。

他的咆哮犹如一把冰做的利刃直刺沃勒：

"终于！时机已到，我忠实的、被洗脑的信徒们。是时候站起来反抗权威了，是时候把整个世界拖入混沌了！忘了集体利益吧——现在该行使你们自己的权益了。是时候去追寻你们的梦想了，哪怕这意味着战争！"

她颤抖着猛地按下开关，害怕再多听一会儿自己也会再次被拽入疯狂之中。

在反应过来之前，她就已经跨过了房间，开始往身上套制服。她感受着黑色织网下微型动力机的重量。她先是检查了配枪里的能量盒，然后便摩挲着手腕上的视讯机，犹豫不决。

面无表情的头盔仿佛在嘲笑她，仿佛从最开始就知道她一定会让步。但视讯机正不停接收着这个区域里的警察发出的信息：

"……太多了……"

"……无法守住……"

"……外面一片混乱……"

"……需要紧急增援……"

她随即做出了决定。

沃勒在停车场找到了自己的警用摩托，戴上了头盔，再次成了那个人。她啪嗒一声把视讯机装回了仪表板，它几乎瞬间就亮了起来。

"沃勒，"斯蒂尔说着，他神色严峻，但一如既往令人心安，"我们需要你。"

"我知道。"她回答道。

斯蒂尔通过视频检视了一下，看到她已经整装待发，便微微点了点头，纵容了她的决定。"40街和1090街，"他以公事公办的语气说道，"有报告说，一群幻想狂徒正在光天化日之下参与角色扮演游戏。"

"那群渣滓！"

"你必须制止他们，沃勒。角色扮演离恶魔崇拜只有一步之遥。"

"别担心，斯蒂尔。包在我身上。"

她骑着轰鸣的机车上路了。

城市看上去跟平常没有两样，挤满了开着车子或拖着步子的人，他们正赶在回家或上班的路上。不过，今天的空气中弥漫着一丝异样的氛围，蛰伏在表象之下。沃勒想知道现在自己看到的人里面，有多少是静电噪音台的观众，有多少是哈尔·格莱登的信徒；他们中有多少人正暗藏幻想，在等着自己离开，在等着鼓起勇气将幻想付诸行动。

格莱登说对了一件事：她的世界已燃起了战火。

她正想着，佐证就出现了：发生了一场爆炸。她机车下的路面震颤着，一股浓烟直冲云霄。

这不是她的想象。其他人也听到了，也感受到了。他们跌作一团，惊恐不已。

拯救他们是她的职责。

沃勒掉转车头，机车嘎吱作响。那群胡作非为的角色扮演者被她抛诸脑后。

她朝着骚乱的源头疾驰而去。

当她到达的时候，消防队已经在现场了。他们悬停在反重力平台上，将泡沫喷进办公大楼被火舌舔舐的窗户。火势似乎吞没了三层楼，里面的上班族正跌跌撞撞地从大门往外逃，一边咳嗽一边语无伦次地叨叨，脸都被熏黑了。

路人也陷入了恐慌，尖叫着想要逃跑。沃勒并没有看到明显的嫌疑犯，她拦住了几个人，试着讯问他们，然而这就像是阿诺·芬奇事件的再现。他们目睹了一些超出经验范围的事物，一些他们完全没有准备好面对的事情，于是他们的思维便开始跳脱、开始想象了。

挫败感涌上沃勒心头，在反应过来之前她便已经朝天鸣枪，大喊："我是一名执法人员，你们必须回答我的问题！"她只是让事情雪上加霜罢了。

被困在一场癔症风暴的中心，姬米·沃勒感到了前所未有的无助。

然后,她的眼睛被超级市场侧边的信息屏点亮了,其他一切都变得不再重要。

屏幕上的图像相当无害,不过是大白屋外部的景象罢了。但字幕正在讲述一个可怖的故事:

"——由认知分离患者之家传来的报道,此刻这里正在经历一场暴乱。我们刚刚跟一位设法在混乱开始时逃出来的医生交谈过。他告诉我们,相当一部分患者都被放出了病房,正在大肆破坏。一位警方发言人向新闻八台保证事情已在掌控之中,没有猜测怀疑的必要。然而这只是一系列……"

她打了个激灵。大白屋,除了那儿还有什么地方,能让格莱登找到数量众多、误入歧途的人,让他们皈依他的邪恶追求呢?还有哪座建筑,能如此完美地代表他所痛恨的法律呢?还有哪个战场,能为他吸引他求之不得的大量关注呢?

其他一切都只是烟幕弹,大白屋才是决一胜负之处。

它在三个区之外——严格来说,在沃勒的管辖范围之外。

骑着摩托的话,她二十分钟左右就能到达。

她靠近大白屋时天色已经暗了下来,但众多新闻摄影团队带来的照明设备在它门口的街道上投下了一片光晕。路边到处停着警车,但还是没有她预计的多。很明显,格莱登的诡计得逞了,太多警察被他的追随者们拖在了别处。

现场似乎没人知道到底该怎么办。规定里并没有包含应该如何应对这种情况，因为对于它的撰写者来说，这种情况是绝无可能出现的。

现场爆发了几场激烈的争吵，每个人都在冲其他人大喊大叫。沃勒希望正在接收这些直播信号的电视台恪尽职守，不会将这些画面播放出去。现在，人们最不需要的，就是目睹他们的守护者、他们的权威人士们，像小孩儿一样争吵不休。

沃勒大步穿过这片制服的海洋，周身散发着威严，所过之处鸦雀无声。她找上了一个身量不高的精瘦警员——他正冲着自己跟前的一个男人咆哮，还用手指戳着对方的胸口来强调自己的观点。

"你！"她厉声道，"这里归谁管？"

他转过身来面对她，看到她肩章上的星星后，一个激灵挺身立正。"归您管，女士。据我估计，您是在场级别最高的警官。"

现在，每个人都安静了下来，看着沃勒，等着她发号施令。然而她也不知道该说些什么，因为她从来没有指挥过这种行动，也从来没有过这种行动。

不过，她曾梦想过这一刻的来临。那是充满罪恶感的、隐秘的梦想，没错，但就是在这些梦想当中，她勇敢地挺身面对了像现在这样重大的挑战。这是将哈尔·格莱登斩草除根永绝后患的机会。

她的视讯机嗡嗡作响,斯蒂尔的声音从手腕上传来:"我都听到了,沃勒,他是对的。你是现场级别最高的警员,你必须担起指挥现场的责任,你可以胜任。"

"我们为什么还没有进入现场?"她问道。

"门都被堵住了。"其中一个警员回答道。

"那就把它们砸开!"

"他劫持了人质,女士。"

"'他'?"

"就是幕后元凶,他管自个儿叫'杰克上校'。"

片刻之后,一个接一个的命令就由沃勒轻松脱口而出:再次审问从大白屋逃出的犯人,调出主要闹事者的档案,征用防暴装备,以及让她与这个"杰克上校"视讯通话。

一个球形摄像机被推到她的面前,于是,她对全世界的观众做了一段简短而宽慰的声明。

随后一名巡佐跑了过来,把一部可视电话塞进了她的手心,"我们联系上他了,女士。"

沃勒瞥了眼电话屏幕上的图像,漂亮脸蛋,她不无轻蔑地想。她又看了一眼,还是产生了同样的感受,不过这次更为柔和。

她眨了眨眼,定了定神,"好了,小子。"她低吼道,"别整什么幻想,只需要告诉我怎样结束这一切。"

杰克上校的回应同样疾言厉色："我要求改变法律。这里面的大部分人什么事情都没做错。是的，他们之中有一些人生病了，需要治疗——但并不是这里提供的那种。而剩下的那些人都不用去管他们，任其自然就好，绝不应该仅仅因为他们读了本书、听了个好故事或违心称赞了别人，就被迫害至此。"

"你这是不可能的要求，"沃勒说道，"如果你没有发幻想疯的话，你就会知道这点。法律永远不会改变，永远。"

"是时候改变了。"杰克说道，"如果你不能做到，那就去找能做到的人。你知道我们手上有人质。"

"你是在威胁我吗？"

"我只是在陈述事实罢了，你不就想要这个吗？"

"哈尔·格莱登在里面吗？我要求跟哈尔·格莱登对话。"

"从没见过那个家伙。听着，我讨厌在电话里谈判，实在是太没隐私了。你想吃晚饭吗？这儿的厨房里有吃的——你带葡萄酒和蜡烛进来就行。哦，记得穿着制服进来，制服很性感！"

随后杰克上校抛了个媚眼，通讯就被掐断了，只留下沃勒心慌意乱不知该作何反应。

如果他要的是钱或一辆好车，她还能拖住他。然而眼下，就算她想，她也不知道……她也毫无头绪，该如何处理他提出的要求。

"让我来跟他谈。"

这个声音让一阵战栗顺着沃勒的脊椎窜了下去。她转过身，发现正如自己的预料一般，她迎上了一双锐利的蓝眼。那是一双可以穿透她的头盔，直直地看进她那孩童般灵魂的眼睛。

"让我来跟他谈。"博士又说了一遍。

"他挂掉了。"

"我知道。我是说我能进入这栋建筑。"

"没门儿，我不能保证你的安全。"

"他不会伤害我的。"

"他发了幻想疯。你不知道他能干出些什么事。"

"英雄情结罢了，他以为自己正拯救世界呢。我对这种类型了如指掌。再说他渴求大众关注，而我是给电视台干活的，记得吗？"

"我还不知道呢！"

一个沙金色头发、刘海软趴趴的小子打断了他们。沃勒之前都没注意到就站在博士身旁的他。

博士笑容僵硬，一只胳膊搂上了那个小伙子的肩膀，"新来的调查助手，还在培训中。那么，你意下如何呢？我能来报道这个世纪大新闻吗？《沃勒警督大获全胜，英勇夺回大白屋——现场内幕报道》，如何？"他放开了那个小子，靠近了沃勒，压低声音说道，"我能帮你，真的。我能带个视讯机进去，找个安静的角落给你打个电话，让你知道里面正在发生什么，看看究竟是什么情况,诸如此类。"

他的确让这个提议听起来非常诱人——尤其是在沃勒也没有更好主意的情况下。"所以我就这么放你进去?"她干巴巴地问道。

"没错。"

"你和你的……助手?"

博士匆匆瞥了一眼那个小子,好像已经忘了他还在这里,然后他耸耸肩说:"对,我想是的。"

"如果出了任何差错的话,如果他们杀了你……"

"那你也已经警告过我了。你相当坦诚,没人能怪罪你。"

沃勒看了看周围的警察,觉得他们的期许正沉甸甸地压在自己肩头。最终,她明白自己一定要做出决定:下达一个命令,或者失去他们的敬重。最终,她别无选择。

"你进去之后,"她严厉地说道,"要尽快拨打紧急报警电话,他们会把你转到我的视讯机上。"

"明白啦。"博士说道。

然后他就在通往大门的路上了,那个小子则紧紧跟在他的身后。

"等等!你不带摄像机进去吗?"

他犹豫了一下,转过身来拍了拍自己身上的几个口袋,就好像指望着能从里面找出来一个似的。随后,他快活地冲她喊道:"我会见机行事的!"

说完他便又上路了。

"记住,"沃勒在后面叫道,她想找回在他出现前自己曾经短暂拥有的感受:她真的掌握着一切的感受,"我等着你的电话!"

博士却并没有回答。

15

"情况？"博士大步走过大白屋一楼那镶着嵌板的走廊，四下空无一人。杰克上校与他并肩偕行，多米尼克则挣扎着跟上他俩的脚步。

"这栋建筑已由反抗军掌控，"杰克报告着，言简意赅，"除了关押在中心区域顶楼安保病房里的那些之外，我们已经释放了所有病人。我们大概有五百人，除开那些已经走火入魔到对我们毫无用处的、被药物放倒的、不想战斗的，还剩下大约二百二十人。"

"人质呢？"

"六十三个。护理员们已经习惯以数量压制病人们了，我们出其不意地拿下了他们。有些逃走了，剩下的被我们锁在了四楼的病房里。"

"防守呢？"

"我们让神智最清醒的人守着一楼的门和窗户，但要守住没那么容易。剩下的人都驻扎在三楼。想要上来只能靠电梯和两座楼梯。我们正竭尽所能，但是设备不够准备不足。说句实话，我们其实是在靠人质牵制警察。我们不会伤害他们，但对方不知道这一点。"

两个病人正分别守着两部电梯，让它们门洞大开地停在这里，以备不时之需。博士注意到剩下的两部电梯正以相同的状态锁定在三楼和四楼。

"计划是？"在电梯一路上升的时候，博士出声问道。

"啊，这就是我们还拿捏不准的地方了。我们的主要目标是收集情报，查出是谁或什么导致了反幻想法。我的猜想是，如果我们闹出足够大的动静，他们就会主动找上门来。"

"他们已经来了。"博士喃喃说道。

电梯叮的一声到达了目的地，门嘎吱作响地打开了，有两个穿着睡衣的病人正在站岗。博士认出了阿诺·芬奇。后者虚弱地对他笑了笑，又鼓起勇气，小心翼翼地问道："我正在这么做，正在做你告诉我的事情，博士。我正在发挥真正的作用，是吧？"

他只有最后一个问题了，最重要的一个问题。

"罗丝呢？"

三楼的人忙得热火朝天。

有人站在床上封钉窗户；有人拆开家具当作武器；还有人跑

来跑去，兴奋不已，很有可能正做着自己身在除了这里以外的任何地方的白日梦。一个女人正泪眼婆娑，坚信这栋建筑是轰炸机的攻击目标。她被温柔地领进了一间病房，并被鼓励着躺下来稍作休息。

几间房间之外，罗丝在一片黑暗中蜷缩在床，房间里的电视屏幕被砸碎了。她笑着对博士说了声"嗨"，但双眼中并无笑意与问候。

他两步跨到她身前，向她保证他就是博士本人，而她现在已经安全了。

"这么说，你找到怪物了？"她问道，强迫自己的语气快活起来，但并不怎么成功。

"哦是的，"他伸出指头点了点她的太阳穴，"它们在这儿呢。"

罗丝脸红了，"这是什么意思？"

博士收回手指，指向了自己的脑袋，"它们也在这里。这个世界的空气里有种微生物，殖民者的设备不够灵敏，不足以探测到它们。再说了，在那之后，他们也已经很久都没有进行过检测了。"

"这就是说……什么？我们就这么把它们吸入身体了？"

博士咧嘴笑了，"没错。注意啦，接下来就是科学小课堂。这些微生物靠大气中的电活动为生。在人类前来，为它们提供更美味的食物之前,估计它们就一直在这里过得挺快活的。"

"你是说我们的……大脑?它们正在吞吃我们的脑子?"

"呃,也不是。它们只是在吸收由大脑释放的神经电化学信号罢了。很显然,成年人类右脑发出的信号最为美味,对它们来说就像糖一样,让它们上了瘾,于是就大举入侵,在这儿大搞批发啦。"他说着又点了点罗丝的太阳穴,"问题是,过于频繁的右脑活动——比如说做梦——会让它们吃不消。多余的脉冲被反馈回源头,于是形成了一个反馈回路。"他扭着手指头,徒劳地想比画着说明,"做梦的人发现他们的梦境一而再再而三地加强了,直到右脑将梦境当作现实并将信息传递给……"他把手掌扣到了一起,在半空中比出一个弧形,"左脑。"

"左脑。"罗丝重复道,仍旧不太跟得上。

"没错。逻辑、推理、语言,所有那些东西,还有记忆。"

"所以这就是他们为啥要……差不多可以说是冻住了我的半边脑子。"

"这样你就不能做梦了,没错。"

"我所有左半身的肌肉……"

"右脑控制着左半身。"

"但你能让情况好转,对吧?"

"一旦我们回到塔迪斯上,没错,我能把这些微生物都赶出你的系统。但在此之前……"

罗丝的脸又垮了下来。

"你可以战胜它!"博士说道,"如果这个世界的人们能学会和它们共存——好吧,至少大多数时间能——那么我知道你也可以。现在你知道怪物是什么了,罗丝。你可以战胜它们。"

"杰克有没有……有没有告诉你……"

"你试着闯进大白屋,因为你以为我告诉你要么干?没,他没必要说。我读了你留在旅店的便条。"

罗丝避开了他的视线,说道:"你肯定觉得我是个笨蛋。"

"不是你的错。"

"可我看见幻觉了。"

"不是你的错。"

"那就像是……甚至在我已经知道……已经知道我出什么毛病了以后,嗯,我还是……我们放出了病人,护理员们不知道到底是什么攻击了他们。我以为病人们要把他们撕碎呢。到处都有人跑来跑去、放声尖叫或者撕打在一起,就好像是……我不知道有多少是真的,有多少是……"

"不是你的错。"

"博士……你知道吗?昨天晚上,在咖啡店……当我说你'疯了'的时候……"

"我知道。"他温柔地说道,"告诉我,我聪明吗?"

罗丝有些摸不着头脑,"嗯?"

"当'我'把你带到这里来的时候,我聪明吗?"

"你不是……我是说,'他'不是……"

"不是真的。我知道,没错。但'我'聪明不?那个版本的我,你脑袋里那个——是不是聪明绝顶、足智多谋、幽默风趣、英俊潇洒?"

终于,一抹微笑的影子——一个真正的微笑——浮现在罗丝的脸上,打破了她的难堪,"还有些骄傲自大,是不?"

"是你有些骄傲自大。"

"我不明白。"

"为自己欢欣鼓舞吧,罗丝·泰勒——因为所有那些聪明绝顶、足智多谋、幽默风趣,都是从你身上投射出来的。"

"那英俊潇洒呢?"

"那个嘛……"博士说道,谦虚地耸了耸肩。

于是,罗丝再次想起来如何开怀大笑了。

卡尔·泰科在博士进门的时候抬起了头,认出了博士之后他的眼里闪过一丝希望——直到他看见两个病人紧挨着博士警戒着,于是希望又被恐惧取代了。

他从床上翻了下来,一直后退直到背靠着墙,他双目大张。博士想知道他正面对着怎样的噩梦。

"卡尔·泰科,"他不自然地诡笑着说道,"给你带了点儿东西。"

"你……你要对我做什么？"泰科惊道，他颤抖着，终于憋出了一句话来。

"嗯？你不想要你自己的药吗？这是为了你好。在我看来你已经发了幻想疯啦，难道你不想好起来吗？"

"我只是在……只是在做自己的本职工作啊。只是在试着帮助别人。"

"没错，我和你一样，朋友。"博士从口袋里搜出一张揉成一团的纸，轻蔑地扔到泰科身上，"区别是，我可不会在帮助别人的时候，把人家的脑白质给切了。看看吧！这是一些关于你到底哪儿出了毛病的想法。剩下的就都看你了，除非你想让事情永远保持现状。"

"你是在要我……要我……"

"放手一搏大胆去做，没错。可吓人了，是不？"

博士说完就转身走了出去，没有回头看泰科是否捡起了那个纸团。

他还有好些事儿要干呢。

在三楼离电梯最远的一端，博士找到了一间办公室，就跟泰科早上领着他和沃勒去的那间相差无几——桌子、椅子、电脑、两面墙上的屏幕，没有窗户。房间已经被病人们占领了，不过博士很快就把他们轰了出去。

他在电脑前坐下,花了几秒钟熟悉操作系统,随后就连接上了以太网。不出几分钟,他就穿过几个后门,翻过三道防火墙,进入了一个几十年都无人访问的服务器。如他所愿,这个服务器从未被真正废除,它是一个属于旧政府的服务器。

"呃……博士?"

他注意到多米尼克的存在已经有一会儿了,不过一直在无视他罢了。他的双眼仍然盯着屏幕,手指在键盘上忙个不停。

"那些……那些微生物,你说过它们还会回来的。"

"没错,它们早就已经从你的鼻子、嘴巴和耳朵里游进去了。要不了多久,它们就能在你的大脑里聚集到足够的数量,让你再次开始看到幻觉。"

"但你也能再把它们赶出去,是吗?"

"之前可以。现在不行。"

"我……我明白了。"多米尼克说道,听上去有些失望,但他没有动身离开。

在一分钟左右的沉默之后,博士恼怒地放下了手头的工作,说道:"你还有别的事对不?总有别的事。"

"我……我一直在一个病人的房间里看电视。"

"啊,这不挺好的嘛。"博士严厉地说道,"对你来说生活差不多已经回到日常正轨了吧,嗯?"

"我在找静电噪音台。我以为……你知道的，出了这么多事儿，我以为它还会……可我找不到它，博士。我在任何频道都找不到它。"

"哦，就这事儿吗？"博士说道，"它不存在。"

多米尼克的牙齿打起了磕，"你……你是说……"

"静电噪音台，哈尔·格莱登，全是幻想。还有别的问题吗？"

"怎么……"

他走进了房间，瘫坐在一把空余的椅子上。他看上去惊惶失措，这让博士意识到自己似乎有些唐突了。他道出了赤裸裸的事实，却没有考虑到它们可能造成的后果。多米尼克确实已经开始怀疑了，然而，博士的确仍打碎了他的希望。在这个殖民星球4378976德尔塔四号上，希望可不是什么容易得到的东西。

"我在旅店房间里看到的你，记得吗？"他说道，用上了更加温和的语气，"你说你在看'静电噪音'，你其实说对了，自己还不知道。"

"那么这个革命，他所说的一切……全是谎言。其实不会有任何改变发生。"

"不，改变会发生的。格莱登也许不是真的，但他也差不了多少。他是一个都市传奇，每个人都相信他——在这颗星球上，这就足以把他变成真的，甚至连报纸和电视新闻都在谈论他。在我们过来的路上你也看到电视屏幕了,你们的革命已经开始了,无论有没有那挂牌领袖。"

"好极了!"

"不,"博士说道,"不是'好极了',离'好极了'差了十万八千里——因为这个世界并不需要革命。根本就没有需要被打倒的人。你们所做的不过是把自己搞得四分五裂。而且,相信我吧,这场雪崩已经开始了。很快就再也没人能够制止这一切了——如果我没能立马找到拯救这个世界的方法,要不了多久,这个世界就不会剩下多少东西让人来拯救了。"

多米尼克花了些时间来理解,而他最终能做的不过一声"哦"。

"镜头。"博士突然说道。很明显,只有这个词是不够的,于是他又解释道,"我需要一台摄像机。这附近到处都是,每间病房里都有,就在电视后头。也许走廊里的那些比较容易弄到手。找几个病人帮你吧,他们已经习惯对每个显露出哪怕一星半点权威的人言听计从了。"

博士回头工作了一会儿后,发现多米尼克还傻坐在房里——也许"显露出一星半点权威"对他来说也是强人所难。"去找杰克上校,"他叹了口气,"他会给你找几个帮手的。现在,赶紧去吧,有多快就多快!"

摄像机架在了用三把椅子临时拼凑成的三脚架上,镜头对准了桌子。它的内部结构散在外头,伸出的线缆连接着电脑。这个临时应急设备中间还搁着博士的音速起子,它正闪烁着蓝光。博士本人正在电脑、摄像机和音速起子间来回奔走,一边检查着连接,这里看看读数,那边做做调试;一边对他不知怎么集结起来的观众们解释着自己的计划。

"拯救这个世界的最佳办法,"他说道,"就是使用它最强大的武器。"

"是什么呢?"多米尼克问道。

"是媒体,对不对?"罗丝问道,"电视。"

"给你一颗星。"博士说道,他揽住她的肩膀,温柔而坚定地把她从自己面前移开,"这个星球有三十六个电视频道,但它们用同一个卫星来反射信号——就是我刚刚定位到的那个。这年头你能在网上找到的东西可真是令人惊讶。"

杰克皱起了眉头,"你是说同时侵入所有的频道吗?"

"事情只做一半可不成。"

罗丝对围观的病人们解释来龙去脉时笑了起来,"他是在《蝙蝠侠》里看到的,坏人们总是用这一招来向哥谭市提出他们的赎金要求。"

"这栋建筑的这一部分——这栋楼——是钢筋混凝土结构,"杰克沉思道,"你可以用它的框架来做天线。"

"没错。"

"但为了覆盖所有频率,你必须发送广谱信号。"

"没错。"

"音速起子有足够的能量做到这些吗?"

"没有。"

"没有?"多米尼克惶恐不安地重复道。

博士坐回电脑前的椅子上,又一次开始敲击键盘,"有个更好的主意。在这个世界还有政府的时候,他们设立了一个紧急频道——在诸如暴乱、战争、入侵、怪物等等的全球性危机出现时,可以覆盖其他所有信号。"

杰克无比钦佩地点了点头,"所以只要你破解了这个政府的紧急频道,我们需要的就只是一个窄频传输来激活覆盖了。"

"你能做到吗?"多米尼克问道。

"它被一系列密码保护起来了,"博士说道,"但我草草编写了一个能解决这个问题的小程序,差不多就……"在电脑发出叮的一声,屏幕亮起来显示出他需要的数据时,博士笑了起来。

"那么,你是要对这个世界讲话了。"罗丝说道,"你要说些什么?"

"他们需要的东西,"博士回答道,"一个英雄。"注意到罗丝脸上的嘲弄和她抬起的眉毛,他又说道,"不是说我,是哈尔·格莱登。这些人创造了他,因为他们需要这样一个人。至少我能为了他们让这个人成真——我是说让他有血有肉——让他们梦想成真。"

"我没明白,"罗丝说道,"你要……干什么?你要假装自己是格莱登吗?"

"并且让每个人都看到他,"杰克明白过来,"或者至少让他们都以为自己看到了他。你还没明白吗,罗丝?这样的话,当他们想着格莱登的时候,他们就不是在幻想了——他们会记起博士。"

"使用他们的左脑,而不是右脑。"罗丝试探着说道,回想着博士告诉过她的话,皱起了眉头。

"让某人不再做梦的最好办法,就是让他梦想成真,"博士说道,"这应该能让事态平息一段时间。只有一个问题。"

"一如既往。"罗丝快活地说道。

"沃勒警督对此可不会特别开心。"

"我们还有人质呢。"杰克指出。

"没错,但警察们的看法是:思想比任何实质性的威胁都要危险——而我们将会拼命散播思想。一旦我开始演讲——一旦他们看到我在干什么,他们会看到的,就在外面的信息屏上,他们会跟暴乱者们一起目睹——他们就会席卷而来。对此我无能为力,你们只能做好准备,你们所有人都要做好准备。"

"我们准备好了。"杰克说道。

"不,我们没有!"罗丝说道。

"我们马上就准备好了。"杰克更正道,"我们拦不住他们,但我们能给你争取……大概十来分钟吧。"

"应该够了。我需要一个摄像师。有志愿者吗?"

一个病人怯生生地举起了手。

"好的,"博士说道。他手掌一拍,深呼吸了一次,然后与周围的人一一对视了一番,"那么,"他柔声说道,"我想现在是时候派人守住关卡了!"

16

一张床垫挡住了这间空房里镶了铁栏杆的窗户,后头还抵着一张床和一只抽屉柜。

罗丝在它的边上掀开了一道小缝,小心翼翼地朝大白屋院里的混凝土地面那头张望。在这里,她能看到围墙外面的马路上挤满了一片黑压压的制服警察。越来越多的警用摩托正在赶过来——她正看着,一辆黑色的卡车就在她视野边角停了下来,警察们开始从车的后门往下卸武器装备。

她痛恨这种时刻:计划已经敲定,风险也已阐明,但还没有任何事真正发生。而这次,一切都更加难以忍受,因为她知道自己不能去考虑可能会发生的事情。

当然,这一点对所有人来说都是一样的,她能感受到他们的期盼和恐惧,像具有实体一般。手里桌子腿的重量给了她些许安慰。

只要她别去想警察们会带什么武器来。

博士从来不会自诩能从任何情况中拯救她,罗丝也并不想要他这么做。

就好像在他问谁愿意做摄像师时她没看出他的言外之意似的,她看到他的眼神扫过自己了。到现在他肯定知道了,她不会接受他的提议,接受他让她远离前线的方式。尽管他还是会做出提议。

她看了看墙上的电视屏幕。它正在播放着火灾、暴乱,还有抢劫。人们正朝警察甚至摄像机扔混凝土块。罗丝很难相信她看到的正是自己几小时前走过的那条街,这一切都以迅雷不及掩耳之势变得一发不可收拾,令人难以置信。

有一个主要频道显然已经因为演播室遭到入侵而被掐断了信号。一位警方发言人正在力劝民众保持冷静,留在家里——直到他忽然崩溃大哭,向世界承认自己无能为力,承认他们的警力杯水车薪,承认真相跟他先前所说的不一样,大家都要死了。

节目编辑立马将画面切回了新闻播报员,目瞪口呆的她正不停地摆弄着手上的平板,力图找些话说。

她没有烦恼太久——画面突然闪烁了一下,消失了。在一阵短暂的静电噪音之后,一幅新的画面晃动着出现在了屏幕上。

一开始,博士并没在焦点上,只能看到他脖子以下的部分。他冲上前来,直到那件深蓝色的衣服占据了整个屏幕。他似乎跟镜头后的病人吵了起来,罗丝调高了音量,开始听到不甚清晰的声音。一根模糊不清的手指头扫过镜头,然后博士的脸便出现在视野里，难以置信的巨大，他鼻孔张开，就跟两个洞穴似的。他眨了眨眼，咧嘴笑了笑，随后就退了回去，在桌子前坐好了——现在构图终于完美了。

"啊，嗯，嗨。"他这么说着，随后又笑了笑，有些尴尬。

上吧，博士，罗丝想，加油啊！

"你正在收看静电噪音台，"博士说道，玩儿着自己的手指头，"正向全频道广播，播报时间为……能有多久是多久吧。我想你们应该都认识我，尽管我的样子可能和你们脑海中的想象有所出入。"

罗丝又一次向窗外看去。从这里她能看到一块信息屏，街道末端还有另一个，但只露出了一小块边角，它们都播放着博士的画面。他说的话甚至还给配上了字幕，大概是自动的吧。

紧接着，警察们的举止改变了——罗丝倒是一点儿都不吃惊。在此之前，他们中的大多数人只是漫无目的地走来跑去，但现在他们开始有目标地行动了起来。其中一些回到了他们的摩托车旁，另一些则……

大多数人朝着大门猛冲而来。

"他们来了！"罗丝大声喊道，从屋里跑上了走廊，还小心翼翼地锁上了身后的门，"警察来了！"

同样的警告从其他六个房间里传了出来，引发了一路延伸到楼上的焦虑不安的小声交谈。

一个年长的女人扔下了一直攥在手里的厨刀，双膝跪地，开始歇斯底里地又哭又笑。"你们这下完蛋了，你们这群幻想狂徒！"她号啕着说道，"你们就一头撞向现实的猛击吧，就等着被重新抓回手术室吧，就等着吧！"

随后，在一片嘈杂中，罗丝勉强分辨出了博士的声音，他在说："我是哈尔·格莱登，我有些重要的事情想跟你们说。"

叫喊是从一楼开始的。

听到那些声音，罗丝的五脏六腑都绞紧了。一楼只有为数不多的几个人，他们的职责是尽可能久地守住大门，若是失守，就撤退到楼梯那里。在最理想的情况下，他们能撑上几秒钟——即使如此，每一秒仍弥足珍贵。

他们只有几个人，而杰克上校是其中之一。罗丝和其余驻守在三楼的人们正在往电梯前的空地上挤，情绪更加激动的人则举着临时拼凑的武器涌上了楼梯。他们侧耳倾听着，等待着，那一片静默浓厚到几乎让罗丝难以呼吸。

多米尼克在她身旁。他是从人群里钻过来的，还想让自己的出现看上去像是一个巧合。她对他笑了笑，他则虚弱地回以一笑，竭力想要鼓起勇气。

罗丝设想着杰克身处楼下胶着战场中的画面，他在发号施令的同时还讲着笑话、做着暗示，以保持大家的士气。她几乎确信,杰克此时已经无愧于他给自己授予的头衔。

敌人永远胜不过杰克的,她对他充满信心。

但万一出了什么差错呢?

"我搞砸了。"博士还在继续讲话,听上去更加自信了,他已经逐渐进入了自己的角色,"一直以来,我都告诉你们幻想是有益的,对此我坚信不疑。但我弄错了一件事,一直以来我只是治标不治本。"

四部电梯中有两部升了起来,隆隆作响地经过了罗丝所在的楼层,一路上了五楼:这是一个障眼法,让警察们以为博士正在五楼。

她听到楼梯上传来了脚步声。如果一切都在照计划推进,现在杰克和其他人应该已经在过来的路上了。

电梯突然停下了,全部都停在了四楼和五楼之间。不过,杰克也早就预料到了这一点,他知道警察们会有最高权限超控装置,便提前制定好了应对措施。

在两层楼以下的楼梯上爆发了打斗,罗丝能听到靴子踏在地上的声响,还能听到枪声和叫喊声。警察们一定已经撞上了一楼的守卫者:他们的人数比驻守在这里的稍少,但他们所扮演的角色同样重要。

博士将这整栋建筑当作了自己的天线,因此想精确定位到他到底在哪个房间几乎不可能,而警察们一定会竭尽所能地想要找到他。杰克推测他们多半会分散开来，同时搜查每一层楼。他们在一楼、二楼和五楼拖得越久，就越能给博士争取更多时间。

四楼留给了人质以及不能或不愿战斗的病人，他们会在警察出现的第一时间投降。

电梯降了下来，又一次经过了三楼。罗丝紧张地吞咽着，如果警察控制了它们……

但这时，随着剧烈的震动和可怕的嘎吱声，电梯停住了。驻守顶楼的病人遵照他们的命令，卡住了齿轮。

然而，战斗仍在逐步逼近。

听起来警察们已经到了二楼——来得太快了。这意味着他们已经突破了一楼病人的防线，正在搜查房间，缩小主要目标的所在范围。

"没有大打出手的必要，这是毫无意义的。这不是我想要的。我想要你们去畅想建设，而不是四下为祸。"

杰克从楼梯井里冲了出来，让罗丝的心跳漏了一拍。他的脸颊因兴奋而发红，太阳穴上有一小块擦伤，灰色连体衣的一只袖子也给撕开了口子。

"好了，"他喊道，"我们大概是失守啦，祝各位好运了！"

接下来，就再没有时间用来担心了。

那场面看上去就像一堵坚实的黑墙往罗丝的方向压了过来。

警察们冲上了楼梯,由一片蓝色爆破焰为他们开路。反抗军阻拦着他们,攻击着他们,但他们的头盔和带衬垫的盔甲吸收了大部分冲击,他们几乎没有放慢脚步。

几个警察倒下了,但他们的同僚却毫不在意,只是像踏过倒下的敌人一般踏过他们,脑子里只有那个唯一的目的。

罗丝已经拼尽了全力,但她周围的人都毫无经验:其中一半的人都惊慌失措,有些还试着退开逃跑。她被推来搡去,只能努力寻找可以挥动武器的空间。一颗蓝色的能量球从她的臀部擦过去,直接击中了她身后的一个年轻人的腹部,放倒了他。

杰克冲进了她前方的混战中,到了楼梯远处的某个地方。罗丝觉得他一定是跑过了头,因为自己已经看不到他了。

然后一个警察冲她而来,一只戴着手套的手扣住了她的脸,想要把她推倒。罗丝靠上了自己身后那两个人,尽全力蹬了那个警察的肚子一脚。他被踢得够呛,气喘吁吁、直不起腰——罗丝紧接着抢起手里的桌子腿狠狠地敲了下去。他的头盔被敲得咚的一声,那冲击力让罗丝双手的骨头都跟着颤动了起来。他几乎就给放倒了,但被身后的两个同僚给扶住了。罗丝跟他缠斗着,试着从他手里把枪掰下来,但他拼尽全力握住了。不过,纠缠在一起的他们颇有成效地堵住了楼梯井——直到警察灵机一动,推了罗丝一个趔趄。

总共给博士争取到了:大概十秒钟。

"罗丝!罗丝!"

有人正大喊着她的名字。罗丝这才意识到自己几乎已经退回到了三楼的入口处。她努力挤到多米尼克跟前,顺着他颤抖着的手指引导的方向看了过去。

她已经回到了电梯跟前,从这儿开始,白色的走廊分出三个方向:一条笔直向前,通往一个T型交叉口;剩下的两条分别通往左边和右边,在拐角处分别有一扇窗户。当然了,窗户都已经被他们尽可能地密封住了。但左侧的障碍物却颤抖起来,开始崩坏。罗丝能看到窗户后面的影子,能听到——尽管楼梯里还喧闹不已——空气喷射器的轰鸣声。

她冲向那扇窗户,想要撑住还挡在窗前的最后那张床。

可已经来不及了。

一道白光照上了她的双眼。当她终于能看清后,发现一名警察正从窗户爬进来,越过了碎玻璃,推开了抽屉柜和其他挡道的东西。

他身后还跟着另一个警察,站在飞行器上准备进来。

在他们身后,第三个警察正骑在摩托上,它马力全开地悬停在空中,警灯大开。

罗丝冲向了第一个入侵者,挥舞着手中的桌子腿,大叫着让多米尼克来帮忙。她设法在警察完全进来前赶到——他还跨坐在窗沿上呢。她竭力想把他推出去,尽量不去思考他制服里的衬垫能不能保证他从三楼摔下去后还活着。他的同伴会接住他的,对吧?

她还试着去抢他的枪。然而,就跟他在楼梯上的同伴一样,他也非常强壮——更别提杰克之前还告诉过她,他们制服里面有微型动力机。即便如此,她也差一点就成功了,直到她发现窗外站在飞行器上的那个警察已经掏出了自己的枪,正在瞄准……

她弓身躲避,用坐在窗沿上的那个警察作为肉盾。

然后她发现那把枪看上去不太一样:它更大,而且是银色的。

紧接着,有什么东西从罗丝头顶呼啸而过,咚的一声落在了她身后的走廊上。

那是某种毒气弹:它正向外喷发着烟雾,绿色的、稀薄的烟雾。

罗丝的第一反应是抓住它扔出去,但她的对手抓住她的胳膊把她拽开了,远离了它。她的双手胡乱挥向他的脖子,抓住了搭扣之类的东西……没时间思考了,她直接按了一把,将警察的头盔从他脑袋上拽了下来。他松开手想要拦住罗丝,然而还是慢了一步,罗丝已经跌跌撞撞地逃到他够不着的地方去了。

她感到喉咙里仿佛有什么东西正在抓挠,眼睛里也蓄起了泪水——一定是被毒气闹的。罗丝一把戴上头盔,透过面罩她能把外面的东西看个一清二楚,但它本身从外面看来却是不透明的;而且她又能呼吸了,那空气虽然有些浑浊但没被污染。

那个警察终于从窗户上下来了,他追着罗丝跑了过来。罗丝现在能看清他的脸了,尽管身后的探照灯让他陷入了背光的阴影当中。那是一张出奇年轻的面庞,苍白,还长着青春痘,却因为对她的恨意而扭曲变形。毒气正侵袭着这个失去面具的人,让他气喘吁吁呼哧咳嗽。他的眼泪滑下了脸颊,但他仍然靠制服中的微型动力机将罗丝逼得跪倒在地,对她举起了拳头。

忽然,多米尼克凭空出现,他冲出了绿色迷雾,声嘶力竭地尖叫着朝警察扑了过来,拳打脚踢。那张罗丝堪堪瞥见的脸上,乌七八糟满是泪水,两只眼睛都紧紧地闭了起来。

多米尼克和警察都倒了下去,谁都没有重新站起来。

倒下的并不只有他们。

病人们四下逃窜,绝望地想要逃离这些毒气,但太多的人还是倒下了——就在罗丝徒劳地看着时,前方窗户上的封护物也被突破了,又一枚毒气弹被扔了进来。

第一波警察已经从楼梯井上来了,他们正在跟已被削弱的反抗军搏斗着。有些已经穿过了防线,开始打开病房门上的小窗,搜索着博士的身影。

当罗丝终于听到自己身后的空气喷射器轰鸣时,已经太迟了。

她飞快地转过身去,看到一辆警用摩托加足马力向自己冲了过来,骑手弓下身子想从破掉的窗户里钻进来,但还是被窗框狠狠挂住了肩膀。

罗丝的第一反应是贴紧墙面站好,第二是想到了身后混战中的人们——包括病人和警察——于是当警车加速与她擦身而过时,她一把抓住车上的骑手,被带着飞了起来。

她胡乱踢蹬的脚勾上了车座,找到了支撑,但她也只有一秒钟而已。人们看向他们,开始四散逃开,却不断撞上彼此。这家伙到底在想什么?

她知道这个问题的答案:就算是警察,也是有可能发幻想疯的。

她从警察身后伸过双臂,捉住了他的手,紧紧捏住,一心盼着这玩意儿的刹车在车把上。

摩托车突然停住了,向右一转栽了下去,把罗丝甩了出去。着陆的冲击比她想象的要轻柔,她本以为自己会被远远扔出去,但不知怎的身上的动量被减弱了。即便如此,她也在千钧一发之际滚到了一旁,堪堪躲开了砸到自己刚刚空出来的那块地板上的摩托车与那名骑手。

那个警察被自己的车钉在了地上,冲着罗丝污言秽语地嚷嚷着。而她只是赶紧爬着站了起来,感觉头晕目眩,摇摇晃晃。

她又回到了电梯前,几乎是唯一一个还站着的反抗者了。病人们要么人事不省,要么逃之夭夭,警察们则有条不紊地沿主走廊前进,继续搜查着,眼看着就快到头了。她该怎么办?她没法独自跟他们搏斗。

突然，一部电梯的门猛地打开了，罗丝心头一紧……

然后她就看着杰克上校的身影笑了起来：他正双腿缠在电缆上挂在半空，一只手绕过电缆将一张手帕盖在自己的口鼻处，另一只手举着一把枪——罗丝相信他一定能设法搞到一把。很明显，他刚刚就是用它击中了电梯门的电路，它现在还冒着烟呢。

她以为他在这片绿色毒雾中是认不出戴着头盔的自己的，不过她穿的衣服显然是个巨大的线索。

"我猜，事情不太顺？"杰克快活地说道，他轻松地从电梯里跳了出来，"有多久了？"

罗丝看了看手表，心沉了下去，"大概七分钟。"

"好嘞，"杰克已经跑了起来，"让我们试试看能不能至少拖到八分钟吧。"

他们上了右侧的走廊，因为那边相对来说比较空旷。但警察选了更便捷的道路，而且已经开始破坏临时演播室的大门了。罗丝能听到博士的声音从远处传来，他还在继续讲话，仍然镇定自若。他们就快要到了，但警察们也迎了上来——而且人多势众。

她毫不畏惧，坚定不移。他们告诉过博士能给他十分钟，他就能得到十分钟。

杰克比她领先四步，往警察的方向扫射出一片弹火，然后便冲了过去。他打得精彩极了——轻而易举以一敌四,或许更多——但敌人实在是太多了。

门终于被砸碎了。

罗丝眼里看到的只有破开的门,心里想着的只有博士。在那一瞬间,没有任何其他事情比赶到门前更重要。

而她设法做到了,一路从警察堆里挤了过去,做好了被他们揪住衣领的准备——然而他们讶于她的速度与敏捷,又忙于应付杰克,并没有抓住她。

于是,她就这么冲进了那间小小的办公室,里头有一个肩章带星、制服略大于体型的女警正举枪对着博士,他已经停下讲话,举起了双手。

"我信任你,"女警咆哮道,"结果你一直以来就是他。你欺骗了我!"

罗丝跳起来扑上她的肩……

她却被对方几乎轻松地一耸给甩开了。罗丝跌坐在地上,在站起前就被另外两名警察扭住了胳膊。更多的警察还在不停地涌入这个房间,更多的枪对准了博士的脑袋。他那不幸的志愿者吓得目瞪口呆,从摄像机前被扯开了。

"关掉它!"肩章上带星的警察命令道。

"为什么?"博士反问道。

"因为我们全都听够你的鬼扯了!"

"但你现在就在这里——沃勒警督的大营救!整个世界都看着你,这是你拨乱反正、让一切重回正轨的大好机会。"

沃勒犹豫了,示意那个拿起摄像机的警察暂时别动,她正在考虑。

"你能成为那个告诉他们真相的人,"博士说道,"所有的真相,只讲真相。"

然后他微笑了起来,那笑容越过一众警察,向罗丝投去。

17

多米尼克今天过得相当美好。他的阅读小组里有个朋友的朋友想要创立一家出版社,对方对小说感兴趣,甚至对漫画说不定也会有些兴趣,他已经同意看看多米尼克的作品了。

他已经拿下了四个电话订单,其中有个姑娘,他希望能和她有进一步发展。他告诉她自家公司的窗户专防僵尸,而她则戏谑地叫他"大骗子"。

"这么明显吗,嗯?"他说道,"我还是个新手,你瞧——还缺乏练习呢。"

"嗯,他们现在又说谎言对人际关系有益了。"她又说道。

在多米尼克被自己的白日梦冲昏头脑的时候,他脱口问出她愿不愿意跟自己见面,以便同对方练习说谎——她欣然答应了。

不过,不是在今晚。今晚是个特殊的时刻。

多米尼克提前一小时就打开了电视,正在不断换台打发时间。

"……大赛即将在体育九台开播,所有不想猜测比分的人注意了,最后是二比一到……"

"……在第Ⅱ-Ⅲ斐区得到了一个离得更近的停车位……"

"……观众们将会决定托德或露西——我们最终的两位参赛者，他们马上就会出现在我身后的这扇门里——谁能把《收视率》大奖带回家：在关于他们自己的写实剧里担任主角！"

好吧，所以改变也不是一夜之间就能完成的。

但从今晚开始，一台就要播放一档全新的节目了：一部戏剧，有剧本、演员和所有东西的那种。而且它的制作者还保证，将会给观众展示超乎本世界之外的事物。

在节目开播之前就已经有人在抱怨了，他们说，这对于他们新近找到的宗教信仰来说，实在太可怕、太暴力，或者太无礼了。但他们还是会收看。

每个人今晚都会看的——因为这是一件在两个月前他们还无法想象的事。一件与众不同的事。

新闻八台，他们又在重放博士和沃勒警督的对峙。多米尼克第一次时错过了它，不过在过去的两个月里，他也反复看得够多了。

"现在唯一需要声明的真相，"沃勒咆哮道，"就是你发幻想疯了，是我见过的最疯的一个！人们只消看着你，格莱登。他们只消看看外面都发生了些什么！"

博士摇了摇头，"这些根本不是我造成的。也许我是添了把火,但是……"

"这都是你的错,你和你的静电噪音台!媒体的作用是传播信息,是教育。媒体告诉我们什么是真的,什么可以相信。但你玷污了它,你用它来散播不同的观点,散播暴力和恐惧!"

"你的人民想要改变。"博士说道。

"是啊,"罗丝·泰勒的声音忽然从画面之外传了过来,"而且如果你真的听了博士说的话,你就会知道……"

"我正在呼吁人们停止暴力,有更好的办法的。"

"哦对呀,我们可不都心知肚明吗?"沃勒厌恶地怒骂道,"就让你上吧,你会让所有人随心所欲地做梦。"

"我们都需要做梦,沃勒警督,"博士说道,"甚至包括你。"

沃勒坚定地摇了摇头,说道:"我对自己的真实生活非常满意,多谢了。我们都见过以你的方式带来的结局。每个人都想要不同的东西,为了他们自己的梦想奋斗不休。"

"恐怕这就是你们要付出的代价,能够自由希望,能够随意想象更美好的事物并让它们成真——这个代价是值得的,相信我。"

沃勒干笑一声,说道:"你是在让我相信你吗?"

"没错,你非常在意事实,对吗?"

"它就是唯一。"

"那么,你的上级对此怎么看?来嘛,沃勒警督,为什么不跟他们谈谈呢?看看他们怎么想。"

"没这个必要,我熟知法律。"

"而法律永不改变。"

"没错。"

"那么就证明它。跟他们谈谈,向全世界揭穿我是个骗子的事实。"

接下来就是多米尼克最喜欢的部分了。一阵犹豫之后,沃勒抬起了自己的手腕,对着视讯机说了几句。她问一个叫斯蒂尔的人他是否听到了,并且请求对方指示。她点点头咕哝了几句,就好像在听某个人说话,然后她谢过了那个看不见的人,大获全胜地面向博士。

"你看到了吗,格莱登?你看到谁才是骗子了吗?"

紧接着,摄像机镜头拉近了——她的视讯机已经坏了,上面什么也没有,不过是块破损的屏幕挂在一团烧坏的电路上的残余废物。

"是啊,"博士平静地说,"我想我们都看到了。"

其他警察大惊失色,不知道该相信谁。他们骚动着,有些人已经把枪对准了沃勒。

"当然,我不知道完整的故事,"博士说道,"我不知道你是从哪里弄来的制服和警车,但当你足够渴求某样事物的时候,你总是能找到办法的。更别说,谁又会质疑你呢?谁敢指控一个警官撒谎呢?顺便问一句,这件制服的肩章上是本来就带星吗?还是说这是你自己做的,给自己升了个衔?那个视讯机呢?它一开始就是坏的,还是你自己弄坏的,这样你就能只听自己想听的声音了?"他的视线转移到了沃勒的同僚们身上,"还有任何人听说过这个'斯蒂尔'吗?没有人吗?我猜啊——如果沃勒'警督'能侥幸无恙这么久,那外面还有多少个冒牌货?这个房间里又有多少个?"

沃勒已经扔下了她的枪。她看起来就像被榨干了生命力,正有气无力地嘟囔着什么。音效师们努力破译出她的话,以便配上字幕。她在说:"我不是故意……我只是在试着纠正错误,打击怪物……"

但博士没有就此打住,"真讽刺,对吧,'警督'?你花了这么多的时间来否定其他人的梦,与此同时你却一直活在自己的梦里!"

这个时候,警察们已经理清了思路,指挥权也不经讨论地传给了一名矮小敦实、戴着警司臂章的男人。在他的指挥下,警察们上前抓住了博士、罗丝和沃勒。他们都没有反抗。

一只戴着黑手套的手盖住了摄像机镜头,挡住了画面——不出一会儿,信号掐断了。

不过,当然,一切木已成舟。

过去的两个月好到难以置信。

博士的演讲让街头巷尾的紧张气氛平息了下来。不少暴乱者直接乖乖地停了手,回到家里开始思考他所说的一切。警察也因此有了足够的力量对付剩下的那些人。

当天晚些时候,卡尔·泰科出现在了新闻八台,焦虑地谈论着以脑电波为食的微生物。当然,他立马被逮捕了。但一群医生仔细研究了他的说法之后,全都得出了他说的是实话的结论。多米尼克自己也被翻来覆去地检查了好多次。

几天之内,一种血清就给合成了出来。医生们说它将会轻微改变人类脑液的成分,让那些盗梦贼难以下咽。然而一个小时之后就被曝出,这种血清不过是被染色的水罢了,医生们想象出了它的功效。但研发工作一直继续了下去,两个星期后真正的解药开始四处发放。

申请人数非常庞大——尽管还是有些人对此敬而远之,他们仍然害怕随心所欲地想象事物。或者正相反也说不定,他们害怕发现事实真相。他们中的大多数人后来还是由新闻媒体上的接种动员改变了主意。

大白屋还没有被关闭,但里面的大多数病床已经空了。多米尼克、罗丝·泰勒和杰克上校都在第一批获释人员当中。姬米·沃勒则在最后一批。

她的获释在上个星期的新闻里独占鳌头。警察局长,在一篇报纸访谈里,说并不会就盗取警用装备对沃勒提起控告——实际上,他非常欢迎沃勒真的加入警方,如果她愿意申请的话。很显然,在那段幻想的职业生涯中,她逮捕的人几乎比其他警官都要多。

警察们仍在努力探讨到底该拿哈尔·格莱登怎么办——还在考虑到底是该把他当作英雄还是罪犯——而决定权却不在他们手中。某天晚上他从上锁的牢房里凭空消失了,自此再也没人见过他。只有多米尼克知道他去了哪儿,但他绝对不会说出去的。

一场选举活动也正进行得如火如荼,数以百计的候选人全都保证,若有朝一日当选,便会将美梦实现成真。

终于,在不带幻觉和偏见地层层过滤各种证据之后,这个世界的本名也被一群历史学家公布了。殖民星球4378976德尔塔四号,到头来,曾用名为大阿卡尼斯星。

每个人都觉得,这个名字有些无趣。

他匆忙穿过了丛林,这次不再在乎那些零星划伤了。他不时以为自己前面有什么声音,但他总觉得那是自己幻想的产物,便对它们不加理会。他都没意识到,它们是真的。

多米尼克找到蓝盒子的时候,正赶上它的大门收尾一般砰地关上,他跑上前去却不知该做些什么。叫叫人?还是敲敲门?

如果有人应门了,那他又该说些什么呢?

他绕着盒子兜兜转转,盯着它瞧,为自己的犹豫不决而痛苦不已。

走完了一圈,他被突然出现在自己眼前的罗丝吓了一跳。

"嗨。"

"呃,嗨。"多米尼克结结巴巴地说道,"我只是……我没想……我觉得……"

"我明白,不好意思我们就这么溜了。博士不怎么喜欢道别。"多米尼克还是不发一语,所以罗丝就接着说了下去,"我觉得是因为那些敬慕之情——它们令他有些害臊。"

杰克上校从门后探出了脑袋,说道:"要让我说,他这是错过了精华。要不是为了这些爱慕之情,我们干吗那么拼命。走吗,罗丝?"

"好啦,这就去。"

杰克看了看多米尼克,说道:"听着,哥们儿。博士说你们应该试着重新跟其他人类世界建立联系,让他们把所有的幻想作品都给你们一份。他说你们有太多可以期待的东西:希区柯克啦,普鲁斯特啦,布莱顿啦,还有《淘气阿丹》[1]。"说罢他又消失在了门后面。

---

[1] 1993年美国上映的一部儿童喜剧片,根据一部著名漫画及相关电视剧改编而成。

"对,是真的,"罗丝笑了,"他就这么说的,《淘气阿丹》。"

多米尼克咽了咽口水,问道:"我……我们还会再见到你们吗?"

"我觉得多半是不会了。"她充满惋惜地说,转身回到蓝盒子那里,然后她停下了,又补充了一句,"嗯,或许在你梦里还是可以的。"

随后她蹦上前来,飞快地亲了亲多米尼克的脸颊,对他眨眨眼,笑了笑,便不见了。

在她身后,门又一次关上了。多米尼克被一阵刺耳又粗嘎的某种外星引擎声吓了一跳。

然后他又一次兴奋不已地目睹了一件难以置信的事。

新节目在七点准时播出了:是个关于哈尔·格莱登的故事,毫无疑问,讲的是他乘着自己的太空飞船前往别的世界,教会那里的人们如何做梦的故事——它践行了之前的所有承诺。

多米尼克·艾伦仿佛被粘在了电视屏幕前,直到第一集结束前差点儿都不敢眨眼。他几乎能感觉到,各种新的创意已在自己大脑中膨胀开来又彼此交合了。

那个晚上,破天荒的,他——和其他很多人一样——是开开心心地上床睡觉的。

还梦到了床脚的怪物。

致　谢

　　首先，我要感谢尼尔·哈丁给我讲了一位雇主的轶事：他认为参与角色扮演游戏是"脱离现实"的。按照典型的《神秘博士》风格，我将这个故事夸大，以成为本书的基础；还要感谢尼尔一如既往的技术支持。其次，我要感谢《神秘博士》制片方的海伦·雷诺给予我的信任，给我看了一些属于最高机密的剧本，让我能够更了解这个叫杰克上校的家伙！

　　当然啦，没有我的编辑贾斯廷·理查兹，这本书是无法以当前面貌问世的。实际上，我想要抓住这个机会，感谢过去十三年来，所有让我能在博士的宇宙中尽情翱翔的人们——尤其要大大感谢彼得·达维尔-伊万斯，在多年之前冒险挑上了我这个初出茅庐的作家。

神秘博士 时空探险套装
DOCTOR WHO

Touched By An Angel
天使之触

（英）乔纳森·莫里斯 / 著
施 然 / 译

新星出版社 NEW STAR PRESS

DOCTOR WHO: Touched By An Angel by Jonathan Morris
Copyright © 2011 Jonathan Morris
First published by BBC Books, an imprint of Ebury, Ebury Publishing is part of the
Penguin Random House group of companies. Doctor Who is a BBC Wales production
for BBC One. Executive producers: Steven Moffat, Piers Wenger and Beth Willis. BBC,
DOCTOR WHO and TARDIS (word marks, logos and devices) are trademarks of the
British Broadcast Corporation and are used under licence.
This edition arranged with Ebury Publishing
through Big Apple Agency. Inc., Labuan. Malaysia.
Simplified Chinese edition copyright:
2019 Chengdu Eight Light Minutes Culture Communication Co., Ltd.
All rights reserved.
The Cover is produced by Woodland Books Ltd.
著作版权合同登记号：01-2018-4727

图书在版编目（CIP）数据

天使之触／（英）乔纳森·莫里斯著；施然译. —北京：新星出版社，2019.8
（《神秘博士》时空探险套装）
ISBN 978-7-5133-3611-6

Ⅰ.①天… Ⅱ.①乔… ②施… Ⅲ.①科学幻想小说－英国－现代 Ⅳ.①I561.45
中国版本图书馆 CIP 数据核字（2019）第 148787 号

致我的妻子，黛比

序　言

最初收到邮件的时候，我简直难以置信。时隔七年之久，BBC终于决定找上我，问我是否愿意再写一部《神秘博士》小说了！我迅速回复他们："没问题"，速度几乎快到不等自动回复送出，我的回信就已经送达对方的邮箱了。不过话说回来，这些年里，我也始终没闲着，比如给《神秘博士》创作有声书稿，为《神秘博士期刊》写漫画脚本之类的；但写小说就不同了，脑海里压抑已久的创作冲动开始蠢蠢欲动。而这也是个绝好的机会，让人们去惋惜这七年里错过的好故事，以及，去见证一个作家的成长。毫不谦虚地说，我很可能会创作出有史以来最棒的《神秘博士》小说。

我的编辑贾斯汀·理查德想了解我的创作思路，我立马给他发了五个构思，其中三个构思有点滥竽充数，它们看似设计精巧，但实际上一文不值；剩下的两个则比较有潜力。一个是专门为《神秘博士期刊》创作的漫画脚本，叫作《闭路电视》，讲述了一个生活在电视机里的小妖精的故事，本书第一章正是脱胎于这个故事。另一个构思我把它命名为《悖论者》，故事中，一个男人偷偷溜进塔迪斯,从2011年被带到了1983年,他只能在1983年的世界里继续生活,度过了整个20世纪八九十年代,最终却落入某种以时间悖论为食的机械螳螂的陷阱。这个故事构建了本书余下章节的基本框架,但是有一个至关重要的不同。贾斯汀认为,比起机械螳螂,故事里的怪物更适合由哭泣天使来扮演——详见电视剧中《别眨眼》[1]那一集。我很赞同这个主意,原因有二:首先,我喜欢哭泣天使的设定;其次,天使会让这本书大卖。

(用哭泣天使来写故事极具挑战性,因为它们一动不动。通常来说,创作小说需要巧用动词,通过人物的动态来表现角色,但这种写作技巧对哭泣天使就不怎么适用了,因为从任何角度来看,只要被注视,它们就完全静止!所以我只能强行让它们作为邪恶的背景板存在,尽量减少不必要的露面,只有在它们掀起轩然大波的关键点才隆重亮相。我还打算把它们塑造成《别眨眼》里那种高深莫测、预示不祥的形象,而不是《天使时代》[2]一集中更为直来直去的怪物。)

受到《壁炉女孩》[3]和《文森特与博士》[4]等剧集的启发,我决定在《天使之触》中采取更为成人化的方式来处理人物关系,而且较

---

1. 《神秘博士》新版剧集第三季第十集,哭泣天使首次登场,是第十任博士的故事。
2. 《神秘博士》新版剧集第五季第四集,是第十一任博士的故事。
3. 《神秘博士》新版剧集第二季第四集。
4. 《神秘博士》新版剧集第五季第十集。

之以前的作品，倾注进更为强烈的情感元素。这就要求我用更加真诚的笔触来讲述爱情与哀伤。倘若我想要打动读者，那么在写作的时候，我自己就应该感同身受，甚至不惜为之落泪。此外，为了让主人公马克和丽贝卡的形象更加有血有肉，在动笔之前，我还特意创作了两篇丰满的个人传记。即使他们从未存在，但我知道他们最喜欢什么电影，他们在哪里上学，两人一年又一年经历了什么，诸如此类。

在马克·惠特克这个人物身上，我投射了很深的个人感情（当然，名字除外。主角的名字是致敬《神秘博士》故事的第一位编剧大卫·惠特克）。这并不是说主角是某种自传式的人物，也不是我想通过任何方式来进行自我呈现，而是说，很多时候我会调用自己的情感记忆来揣摩他的行为模式。尽管如此，我也确实将故事的发生地置于了自己熟悉的地方（书中关于罗马的部分就是基于2008年我在罗马的度假经历），马克在20世纪90年代早期求学于华威大学，我也一样——纯粹是为了省去另做研究的麻烦。

至少，计划是如此。不过我的记忆也未必可靠，我就只好乖乖地去做功课——甚至比通常更加麻烦。20世纪90年代是个尴尬的时代，对于历史书而言，这个年份太近了，尚未收录；而这个时间点又刚好处于互联网浪潮前夕，网上也鲜少有这个时代的资料。所以我只能非常努力地确保细节上准确无误，比如电视里会出现哪些电视节目，收音机里放的是什么歌曲，等等。大概是用力过猛，这本小说的初稿充满了怀旧的细枝末节（如果你现在觉得本书太过琐碎，无缘无故提到了很多过时的流行歌曲，那么你应该先去读读最初的那一版！）。最终，我只能把大部分细节抽出去，比如第十三章中的一幕：当马克开车穿过伦敦的时候，原稿写到了即将到来的大选广告牌，车上放的是"甜心宝贝"乐队[1]的歌《躲雨》。这些内容对故事本身没什么影响，不过是作者在显摆罢了。

多亏了朋友们通读初稿，提供了诸多宝贵建议，我才能做出必要的删减。他们的名字将出现在致谢部分。在这里，我也要再次向他们表示感谢，特别是我伟大的妻子黛比——为了使书中某几个最为忧伤的章节达到催泪的效果，我反复修改，她一遍又一遍地读了三四个版本，直到最后泪流满面为止。我也要感谢马特·金普顿，很遗憾他已经不在我们身边了，但他的鼓励和批评弥足珍贵，要不是他，我可能根本无法开启写作生涯。

非常感谢你买下这本书，希望你能乐在其中。或许这本书算不上最棒的《神秘博士》小说，但我已经全力以赴，这个故事也将始终是我最棒的成果。

乔纳森·莫里斯

2013年10月

---

1. 20世纪90年代末成立的英国女子乐队，《躲雨》是她们在2000年发行的一首歌曲，曾取得格莱美排行榜前二十的好成绩。

序　章

2003年4月10日

啪嗒–啪嗒–啪嗒

雨刮器还没来得及把前窗上的雨水刮干净，水流也还没来得及顺着雨水槽流掉，雨点就又噼里啪啦地模糊了挡风玻璃。汽车在漆黑一片的乡间小路上行驶，车前灯探入黑夜，只照亮了小路和两侧高耸的树篱。树影幢幢，汽车仿佛行驶在隧道之中。

丽贝卡揉了揉前额，脑袋又开始隐隐作痛了。全怪后面那个跟了她五英里[1]多的蠢货，他的车前大灯一直在自己的后视镜里闪个不停。或许也要怪自己疲劳驾驶，马不停蹄地从伦敦一路开过来，压根儿没休息。再没别的原因了。好吧，话虽如此，但其实自打上次的交通事故后，她就落下了头疼的毛病。不过，她打定主意不去看医生，无论马克说什么她都毫不动摇。

---

1. 1英里=1.61千米

想到马克,一股气恼涌上丽贝卡的心头。马克本该和她一路的,每两个月去奇伯里探望一次她的父母,这是惯例。不过他总有借口推脱,可不是吗?他总是找得到借口——工作上又有了突发情况,他自告奋勇、加班加点、力挽狂澜,这可真是他的作风。

雨啪嗒啪嗒地下个不停。

车载收音机里播放《今晚世界》[1]的频道没信号了,电波滋滋响个不停。这倒没什么要紧的,丽贝卡早就知道会有哪些新闻,一连好几个星期了,电视上铺天盖地全是关于伊拉克战争的消息。每每会有穿着防弹衣的战地记者在宾馆的房间里直播,不时插播一些现场片段,红外热成像镜头下,影影绰绰的绿色轮廓正在硝烟弥漫的城市街头穿梭追逐。那画面简直像是在观看一场游戏直播。

今天的重磅消息是关于某座硝烟四起的广场,美军士兵推倒了矗立于广场上的萨达姆·侯赛因雕像[2]。报道该事件的记者激动不已,喋喋不休地讲述着这是一个多么重大的历史时刻。不可一世的英雄们还把国旗盖在了倒地的雕像上,看到这一幕,丽贝

---

1. 英国一档时政类新闻节目,每个工作日晚上在BBC四台播出,内容包括新闻、纪实节目以及国内外时政事件新闻评论。
2. 2003年4月9日,伊拉克的萨达姆政权失去了对首都巴格达的控制,耸立在市中心广场的萨达姆雕像被推倒。

卡只觉得羞耻。接下来，他们甚至还可能会慷慨地搞个巧克力棒大派送。

啪嗒啪嗒，雨一直下。

丽贝卡把收音机调到广播一台。哀伤的钢琴旋律从车载音响里传出，是克里斯蒂娜《美丽》[1]的前奏。这首歌刚好契合她此刻的心境，又不至于让人分神，丽贝卡便任歌曲继续播放。

雨啪嗒啪嗒地打在玻璃上。

快要开到一个左转的急弯时，丽贝卡减速换到二档。刚一拐过弯，两束刺眼的强光就冲她迎面射来。

喇叭的巨响如同猛兽的咆哮。丽贝卡本能地左打方向盘，想要避开迎面而来的重型卡车。汽车朝左撞入树篱，刮擦着路旁的枝叶和灌木。她的心怦怦一通乱跳，许久才记起应该刹车。然而为时已晚。

汽车的前盖冲到了卡车格栅底下，挡风玻璃粉碎成渣，落了一地。强大的惯性把丽贝卡向前抛去，但她被安全带牢牢地拴住，肺里的气体差点被勒出来。下一秒，丽贝卡就意识到自己被甩到了一边，车翻了。曾经在主题公园里玩过山车的零星记忆在

---

1. 美国歌手克里斯蒂娜·阿奎莱拉2002年发行的歌曲。

她脑海中一闪而过。她从不喜欢过山车。

脑海中还存有一丝意识,她打趣地想,这状况可真是出乎意料,日子不再是一成不变的了。

接着,她发现自己正躺在车座上,眼前是泥泞不堪的原野。可她真是躺在车座上的吗?车座其实已倒了过来,她身体的重量这会儿正全都压在自己的背上。而且,要是自己还在车里,为什么会有雨水滴在脸上?事已至此,还能让人稍觉欣慰的是,她感受不到一点疼痛。

丽贝卡咒骂起自己来。妈妈不知在电话里抱怨过多少次这些老是从乡村小路抄近道的卡车了。"他们难道完全把法院安的测速拍照当摆设吗?迟早会出事的。"她这么说过。现在看来,她说对了。

丽贝卡感到纳闷儿,为什么旷野里的一切都似乎笼罩着一层橘色的光晕,就像是旁边有一盏橘色的街灯?想到这里,四周突然陷入了一片黑暗,尔后很快又亮了起来,还是沐浴在一片橘色的光晕中。一定是卡车的事故报警灯亮了。不知道卡车司机的情况如何?一时间,丽贝卡希望他受了伤,他活该受伤。不过她很快打消了这个念头。自己没有受伤已经是不幸中的万幸了。

不过话说回来,要是自己真的毫发无伤,为什么一动也不能动?安全带勒得太紧,自己快喘不过气了。丽贝卡使劲儿在座椅里蠕动想要挣脱出来,然而却无济于事。她想抹掉滴到眼睛里的雨水,但不知为何,手仿佛失去了知觉,不听使唤。她开始怀疑自己到底是不是安然无恙。

汽车外面,橘色的灯闪烁不止。

怪事。约莫六米开外,旷野上立着一尊雕像。从外观来看,这座雕像更应该出现在墓地或是罗马博物馆里。雕像是年轻女性的模样,留着一头波浪卷发,身披垂地长袍,背后还有一对翅膀。这是一尊天使雕像。天使弓背站着,脑袋埋在双手里,仿佛在掩面哭泣。雨水顺着它的指缝汩汩流过,无形中又增加了几分哭泣的味道。

灯闪了几下,熄灭了。丽贝卡再次陷入一片黑暗。她的脑海中浮现出篝火之夜[1]的篝火和太妃糖苹果。为什么她会联想到篝火?随后她意识到,是因为自己真的闻到了燃烧的气味。

橘色的灯光又亮了起来。丽贝卡感到了疑惑——天使雕像的脸刚刚不是埋在双手里吗?而此时此刻,它正用那双空洞的、没有瞳孔的眼睛直勾勾地盯着自己。

四周再一次陷入黑暗。接着,橘色的灯光又亮了。

雕像靠得更近了,那双死气沉沉的石头眼睛仍一动不动地盯着她。雕像的嘴巴微微张开,看起来就好像刚吸入一口气,正准备开口说话。

---

1. 又称"盖伊·福克斯之夜",英国的传统节日,时间为每年的11月5日。

灯灭。灯亮。

雕像离自己只有两米了。她的视野被雕像填满，而后者正俯身笼罩着她。

在摇曳的火光之下，在滚滚的浓烟之中，它一副饥渴的表情，正要作势咆哮。雕像的双唇向两边扯开，露出蝙蝠一样的满口獠牙。雕像向她伸出手臂，那长长的指甲宛如利爪。

不可能，丽贝卡想。雕像不可能移动。它不能移动。

1

2011年10月7日

托比·莫里是个不讨喜的家伙。他满脸横肉,面色通红,养着一身赘肉,还浑身汗味儿。更何况,他说话还有一股浓浓的伦敦东区口音[1]。

"这个案子我们一定要赢,马克。我们要把他们打个落花流水!"

马克叹了口气。这是个中规中矩的合同法案件,可不是在拍《法律与秩序》[2]电视剧。他接下这个案子,只是因为托比的老板是波拉德&博伊斯&惠特克律所[3]某个最负盛名的大客户,再加上托比执意指定某位高级合伙人亲自负责,真是相当可悲。要是托

---

1. 暗示其出身于伦敦东区,即伦敦东部、工口附近地区,那里聚集了大量贫民和外来移民,曾是拥挤的贫民区。
2. 一部关于美国法律制度的电视剧,以案情跌宕起伏为看点。1990年开播,到2010年结束。
3. 作者杜撰的一家法律事务所。波拉德、博伊斯和马克·惠特克是冠名合伙人。

比只是想听一堆高谈阔乱,马克可不大乐意奉陪。

"话虽如此,我想我们还是要谨慎应战,"马克说,"先尽可能达成共识。因为就目前的情况来看,我们的处境还是像蛋奶酥一样脆弱。"

"所以你的意思是?接下来怎么行动?"

"给每一份合同都做个审计,履行的和未履行的。我需要合同的关键条款、日期、电子邮件、书面记录等等,越多越好。"

托比点点头,站起身来,"下周一拿给你。"

马克按下铃,传唤自己的私人秘书进来,"尽你所能,不必赶时间。"

托比起身,视线在房间里环顾一圈,落在了马克办公桌对面架子的照片上。他拿起照片,赞赏地吹了声口哨,"这个小可爱是谁?"

照片里,丽贝卡正靠在罗马宾馆的阳台上,晨曦在她的秀发上落下一圈金色的光晕,也给她的皮肤蒙上了一层金色的柔光。她的一双明眸蓝得不可思议,她嘴角上翘,正心满意足地微笑。

"我的,呃,妻子,"马克有一丝恼火,"劳驾你把照片放回去……"

"你的太太?挺年轻的,是吗?干得漂亮!"

"好几年前的照片了,请你把照片放回去……"

"好吧,如你所愿。"托比把照片放回架子上,"昔日辉煌，我太太也是。刚把戒指套上她们的手指，她们就开始发胖膨胀，活像身体里有个充气阀门。"

西沃恩出现在了门口，"事情谈完了吗，惠特克先生？"

"差不多了，"马克简明扼要地说，"想必莫里先生还有其他事情要忙。"

马克向托比伸出手。托比使出很大的劲儿紧紧握了上去，几乎要把马克的手指捏碎。托比就是这种人，时时刻刻都想塑造出阿尔法男性[1]的雄风。

"老兄，回见。"托比松开了手。

西沃恩把托比领出办公室，随即又返回，带上门，确保不会被打扰。"你还好吗？"

"什么？"马克正揉着手，努力找回手指的知觉。

"我听见你提到了你的妻子。"

"哦。托比看到她的照片，问了几句而已，没什么事。"

"明白。"西沃恩说。她是个颇有魅力的黑皮肤女性，四十多岁，脸上永远挂着得体的笑容，精明干练。她细细打量着丽贝卡的照片，"她看上去很开心。"

"确实如此，"马克骄傲地说，"这是我们在一起后的第一个早晨拍的。"

---

1. 一个生物学概念，指一群动物中最有权势、居于领导地位的雄性。在人类身上指呼风唤雨、男人气十足的领袖型男性。

西沃恩扭过头,意味深长地看着马克,"事情过去多久了,从那场车祸到现在?八年?"

"是。"马克避开她的视线,把目光投向窗外。他扫过克里顿街道上川流不息的车辆,天色暗淡,阴云密布,最近的天色总是黑得很快。

"八年了。你已经折磨自己够久了。丽贝卡也不想看到你这个样子。"

"你不会知道丽贝卡想要什么。"

"她当然想要你开心,而不是以事故为借口闷闷不乐。"

"借口?"

"你得多出去活动活动,认识一些新朋友。女性,特别是单身、活着的女性。"

"你是想说夏洛特?"两个星期前,马克和西沃恩的朋友夏洛特约会了一次。夏洛特是个魅力十足、善解人意的姑娘,尽管如此,她对美好夜晚的概念也不是整整三小时坐在酒吧里,听约会对象怀念他逝去的妻子。

"那倒未必。"西沃恩说,"我还有很多朋友,比如苏珊娜、乔安妮——"

"多谢美意,不过不必费心了。还有什么事吗?"

"只有这个了。"顺着办公桌,西沃恩滑给他一个包得严严实实、足有简装书大小的信封。马克拿起来察看,只见信封正面潦草地写着自己的名字和今天的日期：

马克·惠特克　收　　2011年10月7日

"刚投进来的吗？"马克将信封翻过来。

"并非如此。实际上这事儿有点怪。这封信已经在档案室积了整整八年的灰。它显然是被严密计算好了，将在今天送到你的手上。"

"八年？"

"谜之包裹，嗯？所以，你要拆开看看吗？"

马克的手指拂过密封得严严实实的封口，不知怎的，这份信件让他心神不宁。他只觉得自己脊背发冷。"不，"他说，"既然已经等了八年，再多等几个小时也无妨。"

他意识到这封信的奇怪之处——信封正面的字迹竟出自他自己的手笔。

马克下楼走到接待处时，已经是晚上八点了。倘若到这个点儿还有人也待在办公桌后面，肯定会以为他是一直辛苦到这个时候。但其实为了拖延时间，他已经在电脑上玩了一个多小时的"杀手数独"[1]游戏，一直拖到他必须鼓足勇气踏进漫天风雨，驱车回到自己冰冷而空无一人的公寓。

---

1. 一种数学智力游戏，结合了数独和数和的玩法。

"晚上好，惠特克先生。"罗恩是夜间保安。

马克只是微微点点头，避免罗恩和他打开话匣子。因为要是搭起话来，自己免不了得问起罗恩的孩子们，可就算要了他的命，他也记不住孩子们的名字。

"不错的天气，是不是？"罗恩望向外面的街道。窗户和玻璃门上结满了雾气，黑夜中，街灯的光晕看起来像是晕染开的污迹。

"还行吧。好了，晚安，罗恩。"马克截住话头。转身离开之际，他瞥了一眼罗恩桌上的闭路监控画面——有什么东西吸引了他的注意。监控正对着门外街道，而此刻显示黑白画面的屏幕上，有个人就站在某扇门外，正往里面鬼鬼祟祟地偷窥，他的脸都快贴上玻璃了，仿佛想要破门而入。马克立刻扭头朝门望去，但那里空无一人。他又回过头来察看监视屏，可屏幕已经切换了，显示出办公室楼梯间的画面。而当监控画面终于又切回接待处的时候，门口的那张脸却已消失不见。

罗恩正翻开《每日镜报》[1]，他迟疑了一下，"先生，还有什么事吗？"

"没，没什么。"马克扣紧大衣扣子，一头扎进了雨夜。他特地选了另一扇门走，避开了那张曾经凝望着自己的、大理石般

---

[1]. 创刊于1903年的英国报纸，以娱乐新闻、体育新闻、八卦绯闻、民生消费、丑闻等内容为主，曾一度是世界发行量最大的报纸。

苍白的脸。

马克把车开进加油站的时候，雨已经逐渐变成了绵绵细雨。他拉紧大衣紧紧裹住自己，迈进冰冷的雨夜，往油箱里加了三十磅无铅汽油。正当他准备抬脚去商店结账的时候，忽然想起了那个被自己随手放置在副驾驶座上的古怪包裹。他猜想，信封里说不定装着机密的法律文件，不能就这么不管不顾地丢在车里。

于是，马克走回车边，借着前方的灯光细细研究起信封来。信封正面的字迹看起来确实像是自己的笔迹，但这说明不了什么，说不定有人和自己的字迹很相似呢。但他想不通怎么会有人在一封信上做手脚，指定它八年后才被送达。况且，为什么是在2011年10月7日这个日子？今天有什么特别之处？马克用手指沿着密封处扒开一条小缝，刚好能让他看见里面的东西。

信封里至少有一百张折得规规整整的五十磅纸币，纸币旁边还有几卷薄薄的纸片。

西沃恩说得对，这可真是个谜。但谜底还得稍候再揭晓。马克把信封塞进大衣口袋，锁了车，向商店走去。

这个加油站商店就像一座小型超市，还卖报纸、杂志以及微波香肠卷。这会儿商店里没有其他顾客。马克匆匆走向柜台，柜台后面年轻的亚裔姑娘正埋头摆弄自己的手机，头也不抬地说："三十英镑。"

马克把信用卡插进刷卡机，输入密码。等待机器反应的空档，他越过营业员的肩膀，看向她身后的闭路监控。屏幕上正好显示着从柜台上方俯视整个商店的画面。马克能够从满屏噪点、不停闪动的黑白屏上看到站在柜台处的自己和营业员。而在他身后，门旁过道的尽头处，立着一尊天使的雕像。

荒谬至极。要是门口真有尊雕像，自己进来的时候就该看到了。马克盯着屏幕上的画面皱起眉头，那是一尊颇有年头的雕像，表面皱皱巴巴、脱落得坑坑洼洼的。天使耸肩站着，双手掩面。

马克回头看向过道，过道上空无一物。雕像站立的地方——屏幕里雕像本该站立的地方——只是留有一摊湿漉漉水渍的地板。

马克把视线转回监视屏，吓得全身一哆嗦。雕像依然在那里，就立在过道的尽头。但刚才它离得不是更远一些吗？而且，它的脸不是埋在手里的吗？可现在，它似乎往自己这边移动了差不多一米，手也放低了，它双手合十，就像在祷告。

他又回头看了眼过道。依然空空如也。没有雕像，什么也没有。

他回头看向监视器，雕像又移动了。它抬着头，直勾勾地盯着摄像头，盯着马克，它双眼空洞，嘴巴微张。就在雕像前面几米的地方，他还看到自己正站在柜台前，抬头望向屏幕，而那个营业员仍拿着手机比比画画。

刷卡机哔哔地响了一通,营业员拽出马克的收据。马克嘟哝着道了谢,扭头就走。谢天谢地,商店里依然什么都没有。心脏在胸腔里扑通扑通乱跳,马克匆匆逃离商店,而且特意避开了那条疑似有雕像立着的过道。

他冲刺着奔回车内,锁上车门。自己一定是疲劳过度,出现了幻觉。没错,这是唯一合理的解释。

马克谨慎地看了看汽车的后视镜,什么也没有。没人坐在身后的座位上,前面的空地上也什么都没有。此刻他是孤身一人。

把车停在布罗姆利的公寓附近,马克朝商业街走去,准备吃点晚饭。他把自己紧紧地裹在大衣里,眼睛紧盯着脚下的路面,小心地躲开地上的水洼,一路上走得很艰难。远方传来急救车的警报声,除此之外再没别的动静了。他感到形单影只,仿佛全世界只有自己一个活人似的。

马克匆匆赶往"东方滋味"餐厅。餐厅里干燥温暖,弥漫着米饭的香气。几个小孩子坐在窗边聊着天,等待就餐。身形娇小的中国姑娘从厨房里走出来,帮马克点了单:咕咾肉和蛋炒饭。马克掏出口袋里仅剩的一张十英镑纸钞付给她。

马克四处环顾,想要找点什么打发注意力。柜台后面的墙上挂着一块监视屏,播放着闭路监控的画面。屏幕上显示的正是这家中国餐厅的入口，马克看得到那几个坐在窗边的孩子，还有他自己。

以及，在他右边，站着的一尊天使雕像——正是他在加油站商店看到的那一尊。此刻，它那只光滑的大理石手臂正伸向马克的后背……

马克打了个寒战，屏住呼吸向背后看去。什么也没有，只有雨水划过玻璃留下的水痕。

他回过身来再次抬头望向监视屏。雕像又近了几步，仍然保持着伸手抓向自己的姿势。屏幕里，天使头发卷曲的刻痕清晰可辨，同样清晰的还有它翅膀上的羽毛，以及那双瞪得大大的、无神而空洞的双眼。他还看得到画面里的自己站在柜台前，正抬头望着监视屏，而雕像的手指就快要触到自己的后颈了！

马克惊恐万分地奔向餐馆的过道，夺门而出，冲进漆黑的雨夜。寒风扑面而来。他不敢回头看，只顾沿着街道狂奔，直跑得胃部隐隐作痛。

他得赶快回家。在家里他才能安全……安全地躲过这鬼东西。

心脏抗议地扑通扑通跳个不停，马克只能稍稍减速，然后又沿着商业街一路小跑。他路过几家清真肉铺，以及一家高仿真音响设备店——

突然之间，商店里所有的闭路监控显示屏都闪烁着运行起来。商店橱窗里摆着一台摄像机,而这台摄像机现在正对着马克。他看到自己出现在显示屏上,里面闪现着相同的内容,一遍又一遍,不断重复,全都是自己往窗户里凝视的画面。

而那尊雕像就立在他身后,伸手抓向他的脖子。它嘴巴大张,露出满口獠牙。

"别回头。别转头看,也别眨眼。不管做什么,千万别回头!"

声音从马克的背后传来。听起来是个年轻的声音,但语气里却有种历经沧桑的威严。

"什么?"马克僵立在原地。

"盯住屏幕看,别移开目光!别让它碰到你,这一点至关重要!"

"我要怎么做?"

"量子锁定。只有没人盯着它时,它才能移动。"

"量子锁定?"

"瞧,海森堡不确定性原理[1],观察本身会干扰被观察物的本质状态。艾米,罗瑞,继续盯住屏幕,轮流眨眼。"

"走你,没问题。"在马克左后方,一个操着苏格兰口音的姑娘应声答道。

---

1. 又称"测不准原理",一个量子力学概念,意思是说,你不可能同时知道一个粒子的位置和它的速度。

"盯住屏幕,明白,没问题。"一个年轻男人紧张地回应道。

"记得别同时眨眼。"威严的声音又说道,"否则将会导致无可估量的灾难。很好。现在,把它盯在屏幕里困住,慢慢往前移动,慢慢地。"

马克紧张地吞咽了一下,然后开始向前挪动,直到鼻子都快抵上玻璃了。

"很好。现在,往你的右手边挪两步。要慢!"

马克继续死盯着屏幕,一边往右侧移,直到看见监视屏里的自己已经脱离了天使的触碰范围,这才停住脚步。"这是什么玩意儿?"

"某种……时间拾荒者,或者说时间掠夺者。二者中的某一个,或者两个都是。"

"罗瑞,我要眨眼了……就是现在!"那位苏格兰姑娘说。

"可它只是一块石头啊。"马克说。

"防御机制,"威严的声音回答,"你看,没人能杀死石头。"

"你也不能?"

"呃,尝试过的人都没活下来。"

"艾米,我要眨眼了……就是现在!"年轻男人紧张地说。

"好了,你现在可以回头了。"威严的声音传来。

马克深吸一口气,转过身。他先是看到一个身材高挑的可爱姑娘,一头飘逸的火红长发;然后是一个鼻梁高挺、头戴有耳羊毛毛线帽的年轻男人。两人正小心翼翼地盯着窗户。一个颧骨很高的英俊男人站在他们身旁。男人浓密厚实的棕色刘海被拂到一边,他穿着粗花呢夹克,打着领结,看起来就像要去出席一场化装舞会,特地打扮成了阿尔伯特·爱因斯坦的模样。

唯独没有雕像的踪影。

"但是这里……这里什么都没有!"马克结结巴巴地说。

"并非如此。"穿着粗花呢夹克的男人肩上挂着一个类似老式磁带录音机的设备,手里飞快地旋转着一个手电筒形状的小玩意儿,就好像摇滚明星在舞台上拿着麦克风耍把式。他把这个又粗又短的设备对准餐馆的窗户,小玩意儿高频地嗡嗡作响,闪着绿光,"这种特殊的哭泣天使没有物质实体。"

"这话是什么意思?"

"意思就是,它们只在屏幕里存在,潜藏在每一块显示屏里。任何承载天使图像的东西,其自身都会变成天使。"

"这么说它没法儿走出屏幕抓我们了?"红头发的姑娘说,"罗瑞,我要眨眼了……就是现在!"

"不,我觉得没那么简单。它现在一定很虚弱,精疲力尽。"

"但它仍然能触碰到我?"马克问道。

"只要你被摄像头照到,没错,它就能触碰到你。它在屏幕里,你的影像也在屏幕里,所以它能接触到你的影像,也就能够接触到……你!"

"艾米,我要眨眼了……就是现在!"高鼻梁男人说。

"你是谁?"马克问,"而且,你为什么对这鬼东西了如指掌?"

"我是即将救你一命的人。你可以叫我博士。"

"博士?"

"现在回答你的第二个问题,原因就是,我曾经遇到过哭泣天使。用这个能探测到它们的踪迹,"博士指着他手中那个老式录音设备,"时间-空间连续体中只要发生了扭曲摇移,它就会亮。"博士沮丧地轻拍录音设备,"或者说,只有灯泡正常工作的时候,它才能亮。它还能煮鸡蛋呢。这可不是瑕疵,而是它的特别之处。"

"罗瑞,我要眨眼了……就是现在!"

"奇怪的是,天使并不是时间摇移的源头,"博士说,"不是天使,而是你。"

"我?"

博士凝视着马克,"设备选中了你,一定有什么原因,我太好奇了。你有什么过人之处吗?"

"什么也没有。"马克说,"所以你的意思是,那玩意儿是冲着我来的,而你也不知道为什么?"

"一无所知。一点线索也没有。"

"但它要是没法儿被杀死……我怎么做才能逃脱?"

"你逃不掉。"

"不过如果我逃跑……"

"整条街道都布满了摄像头,你逃不掉。"

"罗瑞,现在你不是该告诉我,轮到我盯着了吗?"艾米说。

"什么?"罗瑞倒吸一口冷气,"抱歉,呃,我以为……"

接着,马克意识到艾米和罗瑞正互相对视,他们的目光都离开了窗户!

马克猛地转头。他看到,每一块监视屏里都有他自己、博士、艾米和罗瑞——还有天使。他的五脏六腑都冻成了冰,天使的手已经伸向自己的后背,它的脸因狂怒而扭曲,狰狞可怖。下一秒它就要得逞了!

恐惧攫住了他。马克跌跌撞撞地连连后退,从天使的魔爪之下逃离,扭头就跑。他听到博士和他的朋友们在身后大喊大叫,但那根本不解决问题。他必须逃!

他做到了。他真的做到了!自己居住的公寓楼已经依稀可见,公寓前廊正沐浴在路灯的光亮之中。

马克大口喘着气。突然之间,他惶恐地察觉到了监控摄像头的存在,慌忙加速冲刺跑过商业街。摄像头到处都是——在墙上、灯柱上高高挂着,城市上空布满了一眨不眨的玻璃眼。为了不被摄像头捕捉到,他避开了所有车库以及灯火通明的商铺,绕了好大一圈才回到公寓附近——他甚至谨慎地避开了一辆擦身而过的双层巴士。现如今公交车上也装满了摄像头,不是么?

不过,他仍旧安然无恙。尽管被雨浇得透湿,浑身冰冷,但终归是性命无虞。马克匆匆迈上公寓入口的水泥台阶,穿过花园,经过几个可回收垃圾桶,终于安全抵达公寓楼门口。他从大衣口袋里摸出一串钥匙,找到大门钥匙插进锁孔。恰在这时,他忽然意识到一个问题。

一只摄像头正直直地对着他的脸——那是防盗门可视电话的摄像头!

大理石般冰冷的东西触碰到了他的脖子。

那一瞬间,马克从监视屏里看到了自己惊恐的表情,而那只天使就站在他身后。它的手放在自己的脖子上,张大了嘴巴,吐出舌头,仿佛正准备下口。

然后,他消失了。

2

雾气迷蒙，博士在大雨洗刷过的街道上奔跑，罗瑞和艾米拼尽力气才勉强跟得上他的脚步。他把时间摇移探测器举在身前带路，"这边！快！"

罗瑞根本不知道他们身在何处。他们已经在这片完全一样的建筑群里穿行了足足十五分钟，而他已经完全迷失了方向。

"这里！"博士刹住脚步，原地打了个转，指向远离街道的一栋公寓楼。在罗瑞看来，这栋公寓楼再普通不过了，只不过，公寓楼入口处立着一尊天使雕像——天使弓着背，双手掩面。

"发生了什么？"罗瑞问道，"糟糕的事，是吗？"

"安静。"博士向雕像走去，就像博物学家悄悄爬上一头沉睡的雄狮，他谨慎而平稳，一步一步迈上台阶，向雕像挪去。

"小心！"艾米悄声说。

博士给了她一个"多谢废话"的眼神，停下来细细检查起雕像。天使雕像一动不动。他试探性地拿音速起子扫了一遍，又试着捂住眼睛摆出一个和天使一模一样的姿势，就像在玩躲猫猫游戏,但什么事也没有发生。博士轻轻叩了叩它的翅膀,一大块岩石脱落下来,摔到地上粉碎成灰。"我觉得,它很安全。"

"有多安全?"艾米说。

"死翘翘的那种安全。"

"我记得你说过这种生物,怎么说的来着,以无尽的时间为食。"罗瑞跟着艾米来到博士身边。

"宇宙万物,终有一死。"博士小声说,"通常来说,它们吸食人们的时间,嗖地一下把人们送回过去,呼—嗖—,一天五份[1],轻松达标,这就是它们获得生命的秘籍。"

"通常来说?"

"鉴于眼下的这种情况,天使为了将受害者嗖地送回过去,不惜耗尽生命的最后一点能量。自我牺牲,如同蜜蜂蜇人即死。但它和蜜蜂长得可一点儿也不像。不,现在它倒是更像花园里的雕塑了。"博士正说着,天使的一条手臂开始脱落,随后两只翅膀也步了后尘,再后来整尊雕像都向前倾倒,轰然倒地,碎成一地的粉末。

"但为什么呢?"艾米仍小心地离得远远的,"为什么宁愿自毁也非要揪着他不放?"

"或许它们无从选择。"博士掸了掸花呢夹克和裤子上的灰

---

[1] 21世纪初欧美国家流行的一种健康概念,鼓励人们每天至少消费五份80克不同的水果和蔬菜。

尘,"又或者,这是一种新型哭泣天使。"

"你是说它们开始有新变种了?哦,真是棒极了!"

"它们一定是必须执着于自己的猎物不放,就像是……扑火的流萤。"博士欣喜地瞪圆了眼睛,"等等,这个比喻真是惟妙惟肖。我向来不太会打比方,这么妙的灵感一定要记下来。罗瑞!帮我记下来!"

"我可不是你的秘书,博士。"罗瑞好脾气地说。

"可不是吗?但是我缺一个秘书啊,你肯干就是你的了!"

罗瑞拔出那串插在门锁里的钥匙,小心翼翼地捏着它,"我们不是应该更关心关心那个被嗖地送走的家伙吗?找找看他现在身在何处?"

"准确来说,不是'何处'的问题,"博士微笑,"而是'何时'。"他调了调时间摇移探测器,"找到了!残留的时间痕迹。消散得很快,但我想我们应该跟得上。走吧!"

"不用先搞清楚他是谁吗?"罗瑞说,"我们甚至连他姓甚名谁都不知道。"他把手里的钥匙串晃得叮当作响。

"所以你想说的是,"博士焦躁地打断他,"我们要拿上这串钥匙,一个个地试遍这栋楼的每一扇门,直到找出他家为止?"

"没错。"

"我们可没这闲工夫。"

"我来干这个,你们就去追踪时间痕迹之类的。等你们搞清楚他在何时何地，可以再赶回来接我。"

"这是什么鬼主意？"博士顿了顿，陷入了沉思，然后露齿一笑，"不，说实话，此乃绝妙的好主意。你一个人没问题吗？"

"你了解我的，博士，乐意效劳。"

"我确实了解你，千真万确——不过你总是能让我意外有加。好吧，我们去一小时就回来。走吧，庞德，我们要去追踪时间痕迹了！"

艾米冲罗瑞同情地一笑，给了他一个结实的拥抱，然后跟着博士一同走了。

雕像消失了。上一秒刚碰到他的脖子，下一秒，雕像就不在了。

马克如释重负地松了口气，伸手去扭插在门锁里的钥匙，却发现钥匙不见了。他低头弯腰四处搜寻，但钥匙并没掉在地上。

环顾四周，马克发现雨已经停了。实际上，人行道和马路都很干爽。此时天色已经向晚，但外面没有一丝阴沉的乌云，反而天空如洗，湛蓝澄净，挂着一轮淡淡的满月。

马克把口袋里里外外掏了个遍，仍然没找到钥匙。好吧，幸好他在十二号公寓的利文森太太那里留了一把自己家的备用钥匙。马克按响了门铃。

"谁？"吱吱啦啦的对讲机里传来年轻女性的声音。

"我是马克。"

"马克？"

"我把自己关在门外了。可以帮我把防盗门打开吗？"

"你说你是马克？"

"对，隔壁的马克，记得吗？"

"隔壁没有叫马克的。"

"利文森太太，是我，你可以从可视电话里看到我。"

"敲错门了，这里没有什么叫利文森太太的人。"

内部通话系统被挂断了。马克低声咒骂了几句，确定自己没有找错门，又再一次按下十二号住户的按钮。

"赶紧走开，你认错门了。"女人带着一点西班牙口音，或者与之接近的口音，差不离。

"我就住在十一号，我是马克·惠特克。我不知道你是谁，但是——"

"十一号没有叫马克·惠特克的住户，十一号住的是兰普拉卡什夫妇。"

"是这样，能让我和利文森太太通话吗？拜托了！"

"我告诉过你，这里没有利文森太太。赶紧走，否则我就要报警了！"

通话系统又一次被挂断。马克也考虑过换户人家寻求帮助，但其他人都没有自己家的钥匙。他本该用手机给利文森太太打个电话，但他把手机落在车里了。

马克越来越不安，于是决定去停车的地方看看。一走出门洞，他就听到了鸟儿在枝头叽叽喳喳的啼鸣，就好像自己身处一个温暖的仲夏傍晚。

罗瑞把钥匙插进十二号住户的门，试探着旋转。不是这家。他慌忙趁着房门另一侧收音机里观众发出的一阵哄然大笑拔出了钥匙。

十一号，旋转，咔嗒。门打开了，房间的玄关跃入眼帘，一堆信件也纷纷滑落到门口的擦鞋垫上，罗瑞连忙俯身去捡。

"你好，需要帮忙吗？"

"什……什么？"罗瑞心虚地吸了口气。一个矮胖浑圆的年长女性站在十二号门口，正透过架在鼻梁上的一副粉色有框眼镜盯着他。

"嗨，呃，你好，"罗瑞说，"我是，呃，这家主人的朋友。"

女人怀疑地打量着他，"朋友？"

"没错，工作上的朋友。他嘱托我开门进来拿……拿样东西。"

"惠特克先生没有朋友。"

"他没有？好吧。既然你称呼他惠特克先生，"罗瑞扫了一眼某个信封，看到了写在信封正面上的名字，"马克·惠特克，我们的马基，老马。"罗瑞直起身，"也许你会愿意帮个小忙？事实上，我们是在担心马克的工作状态。我们感觉他可能遇到了点儿小麻烦，但是，你知道老马克的德行，心扉紧锁，什么也不说。所以，他有提起过什么事吗？任何事情？"

女人盯着罗瑞，上下打量，"你是他工作上的朋友？"

"你看，要是我们素不相识，他又怎么会把钥匙给我，让我进门帮他拿……拿东西？他是那么随便的人吗？"他拿出对付莱沃斯医院里老年病人的那一套，冲她露出一个令人信服的微笑，"你猜怎么着，干吗不一起进来坐坐呢？我会一五一十地告诉你。我可以给你倒杯茶，咱俩坐下来好好聊聊。五分钟，就五分钟。"

女人舔了舔牙齿，"这倒不成问题……我也有点担心惠特克先生。他有点……在我看来，他总是形单影只。"说完，她取了钥匙，带上房门。

罗瑞带她走进十一号公寓的饭厅，自己在厨房的碗橱里翻找着茶叶。

"顺便一提，我叫罗瑞，罗瑞·威廉姆斯，你呢？"

"利文森太太。"

他的车被偷了。或者说，车至少不在他之前停放的地方。

马克有点震惊，但他今晚已经被接二连三的稀罕事儿搞得筋疲力尽，没有精力再去动怒。他想过去找个电话亭报警了事，但一转念又放弃了。博士和他的那两个朋友，他们一定能帮上忙。利文森太太不住在十二号公寓，这里面一定有什么蹊跷。他要找到博士，让他来解释解释。

他回到遇见博士的那个电子音像商店，但并没有看到博士的身影。马克透过商店的窗户往里看，他观察了好久，才意识到橱窗里摆放的电视机有点儿不大对劲。本来，店里的电视机都是宽屏高清款，但现在却是四四方方的老型号。更有甚者，这家店竟然还卖录音机！这年头哪家音像店还卖录音机？马克抬头看向商店的招牌——"迪克森"，但是这条街上压根儿就没有什么叫迪克森的商店。

马克沿着街道继续走，路过了一家光碟出租店——他的头脑一片混乱——等等，这里本来不是一家炸鸡店吗？而现在，窗玻璃上却贴着《窈窕奶爸》和《偷天情缘》[1]的电影海报。清真肉店还在，博彩公司也在，但中餐馆"东方滋味"却没有了，取而代之的是一家廉价咖啡馆。

---

1. 《窈窕奶爸》是1993年上映的美国喜剧片。《偷天情缘》又名《土拨鼠之日》，是1993年上映的美国电影。

饥肠辘辘，筋疲力尽，马克走进这家廉价咖啡店，靠在柜台上。菜单是用粉笔写在黑板上的，一杯咖啡四十便士，一块培根三明治一英镑。咖啡店的老板是个六十多岁、无精打采的老男人。马克点了单，找了张桌子坐下来。桌上摆着一份《太阳报》[1]，大概是之前客人落下的吧。报纸封面页刊登着博比·查尔顿[2]刚刚被封为骑士的消息。

版头上的日期是：1994年6月10日。

"1994年？"

博士围着六边形的控制台一边打转，一边调节着操控杆，就像是竭力要在弹珠台[3]上赢一把大的。塔迪斯的地面上下颠簸，晃动不已，艾米紧紧抓着控制台上的扶手才能防止自己的身子不压到操控杆上。"1994，只是回到了十七年前，有点古怪。"

"古怪，怎么说？"艾米问。

"天使通常会把受害者送回四十年前、五十年前，或是一百年前，"博士兴致勃勃，语速飞快，"随手把他们丢到某个颇为安全的时间点。在那里，时间洪流中任何细小的改变都会被历史

---

1. 默多克新闻集团旗下的一份小报，以社会中下层为主要受众，曾因内容低俗和不专业的编写手法遭到诟病。
2. 世界公认的英国足坛最伟大的球员之一，被誉为"足球绅士"。1975年5月告别球员生涯宣布退役，1994年被伊丽莎白女王授予"查尔顿爵士"称号。
3. 一种投币式游戏机。

既定的模式所吸收。"

"好吧,"艾米像个行家似的说道,"可是时间可以被改写!"

"时间可以被改写,如你所说。但只要全貌上保持一致,无关紧要的细节再怎么改变也无伤大雅。不妨把时间想象成巨型地毯,或者说,再三思索之后你就会发现,时间并没有被改写。"

"但你说过,这种哭泣天使不同以往。"

"没错。"博士凝视着旋转的中柱,手指紧绷着悬在半空,等着按下降落按钮,"它要把他送回生命中的某个特定时间点。恐怕,这正是最最糟糕的消息。"

马克匆匆翻阅报纸。有好几个版面都是关于即将到来的欧洲竞选,还有下任工党党魁的押注,候选人分别是约翰·彭仕国和托尼·布莱尔[1]。马克读着报纸,重低音旋律从收音机里流淌而出。

不知怎么回事,但他似乎经历了一场时间旅行。这简直是匪夷所思,但除此之外再没有别的解释了。从被雕像碰到的那一刹那,他就来到了1994年。这太奇怪了,简直是如梦如幻。不过也太真实了,真实可感,和正常生活没什么两样。要真是在做梦,

---

1. 两人在1994年竞选英国工党党魁,最终布莱尔当选。

他绝不可能会去读一则洗衣机广告,并且清晰地尝到茶的苦味儿。再说了,如果是做梦,他的脚怎么可能因为一路从公寓跑到这儿,到现在还疼个不停?

那么,问题来了,他接下来该怎么办?他还能回到自己的时代吗?据他猜测,自己可能被困在了这个时代,从此以后。他需要找份工作谋生,还要找个安身之所。但当务之急是,他今晚得找个地方睡觉。

十一点已过。咖啡馆老板咳嗽了一声,指指时钟,"要打烊了,伙计。"

马克把手伸进口袋摸了些零钱出来,放在柜台上的小碟子里。"谢谢招待。"柜台后面,黑白屏幕上正显示着咖啡馆出口处的监控画面。马克在屏幕上看到了自己和老板。谢天谢地,没有天使。

"这是什么?"老板翻看着碟子里的东西,"一枚面值两英镑的硬币?"

"有什么问题吗?"

"问题是,我们不收伪币[1]。这是什么?苏格兰货币?你就没有别的钱了吗?"

马克打开钱夹,里面有一张信用卡和借记卡。有一瞬间他还

---

1. 两英镑的硬币在1998年6月15日以后才开始流通。

考虑去问老板能不能刷卡,但随后立马意识到,芯片密码刷卡机这会儿还没被发明出来呢。马克顺着大衣往下拍,手指触到了被信封撑起的鼓包。

这不是他的钱。但如果他一有机会就还回去,就不算是偷,对吗?马克打开信封,抽出一张五十磅的纸币,"抱歉,用这个吧。"

老板接过纸币,拿起来检查上面的水印。"幸亏今天生意不错,你的运气真好。给我一分钟。"他拉开抽屉,扒出面值五英镑和十英镑的纸币和硬币,凑足了四十八点六英镑,堆了一堆交到马克手里。

"这附近有提供住宿和早餐的地方吗?"马克问。

"这一片可没有,小伙子。你最好去伦敦桥附近看看。"

"好的,多谢。"马克向门口走去,又停下脚步,把信封攥在手里。太巧了,他恰好在今天收到了包裹,又刚好在这一天被送回过去,信封里还刚好装着自己的救命稻草。真是太幸运了,幸运得甚至不像是个巧合。

看到咖啡店老板转身走进后厨,马克又回到桌子旁,打算好好研究一下这封信。信封里装着一百二十张面值五十英镑的纸币,发行日期全都早于1994年;此外,里面还有一封手写信。打开信,马克看到一长串日期的清单,时间在1994到2001年之间,一点一滴注释得清清楚楚。

信上是他自己的笔迹，可他对此没有一点儿印象。

马克看着第一个日期：

1994年6月10日，抵达。

他把信纸翻过来察看另一面。在页面的下方，清单后面跟着一封信：

马克：

如果没有记错，你读到这封信的时候正身处布罗姆利的一家咖啡馆中，时间是1994年，今晚早些时候，你刚被送回到这个时代。

你是怎么被送回来的呢？恕我没法在这里说明。但你要明白一件事：你没法回到2011年了。除了乖乖地从今天开始度过余生，你别无选择。这不是件容易的事，但往好里想，你有洞察未来的能力。这个世界上的所有人中，只有你一个人知道未来是什么样子。

在信里，我详细记叙了我在过去这个时代里生活的点点滴滴。照着信上写的做，确保这些东西无论如何不会落入他人之手。请用生命守护它。

你要做的第一件事就是：拿这些钱给自己弄个新身份。具体怎么做，你可以自己决定。你得在这个世界独立生活，就像当初的我一样。

但你要确保遵循信里的指示走，马克。如果你做到了，记住这一点：

　　你能救她。

　　和我一样。

　　谨启

马克·惠特克

2003年4月

3

1994年6月11日

突如其来的一阵风把街上吹得尘土飞扬,紧接着,伴随着刺耳的摩擦声,一道信号灯光闪烁着出现在半空,下方的塔迪斯也逐渐显露出蓝色警亭的外形。博士随即走了出来,一脸苦相地冲着时间摇移探测器做了个鬼脸。艾米跟在他身后,叹了口气:"我们还在原地没动。"

"不,我们动了,"博士说,"在第四维的层面。你看,那里。"他指向不远处"公道价音像制品店[1]"的一家分店,"十七年后,那家商店——那个位置的商店——会卖三明治和丹麦甜糕饼。"

"所以说,现在是1994年。"艾米环顾四周,所有商店都已经打烊了,不过其中有一家店把时钟嵌入了店面的布置中,"现

---

1. "公道价音像制品店"是伦敦一家音像制品连锁商店,创立于1971年,2004年停止营业。

在才刚零点过五分。"

"时间踪迹已经消失了。他应该只在时间上移动了，空间上仍和2011年保持一致。想想地球的自转，地球自转的同时也在自己的轨道上绕日公转，整个太阳系又在自己的轨道上绕着银河系旋转，就是这样。"

"所以说，呃，为什么他人不在这里？"

"他在。"博士走近一家小咖啡馆。艾米眯着眼睛往里看，发现椅子都被摞在了桌上。"一小时前他还在，"博士晃了晃手中的探测器，继续说道，"我们刚好和他错过。"

"哦好吧，"艾米耸了耸肩，"我觉得他走不太远。"

"整个伦敦算远吗？"博士说，"他可能在方圆一百英里的任何位置，当然，如果他移动的时速能达到一百英里的话。"

"你就不能用那个所谓的能煮鸡蛋的玩意儿找到他吗？"

"不能。踪迹已经冷却消失了。"博士四处察看，仿佛这些商店保守着宇宙奥秘的谜底，"我们得在他酿成大错之前找到他。任何有口无心的字眼都可能关乎整个人类的历史——噗！"

"噗？"

"消失。"博士打了个响指，"不会是惊天动地，而是噗的一声，人类历史就消失无踪了。"

"为什么你觉得他会酿成大错？"

"艾米，换作是你发现自己被困在了过去，你会怎么做？被困在你自己的过去?"

"不知道,"艾米说,"我……我大概会去找认识的人,然后可能会告诉他们未来将会发生什么。"

"就是这样!不应透露的信息传入了不应听到的耳朵,引发整场雪崩的第一颗卵石。而这恰恰是被送回不远的过去才会招致的危险。倘若你被送到了几百年前,你一个人也不认识,也无法清楚地记得每天发生的事情,自然也就无从改变历史。即使你确实做了一些和过去不符的事情,还有漫长的历史时光能修补这些不协调的裂缝。然而,只返回十七年前,那个年代仍然有你认识的人,你也知悉未来的每一处细枝末节。这样一来,时间进程中的每一处小小的改变,都可能给你自己的生命线带来直接的灾难性干扰。"

"那我们怎么才能找到他?我们不知道他会去哪里,甚至不知道他是谁——"艾米顿了顿,她想到了答案,"罗瑞!"

"没错,罗瑞,"博士赞同道,"他一定会好奇我们去了哪里。"

金丝雀码头塔[1]沐浴在熹微的晨光中。没了诸多塔楼的簇拥,它独自孤零零地耸立着,看上去颇为怪异。格林尼治半岛上

---

1. 伦敦的一座灯塔,曾是伦敦最高的建筑。建于1991年,高235.1米,有50层。

的千年穹顶[1]也还没落成，岛上还只有一座废弃的煤气厂。马克一走出宾馆，注意力就被吸引到了这幅未来早已不复存在的画面上。过不了几年，眼前的塔楼就将被拆除，给夏德大厦[2]腾出空来；脚下的这片荒地也将会建成市政厅。

这个年代和2011年差异明显，商业街上的商铺和广告牌全都换了标识。就连街道上的行人看起来也大有不同，年轻人的头发要么蓬松凌乱，活像街头的小混混；要么留着中分。男人们穿着牛仔夹克衫，裤腰提得比手腕还高。女人们涂着润泽亮眼的口红。马克越看越能瞧出更多的不同来——这就好像头一天来到一个陌生的国度，觉得一切都特别新鲜，但又努力想要找到一些熟悉的影子。

除了一个年轻人的随身听里露出一点儿沙沙的噪音，整个列车车厢安静得不像话。马克琢磨了好久才想出原因——这里没人用移动电话。这个时代还没有笔记本电脑，也没有供乘客免费取阅的报纸，人们就只是埋头看杂志。

抛开自己那时间失格的奇异遭遇不谈，马克期盼着即将到来的重逢，紧张得连肚子上的肉都在颤。随着列车缓缓开进布莱克

---

1. 位于伦敦东部泰晤士河畔的格林尼治半岛，是英国政府为迎接21世纪而兴建的标志性建筑。该建筑选址于半岛北端的工业用地，那里曾是欧洲最大的煤气厂，但已荒废多年。这一选址带动了整个地区的发展，使得这里重获振兴。
2. 坐落于伦敦市萨瑟克区，设计师是曾设计巴黎蓬皮杜艺术中心的理查德·罗杰斯。夏德大厦于2011年12月成为欧盟的最高建筑，2012年封顶时共72层，高308.5米。

希斯站台,马克的情绪也一路高涨。直到他下了车,顺着山坡,向他父母的房子走去。

这儿的一切都同记忆中一模一样。疯长的灌木该修剪了,草坪上的小路也该再浇一浇混凝土。妈妈的标致牌汽车正停在车道上。

给自己鼓了鼓劲,马克大步迈上车道,按下门铃。

屋子里小狗狂吠不止。大约过了一个世纪那么久,门上的磨砂玻璃映出一个人影,门随即从里面打开,出现的正是马克的妈妈——比他近几年来见到的更加年轻的妈妈。她依然是一头深棕色的头发,戴着那副塑料框的旧眼镜。

"你好,"她微笑地看着他,满脸好奇,"有什么需要效劳吗?"

他的亲生妈妈没有认出他来。面前的这个男人是谁,她一无所知。

艾米走出塔迪斯,踏上通向马克公寓的人行道。眼前的场景和离开的时候没什么两样,雨还在下,水珠溅在街面上,积起大大小小的水洼,远处雷声轰鸣。她跟着博士走到公寓楼梯间入口——哭泣天使方才就是在这里随风化灰的。"他人呢?"博士没耐心地嘟哝道,"我说了一个小时,某些人总是这么靠不住!"

"我们就等一等嘛。"艾米冷得直跺脚,"回塔迪斯里面等?"

"没时间了。"博士从口袋里掏出音速起子,对准门。音速起子闪着绿光,嗡嗡地运作起来。楼道里每家每户的门铃立即同时响了起来。有好几家卧室的窗户亮起了灯,无疑是睡梦中的主人被门铃惊醒了。

"博士,艾米,是你们!"内部通话装置里传出罗瑞的声音,"我马上就下来。"一分钟后,他气喘吁吁地出现在门口,看上去像是松了一口气,"你们不必急于一时!"

"我说了一小时就回来。"博士敲了敲手表。

"是,我知道,"罗瑞说,"那已经是一周之前的事了。"

"你要说的就是这个?"博士突然顿了顿,"等等,你刚才说一周?"

"是的。"

"整整一个星期?"

"我被困在这里七天了,一直在等你们现身。"

"哦,"博士说,"一定是忘了校准到暂时传送模式。不过真是万幸,因为情况还可能更糟。"

"更糟?"

"还有可能是一个月,甚至一年呢。"

"我还以为你们又把我给忘了,悲剧重演。"

"绝对不会了。"艾米在丈夫的脸颊上亲了一口,"这么说,这段时间你一直待在这里?"

"是啊。正如我大部分人生的营生——等待。我中途还回了一趟莱沃斯收收信。恐怕就只有这些账单。"

"但如果你在这里待了七天,这些天你住哪里呢?"博士问。

"马克家。毕竟我手里有他的钥匙。"罗瑞晃了晃手中的钥匙串,"隔壁的利文森太太也一直陪着我。"

"利文森太太?"艾米眯起了眼睛。

"一位老太太,马克的邻居。她很慈祥,不过……没什么,"罗瑞赶紧打住,"她只给我倒了几杯茶,我们一起聊了聊马克的事情。"

"你都搜集到他的哪些信息了?"博士问。

"我尽力了。他似乎没有剪贴簿或是相册之类的东西,但我还是找到了他的一份个人简历,以及他所有亲戚朋友的地址。"罗瑞递给博士一张叠起来的纸,"上面没几个名字。他看上去有点自我封闭。"

博士花了不到一秒钟就看完了所有内容,他把这张纸递还给罗瑞,"好吧,就你的了解,如果马克发现自己回到了1994年……你觉得他会去哪儿?"

"不可思议,我居然就这么来到了这里。"马克走进客厅的时候自言自语道。电视机放置在角落里,咖啡桌上摆着照片,眼前的一切和记忆一一重合,除了一点——壁炉架上摆满了他的照片。爸妈一定是在他去上大学的时候把照片摆了出来，又赶在他回家前收了起来。

马克呷了口茶，难以下咽。他的喉咙发紧，仿佛将要窒息。他多想拥抱妈妈，把未来十七年将会发生的一切都告诉她。但看到她就坐在对面的扶手椅里，眼睛里闪动着多年未见的光芒，嘴角挂着幸福满足的微笑时，他动摇了——他不想让她伤心。

"你的丈夫呢，帕特里克，对吧？上班去了吗？"

"嗯，去参加理事会议了，恐怕很晚才能回来。很遗憾你今天等不到他了。"

"是啊，真遗憾。我本想，呃，和他问个好，叙叙家常。"

"何况你还是大老远赶来的，哪里来着？"

"加拿大。"

"哦，没错，加拿大。我不知道他在加拿大也有亲戚。"

"很远的亲戚。远房表亲的远房表亲。"

"你一定是他玛格丽特姑妈那边的亲戚，我们同他们没什么交往。"

"嗯，没错，玛格丽特姑妈。"说完，两人陷入一阵尴尬的沉默。家里的狗狗一边悄无声息地溜了进来，一边疯狂地摇着尾巴。这只拉布拉多犬名叫杰丝，它围着马克的腿嗅个不停，还总想舔舔他的手。

"这可真是荣幸，"马克的母亲说道，"它平日里对陌生人可不这么友好。知道吗？你听起来不像是从加拿大来的，我以为加拿大的口音和美国比较像。"

"我们那儿和美国不太像。"马克拼命想要回忆起一座加拿大城市，"我在一个小城镇里生活，距离……多伦多大约五十英里远。我父亲是英国人，我继承了他的口音。"

"你父亲他？"

"他，嗯，去世了。十年前去世了。"

"真是遗憾。那你的母亲呢？"

"她还健在，呃，还沉浸在父亲去世的悲伤中。她从家里搬出去，住到了海边。没有爸爸陪在身边，她的日子不怎么好过。"他在杰丝的耳后轻轻挠挠，它舒服得直叫唤。

"你呢？结婚了吗？"

"结过。我的妻子，嗯，2003年的时候车祸去世了。"

"2003年？"

"1993年。"马克急忙纠正道。

"可怜的孩子，你一定生活得很煎熬。你们有孩子吗？"

"没，还没有，没有孩子。"

又是一阵尴尬的沉默。杰丝对马克失去了兴趣，她在地毯上伸了个懒腰。"那么，你是做什么的？"最终，他的妈妈开口问道。

"我是个律师。"马克回答。话一说出口，他就后悔了。

"律师？我儿子马克在大学读的就是法律。"

"他也是？喔。"

马克的妈妈透过眼镜盯着他，"知道吗？你俩长得真像。"

"一定是家族基因。"马克从壁炉架上拿起自己年轻时的照片，"就是他吗？"

"是的，就是他。"马克的妈妈自豪地说。

"你说的没错，确实有点儿像。"马克仔细打量着照片，"让我想起自己当年读大学那会儿。"马克礼貌地把照片放回了原处，"他在大学里表现得出色吗？"

"我们觉得还不错。他不常和家里联系，差不多隔几周才来一次电话。你知道的，这个年纪的年轻人一贯如此，第一次离开家，总是把家里的父母抛诸脑后。"

"我敢肯定，不是这么回事儿。"

"不过再过几周他就要回来了，接下来的整个夏天他都会陪在我们身边。"马克的妈妈皱起了眉头，"你一口茶都没碰，不合口味吗？"

"不，茶很不错。"马克揉了揉眼角，抑制住流泪的冲动。他假装喝了一口，"你的儿子，他是个什么样的人？"

"哦，他和他爸爸如出一辙，工作起来认真得不得了，上天赐予的一分一秒他都不放过。"

电话铃声响起。马克的妈妈从扶手椅里站起身来，"抱歉，我去接个电话。"她匆匆穿过走廊,接起电话,"喂,是你吗,马克?"

马克哆嗦了一下,生怕自己被认出来。但他的妈妈继续说了下去:"我正念叨你呢。"她向坐在客厅的马克招了招手,"一个加拿大的亲戚来家里做客,他对照着家谱找到了我们。他叫……抱歉,能再说一遍你的名字吗?"

"哈利,"马克脱口而出他脑海里闪过的第一个名字,"哈罗德……琼斯。"

"哈罗德·琼斯,"他的妈妈冲着电话复述道,"你俩长得像极了,有意思吧?好了,不唠叨了,你那边需要什么吗?"电话这头稍稍停顿了一会儿,随后马克的妈妈找出了笔和便笺本,"嗯,明白了。这次需要多少?"

马克在前厅注视着她。她看上去是如此的快乐,整个人都很乐观开朗。马克放下茶杯,再次拭去眼角的泪水。

"但是,这关马克·惠特克什么事儿?为什么天使会对他穷追不舍?"罗瑞问。

"天使把他带回1994年一定是有原因的。"博士四下打量着控制台,不断调整着手柄、按钮,还有一个好像是公交车自动投币箱一样的东西。"单单挑中了他,天使一定在预谋些什么。"

"预谋什么?"艾米说。

"只有找到马克·惠特克本人才能知道答案。然后,我们要赶在他改变历史之前,把他带回2011年。"

"会很糟糕吗?"罗瑞说,"你总说历史是可以被改写的。"

博士剜了罗瑞一眼,"是可以,但并不意味着'应该'。我能改写时间,没错,因为我很清楚自己的所作所为。然而对于一个人类而言,必将铸成大错——"

"就算如此,你也未免有点夸大其词了,不是吗?我是说,一个小小的人类能导致多大的改变?"

"一个人类,哪怕是罗瑞,也可能搅得天翻地覆。这样说你就该知道轻重了吧。"

"哦,既然你这么说,好吧。我们得去阻止他。"

"完全正确!不过当务之急,我们要先把他找出来。"

"打算再在英国待多久呢?"他走出大门踏上碎石路时,他的妈妈问道。

"一周左右吧。"

"之后你就要回加拿大了吗?"

"是的。你们,呃,请务必前来拜访。"马克给他妈妈留了个假地址,接下来的几年里,当她漂洋过海给这个亲戚寄圣诞节贺卡却石沉大海的时候,希望她不要太过介意才好。

"那真是太好了。我一直希望帕特里克能带我出去度个假,正需要这样一个好的说辞。"

"这我记得。你们从没度过蜜月。"马克脱口而出。

"抱歉,你说什么?"

"没什么。"马克清了清嗓子,"你们应该去度个假。确实该出去走走,趁一切还来得及。"

马克的妈妈皱起了眉头,"'趁一切还来得及',这是什么意思?"

马克吞了一下口水,空气凝重起来。"没什么意思。"

"不对,这话明明言之有物,不然你不会这样说。你在暗示些什么?"

"我的意思是,好吧,我父亲总是跟母亲打包票,迟早会带她出去度个假什么的,但他却在临退休一个月的时候,突发心脏病过世。你知道的,这病是家族遗传。你该劝老爸去做个全身检查。"

"老爸?"

"我是说帕特里克。这种事情,如果及早发现的话,还是能够治愈的。"

马克的妈妈陷入了沉思。他的话吓到她了。"你不知道他的脾气,倔驴蹄子。"

"我老爸也是如此。拜托了,别轻易就妥协。"

"我会尽力的。"马克的妈妈表情谨慎地看了他一眼。

"抱歉，但我真该走了。"马克尽量扯出一个微笑，"很高兴见到你，多谢你款待。"他握了握她的手。两人手指相触，马克的指头仿佛被一小股电流电了一下，一阵刺痛。

"感谢你的拜访。请代我问候，呃，加拿大的亲人们。"

"再见。"马克微微一笑，闷头走下小径。他听到妈妈在身后跟他道别，但他不敢回头。他不能让她看到自己早已泪流满面。

塔迪斯的地面颠簸着左摇右晃，像一匹失控的烈马。艾米紧紧贴着罗瑞，罗瑞则紧紧抓着楼梯扶手不放。博士仿佛围着控制台翩翩起舞，他的眼里洋溢着热切而激动的光。"我觉得，"他瞥了一眼屏幕，随后在控制台键盘上敲下一连串指令，"大功告成！我找到他了！"

"找到了？在哪儿？"罗瑞问道。

博士拉下一个控制杆，一幅大不列颠的地图随即出现在扫描仪的屏幕上。画面拉到伦敦北部，一个发亮的绿点被一圈圈脉冲信号环绕着，正朝着地图的上方前进。"时间摇移的源头——要是我太过沉浸于技术层面，就打断我——正朝着西北方向移动。"

"你觉得这就是他？"艾米说。

"一个巨大的悖论正在酝酿之中，一触即发。不是他还能是谁？"

"他要去西北方向?"罗瑞从口袋里重新掏出那张折得皱巴巴的纸,"稍等。从他的简历来看,1994年马克·惠特克正在读大学,他应该人在……"罗瑞在简历上搜寻着,"华威大学[1]。"

"你说,他该不会是想要去找年轻时的自己吧?"艾米说。

"我觉得这正是他的打算。"博士仔细察看着扫描仪,"真是怪了,他的移动速度还真是每小时一百英里……"

"茶、咖啡,还是三明治?"

"不用了,谢谢。"马克说。

列车乘务员礼貌地冲他笑笑,推着手推车咯吱咯吱地继续向包厢里走去。"茶、咖啡,还是三明治?"

马克向窗外远眺,看着溪田野景和乡间路桥咻咻地从眼前一一闪过,几座小小的村庄和城镇已经远远消失在视野之中,只有他的影子还浮在窗玻璃上,静静地一路跟着列车。

他看了看手表,再过一小时就抵达自己就读的大学了。他在脑海中不断重温着接下来的说辞,他有太多的事情要叮嘱年轻时的自己。

马克不断地揉搓着右手。触电的刺痛感更强了,很可能是拉伤了肌肉,但这感觉让他心神不宁。他心虚地觉得,自己好像正

---

[1]. 创立于1965年,位于英格兰中部华威郡和考文垂市的交界处,以严格的学生筛选标准、高水准的学术研究和教学质量而闻名,是英国顶尖研究型大学。

被什么人监视着。

他再次将目光投向窗外。树木向后飞驰,电线绵延起伏。他抬起头,天空湛蓝,纤尘不染……

……只有,一个木头做的蓝盒子正在半空中旋转。它悬浮在离地三十米左右的高空,正漫无目的地打着转儿在半空中飞行,但始终和火车保持平行。

它在跟踪他。

塔迪斯里,博士、艾米和罗瑞目不转睛地盯着扫描仪,屏幕上显示的正是以城际列车为中心的画面,目之所及,方圆一百二十五英里满是绿意盎然的英国乡村风光。博士调整控制杆,让塔迪斯靠得更近一些。"可能是一股时间湍流。时间这家伙会阻止我们靠得太近。"

博士说着冲向大门,一把推开,狂风呼啸着涌进控制室。在门口站定,博士像是置身于疾风骤雨中的水手一般兴奋地欢呼着,任狂风吹乱自己的头发。

罗瑞还待在控制台边,而艾米早已跟跟跄跄地加入了博士的行列,狂风吹得她双眼止不住地流泪。她紧紧攥着门框,探出身向下看去。

他们正在一辆列车上方飞行。树木和高压线铁塔在他们下面只有几米的位置呼啸而过。这场景让艾米不禁想起《哈利·波特》里的二人组驾着飞车追赶霍格沃茨特快列车的画面。

"他在这列火车上吗?"艾米在呼呼的疾风中大喊。

"毫无疑问,"博士也喊道,"不是只有我们发现了他的行踪,看!"

博士指向列车的最后一节车厢。六个灰色的身影匍匐在车顶,它们赤手扒着车厢,翅膀紧收。它们全都一动不动,静止在车厢上,宛如雕像。

4

决定性的时刻到了。我们的格拉汉姆[1]对三位约会对象的回应进行了总结,女孩也做出了自己的选择;在二选一环节,观众们嘘声一片,使劲儿鼓掌起哄;接着,挡板向两侧滑开,成功牵手的那一对儿情侣互相亲吻,并选出装有他们度假之地的信封,最后,场上响起了《盲约》的主题曲。

同往常一样,他们看着节目,从中挑着自己心仪的约会对象。丽贝卡和索菲挑男孩,马克和露西挑女孩,拉杰夫则埋头于他的《新科学家》杂志,对他们几个充耳不闻。索菲总是挑和马克类似的男孩,然后密切关注马克的选择,看哪种是他心仪的姑娘。

"这也太无聊了。"丽贝卡说得直截了当。她本来正舒服地窝在旧沙发里,现在则爬起来,大步走到了电视机跟前,"咱们得出去玩玩儿,不然真要在屋里待到天荒地老了。"

---

1. 格拉汉姆·斯基德莫尔,英国配音演员、游戏节目播音员。他在1985-2002年播出的英国约会节目《盲约》中担任旁白,被戏称为"我们的格拉汉姆"。

"你有什么建议?"露西在厨房里喊话,她正把吃剩的意大利面倒进垃圾桶。

"没什么想法。去学生协会周六晚上举办的迪斯科聚会转转吧,或者其他类似的聚会?我们不能整晚都耗在家里看电视,像老爸老妈一样没劲。"

"好吧,我赞成。"露西说。

"你总是赞成。你呢,马克?"

"不知道。"马克说,"事实上,我得回去用用功了。"

"马克周一还有考试。"索菲说着,占有性地把胳膊环上马克的手臂。

"还有整整两天呢,"丽贝卡说,"咱们都知道一个科学常识,要是你一直用功,一刻不歇,大脑会爆炸的。我说的对吗,拉杰夫?"

拉杰夫明智地点了点头,头也不抬地说:"千真万确。"

"而且,与其在屋里坐着看电视,还不如出去走走,对吧?"

"你们去吧,"索菲提议道,"我和马克整晚待在屋里就行了。"说着,她又往沙发里蜷了蜷。

"不一定,"马克说,"我倒是很乐意出去活动活动。"他狡黠地对丽贝卡笑了笑,索菲感到一阵妒意。丽贝卡——她更喜欢别人叫她贝克丝——总能轻易地摆布马克,而马克也老是被丽贝卡的话逗得哈哈大笑,却对自己的玩笑从不捧场。为什么丽贝卡就不能交个新男友呢,哪怕和那个"蠢好人"丹尼斯复合也好啊。

"好是好,但我们恐怕没那么多钱。"索菲提醒她的男朋友。

"就是考虑到这个,我才提议去找学生协会,"丽贝卡说,"虽然他们的场地挺寒碜的,但是比利明顿[1]的随便哪家俱乐部都便宜。"她身后的屏幕上,迈克尔·巴里摩尔[2]正在广告里炫耀着巧克力手指饼。

"好吧,"马克挣扎着从沙发里站起来,"就去学生协会吧。半小时后出发?容我快速洗个澡。哦还有,贝克丝,我洗澡的时候别用热水。突然被冻死可不怎么有趣,头一次算是搞突袭,后面五次越来越没劲了。"

"那可未必,"丽贝卡得意地笑笑,"在我看来,后面几次越来越有趣了。"

"你得保证再不这么干才行。"

"好吧,我保证。如果我再开热水,那一定是纯属意外。"

"但我去不了,"索菲抗议地说,"我可不能穿这身出门。"她穿着臃肿的套头毛衣和牛仔裤,穿成这样去迪斯科舞厅

---
1. 英国英格兰中部一座小巧精致的小镇,以温泉著称,离考文垂的华威大学不远。
2. 英国喜剧演员、电视喜剧节目主持人,鼎盛时期的他曾是英国最受欢迎的演员。

会沦为笑柄的。

"你可以先借丽贝卡的衣服穿穿,她肯定不介意。"马克为自己的应变能力满意地一笑,咯噔咯噔地向楼上走去。这座房子的设计者对楼梯有一种非同寻常的狂热偏好,不遗余力地用台阶取代了所有的走廊。

"你知道的,他只是在开玩笑。"丽贝卡委婉地说。不过这是明摆着的,索菲的体格根本塞不进丽贝卡的衣服。马克是在暗示自己减减肥会更迷人吗?减得和丽贝卡一样苗条比较好?

"我的衣服你可以随便穿,"露西说,"不过咱们的风格可能会不搭。"还是别了吧,索菲想到她的军装式西裤和印着"莎氏姐妹[1]"的T恤,内心十分抗拒。

"好吧好吧,我能应付。"索菲说,"那半个小时后见。"

"舍友大出动。聚会时刻,太棒了!"丽贝卡说,"拉杰夫,你来吗?"

"不了,我待在这里挺好,"拉杰夫说,"我不太喜欢聚会的场合,而且我晚点还要给爸妈打个电话,整个晚上就这么打发了。"

"那就请自便吧。现在大家请恕我告辞一会儿,"丽贝卡说,"我要美美地打扮一番,去度过难忘的一晚。"

---

1. 20世纪90年代在英国红极一时的女子乐队,有些神经质的忧郁风格。

老宿舍和记忆里的一模一样。从考文垂站上车到利明顿温泉站，这段旅途马克之前不知走过多少次。此刻，他正站在这座连栋楼房的外面。大学二年级的时候，他和丽贝卡、露西、拉杰夫曾在这里合住。故地重游，马克感到一阵……怎么形容呢？激动不已，没错。他的怀旧情绪和翻出一张老照片的心情无异。但一想到自己失去的一切，马克心头又弥漫着一丝无法释怀的忧伤。

前门开了，马克赶紧躲到一旁。三个姑娘和一个男孩从屋子里走出来，马克屏息凝气，心脏几乎停止了跳动。最先出来的女孩头发黑亮，脸上一股傲气，是露西。他的前女友索菲随即也出现了，索菲留着短短的深褐色卷发，满脸雀斑。

接下来是丽贝卡。天呐，她太完美了。她一头金色长发，上身是一件黑白相间的印加牌上衣，下面穿着一条紧身裤。她的笑声正在灰蒙蒙的空气中回响。

四人中，唯一的男士就是年轻时候的马克。那时的他留着一头棕色短发，用发胶将头发分到两边，鼻梁上架着一副约翰·列侬式眼镜，身上穿着他最好的一件弗莱德·派瑞衬衫，不过气色不太好，面颊上还有两坨高原红。他看起来是如此年轻，如此……无忧无虑，正毫无顾忌地和丽贝卡一起哈哈大笑。

马克看着他们走远。他必须等待，等到年轻的自己一个人独处时才能行动。如果其他人在场，他可没有机会上前搭话。马克远远地跟着二十岁的自己走上街道,有种芒刺在背的感觉。

"那么,你的计划是什么?"艾米眼看着老马克跟踪小马克走到了公交车站。老马克收住脚步,扭头避开那帮学生。

"我们要赶在他拦下自己前把他拦下来。"博士躲在花园围墙背后,"在老的他拦下小的他之前。"

"你说的真是一点儿也不拗口。"

"最重要的是,还要赶在它们捉到他俩任何一个人之前。"博士指了指马克住的那栋连排房屋的楼顶。艾米花了好一会儿才弄明白博士在指什么——六尊天使雕像,如同建筑上的石像鬼一般高高立在这座砖砌楼房上。

"他们为什么跟得这么紧,而且又一次赶在了我们前面?"罗瑞发问。

"飞蛾扑火。"博士低声说,"如果马克成功改写了自己的过去,他就制造了一个悖论。一旦你改变了自己的时间线,年轻的那个你就永远无法再长大成为改变历史的那个更年长的你了。而这个悖论会导致一系列无法预测的凶险,还会释放出潜藏着的巨量时间能量。"

"这正是哭泣天使想要的!"艾米的视线紧紧锁住屋顶上的天使。

"完全正确。看看它们,饥肠辘辘,孤注一掷,而某些人鸣响了晚餐的锣鼓。"

"呃,博士。"罗瑞说着,指向车站。艾米扭头去看,小马克和他的三个女性朋友已经登上了公交车,老马克也跟着上去了。艾米猛然惊醒,赶紧转头盯向建筑。然而,六只天使已经不知所踪。

"赶快!"博士吆喝着翻过围墙,向公交车站飞奔而去;艾米和罗瑞拼尽全力跟上博士。然而他们还是迟了一步。公交车已经驶出站台,轰鸣着向远方驶去。

博士原地后转,四处张望着想要拿个主意,正赶上一辆出租车驶近,博士一个箭步冲了上去。艾米看得瞠目结舌。出租车一个急刹,在刺耳的轮胎摩擦声中,车子堪堪在博士跟前停下。博士大步走到司机窗前,冲司机挥舞着装有通灵卡片的皮夹。

"你好,我是警察。"他冲艾米和罗瑞打了个手势,招呼他们坐到后座上。随后他滑进副驾的位子,说道:"快,跟上那辆公交车!"

落日的余晖洒在学生协会的大楼上,给整栋建筑披上了一层赫红色的光,也拉长了学生们乱哄哄的影子。索菲占有欲十足地紧贴着马克的胳膊,在贝克丝和露西迈上入口的通道时,她拉住马克走在后面。

看门的保安检查了他们的全国学生联合会证件后,才放他们走进黑洞洞的入口。

屋子里已经人满为患。在他们前面,上百名学生挤满了协会的交易大厅。旋转灯交织闪烁着绿光和红光,映在学生们大汗淋漓红通通的脸上。《明天只会更好》[1]的节拍砰砰地从扬声器中传出,空气中充斥着一阵阵令人头晕的汗味和烟味。

他们挤到舞池边。这片领地属于那些性格高冷或是羞于去舞池跳舞的学生。"来一杯吗?"马克对女孩们说。

"不用了,"贝克丝说,"我要先进去跳一会儿。"没等答复,她就大步走进了舞池,契合着音乐的旋律,她的身体开始舞蹈,手臂也舒展着在头顶摇摆起来。马克只能羡慕地看着她。他向来没这份潇洒,能够无视别人的目光,在没喝醉的情况下一路走进舞池。单是酝酿勇气,他至少就得花半个小时。而且,贝克丝跳舞的身姿自信而优雅;而他的身姿——据丽贝卡说——就好像在泥潭里苦苦挣扎,同时想要轰走一群根本不存在的蜜蜂。

"我不介意来一杯。"索菲不满地挑起了眉毛。天呐,马克想,索菲觉得自己盯着贝克丝是因为喜欢她——她还真爱疑神疑鬼。

"好极了,那咱们去喝一杯吧。"马克说。于是,他和索菲、露西一起拨开人群,挤向曼德拉吧台。

---

1. 英国歌手霍华德·琼斯演唱的一首流行歌曲。

等年轻的自己走进建筑之后,马克才加入排队的行列。他再一次感到如芒在背——在一群不到二十岁的学生堆里,他一个三十七岁的老家伙实在太惹眼了。学生们纷纷对他投以怜悯的目光,看着他的衣着吃吃地笑。

仅仅是靠近学生协会大楼,记忆就如潮水般涌来。大楼的一侧,混凝土斜坡外侧是一圈浅浅的露台,围成了一个停车场。大楼灰扑扑的,且造型奇特,但对马克而言,他在这里度过了一生中为数不多最为幸福的时光。

不过他要怎么才能混进去呢?保安已经向他投来了怀疑的目光。或许他可以假扮成忧心忡忡的家长,蒙混过关。

就在这时,一声玻璃的碎裂声打乱了马克的思绪。顷刻之间,排着长队的学生一拥而上,冲上了通道。两名保安也越过队伍往里面瞅,"在搞什么鬼!"

两名保安一路小跑地去楼梯口探察骚动。马克看准时机,冷静地大踏步迈进走廊,溜了进去。

这帮学生!通常他们只会干点儿偷走交通锥标的勾当,但这一次不知道怎么搞的,他们竟然偷走了整尊雕像!

崔佛四处张望,搜寻着嫌疑犯的身影,然而他的视线范围之内,空无一人。这不可能啊,不管是什么人,他们可是打碎了玻璃，还把协会大楼上的一尊雕像给搬了进来。雕像的一只手向前伸着，正摆出一副伸手去戳玻璃的姿态。

"尼克，你怎么看？"崔佛问道。

"天知道，"尼克蹲在雕像旁边，"我猜，某座坟墓上的墓碑指定是不见了。"

"但它们是怎么被弄到这里来的？"学生们不可能悄无声息地卸下雕像，难道说雕像是自己从房顶上掉下来的？崔佛抬头向楼顶望去，察看上面有没有挪动的痕迹。

"这帮蠢货……"尼克话没说完，突然发出一声惊呼。崔佛赶紧转身去看是什么吓到了他。

雕像不见了。刚刚雕像站立的地方，现在空无一物，只有光秃秃的地板，以及满地散落的玻璃碴。

"我扭头还不到一秒，"尼克不可思议地说，"这该死的东西到哪儿去了？"

艾米、博士和罗瑞一路小跑，路过艺术中心，穿过马路，学生协会大楼赫然出现在他们面前，低层的窗口闪动着彩色的灯光。他们刚要走过去，博士突然放慢了脚步，艾米和罗瑞顿时屏住呼吸。"我们离得越来越近了。"他说。

"离什么？"艾米问。

"一大波潜藏许久的时间能量。感觉得到吗？"博士的手指扇动着空气,鼻子使劲嗅着,"空气中有一股张力,就好像雷雨将至。"

"好吧,"罗瑞耸耸肩,"我觉得这就是说马上会下一场雷阵雨。"

"雷雨将至,"博士阴郁地说,"除非我们能够阻止。看。"

一道闪电在大楼上一闪而过,像是一只沿着混凝土楼面逃窜的受惊蜥蜴,然后化为一道渐渐消逝的蓝光。"那是什么?"艾米发问。

"晚餐的锣鼓。"博士说。他正了正蝴蝶领结,整了整西装袖口,"现在,给我来点儿建议。我看上去像是大学里的人吗?"

"抱歉,你看上去像是大学里的人吗?"

"没错,"博士用手撩撩眼前的刘海,声音无比严肃,"说真的,我看着像吗?"

"有点儿像,博士。有那么一点儿。"艾米玩笑般地附和道,"或许不是这个时代的大学,但还是挺像的。"

"说你来自数学系,就得了。"罗瑞提议道。

"很好,太棒了。数学系,数学系挺酷的,我也挺酷,对吧?"

"当然。"艾米吃吃地笑起来,"还能有什么别的原因呢?"说着,她伸手捂住嘴巴,咳出一声听起来像极了"呆子"的词。罗瑞哈哈大笑,博士却置若罔闻,毫不在意。

他们走下斜坡，来到一处下穿通道，一名保安正在通道入口检查学生们的证件。博士也走到队伍后面排起队来，一脸期待地搓着手。大楼里传来低沉的音乐声。

博士满脸笑容地看着保安，轻轻翻开装有通灵卡片的皮夹。"你好，我来自数学系，这两位是我的学生。"说着他倾身向前，跟保安耳语道，"我知道他们长得没我酷，但他俩确实是天资过人的学生，相信我。"

"随你的便。"保安说着点头放他们过去，"下一个？"

走进学生协会的大楼，噪声越来越大。舞池里人头攒动，到处都是挥舞着的手臂和兴奋的脸。空气燥热得让人不怎么舒服，但着实有种难以言喻的兴奋感。这些学生正在享受一生中最棒的时光。他们跳着，笑着，亲吻着，把一切烦恼都抛诸脑后。

博士满怀期待地点着手指，"我们要找到两个人。或者说，两个同一个人。"

"你的意思是咱们分头行事，对吗？"罗瑞乖巧地说。

"我的意思是……"博士顿了一下，沉思道，"我想……我们的确应该分头行事。罗瑞、艾米，你们去找学生马克，他一定就在这里面的某个地方。"他指了指舞池，那里全是随着《奶牛尺寸》[1]的节拍摇头晃脑的疯学生，"我去找年长的那个。"

---

[1] 奇迹组合乐队于1991年3月发行的歌曲。奇迹组合是一支活跃于1988-1994年的英国乐队。

"找到他之后呢?"艾米说。

"我们要把两个马克分开,分得越远越好。"

"越远越好,懂了。"艾米把手伸向罗瑞,"罗瑞,来一支舞吗?"

"你是在邀请我吗?"

"是的,我在邀请你,我的美男子。"

"那我就跳一支好了。"罗瑞说着握住她的手。艾米把他拽过来,得意地走向舞池。

"哦,还有一件事,"博士在他们身后喊道,"盯着天使!"

舞池的某处,二十岁的马克正在人群中转圈圈,把一切自我意识都抛在了脑后。他刚喝下几品脱[1]啤酒,耳边又震耳欲聋地响起了他最爱的旋律,这些正是他目前唯一关心的事。现在是整个夜晚的精华所在,一片喧嚣中,他偶尔被手肘顶到,甚至被挤得没地方下脚,但这些通通都是乐趣所在。

索菲不怎么尽兴。她僵硬地从舞池这边晃向另一边,就像是在履行义务,只有马克望过来的时候她才会笑一下。丽贝卡在舞池里蹦蹦跳跳,不时冲朋友们挥挥手、做鬼脸。露西——这会儿露西已经和舞池边的一群装扮骇人的姑娘打成一片了。马克最后

---

[1] 1品脱=0.57升

一次看到她时,她正和一个带唇环的哥特系俊俏乐手暗送秋波。

《宝贝,我不在乎》[1]的旋律逐渐弱了下去,取而代之的是《少年心气》[2]开头的嘶吼。这支歌里有种绝望而暴怒的味道,而此时此刻听起来怪异非常,既仿佛在哀悼科特·柯本[3]前不久的死亡,而人们疯狂的舞姿却又好似在赞许他的人生。索菲看起来已经筋疲力尽了,她冲马克做出想要离开的口型,狂躁的气氛似乎正在失控。

"发现他的行踪了吗?"艾米一边冲罗瑞大喊,一边跟着音乐摇摆手臂。

罗瑞冲她回喊了几句,但艾米压根儿听不清他说了些什么。不知是被谁推了一把,他向前一个趔趄,险些摔倒。

"你说什么?"

罗瑞摇了摇头,"没有!你呢?"

艾米也摇了摇头,"我也没有!"

"抱歉,借过一下。"那人又从艾米身边挤过去。艾米转了个身,深吸一口气想要教训他一番,却发现那名看着眼熟的年轻男子正带着歉意向她微笑,然后继续向舞池边缘挤去,一个深褐

---

1. 20世纪80年代的一支朋克摇滚乐,发行于1989年。
2. 美国涅槃乐队的一首单曲,重金属摇滚风,曲中恣意展露了阴郁不安的情绪。
3. 涅槃乐队的主唱兼吉他手、词曲创作人。1994年4月5日在西雅图家中开枪自杀,时年27岁。

色头发的姑娘跟在他的身后。

马克!是年轻的马克!哇哦,这个年纪的他可真好看,就是有点像书呆子。他是那种需要好好拾掇一下的男孩。只要换换发型和眼镜,你就能眼前一亮。

"我还找到了另一个,"罗瑞冲着她的耳朵大声说道,"瞧!"

罗瑞指向一楼的露台,一个男人正站在角落里仔细打量着舞池中的人群——他正是他们在2011年遇到的那个男人,"还有,嗯,我想,我想钟楼里有,呃,蝙蝠。"

艾米伸长脖子望向天花板。天花板是由等边三角格子拼接而成的结构,从上面垂下来一盏旋转吊灯,在忽明忽灭的迪斯科灯光下,艾米终于看到,混凝土吊顶上藏着六只哭泣天使。

5

马克在人群中苦苦搜寻着另一个自己。他总觉得好几次瞥到过,但定睛看去,年轻的面孔又淹没在了茫茫人海里。

看着这些学生,马克不禁生出一丝妒意。他嫉妒他们青春正好,肆意玩乐,嫉妒他们还有大把的时光可供挥霍。好吧,也许这儿的迪斯科设施远不如考文垂的好多家夜总会,可他们依然乐在其中。而这正是马克最最艳羡的一点。

制造烟雾效果的机器嘶嘶地工作起来,炸裂的鼓打贝斯[1]点燃了神童乐队《不如起舞》[2]的前奏,响彻整座大厅。曲风骤变,摇滚朋克们纷纷撤出舞池,涌去吧台,而本就挤在罗尔夫吧台前的劲舞青年们则一拥而上,跳起舞来。他们几下子就跟上了节拍,一边摆出"大鱼,小鱼,纸盒子"的姿势[3]。绿色的激光束

---

1. 20世纪90年代早期英国流行音乐舞曲,以快速鼓点节奏和强劲缓慢的贝斯节奏为特点。
2. 英国神童乐队1994年发行的单曲,进入了英国流行音乐榜前十五名,神童乐队和当时的主流摇滚精神完全不同,主打电子摇滚,注重节奏感,有舞曲风。
3. 一种滑稽的舞蹈姿势。过去的英国摇滚狂欢节上经常跳这种舞,"大鱼,小鱼,纸盒子"是手部动作,以此来营造一种癫狂的气氛。

反复在人群中扫射，间或有一些突然亮起的光斑点缀其中。

舞池护栏上闪过一道蓝色的闪电，沿着护栏边缘蛇形蜿蜒了一段之后，渐渐消失。奇怪了，他还从未见过这种灯光效果，而且，马克感到手指上的刺痛感更强了。

"在找人吗？"马克扭过头，看到了在平台上双手抱胸站在自己身边的博士。

"你在这里做什么？"

"来找你。"

"你怎么过来的？"

"和你一样。好吧，也不太一样。我有私人交通工具。"

"私人交通工具？"

"这就是我为什么能来到这儿，是为了，"博士说道，"把你带回到……回到未来！"他沾沾自喜地说，"知道吗？我一直希望找个场合说出这句台词[1]。"

"三镑。"负责吧台的学生说。马克付过钱，接过三杯淡啤酒，小心翼翼地端起塑料酒杯。这几杯酒经不起哪怕一丝抖动，否则就会搞得自己一身狼藉。于是马克一路全神贯注，直到终于从吧台挤出来，他才意识到索菲好像跟他说了些什么。

---

1. 暗指博士是20世纪80年代《回到未来》三部曲的粉丝。

"你刚刚在说什么?"他们走到换零钱的机器边,这里清静一点。他一边问索菲,一边把杯子放到手边的壁架上。

"我说我想回家了。"

"玩得不高兴吗?"

"还好,只是有点累,而且别忘了,明早你还要复习。"这时,两个学生挤到了她和马克之间。索菲尖叫道:"嘿!挤什么呢!"

"马克·惠特克?"开口的是一个身材高挑、满头红发的女生。她的眼睛很美,有一口俏皮的苏格兰口音。

"是我,怎么了?"马克说着,扭头看向另一个学生——一个面相和善的男生顶着一头蓬松的乱发,正冲自己抱歉地笑着。"不好意思,我认识你们吗?"

"不认识,至少现在还不认识。"那位女生说,"但现在认不认识并不重要,重要的是你得跟我们走。"马克看到在女生的身后,索菲正愤怒地盯着她。

"什么——为什么?"马克问道。

"你的朋友想和你聊两句,"面相和善的小伙儿礼貌地说,"私下聊两句。"

索菲张了张嘴,什么也没说又闭上了,活像不知所措的金鱼。"哪个朋友?"马克问。

"你会知道的,"女孩压低了声音,让人觉得很神秘,"是一个惊喜哦。"

"不会跟加雷斯有什么关系吧?"加雷斯和马克同属一个导师小组,因为喜欢炮制恶作剧而恶名在外。

"如果我说是,你会跟我们走吗?"

"不会。"

"好吧,那就不是,不关加雷斯的事。"女孩说。

"肯定是他让你这么说的。好吧,我跟你们走。"马克老练地回答道。对于加雷斯的恶作剧,最好的办法就是尽快应付,一刻也别耽误,"但如果是募捐周的什么花招[1],我可不感兴趣。"他把索菲拉到一边,"在这里等我好吗?五分钟就回来。"

"我才不等你。"索菲对红发女孩露出一个"我管你是谁,你怎么不去死!"的示威表情,她撅起嘴对马克说,"要么现在跟我一起回家,要么……你就别回来。"

马克不知道该说些什么。索菲愤怒地看着他,随即走开了。

"我会去找你的!"马克在她身后大喊,然后他转向红头发女孩,"好吧,先解决这头儿。你们带路!"

绿色的激光束穿透氤氲重重的空气,将舞池中的一张张脸映

---

[1] 英国大学的学生会每年都会举办一些募捐筹款活动,通常为期一周,期间会有音乐会、酒吧串烧等活动,还会有一些博人眼球的滑稽项目。这一传统在20世纪90年代仍然很流行。

得光怪陆离。霹雳般的光越闪越快，一道接一道地砍向附近那台自动售货机。

博士站在马克身旁，斜靠在阳台扶手上。"让我猜猜看，你到这儿来是为了和年轻的自己私下谈谈？"

"你怎么知道？"

"设身处地来想，任何人都会这么做。你当然想要告诉他该注意哪些问题，避开哪些危机。但我不建议你这样做。我目睹过太多类似的举动，从来都得不到善终。"

"你是谁？凭什么对我指手画脚？"

"告诉过你，"博士冷冷地看着他，"我是博士，即将救你一命的人。"

"救我一命？我惹上什么杀身之祸了吗？"

博士示意他观察对面的阳台。神童乐队的歌此时已经攀上高潮，灯光也开始脉冲般地频闪，顿时，大厅里的一切仿佛被框进了晃动不已的镜头，有一种胶片电影的调调。

四尊雕像正立在对面的阳台上，全都在直直地凝视着他。然而，就在激光灯忽明忽暗的空档里，它们不再如雕像般只能一动不动，而是正向阳台移动着！两只天使已经爬进阳台的护栏，一前一后虎视眈眈地盯着它们的猎物；而另外两只，则被马克的注视禁锢在了原处。

马克察觉到有什么东西抓住了自己的胳膊。他转身一看，是博士。"别担心,它们不会攻击你。至少现在还不是时候。"

艾米领着马克和罗瑞走上又一处旋转扶梯。尽管并不情愿,但她不得不承认自己确实迷路了。这栋建筑简直就像是疯子设计的迷宫,她发现不管往哪里走,最后都会绕回原地——不然就是到了一处和出发点看上去一模一样的地方。

"我们这是要去哪儿?"马克问道。

"告诉过你,"艾米回答说,"是个惊喜哦。"这时,他们第三次路过了《华威野猪》学生杂志社。

"你根本就不知道要去哪儿吧?"

艾米终于一脸无奈地停下了脚步,"好吧,离这儿最近的出口在哪里?"

"别问我,我也是头一次来。"

"从这里下去看看?"罗瑞说着,指指向右侧岔开的一条走廊。不等马克和罗瑞跟上,艾米立即紧走几步,一马当先地到那个角落探路去了。

走廊的中央,两尊哭泣天使的雕像正保持着从黑暗中扑来的姿势,僵立在那里一动不动。天使龇着牙,凶相毕露。

艾米发出一声惊呼,尖叫着从天使身前逃开,一边逃一边还不忘始终睁着一只眼,把天使锁死在视线范围内。她连连后退,撞到罗瑞身上,"不,绝对不走那条路。"

"上楼？"罗瑞又提议道。

艾米向罗瑞的方向瞥了一眼，看到他打开了一扇门，通向另一条昏暗不明的楼梯。她努力做出一副自信的样子点头道："就上这个楼梯。"

马克和罗瑞埋头奔上楼梯，艾米回过头向走廊望去。那两只哭泣天使已经转过拐角，正勾着身子站着，利爪长长地探向她。

艾米只能紧紧盯着两尊雕像，左右眼睛轮流眨眼。她背对着楼梯，谨慎而迅速地倒退着登上台阶。

"但我得和他谈谈。"马克坚持道。

"你当然可以这么做。只顾自己生活得更好，全然不管后果如何。"

"我并不是这个意思。"

"你还不明白吗？你以为是这些生物大发慈悲才把你带回来的？并非如此。它们把你带到这个时代，就是算准了你会有所行动，捣鼓出一个浩大无边、可口且诱人的时空灾难。"

"我可管不了那么多。"马克说。他已经受够了博士，也受够了这些燥热、烟雾和嘈杂的噪音，还有指头上那无休无止的刺痛感，以及那些动来动去的雕像。他只想一个人待着。

博士挡住他的去路，"唉，老天在上，要是心平气和的解释没什么用，别无他法，我只能依靠蛮力了。"

"什么?"马克看到博士冲他脸上挥了一拳。

马克跟着红发女孩和那个看上去挺友好的小子穿过防火门,走到了屋顶天台。在密不透风的舞池里闷了一晚上,户外凉爽的晚风甚是宜人。

"罗瑞,盯着门,"女孩说,"无论如何都——"

"不要眨眼,我知道,我知道的。"那小子紧紧盯着他们身后的防火门,郑重地皱起眉头,好像正等着门后即将冲出的什么怪物似的。

马克环顾了一圈空空如也的天台,"你们带我绕了这么一大圈,就为了来这里傻站着?我要回去了——"

"不,你得待在这里。"那小子说着,慢慢移动到马克和防火门之间。

"没错,罗瑞。我们会没事的。"女孩说。她正倚着天台扶手向下张望,刚好有两个学生从大楼里走了出来。不对,是两个上了年纪的人,不太像是学生,其中那个穿着过时的教授正把另一个四十岁左右神志不清的男人拽出走廊。从马克的位置看不清他们的脸,但他依稀听到其中一人醉醺醺地哼唱着《波西米亚狂想曲》。

女孩立即冲过去检查从天台下去的台阶,一路畅通,没有天使。"你就在这里待着,哪里也别去。在这儿你干点儿什么都好，总之就是别跟着我们。"

"跟着你们？好像我乐意似的！你们是不是疯了？！"

"好吧，也可以这么说，就当我们是疯子好了，爱上了你却又要离开你。"女孩莞尔一笑，匆匆跑下楼梯。那小子冲他怜悯地苦笑一下，随即和同伴一起消失在视野中。

马克清醒过来，发现自己被架着走在校园里，一只手正环在博士的肩膀上。他感到前额突突直跳，"天呐！我的脑袋，我的脑袋好晕！"

"喝高了，我得把他弄回家。"他们经过一名保安，博士冲他解释道。保安点了点头，这种情况他早已见怪不怪。

马克这时候想起了他们刚刚的谈话，"你对我做了什么？"

"当头给了你一拳。抱歉，但我已经尽可能地温柔了。"

马克松开搂着博士的胳膊，刚想要反驳，忽然听到一阵匆匆接近的脚步声。接着，艾米和罗瑞气喘吁吁地从阴影里冲了出来。

"博士！"艾米庆幸地喊，"找到你了！"

"艾米，罗瑞。事情进展得怎么——"

"另一个马克？"罗瑞揉了揉胳膊，"我们把他留在屋顶天台了。"

"很好，棒极了！"博士微笑道，"现在我们就把他们分开,分得越远越好,直到——"

"直到什么?"艾米问。

博士望向他们身后,"哦,亲爱的,它们看上去可不怎么高兴,是吧?"他们身后二十米左右的位置,六只哭泣天使正沐浴在周围街灯的橘色光芒里。它们全都定格在了咆哮着想要扑过来的姿势上。

"现在它们要夺回自己的晚餐了,是吗?"罗瑞面无表情地说。

艾米紧张地吞咽了一下,伸手摸向博士和罗瑞的手。算上马克,这四人背靠着背站成一圈,确保每只天使都在视线范围之内。

"全速倒退!"博士说着一拉艾米,往后退了一大步,"紧紧盯住它们,不要眨眼!无论如何,盯紧它们!"

二十岁的马克背靠在天台的护栏上,出神地望着大学校园,有点不知所措。他应该回去找到索菲,不敢想象他们之间会发生多么激烈的争吵。她为什么就不能好好地开心一回呢?为什么就不能像……

"那么,这就是你的藏身之处了?"身后传来一个熟悉的声音。

马克转身,看到贝克丝正站在门口。"你怎么知道我在这里?"

"好吧我招供,我一路跟着你呢。那两个人是谁?"

"不知道。他们把我带到了这里,自己却溜之大吉。"

和他一样,贝克丝靠在了扶手上。沉默了一分多钟,她才开口说话。她先轻笑一声,仿佛是在故作轻松,仿佛她接下来说什么都不需要当真一样,"终于逮到你一个人的时候了,"她说,"有件事我一直想听听你的意见。"

"什么?"

"我不太确定的事。"

"说吧,什么事?"

"这个。"

贝克丝倾身向前,吻上了他的嘴唇。马克掩饰不住内心的惊讶。他从没想过她竟然会喜欢自己,至少不是这样的喜欢。但她此刻是这样真切地吻着他,如痴如醉,只能是这个答案。她樱桃味的嘴唇尝起来是如此可口而温软。可是下一刻,如大梦初醒般,这个吻结束了。

"你不确定的就是这个吗?"马克结结巴巴地说。他脚下软绵绵的仿佛如坠云端,只好低头盯着地面。

"我只想要试试这种感觉。"

"现在你知道了。"

"是。"

"有点恶心,是吗?"马克说。

"哦,是的。"贝克丝说,"你呢?"

"光是想想就不大舒服。"

"嗯,大概不想再来一次了。"

"才不。"

说着,马克吻住了她。这次的吻比第一次持久得多,马克紧紧地抱住她,温柔地在她脖子后面摩挲。直到——没一会儿,她推开了他。

"不怎么样,还是有点恶心。"贝克丝说。

"我也是。需要刷刷牙才能去掉嘴里的味道。"

贝克丝尴尬地转身,把头发捋到耳后,"抱歉,我知道你和索菲是一对儿,我只是,我想她根本不知道她有多幸运。天呐,我怎么有脸说这话?"

"是有点过分,但我原谅你了。"

"说起来,你应该赶紧去找她。"贝克丝对马克苦涩一笑。马克意识到,不管刚才那个吻意味着什么,现在,是时候回到现实了。

"博士,它们要追上来了!"艾米说。

"好吧,"博士咕哝道,"它们要是追上来大开杀戒,一定记得通知我,我可不想错过好戏!"

他们就这样倒退了差不多有一英里,一路跌跌撞撞,不断磕在沿路的墙壁和路障上。问题是，只要有一只天使进入视线盲区，它很快就能绕过建筑，切断他们的后路。尽管六只天使目前都一览无遗，但它们太分散了，很快，至少有一只会逃出他们的视线。

"这可不妙。"艾米说。每次她回头盯住一只，都发现它更近了一步，张着血盆大口，吐着舌头，面目丑陋而狰狞。

她听到一辆车从身后驶过来，发出一阵尖锐的刹车声，车子随即缓缓地停了下来，发动机咻咻地噤了声。

艾米感到后背贴上了一扇玻璃窗。她不假思索地回过头，发现他们已经退到了汽车站台上。一辆公交车停在路边，亮着的车灯发出温暖的光。艾米飞快地转头望向天使，此刻它们只有两米远了。

"博士，有公交车……"

"好了，"博士说，"听我的口令，三——二——一，行动！"

艾米猛地转身，向公交车门的方向冲刺。她第一个上了车，紧接着罗瑞、马克，最后是博士，也挨个儿冲上了车。博士拍着大衣的口袋，艾米仍不放心地向窗外张望着。只见六只天使胳膊向前探出，正僵立在公交车旁边。她现在差不多能一下子盯住六只天使了，只要能控制住不眨眼就好。

"你好，"艾米听到博士在和公交车司机搭话，"你还是要收费的，对吗？"

赶紧，博士，快点！艾米在心里催促着。余光里，艾米看到罗瑞也在盯着天使，于是她转向博士，刚好看到博士从口袋里掏出一堆奇奇怪怪的东西：一只香蕉，一个捏起来咯吱作响的橡胶电话机，还有一本《金星平静之书》[1]。

马克一下撞开挡路的博士，递给司机一张纸币，"给。"

司机接过纸币，"五十英镑？"

"不用找了，生日礼物。"

司机耸耸肩，关上车门，公交车缓缓向前驶去。艾米透过车窗盯着天使，六只天使仍然保持着雕像的姿态立在公交站台上，一动不动，却对着空荡荡的街道伸出利爪、耀武扬威。

"我们做到了！做到了！"罗瑞欢呼道。

"我们很幸运，"博士喃喃说着，跌坐到座位上，"但天使可不会善罢甘休。"他忽然脸色一沉，"不，这才仅仅是个开始。"

---

1. 作者虚构的博士随身携带的口袋书，以致敬英国作家保罗·威尔森于1997年出版的《平静之书》。

6

1994年6月12日

"所以你们所谓的'哭泣天使'究竟是什么?"马克问道。

博士切下一小块香肠,用叉子戳起来。他并没直接把香肠塞进嘴里,而是在空中挥了几下子,"有史以来宇宙中最为邪恶的物种。"他说,"对它们而言,没有比目睹弱者罹难更欢欣鼓舞的事了。当然在它们看来,我们全都是弱者、残次品。"

"它们靠把人类送回过去填饱肚子?"

"通常如此,"博士咬了一口香肠,"但这些只天使有点不同寻常。它们以时间悖论为食。潜在的时间岔道越多,越美味可口。时间岔道,这个措辞不错。罗瑞,能帮我记录一下吗?"

"还是那句话,我可不是你的秘书。"罗瑞提醒他道。

"随时恭候。"之后的一阵子,他们静静地坐在宾馆餐厅里沉默不语,厨房里间或传出清洗餐具的哗哗声。"正因如此,"博士用完了早餐,郑重地说,"正因如此,我们才一定要把你送回去,马克·惠特克。"

"但如果天使想要的是时间悖论,"艾米说,"何必大费周章把马克带到这个时代呢?为什么它们不自己在历史上做手脚呢?"

"那样它们自己也将身陷悖论之中,再也无法回到它们原有的时间线了。它们需要借别人之手,来完成这桩肮脏的交易。把人类送回过去,它们就能够置身事外,逃脱因果链的束缚。"

"要是我回不去了呢?"马克说。

博士拿起餐巾纸抹抹嘴巴,微微倾身向前,"你说'回不去'是什么意思?"

星期天,闹哄哄的购物者挤满了超市,妈妈们推着婴儿车,爸爸们推着购物车。大家埋头购物,没人注意到《消防员山姆》[1]造型的消防车旁停着一座蓝色警亭。但马克却目不转睛地盯着它看。就是这座警亭,曾跟踪自己乘坐的火车飞了一路。这是博士的时间机器。

"咱们把事情从头到尾理一遍。"博士斜靠在门上,好整以暇地说道,"你收到一封未来的自己寄来的信件?"

马克点点头,"就是我被送回过去的那天收到的,那时候我

---

1. 1987-1994年英国国内播放的木偶定格动画。

还没遇到你们,也没有遇到天使。"

"你怎么知道信是你自己寄的?"艾米问。

"因为落款处写的是我的名字。"

"噢。"

"而且是我的笔迹。"

"你的笔迹。"博士重复了一遍,思量着每一个字眼。

"信封上收信人的名字也是。"

博士伸出手,"我能看看吗?那封信,不只是信封。"

"我——没有了。"马克闪烁其词。

"你弄丢了?"

"我把它放进保险柜了,在伦敦。以防它落入别有用心之人的手里。"

"你什么时候这么有公德心了?"博士瞥了他一眼,"那么,这封你自己写的'信'里究竟说了什么?"

"一系列的指示,比如指示我怎么做事,怎么投资,还有我要怎样确保一切沿历史既定的轨迹发展。"

"比如呢?"

"比如……我二十二三岁去罗马度假的时候,途中把钱夹搞丢了,我全部的家当都在里面,包括信用卡那些,所有的东西。我折回去找了个遍,但到处都找不到,而当我回到宾馆的时候,却发现有人把它送了回来。"

"但任何人都有可能捡到钱包送还给你，"罗瑞怀疑地说，"你怎么能认定这就是你自己做的？"

"因为别人不可能连我住在哪儿都一清二楚。当时我丝毫没有起疑，只顾着因失而复得而兴高采烈。"

"这么说，是这封信告诉你，"博士说，"你要去罗马，在特定的日子，去特定的街道，以便你能捡到一个自己曾经弄丢的钱包，再送还到自己曾经入住的宾馆？"

"正是如此。"马克笃定地说，"就是这么回事儿。"

"萨莉·斯帕罗[1]式救生法，"博士咕哝着揉了揉头发，"如果你人不在罗马，也没做这件事，就会改变自己的过去。"

"千真万确。这正好和你告诫我的事不谋而合，否则——"

"——否则就制造了一个时间悖论。"博士推开警亭的门，朝马克打了个手势，示意他请讲，"我现在就可以用塔迪斯带你过去。"马克朝里面窥视，看到一个无比巨大、宛如阿拉丁宝洞一样的地方，一切都笼罩在橙色的亮光之中。楼梯盘旋而下，通向拱形前厅。大厅中央是一个圣坛，圣坛中心还有一根玻璃柱在吭哧吭哧作响。马克不禁想要进去看看，但他克制住了。

"我要做的不止这一件事，还有别的。"马克说。

---

1. 《神秘博士》新版剧集第三季第六集《别眨眼》里出现的人物，大卫·田纳特饰演的第十任博士和女伴玛莎被困在了过去，通过录像带指示萨莉从天使的手中逃脱，打破时间困局。

"这正是我好奇的地方，"博士眯起了眼睛，"为什么你更想要留在这里，留在过去。"

"为什么我想要？"

"没错。"

"这不正是每个人都会做出的选择吗，如果有这种机会？"马克将目光投向艾米和罗瑞，希望得到他们的认同。

"并非如此。"博士停下话来打量起《消防员山姆》的小车，像是刚注意到有这么个物件似的，随后才继续说道，"这可不是每个人都会做出的选择。噢，这么说吧，人们当然乐意回到过去待上个一两天，逛逛乐队，看看表演，再收集几本初版的小书。过去就如同陌生的国度，人们乐意造访，却不愿久居。所以，为什么你却愿意？"

"不为什么。"马克掂量着自己该透露多少信息，"你看，在2011年，我的生活没什么盼头，不是吗？所以我想，如果留在过去，我可能有机会生活得更好。"马克说，"这是我的选择，仅此而已。"

博士靠在控制台上，盯着中柱，气呼呼地一巴掌拍在控制台上。"人类，"他嘟哝着看向艾米，"你和他是同类，你怎么看？"

艾米陷入了沉思。透过塔迪斯的门，她向外面望去，看到马克正坐在消防车旁的一条木头长椅上。"我不相信他。"

"你呢？"博士问罗瑞。

"我同意艾米的观点。我也不怎么相信他。"

"可是，"博士说，"他说得没错。倘若他没有留在这里，按照信里的指令完成所有事情……将会造就又一个悖论。"

"前提是真的有这么一封信。"罗瑞说。

"没错，"艾米表示赞同，"他明显是在撒谎，全都写在脸上了。"

"或许如此……但钱夹和罗马的那段经历确有其事，"博士说，"只有他自己才准确知道具体的时间和地点。"博士恼怒地拨弄着几个按钮，"我们别无选择，他必须留下。"

博士、艾米和罗瑞三人从警亭里走了出来。博士对着马克欲言又止。"你可以留下，"他最终开口道，"在特定的条件下。"

"什么条件？"

"第一，一字不差地依照你自己写的信行事。你不能以任何方式影响历史。失之毫厘，谬以千里。再细微的偏差都可能铸成大错。"

"好，我明白。"

博士凝视着马克，"第二，你绝不能和年轻的自己交谈，接近他也不行。尽可能离他远点儿。还有你的朋友、亲人、同学、爱人，也是如此。不能有丝毫联系。"

马克的心头涌起一丝罪恶感，"不要联系，好吧。"

"我是认真的。总而言之，电话、明信片，统统不行，任何举动都会改变你自己的时间线。不对，等等，"博士皱起眉头，"是谁？你和谁聊过了？"

"没谁。"

"不对。你一定已经和谁碰过面了，我检测到了时间摇移。"

"时间摇移？"

"正是因此，哭泣天使才盯上了你。是谁？"

"我可能……可能已经拜访了我妈妈。"

"你妈妈？"博士重复了一遍，嘴巴因震惊而无法合上。

"只是问了声好。"

"只是问了声好？"

"是的。"

"好吧，希望你只是问了声好。否则……"博士摸了摸下巴，"你一定是幸运地躲过了一劫，无论你说了什么，可能都只是无伤大雅，不然你绝不可能安然无恙地坐在这里。"

马克花了好一会儿才意识到博士的言外之意。他对妈妈说的事，劝妈妈说服爸爸做个全身检查，并没有起效果。三年半后，父亲就将去世。

"让你和年轻的自己保持距离，也是为了你们的安全考虑。"博士说，"最好离开这个国家。比利时，全力推荐你去比利时生活。真不敢相信我会提出这种建议！"

"还有什么条件吗？"

"第三，"博士拍了拍手，就好像老师在上课前暖场一样，"不能把你来自未来这件事告诉任何人，哪怕是开玩笑也不行。至于怎么向这个时代的人交代自己的身份，你可以说自己出生于——你多大了，马克？"

"三十七岁。"

"说自己出生于三十七年前。具体的日期大可保持不变，但你不曾在时间中旅行过。如果有人问起时间旅行的事儿，你就当它是一个科幻概念好了。"

"好的。"

"你还需要一个新的身份，但这种细枝末节你就自己处理吧。低调行事，别冒险去招致怀疑。不要结婚，也不要生子。"

"这为什么不行——"

"这不是显而易见的事吗？"艾米说，"如果到头来你娶了某个姑娘，你就可能会改变历史，因为她原本会嫁给其他人的。"

"好吧，我同意，完全同意。"马克突然提高了声音，路人纷纷看了过来，"不结婚。"

博士拍了拍他的大衣口袋,"需要钱吗?"

"我有钱,"马克说,"我给自己的信封里装了六千英镑。"

博士赞赏地吹了声口哨,尔后又皱皱眉头,"抱歉,这算多吗?"

"够我生活几个月的了。我可以找份工作吗?"

"只要你不是去竞选首相。当然没问题。"博士绽开了笑容,"说到你的信,千万别忘了再寄给自己。"

"我不会忘的。我会妥善保管,然后寄给——"

"不对,不能把你收到的那封信原封不动地寄出,那没什么意义。你必须复制一份,手抄,每个细节都要完全一样。然后再把新的这份寄给自己。"

"复制一份,知道了。"

博士按某种节奏轻轻敲击着消防车前盖,"好吧,我能想到的就是这些。哦……最后一件事。"

"什么事?"

"提防天使。只要你规矩一点,就应该会很安全。但是,如果你可能会制造出一个时间悖论,天使就会伺机而动。要是你真的看到了天使,就意味着你已经触到了悖论的边缘,不管你当时在做什么,赶紧停下。"

"你确定它们不会再跟着我?"

"它们可不会把能量浪费在毫无意义的东西上,除非眼前有一场饕餮盛宴。"

马克虽不能完全信服,但也不想再在这一点上纠缠。"就听你的。"

"祝你好运。"博士和马克握了握手,然后等在警亭的旁边。罗瑞拍了拍马克的后背,给他打气;艾米也鼓励地亲了亲他的脸颊。

"做个乖孩子。"说完,她跟着罗瑞走进了警亭。

博士斜倚在门口,"别去吸引另一个你的注意,更别去联系。不管你做什么,总之不要改变历史。"说罢,他便消失在了门内。蓝色盒子的大门合拢,顶上的信号灯开始闪烁,然后,随着一阵呼哧呼哧的启动声,警亭消失在了视线里。

他骗过了他们。马克拍了拍大衣,触到大衣口袋里鼓鼓囊囊的信封。沉甸甸的重量令人心安。他打开信封,察看着提示自己行动的一长串指令。第一步,弄一个假身份。钱是现成的,所以这应该不是难事。

这时,他的右手又刺痛了一下。

"谢谢你愿意跟我来,马克。"身后传来一个熟悉的声音。马克转回身,看到索菲和年轻的自己正从超市里走出来,两人都拎着两大袋沉甸甸的东西。

马克赶紧躲到消防车背后,避开他们的视线。

"别客气。出来走走挺好的,"年轻的马克说,"而且,晾了你一整晚，实在是抱歉。"

"我原谅你了，"索菲说，"下不为例。"

"没问题，咱们先来杯茶吧，然后我就要回到合同法的世界了。"年轻的马克说道。老马克注视着年轻的自己和索菲一同走进停车场。

手上的刺痛感渐渐消失了，不复存在。忽然，头顶上传来拍打翅膀的声音，仿佛有大鸟掠过，而当马克抬头看向超市屋顶时，那里什么也没有。

7

1995年4月2日

马克将最后一口白葡萄酒倒进塑料杯,在草地上躺倒。他望着飞机划过蓝天,拖曳出一道蒸汽的尾迹。四周风吹树动,树叶沙沙作响;鸭子在水面上拍打着翅膀,嘎嘎叫唤着。远处,宏伟的华威古堡在林中若隐若现。

贝姬——现在她不再喜欢贝克丝这个名字了——正躺在他的身边,拿草茎挠他的脖子。"索菲今天去哪儿了?"她懒洋洋地问道。接着她翻了个身,用手肘杵着趴在了草地上。

"回家去看父母了,"马克说,"毫无征兆。"

"毫无征兆?怎么讲?"

"我是说,我们既没吵架,也没发生争执什么的。"

"我不是那个意思。"

马克抿了一小口酒。他并没和索菲吵起来,因为,要是吵架的话,两个人总还是在沟通的,但那时候他俩压根儿互不说话。

他已经在计算机中心给索菲发了道歉邮件,但至今未见回复。

几个听着随身CD机的慢跑者从他们身边掠过。"安东尼怎么回事?"马克问道。安东尼是贝姬的现任男友。在马克眼里,他的脸颊就像个粉乎乎的土豆。

贝姬用拇指有一搭没一搭地翻弄着《柯莱利上尉的曼陀林》[1],这本书都快被翻烂了。"说是在看橄榄球赛,一结束就来找我们。但他不会来的。"

"好吧。"马克伸了个懒腰,不愿再为安东尼、索菲或是工作上的任何事烦心,只想沉浸在这片蓝天之下。

贝姬丢掉书,"原谅我多管闲事——虽然这不关我的事,但你和索菲相处得不太好,是吗?"

"嗯,你说得对。"

"所以说,这次你又做错了什么?"

"没什么。你刚刚说得对,你不该多管闲事。"

贝姬嘟着嘴巴,"我不明白你怎么能一直忍着她。咱们就直说吧,她总是让你闷闷不乐,马克。这就好像,你一个人的时候还算是个不错的家伙,可一旦你俩在一起,你就只知道呆坐着生闷气。"

"是吗?"他知道贝姬说得没错,一针见血,但他还是象征

---

1. 英国作家路易斯·德·伯尔涅斯的畅销小说,讲述了二战期间在希腊塞佛罗尼亚岛上两个男女之间的爱情故事。

性地回问了一嘴。的确,他一点也不享受和索菲相处的时光,很难熬,后来甚至渐渐变成了义务性的忍耐。

"你该去找找别人,一个和你相处愉快的人。"

"我当然想,可你已经有对象了,哎,可惜啊可惜。"马克自嘲地叹气。

"据我回忆,你有的是机会。那天晚上,在学生协会大楼的天台……"

"我记得,"马克一饮而尽,"天呐,如果索菲知道我和你像这样聊天……"

"怎么了?"

"噢,她满脑子都认为,我更愿意和你交往。"

"这不是明摆着的吗?"贝姬笑道,"我是说,我至少是个正常人,而她却是个控制狂。噢,所以说她才总是满身火药味儿,对吗?"

"哟,伙计们。"露西提着一个叮当作响的购物袋笑着爬上草坪,走到他们身边。尽管天气已经暖起来了,她还是穿着黑色T恤、牛仔裤和中筒军靴,一如既往。她的女朋友是一个有些书生气的羞涩姑娘,名叫艾玛,她在露西的招呼下走了过来。"想我们了吗?"

1996年2月17日

"这……太尴尬了。"贝姬抱怨道。

马克躺在一间陌生屋子里一张陌生的床上。正对着床的墙上挂着一幅莫奈的画,旁边还有一块软木板,上面用大头钉钉满了拍立得照片,有聚会照、宠物照,还有度假的照片。他向窗外望去,又是一个下着毛毛雨的早晨,微冷。贝姬就坐在他身边,从他的角度看得到贝姬光滑白皙的后背、肩胛和背脊。她扯过一件宽松肥大的T恤套在身上,提上牛仔裤。"我觉得,咱们接下来干点儿文明的事吧,喝咖啡吗?或者来点儿茶?牛奶喝光了。"

"黑咖啡就行。"马克眨了眨眼。他戴着隐形眼镜睡了一晚,眼睛有点酸涩刺痛,"为什么觉得尴尬?"

"你说呢?昨晚。"

马克想起来了,"呃。"

昨天真是糟糕透顶。他丢掉了电话销售的工作,尽管他本来就对这份工作颇有微词,但现在这点不重要了,这还是他第一次被解雇。和索菲分手后——很久以前的事情了,他就和拉杰夫搬到了一起。毕业之后,他找了份律师的工作,而他的朋友们仍然住在考文垂附近。在他们读博的那几年,他总是不停换工作,从一个看不到出路的工作流浪到另一个。

他本来是想找贝姬喝个茶,寻求安慰的,结果两人谈了好半天的安东尼——自从他在曼彻斯特找了份工作,贝姬就没怎么和他见过面。接着,贝姬去做了意大利面,他则冲到某家有售酒许可证的店里买了些酒,之后两人整晚都窝在沙发里看《牧羊人》[1]和《老友记》[2],还有《欢乐一家亲》[3]。等到第四频道开始放《女子秀》[4]时,他们早已吻作一团,开始互相解扣子了。

"你在说什么?"马克感到肚子里一阵翻滚,"你后悔了?"

"我当然后悔了。拜托!你不后悔吗?"

"不。"

"谢了,"贝姬挖苦地说,注视着镜子里的自己,"真要谢谢你,马克,你让事情变得更复杂了。"

"呃,我知道你现在和安东尼在一起,我只是,好吧,我只是觉得他压根儿不知道自己有多幸运。"话刚出口,马克就觉得似曾相识,似乎早前贝姬也这么对他说过,"别担心,这事儿只会有我们两人知道。"

"没有'我们'。昨晚只是,一个愚蠢至极的——"

"错误?"

1.2.3.4. 《牧羊人》是1995年开播的美剧。《老友记》是1994年开播的美国情景喜剧。《欢乐一家亲》是1993年播出的美国电视情景喜剧。《女子秀》是1996-1997年播出的英国通俗深夜剧。

"这可是你说的,我本想说'一夜情'。忘掉吧,就当什么都没发生,好吗?"贝姬一把抽走床上的羽绒被,"现在,我不想动粗,但我想你该走了,今天我还有一大堆事情要做,尤其不需要你在我身边晃来晃去。"

马克不断在脑海中回放着他们之间的对话,一遍又一遍。他想弄明白自己究竟错在了哪里,该说些什么才能挽回。他孤零零地待在厨房,一边喝着速溶咖啡,一边在贝姬的便携电视上观看"音乐排行榜[1]"。灯塔家庭[2]开始唱《上升》了,可马克这会儿完全提不起兴致,索性关了电视。

"等你收拾好了,"贝姬已经穿上了厚大衣,裹好围巾,戴了顶小圆礼帽,她走出门的时候顿了一下,对马克说,"离开的时候记得把门锁好。"

"你不觉得我们需要谈谈吗?"马克说。

"谈什么?"

"谈谈发生的一切。"

"没什么好谈的。"贝姬说,"再见,马克。"她重重地把门甩上,离开了。

马克吃完早餐,把碗筷洗干净,穿上大衣走了出去。片片雪花在狂风中纷飞起舞。然而雪花刚一落地就融化了,弄得人行道

---

1. 一档英国音乐节目。
2. 一个来自英国的二人组合,1995年录制发行首支单曲《上升》。

上脏兮兮的，泥泞不堪。

他和贝姬之间，有什么东西改变了。曾经亲密无间的信任、肆意的玩笑、互相保守的小秘密，这些暖人心扉的感觉如今渐渐冰冷，一如二月的早晨。

马克把手插进口袋，朝家里走去。他在心里哀悼着，自己失去了全世界最好的朋友。

塔迪斯里，博士拉下"去物质化"手柄，四下打量着控制台。他一会儿调整下这里，一会儿又在那里输入新的指令，而他的眼睛一直没有离开那叠纸。

"所以就这样了？"透过控制台的玻璃中柱，艾米想要吸引博士的注意力，"你就这么信任他，放任他在过去生活？"

"不完全是这样。"博士拉下某个控制杆，做了个鬼脸，"我在根据马克·惠特克CV上的内容校准航线。"

"什么意思？"罗瑞问道。

"个人简历，拉丁文[1]。我以为你知道呢。"

"不，我问'校准航线'是什么意思？"

"意思就是塔迪斯将会伴随他的一生，伴随年轻的马克。不管他身在何处，塔迪斯都会若即若离地跟着他，在多维空间的层

---

[1]. CV是个人简历的意思，源自拉丁文Curriulum Vitae。

面上。"

"你用塔迪斯监视他?"艾米说。

"一旦他的时间线上有所扰动,塔迪斯就会在附近降落。"

"扰动?"艾米说,"你是说老马克不按规矩行事?"

"正是如此。"博士点了点头,"只要他介入小马克的生活一步,或者想改变既定的历史进程……我们就去阻止他。"

"等等。"罗瑞说,"你说过,只要潜藏的时间能量有所累积,哭泣天使就会飞蛾扑火般地赶到现场。"

"我是说过。"博士严肃起来,"这正是我们要率先赶到的原因。"

1997年12月16日

"马克!"

二十四岁的马克愣了好几秒钟,才确信刚才真有人在喊自己。他转过身,在商场选购区搜寻着那张熟悉的面孔。在他的身边,有穿着臃肿的退休老人、推着购物车的年轻夫妇,以及背着帆布包、头戴圣诞帽的孩子们,他们每个人手里都提着鼓鼓囊囊的购物袋,吹奏乐队高唱着节日颂歌从人群中走过。

空气中弥漫着轻快的氛围,银光闪闪的小挂灯在头顶闪烁着辉光，商场的装饰、导购，乃至重击乐队[1]的背景音乐，无一不在传递着喜庆的氛围。然而尽管如此，马克却一点儿也感觉不到圣诞的欢愉。麻木、悲伤、焦虑不堪，各种复杂的情绪交织在他的心头。

直到他看见贝姬穿过人群，满脸笑容地向他走来。她戴着一顶毛茸茸的咖啡色帽子，围着围巾，脸颊被冻得通红。"马克！"她又喊了一遍，然后给了他一个拥抱，"你在这儿干什么呢？"

马克拎起手里两大包鼓鼓囊囊的购物袋，"你猜。"

"我也是。天呐，圣诞节真是一场噩梦。"贝姬细细地打量着他，"你和之前有点儿不一样了，是怎么回事？先别告诉我！喔，有点难猜……好吧我放弃了，告诉我吧。"

"新眼镜。"马克说。说是新眼镜，但其实已经换了六个月了。

"很适合你，"贝姬诚恳地说，"好看！一起喝杯咖啡吗？我只是觉得，再不摆脱拥挤的人群，我恐怕就要忍不住杀人了。"

"好啊，好主意。"马克说。贝姬领着他穿过人群，路过伍尔沃思超市门口的天线宝宝立牌，经过大型石头喷泉，流动的清泉喷涌而下，随着灯光变换着颜色。

---

1. 20世纪80年代最成功的英国流行乐队，凭借快节奏、轻松的流行歌曲风靡全世界。

贝姬在喷泉前止住脚步,困惑地说:"嘿,这里什么时候摆了这么多雕像?"

马克耸了耸肩,他从没注意过这种事。六尊天使雕像身穿长袍,围着喷池面对面站了一圈。奇怪的是,它们全都把脸埋在手里。

他们步入温暖宜人的咖啡店,一进门就听到录音机里播放着《绝无仅有》[1]的旋律。"咖啡吗?"贝姬说,"让我想想,黑咖啡,不加奶,不放糖?"

"全中。"马克说。

"找个座位吧,我去点单。"

贝姬从吧台端来两杯咖啡,马克在靠窗的位置找了两个有软垫的座位。

"那么,"贝姬小心地把咖啡放在桌上,准确地说,是放在一份落在桌上的《欧洲人周报》[2]上,"把你的近况,一股脑地告诉我吧。"贝姬脱掉外套,搭在椅背上。马克一直注视着她,她也有些变了。她剪了短发,头发染成了红色,中间还夹杂着一缕金色,和《此生》[3]里的女主角打扮有点像;她的口红更加艳丽,

---
1. 英国组合"圣女"于1997年发行的一首歌,1998年拿下英国榜榜首,在美国荣登排行榜前五名。
2. 1990-1998年发行于英国伦敦的报纸。
3. 1996年开播的一部英剧。

眼线也更重了。

"没什么大事,"马克说,"我还在住房协会工作,很无聊,但差不多能应付房租。我还在找个能长久从事下去的工作。你呢?"

"哦,你知道的,继续做学术论文。好吧,不说这个了,其他的呢?你还在和那个姑娘交往吗,她叫什么来着?"

"詹妮。"马克说,"没错,我们还在一起。"他是在协会工作第一天遇到这个姑娘的,两人在同一间办公室做兼职,然后他们发现,彼此都需要和神志正常的人聊聊天。詹妮很……有魄力,帮马克换个形象就是她的主意,他的衣服大多都被她换了个遍。马克时常纳闷儿,她究竟有没有幽默细胞,因为每次他开玩笑,她都只是看着他,好像他让她很失望一般。

"交往得顺利吗?"

"嗯,挺好。我们现在还没搬到一起住,不过你知道的,这是迟早的事。"

"哇,听起来你俩挺认真。你们交往多久了?"

"快一年了。"

"一年?天呐,我的消息太滞后了。"贝姬吹开咖啡表面的奶沫,喝了一口,"我们最后一次见面,你的新恋情才刚刚开始。她就是那个毫无幽默感的姑娘,没错吧?"

"没错。"马克大笑起来。贝姬在露西的生日聚会上短暂地见过詹妮一面,那是三月份的事情。他还记得那天,自己和詹妮在回家的路上大吵了一架,那是他们第一次吵架,也是后来无休止争执的开端。

不过,那次只是贝姬最后一次见到他,却不是他最后一次看到贝姬。他最后一次看到贝姬,是在七月的拉杰夫返乡聚会上,她正在同自己不认识的人聊天。他站在屋子的另一端注视着贝姬的一举一动,但不知为何,自己却没办法走到她身边。他该说点什么呢?自从那个二月的夜晚之后,他们之间始终没能好好谈谈。他自己觉得有点儿难为情,还有些许怨愤,而她始终表现出一副不耐烦的样子。

"你呢,还和安东尼在一起?"

"嗯,是啊。他仍然是个工作狂,祝福他吧。这个圣诞节我们和他爸妈一起过,"贝姬做了个鬼脸,"肯定是个苦差事,他爸妈不觉得我是个理想的儿媳妇。你呢,你有什么打算?"

"我打算回家,和老爸老妈一起过圣诞。"

"噢,听起来不错。"

"不见得。我的……"突然之间,他的心里涌出千头万绪,只想一吐为快,"两周前,我爸突发心脏病,有惊无险,但医生考虑到有复发的可能,要求他留院观察,所以……所以我一有机会就休班。今晚我就要过去,他很可能只能在医院度过圣诞节了,所以我得去医院陪他。不只是去看望,也是替妈妈过去,电话里,她听上去一直忍着眼泪,而且……所以,圣诞就这么过了。"

马克拿起一张面巾纸,轻轻沾了沾眼角。

"哦,天哪,真遗憾。"贝姬同情地看着他。这一瞬间,马克觉得过去的贝克丝又回来了。

"妈妈总劝他做检查。据说某位加拿大的亲戚,也是在他这个年龄心脏病发作。但他从来就没去过,总是忙得不可开交。不管怎么说,圣诞购物,"马克如鲠在喉,"真是个噩梦,不是吗?"

"嗯,的确,"贝姬碰了碰他的手指,"要是你想和谁聊聊……"

马克察觉到金属的触感,低下头,看到贝姬的手指上戴着一枚戒指。贝姬察觉到马克注意到了戒指,迅速抽回了手。

"'不是理想的儿媳妇',"马克说,"我该注意到的。恭喜了。"

"谢谢。"

"婚礼什么时候办?"

"哦,近期没这个打算。安东尼的父母打算大办一场。他们一直在看《四个婚礼和一个葬礼》[1],还做了笔记。我觉得他们是

---

1. 1994年在美国上映的爱情轻喜剧。

在等圣保罗大教堂的档期。到时候我们会邀请你,那是当然的。你和,什么名字来着,詹妮?如果那会儿你们还在一起的话。"

"你怎么总想要拆散我和我的女朋友?"马克打趣说。

"我只是觉得她们都配不上你,仅此而已。"

"好吧,"马克说,"这倒是提醒了我。"他把手伸进大衣口袋,掏出新手机,划开屏幕。一个未接来电,一条新消息,都是詹妮的。她约他四点在她的办公室见面,提醒他别迟到,以及她很爱他,吻他。马克看了看时间,四点半了。

马克端起咖啡杯一饮而尽,"我该走了。很高兴见到你,贝姬。"

"我也是,马克。不过,离开前你还应该知道一件事情。"

"什么?"马克拉上外套,拿上购物袋。

"没人再喊我贝姬了,叫我丽贝卡吧。"她站起身,想和他握握手。但她随即又改了主意,冲他笑笑,又给了他一个拘谨的拥抱,"刚刚说给我打电话的事,我是认真的,随时欢迎。哦,还有,你的报纸忘带了。"她把桌上的《欧洲人周报》递给他。

"不是我的。"

"噢。"她又拿了回来。一张彩票从报纸里飘落。丽贝卡拿起来看了看,"嘿,明天的彩票,"说着,她把彩票放进他的手心,"你的了。"她用一副电视广告里的语气念叨,"幸运儿可能就是你。"

马克把彩票揣进口袋,"好吧,管他呢。我该走了。"他猛地推开门,大步走进寒冷潮湿的空气中,也就是所谓的圣诞购物区。

但他忍不住回望丽贝卡,她正在窗边喝着咖啡。忽然,右手有一股触电的刺痛感,和他俩第一次接吻那晚的感觉一模一样。

丽贝卡喝光了咖啡,满脑子想着马克。他看上去像是连续好几晚都没好好睡觉了,双眼哭得红红的。天呐,那副眼镜真不适合他。刚才她想要亲亲他,告诉他一切都会好起来,但她克制住了。

然后,她意识到有人正盯着她所坐的这张桌子。

有那么一瞬间,她以为是马克回来了,接着她意识到来人并不是马克。男人看起来很眼熟,但她想不起在哪儿见过。他看起来四十岁左右,戴着一副深褐色锡框眼镜。"报纸忘拿了。"说着,他取走了桌上的《欧洲人周报》,转身离开。

"嘿,"丽贝卡说,"里面有一张彩票,抱歉,我的朋友拿走了,我们以为——"

"没关系。他可能比我更需要那张彩票。"男人微笑着离开了。此时,咖啡馆扬声器开始响起《天使》[1]的旋律。

---

1. 英国流行摇滚歌手罗比·威廉姆斯于1997年发行的歌曲。

8

1998年8月11日

"介意我们加入吗？"艾米问。

"来吧，一点儿也不。"马克为她拉开座椅，"我就知道会在这里见到你们。"

罗瑞把最阴凉的位子让给艾米，博士却惬意地一屁股坐在被正午阳光直接暴晒的位子上。狭窄的街道在烈日的炙烤下发烫，汽车尾气熏得人发晕，熙熙攘攘的游客快要把这里挤爆了。小轮摩托车的嗡嗡马达声时不时打断咖啡馆和纪念品商店里的对话，却盖不过特莱雷喷泉飞溅泉水时那震耳欲聋的轰鸣。

"三杯星冰乐，"博士告诉服务生，"我的那杯请脱去咖啡因。"服务生惊讶地盯着博士，他从头到脚只有一副墨镜和这炎热的天气相匹配，花呢夹克和蝴蝶结领结里面一定快烤熟了，但他看起来一点也没有不舒服。

"你们怎么找到我的？"马克问。

"时间摇移,"罗瑞解释说,"博士有个特别的探测器。"这个探测器正躺在博士的腿上,断断续续地嗡嗡作响。

"哦,好吧,我记起来了,"马克说,"我们第一次相遇时就见过了,真是好久之前的事情了。"罗瑞和艾米翻了个白眼。在他们看来,自己和马克从超市分开才短短几个小时,而马克已经老了那么多,他头发少了,肤色深了,嘴角和眼角都爬上了皱纹。

"过了多久了?"艾米问。

"四年了,我现在四十一岁了。"马克喝了口咖啡,笑着说,"而你们看起来一点儿没变。"

"这四年你都做了些什么?不管是什么,你看起来还不错。"罗瑞指的是马克那裁剪得体的灰色西装。

"安分守己而已,"马克简单一笑,"避开年轻的自己。我已经游历了……我在比利时待了几个星期,现在自己开了一家小小的商务咨询公司。"他把名片递给博士。

博士看了看名片上的内容,"'哈罗德·琼斯',你的新身份?"

马克点头,"这身份很方便,得体又不起眼,不容易引起怀疑。"

"那么你在做哪种'商务咨询'?"博士将名片揣进内袋。

"别担心,我并不打算向人们透露未来,这只是我个人投资的一个幌子。"

"投资？"

"过去这几年里，我干得还不错，博士。哦，我甚至还小心翼翼不让自己太惹眼——每挣一笔钱，我都谨慎地做一笔亏本生意。迄今为止，我一直在经营互联网初创公司，注册域名之类的，但最近我开始投钱做房地产，认购股票，还有，啊对了，伦敦西区音乐剧。"

"伦敦西区音乐剧？"艾米重复了一遍。

"有个类似ABBA[1]的后起之秀，我投了点儿钱，大概效益还不错。"

"这么说，你是超级音乐剧迷喽？"

"也不算，但我知道未来十年的潮流。这和我做其他投资类似，如果我知道一家公司直到2011年仍然存在，我就买它的股票。一旦知晓未来，从中牟利真是太容易了！"

女服务员端来了他们的冰镇咖啡，博士等到她离开了才又发话："你那个指导手册，进展如何？"

"你自己看好了。"马克从公文包里掏出一张纸，递给博士。

不到一秒钟，博士就把两面都看完了。"这就是未来的你寄

---

[1]. 1972年成立的瑞典流行组合，它的后起之秀是指ABBA-TEENS，1998年成立的乐团。

给自己的信?"

"不是原件,这是我抄的复本。原件被我完好地保存在公寓。"

"相当明智。"博士把信件还回去,"我看到,列表你勾掉了两条指示。"

"没错。我推迟了大三的一场考试,因为年轻的我迟到了。去年,我还确保他拿到了一张中奖彩票。"

"中奖彩票?"罗瑞惊讶得下巴都快掉了。

"不是头奖。只能中一万六千英镑。"

艾米赞赏地吹了声口哨,"按日薪算的话,那可不少了。"

"不过你是怎么做到的?"罗瑞问道,"所有音乐会和互联网公司的事情我都能理解,但你怎么可能记得彩票的数字?那可是发生在1997年某一周的事情!"

"他不需要记得。"博士呼噜呼噜地吸着自己的星冰乐。

"为什么?"

"因为他把这些都写在了寄给自己的信里!"艾米露齿一笑。

"嗯?"他越是想弄明白,越觉得脑子里一片糨糊。不,这可不妙。他需要画张图表。

"我们这次正是为第三条指示而来。"博士说,"说到这个,这会儿他们应该正在……过来这边!"他把墨镜往下扒了扒，向喷泉那边窥探。

罗瑞循着他的目光看去，看到——年轻的马克穿着T恤，戴着一顶宽松的白色渔夫帽，他正悠闲地走在人群之中，身边跟着一个穿夏季凉裙的姑娘。即使隔了那么远，罗瑞也能感觉得到她是多么美丽可人。

艾米也感觉到了——于是她给了罗瑞一个警告的眼神，提醒他已经是已婚男人。

这么多年来，马克感受到了从未有过的轻松和惬意。天空湛蓝，微风和煦，而他正和丽贝卡在一起。他们花了一早上的时间造访圣天使堡[1]、纳沃纳广场[2]，还有万神殿[3]；在数不清的街道上悠然地来回穿行，不匆不忙，却总是期待着下一个拐角的风景。这可真是再完美不过的日子了。

当然，他和丽贝卡还没有在一起，至少还不是男女朋友的关系。两人提早就达成了默契，只会像普通朋友那样一起度假游玩，不会再更进一步了。尽管他们睡在同一张床上，但中间总用一个枕头隔开。为了避免尴尬，两人都在洗手间里换衣服。

到头来，自己怎么会和丽贝卡一起来罗马度假呢？要是一月

---

1. 建于公元139年，是罗马皇帝哈德良为自己和其后代皇帝所建的陵墓。目前是一座专门收藏从罗马时期开始的关于武器的博物馆，位于意大利罗马台伯河畔。
2. 建于公元86年，位于意大利罗马历史中心区，是罗马最美丽的广场。
3. 又名万神庙，始建于公元前27-25年，用以供奉奥林匹亚山上诸神。

份的时候他知道事情会好转……那也并不会好过。他的父亲没有捱过新年，几个星期后他又和詹妮分了手。他只想做一次妈妈的好儿子，于是母子二人彻夜谈心，马克听说了很多过去从不知道的故事，包括她们的第一次相遇；还有得知自己出生时，爸爸急匆匆地从理事会会议上溜出来看他的儿子；以及爸爸有多为自己骄傲，逢人就夸耀他多么的优秀。

他依然和丽贝卡保持着联系，几乎每天都和她打电话聊天。丽贝卡很有耐心，她总是静静地倾听，问些问题，然后给出建议，还经常能把他逗乐。

四月，轮到马克来安抚丽贝卡了。她发现自己的未婚夫安东尼和同事有染，从他搬到曼彻斯特就开始了，一直没断。她当面戳穿他的时候，安东尼乞求原谅，但丽贝卡绝不会原谅他，甚至连一个厌恶的眼神都懒得施舍。

她本来已经定好了要去罗马度假，但她现在独自一人，没有旅伴了。马克之所以会同行，也并不是他自己的主意，而是妈妈的建议。她提醒他，当初他的爸爸就是总也抽不出休假的时间，始终无法带自己去巴黎度假，最终落下了满满的遗憾。如果马克眼看着机会从指缝中溜走，将来他也会后悔不已的。

马克鼓足勇气去问丽贝卡，是否介意自己做个伴。她笑了，然后告诉他，自己已经等了好多年，可惜他今天才学会捕捉自己的暗示。他坚持要负担一半的旅费，毕竟中了国家彩票后，自己还是付得起钱的。

过去的六个月,他经历了太多事情,他渐渐从暗无天日的悲伤中走出来,沐浴在阳光中了。丽贝卡仿佛知道他在想什么,她牵起他的手,两人从人群中挤过,走向特莱维喷泉。

而马克的右手像触电般一阵刺痛。

那一对儿走下层层台阶,在绿宝石般的池水边停下脚步,男孩给女孩拍了张相片。罗瑞、博士、艾米还有马克坐在桌前,正躲在菜单后面偷偷打量着窗外的那对男女。

"你觉得当初就是在这里弄丢了钱夹?"博士问。

"记忆中就是这里。根据信上的提示,从现在开始的任何一秒都有可能发生。"

罗瑞往前凑了凑,想要看得更清楚一些。男孩的后裤兜被钱夹撑得鼓鼓囊囊,他想不通钱夹怎么会意外掉落——直到他看见一个穿得破破烂烂的小瘦孩儿溜进人群,而没有任何人去留意他,大家都在为俄克阿诺斯海神雕像的精妙绝伦而赞叹不已。男孩一路走过来,不做丝毫停顿便从年轻马克的口袋里拎出钱夹,轻松地溜之大吉了——只不过他刚好正对着他们四人坐着的方向。

博士冲着罗瑞点了点头。再过几秒,那小贼就要连影子都抓不到了,于是罗瑞立即从座位上跳了起来。那小贼也立马就注意到自己被盯上了。他拔腿就跑，把四个人远远地甩在身后。

罗瑞看见那孩子溜进了旁边的小道，他不假思索地冲了上去，一路还在大喊："站住！小偷！"身旁的游客都愣愣地盯着他们看，一脸茫然。

他们沿着小道儿一路狂奔，男孩把看热闹的路人撞得东倒西歪，罗瑞不得不放缓脚步。前面不远的地方，一辆菲亚特[1]堵住了整条道，而男孩丝毫没有减速的意思。他轻轻一跃，踩着前盖跳上车顶，又跳回地面继续逃。顾不上思考什么，罗瑞也紧随着爬上车顶追了过去，留下一串愤怒作响的喇叭声和司机气急败坏的咒骂声。

男孩冲向另一条小巷，一边回头察看自己是不是甩掉了追踪者。他并没有。罗瑞刚刚着地的时候半边身子都麻了，他顾不上这些，脚下生风，速度提高了一倍，追着男孩在一片越来越窄的小巷里穿梭。与其说他是追着身影在跑，倒不如说是循着一串串的脚步声。

下一条小巷的尽头是一段阶梯。男孩已经爬上了二十几级，但罗瑞并不放弃。他抱怨着加了把劲儿，追了上去。脚下的台阶越来越陡，两人眼看着就快要跑到楼顶了，而就在罗瑞觉得这场追逐简直没完没了的时候，他们终于在一个停车场里停了下来。

---

1. 意大利著名汽车品牌。

男孩飞身跃上一辆小型摩托车。趁他还没打着火，罗瑞纵身一跃，将小偷和摩托车一同扑倒在地。一番挣扎和打斗之后，罗瑞掰开小偷攥得紧紧的手，把钱夹从他拳头里拽了出来。男孩猛地把罗瑞甩到一边，大声咒骂着哧溜一下跑没了影儿。

罗瑞躺倒在柏油碎石路面上，胸部起伏个不停，直到他听见博士跳上他身后的台阶。

"干得漂亮！"博士扶着他站起来，"你刚刚拯救了整个时间-空间连续体。"

"太棒了。"罗瑞精疲力尽，只是把钱夹递向博士。

博士仔细检查了钱夹，摇了摇头，"恐怕这不是我们要找的那只钱夹。"

"什——什么？"

"开个玩笑而已，"博士咧嘴一笑，"就是这只钱夹！瞧瞧你脸上的表情！"博士说着整了整领结，得意扬扬地说，"现在，我们得把它送回马克的宾馆……"

这真是他这人生中最棒的某一个上午了，随之而来的却是糟糕透顶的下午。就在万神殿和特莱维喷泉之间的某个地方，马克弄丢了他的钱夹。所有旅费都在里面，还有身份证、旅行保险等等所有的东西。

接下来的一个小时，他们都在走回头路。马克仔细察看水沟，咒骂着自己的愚蠢。他知道，丽贝卡身上的现金并不足以支撑两人的旅程。他们将会没钱出门，也没法参观博物馆，更别提去游览蒂沃利的哈德良别墅[1]了。马克越想越觉得心烦意乱。

他们又转回到万神殿的时候，马克靠着墙滑坐在地，"好了，就到这儿吧，我放弃。"

"好吧，没什么大不了的，"丽贝卡说，"你别在意。"

"我真是搞不懂了。我都快要抓狂了，而你却这么淡定。"

"我可是在度假呢，罗马也不是随处可见。总之，有你紧张咱俩的事情就够了，我还有什么好担心的呢？"

"这么说，你没生我的气？"

"当然没有。等着，我去给你买个冰淇淋。"

"你没钱了。"

"好吧，我们……我们走回宾馆吧。我的行李箱里可能还有些旅行支票[2]。我们起码可以回去看看还剩下多少钱。"

"嗯，我想这算是个计划。"

"这可是个很棒的计划！因为是我想到的。"丽贝卡的话把马克逗乐了，"别担心。你不过是丢了钱夹，又不是世界末日。"

---

1. 公元2世纪时罗马皇帝哈德良在蒂沃利建造的别墅，距离罗马约25公里。
2. 银行或旅行社为旅游者发行的一种金额固定的支付工具。

博士像魔术师把玩纸牌一样,在指尖转了几下钱夹,然后才把它交给宾馆的前台。

"嘿,事情是这样的。我在街上捡到了这只钱夹,大概是住在这里的某位客人弄丢的。"

前台打开钱夹,一脸不满地看着博士,好像他活该因为打扰自己的逍遥日子而被立即逮捕。

"马克·惠特克,"艾米好心地对他说,吐字清晰,"他的名字就写在身份证上。"

"没错,"博士说,"你不妨先替他保管,等他回来了再交给他。我说完了。还有,要是他问起是谁送来的,就说是某个……英俊的帅哥。"博士骄傲地转了转自己的领结。

艾米赶紧把博士从前台拽走,省得他继续给她丢人。罗瑞和马克正等在外面。

"好了,事情都解决了。"罗瑞说。艾米也高兴地一把搂过他。

"没错,单子上的任务又可以划掉一个了,惠特克先生。"博士蹲在地上,打开他的小皮包,拿出时间摇移自动探测器,"除了……"

"除了什么?"马克说。

博士把设备举过头顶晃来晃去,像是在寻找手机信号,"我仍然能捕捉到时间摇移的信号。看到刻度盘了吗?"

马克盯着探测器,"你是说这一动不动的玩意儿?"

"没错。实际上,它一动不动恰好意味着历史的进程仍然有变。"

"但咱们已经把钱夹送回去了,"罗瑞争辩说,"我们还应该干什么?"

"我的信里也没写别的了。"马克说。

"那就一定是其他事情。"博士晃了晃手指,"这一天,某些不该发生的事情发生了。某些有很多……那个词是怎么说的来着,罗瑞?"

"岔道?"罗瑞叹了口气。

"岔道!对,某些能造成很多岔道的事情。所以,马克,是什么呢?"

"你可别指望他能记得。"艾米笑道,"对他来说,这可是,嗯,远在十五年之前的事情了。"

马克把手指插进头发里,脑海中的记忆在慢慢苏醒,他露出了笑容,"并非如此,这一天对我来说就像昨天一般历历在目。"

"不是昨天,是今天。"博士捏着马克的肩膀,直视他的眼睛,"告诉我,你发现钱夹失而复得之后……又做了什么?"

9

历任罗马帝王的头颅被摆成一排，陈列在大厅里，每颗毫无灵性的头颅都是大理石质地，光滑雪白。

"这一位是，"丽贝卡读着展示柜下方的标示牌，"提比略[1]。要是把这些疯子从一到十分为十等，他堪堪算是第八等吧。"她继续沿着古罗马皇帝雕像厅往里走，在大理石地面上留下一串咔嗒咔嗒的脚步声。

快到闭馆时间了，卡比托利欧博物馆[2]里罕有人迹。马克大口呼吸着馆内吹送的清凉冷风，心情愉悦。他简直不敢相信，遭遇了重大危机的他们竟然还能来到这里。

之前当他们回到宾馆的时候，就看到前台的接待员激动地瞪大眼睛，大喊着他的名字冲他招手。她手里拿着的正是他的钱夹，里面的信用卡和钱一点儿没少！据接待员说，钱夹是某个

---

1. 罗马帝国第二位皇帝，公元14-37年在位。
2. 位于意大利罗马的一座公立博物馆，1536年由米开朗琪罗设计，历经四百余年才建成。

"英俊的帅哥"送回来的。马克喜悦无比，感谢再三，并向她许诺，自己回家后一定告诉所有人，意大利人绝对是世界上最诚实的人。

钱夹里并没有任何关于宾馆的信息，所以捡到钱夹的好心人怎么知道要交还到这里呢？马克无暇质疑自己的好运气。他和丽贝卡买了个比萨庆祝了一番，然后便继续旅程，先后去参观了古罗马圆形大剧场、古罗马广场，以及帕拉蒂尼山，最后拾阶而上，爬上了卡比托利欧山[1]。一走进博物馆，他们就拜托一位刚要进馆参观的韩国旅客，帮他们在君士坦丁巨蟒脚印前合张影。

"奇怪了，"丽贝卡开口，打断了马克的思绪，"它们看起来可不怎么有罗马范儿。你觉得呢？"

丽贝卡说的是六尊背对着墙、站成一长排的雕像。雕像是天使的模样，双臂在胸前交叉，眼睛虔诚地向上凝望着。它们身穿长袍，头发如波浪般卷曲，很像大厅里受伤的亚马孙士兵雕像[2]。但背后的翅膀又像是维多利亚时代的样式，显得格格不入。

"标示牌上写了什么？"马克漫不经心地匆匆扫了一眼雕像。

"没有标示牌，"丽贝卡说，"肯定是新摆的。"

---

1. 以上都是罗马古迹。
2. 指大厅里陈列的公元前五世纪的亚马孙女战士雕像。

年轻的马克和丽贝卡围着雕像研究了许久,结果一无所获,后来两人沿着走廊往展厅深处走去,消失在大厅尽头。

"哭泣天使。"罗瑞叹了口气。

博士向罗瑞、艾米和马克打了个手势,让他们继续蜷着身子躲在哈德良皇帝[1]的半身雕像背后,自己则用手指撑住眼睛免得眨眼,蹑手蹑脚地走近天使雕像,不发出一点声响。"很好,这就对了。"

"什么对了?"艾米悄声说。

"它们在守株待兔,坐等悖论发生。"装饰繁复的天花板上闪过一抹蓝光。

"哪种悖论?"罗瑞打了个哆嗦,"我是说,什么导致的悖论?"

博士转身看向马克,"你之前在这里的时候,发生了什么不正常的事情吗?比方说有没有不义之财,或者某个引你去特定路线的巧合?"

马克陷入了回忆。他记得自己来过这家博物馆,眼前的天使雕像撞破了一段又一段记忆,他的那次毫不愉快的遭遇。但要说其他的,除了他和丽贝卡在阳台远眺古罗马广场时的聊天之外,

---

1. 古罗马皇帝,生卒年份是公元76-138年。

他什么印象都没有。

"没想到什么,"马克说着拍了拍自己的脸,"哦!有一件事情!我们被锁在里面了。"

"你们被锁在里面?"博士说。

"呃……博士,"艾米悄声提醒道,"你没在盯着天使。"

"我以为你盯着呢,"博士说,"什么都要我嘱咐一番吗?"

"我盯着了,从现在起。"艾米瞪大眼睛,朝雕像的方向望去。马克也跟着她的视线看过去。三只天使被盯在了走路的姿态上,它们正跟着年轻的马克和丽贝卡向走廊的方向移动。另外三只则正朝着博士的方向潜行,它们像梦游者一般向前伸着胳膊,五官冷酷,面无表情。

"它们想要在我们和年轻的马克之间插一脚。"博士向天使们走去,头也不回地向背后勾了勾手指,招呼艾米、罗瑞和老马克跟上来。

"你们负责盯住冲我们来的那三只,我来盯住另外三只。"马克悄声说。他蹑手蹑脚地跟在博士身后,瞪大了眼睛盯着向走廊跟去的三只天使,还有短短几米它们就要得逞了。艾米和罗瑞默不作声地跟在他身后,为了确保安然无恙地从天使身边绕开进入走廊,四个人都移动得非常缓慢。等到所有人全部通过,博士身手敏捷地关上了身后的门,把天使们挡在门外,还用音速起子上了锁。

"博士,"罗瑞松了口气,"我们究竟该怎么对付它们?"

"这不明摆着吗?"博士眦眦欲裂,然后露齿笑道,"我们得把年轻的马克锁在里面!"

"五分钟,不能再多了,明白吗?"博物馆保安喊道,他看都不看马克和丽贝卡一眼,就急匆匆跑进洗手间释放自己。他们正身处连通两座宫殿的地下长廊里[1],这条长廊正通向古罗马国家档案馆[2]。他们在满是祭坛和墓碑的大厅里流连,又走进一条隧道,隧道两侧是粗糙的毛石墙,通向一条露天回廊。从回廊向下俯视,可以看到古罗马广场、倒塌的科林斯石柱,还有远方的罗马圆形大剧场。一切都沐浴在落日余晖中。

丽贝卡向露台紧走几步,惊讶地赞叹:"这里真美!"她回头看向马克,莞尔一笑,"还好最后来的是你。要不然,我连一半的乐趣都没有。"

"看着我担惊受怕了整整一个小时,你觉得很有趣吗?"

"哈,有趣至极。"她得意地笑着。

马克按下快门,拍下此处的景致,"走吧,我们得出去了。"

---

1. 两座宫殿分别是新宫和保守宫,地下通道为连接长廊。
2. 位于元老宫下方,元老宫位于新宫和保守宫之间,是罗马共和国时期唯一留下的遗址。

"等他们来赶我们再说。我还想去看看这条路通向哪里呢。"回廊向下岔开有好几条走廊,走廊里散落着庙宇剥落的碎片。丽贝卡率先跑下去探索,马克回头瞥了一眼朝下通向档案馆的过道。有一瞬间,他觉得眼角余光里似乎有什么东西在移动,就像是他们被跟踪了一样,但这儿一个人也没有。

"真险啊。"博士悄声说。四个人全都紧贴着过道的墙面站得笔直,像雕塑一样一动不动。博士和马克贴在一边,罗瑞和艾米贴在另一边。罗瑞甚至能感觉到后面凹凸不平的石头墙壁正湿湿黏黏地糊在背上。

直到年轻的马克消失在视线里,博士这才松口气,向前迈了一步,"要是让年轻的你看到我们……"他做出一个大难临头的表情。

他们向狭窄的过道进发,过道正通向回廊。"是这条路吗?"罗瑞质疑。

马克点点头,"就是这条,我记得,我们被锁在了外面的露台上,只要从这里穿过去……"

"好吧,假设我们这次选对了,那么,"罗瑞伸手去推面前一扇沉重的铁门,"我还有个疑问,咱们没有钥匙怎么锁得住这扇门?不过——"

"音速起子。"博士在空中挥了挥起子。

"好吧，又是音速起子。"罗瑞正打算用力，通道尽头传出一声怒吼。

"嘿，你们在干什么？"保安摇摇晃晃地朝他们走来。这是一个五十多岁、面色黝黑的男人，他满脸胡茬，穿的制服似乎小了一号，紧绷绷地箍在身上，"锁门可是我的工作。"

"抱歉，太抱歉了，"博士语气亲切，"我们只是想关心一下这里的安全性。可不能大意。"他在空气中挥了挥音速起子，像是在用它定位隐身的窃贼。

保安眯起眼睛盯着马克，"刚才我以为你们只有两个人。"

"刚刚是这样，"艾米傲慢地说，"但我们现在有四个人了，你有意见吗？"

保安不屑地哼了一声，砰地一下把门关上。他用一串笨重的金属链锁把门锁好，随后用大拇指示意下去的通道，暗示他们赶紧离开，"要闭馆了。出门的路在右手边，你们现在上楼，回家。我也要回家了。再见。"

"好的，完美的计划，"博士拍着手，"大功告成。太谢谢你了，你干得真棒。走吧，马克、罗瑞、艾米，我们走。这里没我们什么事儿了……"

"嗯？"

马克摇了摇头，"门打不开，我们被锁在这里了。"右手的指头感到阵阵刺痛，他猜可能是之前用拳头砸墙砸得太狠了。

丽贝卡取笑他道:"不顺心的一天,是吧?"

马克有点哭笑不得。刚下飞机的时候,他还沉浸在不切实际的幻想里,觉得旅途中两人没准能擦出点儿火花,她可能会对他萌生出些许朋友之外的想法。但今天,她只看到了自己无比糟糕的一面,他是那么易怒而无能。这大概是唯一一次能打动她的机会,而他却把一切都搞砸了。

"肯定会有人来找我们的。"丽贝卡给他打气,"锁在这里总比锁在别处好,而且,和你待在一起也比和别人好得多。"

"这就完事儿了?我们只需要做这个?"艾米大步流星地跟在博士身后。

"是的,就这样。"他们爬上楼梯,来到一间立着一排神话人物雕像的昏暗不明的大厅。博士检查着探测器,"时间摇移的信号不见了,未来不再悬而未决。"

马克也察觉到手上的刺痛感在逐渐消失,他都快要忘了这茬儿了。

"啊,嗯,博士,"罗瑞谨慎地说,"咱们算是打发了他们,可哭泣天使是不会善罢甘休的吧?"

"说得对。"博士回答道。他们沿着大厅往下走,脚步声在黑暗中回荡。大厅里没有窗户,也没有天窗,唯一一点微明的亮光全来自天花板上的电灯。"所以,大家留心天使的动静。"

艾米立即警惕起来。她把周围的雕像挨个打量了个遍——这可是座塞满了雕像的博物馆，任何地方都可能藏着一只天使。

"只要在被它们发现之前，咱们先发现它们，那就安全了。"

"只要哭泣天使还在附近，我们就都没有一刻的安全可言。"博士沉声说。

"背后！"罗瑞突然大叫一声，指向身后。六尊天使雕像正站在大厅尽头的最后一级台阶上，全都僵在了将手从脸上放下去的姿势上。

"每个人都盯住天使，"博士说，"要想绝对安全，我们必须……"

噼啪！噼啪！

大厅尽头的电灯闪了闪，熄灭了。罗瑞惊恐地叫了一声。

"你早该提醒大家的，不是吗？"艾米尖声向博士抱怨，"你该提醒一声的！"

噼啪！

"继续移动，"博士说，"保持移动！"

所有人慢慢地向后撤退。大厅中间的电灯这时也开始逐渐熄灭，只剩下他们身后的一盏灯还亮着。而在他们前面，艾米只能勉强辨认出一座座马人和仙女雕像投下的危险影子。茫茫黑暗之中，天使们正张牙舞爪地等着灯一盏一盏灭完。

噼啪！

最后的一点亮光也不见了,艾米甚至以为是自己闭了眼。黑暗中有人抓住她的手腕,她失声尖叫,然后才察觉到那是罗瑞。片刻过后,艾米先是听到高频率的嗡嗡声,博士的音速起子随即亮起了一抹微弱的绿光。

博士在身前挥舞着音速起子,就像拿着一支手电筒来开路。一只正向他们迎面扑来的天使迅速被曝光锁定;博士向左一挥,另一只天使也暴露在视野中,它蜷曲的手指正伸向他们!还有一只天使,正张着阔口无声地咆哮。博士在几只天使之间不断挥舞音速起子,想要把它们逼退,但他每照亮一只,总会让另一只有机可乘,向他们更进一步。

"艾米、罗瑞、马克!快走!赶快!"博士大喊,"我会尽可能拖住它们!"

"那你呢?"艾米叫道。

"只要你们逃出去之后喊人把灯重新打开,我就感激不尽了!"

艾米察觉到罗瑞轻轻捏住自己的手,他们和马克一起从大厅撤走,眼睁睁地看着那片绿光照得天使们愤怒的脸忽明忽暗。后来,他们退到了另一间屋子,拔腿就跑。

"我对这一切向你致歉。"

"道什么歉呢?"丽贝卡仍然沉浸在无与伦比的景致之中。

傍晚的斜阳下,古迹遗址从橘黄的色调过渡到暗红,空气中弥漫着遗迹的古老气息和松树的清香。"何况,有几个人能亲眼欣赏到这样的风景呢?被锁在这里面,是我们的幸运。"

"总的来说,今天真是非常幸运。"马克也走上露台,来到丽贝卡身旁。从这里望去,目之所及,没有一栋现代建筑,没有办公楼,没有满街的路灯,也没有任何的喧嚣。

"嗯,"丽贝卡笑着说,"一定是命运的安排。"

"我可以问个问题吗?"

"说吧。"

"今天发生的一切,换个人肯定会生我的气,但是你……好像还挺从容。为什么呢?"

丽贝卡把头发甩到身后,一边思索着措辞,"说正经的吗?安东尼曾经让我偏执又痛苦。他赢了,他让我变成了一个无比糟糕的人。可是后来,听到你诉说自己的遭遇,讲述你父亲的遗憾,我却突然想通了。人生短暂,不应该流连于悲伤。如果可以的话,尽管快乐地享受生活吧。"

"把握当下?"马克说。

"就是这样。把握当下,亲爱的。"丽贝卡转过身来,满怀期待地看着他——这个眼神他认得,和在学生协会的天台上一模一样。

他的心狂跳不已,然后倾身向前吻住了她。

丽贝卡回应了,同样温柔而细腻地吻住了他的唇。稍后,两人拉开了距离,"我其实不是这个意思。"她说。

"不是吗?"

"不,但这是个不错的开始。"丽贝卡露出狡黠的一笑,"知道吗?要是我们整晚都被锁在这里,也并不是很难熬……"

博士退到一间满是雕塑的大厅里,全力背水一战。不管他多么迅速地挥动音速起子,天使们总是步步紧逼。它们张开手臂,阻断了博士的所有去路。而大厅里一片黑暗,博士根本无从知道自己已经走了多远,以及还要继续走多远,直到他被逼退进墙根。

"好吧,我知道你们现在不怎么高兴,"博士想去安抚天使,"但咱们作为理性的生命,有什么不能坐下来好好商量的呢?一杯茶,几块道奇饼干,几张懒人椅?"天使们并不回应,仍然张牙舞爪,眼神空洞,"瞧,我可以——"

博士在大理石地面脚下一个打滑,顿时失去平衡,重重地摔了个四脚朝天。一时间,他陷入一片漆黑,然后才想起自己手里还攥着音速起子。他赶紧激活起子向上挥去。

微弱的绿光照亮了六张面孔,六只哭泣天使把他团团围住,正从上方凶狠地俯视着他。

"啊现在,你们犯了一个错误,"博士说,"这么一来,我一次性就能把你们全都盯住了。所以现在的问题是……我们谁先眨眼。"

他们跑到了博物馆入口处,艾米一把抓住保安大吼:"赶紧把里面的灯打开!"入口的保安刚好是他们之前在过道里遇到的那个。

他疑惑地耸了耸肩,"我没关灯。"

"但是有人关了灯!"艾米继续大吼,"里面还有人呢!一片漆黑!"

保安哼了一声,慢吞吞地挪向开关控制室。罗瑞和马克追上艾米,马克跑得满脸通红,罗瑞则挂着一如既往的担忧表情。

"赶快!"艾米催促道。

保安喊了一声,依次拉下几个开关。他们身后的走廊瞬间被黄色的灯光照亮。

"谢谢。"艾米说着,又小声地咕哝了一句,"总算好了。"保安带路,他们赶紧回到灯火通明的博物馆里。

他们赶到的时候,博士正躺在神话人物雕塑大厅的地面上,被哭泣天使团团围住。天使们一副扑上去捕食的姿势,被定在了当场。

"博士!"艾米冲到他身边,将他从哭泣天使堆里拯救出来。

"我得一直睁着眼,"博士说,"别提多难了。"罗瑞和马克小心翼翼地盯住天使。博士拍掉身上的灰,整了整夹克和领结，走向保安。

"你好,"博士友好地搂住保安的肩膀,"你大概会好奇这六尊雕像是怎么冒出来的。"

保安木讷地点点头。

"好吧,我是你的话,就不去操心这个问题,因为明天一早它们就会消失不见。"博士说道,"一直盯着这些雕像,保证我们安全地走出博物馆,好吗?"

马克咳嗽了一声提醒博士。

"啊,"博士也想了起来,"不过你或许应该先去罗马档案馆看看,有两个游客被锁在了那里……"

1998年8月12日

晨光唤醒了睡在床上的马克。他摸到眼镜架上鼻梁,视线里的一切变得清晰起来。原本横放在床中央的枕头现在正躺在地上,是他昨晚丢下去的。

丽贝卡斜倚着阳台望向窗外的街道,她一身夏季凉裙,拇指无意识地摩挲着《海滩》[1]的封面。

---

1. 英国作家艾力克·葛蓝1996年出版的小说,后被导演丹尼·博伊尔翻拍成同名电影。

"丽贝卡？"马克唤道。

"喔，你醒了。"她说着放下手中的书。晨曦在她的秀发上落下一圈金色光晕，也给她的皮肤蒙上了一层金色的柔光。

"昨晚……"

"嗯？"

马克吞咽了一下，"你说，这次应该不算是冲昏了头的一夜情吧？"

丽贝卡挑了挑眉毛，"你这样看？"

"不，当然不是。"马克急忙说。

"我也不是。"丽贝卡说，"事实上，我在期待一个完全不一样的结局。"

马克立即一骨碌爬起来，光脚踩上地面的瓷砖，他满心想要冲过去亲亲丽贝卡。但望着窗边的她，他改了主意，"就待在那儿。"

"干什么？"

马克拿起相机，对焦，"待在那儿，不要动，我只想记录下这个瞬间。"在她扭过头，用那双清澈的蓝眸望向街道的那一刻，他按下了快门，相机发出了咔嚓一声。

10

1999年10月29日

四十二岁的马克在办公区外停下脚步。他望着熟悉的混凝土大楼,久久驻足。

这就是他工作了十余年的地方,从初级助理律师开始,渐渐承担起越来越多的责任,直到成为律所合伙人。或者说,这里也将成为年轻的自己即将工作十余年的地方。

接待处还是记忆中的模样,好吧,除了墙面的颜色不大一样,以及桌面标牌上还是"波拉德&博伊斯"的字样。同往常一样,罗恩还坐在桌旁翻看着《每日镜报》——他现在的头发倒是很浓密。

马克走到桌前,"哈罗德·琼斯来见波拉德先生,五点钟。"

罗恩点点头,接通了办公室的电话,"他们派人下来了。"

一分钟后,内厅的门打开,西沃恩走了出来。

"琼斯先生,很高兴见到您。"她说着和他握了握手。

马克忍不住露出微笑。西沃恩还只是三十岁出头的模样,眼神明亮,面庞充满朝气。

西沃恩领着他上楼,来到波拉德的办公室。马克瞥见了自己映在玻璃门上的影子。他注意不要和年轻时的自己太相像,于是他留起了胡子,把头发染成了黑色,除此之外,他还有终极武器——一副太阳镜。

尽管他以琼斯的身份和弗兰克·波拉德通了无数次电话,但这还是两人第一次见面。去年一整年,马克都在纽约和爱丁堡之间奔波,但现在他已经决定搬去伦敦,而且已经在海格特地区[1]买好了公寓。他想和年轻的自己住得近一些。喔,这可不是为了找机会搭个话什么的,不过远远地关注他也并没什么不好的影响吧。更关键的是,马克想要再看一看丽贝卡。

"波拉德先生在里面等您。"

马克看到弗兰克·波拉德坐在桌前,神情愉悦而骄傲。他面颊饱满,脸色红润健康,比马克记忆中更加年轻。

"哈罗德,哈罗德,"弗兰克说,"终于能和您本人见面,我发自内心地感到高兴。"

"彼此彼此。"马克就座,"我早该前来拜访的,但为了生

---

1. 英国伦敦北郊的一片地区。

意总是在国外奔波。"

"完全理解。"弗兰克随手剥了块水果硬糖,"能在'大苹果城[1]'玩得尽兴,何苦要来克罗伊登[2]阴沉度日呢,话是这么说的吧?我叫西沃恩给你弄点儿喝的吧,茶还是咖啡?"

"不必了,谢谢。你可能还在纳闷儿我为什么过来拜访。"

"必须承认这是有点蹊跷,你的上一封'电子邮件'神神秘秘的。"

"我来这儿是有个不情之请。"

"不情之请?"弗兰克身子前倾靠上桌子,"要我帮什么忙呢?"

"我看到你最近刊登了一则招聘广告,招聘初级助理律师。"

"是的。"

"还没招满吗?"

"还没。我们裁员过度,现在有点儿人手短缺。"

"我能否提个建议,一个请求。瞧,我,呃,很看好其中的某位求职者,如果你能考虑给他一个职位,我将感激不尽。"

"哈,这可真是个不情之请。"

"我承认。"

---

1. 即纽约城。
2. 英国大伦敦南郊的一个区,曾是古老的商业城镇。

"我能问一问他的名字吗?他是你的什么人,熟人吗?"

"马克·惠特克。"

弗兰克打开桌上的文件夹,翻阅着简历,"马克·惠特克。马克……惠特克。啊,找到了。这星期我们已经面试过他了,一个英俊得体的年轻人,就是有点缺乏自信,但他确实和其他候选人有些差距。"

"不过我想,如果能给他一个机会,他会证明自己能力超群。"

"哈,"弗兰克仔细研究着申请表,"我也觉得他可能很有潜力。"

"你看,我并非让你录用一个无法胜任的人,给他一个试用的机会吧。如果他不够令人满意,你大可以把他辞退,而我也不会强人所难。像对待其他员工一样公平地考察他吧,作为回报,我也会继续把更多的生意交给你们打理。"

"这可真是打破了惯例。但考虑到您在波拉德&博伊斯享有至高的声誉,不答应您如此热切的个人举荐,就有点不太明智了。这可不是我们不专业。"

"这么说你们会考虑他了?"

"是的。试用期。"弗兰克大笔一挥,在马克的申请表上画了个醒目的标记。

"还有一件事。"

"什么?"

"请务必替我保密。马克·惠特克只需要知道,是他的能力帮助他得到了认可。"

"我明白了。"

"别向他提起我的名字。他最好永远也不知道我的存在。"

"你考虑得非常周到,当然,我答应你。"弗兰说,"这个小伙子,他是你的亲戚吗?"

"差不多。只能说,我对他有非常高的期待。"

"你似乎在玩马格韦契[1]的把戏。"弗兰克轻笑道,"还有其他的嘱咐吗?"

"没有了,这就是我所有的请求。"马克和弗兰克作别,又划掉了清单上的一项任务。

1999年10月31日

"抱歉,没加奶进去。"马克说着,递给丽贝卡一杯茶。她太累了,顾不上挑剔。胳膊疼、脚疼,连手指头也疼,好在一切

---

1. 19世纪英国作家查尔斯·狄更斯作品《远大前程》中的角色,他是改变主人公匹普命运的一个关键人物。他曾资助匹普,让他前往伦敦接受上流社会的教育,并成为一名绅士。

就快收尾了。

好吧,搬家任务完成了"搬"的部分。至于家具,新客厅里目前仅有一只破旧的皮沙发、一把宜家椅子,以及马克的便携电视。硬纸箱满满地堆了一地,往上叠了四层,从沙发到门,只有一小条缝隙可以过人。这些箱子也都得一一拆开,他们决定留待以后慢慢拆。当务之急,丽贝卡只想快点结束。

噢,太激动了。不只是因为搬进了伦敦城令人向往的坎伯韦尔区[1],还因为她即将和马克同居。这样一来,他们的关系就更加正式了。事实上,他们去年就住在了一起,但后来她在帝国理工学院[2]找了份工作,所以从去年九月份起,她一直在露西和艾玛家里打地铺,每到周末则和马克一起去物色合适的公寓。

他们最终选中了这里,此刻两人就坐在自己的小公寓里喝着红茶。丽贝卡靠着沙发,望着马克摆弄天线。电视里正播到《临阵脚软》[3]第二季的最后一集,如此重要的一集,他们绝不能错过。

这时,马克的移动电话嗡嗡地震动起来。"你好,是的……没错,是我。"他抱歉地向丽贝卡皱皱眉,"没事,没关系,我没有在忙。呃……"接着他陷入了沉默,而电话那头的人不停地

---

1. 英国伦敦南部的一个区。
2. 世界顶尖的理工学院,成立于1907年,校区位于伦敦著名的富人区南肯星顿。
3. 英国电视剧,又名《曼城爱情故事》,1997年开播。

说了好几分钟。"万分感谢,感谢通知……好的,您也是。再见。"他挂断电话,看着丽贝卡。

"什么事?"

"我录取了,"马克终于开口,"我得到了初级助理的工作,在波拉德&博伊斯律所。"

"录取了?"

"头三个月是试用期,不过……是的。"马克语气犹疑,似乎不敢相信自己有这样的运气,"八号正式入职。"

忍着浑身酸痛,丽贝卡从沙发里挣扎着起身,给了他一个拥抱。"我就知道,我就知道他们会录用你。看我说的没错吧?嘿,自信点!那么现在,双喜临门,我们又有一个庆祝理由了!"丽贝卡一头扎进厨房,拉开冰箱门。里面空空如也,只有一瓶早些时候放进去的香槟。她没找到玻璃杯,只好涮涮几只带着豁口的马克杯折回客厅,"马克杯装香槟,我们的生活真是堕落。"

"准备好了咱们就开始吧。"马克尽量冷静地看着她。

丽贝卡脱下外套,缠在瓶颈上,拽开木塞。她突突几下把酒倒进杯子,递给马克,"来,"说着端起了自己那杯,"敬我们的新公寓,还有你迈向一流律师的事业!"

"那还很难说……"马克说,"天呐,我们的新公寓!终于一起住进来了。"

"没错,神圣的一刻。"丽贝卡喝了一口香槟,感受着气泡在舌尖跳跃的感觉,"终于长大成人。"

"下一步我们就结婚。"马克雀跃地说。

丽贝卡呛着笑了起来,"什么?"

"结婚啊,我说得不对吗?下一步就该结婚。"

"这就是你的求婚吗?"

"当然不是。"马克从夹克口袋里掏出一只小盒子,在丽贝卡面前单膝跪下。他打开盒子,里面躺着一只璀璨的钻戒,"这才是我的求婚。"

塔迪斯的控制台上闪出几道火花,随后炸成一片。地面晃得厉害,到处都在抖,艾米都快被甩到地板上了。"博士!"她拼命地保持着平衡,"发生什么了?"

十分钟前他们才刚刚离开罗马,还没来得及启航,塔迪斯就开始发出刺耳的噪音,控制室里所有没固定住的东西都被甩来甩去。

"时间-空间连续体中出现了更多摇移,是这样吗?"罗瑞猜测道。他正挣扎着从地上爬起来。

博士围着控制台转来转去,一边拨弄着各种按钮,他专注地皱着额头,"更多的时间摇移,的确如此。11月4号,2000年。"

"又是马克列表里的一项任务吗?"艾米猜测道。

"2000年11月他没任务。"

"可这就意味着……"罗瑞说。

"这意味着我们的老朋友没管住自己。"博士拉下控制杆,去物质化那熟悉的呼哧呼哧声随之响起,"有麻烦了,我们去一探究竟!"

11

2000年11月4日

丽贝卡抿嘴抹匀唇上的口红。她还要再看一眼镜子，检查一下妆容——无可挑剔。她的身后，造型师阿曼达满意地笑了起来："啊，你真是美极了。"

丽贝卡抚了抚头发。她满头螺旋状的金色小发卷，被一丝不苟地用发卡收拢固定住。她顶着这样的造型，如同顶着一本书般小心翼翼地起身。婚纱的束胸勒得她大气不敢喘。一切都被束缚到了极致，没有一丝余地。

她看向露西和艾玛，两人都穿着桃色的伴娘礼服。能强迫露西穿上一身小女人的装扮，哪怕就这一次，丽贝卡也感到得意极了。

一阵敲门声。"方便吗？"是丽贝卡的爸爸。

"进来吧。"丽贝卡说。她的父亲穿着正装礼服容光焕发地走了进来，略带尴尬地笑了笑，他注意到女儿已经打扮一新，不由得略有所思。

"我的小公主。"他说。看着父亲的眼睛，只一瞬间丽贝卡已知道父亲是多么的为自己骄傲，根本不必流于言表。"你紧张吗？"

"不。真希望这一切快点结束，否则人们会一直问这句话。要说真有什么让我紧张的，那就是人们不停地问我：'你紧张吗？'"

"我倒没注意到这一点，"她父亲说，"大家只是想帮你壮壮胆而已。车已经在外面等着了，你准备好了吗？"

"那就走吧。"丽贝卡又产生了想要深呼吸的冲动。她转身出门，又在门口停下。"花捧！"她从梳妆台上一把抓起百合花捧，"要是忘了拿它，那就大事不妙了！"

一阵寒风刮过，卷起教堂墓地上的片片落叶。马克有点担心，自己上了发胶，梳得服服帖帖的发型可不能弄乱了，于是他躲进了教堂门廊。

马克的任务是和伴郎加雷斯一起迎宾，送他们走进教堂。看到工作上的同事、大学里的朋友还有酒吧里的玩伴们穿得西装笔挺，真是让人浑身不自在。马克觉得自己好像在拍一出浪漫喜剧。

"怎么了？"加雷斯拍了拍马克的后背，"想逃婚的话，现在还来得及。"

"真好笑。"马克说。他再一次后悔不已，当初就该选个正经点儿的伴郎的。

加雷斯看了看手表，"还有二十分钟。你该进去了，说不定他们会提前到呢。"

"好。"马克说着揉了揉右手，他的指头又开始刺痛了。

"什么？"

"他就在这里，艾米。"博士埋头捣鼓他的摇移探测器，"就在这附近的某个地方，而且越来越近了。"

艾米拨开眼前碍事的头发。塔迪斯把他们带到了奇切斯特[1]，这是座保存完好的古城，有着乔治亚风格[2]的建筑、古罗马城墙，还有风景如画、绿野如茵的公园，每家商店看起来都有纪念品和奶油茶点在卖。尽管狂风大作，人行道上依旧塞满了购物的人群，大多是结伴出行的家人，还有行动缓慢的老人。眼前的生活图景让艾米回想起莱沃斯，只不过比莱沃斯更加拥堵一些。

博士突然驻足，原地后转，沿着原路往教堂的方向而去，他一路又跑又跳，活像一只装着弹簧腿的羚羊。"快跟上！"

艾米和罗瑞面面相觑，也只好转身去追他。博士这时却又停了下来，他晃了晃探测器，然后紧紧盯着街上来来往往的车辆。

---

1. 英国英格兰南部城市。
2. 1714-1811年间，在欧洲流行，特别是在英国流行的一种建筑风格。

一辆越野车沿着街道朝他们的方向减速驶来,艾米看了半天才认出司机:是马克——他戴着一副墨镜,络腮胡挡住了半张脸。

"停车!"博士朝马克大喊。他大步闯入车道,抬起一只手。越野车发出一阵紧急的刹车声——接着又是一声急刹车,另一辆车砰的一声撞上了越野车的屁股,玻璃碎了一地。

老马克从越野车里走出来,重重地把门摔上,"你们……你们在这里干什么?"

"这是我该问的问题吧,"博士说,"事实上,我就是来问你这个的。你在这里干什么?"

"我车开得好好的,却有一个疯子不看路就冲过来。"

艾米仔细打量着马克的脸,他一副做贼心虚的样子,"我们必须来这儿,因为博士又探测到了时间摇移。你要和年轻的自己接触?"

"不,"马克反驳道,"当然不是。"

"这就有意思了。"博士说,"探测器从不撒谎,除非它失灵了,这当然也时有发生。但这次显然不是它失灵。我能察觉到潜藏的时间能量正在蠢蠢欲动,看看我的后脖子吧,头发都立起来了,还一股柠檬味儿。"

"你这是打算去哪儿?"罗瑞询问马克。

没等马克回答,后车的司机就朝他们走了过来。他是个有着上校派头的胖子,穿着一身司机行头。艾米看到他身后的豪华轿车的前灯碎了,引擎盖被撞得坑坑洼洼。

"该死的你们在胡闹什么?!"驾驶员冲他们大吼。

"抱歉,"马克说,"这不是我的错,是这个——"

豪华轿车的门打开了,一个六十来岁身穿灰色西装的男人走了出来,男人花白的头发一丝不苟,他的后面还跟着一位金发女郎。艾米在罗马见过这个姑娘,现在的她穿着一身别致的婚纱,打扮得完美无瑕。

新娘怒气冲冲地朝他们走来,手里握着她的高跟鞋,"真是不敢相信。真是见了鬼了!"

"什么?怎么了?"博士问道,接着,他瞪大了眼睛,"等等!你这是要去结婚?"

"我当然是要去结婚!今天是我结婚的日子!至少在这场面还没变成某集《嬉笑兄弟》[1]之前,还是我的大喜之日!"

博士把马克拉到一边,悄声对他说:"哦,不,你不能这么做。这是你自己的婚礼。你给我看的那张单子上写着你可以介入过去的地方,记得吗?这件事可不在你的任务单上!你知道自己在做什么吗?你越界了!"

"我不会介入,"马克解释道,"我只是想站在后面看一看。"

---

1. 英国BBC于1987—2009年播出的儿童喜剧。

"站在后面看一看?"博士泄气地摇了摇手指头,"我是怎么跟你说的?时间悖论!哭泣天使!时间岔道!人类为什么总是一意孤行,不按规矩办事呢?真该让机器人取代你们。不,重新斟酌一下,机器人还是算了,不是什么好主意。"

"抱歉打扰一下,"丽贝卡丝毫不像是感到了抱歉,"我似乎听到你们说要去参加婚礼?"

"是的,没错,"马克说,"神圣斯蒂芬教堂,在一个叫奇伯里的村庄。结婚的是马克·惠特克和丽贝卡·科尔斯……"

"但那是……那正是我的婚礼!"丽贝卡惊呼道,"你要去参加我的婚礼?"

"你就是丽贝卡·科尔斯?"马克也做出一副惊讶的表情,"真是太巧了!"

"没错,就这么碰上了,这世界可真小,"博士拍了拍手,"那么,如果,呃,哈罗德先生去挪一下车,你们就可以一路开过去,然后完成婚礼,一切照旧。"

"不可能。"司机摇摇头,指了指撞坏的豪华轿车,"撞成这样可没法儿再开去教堂,而且车险不包含这个。"

"哦,好极了。"博士一巴掌拍在马克汽车的前盖上,"这可真是妙啊!"

"瞧,"马克说,"既然我也要去……或许我能载你们过去?"

"顺道搭车,越来越妙了!"博士仰天长叹。

"我别无选择。"丽贝卡说,"我可不想迟到。"

"哦,我想姗姗来迟也无碍,"博士匆匆安抚道,"新娘的特权。就让他急一身汗吧,这种人生大事,等个十五分钟又何妨呢?"

马克把博士、艾米和罗瑞叫到一旁,"但她没有迟到。"他坚定地说。

"什么?"

"她准时到达婚礼现场了。"

"你确定?"

"那可是我自己的婚礼!我记得每个细节!"

博士迟疑了,他权衡了一下目前的状况,"好吧,大家赶快坐上……哈罗德的车。没时间了,我们还要参加婚礼呢!你是新娘的父亲对吗?她真是太美了,哪怕有一点点机会,我也一定要娶到她!上车走吧!"

马克拉开车门,丽贝卡和她的父亲坐了进去。

"抱歉,不过我们这是在干什么?"罗瑞说,"这么做难道不会改变历史吗?"

"并不会。但若是丽贝卡耽误了自己的婚礼,就会改变历史。"博士解释道,"我们得让她准时步入教堂结婚!"

"请不要介意我这么问,可你们是谁呢?"丽贝卡问道,她把鞋子搁在膝盖上。在她看来,自己对这四位陌生人有着某种莫名的熟悉感。特别是驾驶座上的家伙,剃掉胡子,再倒退二十多岁,他和马克真是一模一样。

"一个亲戚。"他说,他的声音和马克也很相像,"玛格丽特姑妈那边的亲戚,加拿大来的。"

她右边那个呆头呆脑的高鼻梁男人不明所以地哼了一声。"你们来自加拿大?全部都是吗?"丽贝卡问道。

"正是如此,"驾驶座上的家伙继续回答道,"一个小地方,离多伦多差不多五十英里。我是哈罗德·琼斯,这位是博士,以及艾米和罗瑞。"

丽贝卡陷入了沉思。马克妈妈曾提到过他们在加拿大有亲戚,这刚好解释了两人之间的相似之处。

"你的口音可不像,呃,加拿大人,希望我这么说不会太唐突。"丽贝卡的父亲开口道。

"确实不怎么像,但就是这样,"艾米说,"我们加拿大人通常都听不出来口音,这正是贼有趣的地方。"

"那么,究竟是谁邀请了你们呢?"丽贝卡问。

"我们恰好在英国,马克的妈妈提出了邀请,在最后关头我们才决定要来。"哈罗德说,"突然造访,不成问题吧?"

"当然不。事实上,碰到你们真是不幸中的万幸。虽然要是你们没来,我们也不会撞上你们的车。"

"事情的进展真是让人啼笑皆非。"博士说道。十字路口的红灯亮了,车子一个急刹。"我们时间上还来得及吗?马——美妙的哈罗德?"

"差五分钟就到一点了。照这个交通状况,我们是赶不上了。"

"交给我吧。"博士把手伸进外套摸索了一阵,掏出一个看上去像是电动牙刷[1]的东西,他把它紧贴在窗玻璃上,对准了交通信号灯。电动牙刷发出嗡嗡的响声,信号灯随即变成了绿灯。

"所以说,你还在等什么呢?"博士急躁地咧着嘴,"开车!"

马克坐在教堂的最前排,妈妈和加雷斯陪在他的两边。空气中弥漫着石材和家具抛光的气味。他盯着自己的鞋子,鞋面锃明瓦亮,他甚至能在上面看到自己的影子。"现在是什么时间了?"

"离婚礼开始还有五分钟。"加雷斯说,"天呐,希望她不是落跑新娘!"

---

[1]《神秘博士》新版剧集第五季《房客》一集中,音速起子也被比作电动牙刷。

马克的电话震动起来,他收到一条来自露西和艾玛的短信,说他们被堵在了路上,但五分钟之内一定赶到。信息后面还跟着四个惊叹号和一个笑脸。

马克的妈妈抓起他的手,捏了捏,"别担心,她会准时到的,我向你保证。"

马克把大越野停在教堂外面的乡村小道上,就停在露西和艾玛乘坐的豪华轿车后面。博士、艾米和罗瑞刚从车里跳出来,就全都踩了一脚泥,立马后悔不迭。于是,罗瑞绅士般地上前扶住丽贝卡,帮她踩上草坪的边缘,一边小心地叮嘱道:"注意,这里都是泥。"

马克注视着丽贝卡,丝毫舍不得移开视线。她真是太美了。自己曾经无数次回忆起婚礼那天的丽贝卡,而此时此刻,她就活生生地站在自己的面前,巧笑倩兮,美目盼兮,像一场活灵活现的梦。他甚至还和她说上了话,这可是十五年来他第一次听到丽贝卡的声音,看到她满是憧憬的雀跃神态。马克由衷地感到高兴,同时又无比悲恸。每一秒他的内心都在挣扎,他急切地想把一切都告诉她,告诉她自己的真实身份,告诉她2003年4月的某个晚上,她将遭遇什么。不过目前时机未到,他必须忍耐。

他下车向他们走去,小心躲开路上的泥泞。他曾多少次来到这座教堂?一次是婚礼排演,一次是婚礼现场,之后是无数次来丽贝卡的坟墓探望。站在路边,他看得到一片空着的草地,未来的某一天,那里将被一株古老而多瘤的紫杉树的树荫所遮盖。

丽贝卡接过父亲递来的高跟鞋,斜倚着教堂的停柩门[1]把鞋子套在脚上,"搞定!现在是什么时间了?"

"已经迟了十五分钟。"她父亲指了指教堂塔楼上的钟,"不过别担心,你没到,他们也没法儿开始婚礼。"

"十五分钟?"艾米说,"我以为……"

博士舔了舔手指伸到空气中,"历史是不断变化的过程。"他十分严肃地说道,而在他说话的同时,一道蓝光爬上墓碑,迅速地一闪而过——马克在罗马也看到过这种蓝光,在学生协会的那天也是。空气中充斥着一股张力,一如暴风雨来临前的压迫感。天似乎也变黑了,这是他的错觉吗?

"你说对了,"博士说,"她那天确实准时到达了教堂。"

"你们在说什么?"丽贝卡说,"我不过是晚了十五分钟,又不是世界末日。"

"是不是世界末日还很难说,"博士决定道,"危急时刻,不得不破例了。你们全都在这里等我,我很快就回来!"说罢,他一头扎进马克的越野车,启动发动机开上了路。几秒钟后,他就在众人的视野里消失了。

---

1. 教堂墓地前面有顶盖的拱门。

"他以为自己在干吗?!"罗瑞错愕无比,"谢了博士,多谢你在教堂做这么荒唐的事![1]你看,艾米,我觉得他这次实在是太失礼了。"

"伙计们,你们愿意的话就待在这里吧,我可还有一场婚礼要办呢。"丽贝卡说着朝教堂的方向迈出一步,"我已经让未来的丈夫等太久了……"

"等等!"马克大喊道。丽贝卡闻声停下了脚步。一阵风吹过,地上的落叶被卷到空中起舞,接着,伴随着一阵刺耳的嘶鸣声,博士的蓝色警亭出现在她面前的小路上。

警亭的门打开,博士走了出来,"你们还在等什么?快进来!"

"到底发生了什么?"丽贝卡难以置信地盯着博士和他的蓝盒子,"这是什么玩意儿?它在这儿干吗?"

"不过是带着我们轻轻一跃,"博士满脸笑容,像是对待老朋友一样轻轻拍了拍警亭,"相同的地点,回到二十分钟之前。哦,别担心,里面有足够的空间。"

"等等,"丽贝卡说,"你是说这是某种交通工具?"

"我向你保证,这没什么好怕的。我看起来像是那种会在婚

---

[1] 为了中文谐音而和英文有所不同。

礼当天,把新娘绑架进一个警亭里的人吗?[1]"

"像。"

"别担心,"艾米安抚她说,"你可以信任博士的。"

"但是婚礼我已经迟到了——"

"就进去看一眼,"罗瑞说,"我是说,既然已经迟了,再晚一分钟又能怎样呢?"

博士朝旁边一侧身,让丽贝卡看看塔迪斯的内部。

"但是……这根本不可能啊,"丽贝卡惊讶得连说话都结巴了,"这里面就像是装了一整座房子……"

---

[1]. 《神秘博士》2006年的圣诞特辑《逃跑新娘》中,新娘多娜以为自己被博士绑架进了塔迪斯。

12

马克、丽贝卡和她的父亲走进塔迪斯控制室,惊叹地环顾着四周。

"这就是你所谓的交通工具?"马克问道。

罗瑞对他们的反应深表同情。从现实世界跨入另一个维度,进入一个里面比外面大的时间机器,这可不是谁都能轻易接受的事情,况且博士的仓促布置就更加剧了这种感受:塔迪斯的正中心如今一分为二,一边放置着一尊先锋派青铜雕像,另一边则是一座儿童乐园。

博士像是一个在乐园中玩耍的孩童,正在控制台前大显身手,如鱼得水。罗瑞一直觉得,控制台上至少有一半是没用的按钮,博士在上面按来按去只是因为他乐衷于制造那些"有趣的"噪音。

"我说,"丽贝卡对她的爸爸说道,"我觉得这些人并不是马克的亲戚。"

丽贝卡的父亲点点头,"要是说他们根本不是加拿大人,我也一点不觉得奇怪。"

刺耳的噪声充斥了整个空间，又过了一会儿，控制台的中柱渐渐停止动作。博士飞快地冲下斜坡，推开门："我们到了！"

博士、艾米、丽贝卡和丽贝卡的父亲依次走了出去，最后是罗瑞。塔迪斯刚好降落在教堂对面的草地上，和之前的位置只差了几米。

博士看了看教堂塔楼上的钟，"差五分钟一点，"他冲丽贝卡咧嘴一笑，"到早了，不过你还得去教堂，时间刚刚好。"

"什么？你是说我们回到了过去？"丽贝卡问道。

"只是倒回去了一点儿而已，"博士轻松地靠在塔迪斯上，"没人会察觉到的。"

"呃，博士，"罗瑞忍不住发问，"你确定这不是在作弊吗？"

"当然不，"博士像是受到了冒犯一样，他正了正领带，"恰恰相反，这叫严格执行规则。这是我的使命，一贯如此。"他拍拍手，转向丽贝卡和她的父亲，"好了，机不可失，赶快出发。"

于是，丽贝卡准备穿过小路前往教堂，然而就在这时，一辆大卡车突然轰鸣着冲了过来，丽贝卡闻声赶紧收脚退回草坪，却还是晚了一步。卡车呼啸而过，淤泥溅了丽贝卡一身。

众人看着卡车远去，沉默了半晌。"哎呀，"艾米同情地说，"可以送去干洗一下。"

丽贝卡低头看着自己满是泥点的婚纱，气得胸部起伏个不停，"可我马上就要结婚了！三分钟后！"

博士把马克拉到一边，"我们假设一下，她会不会恰巧就是这样出现在婚礼上的？"

马克摇了摇头。

"你确实记得？"

马克点了点头。

"好吧！"博士宣布道，"你们所有人，就在这里等我，一步都不准动。"他抓了抓头发，转身走回塔迪斯，砰的一声关上门。警亭顶上的信号灯闪烁个不停，一阵风刮过，蓝盒子消失在了视野之中。然而不过短短几秒，塔迪斯就又重新出现了。门开了，博士拿着一条崭新的婚纱出现在门口，这条婚纱和丽贝卡身上穿的一模一样。

"这可花了不少工夫。我找到你买婚纱的那家商店，又让他们立即赶制出一条一模一样的。还好我找到了那家店，考虑到这一点，我离开前本该问清楚婚纱是在哪里买的。哇哦，萨曼莎的生意一直做着，不是吗？总之，拿去换上吧。"博士说着把婚纱递给丽贝卡，"还有什么问题吗？"

"嗯，有一点小小的问题。"丽贝卡咬牙切齿地说，"首先，如果我在大庭广众之下换衣服的话，那你又有新的麻烦要操心了。"

"哦，请你千万不要感到难堪，"博士亲切地微笑道，"不对，这话听起来怪怪的。我的意思是，欢迎你进塔迪斯里换衣服。"他转身打开警亭的门。

"其次，婚礼两分钟后就要开始了，而我换上这身行头起码要半个钟头。"

"半个钟头？"博士满脸诧异，"半个钟头？好吧，进来我们再倒回去一点儿。"博士看到丽贝卡还捏着婚纱站在门口发呆，连忙催促她进去，"你们也是，艾米，你知道女人们的衣服该怎么穿。"艾米一脸茫然地跟着大家走进了塔迪斯。塔迪斯顶上的信号灯闪烁起来，蓝色警亭再次消失了。片刻后，警亭又出现了，门旋开，丽贝卡穿着洁白无瑕的崭新婚纱走了出来，艾米和博士紧随其后。

博士观察着道路上的交通情况，"没问题，过马路很安全。准备好了吗？"

"差不多了。"丽贝卡转向她那手足无措的父亲，"我的花捧！"她想起这一茬，惊慌万分，"我把它落在了婚车里！"

博士又把马克拉到一旁，"婚礼上她拿花捧了吗？"

"拿了，"马克说，"她还抛了花捧，露西接住了它！"

"好吧！"博士沮丧道，消失在了塔迪斯里。塔迪斯消失了，又出现了，博士拿着丽贝卡的百合花花捧走了出来，他把花捧塞进丽贝卡手里，"还缺什么？"

丽贝卡摇了摇头。

"那么，抓紧时间去结婚吧！"博士领着丽贝卡、她的父亲、艾米还有罗瑞穿过马路。正当他们走到半路，刚刚穿过教堂墓地前的拱门时，博士突然来到丽贝卡和她父亲面前拦下了他们，"最后一件事。"

"什么？"丽贝卡问道。

博士目不转睛地盯着丽贝卡，手指轻触她的前额，他说话的语调十分平缓，让人昏昏欲睡："你不会记得这些插曲，不会记得我、艾米、罗瑞还有哈罗德。你们是乘着豪华婚车过来的，没有发生任何事故。"

"我们……我们坐着豪华婚车来到这里。"丽贝卡迟疑地重复道。

"很好，好极了。"博士说。他也对丽贝卡的父亲重复了一遍。

"我们是坐豪华婚车来的。"丽贝卡的父亲坚定地说。

"好极了。接下来，我打一个响指，你就会苏醒过来，步入教堂，去经历一生之中最为重要的时刻。"说着，博士打了个响指。

丽贝卡颤抖了一下，眨眨眼睛，清醒了过来。她看到父亲就站在自己身边，一脸茫然地环顾四周，然后转过头来对自己说："准备好了吗？"

丽贝卡点点头，挽上父亲的手臂，向教堂走去。

哪里不太对劲儿。等他们走到门廊，丽贝卡松开父亲的胳膊，回头向教堂墓地望去。顺着通向外面街道的小径，她看到大门外站着四个人。她看不清他们的脸，但其中一位穿得看起来像是个老派的教授。

一阵刺耳的刹车声响起，一辆豪华轿车在教堂外停了下来。露西和艾玛捧着裙子从车里挪下来，嘴里一边骂个不停。两人踩着高跟鞋，磕磕绊绊地向她走来。"抱歉，"露西气喘吁吁地说，"路上堵疯了。"

"你们赶到了，这一点才重要。"丽贝卡说。

"我觉得时间……"丽贝卡的父亲委婉地提醒她，架起胳膊，示意她挽上来。

"我准备好了。"丽贝卡最后望了墓地一眼。她从很小的时候起就经常造访这座教堂，不过，她从没留意过这里有这么多尊雕像。

艾米看着丽贝卡和她的父亲，还有两个穿着桃色礼服的伴娘消失在教堂里，心头不禁一热。她看了看表，刚好一点钟。他们做到了。

身边的马克大步走上通往教堂的小径，方向明确。"马克！"博士在他身后大喊，"你以为你要去哪里？！"

"和你说过的，"马克说，"我只会站在最后面，远远地看一眼，不会出乱子。"

"不会出乱子？"博士厉声呵斥道，"我告诉你了所有的事情，我们一起经历了所有的这些，你居然敢这么说？"

"不会出乱子，我保证。"马克扭头继续爬坡。

然而，两尊雕像挡住了他的去路。两尊天使雕像庄严地肃立在教堂门口，双手托着脸，两只眼睛像石头一样空洞无神。

"是天使！"艾米倒抽了一口冷气，"它们一直等在这里！"

"应该是被时间摇移吸引过来的。"罗瑞想解释一下。不过没人关心这点，他更像是在自言自语。

"马克！"博士大喊。马克被吓得僵在原地。艾米的视线扫过马克，看到墓地上还有另外四只天使，其中一只缩着手蜷伏在一座隆起的墓穴旁；一只藏在一块竖立着的墓碑后，正悄悄地探出头；另外两只则分立在一座战争纪念碑的两侧。

天使们分散得很开，艾米一次盯不完四只。于是她睁大眼睛，目不转睛地盯住教堂旁边的天使。它们距离马克更近了，却在向他靠拢时被定在了原地。天使们双手高举，长长的手指宛如利爪。

马克蹒跚着向后退去，被自己绊了一跤。艾米又将目光从他身上移开，去盯住另外四只天使。它们正向马克步步逼近，似乎想要切断他所有的后路,迫使他只能从小径退到教堂外面的道路上去。

"它们在阻止他走进教堂。"艾米分析说,"要是它们想让他制造一个时间悖论,为什么要这么做呢?"

"说得好,"罗瑞嘲讽地说,"我也正纳闷儿这个呢。"

博士冲向马克,一把抓住他的胳膊,"快走!"他说着,将马克从天使面前拖走,"艾米,罗瑞,继续盯住,别眨眼!"他一边大喊,一边领着马克逃到教堂墓地前的拱门下面。马克瞪大的眼睛里满是恐惧,他被吓得魂不附体。

突然,艾米意识到自己并没有在盯着天使,罗瑞也没有。她猛地甩头,看到四只天使已经沿着小路向他们追来了!它们怒气冲冲,张大嘴巴无声地咆哮着。不过,要是自己只能看到四只,也就意味着另外两只她没盯住……

"进到塔迪斯里面去!"博士命令道,"赶快!"不用提醒第二遍,艾米立即行动起来。她冲过拱门,停下来确认路上没有车,随即又冲过马路向塔迪斯跑去。谢天谢地,博士已经打开了门。

罗瑞、博士和马克也跟着她冲了进来,博士关门上锁,扑向控制台。下一秒,空气中充斥着塔迪斯起航时的嘶鸣声。

"它们在守株待兔,"艾米的嗓子因恐惧而沙哑,"它们料定我们会过来……"

加雷斯用勺子敲了敲自己的玻璃杯,"下面请新郎致辞!"

马克把杯里的水一饮而尽,起身面对着他所熟悉的众人。

大饭店的宴会厅一片寂静。马克的朋友们都来了:艾玛和露西,穿起了裙子;拉杰夫,专程飞过来参加婚礼;加雷斯,看不出他竟会这么深沉;西沃恩从办公室赶过来,同波拉德先生还有博伊斯先生坐在一桌,两位律师连西服扣眼的大小也要暗暗较劲;丽贝卡的父母给了他一个赞许、鼓励的眼神。左手边,他的母亲微笑地看着他,长久以来,她第一次露出了笑容。而他的右边坐着丽贝卡,他的妻子。她是那么高雅迷人,正是他梦中的女神。

马克的手抖得不行,几乎拿不住讲稿。除此之外,他的指头又感到刺痛了,就好像在手里捏了块电池一样。这奇怪的感觉断断续续持续了一整天。

"大家好,"马克紧张地说,"我结婚了。现在的我,是一位幸福的已婚男士。"

现场涌起一阵鼓励的笑声。

"我的致辞不长,你们会满意的,因为大家肯定都迫切地想要知道加雷斯为什么摆了个投影仪在这儿。不过,老规矩,我先要向在场的各位致谢。

"首先,我要感谢我的伴郎加雷斯,感谢他始终如一的支持,以及就在婚礼开场前十分钟,他还慷慨地塞给我一张去新西兰的单程机票。我想他是在开玩笑吧,我也希望他是开玩笑。我还要谢谢他操办了一场盛大的单身派对,要不是我突然食物中毒,我一定要好好跟他道谢。

"我也要谢谢伴娘们,艾玛和露西,你们让丽贝卡如期出现,这一点我将永远感激不尽、铭记在心。我也要感谢丽贝卡的父母,奥利维亚和罗德尼,还有我的妈妈艾米莉,谢谢你们的帮助和支持。今天这场婚礼就是向你们的慷慨和善意致敬。

"趁着还没说太多,我必须提到一个人。他没办法出席了,这真遗憾,而我希望他能出席的心情胜过世间任何事情,不过我相信,他的灵魂早已到场,这个人就是我的父亲,帕特里克。我十分想念您,爸爸。"

马克停顿了片刻,他的泪水早已模糊了双眼。随着最后这句话脱口而出,父亲去世时的情形似乎历历在目,而自己再也没有机会和父亲吐露心声了。

马克环视着宴会厅,璀璨的吊灯映亮了在座每一张熟悉的面孔。而在宴会厅的尽头,马克注意到有两扇门朝着酒店外面的阶梯大开着。所有的门本应在他致辞时关闭,可现在却敞开着。一个男人站在门口,正远远地望着他。那人真的很像他的父亲。

马克匆匆扫了一眼讲稿,再次抬起头来,男人不见了,而且礼堂尽头的门也关上了。

马克清清嗓子,"最后是丽贝卡。今天这所有的一切都是为了她,都要感谢她。为了我们相识至今的友谊;为了她始终如一的陪伴;她是我温暖的源泉,是我精神的寄托,是我幸福的所在。她答应做我的妻子,是我一生的至高荣耀。"他推了推眼镜,"致丽贝卡。"

夜已转凉,酒店花园里就他们四个,不会有人来打扰。野餐桌被雨一淋,到现在还是湿漉漉的,悲剧的是,罗瑞坐下后才意识到这个问题。没什么人能看到他们,因为这里光线很暗,院子里只有角落边的塔迪斯从窗户射出几缕光,除此之外,只能看到酒店窗户透出的灯光,随着隐隐约约传来的《月光下起舞》[1]的旋律而不停闪烁着。

罗瑞忍不住在一片漆黑里找寻着哭泣天使的踪迹。博士向他保证,危机已经过去,现在的天使只会躲在暗处,积蓄力量。也正是考虑到这一点,博士才允许老马克来观看小马克的婚礼致辞。

博士双手插兜,凝视着夜色,仿佛整个宇宙的重担都压在他的肩膀上一般。"我曾告诉你们的事全都说错了。"

"什么?"罗瑞一头雾水。

"哭泣天使。它们跟着马克,并非是在等他制造时间悖论。"

---

1. 英国乐队捷思者合唱团的歌曲,这支乐队曾在1997-2003年红遍全英,这首《月光下起舞》发行于1999年,曾创下蝉联热门金曲的纪录。

"什么？！"这次惊讶的是艾米，"但它们确实是被时间摇移吸引过来的，你说过的，飞蛾扑火。"

"没错，"博士说，"但它们并不是在等他改变历史，而是要确保他不会改变历史。"

"呃？"罗瑞说，"可我记得你说——"

"想想吧。咱们在学生协会见到天使时，它们正试图分开两个马克。我们在罗马碰到它们的时候也是一样。今天又再次重演了。"

"但是为什么呢？"艾米说，"它们为什么要这么做？"

"因为它们在密谋一起事件，一次更大的骚动、更大的阴谋，一件比马克介入自己的过去还要严重得多的事件。"

"比如呢？"马克说。

博士没有回答。他看着马克，那双见证了九百年沧桑的双眼流露着悲伤，"你来告诉我，马克·惠特克，你来告诉我。"

"我不知道。说真的，我什么都不知道。"

"我让你观看了你自己的婚礼致辞，"博士说，"但这是最后一次了。从现在开始，和你的过去撇干净。"

"别担心，"马克说，"今天之后，如果你还认为我会靠近年轻的自己，那就大错特错了。

"很好。"博士说着拉开塔迪斯的门，"因为一旦你有所举动，就会发现天使们正在等着它发生。"

13

2001年6月5日

马克走到书架前,把上面的初版《哈利·波特》拨到一旁,嵌在墙里的壁式保险柜露了出来。他开了锁,抽出正面写着"**马克·惠特克　收　2011年10月7日**"字样的信封,走到书桌前,从信封里取出未来自己寄的信,信上密密麻麻地记录着自己该何时介入过去的生活。清单里的所有任务他都完成了。

马克喝了一口刚煮好的咖啡,从便笺本上撕下一张纸,放在那封信的旁边,开始一字一句、原封不动地誊抄。

这已经不是他第一次誊抄了。1998年他就抄完了一份——正是他在罗马给博士看到的那份,他刚一回来就把那份复本粉碎掉了。在那份复本里,他特意漏掉了信末至关重要的一部分:

　　务必听从信里的指令,马克。如果你做到了,记住这一点:

　　你能救她。

和我一样。

谨启

马克·惠特克
2003年4月

短短几行字，他读过多少遍了？尽管已经读了不下百遍，马克的心每每还是一阵剧痛。丽贝卡不必送死。这是白纸黑字写着的事实，并且出自他自己的手笔。

他愿意付出任何代价，只为了还能和她说说话。喔，婚礼当天他确实和她说过话了，但那时他不得不伪装成别人。他多想脱去伪装，表明身份，告诉她自己真实的感受。他渴望跟她重聚，再次听到她的欢声笑语，听听她怎么看她身后发生的那些事，聊聊那些她未曾欣赏过的影片，她错过的那些圣诞节，还有露西和艾玛的婚礼，以及她们的小女儿。过去他总是和丽贝卡说，结婚十周年纪念的时候他们还要去罗马，而接下来的日子，他们一定能够达成心愿，共同经历更多的未来。

马克逐字逐句、慢慢地抄写着，每完成一行，他都会停下来，看看自己是否兼顾了所有细节。回看最初的那封信，他觉得两封信的字迹完全一致，已经无从分辨哪封是原样，哪封是复本。这是当然的了，因为这本就是同一封信。

当抄写到"如果你做到了"的时候，马克停了下来，向窗外望去。他的身影映在窗户玻璃上，像是盘旋在伦敦上空俯视众生的游魂。他看着城市里那林立的摩天大厦,沐浴在赭红的残阳中,如同魔法王国里一座座耸立的高塔。他甚至能远眺到地平线上的伦敦眼[1],被蓝色的灯光勾勒出轮廓。

现在的马克已经算得上百万富翁了。这间位于最繁华地段的顶层公寓是他唯一的奢侈。家里所有的家具都高雅而时髦;起居室有一整面都是玻璃墙,可以将国会大厦尽收眼底。

然而,壮美的景致和奢侈的公寓并不能驱散心头的悲伤。马克重新埋头工作,写下"你就能救她"。

既然信里的一切都成真了,那他何必要怀疑这个部分呢?或许是因为这实在美好得让人难以置信;也因为博士总在警告他,无论如何也不要去篡改历史。挽救丽贝卡的生命当然算是改变了历史,但如果就像信里写的,自己注定要救她,而自己不去救她的话,那才是篡改了历史呢。

马克停下笔,剩余的部分他空在一旁,打算等成功挽救丽贝卡之后再接着写。在那之后,必须等到那以后,他才会再次提笔,继续抄完。到那时候,他就再没什么好担心的了。而且,若是他真的改变了历史,那也是无可奈何的事。

他眺望着整个伦敦,年轻的自己一定就在某个地方。马克好奇他现在正在做什么。

---

1. 英国泰晤士河边的一座巨型摩天轮,建于2000年,与大本钟隔岸相望。

年轻的马克在办公室里工作到很晚。其他人几个小时前就离开了,而马克还待在办公室里,为一个突然冒出来的案子做着准备。

他揉了揉眼睛,想回家了。这会儿丽贝卡一定已经回了家。这段时间,马克几乎天天都是十点以后才回去,两人见面不到半个小时就得上床睡觉,而这半个小时里,他们也是累得筋疲力尽,除了窝在沙发里看看电视,什么也不想干。早上醒来,他们也只有半个小时的相处时间,而且都急匆匆的,甚至顾不上说话。

不过这一切都是值得的,他刚被提升为高级助理,要不了几年,他就能跻身初级合伙人的行列了。接下来,他们就有经济能力买个公寓,还可以考虑要孩子。不过与此同时,他必须让自己更有实力,所以每次一有案子来,自己就踊跃接下。今晚就是如此。

马克翻阅着卷宗,这个案子和他们早几年处理过的一桩案子很相像,琼斯诉麦克斯韦案。复习从前的判例可远比从头摸索有效得多。马克把速溶咖啡一口喝完,向波拉德先生的办公室走去。他带上门的时候,霓虹灯闪了一下。

马克打开档案柜,抽出"琼斯"的卷宗,拿回桌前摊开。他本以为里面会是一整捆记录文档。然而,他看到另外有一本薄薄的文件夹,上面写着:**机要:不要让马克·惠特克看到。**

马克找到封面上的落款：**哈罗德·琼斯**。一定是谁不小心把文件放错了地方。不过哈罗德·琼斯是谁？他的文件里为什么会有自己不能看的内容？他之前从没听过这家伙的名字。这事儿真怪，马克自以为记得公司的所有常年委托人，而这一整摞文件这么厚，哈罗德·琼斯应该是一个常年客户。

马克考虑把这份档案放回档案柜，这才是正确的做法。要是这份档案不允许他察看，一定是有充足的理由。可无论如何，马克都想不出能有什么理由。

只有一种方法能找出原因。要是波拉德或博伊斯有什么事瞒着他，马克倒想一探究竟。他打开文件夹，映入眼帘的是自己当初应聘初级助理律师时的简历复印件。接着是一整页笔记，在写着**"项目：马格韦契"** 的标题下面，一整页都是波拉德先生做的记录。

马克读了这页笔记，一开始还饶有兴味，然后却越看越生气。原来，哈罗德·琼斯是公司某个名声显赫的大客户，是他在1999年举荐了马克，才使马克获得了初级助理律师这份工作。作为回报，他将继续在波拉德&博伊斯公司进行业务委托。琼斯的生意面很广，从房地产开发到电视制作公司都有涉足。作为隐名合伙人，他总是通过第三方投资来保持自身的匿名，借由出售股票获利，或者收取股息和版税。

马克翻完了整本档案。关于哈罗德·琼斯为什么要出面介入，帮助自己获得初级助理的职位，他没有找到一点线索——除了波拉德在某一页页边潦草地标注了一个词：远亲？

不管这个哈罗德·琼斯究竟是谁，马克都要找他谈谈。文件里留有客户地址，是海格特公墓附近的公寓。马克把文件夹放回档案柜，抓上外套就飞奔下楼，也没顾上和接待处的罗恩道晚安。他急匆匆跑进车里，用移动电话给丽贝卡打了个电话。

"亲爱的，你好呀。"丽贝卡接起电话，隔着电波，她听上去非常愉快。

"嗨，我就是想说——"

"手头正有个案子没解决，晚点回来？"

"类似吧，嗯。抱歉。"

"别，不用道歉。我点个咖喱外卖就成，然后自己一个人看《名人老大哥》[1]。"

"能给我留点儿吗？从午饭到现在一直在工作，还没顾上吃东西呢。"

"还有别的事情吗？我在洗澡，现在电话上全都是泡沫。"

"没别的事儿了。我不知道还要多长时间，所以别睡得太晚。"

"我尽量吧。拜拜，爱你。"

---

1. 社会实验类真人秀节目，1999年诞生于荷兰后火遍全球，"老大哥"取自乔治·奥威尔的反乌托邦小说《一九八四》。

"爱你，拜拜。"

马克把移动电话随手甩到副驾的位置上，点着火，穿过伦敦城，开往海格特公墓。他满脑子都是无解的问题。一个小时后，他将车停在公寓楼外面。眼前的建筑可真让人瞩目：钢和玻璃构成的外墙光滑平整，一圈聚光灯照得整栋楼通体透亮。这里看起来更像是一座现代艺术博物馆，而不大像人们会居住的地方。

马克最后一次确认地址。公寓4-A。他走向入口，按下对讲机。

十秒钟后，一个声音响起："你好？"

"你好。是哈罗德·琼斯吗？"

"是我。你是谁？"

"我是波拉德&博伊斯的职员，紧急事务。"

"上来吧。"防盗门的安全锁咔嗒响了一声。马克推开门，走进楼里灯火通明的接待区。电梯直接把他带到四楼，穿过一个小过道，正好就到了挂着4-A门牌的房门前。他刚一到，门就开了。

"你好？"

站在门口的男人看起来莫名熟悉。有一瞬间，马克甚至以为自己面对的是父亲；这个男人有着和父亲一样温润的眼眸，一样稀疏的发际线。但面前的男人并不是他的父亲，男人最多也就四十多岁。这真是不可思议。这感觉就好像他在照镜子，而镜子里却是多年后的自己。

"时间摇移又开始了?"罗瑞试探地问道。

博士点点头,"潜藏的时间能量正在逐渐增强,迄今为止规模最大的一次。"他向周围的草地扫视一番,远处,伦敦城的万家灯火在暮色中闪烁,"马克一定是介入自己的过去了……这个不负责任的家伙!"

艾米从塔迪斯里走出来,套上夹克,又递了一件给罗瑞,"进展如何?"

罗瑞摇摇头。十分钟前,他们才把马克放在宾馆外。紧接着,塔迪斯像是一台启动了的蒸汽机一样呼哧作响,博士则进入了"混音狂魔"模式,他两眼放光,手指抽搐着按键操作起来。

"不管怎样,我们现在在哪儿?"罗瑞说,"我是说,景色不错。"

"汉普斯特西斯公园[1]。"博士一巴掌拍在摇移探测器上,"这下好了,根本没法儿具体定位,信号淹没了传感器……"

"那咱们怎么去找时间悖论呢?"艾米问。

一道亮光突然闪过,罗瑞本能地掩住了眼睛。那道蓝色闪电嗞嗞地顺着公园外的一栋公寓爬上去,最终聚集在了楼顶。

---

1. 位于伦敦西部,是个自然开放型公园。

"我想我们已经找到了,"罗瑞说,"虽然我不是什么专家,但这光看起来就像是时间摇移……"

"你是哈罗德·琼斯?"

马克缓缓地点了点头。站在门口的男人正是年轻的自己。对于马克来说,自己仿佛正面对着一张老照片。他曾无数次在镜子里看到这张面孔,但那已经是很久很久以前的事情了。

"我能进来吗?"年轻的马克说。

"你是波拉德&博伊斯公司派来的?"马克问。

"没错,我在那儿工作。但我想你早就知道了。"

对于年轻的自己登门拜访这件事,马克忽然又意识到了一个奇怪之处。他从未有过类似的记忆。在波拉德&博伊斯公司工作期间,他从未听说过哈罗德·琼斯这个人。当然自己更是从未拜访过这个人。

"进来吧。"马克领着年轻的自己走进客厅。他的右手感到一阵刺痛,与此同时,他留心到年轻的自己也揉了揉右手——他也感到了刺痛。空气中弥漫起一股古怪的金属味儿,碰碰车和电刷车[1]的味道——也是静电的味道。

"要来点儿什么吗?咖啡还是茶?"

---

1. 一种以凹槽作为轨道、带有动力的微型汽车。

"不了，就这样就挺好。"年轻的马克说，"我们能跳过闲聊部分吗？"

"悉听尊便。"马克坐在桌前说道，"我能帮上什么忙吗？"

"你确实能。拜托告诉我，你究竟是谁？"年轻的马克咄咄逼人，"还有，该死的你为什么要干涉我的生活？"

艾米在公寓楼入口处追上了博士和罗瑞。他们正呆呆地望着公寓楼的屋顶，蓝光就是从那里发出的，照得玻璃和金属外墙一片透亮。

"我们可能迟了一步，"博士嗅了嗅空气，"看来我们到得太晚了。"

"什么意思，看来？"

"时间脱离了轨道，衍生出了无数条新的路线，无数种新的可能性。"

罗瑞警惕地看了看四周，"好吧，但如果真出了状况，哭泣天使也会来的，对吧？飞蛾扑火之类的？"

"呵，这真是太好了，"艾米说，"多谢提醒。"

"嗯，它们会来的，"博士说，"这一点毫无疑问。它们大概早已匍匐在路边的公墓里，伺机而动。"他拿音速起子对着门一照，门锁立即打开了。"艾米，罗瑞，待在这里别动。"

"什么？"艾米抗议道，"不，我们要和你一起行动。"

"嘿，"罗瑞抓住艾米的衣角，"既然博士这么说了，那我们就在这里等着吧。我是说，他知道自己在干什么。"

"艾米，听你老公的话。"博士说着就跑进了亮如白昼的接待区，向楼梯间冲去。

"哦，那才怪了。"艾米跟着博士一头扎进接待区，她那饱受折磨的老公紧紧地跟上了她。

"你是哪位远房亲戚吗？"

"是的，"哈罗德·琼斯说，"我是玛格丽特姑妈那边的亲戚，我是，呃，加拿大人。"

"加拿大人？"马克感到难以置信，但这事儿他似乎有点印象。妈妈和他提到过，有一位加拿大亲戚曾经登门拜访，却一次也没回复过妈妈寄出的信和圣诞贺卡。这刚好能解释他俩长得像这件事……

"你六七年前来拜访过我的妈妈？"马克问道。

"是的，没错。我碰巧要在英国待一个星期，觉得应该见见亲戚。"

"好吧，"马克说，"这就是你给我在波拉德&博伊斯公司找了份工作的原因？"

哈罗德点点头，"没错。我的很多生意都交给他们来打理，所以我想帮你个忙。"

"你以为这是帮了个忙?"

"我只是提议他们可以考虑考虑你。但只有试用的机会,如果你不称职的话,那不必顾忌我,他们随时会把你解雇掉。"

马克仍心存疑虑,"真的吗?"

"是的,我能帮的只是让你迈进这行的门槛,之后的一切,完完全全是你自己的功劳。"

"他们把我的表现都告诉你了,是吗?"

"差不多吧。他们称之为'马格韦契'项目。"

罗瑞来到4-A号公寓门口的时候,博士在他后面喊道:"等等!"

"什么?"罗瑞赶紧把脚往后挪了一步。没一会儿,蓝光就沿着建筑的表面断断续续地掠过了这里,擦过墙面、地板还有走廊的天花板。罗瑞感觉手上的汗毛都竖起来了,"这是什么?"

"布林诺维奇限制场[1]。"博士把音速起子对准房门,慢慢靠近,直到发出噼啪一声爆裂声,"讨厌的东西。还是不要离得太近。"

"我们能进去了吗?"艾米不耐烦地说。

"再过一会儿……"博士不停地晃动着音速起子,"就快

---

1. 在1972年的剧集中,博士提出了这个虚构概念,这是一种阻止他人做出可能影响到目前事情进展的技术。下文中亦有布林诺维奇限制效应。

了，快了……"

趁哈罗德解释"马格韦契项目"的功夫，马克找了个机会环视公寓。客厅里巨大的玻璃墙将整个伦敦尽收眼底，还有设计精良的座椅、宽屏等离子电视机。窗外一道蓝色的光闪过，像是开过去了一辆救护车。

哈罗德的解释听起来合情合理，但马克仍然心存疑虑，"这就是你不让我接手你那些业务的原因？"

"确实如此。我不想让你知道，真是抱歉。或许我该早点告诉你的，但——"

哈罗德还在说着什么，而马克已经没有在听了。他看到哈罗德的桌子上放着两封手写信，每一封上面都列了一连串的地点和时间，日期从1994年就开始了。在1995年的地方，他看到自己大学时某场考试的详情。1997年的地方，他看到一家考文垂咖啡馆的地址，还有一串彩票号码。1998年，上面写着自己在罗马弄丢钱包的时间……

马克突然想起很久之前，丽贝卡说曾经在大学里看到一个和他很像的人。

"你在干什么？"哈罗德·琼斯察觉到不对，喊住了马克，但是太晚了，马克已经在读那封信了。他绝望地扑过去遮住信件，"你不该看，这封信，这封信是机密——"

马克伸手去够其中的一封信，他一伸手，右手手指刚好碰到了哈罗德的右手。马克听到一声爆裂，就像是短路的声音。紧接着，一阵难以忍受的刺痛蔓延了整条手臂。他瞬间产生了一种抽筋般的钝痛，好像还闻到了烧焦的味道，然后，一切陷入了黑暗。

14

博士强行弄开公寓门冲了进去,罗瑞和艾米紧随其后。门廊入口,蓝光正闪个不停,空气中弥漫着挥之不去的浓烟,就像是踏进了一间夜店。"有人吗?"博士大喊,"家里有人吗?"

他们穿过浓烟走进一间宽敞的房间,一头是厨房,一头是书房。厨房里的所有电器都乱了套,乱七八糟地一会儿开一会儿关,插座还哧哧地冒着烟。蓝色闪电噼里啪啦地沿着地面劈过,又窜上了墙面、天花板,还有足足占了半间屋子的巨大落地窗。

满屋的烟雾让罗瑞泪流不止,"发生了什么?"他咳嗽道,"这地方糟透了……"

"时间能量溢出。"博士回答道,像潜行的老虎一样步入房间,"电力过载。"

灯应景地嘶嘶作响,闷烧的火花一连串地倾泻下来。"这是什么导致的?"罗瑞说。

噼啪-噼啪-噼啪

"我想我知道了。"艾米指向办公区,两个男人倒在那里，全都陷入了昏迷。其中一个趴在桌子上，另一个已经滑到了地上。他们的右手臂都向前伸着，指尖冒着烟。

"两个马克·惠特克，A和B。"博士向他们走去，"他们一定是产生了物理接触，微分短路。"他跪在年轻的马克身边，摸了摸他的脉搏，尔后又检查了老马克，"太幸运了，他们都还活着。看来是年轻的马克决意来拜访老马克。"

"那么，这次不是老马克插手过去的自己，"艾米说，"是年轻的马克介入了自己的未来……"

噼啪－噼啪－噼啪

"这种事情不应该发生吧？"罗瑞说，"我的意思是，不管怎么说，自己撞上自己都不是什么好事，对吗？"

"没错，不是理想的局面。"博士说，"我们得把他们拖出去。罗瑞，你带上这个马克，我来搞定另一个。"

"好吧。"罗瑞把年轻的马克架起来。博士也扶着老马克站起身来，半拖半拽地向门口走去。

噼啪－噼啪－噼啪

罗瑞感到肺里像是有一团火在烧。就在他架着年轻的马克穿过屋子的时候，一切亮着的设备都着了火。

"我就不懂了，"艾米在一片混乱中大喊着，"救火系统为什么没有报警？"

"被什么东西阻断了，"博士说，"瞧。"

顺着博士的目光，罗瑞向房间尽头的窗户望去。六尊石头雕像正站在落地窗外，手按玻璃打量着房间内部，面无表情。是哭泣天使，它们正沐浴在一片摇曳的亮光之中。

"它们在干什么？"罗瑞冲博士大喊。

"你觉得呢？"博士喊了回去，"准备用餐！"

但这怎么可能呢，罗瑞心想，他们可是在四楼。而窗外并没有天使可以落脚的地方。

噼啪－噼啪－噼啪

罗瑞一次盯不住所有天使。更糟的是，周围浓烟滚滚，他的眼睛快被熏得睁不开了！天使们正用手指敲击着窗玻璃，捣鼓出咔嗒咔嗒的声音……

一声巨大的嘎吱声突然响起，罗瑞用眼角余光瞥见一扇窗户正在开裂，裂纹沿着天使的一只手像蜘蛛网般密密麻麻地蔓延开来。他再也坚持不住，终于眨了下眼，顷刻之间，玻璃破裂的声响震耳欲聋，整片玻璃墙碎成了无数片玻璃碴。夜里的强风呼啸着涌入，将火焰扇得更高了，浓烟全向罗瑞、艾米和博士扑来。

罗瑞看到哭泣天使一点一点地爬进了窗户。虽然肉眼根本看不到移动，但它们确实一只接一只钻进屋子，张开了血盆大口。

"快来！"博士在罗瑞耳边大喊，"我们得走了。"

罗瑞抓紧年轻马克的皮带，拖着他穿过火舌汹涌、浓烟密布的火场，逃到了走廊里。他们像是刚从地狱里走了一遭。

老马克在一阵咳嗽中苏醒过来,他的眼睛和喉咙呛得生疼,舌头上还有一股烟熏和辛辣的味道。但他可以呼吸到新鲜流动的空气,还听到了风吹树叶的沙沙声。他发现自己正躺在一片空地上。罗瑞跪在他身边测着脉搏,越过罗瑞,他认出艾米和博士的身影,他们似乎正低头看着躺在人行道上的某个人,但他看不到那是谁。

一时间他什么都想起来了,年轻的自己登门拜访,和他站在门口的样子。马克做了个深呼吸,一瞬间他全都想起来了。

"没什么大碍,"罗瑞安慰他说,"伙计,你安全了。我和博士救了你。"

"你们救了我?"

罗瑞指了指屋顶,顶楼还笼罩在一片橘色的光晕中,一缕黑烟袅袅升起,直冲午夜的天空。

"什么——发生了什么?"马克挣扎着站起来。

"嘿,放轻松,"罗瑞说,"你,呃,你像是不小心触碰到了另一个自己。"

马克跟跟跄跄地向博士和艾米走去,他们正在照看年轻的自己,将他置于复苏体位[1]。小马克的外套已经烧焦了,暴露在外

---

1. 急救的一个步骤,在生命体征平稳的患者尚未恢复神态、等待进一步救援时的安全姿势。

面的皮肤被熏得黑乎乎的,覆满了烟灰。有那么一瞬间,他觉得年轻的自己可能死了,直到地上的人发出一声呻吟,猛吸了一口气,呼吸变得平缓起来。

马克盯着他,然后抬头看向燃烧的公寓,他还没能消化这一切。还有一些……其他的事情,他一定是忘了某些事情。"你刚说了什么?"他对罗瑞喊道,"我不小心触碰到了另一个自己?"

"博士觉得你们可能,呃,产生了物理接触,导致大量时间能量外溢。"

物理接触?他记得自己坐在桌前,年轻的马克就坐在自己的对面,他发现年轻的马克并没在听自己讲话,因为他——

"那封信!"马克喘着粗气道,"那封寄给我自己的信……"

"什么?"罗瑞说。

"信在哪儿?你们把信带出来了吗?"

"没有。我们该把信带出来吗?"

"哦,天呐,"马克说,"别这样,不要……"他看着罗瑞,后者张着嘴巴,不知所措。接着,马克转身,一头向公寓入口冲去。

"嘿,你要去哪里?你这是自寻死路!"罗瑞在他身后喊道,"博士,老马克要逃跑了!"

马克拉开安全出口的门,冲上楼梯,胸部上下起伏个不停。他一路上和许多下楼逃难的邻居擦肩而过。他们大声警告他不要上楼，但他都置之不理。

他爬到四楼，撞开走廊门。一股热浪扑上脸，好像他走进了一个火炉似的。他的皮肤被烤得刺痛。走廊上没什么障碍，除了头顶上浓烟密布，像是雷云跑进了公寓。

他弓起腰，低头穿过楼道冲向自己的公寓。他感到五脏六腑都在灼烧，衣服被烧得哔哔剥剥响，自己憋得快要喘不过气来了。

他穿过门走进屋里的玄关，火光把室内照得一片通红，家里已经面目全非。烟熏得他几乎睁不开眼，但他必须要找到那封信。

马克走进客厅，眼前的画面就像一场噩梦。厨房已经被火舌吞噬，一团火星沿着电视线一路窜到天花板，沙发也在闷闷地烧着，上面全是臭烘烘的烟味儿。

屋里有六只哭泣天使，此刻全部都僵立在大火之中，它们双手捂脸，翅膀收拢在背后。

为了不让浓烟钻进眼睛，马克不得不眨眼。就在这样一个个的眨眼瞬间，天使趁机移动了！它们缓缓地放下手，将脸转向马克，空洞的眼神望向虚空，仿佛浑然不觉火舌已经烧上了它们的石头外壳。

接着，天使们一只一只张开口，伸出长长的、尖锐的利爪。

马克磕磕绊绊地向书桌摸索过去，直到腹部撞上桌沿，满屋的浓烟让他仅仅只能看得到桌上有一叠纸。当他探头去看时,却发现书信都着了火,正慢慢地烧焦变黑。火舌很快就将两份信件彻底吞噬,碳化后的碎纸片一片片地飘在空中。

马克察觉到有一只手搭上了自己的肩头,他转过身。

"我们该走了,"博士坚定地说,"马上。"

马克看到哭泣天使就站在博士身后,伸长胳膊想要触碰他。这一幕让马克因恐惧而僵住,他没法儿说话,也移动不了。

博士拽住他的手腕,扯着他穿过客厅,越过天使走出公寓,回到走廊里。马克感到难以呼吸,几乎什么也看不见,任凭博士拉着他穿过滚滚浓烟,走下楼梯,走进清凉的夜晚。

看到博士架着老马克跌跌撞撞地从着火的大楼里走出来,艾米宽慰地大声欢呼。老马克的衣服脏兮兮的,有好几处都烧焦了,但人却毫发未伤。他坐在人行道上喘着气,年轻的自己就在几米外,睡得正香。

公寓里的居民都聚在停车场里,等待消防队的救援。他们痴痴地望着熊熊大火中的公寓楼,大概整个伦敦都看得到这火光。

博士在老马克的身边蹲下,"你刚才是想干什么?"

"那封信,博士,"马克深吸了一口气,"未来的我寄给自己的信,也就是我将要寄出的那封信,还在屋里。原件和手抄复本都在里面。"

"哦，天呐……"艾米长大了嘴巴。

"我看到它们化为了灰烬，"老马克表情惨淡，"没办法了，历史注定要被改写。"

"你的意思是？"罗瑞问。

"我怎么可能把一封不复存在的信寄给过去的自己呢？！"马克吼道。

"不能再抄一遍吗？"

"我没法记住信里的每一个字，谁能呢？要是我写错了一个字……"

"哦，好吧。嗯。"

"你拍过照片吗？或者类似的。"艾米说。

"没有。"马克回答，又向着博士质问道，"你告诉我不要这么做，记得吗？"

博士皱起眉头，"所以说，现在你不可能把信寄给自己了，整个历史都被改变，时间岔道会遍布整颗星球。"

他停了下来，直起腰板，舔了舔手指，放到空气中，"除非……"他掏出挂在脖子上的摇移探测器，快速旋转了两下，"不，不要。哦，不，不，不，不，不要……"

"除非？"

博士没有回答，他的注意力全都集中在对付小小的探测器上。随后，他抬头望向艾米，眼神非常可怕，"除非历史的进程并没有被改变。"

"什么？"

"这只能说明一件事情，"博士郑重地说道，"那封信并不是马克写的！"

"什么？但那当然是他写的，"艾米说，"你是说——"

"是的，"博士说，"都是它们计划的一部分。"

"谁的计划？"

"哭泣天使。"

"抱歉，博士。你的意思是，哭泣天使写了那封信？"罗瑞若有所思，"马克2011年收到的那封信是哭泣天使写的？"

博士点点头，"它们让马克认为这一切指令都是来自未来的自己，这样才能确保他严格遵循信里的指示。不过这更是为了对付我，为了让我放任他按照信上的内容行事。"

"可是，等等，你好像遗漏了什么。马克说了，信上是他自己的笔迹。"

博士摇了摇头，转向马克，"你从没把那封信的原件拿给我看过，是吧？"

"是的。"马克说。

"真希望你给我看过。"博士说，"如果那封信是用通灵卡片写的，我会注意到的。在通灵卡片上写信，谁来看，信上就是谁的笔迹。"

马克挣扎着站起身来,"但信封上的名字也是我自己的笔迹。"

"通灵信封,"博士说,"同样的东西。"

"这么说,是哭泣天使设了个局?"罗瑞问道,"这怎么可能呢,它们是打劫了附近时空的所有通灵报刊亭吗?"

"天使是能够洞察时间的生物。这对它们来说简直是小菜一碟。"博士惋惜地看着马克,如同已经看穿了他的罪行,"你给我看的手抄附件,不是完整的信,对吧?"

马克瑟缩了一下,"你这话是什么意思?"

"信里还有别的指示,那才是哭泣天使真正希望你去做的。"

"没有。"

"信里还有什么内容,马克?"博士有点怒了,"快告诉我!"

"没别的了,你看到的就是全部。"

"这不可能。听我说,不管信里写了什么,都不是事实。信是天使写的,它们就是想要你去改变历史。所以,不管上面说了什么,一定是历史进程中不能发生的事,你绝不能照做!"

"不!"马克固执地大叫道,这一声呐喊令他倾尽全力,无疑加剧了他全身的疼痛。他的胸部拼命地上下起伏,喘息间露出痛苦的表情。他似乎有一肚子的话要说,却又难以诉诸于口。

"不,你错了。"他嗓音嘶哑,"那是可以发生的事,那是非得发生的事！"

"马克，你不能，不管你多么——"

马克挺起身，冷冷地看了博士一眼，这一眼饱含着多年来的孤寂与忧伤。他什么也没说，转身大步走向停车场。

"马克，你要去哪儿？停下——"

马克举起车钥匙，对准自己的越野车按下去，嘀的一声开了锁。他爬进驾驶座，博士去抓车门，却晚了一步，车已经咆哮着打着了火。车前灯亮起刺目的光，接着，车子直冲上了路。艾米、罗瑞还有博士只能无助地站在一旁，看着它加速驶入黑夜。

就在马克的车渐渐消失时，警笛的鸣叫声却越来越响亮，两辆消防车和一辆救护车随即停在马路尽头，周遭的一切在闪烁的警报灯照射下一片明亮。消防员一个接一个地爬出来，他们一边大声调度，一边探头到处打量，评估着火势。

艾米盯着消防员们看了好久，一回神发现博士早已不在身边，他和罗瑞已经将注意力投到了年轻的马克身上。年轻的马克依然蜷着身子躺在人行道上，不过随着呼吸加速，马克已经在慢慢转醒。他瞪着满是血丝的双眼，困惑地环顾四周，"你们是谁？这里发生了什么？"

"你去见了一个叫哈罗德·琼斯的人，"博士语气平静地问道，"为什么？"

"哈罗德·琼斯？"马克皱起眉头，依稀记了起来，"我在办公室加班到很晚,看到了一份文件……是他让我得到这份工作的,而且,他桌子上还有一些信件,那上面记录的全是我人生中发生的事!"

"现在没事了。"博士温柔地将手指放在马克的额头上,马克的眼皮耷拉下去,头向前倾陷入了恍惚之中。"你会没事的。听我的,今晚的事情你将一点也不记得。"

"一点也不记得。"马克重复道。

"你记得的最后一件事,就是在办公室加班到深夜。你不记得我,也不记得我的朋友们和哈罗德·琼斯。当你醒来,你听都没听过这些名字。明白了吗?"

马克点点头。

"你的办公室里发生了一起小型火灾,有人把燃着的火柴棍儿丢到了垃圾桶里,你用自己的夹克扑灭了火,所以它烧焦了。"

马克点点头。

"当你醒来,你最好给你的妻子打个电话,告诉她你很快就回家了,然后你回到自己的车上,径直开回家。明白了吗?"

马克点点头。

"很好。"博士打了个响指。

马克抬起头。他环顾四周,一时间有点恍惚,不知自己身在何处。他站起身来,"抱歉,呃,原谅我……"他嘟哝了一句,然后立马按下了移动电话上的快捷拨号键,"嗨,是我,我正在回家的路上了……我也爱你。"接着,他完全无视旁边的博士、艾米和罗瑞,大步走向大楼旁停着的一辆车,拉开车门上车,径直开走了。

这时,博士三人让到一边,以便消防员把软管连接到他们身旁的消防栓上。

"所以,这就完了?"艾米蹭掉手上的烟灰。

"差不多吧。"博士说,"马克回去了家里的妻子身边,也不会记得今晚发生的一切,关于我们的……"

电光火石之间,不祥的预感击中了罗瑞。他惊讶地张大了嘴,"等一下,"他说,"你刚才是不是说他要回家和他的妻子待在一起?"

"没错——"

"可我和利文森太太聊天时,她从没提过马克曾经结过婚!"

"确实,"艾米说,"几天前我问起来,他也说自己孤身一人,无妻无子……"

"但我们知道,他现在是有一个妻子的。如果说未来的他没有,"罗瑞说,"这是否意味着,要么他们离婚了,要么……"

博士的脸瞬间变得枯槁而憔悴,"是了,这就是哭泣天使们一直以来所密谋着的事件。"

"你是说,丽贝卡出事了?"艾米惊呼道,"或者说,丽贝卡将要遭遇什么变故?哦,天呐!她将会不久于人世……"

"马克会想要去阻止,"博士望向夜空深处,口中喃喃道,"他会想要试着去救她。"

"但如果他救了她,"罗瑞努力拼凑着线索,"……那么他就会改变历史。"

"不止如此,而且——"话还没说完,博士就被街对面的呼喊声打断了。

"博士!艾米!"一个熟悉的人影在黑暗中向他们跑来。直到他离近放慢脚步,来到街灯之下,艾米才看清了他的脸。

是罗瑞。

可罗瑞就站在自己身边,正呆呆地盯着新的造访者,一脸难以置信的表情。艾米连忙转头看向另一个罗瑞,新的罗瑞。他一脸疲惫地向他们走来。

"谢天谢地,"他舒了一口气,揉了揉脸,"有那么一会儿,我还以为我错过你们了。"

"罗瑞?"博士怀疑地打量着他,"你在这里干什么?"

新来的罗瑞给了艾米一个抚慰的笑容,然后才注意到,前一个自己正张大嘴巴震惊地看着他,"我,呃,是从未来过来的,"新罗瑞说,"我是说,我和未来的你们待在一起,但我被天使触碰到了……"

15

2002年4月21日

这是他们两人之间第一次出现重大分歧。

分歧的导火索很简单，原先的车报废了，而马克觉得没必要再买一辆新车。他认为在伦敦买车简直是浪费钱，因为丽贝卡只有回娘家的时候才会用车，而且她自己也说过，在伦敦开车很有压力，路上危险得不得了。

丽贝卡则对马克称自己为"菜鸟司机"而耿耿于怀。虽然这并不是他的重点——不是丽贝卡的车技让他担心，是他比较头疼其他所有人的车技。

有一次，丽贝卡开车去佩卡姆[1]采购一周的生活用品。她在十字路口左拐时，右侧的车突然闯红灯撞向了她。万幸，她只是颈部扭伤，肩膀脱臼。

---

1. 伦敦东南区地名。

第二天晚上,两人又吵了起来。那场事故之后,他们都没睡几个小时,两个人都筋疲力尽。马克那边,白天的案子始终让他神经紧绷;丽贝卡则总是在止疼药的药效过去后疼醒。而且他们一整天都在应付警察和保险公司。最要命的是,他们不得不取消了本该在那天之后就开始的巴黎之旅。

而这正是争吵的焦点所在。丽贝卡控诉马克,取消度假其实正中他的下怀,因为他终于可以继续回去工作了。马克极力否认,但问题是,丽贝卡太了解他了。他确实有继续回去工作的念头。

这场争吵导致他只能在客厅沙发上熬过漫漫长夜。

脖子上一阵刺痛,丽贝卡惊醒了,这让她记起自己受了伤。于是她缓慢而笨拙地挪动身子,先让自己坐好,再去摸床头柜上的止疼药和水。她不敢转动头部,只好扭过腰去看自己的手摸到了哪儿。

已经中午十一点半了,床的另一半依然空空荡荡。丽贝卡对此早就习以为常,马克总是在她还没醒的时候就上班去了。后来她才想起来,昨天是结婚以来两人第一次分开睡。

丽贝卡洗漱一番,换上新T恤,用完好的那只手紧紧抓着扶手,小心翼翼地走下楼梯。她打算喝杯茶,或许再看看新闻。今天,她本该和马克一起逛巴黎的博物馆和画廊的,然而现在,她却要独自在冰冷的公寓里熬过一整天。

她踩到最后一级楼梯,听到厨房里有窸窸窣窣的声响,还闻到了烤薄饼的香味。她慢步走进厨房,发现马克竟然站在烤箱旁,手里还拿着烤盘。他头上戴着一顶贝雷帽,脖子上挂着一圈大蒜,口中哼唱着查尔斯·阿森纳沃尔[1]演唱的《她》。

"你在干什么?"丽贝卡说。

"做法式薄饼。第六次尝试了,我觉得我就快要成功了。"

"我是说这个,"她指了指大蒜,"还有这个。"她指了指贝雷帽。

"哦,这是我的妙计。接下来的两个星期,我要把我们的公寓打造成法国领土。"

"什么?"

"既然你没法儿去巴黎……那巴黎就来找你。"马克把薄饼从烤盘里倒进盘子,递给她。

"快把这些玩意儿拿走,你看起来真像弗兰克·斯宾塞[2]。"

"我还以为你会说切·格瓦拉[3]呢!"马克抗议说,"出去采购的时候买的。没买到蜗牛和田鸡,不过我买到了牛角面包、

---

1. 法国最出名、流行最久的歌手之一,词曲作家,演员。
2. 英国原创音乐人。
3. 生于阿根廷的马克思主义革命家,古巴革命核心人物、国父。他头戴贝雷帽、长发披肩、神情坚毅、眼望远方的形象,被誉为"全球最有革命性与战斗性"的形象而风靡世界。

巧克力面包,就等着你来决定我是做红葡萄酒闷鸡还是炖菜[1]了。"

丽贝卡注意到一旁堆了五个鼓鼓囊囊的超市购物袋。

"我想,"马克继续说,"既然我们要在屋子里待整整两个星期,还可以来点儿其他娱乐活动,所以我就买了一些光盘和唱片。"马克指着其中一个袋子说道。

丽贝卡在袋子里搜寻一番,《天使爱美丽》《大鼻子情圣》《巴黎野玫瑰》《我的叔叔》《美丽新世界之大战恺撒》[2],还有《法国小馆儿》的前两季。

"不能再法国范儿了。"

"千真万确。"丽贝卡使劲儿嗅了一下法式薄饼,"所以接下来两个星期我们要一起困在公寓里喽?"

"如果你想的话,我也可以随时去工作。不过要我说,这两个星期是陪着我的爱妻丽贝卡,还是愁眉苦脸地去坐克罗伊登的律所办公室,这还用得着选吗?"

"做到这种程度,我看未必。这是你道歉的方式吗?"

马克把一张烤薄饼连盘子一起递给她,"有点用力过猛,是不是?"

"的确有点。"丽贝卡扯下一块烤饼咬了一口,"但我非常

---

1. 以上均为法餐。
2. 以上均为法国电影。

喜欢，"她在马克的脖子后面轻轻地吻了一下，"万分感谢[1]。"

"你得庆幸，我差点就买一台手风琴回来了。"

"这真是太值得庆幸了。"

"那么接下来，你确定乐意让我一直黏着你，侍奉你，每时每刻地对你献殷勤？"

"我会习惯的。"丽贝卡说，"看来以后得多撞几次才好。不，我的意思是，如果非得在公寓里待两星期，我也只想被你黏着。"

"所以，你不再恼火咱俩去不成巴黎了？"

"一点儿也不。我是说，巴黎哪儿也不会去，总有明年嘛。"

"真的有必要这样做吗？"罗瑞问道。博士正拿着音速起子把他上上下下地来回扫描，就好像过海关时被金属探测器安检一样。博士没有回答，径直穿过控制室，对另一个罗瑞也重复了这一套流程，未来的罗瑞。

从未来来到这里，和另一个自己共处一室真是古怪。站在那头的男人，有着和他一模一样的大鼻子，呆头呆脑的面孔也如出一辙。从某种意义上讲，他就是他。他凝视着过去的自己——对他而言，那正是活在当下的他。这么一想真令人满头雾水，于是

---

[1]. 丽贝卡此处说了法语。

罗瑞索性不去费神。

"非常必要!"博士大手一挥,关掉了音速起子,"现在,你们就算共处一室也很安全了。"

"什么?"

博士进入了讲解模式:"布林诺维奇限制效应。同一个人的两个自我,同一时间线中不同定点的两个独立个体,是不可能在同一空间、时间中和平共存的。会有各种讨厌的潜在悖论。而且一旦产生了物理接触——嘣!"

"就像两个马克?"艾米说。

"没错,如你所说,就像两个马克那样。"博士说,"不过,我刚刚已经把两种效果中和了——快问我是怎么做到的。"

"你是怎么做到的?"未来的罗瑞问。

"你压根儿听不懂。不过多谢捧场。"

罗瑞绞尽脑汁,"所以,我能碰触未来的自己了吗?"

"可以,"博士说,"但我强烈建议你别这么做。"

"为什么?"罗瑞说。

"那看起来太古怪了。非要说的话,最好还是碰,呃,你自己吧。"

两个罗瑞皱起眉,愤愤地看了一眼彼此,"说得对。好吧,多谢提醒,博士。"

"那么,说说看,你打哪儿来的?"艾米对未来的罗瑞挑逗地一笑,罗瑞不由得嫉妒不已,"你身上究竟发生了什么?"

"呃,嗯,我不知道能透露多少,"未来的罗瑞犹豫不决道,"你知道的,会引发剧透之类的一系列麻烦。不过当时我们都在南部丘陵[1],时间是2003年4月10号晚上。哭泣天使也在那里,呃,好吧,接着我就被打包了。"

"打包?"罗瑞说。

"打包送到了2001年,毫无征兆,莫名其妙。"

"接着你就遇到了我们?"博士问。

"不完全正确。我等了一个月,才等到你们现身。"

"什么?"

"我被送回了5月1号,被困在过去,等了你们整整四个星期!"未来的罗瑞愤愤不平地叹了口气,"我一半的生命都耗在等人上了!"

"四个星期,还可以嘛,"博士说,"正好可以回去看看故人好友。"

"你试试被打包丢回过去、身无分文、没有工作也没有住所是什么滋味!我根本回不了莱沃斯,你觉得呢?!"

"我相信你处理得非常出色,没必要纠结那些惊心动魄的细节了。"

---

1. 位于英国英格兰南部。

"等等,"罗瑞说,"要是这事儿马上会在我身上发生,我倒是很乐意听听那些惊心动魄的细节,多谢了。告诉我,我会有什么遭遇?"

"恰恰相反,你不能知道太多。"博士说,"至于为什么未来的自己不能剧透,你肯定耳朵都听得生茧了。"他转身对未来的罗瑞说,"简而言之,2003年4月10号是你被天使触碰到的时间?"

"没错。"

博士将小小的监视器屏幕转向罗瑞,上面显示出一份当地报纸的头版消息,"是丽贝卡去世的那晚吧?"

未来的罗瑞点头,吞咽了一下,"是的。"

"好。现在,我要你尽可能精确地回答我的问题。当你还是他的时候,"博士指了指过去的罗瑞,"未来的你出现之后,我们做了什么?"

"我们做了什么?"

"没错。你的记忆至关重要。"

"我知道。但这恰好是我不确定该不该说的地方,你知道的,剧透。"

博士恼怒地叹了口气,"好吧,我换一种表述。下一步,我想要把大家带到丽贝卡被杀的时刻和地点。如果我真这么做了,会改变历史吗?"

"不会,"未来的罗瑞说,"我记得你上一次就是这么做的。"

"好极了。所以我们接下来就要做这件事了。"他转头对现在的罗瑞说,"希望你记得,以后我会这么问你。"

"好的,别担心,"罗瑞揉了揉前额,"我保证会拼命记住的。"

"很好。"博士大步流星地向控制台走去,气势十足,仿佛钢琴家要上台独奏一曲,却又在落座前突然停下了脚步,"知道吗?两个罗瑞同时出现,有点容易搞混……"

"我不会搞混。"未来的罗瑞说。

"我也不会。"罗瑞说,"我知道自己是哪一个。"

"是的,我也知道。"未来的罗瑞说。

"好吧,"博士说,"但当务之急是,想个办法让我能把你们区分开。"

"什么办法?比如让我们中的一个留胡子吗?"罗瑞说。

"好主意,不过我们可没时间留胡子了,不是吗?"博士咬咬嘴唇稍加思索,"未来的罗瑞,远在未来的罗瑞。'远'罗瑞,'远'罗瑞[1]……哈!想到了!我真是个天才!"博士从控制台上跳下来,一头扎进里面的一间储藏室,拽出一排衣橱,在

---

1. 为了下文的中文谐音而和原意有些不同。

里面一通翻找，最终掏出一顶带流苏的红色圆帽，"圆筒土耳其毡帽罗瑞！"博士高声宣布，他大步走向罗瑞，一把将帽子扣到他头上，"远在未来的罗瑞，圆帽罗瑞！"

"呃，博士，我不是未来的那个，"罗瑞指了指未来的自己，"他才是。"

博士一把抓回圆筒毡帽，"瞧，我就说你们容易搞混吧。"他跳到未来的罗瑞身边，隆重地将帽子扣在他头上。"好了，现在你得一直戴着不要摘下来。整个宇宙的命运就靠它了！"

"讲真？"未来的罗瑞说，"整个宇宙？指望我戴着一顶圆筒毡帽？这就是帽子的作用，不是吗？"

"现在，给我一点时间，"博士转身返回控制台，"越快赶到2003年，我们才能越快摆脱两个罗瑞的困扰！"

16

2003年4月10日

最终，漫长的九年等待，命定的那天终于到了。丽贝卡去世的日子。不过这一次，一切都会不同。

马克开车穿过狭窄的车道，傍晚的阳光穿过路旁高高的树篱，刺得他眯起了眼睛。远远地，他瞥见了天边集结的乌云，那里似乎酝酿着一场暴风雨。不到一个小时，天色就将彻底黑下来，下起倾盆大雨。不过到那时候，马克已经准备好了，他将万事俱备，胜券在握。

他因满心期待而口干舌燥。他曾无数次地推敲如何去避免那次车祸，甚至想过干脆直接偷了丽贝卡的车——但万一他还没得手就被过路的警察发现怎么办？他只能在牢房里捱过整夜，而丽贝卡仍然要走上赴死之路。不行。他得简化这整件事情，只在最后的生死关头才插手。只有置身事外，不沦为事故链里的某一环，他才能够阻止惨剧的发生。

事故的每一处细节他都记得一清二楚。晚上十点二十六分，在距离奇伯里一英里左右的地方，丽贝卡的车和一辆满载的重型卡车迎面撞上。她当时刚刚拐过一个有视线盲区的左转弯，而卡车的时速超过了五十五英里每小时。高高的树篱让他们谁也看不见对方。马克早就去事故发生地做足了准备，详细勘察了这段路上的每一处细节。

他的计划，就是在卡车到达致命的转弯前，让它停下。马克知道，通往奇伯里的路上既没有岔路，也没有十字路口，不过离转弯约四分之一英里的地方，刚好有一段向山坡上的村庄延伸过去的单线公路。而这里恰好就是卡车开始加速的地方，也将是马克的车把路堵住的地方。只要马克把车堵在这里，卡车司机远远地看到他，就会减速刹车。而丽贝卡，从另一个方向开过来，也能提前看到他的车子，减缓车速。等到两辆车都放慢速度，马克再把车开走，让出路来。

之后，他就能再次拥有丽贝卡了。多年来失去她的滋味、长久的愧疚和抱憾都将在那一瞬间烟消云散。一切都将不会发生。就算招来哭泣天使，但和挽救爱人的生命比起来，那也只是微不足道的代价。

在马克还没反应过来的时候，他就开到了事故曾经发生的地方——事故即将发生的地方。不，事故将并不会发生的地方！他换了挡，将越野车开到拐角附近，加速行驶在通往奇伯里笔直的单线公路上。接着,在一段碎石路面的路旁停车处,他将车停下,熄了火。

一周前他就检查了这片区域。即便是瓢泼大雨,他的车也不会陷在淤泥里开不出来。他检查了发动机,绝不会熄火,也没有油耗的顾虑。他还检查过事故之后的警察记录——看过太多遍了,他早已烂熟于心。距离事故只有十分钟的时候,从停车处看过去,路上还没有其他车辆经过的迹象。到了十点十六分,他把车挪到了路上,他本人则躲进旁边的田野里往这边观望,在半英里外他就能看见卡车。他一切都考虑好了,滴水不漏。

一声惊雷,雨水噼噼啪啪地敲在窗玻璃上。

罗瑞跟着博士和艾米走出了塔迪斯。刚一出门,他就被扑面而来的冷风冻得直哆嗦,赶紧裹紧大衣。冷风混着冻雨直扑他的面颊,幸好有带耳的毛线帽遮住耳朵。艾米捋了捋被风吹乱的头发,拉起兜帽遮住脑袋。未来的罗瑞则戴着越来越潮湿冰冷的圆筒毡帽,努力装出一副无所谓的样子。

只有博士看上去一点儿都不在乎这鬼天气,"就是这里?"

圆帽罗瑞点点头。

博士递给他们一人一只手电筒,大家咔的一声打开开关。晦暗不明的夜里,手电只能照亮几米之内的范围,视线里只有那道似乎永不停歇的雨幕。罗瑞小心应付着脚下泥泞而深浅不一的草皮,尽量不被绊倒。

"我探测到时间摇移达到了空前的规模。"博士研究着探测器上的读数,"很难精准定位源头,但差不多就是这里。这里就是临界点,未来将在此处失衡。"就在这时,一声惊雷响起,空中划过一道明亮的蓝色闪电。"哭泣天使也在等待这个时刻。"

"饱餐一顿?"艾米问。

"这次盛大而美味的时空盛宴即将拉开帷幕,菜单上一定是这么写的。"博士放下探测器,紧了紧领结。他一脸凝重,手电摇曳的亮光在他脸上投下阴影,"走这边。"

他们跟着博士穿过泥泞的田野。罗瑞瞪大眼睛望进暗夜。太黑了,他觉得自己似乎看到了什么东西在移动,但又像是看花了眼。但他确实看到了,大约四分之一英里的地方有一道淡黄色的光,就在山坡下的某处。

"看那里!"罗瑞说。黄色的光来自停在山坡上的汽车。

"一定是他。"博士转向圆帽罗瑞,"我说的对吗?"

"呃,是的。就是他的车。"圆帽罗瑞确认道。

"没时间了。"博士高举着手电开路,急切地大步向灯光处走去,"大家小心,哭泣天使也在这儿。它们肯定会想方设法阻止我们!"

十分钟后,罗瑞的鞋子里里外外都湿了,双脚也沾满了泥。

从这里望去，马克的车正挡在路中间。罗瑞判断不出越野车的发动机是否开着，只能听到呼呼的风声，还有间或响起的闷雷。

"他在做什么？"艾米问，"他就这样把车扔在那里，这是为什么呢？"

"他的妻子就是在这个路段出的事，"博士说，"和一辆卡车迎面相撞。若是有辆车挡在中间，迎面过来就不会相撞。"

"从一辆停着的车你就能知晓这么多？"罗瑞一边说，一边跺着脚找回知觉。

"车灯是个警告。他故意留了车灯，就是想被看到。阻止两辆车相撞最好的办法是什么？无非就是在中间用大而显眼的东西将二者隔开。换作是我，也会这么做。"

"呃，博士。"圆帽罗瑞说。他指的是二十米开外，在他们四人和越野车之间站着的一个人。那人穿着鼓鼓囊囊的冬衣，脸在寒风中冻得通红。他径直朝着电筒的亮光看过来。

"马克，"博士向那人喊道，"不管你以为自己在干吗，必须立即停下来！"

马克摇了摇头，"我以为我在干吗？"他也大喊道，"我是在救丽贝卡。不管你怎么说，无论你怎么做，都阻止不了我！"

博士慢慢地向马克的方向挪动着，"我告诉了你一切的前因后果，你难道就没吸取丁点儿教训吗？你得把车从路上移开，让历史按既定的轨迹继续发展。"

"不可能。"

"你必须这样做,马克。"博士撩起挡住视线的头发,他的脸上湿漉漉的,浑身上下都湿透了,雨水从他的鼻尖和眉毛上滑落,"听我说。"

"大概七分钟左右,满载货物的重型卡车就要冲下山坡了。如果我的车不停在这里,卡车就会直接撞向丽贝卡的车。我绝不会让车祸发生。"

"你别无选择!"

"我当然有!要不然你也不会来这里,妄想劝我改变主意。"马克的脸被突如其来的一道闪电映亮,"绝不!这一次我绝不会听你的话!这一次,我要她活下来!"又一声惊雷响起。

"她一定会死,马克。这已经发生了,而且必将发生。你无力回天。"

"怎么不能?"马克抗议道。说着,他开始朝车道小路的方向后退。

"因为这是个陷阱!"博士大喊着,一步步向马克走去,"一切都已经发生。你眼前的局面只是哭泣天使对你设下的圈套,它们苦心经营,就是想引诱你走出这一步。"

有这么一瞬间,马克似乎相信了博士的话,他的面部剧烈地抽搐着,像是在竭力忍住泪水。"它们给了我救她的机会。"他的胸部也在剧烈地起伏。

"哭泣天使不在乎丽贝卡是死是活,它们只是在利用她!而正是你,将让它们奸计得逞,将一个时间悖论拱手送上。"

"我不会相信你!"

"那就看看你周围,马克!"博士大喊,"看看你的周围!"

博士挥舞着手中的电筒,一尊苍白的大理石雕像就站在马克左手边五米左右的阴影里。雕像苍白的手臂向前伸着,雨水打在石头翅膀上四处飞溅,顺着希腊式长袍缓缓流下。

博士将电筒挥向马克的右边,第二只哭泣天使以同样的姿势乖戾地立在那里。

罗瑞、艾米和圆帽罗瑞拿起电筒四下扫射,照亮了湿漉漉的草地和微微闪光的一片片雨幕。而黑暗之中,另外四只天使也显露出来:左边两只,右边两只,它们的手掌都向前伸着,像是在同他们打招呼。

"见鬼。"罗瑞嘟哝了一句。

"你抢了我要说的话。"圆帽罗瑞说。

"是你把它们带到了这里。"博士语气尖锐。他又向马克走了一步,"正如我之前警告你的,别那么做!"

马克朝后退去,他的眼睛在两只天使之间快速移动,"不,不要……"

"别担心,"博士安慰他道,"它们不会阻止你。毕竟天使没法儿直接介入此事,瞧,它们需要别人干扰历史来制造悖论。

但对我们而言……好吧,哈,这是另一个故事了。"

博士说话的时候,罗瑞一直在天使之间挥舞着电筒。它们仍然保持着刚才的姿势,但感觉它们已经逼近了不少,是幻觉吗?不,这不是幻觉。左右两边的四只天使靠得更近了,很快就会切断他们逃跑的路线。"呃,博士,看看这个……"

博士没有搭理罗瑞,他的注意力仍在马克身上。"你觉得现在的情况很糟糕吗?"他说,"那是因为你压根儿没想到更严重的后果!你的所作所为将要导致的后果!"

"我知道我在做什么,"马克坚持着又挪开一步,踉跄地远离博士,"我要去救丽贝卡。"罗瑞注意到马克身边的天使更近了,现在它们离马克只有几米的距离,很快就能把博士和马克围在中间,切断他们的后路,也不让他们靠近汽车。

"你觉得救了丽贝卡,世界会变得更好?"博士问。

"总之不会更糟!"马克大喊道,"怎么可能更糟!回答我!整整十七年,我形单影只。我不在意悖论,也不害怕天使,"马克眨了眨眼,收回即将夺眶而出的眼泪,"我只想要她回到我的身边。"

"她没法儿再回到你身边,她已经死了。"

"为什么?"马克尖叫着说,"为什么偏偏是她?"

就在博士全力劝说马克的时候,罗瑞用电筒照向他们周围的茫茫黑暗。哭泣天使两只在前,两只在后,还有两只一左一右,实际上，六只天使已经围成了一个圆圈，把他们团团包围住了。

博士同情地对着马克笑笑，丝毫不理会左右两侧张牙舞爪的天使，"你觉得天使为什么会接近你，马克？"

"不知道。"

"没错！这种事有可能发生在任何人身上，它们只是碰巧挑中了你，因为每个人都有想要回头去改变的事情。"

"我只是想救一个人。"马克用鼻子哼了一声，擦去越来越汹涌的泪水，"你知道自从回到1994年以来，我这九年是怎么度过的吗？亲人们一个个相继辞世，我却只能呆呆看着，束手无策。9月11日[1]，我眼睁睁看着那么多人无辜丧命，你觉得这是什么感觉？我却选择了袖手旁观。我本可以救父亲一命，我也什么都没做。我遵守了规则，博士。我做了自己该做的事情，现在，我只是想挽回一条生命，是我要求的太多了吗？"

"是。"博士遗憾地说，"请原谅我，但你无法改变既定的过去。"

"他真的不能吗？"艾米出了声。她的眼泪顺着面颊流下，"你总是说，时间可以被改写，现在为什么就不行呢？"

"因为现在不是一个人的生死问题。"博士解释道，"天使们设下了这个局，它们会放大时间线上的微小改动，使其发展成

---

1. 指美国在2001年遭遇"911"恐怖袭击事件。

无可估量的巨大灾难。"

"但总有办法救她的。"艾米哭着说,"我们总能做点什么!"

"无计可施。丽贝卡的死亡已经成为时间-空间中一个复杂的定点。倘若马克阻止了死亡,他将不止是改变未来,过去也会被改写。"

可怜的男人,罗瑞在心里暗暗地想,他只是想要拯救心爱的人一命。罗瑞思忖着若自己和马克处于相同的境地,他会如何选择。如果丧命的是艾米呢?他会不顾一切地去救她吗,只为了一点点渺渺的希望?他当然会!这就像是他的本能。哪怕只是想象她的死亡,想到自己也许会失去她的陪伴孤身一人……这对他来说都像是一场噩梦。

罗瑞抹掉泪水,继续拿着电筒来回晃动。他几乎要感谢天使帮自己分神了。马克左右两边的天使没有移动,而另外几只却已经靠近了三四步,它们全都伸出手臂,将彼此之间的空隙挡得严丝合缝。

"你在说谎!"马克喊道,"你不可能一口咬定将会发生的灾难!"

"马克,如果救下了她,你觉得会发生什么呢?"博士说,"你以为自己会回到当初离开的地方,继续生活吗?"

"不——"

"不会。你将抹掉接下来的八年时间,所有的历史都将被改写。但这还不是你将失去的一切,你也将失去已经度过的九年时间。你和丽贝卡之间的一切都将被全部抹除,不复存在,连记忆也不会留下。你和她相处的每分每秒都将消失无踪!"

"为什么?"

"想想看,你是在时间中旅行。你的过去、现在和未来都紧紧嵌合在了一起。回忆一下这九年来发生的事吧,你曾经多少次介入了自己的过去?倘若没有未来的自己,你和丽贝卡最初会走到一起吗?若是她这一次并没有去世,你也就不会回到过去,如此一来,过去的你们也不会走到一起。这一整条时间线都将被抹除。"

"我才不会相信你的鬼话,"马克结结巴巴地说,"我不信你!"

"你无论如何都将失去她,马克。而一旦喂饱了天使,它们会越来越猖狂。这将成为地球终结的开端。"

"什么?为什么这么说?"

"因为我曾经目睹过!你以为自己就是天使的最终目标吗?不!它们还会在其他人身上故技重施,你经历的一切,其他人也还会再经历一遭,直到天使借由人类之手,制造出一个又一个时间悖论。接下来,还有另外的人,以及更多另外的人,直到这颗星球上所有的人,一个不落,全部沦为天使的营养大餐。"博士挑起眉毛,近乎恳求地慢慢说道,"那时,我就再也无法阻止它们了。现在它们还奄奄一息,但它们很快就会强大起来。你只是个开始,绝不是最后一个。"

马克的脸痛苦地扭曲着,"我只是想救她。"

"我很抱歉,"博士的语气中饱含着几个世纪的悲伤,"但你必须放下她。"

圆帽罗瑞咳嗽了一声,想要唤起博士的注意,不过博士还在一门心思劝说马克。四只哭泣天使扑得更近了,离他们大概只有四五米远的距离,它们伸长手臂,满脸挂着可怖的冷静。"呃,博士,抱歉打扰,但是不是也关心一下哭泣天使?"

"它们看上去还在等待。"艾米的声音从罗瑞身后传来,"它们为什么不进攻呢?"

"它们快没油了,"博士说,"除非我们试图逃走,或是打算去挪开马克的越野车,否则它们一定会按兵不动,积蓄能量,直到悖论发生。"

"然后呢?"罗瑞紧张极了。

"哦,然后我们都得死。"博士冷漠地说,"要么是我们,要么是丽贝卡。"他转身去看马克。两只哭泣天使此时正立在博士和马克之间。马克僵立在原地,惊恐地盯住天使,跌跌撞撞地后退了几步。接着他转身狂奔起来,消失在了伸手不见五指的黑暗之中。

"那么,你觉得我们接下来该怎么做?"罗瑞在天使之间挥舞着电筒。天使们一直在向前逼近,很快就能碰触到他们了。

"罗瑞,知道吗?其实你一直都想要做我的秘书。"

"不知道。"

"好吧,现在你有机会了。"博士伸手摸进口袋,掏出一个笔记本和一支铅笔。他奋笔疾书,在本子上一通乱画,然后把装着通灵卡片的钱夹一并递给罗瑞。"帮我保管一下,你会用得着的。"他像变魔术一样轻敲袖口,掉落出一张卡,他把卡片递给罗瑞,"通灵信用卡,不要随意挥霍。"

"不好意思,你给我这些干吗?"罗瑞说着接过笔记本、钱夹和卡片,把它们装进口袋,"你说什么?我用得着?"

"你去帮我办点儿小差事。"博士说着冲圆帽罗瑞挑了挑眉毛,像是在询问他什么一样。随着圆帽罗瑞对他点点头,他又转向罗瑞,冲他安抚地一笑,但这微笑让罗瑞更摸不着头脑了。"我要你回到塔迪斯里去。做得到吗?"

罗瑞举起手电,照亮了离自己最近的一只哭泣天使,天使的两只手伸开,正好挡住他们跑回山坡的路。要是行动够快,他或许能在天使之前,先一步从旁边溜走。"我会尽全力的,"罗瑞说,"但你还没——"

"那就出发,"博士催促他,"就是现在!冲吧!"

罗瑞深吸一口气,全力向哭泣天使冲去。他全神贯注地用电筒照着天使，眼睛一眨不眨。

　　毫无征兆地，罗瑞的右脚突然被一条长绳一样的东西绊了一跤，狠狠地跌向田野。电筒从他手中摔脱，远远地滚了出去。很快，他便意识到又冷又潮的泥水糊了他一脸。他努力瞪大眼睛想要看清周围，却只看到一片黑暗。他伸出手四处摸索，迫切地希望能够摸到电筒，但他却只摸到了石头。

　　罗瑞已不在2003年。

17

"罗瑞!"艾米惊恐地叫道,"罗瑞!不!"

一切在瞬间就发生了,没有电闪雷鸣,也没有任何声响。罗瑞就这样无声无息地消失在黑暗之中,如同关了一盏灯。艾米拿着手电筒,冲罗瑞落地的地方照去。微弱的光束只照亮了一小块空空荡荡、微微闪光的湿草地,以及一只天使——一只伸长手臂,正向地面探去的哭泣天使。

艾米的心扑通扑通地跳个不停。他不见了。她勇敢的丈夫罗瑞不见了。他被天使触碰到了。

"没事的,"未来的罗瑞摘掉圆帽,"他只是被送回了2001年,没受什么伤。只是嘴里会染上一股大蒜味儿,很久才能消散掉。"

"你的意思是,你之前就是这样被送回……"艾米转过身来,狠狠地拍了一下博士的胳膊,"你早就知道会发生这种事情!"

博士点点头,随后警觉地抬起头。他看到一道蓝色的闪电,听到一声雷鸣。但闪电这次并没有很快地消失,它在空中逗留了半晌,末梢甚至延伸到了远处的草坪上,像蛇一般蜿蜒不止。

"罗瑞,"博士说,"我嘱托你的小差事,已经完成了吗?"

"小差事?"罗瑞说,"那可一点儿都不小,非常复杂,简直疯狂!"

"不好意思打断一下,请问你们说的是什么差事?"艾米问。

"罗瑞回去之前,我给他写了一张便条。"博士的视线紧紧锁着他们身边的六只天使,生怕它们靠拢过来,"便条上写着他到2001年要办的差事,对吧?"

"嗯,我都照办了。"罗瑞叹了口气,"花了整整四个星期,我才让农场主相信我没在开玩笑。如果我放置对了,'开灯'按钮应该就在这附近。"

"什么是'开灯'按钮?"艾米问道。博士和罗瑞正拿着电筒扫视脚下的草皮。

"在这里!是的!漂亮的小东西!"罗瑞高声宣布。电筒的光照亮了草地,有一条细细的电缆在草地上蜿蜒。隐藏得真好,艾米心想,要不是刻意来找,绝对发现不了这玩意儿。突然她意识到,正是这根细电缆在几秒钟之前害得罗瑞——另一个罗瑞,刚消失的那个——绊了一跤。

"这东西有什么用?"艾米说,"拜托谁来告诉我!究竟发生了什么!"

罗瑞手举电筒,沿着电缆一路照去,看到它和其他电缆搅在一起的地方，有一只装着红色开关的黑箱子。那可是个大家伙，和摇滚音乐会的后台音响设备有得一拼。

"找到了！"罗瑞开心地呼喊。话音未落，他的尾音就转变成了惊恐的尖叫——电筒照亮黑箱子的时候，也照到了两个僵硬惨白的身影，一边一个立在黑箱子的两侧。两只天使正向前伸出双手，斜眼睥睨着他，像是在发出嘲笑。"哦，不好。"

哭泣天使挡在他们和黑箱子中间。不管红色的开关是干什么用的，他们都没机会够到了。

心脏在胸腔里怦怦地跳，跑下田野的时候，马克觉得自己都快没气儿了。他大口大口地呼吸着冰冷的空气，仰起脸，让冰冷的雨水给自己降降温。

他的越野车还停在路上，灯全亮着。马克来回扫视着车道，没有看到任何车辆经过的迹象。不过再有几分钟，一辆重型卡车就会加速驶来。

马克抹了抹湿漉漉的眼睛，有雨水，也有悲伤的泪水。他回过身，看向高处的山坡，手电筒的光在黑暗中起伏跃动着，那是博士、艾米、罗瑞，还有圆帽罗瑞。不过现在看上去只有三个人了。天使把他们围了一圈，像是在表演圆圈舞。

又一声惊雷，天空划过一道蓝色的闪电。

博士的话在他脑海中响起："要么是我们，要么是丽贝卡。"

然而自己做了什么？他逃跑了，把他们留在原地等死。不过这不是他的错，马克安慰着自己。他没法救他们，没法从哭泣天使手里把他们救出来。他无力回天。

博士的话动摇着他的选择，不只是这一句。若是他救了丽贝卡，依博士所说，他改变的不只是未来，还有过去。他失去的不只是这几年形单影只、悲恸难挨的苦日子，还将失去他和丽贝卡在一起的所有快乐时光。

因为如果他没有回到过去，一切都会不一样。那一晚，他们在学生大楼天台上的亲吻，根本不会发生。或许他也将不曾和丽贝卡一起去罗马度假，因为要不是未来的他给了自己中奖的机会，他根本无力支付旅费。即便他们一起去了罗马，如果不是他的介入，被偷走的钱包也不会失而复得，他们也就没法去卡比托利欧博物馆。而最最重要的一点，要不是被未来的自己还有博士、罗瑞和艾米锁在博物馆里，他和丽贝卡也没机会相互吐露心声，最终选择在一起。

马克回想起自己和丽贝卡相处的种种时光，都是毕生之中弥足珍贵的篇章。他约她喝咖啡，聊起各自的恋爱矛盾；他们第一次同居，搬进属于两人的第一个小窝；他们的婚礼；还有丽贝卡车祸受伤之后，两人窝在公寓里看电影听音乐整整两个星期。

最让他悲痛的是，他们相处的日子如此短暂，还没有经历更多可供回忆的美好时光。他想要更多，也应该有更多。当初，自己曾在办公室里夜夜加班,错失了那么多本可以陪伴丽贝卡的时光,他对此尤为悔恨难当。

要是能再次和她相处,哪怕只有一个小时,他也愿意倾其所有,只为了能再多制造一点点回忆。正是这再简单不过的愿想,以及痛恨命运的不公,驱使他整整等待了十七年。

他得救回丽贝卡,如果自己连这点都做不到,这一切还有什么意义?过去的种种又有什么意义?

但是,如果博士所言非虚,那么就连仅存的这点儿回忆也会被剥夺。生灵涂炭,无辜的人们因此丧命,都是因为他。丽贝卡绝不会想要这种事发生,她绝不想成为人类罹难的罪魁祸首。

马克回头向山坡看去,看向博士和他的伙伴们被包围的地方。

"我真抱歉。"马克哽咽了。他强忍着啜泣向越野车走去,"真是抱歉,丽贝卡。"

罗瑞后撤一步,和他前面的两只天使拉开距离,一边用手电筒一只一只轮流照过去。他慢慢地退回到博士身边,紧盯着自己负责的那两只天使,阻止它们进一步靠近。"情况不妙,"罗瑞说,"我够不到'开灯'按钮。我搞砸了,现在我们被困住在这里,恐怕只能等死。"

"还没有结束,我应该可以用这个激活开关。"博士娴熟地举起音速起子,但起子并没有亮起来,也没发出任何声音。

"喔,若是它能起作用,那就好看了。好吧,你刚刚说的第一句话是对的。"

又一阵电闪雷鸣。闪电照亮了哭泣天使们的脸庞,它们无声地咆哮着,饥饿难耐地露出锯齿状的牙齿,舌头耷拉着,眉着憎恨地拧着,空洞的石头眼珠目露凶光。

借助电筒的亮光,罗瑞成功地阻止了天使们进一步靠近。然而手电的光突然暗了下来,罗瑞晃了晃电筒,又用手掌敲了几下,但光线并没有再度变亮。"博士,这只电筒——"

"天使正在吸干能量,"博士说,"我就知道。怪不得我的音速起子没法启动。"

罗瑞重新把微弱的光束对准天使。距离不到一米了,天使长长的利爪正向他伸过来。亮光实在太过微弱,他只能努力地瞪大眼睛,想要从一片漆黑中分辨出天使的轮廓。

"罗瑞,"艾米说,"我可能支撑不了多久了……"还没说完,她发出了一声短促的尖叫。

罗瑞听到尖叫猛地转身,看到艾米僵在那里,眼中充满了恐惧。一只天使的胳膊正环着她的脖子,几乎碰到了她的皮肤!天使嘴巴大张,看起来色眯眯的,又好像吸血鬼正要将长牙咬进她的动脉。

"盯住它,罗瑞,"艾米央求道,"别移开视线。拜托,无论如何,别——别眨眼!"

罗瑞的视线粘在了那只哭泣天使上。随着他的手电渐渐熄灭,天使就要消失在黑暗中了!

突然,夜晚的静谧被汽车的引擎声打破,艾米和哭泣天使重新出现在了他的视线中——远处,两束车前灯随着驶近的汽车斜斜地照射过来。罗瑞不敢将视线从艾米身上移开,他不敢眨眼,即便听到汽车越驶越近,就快要停下;即便听到车门砰地关上,有什么人向他们走来,他一刻都没有眨眼。

"马克,"博士大喊,"按下那只红色的巨大开关!就在你脚边的地上!"

噼啪!噼啪!噼啪!

突然有一道耀眼的光亮起,刺得罗瑞终于忍不住眨了一下眼睛。

当他重新睁开眼,眼睛也逐渐适应了强光,他才发现哭泣天使并没有移动,它的胳膊仍然环着艾米的脖子。但电灯全部亮了起来,这说明博士的计划奏效了。

哭泣天使仍然围着他们,被盯在一副即将扑向他们的姿势上。不过,在天使包围圈外大约六米远的地方,六只明亮的卤素灯也围成一圈,贴着地面照射过来。每盏灯旁都有一台稳坐在三脚架上的摄像机,镜头正开机对着前方。每台摄像机旁还放着一块监控显示屏,天使们全都出现在了屏幕里面——六只天使,六个角度。天使们统统都被镜头包围圈锁在了中间。

马克正蹲在红色的"开灯"按钮旁边。

"没关系了,"博士安慰艾米道,"它们没法动了。"他费力地帮艾米从天使的怀抱里钻出来。

"你做了什么?"艾米一获得自由就问博士,她用手遮着卤素灯照过来的强光。

"什么也没做,"博士欣慰地笑着,"全是罗瑞的功劳。"

"罗瑞?"艾米难以置信。

"好吧,其实,都是在这一个月里搞定的,"罗瑞说,"不过说句公道话,都是博士的主意。"他从口袋里拿出博士的便利本,轻轻翻开封面,给艾米看本子里的内容。2001年给罗瑞的差事,博士潦草地写满了一整页,末了还附上一张草图,显示如何摆放摄像机。

"这是怎么回事?"艾米一只天使一只天使地盯了一遍,确认它们真的一动不动。

博士将手电筒揣回口袋,"现在就简单了。哭泣天使被量子锁定了——也就是说,它们只有在不被注视的时候,才能移动。"

"我知道,你提过几次。"

"我们所做的,"博士说,"就是稍加安排,不仅让每一只哭泣天使被盯住,还要被它们自己盯住,同时也被其他所有天使盯住。"

艾米瞥了一眼摄像头,"你是说,显示屏上同时播放着所有的监控画面?"

"你站在任何地方,都得至少看向其中一台摄像机,"罗瑞说,"所有的角度都被覆盖到了。"一个月里,他把大部分时间都花在放置摄像头上,包括跑过来确认每个角度的精确位置,然后说服一家录像设备公司,不仅按特殊的要求安装了摄像头、监视屏、卤素灯,还要在特定的日子安装——两年以后。同时,他还得到了农场主的允许,得以在这块田野里做手脚。直到将要和博士、艾米碰面的前一晚,罗瑞才安置好一切。要说罗瑞在2001年学到了什么,那就是他懂得了金钱的万能:提前塞钱,没什么办不成的事。

最初他曾担心,当他们乘塔迪斯抵达的时候会降落到错误的位置。但其实他没必要担心,他们当然会停在正确的位置,因为上次也是如此。尽管罗瑞无意中已经瞥到了摄像机、卤素灯和监视屏——因为他知道东西在哪儿,不过它们全都在草丛中藏得严严实实,瞒过了博士、艾米以及年轻的自己。或者说,更重要的是,瞒过了天使。

"这么说,你把天使一步步领到了陷阱里?"艾米说,"把我们当作诱饵!"

"诱饵和开关!它们应该多学学怎么给我设圈套!"博士向

马克大步走去,"你回来了。"博士温柔地对他说。

马克点点头。他眨了眨眼,收回眼眶里的眼泪,声音有些哽咽,"我不能让你们赴死,是吧?"

"害我担心了一会儿。"博士说。

"博士!天使!"艾米大喊。

罗瑞闻声转过头去,正看到五只哭泣天使的身形闪烁着,正在渐渐消失。那画面就好像电视屏幕跳台一样。

"它们太虚弱了,无力保持现有的物质形态。"博士解释道,"当它们被量子锁定,便只剩一条路可走……"

没多久,它们全都变得透明,原本的石头外壳发出静电般的嘶嘶声,紧接着,它们全部消失了。

"一条路可走?"艾米说,"走到哪里去?"

博士指了指监视器屏幕。闪烁的黑白屏幕上,罗瑞看到哭泣天使正透过满屏的噪点瞪着他。天使们的手紧压着屏幕玻璃,仿佛想要从里面冲出来。罗瑞一块屏幕一块屏幕看过去,画面如出一辙。每一块屏幕上都显示着一只天使,天使被锁在玻璃屏幕里,背后是一大团模糊不清的灰色背景。

"被困在闭合的电子回路里了!抓住机会,咱们赶紧做事。"博士冲向其中一台摄像机,移动着三脚架来调节摄像头的角度,让镜头正对和它相连的那块监视屏幕。

"你要干吗?"罗瑞问。

博士按下开关,"我要把它们送到无限远。"

屏幕上,同一只哭泣天使的无数鬼影叠成了一条线。随后,这只天使漩涡状地溶解,翻着筋斗跌进了一片深渊。

博士、艾米和罗瑞对剩下的天使也重复了这个步骤。轮到最后一只天使时,屏幕上空空如也。罗瑞忽然觉得哪里不太对劲儿。"博士,有一只哭泣天使不见了。"

"什么?"

"一共有六只天使,肯定有一只逃跑了!"

博士短暂地惊慌了一下,不过他随即望向天空。自从马克回来之后,就再没出现过电闪雷鸣。博士转向他,"你把车挪走了,"博士说,"不会有悖论发生。历史没有被改写。正是这一点让哭泣天使们变得虚弱……"

马克悲伤地点了点头,转身走下山坡。大卡车的车灯在黑暗中异常醒目。它加速驶下乡村小路的陡坡,开过马克的车原本停泊的地方,驶向茫茫黑夜。

接着,卡车红色的尾灯短暂地照到了一个影子,就在田野的边缘。"博士,是哭泣天使!"罗瑞说,"它要去哪儿?"

"事故现场。"博士冷冷地说。他大步走下山坡,向着天使方才站立的地方走去,"咱们走。"

他们没有亲眼看到事故发生,但可以看到橘色的警示灯闪烁个不停,照亮了车道两边高高的树篱。

卡车撞上了右侧空车道的树篱,车厢斜在一边,散热器挡板哧哧地冒着烟,警报灯闪了起来。卡车司机倒在方向盘上,失去了知觉。

"卡车司机这边就交给我们吧,"博士在马克背上拍了一下,"去陪陪她。"

马克茫然地环顾着四周,还不能接受这发生的一切。之后,他看到了丽贝卡的车。撞击的冲力太强,车子被撞到了旁边的旷野上,翻转了几圈,最后底儿朝天地停了下来。发动机里正冒出滚滚浓烟,他甚至能看到火苗摇曳着哧哧钻出来。

汽车六米开外,在卡车微弱的橙色警报灯下,逃跑的那只天使正立在那里。

丽贝卡向车外的旷野张望着,她疑惑着为什么旷野里的一切看起来都笼罩着一层橘色的光晕,像是有盏橘色的街灯。安全带勒得太紧,自己都快喘不过气了。她想抹掉滴到眼睛里的雨水,手却仿佛失去了知觉,不听使唤。

怪事了。约莫六米开外,旷野上立着一尊雕像。就模样来看,这雕像本该出现在墓地或是罗马博物馆里,然而此刻却矗立在荒郊野外。雕像是一头波浪卷发的年轻女性模样,身披曳地长袍,背后还有一对翅膀——是一尊天使。天使雕像弓背站着,脑袋埋在双手里,仿佛在掩面哭泣。雨水顺着它的指缝汩汩流过,无形中又增强了几分效果。

橘色的灯熄灭了,丽贝卡想起了儿时篝火之夜的火堆。

橘色的灯灭了又亮了。天使雕像此时正直勾勾地盯着她,双目空洞无神。

灯光灭了又亮,亮了又灭,反反复复。每一次天使雕像都更近一步,又近了,直到雕像的身体笼罩在她上方,她的视野被雕像填满。雕像向她伸出手臂,那长长的指甲宛如利爪。

她多希望马克在她的身边。

他真的出现了。天使不见了,取而代之的是马克。他钻进车里,温柔地抚去她脸上的雨水。马克微笑地看着她,神色柔和。丽贝卡看到眼泪从他的脸上划过。

为什么他看起来如此苍老?他的头发变得稀疏斑白,满脸风霜。眼睛周围爬满了细细的纹路,这双眼睛看上去如此悲伤,就像是多年来饱受梦魇的老人。但这双眼睛仍然是自己挚爱的模样,而且也同样流露着爱意。

丽贝卡想要呼唤他的名字,却发不出声音。她想问他在这里做什么。这会儿他应该在克罗伊登的办公室里工作,而不是出现在萨塞克斯[1]的深处,陪着她吹风淋雨。

---

1. 英国东南部的地名。

她感觉到他抓起自己的手,紧握不放。他的皮肤如火焰般温暖。抬头望进他悲伤、苍老的双眼,她冲他一笑。马克在这里,她知道一切都会好起来。

随后,丽贝卡·惠特克觉得无所畏惧。没有恐惧,没有疼痛。她将头窝在丈夫的臂弯里,渐渐长眠。

艾米、博士和罗瑞保持着礼貌的静默,看着马克把丽贝卡从车里抱出来,放在草地上。这期间,三人一句话也没有说。

艾米抽了抽鼻子,擦去眼中的泪水。"他没能救她。"

"他从来都不能,"博士说,"只是天使误导了他,为了达到它们自己的目的。"

"所以说,时间没法被改写?"

"如果伤害到其他人,那就不能。"博士悲伤地说。

"哭泣天使呢?"罗瑞问,"那玩意儿去哪儿了?"

"逃走了。"博士指了指熄火的卡车旁几米开外的地方。车道边,一个金属盒子高高地挂在树篱上。记速摄像头映出卡车警报灯一闪一闪的亮光。

"但它要是躲在记速摄像头里,就可以随心所欲……"罗瑞说,"我们得找到它。"

"没必要,"博士说,"这正是2011年我们最初遇到的那只天使,也正是被困在电视显示屏里的那只。"

"你是说,这就是把马克送回2003年的那只哭泣天使?"艾米问。

博士点点头,"它极力想要挣脱时间的闭环,一心想要改变历史,自己却最终创造了一个悖论。现在,它成了自己时间线上的阶下囚。"

"可为什么要等到2011年?"

"补充能量?而且只有等到马克收到那封信,它才能把马克送回过去。我想,它们几天前才刚把那封信投到马克办公室的信箱里。"

又是一分钟的沉默。随后,马克回来了。他的双眼哭得通红,呼吸急促而虚弱,好像每吸一口气都疼痛无比。

远处,艾米看到两束车灯透过树篱照了过来。那位司机应该就是发现车祸现场的第一人了,也是他拨打了急救电话。

"走吧,"博士说,"我们该走了。"

马克正打算离开波拉德&博伊斯律所的办公室,他的手机响了起来。他看了看时间,谁会在晚上十一点过五分打来电话呢?他从口袋里掏出手机,看到来电人是"罗德尼·科尔斯"。

马克按下接听键,"喂,你好?"

"马克,呃,我是罗德尼,丽贝卡的爸爸。"他的声音听起来无比虚弱而缥缈,他每说一个字都会停顿一下。

"罗德尼,怎么了?"

"是……"长久的沉默,"发生了一起车祸,马克。丽贝卡出事了。她正开车回家看望我们,结果……"电话那头再次陷入了沉默,马克什么也听不到了,只有空白的沙沙声。

马克吞咽了一下,脚步不稳地靠在桌上。他仿佛置身高崖之上,站在岌岌可危的边缘俯视着下方,"她没事,对吗?没事吧?告诉我她很好。"

"我很抱歉,马克,"罗德尼说,"她走了。她,呃,他们找到她的时候,就已经,他们说,她就已经不在人世了。"

丽贝卡去世了。马克无法相信。即使每个字在脑海中都清清楚楚,但他就是无法相信。他感到喘不过气,口干舌燥,心里仿佛压了一块沉甸甸的大石头,腹部也一阵抽搐。周遭的世界突然变得那么遥不可及,那么不真实,就好像,他在看一场与自己无关的电影,也好像无数个夜晚自己被噩梦所惊醒。

但他不愿醒来。马克和罗德尼通了好几分钟电话,但他的思绪早已不在电话上。电话打完,他沉默地静坐着,望向摆在桌上的丽贝卡的照片。照片里,她坐在罗马宾馆房间的阳台上,穿着夏季凉裙远眺街道。晨曦的阳光照在她的头发上,她的唇角挂着一抹神秘的笑容。这张照片是他在两人确立关系的第一个清晨拍下的。

马克双手颤抖地拿起照片。丽贝卡去世了。自己失去了她。

他再也无法听到她的声音了。马克想要嘶吼,想要大声喊叫。他想跪在地上祈求上帝,求求你,请让时间倒退。哪怕只有一小时也好,回到丽贝卡遇难之前,让我救救她。我愿意付出任何代价,我可以做任何事情,求求你让我回到过去,一切将不会是现在这副局面。这不是真的,永远不会是真的。

马克将照片贴在脸上,想要止住汹涌的泪。因为他明白,一旦开始流泪,恐怕就再也无法停下。

18

2003年4月16日

马克站在教堂墓地停柩门下,博士、艾米和罗瑞陪在他的身边。墓地来了很多人吊唁,没人注意到他们。墓地边缘,新的墓坑已经被挖开,荫蔽在一株古老而多瘤的紫杉树树荫下。抬棺者降下棺木,放进挖好的墓坑,教堂牧师念着祷告词。庄严而抑扬顿挫的祷告伴着和煦的春风,弥散在沙沙作响的枝叶和鸟鸣中。

两年半之前,正是这名教堂牧师为他们主持了婚礼仪式。被请到婚礼现场的也是同一批人,其中几位吊唁者甚至还穿着相同的西装。加雷斯、波拉德先生、博伊斯先生、拉杰夫、露西和艾玛都到场了。丽贝卡的父母奥利维亚和罗德尼看起来疲惫不堪,失魂落魄。马克的妈妈也在场,她正拿纸巾擦拭着眼睛。

年轻的自己也在那儿。他就站在妈妈身边,双目无神地望着坟墓,眼泪无声地滑下面颊。马克记得那天的情形,恍如昨日。他至今仍能感觉到那种悲恸欲绝的心情,像是巨大的秤砣死死地压在胸口。但记忆中，葬礼那天阴郁寒冷，愁云密布，并非如眼前一般，阳光明媚，天空湛蓝。

葬礼结束了，马克朝博士、艾米和罗瑞转过身来，他们全程都陪在他身边。三人的眼中闪烁着泪花。真奇怪，马克想。对于博士和艾米而言，他不过是几天前才遇到的陌生人。他们在时间中漫游，一定遇到过诸多让人心碎的故事，但或许仍比不上他这种程度的心碎。

"已经足够了，"马克说，"足够了，现在我能回去了吗？"

"还不行。还有一件事你得看看。"

1993年5月8日

微凉的春日夜晚，《两位王子》[1]的吉他旋律在邓莫尔大厅里久久回荡。学生们在刚刚修剪过的草地上舒服地躺开，身边堆着一摞摞笔记，还有讼案汇编。每个人脸上都洋溢着青春的朝气，无忧无虑。

博士领着马克、罗瑞和艾米走进学生大厅，一路上乐呵呵地

---

1. 美国吉他摇滚组合"抬轿人"于1991年发布的歌曲。

看着每个擦肩而过的路人，好像他们都是熟稔的老朋友。而对于马克而言，这是一场让人不安的经历。大一一整年，他都住在这栋建筑里，当他看到那些快要被自己遗忘的生活细节，有一种久违之感，真是陌生又熟悉。招贴栏上的海报详细地列出了全国大学生联合会的集会说明，还有即将到来的演出，以及电脑中心的开放时间。

大厅里，一次聚会正在进行。他站在走廊这头，听着"山羊皮乐队[1]"新专辑里主唱那充满磁性的嗓音，从排着队的学生中间挤过。走进公共厨房时，博士示意马克往房间那头看。

丽贝卡斜倚在房间那头的墙壁上，手中握着纸杯，嘴角挂着嘲讽的微笑。她穿着美国大学生运动衫，长长的秀发染成了黑色。

"去和她聊聊吧。"博士正了正领结，又鼓励地冲他晃了晃。

"你认真的？不会改变历史吗？"

"我想，你该不会给她列一张未来历届美国总统的名单吧。"博士把马克轻轻地推了出去，"和她聊聊。"

马克做了个深呼吸，尽管已经四十六岁了，他却感到手足无措，像个十九岁大学生一样紧张地向她走去。

---

[1] 1989年组建于伦敦的英国乐队，在20世纪90年代颇具影响力。

"嗨，"他对丽贝卡说，"介意聊几句吗？"

"不介意，"她上下打量着他，皱起眉头，"成人大学生，是吗？"

"没错，类似吧。"

"有意思。"丽贝卡微微一笑，"你想和我聊点儿什么呢？"

马克把一切都告诉了她。他特意避开了日期、年龄还有时间旅行的部分，但他把一切都如实说了出来。二十七年前自己是如何遇到了一位美丽动人的姑娘，并和她相爱，历尽无数阴差阳错的开始和糟糕的转折，他最终娶到了这个自己挚爱的姑娘。他告诉她，两人在一起时曾经多么幸福快乐。他还告诉她，他的爱人在一次车祸中丧生，从那时起，他就从未停止过思念。

丽贝卡聚精会神地倾听着，"她听起来很棒，这个姑娘——她叫什么名字？"

"呃，她叫丽贝卡。"

"见鬼，这也是我的名字。"丽贝卡对着杯中的饮料做了个鬼脸，"不过没有活人这么叫我。她去世多久了，介意我问问吗？"

"十七年。"

"十七年？"丽贝卡震惊地重复道，"哇，很久了。"

"还不算久。"

丽贝卡停顿了一下，小心斟酌着自己的措辞："但是——如果我太过失礼，请及时打断我——你刚刚一直在说自己，说你自己的感受,可你考虑过丽贝卡会怎么想吗?"

"丽贝卡会怎么想?"

"她想你余生都活在悲痛之中吗?她想你永远形单影只,一直幻想着悲剧没有发生吗?不。"

"不?"

"不。她想你开心。他希望你另觅佳侣,能带给你幸福的伴侣。这也是我所希望的,如果我是她的话。"

"我不确定能不能做得到。"

"不试试怎么知道?这是个命令。"丽贝卡挑衅地向他一笑,她轻轻地摸摸他的脸,看向他的眼睛里闪烁着亮光,"就当是为了我。"

马克说不出话来,只是盯着她。他感到面颊刺痛,转过身向等在门边的博士、艾米和罗瑞看了一眼。"谢谢,"马克说,"我会的。"

"荣幸至极。"

马克回到博士和他的朋友们身边,他们三个满脸问号地看着他。他找到自己想要的答案了吗?马克点点头。

"你和丽贝卡之间的时光永远不会被抹去,"博士对他说,"没有人能把这段记忆从你的身体里剥离。"

"我知道,"马克说,"现在我深信不疑。"

"这样一来,是时候说再见了。"

丽贝卡目送男人离开厨房。他看起来真是个亲切的家伙，甜蜜而忧郁。和他聊天有种难以言喻的感觉，就好像彼此已经相识多年。她希望男人能听进去自己的建议，找到某个能共度余生的人。

走廊里传来一声愤怒的喊叫，她的思绪被打断了。一个素未谋面的年轻男子跌跌撞撞地冲进厨房，红酒染得他的脖子和T恤上到处都是。多好笑啊，贝克丝忍不住大笑起来。"你能信吗？"他嘟哝着回应她的打趣，"某个穿花呢夹克的白痴和我撞了个满怀，结果我被自己的红酒浇了个透。"

"好吧，"贝克丝满怀同情，"我都看到了。"

"这件可是我最好的衬衫了，现在，你懂的，全毁了。"

"未必。只要立即拿热水冲洗，就还能洗掉。"贝克丝用杯子指了指厨房的水槽，"不过你得赶快洗。"

年轻男人叹了口气，从头上拽下衬衫，给了贝克丝一个欣赏他身材的机会。他看着精瘦，可衣服下还真是有料啊。

他把T恤放在水槽下，打开热水龙头。就在他费力清洗T恤上的红酒，却怎么也冲不掉的时候，贝克丝正细细地打量着他。他有一头棕色的短发，为了聚会而打上了发胶，还戴着一副约翰·列侬式眼镜，他真是可爱。而且，这个男孩身上有种扑面而来的熟悉感。

"嘿,我刚刚见到的是你父亲吗?"贝克丝说。

"什么?"

"就在刚刚,我和一个跟你长得很像的家伙聊过天,但他要年长一些。"

"真的?"年轻男人说,"你一定要指给我看。"他翻看着自己的T恤,"好吧,我想我已经洗掉不少了。多谢。"他转向她,"顺便,我叫马克。马克·惠特克。"

"贝克丝·科尔斯。"

"名字很酷。"马克看着她,似乎想说点什么,但最终什么也没说出口。看着他这副窘迫的样子,贝克丝强忍着没笑出声。

"嗯,好吧,呃。不知道你愿不愿意,嗯,挑个时间我们一起出去玩儿?"

"你想去哪儿?"

"呃,下星期的慈善募捐请来了一个乐队,听说他们很有来头。显然,他们肯定会比山羊皮乐队[1]或者污点乐队[2]更流行。"

"真的吗?他们叫什么?"

"腹鸣乐队[3]。"

"我记下了,"贝克丝说,"所以说,你还没有女朋友吧?"

---

1. 20世纪90年代一支颇具影响力的英国乐队,对英国独立摇滚乐的壮大和发展有着重大贡献。
2. 20世纪90年代以来最受欢迎、最具代表性的英国乐队之一。
3. 1992年在伦敦组建。

马克顿了一下,回答道,"还没有。你呢?"

"我也没有,而且也没有男朋友。"

"那么,你愿意和我一起去吗?"

"好啊,有何不可呢?"

贝克丝听到有人冲了进来,于是扭头去看,她的男朋友丹尼斯·麦考马克正站在门口,穿着——和平时一样,穿着正式得可笑的夹克,将自己肥胖的超重体格暴露无遗。"嗨,宝贝儿,我来了,惊喜吗?"他瞥见马克光着上身站在水槽前。丹尼斯有点疑惑,"你怎么不穿衬衫?"

"被红酒弄脏了。"马克解释道。

"好吧。"丹尼斯重新将注意力放回贝克丝身上,"辩论会晚宴已经结束了,于是我想,丹尼斯,别让女士久等。"他说着啃上了她的嘴唇,那动作活像是在舔信封。

终于,丹尼斯放她去喘口气。随后,贝克丝发现一个褐色波波头,看起来呆头呆脑的姑娘也加入了他们的对话。"嘿,马克,"姑娘说着在他脸上亲了一下,"和谁聊天呢?"

"呃,这是贝克丝,"马克说,"和——"

"麦考马克,丹尼斯·麦考马克。"丹尼斯说着和马克握了握手,还用力地晃了几下。

"不介绍介绍我吗,马克?"姑娘提示他。

"哦,对。这是索菲,我的,呃,我的女朋友。"马克说。

"很高兴认识你。"贝克丝说。

"你怎么不穿上衬衫?"索菲问马克。

"红酒弄脏了。"丹尼斯解释道。

"好吧,我们可不能让你赤身裸体地傻站在这儿,不是吗?"索菲说着拉住马克的手,"走吧,我再给你找件衬衫。"她拉着他走出厨房。丽贝卡目送他们离开。马克已经有女朋友了,自己也有男朋友,多遗憾。要是他们俩都是单身,今天一定是个不错的开始。

直到回到塔迪斯里,马克的胸部还在起伏个不停。博士在控制台旁跳来跳去,来回切换着按钮,随后,控制室的中柱开始上上下下运转起来。

刺痛感沿着马克的脸和脖子蔓延,就像是被钉子或针扎到一般。"博士……"他说。

博士看向他,震惊地后退一步,"哦,我的天。"他屏住呼吸,紧紧盯着马克的脸,仿佛他脸上有什么脏东西。

"这是怎么回事?"马克摸了摸自己的脸颊,他的皮肤摸起来有点奇怪——柔软,光滑。他转向艾米和罗瑞,两人也一脸震惊地望着他。"发生了什么?"

"艾米,"博士说,"拿镜子!"

艾米从大衣口袋里翻出一面袖珍的镜子递给马克,马克接过来打量起自己镜中的脸,这张脸可不是四十多岁的样子。这张脸很年轻,而且正越来越年轻。他凑上去仔细打量,自己眼角的皱纹消失了,头发变得浓密,所有灰白的头发都变回了年轻时的深棕色。

刺痛感从手臂慢慢下移,蔓延到指尖。马克看到手上的皱纹也消失了,双手变得细腻而柔软。刺痛感流遍全身,蔓延到脚趾,终于消失了。

"当丽贝卡触碰到你的脸,她触动了时间的微分短路。"博士一本正经地解释说,"她把你逝去的九年唤回来了,现在的你,又重新回到了最初遇到我们时的年纪,就好像你从来没在这里熬过这么多年。"

"但我仍然记得。"

"哦,那些年的事确实发生了,"博士咧嘴一笑,"只是你一分钟也没有变老,就是这样。"

马克把镜子还给艾米,心中仍然难以置信。现在他又是年轻人了。好吧,三十七岁。这一切全因丽贝卡的无心触碰。

2011年10月14日

这是一个下着毛毛雨、天气微冷的夜晚——和第一次遇到博士、艾米和罗瑞那天如出一辙。街道上满是水坑,远方雷声轰鸣。塔迪斯刚在离公寓步行三四分钟左右的地方显形。刚一走上街道,博士就让大家躲起来,别出声。藏在垃圾桶后,马克小心翼翼地往外看,然后发现了原因。

人行道上停着另一个蓝色警亭,而在马克家门口,站着另一个博士、另一个艾米和另一个罗瑞。马克看着他们走进塔迪斯,几秒钟后,蓝色警亭嘶吼着消失不见。

"好了,他们走了。"博士说着直起身搓搓手。还有几米就走到公寓入口了,博士停下了脚步。"好吧,这就是我们之前进来的地方,差不多吧。现在应该是你被哭泣天使碰触到的一个星期之后。"

"一个星期?"马克伸手摸向衣服口袋。

"噢,稍等……"

罗瑞微笑着把公寓钥匙递给他,"替你保管着呢。代我向利文森太太问好。我,呃,上个星期一直待在你的公寓里。"

"好吧。"马克说。

"喔还有,牛奶喝光了,"罗瑞补充道,"茶、面包也是。以及厕纸。"

"多谢。"马克说,他转身面对艾米,"感谢所有这一切。"

"无比荣幸。"艾米露出迷人的笑容。

"再见了,"博士说,"祝你好运。最幸运的是,在未来的时间线上,没有你想做而不能做的事,你可以随意行动。"他愉快地说着,拍了拍马克的肩膀,转身离开。罗瑞和他握了握手,艾米在他的脸颊上亲了一口。随后,三个人走远了,沿着小路走向塔迪斯。

马克迈上公寓入口的楼梯。把钥匙插进锁孔的一瞬间,他顿住了。一个星期前他也做了这个动作,或者说,九年前。

他又回到了2011年,但现在一切都不一样了。他仍然拥有哈罗德·琼斯的财产、股票和分红,依然是个百万富翁。只要他想,他不必回波拉德&博伊斯&惠特克律所上班。他可以做任何想做的事。

他决定,第一件事就是去探望露西和艾玛。很多年没见了,但他知道,她们一定乐意看见自己从抑郁中走了出来,也一定会想要和他一整晚聊聊丽贝卡。他并不想谈她的逝世,也不是想要诉说思念,他只是想和朋友们一起聊聊她,一起怀念她的人生——因为,关于她的回忆不再让他满心悲伤。

他也会听从她的建议。马克决定,自己也会寻找伴侣。但去哪儿找呢?目前他一点想法也没有,不过,那一定会是一段有趣的旅程。

马克打开门,走进公寓楼,去拥抱他的余生。

致　谢

　　感谢贾斯廷·理查兹给了我卖弄文字的机会；感谢史蒂文·莫法特让我借用他最成功的怪物；也感谢如下人士，让这本书变得更完美：史蒂芬·安特里、史蒂夫·贝里、戴比·查利斯、罗伯特·迪克、戴比·希尔、马特·金普顿、乔伊·利德斯特，还有西蒙·格里尔。

五十六年长盛不衰
八百五十一集非凡之旅
全世界观众追捧期盼

老少咸宜的长青剧集,每代人都能寻得自己的心动之处、归属之所
英国国剧、科幻剧教科书、科学兴趣启蒙经典……
《黑镜》《生活大爆炸》《豪斯医生》等诸多流行影视剧集纷纷彩蛋致敬
英美政界、商界、教育界、影视界、文化界诸多名人成长路上的启明之星

至今,《神秘博士》这部史上最长寿的科幻剧仍然活跃于荧屏之上,生机勃勃
而宇宙中最后一个时间领主——"博士",依旧继续着自己的时空冒险之旅
在书中剧中,也在另一个无比瑰丽的真实宇宙之中

有人因为《神秘博士》，成了作家。
有人因为《神秘博士》，成了艺术家。
有人因为《神秘博士》，当上了演员，其中有两位还真的出演了博士。
有人——不管你信不信——因为《神秘博士》，当上了科学家。这看起来似乎不太可能，毕竟我们在剧里胡诌，说月亮是一颗蛋。而他们却照单全收了。
有人成了科学家，有人改变了自己对世界的看法、提升了自己的能力，就因为这部似乎有点傻乎乎的电视剧，就因为这个讲述了一个人使用警亭穿梭时空的故事。
所以，别在乎评价，别在乎任何事，别在乎什么收视率，什么都别管。
数一数吧，那些科学家、音乐家、学者、作家、导演、演员，那些因为这部剧而成就了自我的人。
数一数吧——你可以这么说——那些因为《神秘博士》而骤然加速的心跳声。
我不知道亚军是谁。但毫无疑问，按照最重要的衡量标准，《神秘博士》就是世间最伟大的电视剧。

——史蒂文·莫法特
（《神秘博士》《神探夏洛克》主创、编剧）

DOCTOR WHO 科幻剧教科书
一场长达 56 年的时空大冒险

1963 年下午 5 点 16 分,坐在电视机前守着 BBC1 台的英国观众们并没有想到,荧屏上刚刚出现的那毫不起眼的警用电话亭,竟然会为他们带来一场长达 56 年的时空大冒险。

《神秘博士》的故事围绕一个自称"博士"的主角展开,这位千岁高龄的外星人是"全英国最受欢迎的外星人",也是"全宇宙辈分最高、最专业的时间旅行者"。他在时空中到处旅行冒险,时而穿越到时间尽头目睹群星的毁灭,时而穿越到百年前的火星或是狄更斯时代的伦敦。他的超级时光机塔迪斯从外形上看只是一个小小的蓝色警用电话亭,而里面的空间却巨大无比,充满了齿轮、杠杆等蒸汽时代才会有的科技装备。博士就是通过这个全宇宙最先进的交通工具,开启了一次次惊险而有趣的时空冒险。

《神秘博士》不是那种一眼看上去就炫目诱人的好莱坞大片,其定位一直是面向家庭具有教育功能的合家欢,所以它不会过分渲染暴力,也没有成人化的内容。这是因为该剧原本是 BBC 的教育节目,构想初衷是面向家庭的合家欢,在周六晚上的黄金时段播出,旨在利用"时间旅行"的概念,通过一位自带亲和力和科学权威性的主角,向青少年和公众普及历史知识,还有与太空、未来相关的科学概念。

大概正因如此,《神秘博士》一直坚持三观端正,自问世以来的半个多世纪里,无论博士面对什么样的外星怪物和邪恶物种,他都从未诉诸暴力屠杀,而是用他的智慧,用一种和平主义的概念来解决星际所有的难题,顶多就是用一下他的"超级武器"音速起子——其功能不过是开门而已——来与全宇宙的各种黑恶力量作斗争,从而帮助人民、拯救文明。这种"非战"理念,从初期播出时的冷战高峰到现在一直没有改变。

《神秘博士》跨越 56 年,经历数代人的一次次复兴、演绎,为英美科幻影视工业打下了广泛而坚实的观众基础,使"科幻"及其相关的各种概念成为大众流行文化的一部分,也在潜移默化中培养了大量人才,把科学和幻想的神奇种子播进观众的心里。

如今,这位时间领主已经活过了 2000 岁,历经十三次死后重生(也就是换演员啦!),却对帮助人类永远兴致勃勃。不过他也时常焦虑,操心着人间的一切。眼下,这位宇宙中最后一位时间领主正在继续着他的时空冒险之旅,无论是在书中剧中,还是在另一个真实的宇宙之中。那么还等什么呢?快来和博士一起去到宇宙的尽头,来一场时间线上的生死时速吧!

《神秘博士》与雨果奖

雨果奖获奖剧集：

- 《虚无男孩》《博士之舞》新版第一季第九、十集
- 《壁炉女孩》新版第二季第四集
- 《眨眼》新版第三季第十集
- 《火星冰水》2009 年秋季特辑
- 《潘多拉开启》《宇宙大爆炸》新版第五季第十二、十三集
- 《博士之妻》新版第六季第四集

雨果奖提名剧集：

- 《戴立克》新版第一季第六集
- 《父亲忌日》新版第一季第八集
- 《校园重聚》新版第二季第三集
- 《鬼军》《末日》新版第二季第十二、十三集
- 《人性》《嗜血家族》新版第三季第八、九集
- 《噬命图书馆》《死亡森林》新版第四季第八、九集
- 《路口左转》新版第四季第十一集
- 《下一位博士》2008 年圣诞特辑
- 《死亡星球》2009 年复活节特辑
- 《文森特与博士》新版第五季第十集
- 《圣诞颂歌》2010 年圣诞特辑
- 《贤者之战》新版第六季第七集
- 《等待救援的女孩》新版第六季第十集
- 《戴立克疯人院》新版第七季第一集
- 《天使占领曼哈顿》新版第七季第五集
- 《雪人》2012 年圣诞特辑
- 《博士之名》新版第七季第十三集
- 《博士之日》2013 年 50 周年特辑
- 《听》新版第八季第四集
- 《天堂来使》新版第九季第十一集
- 《神秘博士归来》2016 年圣诞特辑
- 《二如往昔》2017 年圣诞特辑
- 《罗莎》新版第十一季第三集
- 《旁遮普的恶魔》新版第十一季第六集

* 雨果奖设立于 1953 年，是国际公认的科幻文学最高奖

博士
解剖结构图

博士看起来可能和人类没什么区别，但那不过是表面现象而已。

第三任博士有一个蛇形文身。

心灵感应能力，能够察觉危险、恶意以及/或者戴立克。

对时间穿越和未来可能发生的事很敏感。

能够同时重生全身细胞，彻底改头换面。
通常来说，时间领主有12次重生机会，但博士获得了一个完整的新重生周期。

记忆力无与伦比，通晓50亿种语言（含婴儿语与马语）。

大脑比人类的要复杂，特殊神经中枢使其左右脑共同运作，能结合数据储存，按逻辑相关性进行检索，从直觉上得出结论。在他离开时间领主社会前，能用反射连接、感知时间领主智库的数千超脑。

与人类血型不同。

重生时能连衣服鞋子一起改变。

新陈代谢与人类不同，一片阿斯匹林可能害死他。
但他也能将蛋白质、盐和惊吓结合在一起为自己解毒，其原理是刺激抑制酶进行逆转。

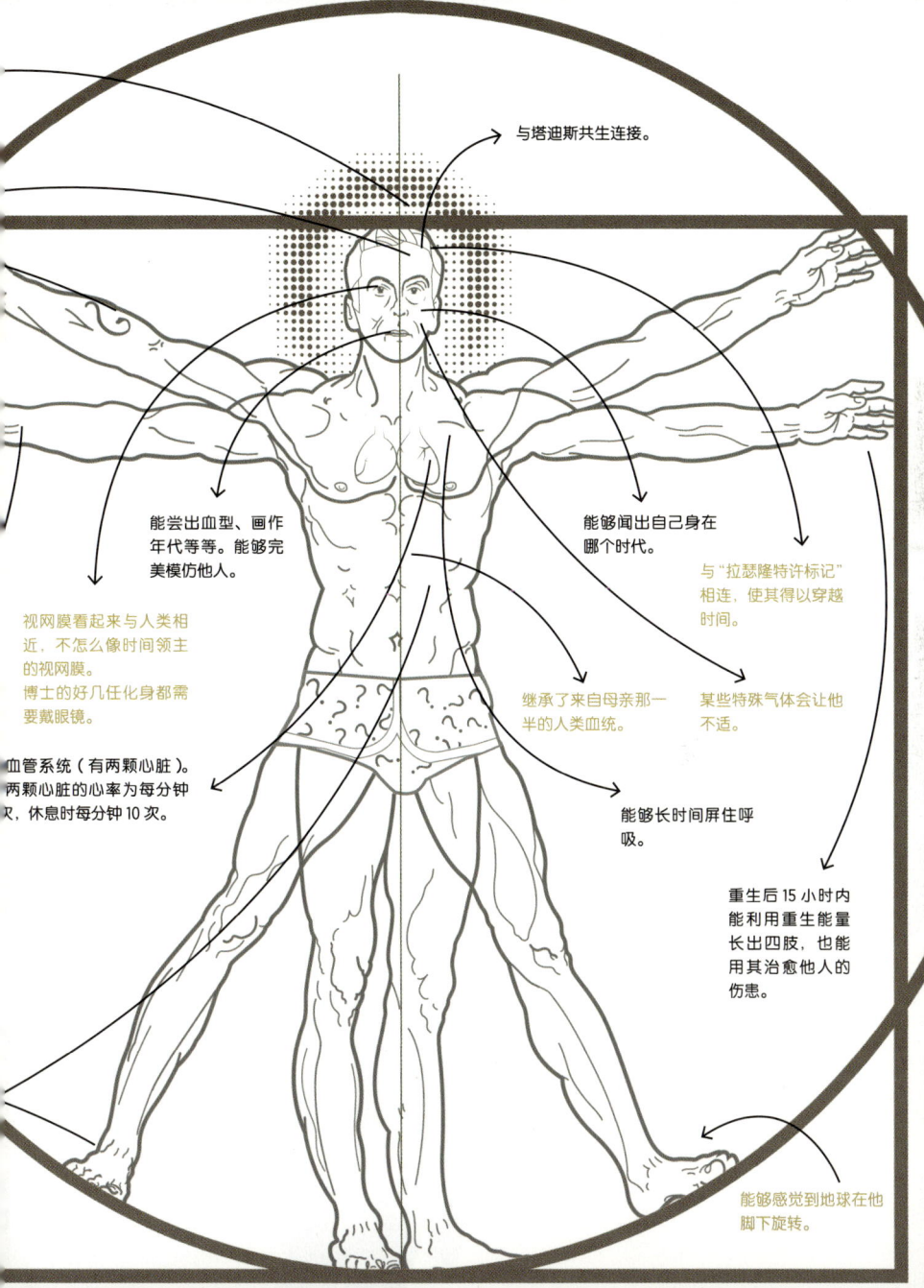

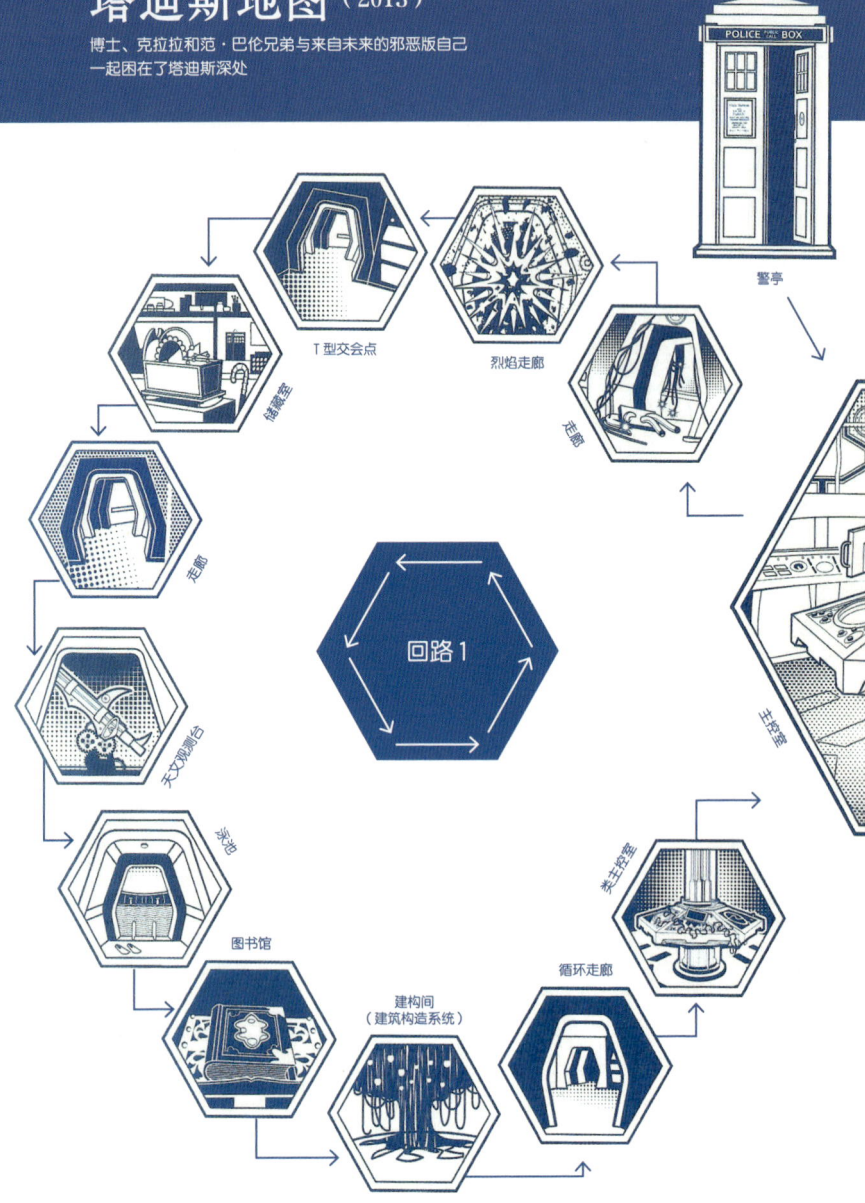

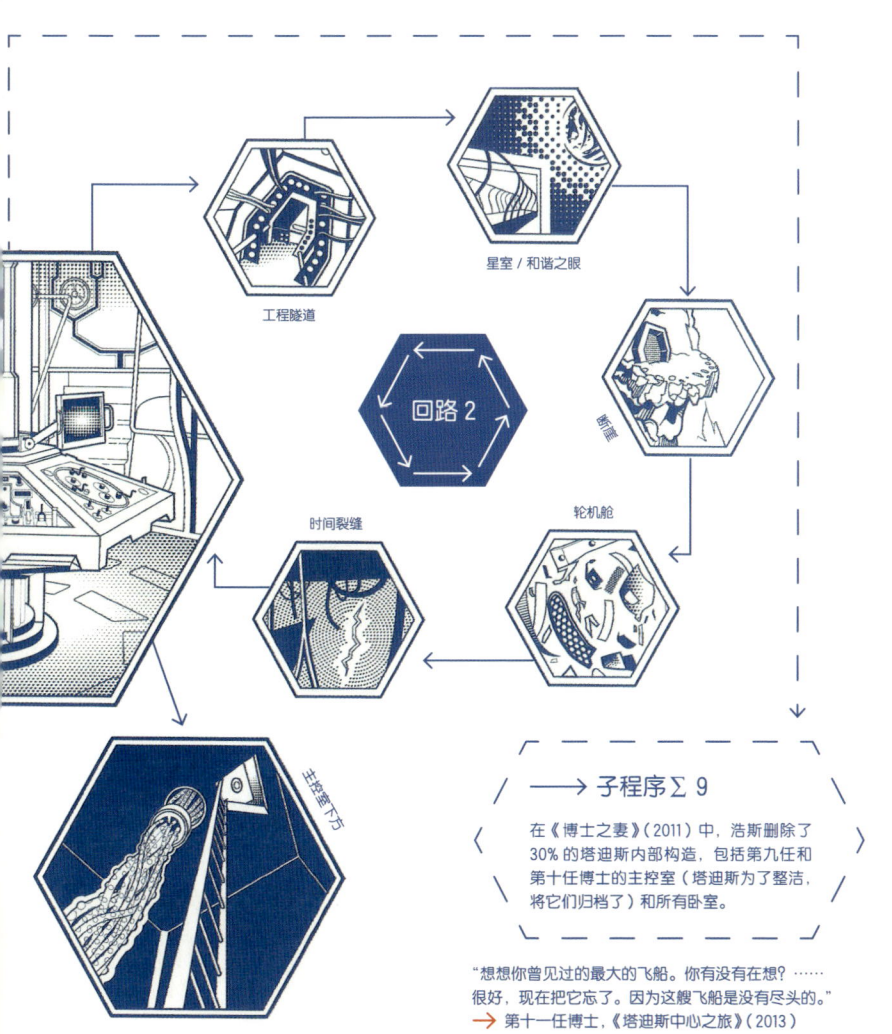

工程隧道

星室 / 和谐之眼

回路 2

断崖

轮机舱

时间裂缝

主控室下方

→ 子程序 Σ 9

在《博士之妻》(2011)中,浩斯删除了30%的塔迪斯内部构造,包括第九任和第十一任博士的主控室(塔迪斯为了整洁,将它们归档了)和所有卧室。

"想想你曾见过的最大的飞船。你有没有在想?……很好,现在把它忘了。因为这艘飞船是没有尽头的。"
→ 第十一任博士,《塔迪斯中心之旅》(2013)

音速
起子

> "'无害'正是最准确的词,也正是我喜欢音速起子的原因!它不会杀掉谁,不会伤害谁,不会重创谁。不过,我告诉你它能做什么吧:它开门的本领可是一绝。"
>
> → 第十任博士,《末日》(2006)

修复有机部分;操控电脑;生火;让机器人的传感器过载;将波从刀上弹开;划开墙壁;探测预警系统;引爆地雷;打开牢门;操控取款机;打开电子门;制造电火花;打开门闩;焊死滑门;打开升降门;转移巨虫注意力;探测地板砖饵雷;破解催眠;打开炼厂门;打开出租车门窗;遥控引爆地雷;把锁切开;拧螺丝松螺丝;修复线缆;修复传送折射环;破坏力场;破坏双向音频;关闭能量循环;打开保险箱;打开手铐;黑进网站;关闭安保系统;开关舱门;使紧急出口报警器、锁失效;锁死;打开公交车门;充当医用扫描仪;局部反转厄休拉·布莱克的阿布左巴洛夫同化;创建 DNA 扫描仪;扫描波动 DNA;探测并阻止心电感应信号;扫描生物体征信息;破坏电梯控件;建立计算机交互界面;在力场上打洞;引爆戴立克炸弹;发出吵闹的噪音。

逆转磁场；维修塔迪斯；
扫描生命信号；计算；
电话拨号；寻找手机应用软件；
遥控塔迪斯的去物质化；打开通风管；改变瞬间传输的目的地；给玻璃染色；启动黑穹里的记忆抹除装置；熄灭闪光；腐蚀铁丝刺网；切断绳子；
充当手电筒；切断蛛网；开香槟；分析并治愈创伤；检测复制人和人类的区别；**音速起子有目共睹的能耐**．电击梦蟹的
中枢神经；探测热信号；扫描苹果；震碎玻璃；炸碎灯泡；黑进计算机记录；破坏木力场；关闭闭路监视器；修复电梯；检测自动答录机信息；
改变火车信号；
检测手机位置。

打开木门
伤害或杀死活物
打开没有弹簧的锁
音速起子
的短板
阻止巨型木头玩具
靠近
逃过泰里勒普提的
镭射枪威力

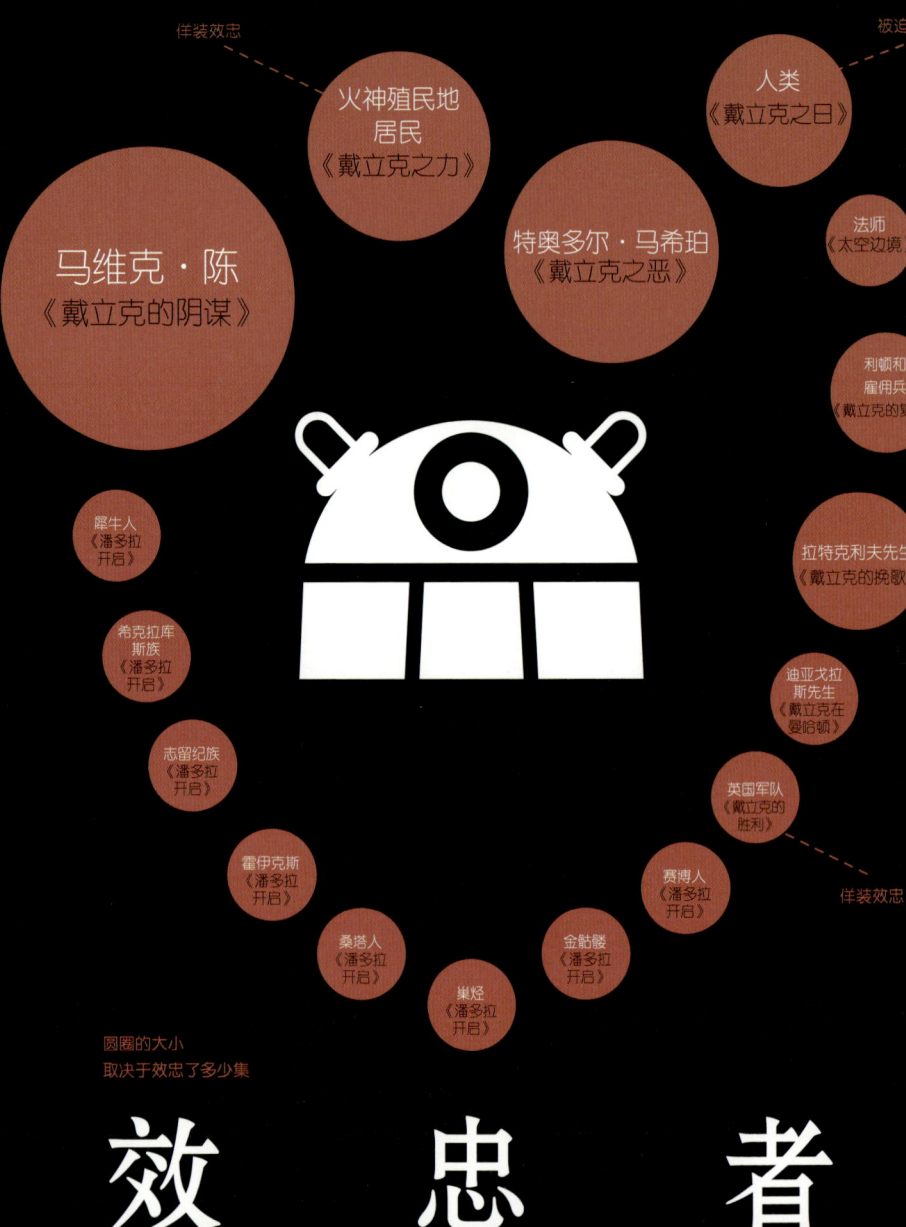

"你们这些家伙，竟然合起伙，组成联盟了！怎么可能？"
→第十一任博士，《潘多拉开启》（2010）

灵韦
《地球大灭绝》

哈蒂根女士
《下一任博士》

利顿和雇佣兵
《赛博人的进攻》 ---------- 伴装效忠

凯尔曼教授
《赛博人的复仇》

法师
《五位博士》

戴立克
《潘多拉开启》

金骷髅
《潘多拉开启》

巢烃
《潘多拉开启》

托比亚斯·沃恩
《入侵》

桑塔人
《潘多拉开启》

犀牛人
《潘多拉开启》

卡夫坦和克雷格
《赛博人之墓》

希克拉库斯族
《潘多拉开启》

志留纪族
《潘多拉开启》

霍伊克斯
《潘多拉开启》

戴立克与赛博人的合作关系

效　忠　者

邻里之间

《神秘博士》中的太阳系

1 水星

2 金星
上面有金属之海（《马可·波罗》，1964），有花（《太空之轮》，1968），有留兰香（《莎士比亚密码》，2007）和一种叫两角犀牛的生物（《绿死病》，1973）。
博士还精通金星合气道，此梗首见于《另我炼狱》（1970）。

3 地球
博士最喜欢的星球。

4 火星
博士在《火星鬼水》（2009）中曾造访过火星。本土物种有冰雪战士和毒水族。奥斯兰在古埃及时期在火星上至少修了一座金字塔（《火星金字塔》，1975）。

5 无名王号行星
芬达尔人的家园，一千二百万年前遭时间领主摧毁，可能形成了小行星带（《芬达尔图像》，1977）。

6 木星
英国宇航员盖·克雷佛德受困于木星轨道后，克劳人救了他（《机器人入侵》，1975）。后来，黄金之星——新"火卫一"进入了木星的轨道，成为其卫星，并重新命名为"沃加"（《赛博人的复仇》，1975）。

7 土星
博士在土卫六上感染了一种会说话的病毒（《无形之敌》，1977）。
似乎土卫六在故事的结尾被毁掉了。

8 天王星
罕有矿物塔拉金属的唯一产地，该金属能用来制造时间自毁器（《戴立克的阴谋》，1965）。

9 海王星
38 世纪，勒维耶空间站环绕海王星轨道运行。
该星最大的卫星海卫一上亦有殖民地（《不眠之夜》，2015）。

10 蒙达斯
赛博人的母星。这颗星球最开始是地球的双子星，后来飘出了太阳系，又于 1986 年回归——然后就被毁了（《第十颗行星》，1966）。

11 冥王星
当第四任博士在《造日者》（1977）中拜访本星时，把它叫作行星。
该星的曼德瑞无法相信，在别的星球上竟然还有生命。

12 卡修斯
K-9 在《造日者》中说过，在发现本星前，人类一直以为冥王星就是"太阳系的边界"了。

13 未知行星

14 14 号行星
在《入侵》（1968）中，赛博人将此星作为基地。不过通常情况下，它不算太阳系内行星。

"嗯,你瞧,本,我认识这颗星球,也知道它对地球有什么意义。"
→ 第一任博士,《第十颗行星》(1966)

THE SUN
AKA "SOL"

瑞雯·宋的时间线

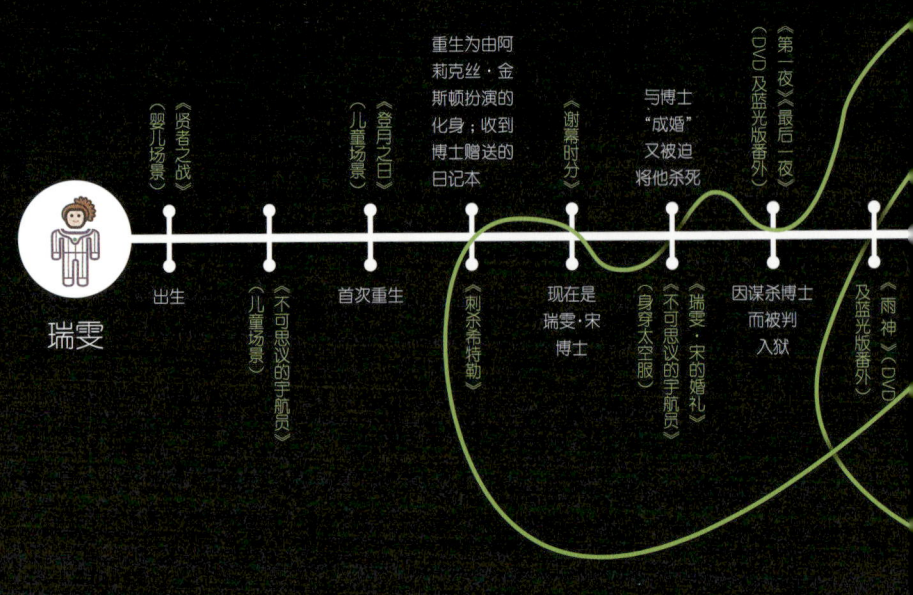

瑞雯

出生

《贤者之战》
（婴儿场景）

《不可思议的宇航员》
（儿童场景）

《登月之日》
（儿童场景）

首次重生

重生为由阿莉克丝·金斯顿扮演的化身；收到博士赠送的日记本

《刺杀希特勒》

《谢幕时分》

现在是瑞雯·宋博士

与博士"成婚"又被迫将他杀死

《瑞雯·宋的婚礼》
《不可思议的宇航员》
（身穿太空服）

因谋杀博士而被判入狱

《第一夜》《最后一夜》
（DVD及蓝光版番外）

《雨神》（DVD及蓝光版番外）

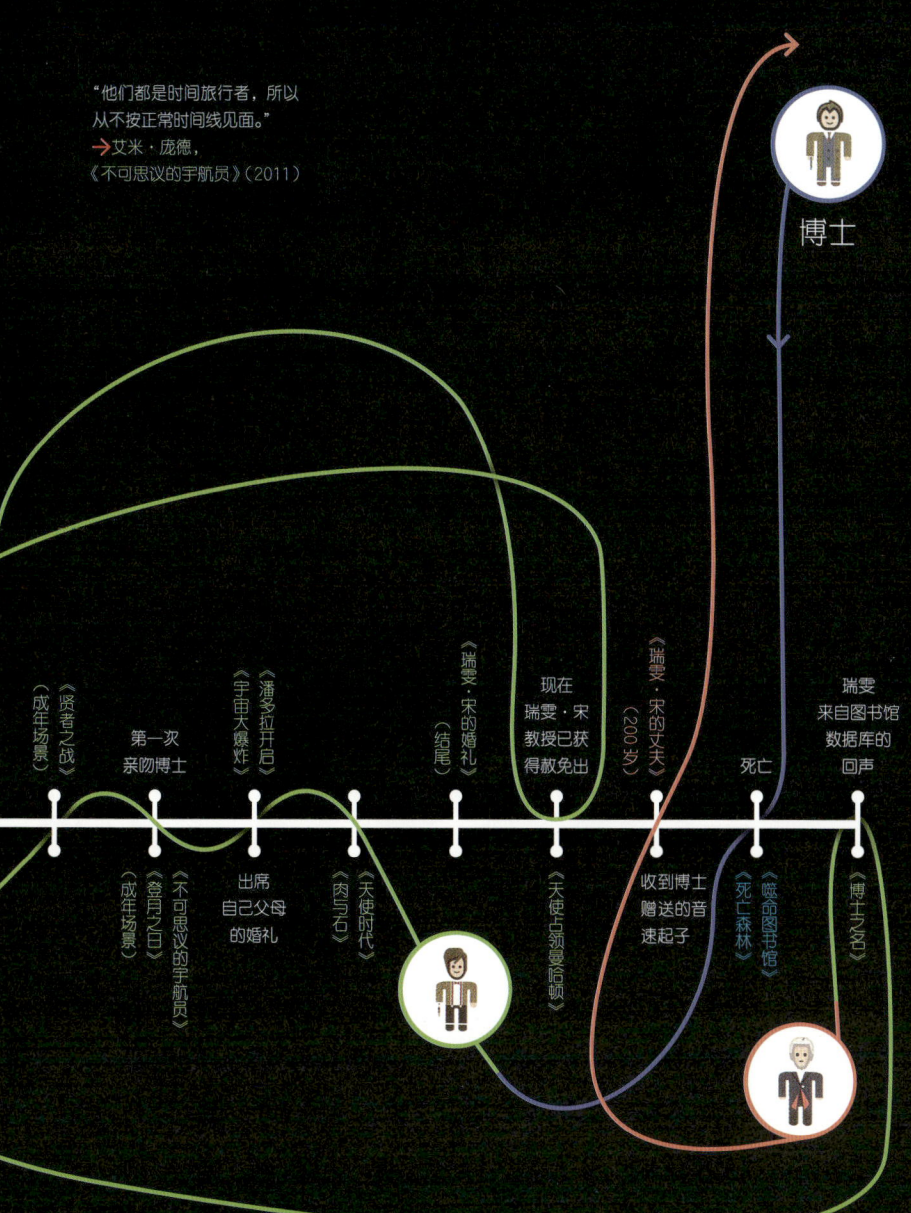

莎拉·简的冒险

自从遇见博士
莎拉就被混乱的时间线
弄得晕头转向

c.1250
《时间战士》
在《桑塔人的实验》一集中，莎拉称林克斯早在"13世纪就被摧毁了"。

c.1480
《曼陀罗假面》
博士称这里是15世纪晚期，朱利亚诺听到他的说法，并没有表示异议。

1911
《火星金字塔》

1951
《莎拉·简·史密斯的诱惑》
莎拉出生于1951年5月。

1978
《时间战士》
在下一个故事《恐龙入侵》中，她说自己23岁。**

c.2950
《赛博人的复仇》
博士在《太空方舟》一集里称，太空的技术表明它是建于30世纪初期

① 1951年5月，莎拉·简·史密斯出生
② 遇见第三任博士
③ 博士重生
④ 我们看到的莎拉最遥远的未来
⑤ 1911年
⑥ 1980年
⑦ 1911年（再一次）
⑧ 离开第四任博士
⑨ 遇见第十任博士
⑩ 1951年8月18日
⑪ 遇见第十一任博士
⑫ 1889年

** 在《火星金字塔》（1975）一集
莎拉说她来自1980年，但有可能
取了个整数。

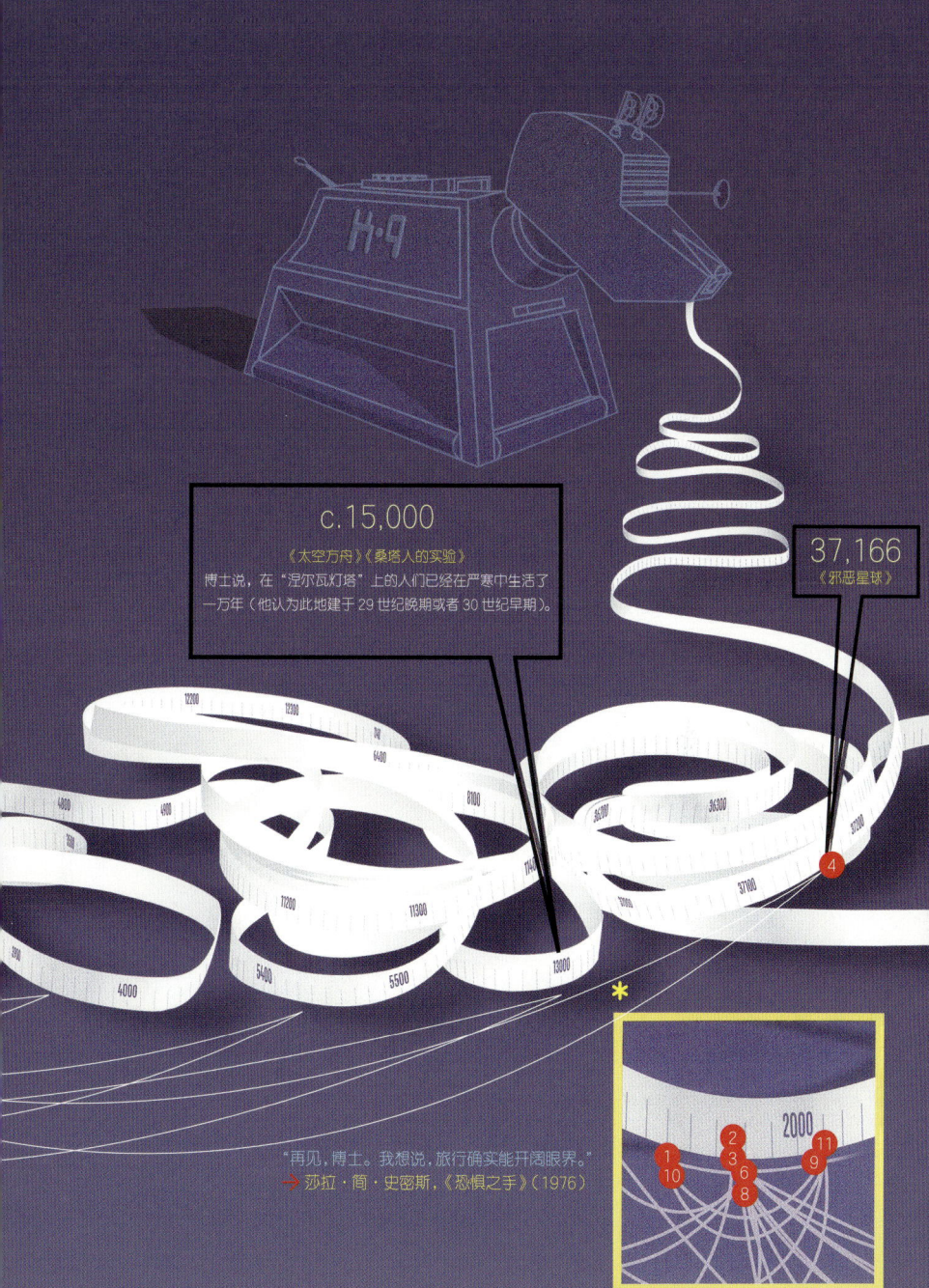

博士的年龄

"博士,有多久了? 你活了多久了?"

第一任博士在时间领主学院入学时只有8岁。《鼓声》
他"差不多90岁"时第一次到美杜莎瀑布星云观光。《被盗的地球》
博士大约在200岁时偷走了塔迪斯。《不可思议的宇航员》《博士之妻》

第二任博士告诉维多利亚自己"大约"450岁。《赛博人之墓》

第三任博士暗示自己有几千岁。《神秘博士与志留纪人》《邪念》

第四任博士大约750岁。《火星金字塔》《莫比乌斯之脑》
他声称自己756岁,但罗曼娜透露他的真实年龄是759岁。《里博斯行动》

第五任博士未曾透露他的年龄。

第六任博士与佩里一起旅行时是900岁。《戴立克的启示》

第七任博士953岁,与拉妮女王同岁。《时间与女王》

第八任博士未曾透露他的年龄。

战争博士比第十一任博士年轻400岁,年龄差不多在800岁至900岁之间。《博士之日》

第九任博士900岁。《外星人在伦敦》

"时间领主是一个非常文明的种族。
我们可以控制环境，可以永生不死，除非发生意外……"
→ 第二任博士，《战争游戏》（1969）

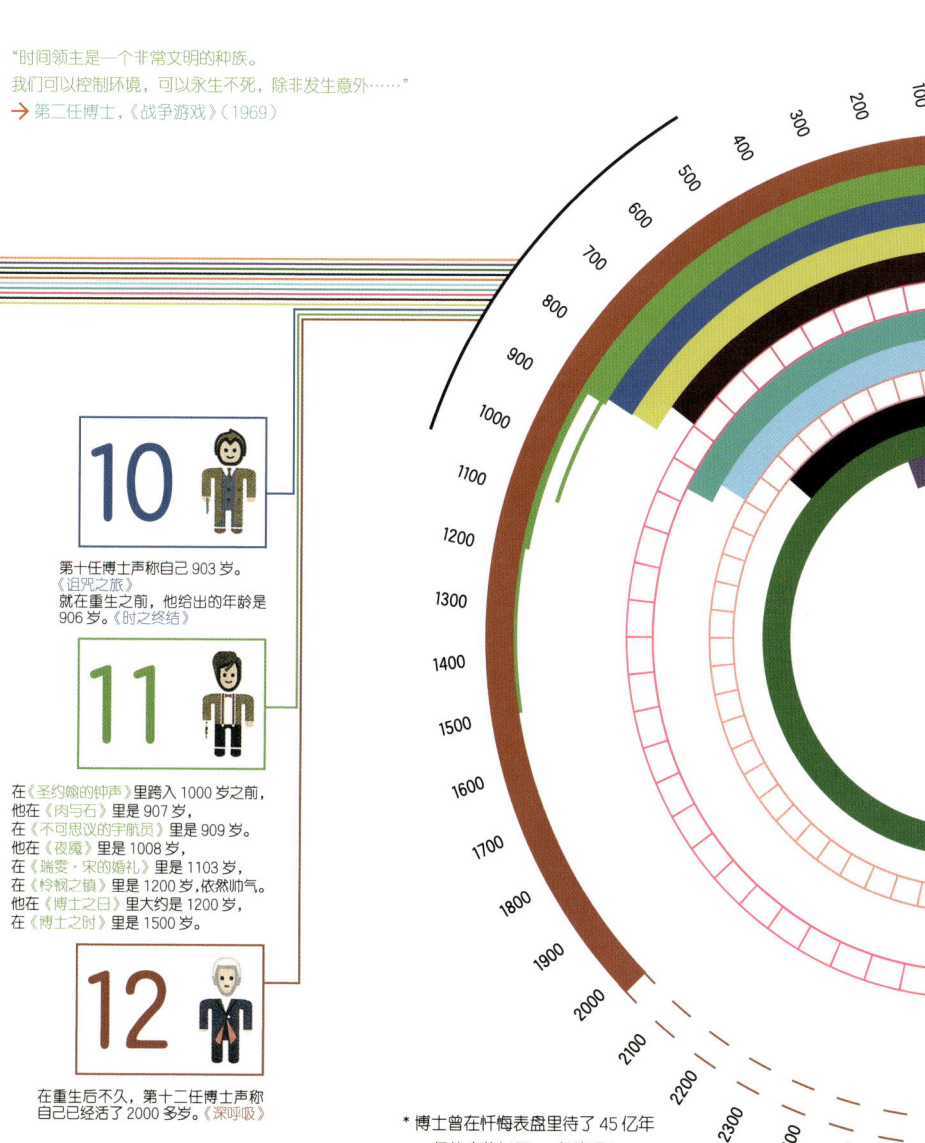

10

第十任博士声称自己 903 岁。
《诅咒之旅》
就在重生之前，他给出的年龄是
906 岁。《时之终结》

11

在《圣约翰的钟声》里跨入 1000 岁之前，
他在《肉与石》里是 907 岁，
在《不可思议的宇航员》里是 909 岁。
他在《夜魇》里是 1008 岁，
在《瑞雯·宋的婚礼》里是 1103 岁，
在《怜悯之镇》里是 1200 岁，依然帅气。
他在《博士之日》里大约是 1200 岁，
在《博士之时》里是 1500 岁。

12

在重生后不久，第十二任博士声称
自己已经活了 2000 多岁。《深呼吸》

* 博士曾在忏悔表盘里待了 45 亿年
——但他真的长了 45 亿岁吗？
《天堂来使》

第九任博士

重要数据

"棒极了!"

《罗丝》(x1)
《世界末日》(x1)
《借尸还魂》(x2)
《外星人在伦敦》(x1)
《第三次世界大战》(0)
《戴立克》(x2)
《漫长的游戏》(x1)
《父亲忌日》(0)
《虚无男孩》(x1)
《博士之舞》(x1)
《炸弹之城》(0)
《恶狼》(x4)
《抉择》(x4)

第一句台词 —— "快逃!"

《世界末日》"地球受灭亡灾夷的要清器——可携带死客一名"
《漫长的游戏》五号卫星管理凭证
《虚无男孩》小7号卫星管理部的约聘·史密斯博士
→通灵纸片，接克莱斯勒时期

13

参演剧集

接吻对象

罗丝·泰勒

杰克·哈尼斯上校

音速起子
VI型

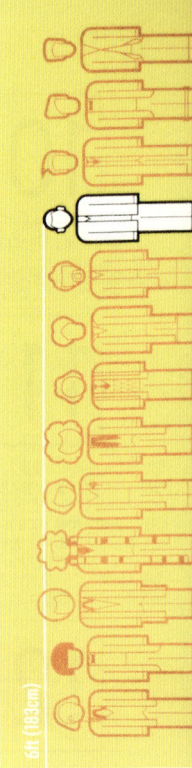

6ft (183cm)

"罗丝……在着手之前，我只想告诉你，你很棒，真的很棒。你永远是优秀的一样！"

最后一句台词

观众未曾预见的惊险故事

印度尼西亚（1883年8月）
英国南安普敦（1912年4月）
得州达拉斯（1963年11月22日）
伦敦隆坡阅金字塔（1998年）（日期未知）
圣加哥"行星"（日期未知）
"女人之泪"行星（日期未知）

《神秘博士》杂志投票数（共241票）

14 收视率（百万）
13
12
11
10
9
8
7
6
5
4
3
2

240
220
200
180
160
140
120
100
80
60
40
20

《眨眼》
《熔炉》
《空袭之夜》
《愈出不意》
《剧长里程》
《父亲的口》
《漫长的游戏》
《藏士院》
《明日乐世末大战》
《外星人在伦敦》
《窗口_坟墓》
《世界末日》
《眨眼》

100%
90%
80%
70%
60%
50%
40%
30%

AI 数据

V 领衣

《罗丝》   《借尸还魂》   《戴立方》   《虚无男孩》   《恶狼》
《世界末日》   《漫长的游戏》 《博士之舞》   《抉择》
《外星人在伦敦》   《父亲的口》   《炸弹之城》
《第三次世界大战》

第九任博士的
<< 时间日志 >>

《罗丝》2005年3月
《世界末日》5 5/4月/26
《借尸还魂》1869年
《外星人在伦敦》2006年3月
《第三次世界大战》2006年3月
《戴立方》2012年
《漫长的游戏》200,000年和2012年
《父亲的口》1987年
《虚无男孩》1941年
《博士之舞》1941年
《炸弹之城》2006年
《恶狼》200,100年
《抉择》200,100和2006年

大预大吉

时间大战
战后创伤

傻笑

其他出场剧集

《曼亚》
《下一位博士》
《信息时刻》
《居营》
《逃出新中心之旅》
《银色恶炮》
《博士之日》

"快跑！"

"我的下一招！"

第十任博士

重要数据

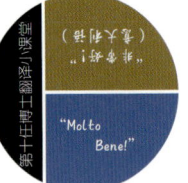

音速起子 V 型和 VI 型

47

参演（完整）剧集

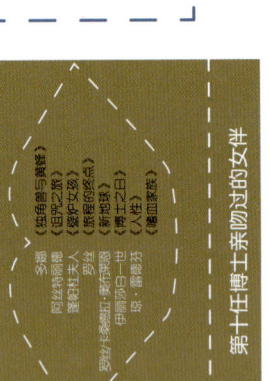

第十任博士翻译小课堂

"Molto Bene!"
（好得不能再好）

圣婴 《堕角兽与黄蜂》
阿丝特丽德 《泪咒之路》
蕾内特夫人 《壁炉女孩》
罗丝 《新地球》
玛莎·琼斯 《新接线》
伊丽莎白一世 《博士之日》
思·蓉德芬 《人性》
                《魔鬼一家族》

第十任博士亲吻过的女伴

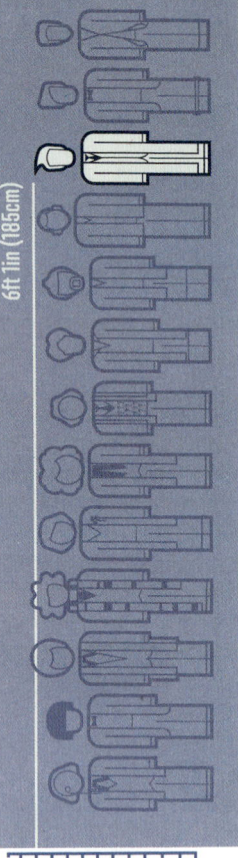

6ft 1in (185cm)

"第十任。感觉棒极的。"

第一句台词

《新地球》"26 号病房，请速来。"
《牙与爪》爱丁堡大学博士学位
《勾魂电视》比利的国王
《她的恐惧》警官
《莎士比亚密码的》
斯女士
《泪咒之旅》红 6-7 号，可携带贵宾一名
《活王诒珀》约翰·史密斯，健康安全部
《流贝烈焰》大理石高质险员
《星卷星球》博士号多娜·诺伯尔，代表话
伯尔星际有限公司
《堕角兽与黄蜂》苏格兰总督察史密斯
《蹄血的图书馆》"图书馆，尽快赶来。亲来。"
《午夜》发动机专家，保险公司
《死亡星球》杜蚵卡（在《费博人眼记》《男
军入戴立克的进化》中曾使用）
→ 通灵纸片，田纳时的朗

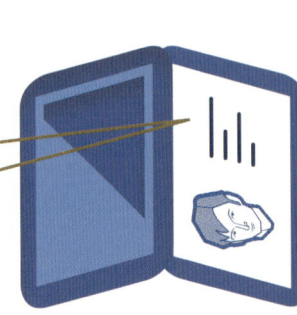

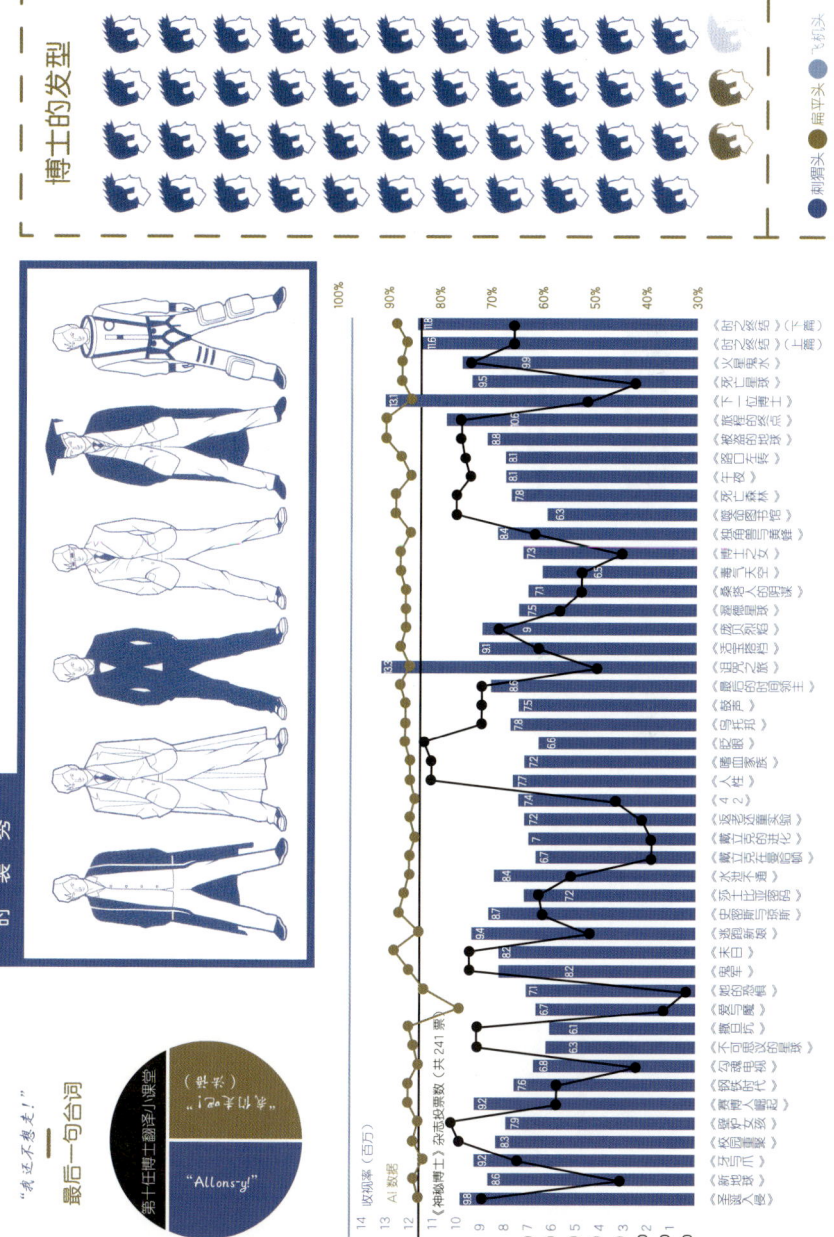

第十一任博士

重要数据

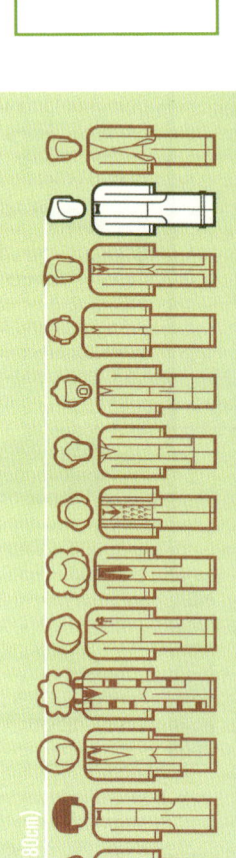

音速起子 VIII 型
音速起子 VII 型

47%
38%
15%

艾米·庞德 34集
罗丽·威廉斯 27集
克拉拉·奥斯瓦德 11集

"展！我的蝶形领结！保好！"
第一句台词

"领结很酷！"
《信感时刻》
《艾米的选择》
《艾森特与博士》
《房客》
《宣入》

44
参演剧集

神秘博士》杂志投票数（共241票）
AI 数据

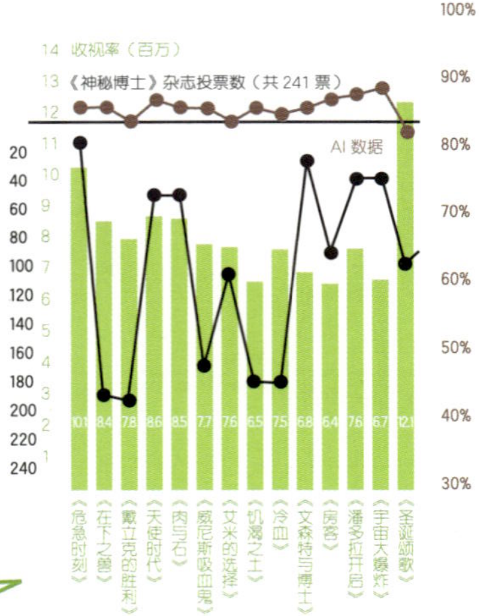

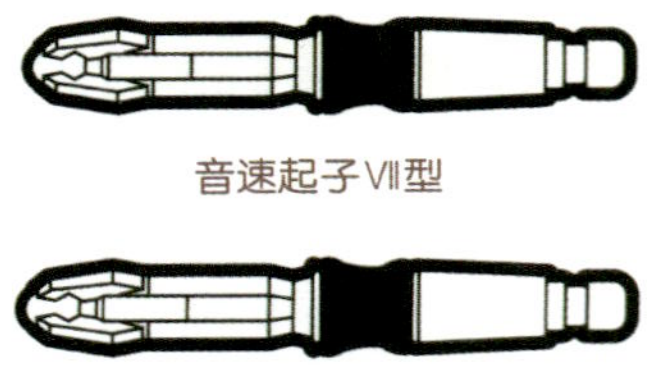

240
220
200
180
160
140
120
100
80
60
40
20

100%
90%
80%
70%
60%
50%
40%
30%

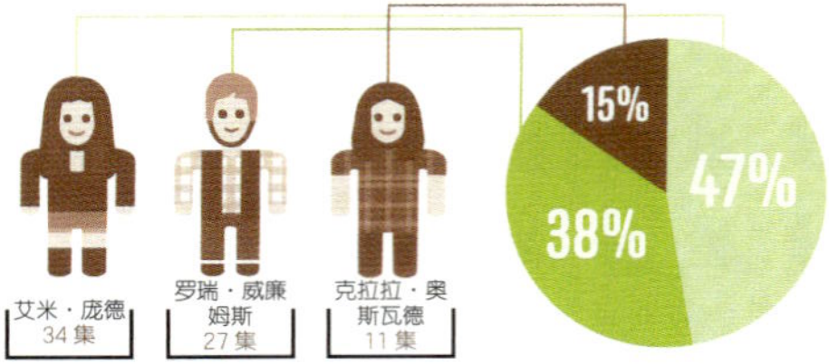

11 12 13 14
《唱颂歌》
《梵蒂冈大爆炸》
《不可思议的宇宙》
《牛仔帽很酷！》
《土耳其毡帽很酷！》

5ft 11in (180cm)

1 2 3 4 5 6

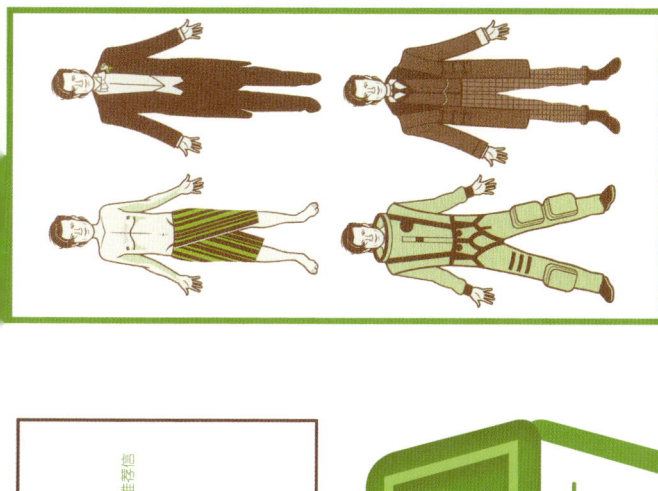

帽子

《危急时刻》电影修理工
《威尼斯吸血鬼》教堂特派人员
《饥渴之土》牧师、地球与科学部
《艾森特鲁博士》艺术部
《房客》次特伯爵大主教为博士提供的社保号、医保号和推荐信
《叛逆之躯》气象部
《夜魇》社会服务部
《天使占领塞哈姆》皇帝特派官员
《躲藏》军事投入人员
《银色多瑙》→通灵纸片、史塔斯时期

"我不会忘记我们的一天，
不会忘记任何一天，
我爱着，我会一直记得牢牢，
博士是我的这些日子。"

最后一句台词

提及 "杰罗尼莫！" 相夫剧集

《时之终结》（下篇）
《危急时刻》
《在下之兽》
《圣诞颂歌》
《几近为人》
《瑞茨·宋的婚礼》
《三人之刀》
《躲藏》
《塔迪斯中的之旅》
《博士之日》

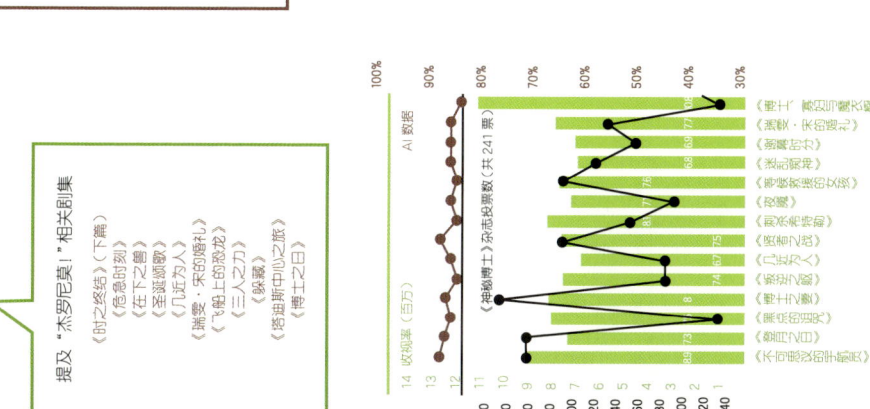

第十二任博士
重要数据

提及"闭嘴!"相关剧集
《深呼吸》
《超时空劫案》
《听》
《管理员》
《墓冢》
《最后的圣战》
《首面渡鸦》

26 截至2015年参演剧集

音速起子VIII型
音速起子IX型

最凶的吐槽

"听着,等我们大功告成之后,请你务必找个句号依傍的肩膀大哭一场吧。他也许会需要的。在那之前,你需要的是我。"
——《超时空劫案》

"我怎么就遇不到一个本面点的物种呢?这个布丁脑袋都叫我们汉堡的星球呀!"
——《深呼吸》

"请立刻杀了我吧。等等,杀了他。我想看看,他的脑袋破掉你们会哭,还会不会笑。"
——《舌壶鹰的机器人》

6ft (183cm)

收视率(百万)
《神秘博士》杂志投票数—暂无
AI数据

《最后的圣战》
《无弗让上善》
《墓冢》
《一贯成案》
《老妇很愿》
《罗宾汉年上的木乃伊》
《杀戒百赛卡》
《管理员》
《超时空劫案》
《听》
《舌壶鹰的机器人》
《深呼吸》

"哦!我才了车的吧!"
第一句台词

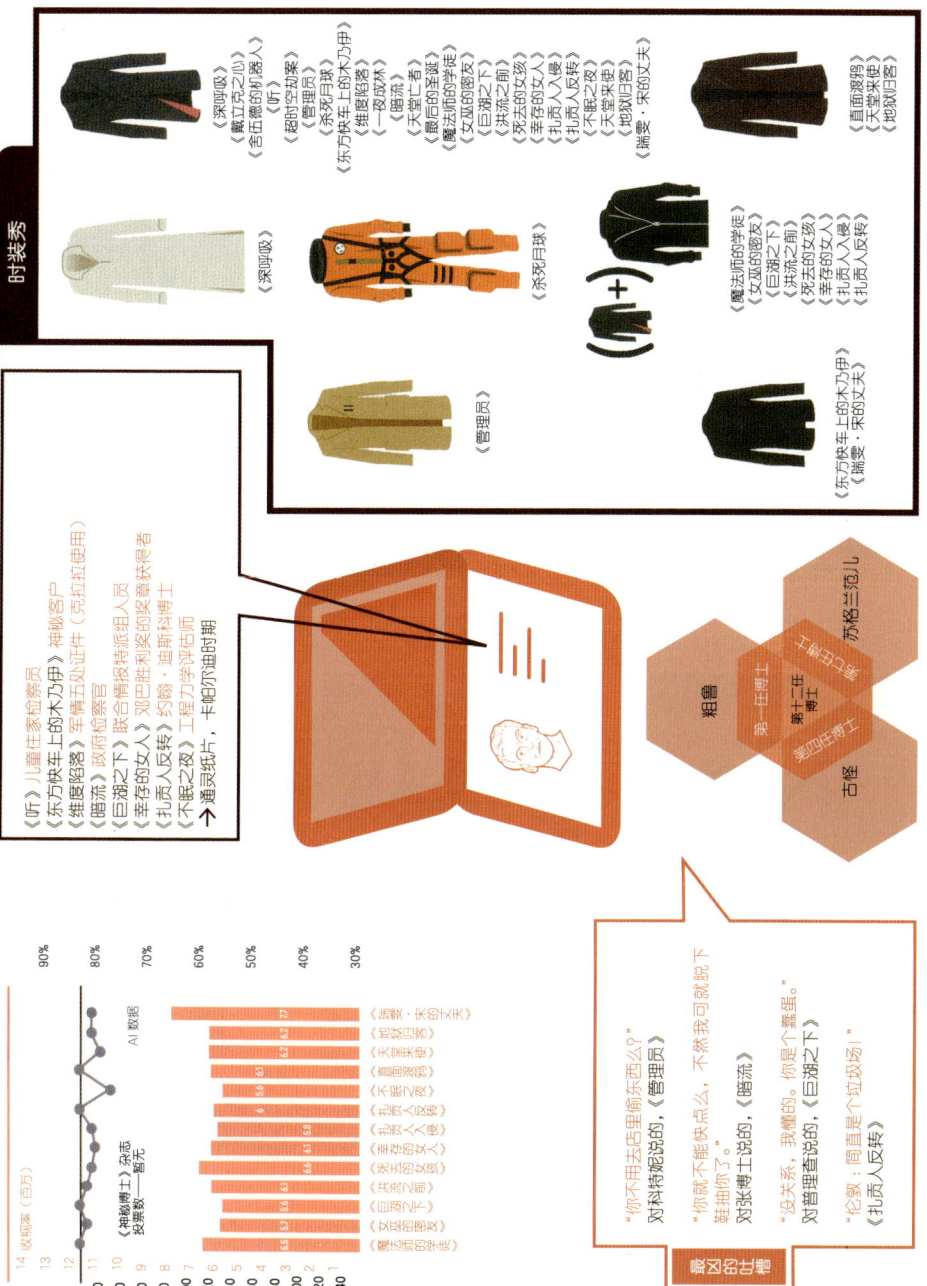

《阿波罗 23 号》
Apollo 23

[英] 贾斯廷·理查兹 / 著
吕灵芝 / 译
978-7-5133-3163-0

《噬悲者》
Shroud of Sorrow

[英] 汤米·唐巴万德 / 著
段歆玥 / 译
ISBN: 978-7-5133-3426-6

《四维深渊》
Deep Time

[英] 特雷沃·巴克森代尔 / 著
吕灵芝 / 译
ISBN: 978-7-5133-3486-0

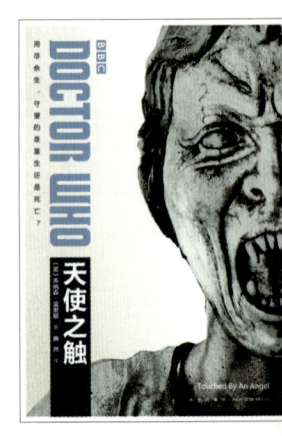

《盗梦贼》
The Stealer of Dreams

[英] 史蒂夫·莱昂斯 / 著
王金晶 / 译
ISBN: 978-7-5133-3175-3

《侧影》
Silhouette

[英] 贾斯廷·理查兹 / 著
王爽 / 译
ISBN: 978-7-5133-3174-6

《天使之触》
Touched By An Angel

[英] 乔纳森·莫里斯 / 著
施然 / 译
ISBN: 978-7-5133-3162-3

BBC 神秘博士 时空探险套装
DOCTOR WHO

Deep Time
四维深渊

（英）特雷沃·巴克森代尔 / 著

吕灵芝 / 译

新星出版社 NEW STAR PRESS

DOCTOR WHO: Deep Time by Trevor Baxendale
Copyright © 2015 Trevor Baxendale
First published as Doctor Who: Deep Time by BBC Books, an imprint of Ebury, Ebury Publishing is part of the Penguin Random House group of companies. Doctor Who is a BBC Wales production for BBC One. Executive producers, Steven Moffat and Brian Minchin. BBC, DOCTOR WHO and TARDIS (word marks, logos and devices) are trademarks of the British Broadcast Corporation and are used under licence.
This edition arranged with Ebury Publishing
through Big Apple Agency, Inc., Labuan, Malaysia.
Deep Time Chinese edition copyright:
2019 Chengdu Eight Light Minutes Culture Communication Co., Ltd.
All rights reserved.
The Cover is produced by Woodlands Books Ltd.
著作权合同登记号：01-2018-7128

图书在版编目（CIP）数据

四维深渊 /（英）特雷沃·巴克森代尔著；吕灵芝译 . —北京：新星出版社，2019.8
(《神秘博士》时空探险套装)

ISBN 978-7-5133-3611-6

Ⅰ . ①四… Ⅱ . ①特… ②吕… Ⅲ . ①科学幻想小说－英国－现代 Ⅳ . ① I561.45

中国版本图书馆 CIP 数据核字（2019）第 148785 号

致玛蒂娜、卢克和康妮

——永远感谢你们,爱你们。

序　幕

星光洒落船身，金色与琥珀色交相辉映，如梦如幻。尾翼张开，好似即将起飞的鸽子。它端坐在三个低矮倾斜的起落架上，放下舷梯，耐心等待着，离子推进器熠熠发光。

雷蒙德·巴尔福穿过通往太空船坞的大广场，心中感叹这一定是他见过最美的飞船。他拥有许多飞船，一些是别人送的礼物，一些是自己买的，它们都极为特殊——但这艘飞船却是独一无二的。

首先，它是一艘定制的宇宙飞船，极为昂贵。当然，所有飞船都很昂贵，但由深空航站造船厂专门定制的飞船则更为昂贵。其次，它专为一个特殊目的而生；这可不是一艘游轮，尽管所有人一看到它，都会误以为是某位富豪的豪华游艇。第三，它的目的是执行一项任务，开启一场发现之旅，探索新的疆界。

巴尔福在船坞平台的边缘停下脚步。飞船高高耸立，闪烁着星光，亟待启程。金色斜桅上刻着一行银色的大字：亚历山德里亚。巴尔福亲自为它命名，寓意聪明、勇敢、毫无畏惧。

它太完美了。

"亚历山德里亚号"的远方是一片星空,古老超新星的鲜红色火焰横亘其中。星空的远方是银河的边缘,而更远方……则是未知的疆界。

巴尔福兴奋地震颤着。

"打扰了,先生。"一台线条硬朗、高大魁梧的服务机器人礼貌地说道。尽管它恭敬地弯着腰,却依旧高过巴尔福的头顶。

"楚格,怎么了?"

"科研团队已经集结完毕,先生。飞船随时可以起飞。"

巴尔福点点头,"我知道,楚格,我知道。我只是想尽情感受一下这个瞬间。"

楚格耐心地直起身子,"好的,先生。"

巴尔福站在那儿,沉浸在眼前的光景里,目光游走于琥珀色的修长线条和光滑的金色船身,"楚格,告诉我,当你看着'亚历山德里亚号'——你眼中看到了什么?"

"一艘宇宙飞船,先生。"

"你知道我看到了什么吗?"

"一艘宇宙飞船,先生?"

"我看到了冒险!"

"很好,先生,"楚格回答道,"能否容许我建议您现在登船?温特教授急着出发。"

"你迟到了,"泰贝莎·温特教授说道,"我们一小时前就该启程。"

雷蒙德·巴尔福微笑着信步登上"亚历山德里亚号"的舷梯,亿万富翁的姿态显露无遗,"教授,放轻松!我能叫你泰贝莎吗?"

"事实上,大家一般都叫我蒂比,"她回答道,"更顺口一些。"她跟巴尔福一般高,年龄也差不多,或许更年长一些,但很难分辨,因为巴尔福的财富足够支付所有最新的回春术。蒂比猜他可能服用了斯派妥思纤维[1],然后心情就没那么舒坦了。她突然对自己一身的风尘和胡乱扎起的马尾辫感到自卑,因为她直接从小熊星系的挖掘现场赶来,而巴尔福看起来却好像刚从沙龙里走出来。

巴尔福高兴地朝蒂比身后的研究人员和科学家们挥了挥手,"大家好,都做好准备了吗?"

所有人都回答准备好了。

"你一小时前就该到了。"蒂比说道。虽说自己名义上是这个科研团队的头儿,可身后那几个人她甚至都不怎么认识。尽管如此,她还是感觉自己应该代表大家发言:"我的团队都在等你,

---

1. 是博士宇宙中,安德洛赞尼次级行星出产的物质,取自该行星特有的女王蝙蝠茧。未经提炼的斯派妥思纤维是剧毒物质,连时间领主都能杀死(第五任博士因此而重生);提炼后的斯派妥思纤维则是延年益寿良药,可以减缓衰老,将人类寿命延长两倍,但需要每天服用。因为极其珍贵,甚至有人发动战争抢夺这种资源。

机组成员都在等你，我也一直在等你！"

巴尔福微微一笑，守时和循规蹈矩对他来说意义不大。

此时，那台高大的服务机器人登上舷梯，躬身穿过气密舱，还带着不少看起来格外昂贵的行李。

"楚格，直接把行李送到我的船舱去。"巴尔福说道。

"好的，先生。"机器人一边回答，一边笨拙地向前移动，"借过，女士。"

蒂比不得不给机器人让开一条路。"你真需要这么多行李吗？"她叹了口气，"我们应该轻装上阵。这是一次科学远征，又不是度假。"

"我很清楚，教授。毕竟，这次远征由我出资。"

巴尔福依然挂着微笑，但蒂比明白了他的意思，"好吧，我们当然要感谢您的资助，巴尔福先生。只是我们等了很久才遇到这样的远征机会，大家都急着出发。"

"没必要担心，"巴尔福说道，"我跟航天港的管理人打好招呼了，他同意让我们在船坞多停留一段时间。"

"我的科研团队都到齐了，你也来了，机组成员全部就位，飞船也已经做好了起飞准备，为何还要拖延？"

巴尔福回头看了一眼舷梯，仿佛随时会有人从那里走进来，"麻烦你再多等片刻，我正在等最后的成员到达。"

"所有成员都在这里了！"蒂比恼怒地说道，"没有别人！"

就在这时，有两个人快步登上舷梯，跑进了船舱。

"抱歉，我们来晚了！"一个长得相当标致的年轻女人停下来说道。她有点儿喘不过气，似乎一路狂奔而来。

"你是什么人？"

"我是克拉拉，"女人说道，"这位是博士。"

一个高大瘦削、顶着一窝蓬乱银发的男人走上前来。"好，"他冰冷锐利的眼神扫过整个舱室，"既然我们已经到达，就可以启程了。希望你们都做好了迎接惊吓的准备！"

1

半小时前,克拉拉·奥斯瓦德已经准备好结束一天的工作了。给一群最顽劣的十年级学生上完两节连堂后,她就开始感到头痛欲裂。尽管如此,格外刺耳的放学铃声还是让她感觉悦耳动听。

对她而言,花一晚上时间批改中考的阅读理解练习题甚至是一种放松,至少公寓里很安静——没人打扰,没人吵闹,没人尖叫,也没有学校的铃声……只有一杯茶、一摞书,或许临睡前再来点儿起泡酒。

可是紧接着,随着一阵熟悉的呼哧声,那座老旧的蓝色警亭就凭空出现了。克拉拉知道,按照奶奶的说法,自己的计划算是"泡汤了"!

博士从塔迪斯里探出头来,"喂!想去另一个星系逛逛吗?"

克拉拉从来不想拒绝这样的邀请,再也不会了。博士的时光机可以在她离开煤山中学[1]前就把她送回公寓,永远不用担心没

---

1. 博士宇宙中虚构的一所学校,克拉拉在此任教。

时间批改习题。

现在,克拉拉来到了遥远的未来,站在一艘宇宙飞船的船舱里,跟随它一同驶出远离地球十万光年的太空站。有时候,这种事确实让人难以适应。

"我们在哪儿来着?"她问道,"具体地点?"

"私人深空探索飞船'亚历山德里亚号',配备全套现代化设备。我们参与了一项探索任务,去寻找太空中失落的虫洞。"

"什么时候的事?"

博士生气地看了她一眼,"我好像已经在塔迪斯上跟你说过了,难道你没听吗?"

克拉拉张嘴正要反驳,但已经晚了,博士抢先开了口:"船上有少量机组成员,一队科研人员,我想办法弄到了登船邀请。待会儿由我负责说话,你别出声。"

"说得好像我有机会似的。"

"你就负责微笑,假装自己很聪明。"

克拉拉抿住了嘴,"假装?"

"尽你所能吧。"

高大的服务机器人将雷蒙德·巴尔福的行李运上飞船后,又丁零当啷地走进了通往飞船其他部位的舱门。它不得不再次弯下腰来,身上的电机安静而有效地运转着。

"很抱歉打扰您,先生。"机器人对巴尔福说道,"主货舱出现了不明物体。"

巴尔福皱起了眉,"什么东西?"

"一座警亭,先生。"楚格回答,"标志上是这么写的。"

"那是我的,"博士上前一步说道,"是很重要的科学器材,对我的工作至关重要。让它放在那儿就好。"

"你是怎么把它运上船的?"巴尔福问道。

"别管什么警亭了,"蒂比·温特打断了他们的谈话,指着博士,"我想知道这人到底是谁?"

"这位是博士,"巴尔福解释道,"他是时空旅行领域的专家。"

"这只是其中一个领域。"博士补充道。

"我刚把他安排到你的团队里。"巴尔福又补充道。

"我的团队不需要其他人了,"蒂比告诉他,"更不需要什么时空旅行的'专家'!"

"你确定吗?"博士问道。蒂比·温特明显僵了一下,看来她并不习惯有人反驳自己。"老实说吧,教授。你或许碰巧发现了最古老虫洞的所在地,可你真知道它的运行法则吗?

"别开玩笑了。"

"我可没开玩笑。"

"我叫你别开玩笑了。我当然知道虫洞的运行法则,那是一种极其自然的现象。"

"但唯独这个现象一点儿都不自然。"博士说道。

话说到这里，船舱内几乎所有人都竖起了耳朵。蒂比·温特十分恼火，"你到底在说什么？想添乱就滚回地球去！"

"别扯上地球，那米粒大的世界根本无法告诉你接下来将要面对什么。"博士冰冷的目光锁定在她身上，"教授，那虫洞通向未知。绝对的未知。"

"博士，我是一名科学家，我的工作就是探索未知！"

"而我的工作就是保护你们不被它吞噬。"

雷蒙德·巴尔福面带微笑地走上前来，"不如稍后再继续讨论？教授，楚格可以带你和团队去各自的休息舱，我准备带博士和奥斯瓦德小姐去见船长。"

克拉拉心想，他这番交涉很有手段，但泰贝莎·温特依然向博士投去了怀疑的目光。巴尔福带两人离开时，克拉拉看见机器人楚格正向教授做自我介绍，随后他们拐了个弯，就没法再看见什么了。

"温特教授为人直率，"巴尔福解释道，"她是自己研究领域的头号人物，只是有时缺了点人情味儿。"

"对于这种问题，我深有体会，"克拉拉回答，"相信我。"

"她是科研团队的负责人，我稍后会做一次正式介绍。"巴尔福说道，"我想你们更希望先在'亚历山德里亚号'上转转。

它是专为这次任务设计并制造的。"

"如果我没猜错的话,原型应该是赫拉克勒斯级星际巡航舰。"博士说道。

"没错,不过我们做了一些改进。这艘飞船的离子推进器拥有四十阿斯特朗[1]的超光速推进力。船舱内配备了最尖端的科学实验室,还有安装了眼内全息投影的科研设备。生活区和休息舱也都装备齐全,人造重力完全模拟地球重力。船身屏障经过升级,能够承受比一般宇宙射线高五倍的冲击和重辐射……"

"它真美。"克拉拉赞叹道。

"一定花了不少钱。"博士推断。

巴尔福耸了耸肩,"虽说'亚历山德里亚号'是史上最昂贵的私人深空探索飞船,但我认为她值得这样投入。有了她,我们几乎能够抵御一切冲击。"

"那得走着瞧。"博士说道。

"亚历山德里亚号"宛如一只神鹰,乘着最暖的气流飞入它的归处——冰冷的太空。在连接埠弧光灯的照射下,船身折射出缕缕光芒,渐渐远离了深空航站和身后广阔的星河,一头扎进深空。

---

1. 作者杜撰的超光速推进力的计量单位。

他们穿过船舱,克拉拉能感觉到引擎的微弱嗡鸣透过鞋底传上来。三十分钟前,她还站在肖迪奇区[1]一间教室的陈旧木地板上,准备下班回家。而现在,她却在太空中穿梭,去往……何处?

她轻轻戳了一下博士,"虫洞?"

"穿越时间与空间的管道,将宇宙的一部分与另一部分连接起来。"

"就像隧道一样?"

博士的脸抽搐了一下,"不!好吧,如果你要把一个复杂的、将数十亿光年压缩至接近奇点的时空现象称作'隧道',那我只能说,随你的便。"

"那这个虫洞有什么特别之处?"

"它非常非常古老。就跟其他非常非常古老的隧道一样,它已经不安全了。"

"但这些人还是准备进去,对不对?"

"恐怕就是如此,克拉拉。"

"所以我们得阻止他们,对不对?这就是我们来的目的?"

"不,"博士回答,"我们来是为了帮助他们。"

---

1. 位于英国伦敦,也是博士宇宙中煤山中学的所在地。

"这里是驾驶舱，"巴尔福领着博士和克拉拉穿过一扇大舱门，"雷克船长应该会向二位做些非常特别的演示。"

驾驶舱与"亚历山德里亚号"的其他部分一样——光亮整洁，在完美控制的飞船动力下微微震动。舱室前端和两侧排列着人体工学控制台，一幅巨型全息影像展示了前进的方向。

驾驶舱中央安放着一张船长座椅。他们进去时，坐在上面的人笑着站了起来，克拉拉觉得那笑容十分灿烂。那人穿着一件真皮夹克，搭配俊朗的面容和清爽的发型，看上去英姿飒爽、富有成熟魅力。

巴尔福向他们做完介绍后便离开了，说要去准备在"公共休息室"召开的任务简报会。克拉拉觉得"公共休息室"听起来太像学校的教员休息室了，她摇摇头把煤山中学抛到脑后，只想专注于此时此刻。

雷克船长斜着拇指，示意他们往全息影像看。"来得正好，"他说道，"我们正准备离开银河系。"

全息影像上显示出一片闪闪发光、由无数恒星点缀的蓝紫色空间。图像飘在空中，俨然一个太空气泡，看起来格外逼真，让克拉拉不由自主地想要伸手摸一摸。"真漂亮。"她说道。

"上面的颜色是一片恒星的残骸——一团炙热的气体，源自数百万年前的恒星爆炸，直到现在依旧向外放射着能量。我们正在穿过这片区域。"

气体团从蓝色变成淡紫色，随着"亚历山德里亚号"不断靠近，淡紫色渐渐加深，随后慢慢变为鲜红，继而化作深红，将驾驶舱里的人笼罩在一片血色中。

"银河边缘，"博士安静地说道，"这是进入虚空前最后的恒星残骸。"

猩红的光突然褪去，变成了深不见底的黑暗，看不到一丝星光。

"我们已经离开了银河，"雷克确认道，"很壮观，对不对？"

"我什么都看不见，"克拉拉轻颤着，"只有……黑暗。"

"因为周围没有恒星了，"博士解释道，"我们要一直飞到仙女星系，才能再见到星光。但如果雷克船长能放大扫描范围，我们从这儿就能看到，甚至还能看到许多其他的星系。"

雷克点了点头，"对，我是可以，但那有什么浪漫可言？"

"浪漫？"克拉拉反问道。

雷克再次指向全息观察仪，"无尽长夜，没有什么比这更浪漫了。"

"或是更骇人了。"博士说道，"我们多久能到达虫洞？"

"应该很快就能达到最高速度，虫洞的预估位置在银河边缘外五十光年左右，所以粗略估计，我们再有几个小时就到了。"

"你们准备怎样找到它？"博士问，"你刚才说那只是预估位置。"

"到时候就要靠杰姆了。"雷克说着,指了指驾驶舱最前端。

全息观察仪的正下方,有一张长而低矮、类似沙发的座椅,周围环绕着一圈设备。控制面板上闪着各种光芒,大量线缆从沙发顶端延伸到一个透明圆盖上,一个女人坐在底下,宛如旧式沙龙里做头发的女士。那是克拉拉见过最精致柔美的人,她有牛奶般顺滑的肌肤,小精灵似的外貌,穿着一套合身的高领连体服;一双大大的杏仁眼里,眼球竟全是白色的。尽管如此,克拉拉还是明显感到那双眼睛远比人类能看到的东西多。

"她是我们的领航员。"雷克柔声说道,似乎不想打扰到她。

"强化克隆人?"博士看起来很不高兴。

"你们好。"沙发上的人打了声招呼。她的声音听起来宛如音乐,"你一定就是博士了。而你是……克拉拉。我是杰姆428号,很高兴认识二位。"

"你好。"克拉拉有些惊讶,因为还没向她介绍过自己。

"我能读取你的思维。"杰姆微笑着解释道,"别担心,我只拥有低级心灵感应能力,仅限表层信息,无法深挖秘密。"

"呃……那挺好的。"

"杰姆是个克隆人,她的基因经过强化,对时空连续体的状态格外敏感,"博士说道,"这种克隆人能听到宇宙的声音。至少他们自己是这样声称的。"

"而她就在这儿听你议论呢。"克拉拉尖锐地指出。

博士皱起眉，随后明白了她的意思。他猛地跪坐下来，与杰姆428号的目光齐平，"很抱歉。你好，杰姆。告诉我，你能听到什么？"

杰姆纯白的双眼直直盯着全息观察仪上显示的黑暗，"我能听到星辰的歌声，还有遥远星系的沉吟……"

博士回头望着克拉拉，"意思是，她能感知到暗物质间引力场的微小波动。"

"好吧，"克拉拉深吸了一口气，"既然都谈到了——暗物质？"

"暗物质不可见，但充满了整个宇宙，还带有暗能量。"博士解释道，"要想发现它，唯一的方法就是观察它对其他物质产生的引力效应。克隆领航员能搜寻到只存在于暗物质的轴子弦和节点，并将其转换为某种心象地图。"

"我还是更喜欢'星辰的歌声'。"克拉拉咕哝道。

"随你的便。"

"我能听到费罗之路的呼唤。"杰姆轻声道，依旧紧盯着那片虚无。克拉拉发现她似乎一直没眨眼。

博士眉间的纹路更深了，"你真的能听到？"

"你们到底在说什么？"克拉拉毫无头绪。

"费罗之路。"博士说着站了起来。他看向屏幕，目光刺入无尽的暗夜，"那是个旧时的说法，是遍布整个宇宙的古老虫洞网络的名称。"

"你是说,就像我们的目的地那样?"

"没错。"博士看上去若有所思,眉毛已经拧成一团,满是皱纹的脸拉得更长了。若不是看到他眼中透着强烈的好奇,克拉拉觉得他那副样子很容易被误解为焦虑。

"你们最好让杰姆一个人待着,"雷克说道。克拉拉几乎忘了他的存在,"她在安静的状态下更容易完成工作。"

博士意味深长地看着船长,克拉拉不太明白他的表情意味着什么——是不安?还是失望?

"我想巴尔福先生希望大家去公共休息室集合了,"雷克心平气和地说着,抬手指着出口,"就在隔壁舱室,你们不会走错。"

博士又看了一眼趴在透明圆盖底下的杰姆428号。"好吧。"他说着,与克拉拉转身准备离开,"船长,我们待会儿再聊。"

博士走出驾驶舱,克拉拉又回头看了一眼雷克。作为世界上最好、最昂贵飞船的船长,他看起来明显有心事。

2

"亚历山德里亚号"的公共休息室是间圆形的船舱,位于飞船中部。克拉拉觉得这里更像是高档酒店的大堂,而不是什么科学远征队的公共休息室。

雷蒙德·巴尔福正站在舱室靠前的位置,他的机器人楚格则静候一旁。

温特教授坐在一张低矮的长靠椅上,捧着马克杯喝热饮。她对面坐着一个年轻男人,一头稀疏的头发梳到脑后,满脸目空一切的表情。只见他把两只脚都架在矮茶几上,还朝教授眨了眨眼睛。

舱室里还有另外两个人:一个年轻女人,留着一头顺滑的黑发,穿着同样的连体服;还有一个面色苍白、紧张不安的男人,怀中紧紧抱着一台平板电脑。

"好了,"巴尔福宣布道,"既然我们都已到齐,那就让我正式介绍一下各位吧。"

克拉拉来到那个抱着平板电脑、紧张兮兮的男人旁边,找了张扶手椅坐下；博士则站到能看见所有人的舱室角落，叉着胳膊靠在墙上；温特教授小声咕哝着她还有更重要的工作要做，开这个会简直是浪费时间；而两只脚架在茶几上的男人则对她露出了坏笑。

"你们都认识我了……"巴尔福开口道。

虽然克拉拉在半小时前才第一次见到他，可她能看出这人属于什么类型：或许年纪已不轻了，但外表却很年轻，衣着讲究，腰缠万贯。他模样并不丑，甚至算得上有些过于俊俏了，她怀疑那是因为整形手术或类似的未来科技。他的牙齿完美无瑕，有一双宝蓝色的眼睛，头上的金发蓬乱却有美感。

"我的全名是雷蒙德·鲁奥因·巴尔福三世，大家可以叫我雷或小雷。欢迎来到'亚历山德里亚号'，希望各位都有足够的时间放下行李、熟悉环境。飞船结构很简单，如果有问题请随时提出。希望大家都以朋友相待，或至少能很快成为朋友。因为接下来这几个星期，我们将一起度过。"他露出愉快的微笑，却只得到了沉默的回应。

看来破冰不太顺利啊，克拉拉心想。

"我为大家准备了任务数据平板，"巴尔福继续道，与此同时，楚格开始尽职尽责地给每个人派发小平板，"里面包含有'亚历山德里亚号'详细的信息和任务参数；更重要的是，里面还包含科研团队和机组成员的名单及相关信息。"

克拉拉轻触屏幕，上面立刻跳出一幅全息影像，各种图标浮在空中。她点了其中一个，原来是登船人员的名单：

资助人：

雷蒙德·巴尔福

科研团队：

泰贝莎·温特 – 团队负责人

马尔科·斯普里特 – 考古学家

塔尼亚·福莱希 – 医师、地外生物学家

路易斯·克兰默 – 天体物理学家

机组成员：

丹·雷克 – 船长

杰姆428号 – 领航员

米奇·凯勒 – 轮机长

哈雷·霍布森 – 机师

"我是那份名单上最不重要的人。"巴尔福继续道，"整个探索任务实际上要倚仗一个人——泰贝莎·温特教授。"

泰贝莎·温特尴尬地对周围鼓掌的人群挥了挥手。"叫我蒂比就好，"她说道，"只有长辈责备我的时候，才会叫我泰贝莎。"

"女士们，先生们，"巴尔福接过话头，"请允许我向大家正式介绍这位新地球大学太空研究领域的名誉教授。大家想必都知道，教授是古费罗种族研究领域极负盛名的专家，甚至可以说是最具权威的领袖。蒂比曾担任伽倪墨得斯石碑专项研究的翻译组长，就是她发现并标记出了费罗之路。"

博士全神贯注地听着，若有所思地抿着嘴。他锐利的双眼没有放过任何细节。当巴尔福提到费罗之路时，克拉拉发现他的眉头拧得更紧了。

"或许蒂比能给我们科普一点儿背景知识，"巴尔福提议道，"再介绍介绍自己的团队成员。"

"老实说，我这人不怎么会说话，"蒂比站起来说道，"更适合对着一摞外星书籍，处理翻译项目。"

她转身对着所有人，双脚搁在矮茶几上、目空一切的男人仔细打量着她。他显然很欣赏自己所看到的这个女性。

"那我就给大家上节简短的历史课吧。"蒂比开口道，"数百万年前，宇宙间曾有一个种族，名叫费罗。如今他们已经彻底灭绝，但还是留下了一些东西，使我们得以知晓这些人的存在。整个星系都能找到费罗人的远古遗迹，人们还发现了各种不同的高科技化石。一切证据都表明，宇宙曾经存在一个高度发达的文明，可以肯定他们能够进行太空旅行。不过，费罗人的特别之处在于，他们依靠虫洞穿梭宇宙。最为有趣的是，费罗人还制作了一幅记录所有虫洞的地图，那是一个纵横交错的巨大时空通道网络，范围覆盖整个宇宙。此前从未有人找到过那个网络，因为费罗人十分注意保守他们的秘密。"

"那你是怎么找到的？"博士问道。

"正如巴尔福先生所说，我参与了伽倪墨得斯石碑的专项研究。那是费罗人建造的石碑，或者说，是石碑的残骸。十年前，我们在木卫三上发现了它。"

博士点了点头，仿佛蒂比只是印证了他早已知道的事实，"我当时就在那里。"他耸起肩膀抖了抖，"太冷了。"

"非常冷。我们在极地冰冠上往下挖了足足一千米才找到石碑。石碑上有铭文，那是文明高度发达时期的费罗符号，保存得非常完好，可谓所有破译者梦寐以求的宝藏。把石碑挖出来后，我埋头研究了六年。其间，我们有许多发现：费罗人的生物数据、技术方案，你能想到的，他们都保留了下来。"

"还有一幅虫洞的地图。"

"还有地图，没错。"

"可真方便。"博士说道。

"并非如此，因为大部分虫洞都消失了。某种自然形成的奇点坍塌引起了遍及星系的连锁反应，近百万年间，通道一个接一个封闭了。简而言之，它们已经不复存在。"

"除了这一个，"博士说道，"我们的目的地。"

"没错。"一脸嘲讽的年轻男人说道。他把双脚放下来，在座位里转身去看博士和克拉拉,"此时就轮到我登场了。"

"你是?"

"马尔科·斯普里特。你可能听说过我。"

"没有。我应该听说过吗?"

马尔科皱起了眉。"搜寻'迦太基号'?"他提示道。

克拉拉看了看马尔科·斯普里特,又看了看博士。"'迦太基号'是什么?"她不解地问。

马尔科吃了一惊,"你从来没听说过'迦太基号'?"

"我们离开地球很久了。"克拉拉回答。

"起码有半个小时。"博士咕哝道。

"就像我刚才说的,"马尔科继续道,"此时就轮到我登场了。'迦太基号'是一艘深空探索飞船,一个多世纪前突然消失,引起了轩然大波。它当时正在测绘星系的边际,却突然就从太空中消失了。船上有七十七名成员,每个人都杳无音讯。"

"你觉得它掉进那个虫洞里了?"克拉拉问道。

"根据飞船收发器的信号显示,'迦太基号'最后出现的地方,正好跟蒂比地图上的虫洞重合。所以,我认为那正是'迦太基号'的遭遇。"马尔科突然在座位上探出身子,神色变得异常坚决,"'迦太基号'的历史——它经历过什么,去了什么地方,这些对我真的很重要。"

"为什么?"

"因为'迦太基号'的船长是凯特琳·斯普里特——我的母亲。"

"啊,"博士开口道,"你妈妈有可能将'迦太基号'无意中开进了费罗人的旧虫洞里,它有可能跑到了仙女星系,船上那七十七名成员可能还活着。"

马尔科点了点头,"是的。"

"所以,教授的虫洞地图和你对'迦太基号'消失事件的关注,最终把你们引到了……雷蒙德·鲁奥因·巴尔福三世这里?"博士皱了皱眉,"我好像不太能看出这有什么联系。"

"仅凭我们自己无法负担这样的任务,"蒂比承认道,"费罗人在星系史前研究领域属于冷门,'迦太基号'虽然出名,但只是马尔科的私人兴趣。"

马尔科听到"私人兴趣",顿时生了气,"事实上,远不止私人兴趣那么简单。"

"可你确实有私心。"

"我在完全不同的场合听说了蒂比的费罗人研究,以及马尔科对'迦太基号'的关注。"巴尔福解释道,"于是我就主动给他们牵线搭桥,并决定出资主动做一个对两人都有帮助的项目。"

"如果说蒂比和马尔科是这趟旅行的主导者,"身穿亮黑色修身连体服的女人接过话头,"那路易斯和我就是被专门雇来做助手的。你们好,我是塔尼亚·福莱希医生,'希望'的'希'。

这位是我们这儿的'灵魂人物'路易斯·克兰默。"

克兰默犹豫地点点头,舔了舔嘴唇,一句话都没说。他看见克拉拉对自己露出微笑,便立马将目光转向了手上的数据平板,胡乱操作起全息影像来。

"如果有人得了太空病,我就是你们最可靠的保障。"塔尼亚说着,看了一眼克兰默,又补充道,"路易斯,你可别离我太远哦。"

克兰默挤出一个淡淡的笑容,但还是没有说话。

"那你们俩呢?"塔尼亚看了看博士和克拉拉,然后用精心保养的手指点了点数据平板,"你们没在名单上。"

"我还以为他们是供机上娱乐的呢。"马尔科一脸坏笑道。

"娱乐?"博士重复道,一脸惊骇的表情。

"你懂啊……你的衣服什么的,看起来就像个变戏法的。"

博士低头看了一眼自己的黑色长大衣和修身长裤,"告诉你们多少遍了,这叫极简主义!"

"好啦,别生气,亲爱的。"塔尼亚淘气地笑着说道,"你们到底是谁?"

"我是博士,但跟你那种专攻医学的不一样。"

"那你是专家吗?"

"说了你都不会信。这位是克拉拉·奥斯瓦德,我的助手。"

"我不是他的助手。"克拉拉反驳道。

"不是我的助手，"博士纠正道，"是我的……"

"朋友？"克拉拉提议。

"同伴。"

克拉拉闻言扬起了一边的眉毛，博士则冲她耸了耸肩，仿佛在说："不然你要我说什么？"

"既然我们都彼此认识了，飞船也上路了，"巴尔福宣布道，"不如咱们就干一杯吧。楚格？"

"先生。"巨型机器人动作灵巧地托起一盘香槟酒杯向克拉拉走去。

克拉拉吓了一跳，但还是高兴地拿起了一杯酒，"谢谢你。"

楚格穿梭在大堂中，向每个人献上托盘，直到所有人手上都有了香槟。

巴尔福举起酒杯，"为费罗之路和'迦太基号'最后的航行干杯。"

他们碰杯喝了酒。克拉拉发现塔尼亚·福莱希一口干了杯中物，并示意楚格再来一杯；路易斯·克兰默则几乎没碰他的酒，甚至看起来还颇为不适。

楚格重新倒满了塔尼亚的酒杯，她接过去又喝了一口，"那么博士，你对此次探索的兴趣何在？"

博士开始绕着会议室的边缘踱步，"我的兴趣何在？当然，我对费罗人的历史十分着迷，也很好奇'迦太基号'的命运。不过老实说……两者都不重要。"

现场突然陷入了尴尬的沉默。博士停下脚步，清澈逼人的眼眸依次审视着每一个人，"我是时空旅行的专家。事实上，我是很多领域的专家，不管是金星合气道还是悠悠球，你永远不知道什么时候就能派上用场。不过，我可以告诉你们，我来这里是为了让你们免受未知的威胁。因为不管那虫洞的另一头是什么——"博士竖起修长的手指随便指了个方向，但克拉拉怀疑那就是虫洞的位置，"它绝不是什么好东西。事实上，它将意味着死亡和灾难。"

"什么？"巴尔福差点被一口香槟呛住。

"胡说八道。"马尔科·斯普里特啐道。

"他不是什么魔术师，"塔尼亚·福莱希说道，"他是个疯子！"

克拉拉很是尴尬，有时博士的言行着实让人手足无措，"博士是说……呃，他对这种事情非常有经验。他曾经遇到过……很多怪物。"这句话毫无说服力，克拉拉说完就咬住了嘴唇，以免自己继续丢人。

"你们俩都是疯子。"塔尼亚说道。

"博士，你要求加入团队时，可没跟我提过怪物这个词。"巴尔福有些气恼，"你对我说虫洞不稳定，警告我这次行动有危险，可从没提过什么怪物，只说你是时空旅行的专家，能够为这次远征做科学顾问。"

"我是说过,而且那是真的。我之所以没提怪物,是因为不想让你退缩。"

"你到底有什么资质,博士?"蒂比·温特质问道。

"什么怪物?"路易斯·克兰默小声问道。这是他第一次开口说话。

博士指了指克兰默,"啊!今晚头一个明智的提问!"

马尔科忽地站起身来,"不想听他胡言乱语了,我要回去睡觉了。"

"楚格会领你到休息舱。"巴尔福飞快地说。

机器人高耸在马尔科旁边,"能请您跟我来吗,先生?"

"那还不快走。"马尔科呛了一句。他语气生硬地对其他人道了晚安,瞪了一眼博士,然后跟着楚格离开了休息室。

"马尔科·斯普里特掌握的信息对此次任务十分重要,"蒂比叹了口气,抬起一只手揉着疲惫的双眼,"我们花了很大的工夫才把他手头'迦太基号'的信息与费罗地图匹配起来。"

"马尔科可能并不想这么无礼,"巴尔福宽容地说道,"只是'迦太基号'的命运对他来说太重要了。我想,那已经成了一种痴迷。"

"是吗?"博士回应道,"真有意思。"

"到达虫洞前,我们最好都睡上一觉。"巴尔福向所有人道过晚安,也离开了休息室。

"你还没解释是什么怪物呢。"路易斯·克兰默提醒道。

"可怜的老路易斯,"塔尼亚笑道,"他本就讨厌太空旅行,现在又多了怪物这种东西。"

"我得了太空病。"克兰默解释道。他没碰香槟,而且脸色惨白。只见他摇摇晃晃地站了起来,"我觉得有点不舒服,最好现在就躺下来。"

"如果你要吐,可别吐在我房间门口,"塔尼亚告诉他,"吃两片我给你的药,明早再来找我。"

克兰默没再说话,而是快步离开了休息室,一只手还捂着嘴。

"派对就到此为止啦!"塔尼亚说着,一口气喝掉了剩下的香槟,起身准备离开,"在事情失控之前,我最好也去睡上一觉。明早再来找我吧,可千万别太早。"她对克拉拉眨了眨眼,随后大步走出了公共休息室。

最后只剩下博士、克拉拉和蒂比·温特。

"你说的怪物到底是什么?"蒂比问博士,"费罗人吗?我猜他们长得不像人类,但那并不代表他们就是怪物。"

"怪物并不是以外表来界定的。"博士回答道。

"可能吧。不过,不管他们长什么样,或是做了什么,他们都曾是高度发达的种族,拥有极为鼎盛的文明。从技术上讲,早在费罗人灭绝前,他们就远比我们先进了。我无法相信他们是怪物。"

"我可没说他们是。"博士告诉她,"不过,他们利用多维空间建起了庞大的跨星系通道网络,最后又匆忙将其关闭了。你觉得那是为什么?"

"不知道。但我们马上就有机会探明真相了。你记得吧,他们留了一个虫洞。"

"对,他们是留了。"博士从容地对上她冰冷的视线,"但你有想过是为什么吗?"

"那就是为什么我会站在这里。"蒂比撇嘴一笑,"所以,现在要想把我吓跑已经有点晚了,你不觉得吗?晚安。"

她说完便与博士擦肩而过,离开了休息室。

克拉拉缩了缩脖子,"希望他们别做噩梦。"

"我倒是希望他们做噩梦,"博士回答道,"说不定能帮他们准备好面对前路。"

3

"看来我错过了一场派对啊。"丹·雷克挂着标志性的微笑走了进来,"大家都还好吗?"他找到香槟,给自己倒了一杯。

"你也没错过多少。"克拉拉告诉他。

只见雷克叹了口气,坐到扶手椅上。他看起来很疲倦,似乎比克拉拉一开始猜测的年龄更老一些。眼前的雷克看上去快五十岁了,英俊的外表开始彰显出个性:粗犷、坚定,但充满警惕的灰色双眸背后,却潜藏着幽默感。他朝克拉拉举起酒杯说道:"干杯。"

克拉拉感觉自己需要解释一下,"刚才只是巴尔福介绍了下其他成员,我不明白为何你没接到邀请。"

"我接到了,只是没来而已。驾驶舱有很多事要做,何况我也不喜欢社交,更喜欢独酌。"

"哦。"克拉拉看了一眼他的空酒杯,"那你希望我们离开吗?"

"不。"雷克对她露出慵懒的微笑,"这不是酗酒,是庆祝。"

"好吧，那我们在庆祝什么？"

"我们正在接近虫洞，"博士说着，坐到雷克对面的椅子上，"应该很快就能到达多维空间的过渡点了。船长，我说的对吗？"

雷克点头表示赞同，"你怎么知道的？"

"我感到离子推力发生了变化，这很难弄错。"博士闭上眼，"我猜离过渡点还有两小时路程，甚至更短。"

"你真了不起，极少有人对太空旅行如此敏锐，除非是领航员。"

"你是说，像杰姆那样吧。"博士猛地瞪大眼睛，"她与这艘飞船进行了物理连接，对不对？导航计算机矩阵直接连到了她的大脑皮层。"

克拉拉不太喜欢博士描绘的图景，"什么？她真的被接在了飞船上？"

博士点点头，"这是保证人类与飞船完全衔接的唯一办法。杰姆在多维空间中摸索，而飞船则把她当作向导。"

"那听起来一点都不舒服。"

"没什么，"雷克说，"真的。这是杰姆自己想做的事。"

"是吗？"博士质疑道，"在我看来，杰姆好像没多少选择。"

克拉拉瞥了一眼博士。他眉毛直竖，双眼怒瞪，满腔怒火。

"我知道你在想什么，博士。"雷克疲惫地说道，"这些话我都听过多少次了——领航员跟奴隶没有两样……"

"比奴隶还惨，"博士继续道，"克隆人领航员是军方在上次德拉科尼亚大战[1]期间研发的技术，目的是实现廉价而有效的太空导航。克隆人被注入人工干细胞进行基因改造，只为实现一个目的——用来连接飞船，成为一个生物组件。那绝不是人性最光辉的时刻。"

"事情比你说的要复杂。"雷克争辩道。

"一点都不复杂。领航员除了引导飞船，一无是处，连生命周期也极其短暂。他们要么死去，要么被调试不良的电脑接口烧坏，然后被另一个领航员取代。"

"杰姆不会。"雷克说道。

船长的声音里透着毫无掩饰的悲伤，连博士都愣住了。

"她是最后一个。"雷克安静地说道。

博士很是震惊，"最后一个？"

"我在战时是一名运输机驾驶员，"雷克解释道，"他们让杰姆当了我的领航员。她很棒，事实上是其中最棒的一个。她能感知多维空间里的其他飞船，你知道吗？"船长感慨地摇着头，"我们负责地球中枢与德拉科尼亚前线之间的主要补给路线，一次都没被抓到过。战争结束后，我离开了太空部队，还带走了杰姆。"

博士仔细思考了一番，"那你一定冒了很大风险。"

---

1. 博士宇宙中，人类帝国与德拉科尼亚帝国之间发生的战争。

"我别无选择,他们要将其他克隆人强制退役。"

"意思是人为抹杀?"

"我不能让杰姆面对那种情况,于是我们偷走了一艘飞船。那件事发生在二十年前,从那以后我再也没回过地球。"

博士靠在椅背上,重新打量起眼前这位船长,眼中的怒火已然消退,"那太了不起了。"

"我猜是吧。"雷克又露出了友善的微笑,"后来我们就一起工作,在星系边缘开着自己的飞船接各种生意。我们干得很成功,但准备退休了。毕竟我已经不再年轻,而杰姆……"

"她的寿命已经远远超出其他克隆人领航员。"

雷克点了点头,"我们是时候找个地方安顿下来了。"

"这次给雷蒙德·巴尔福开船就是为了攒养老金?"

"巴尔福开的价很不错,真的很不错。钱对他来说根本不算什么——你瞧瞧这艘飞船就知道了。尽管我们经验丰富,但这也是目前见过最好的飞船。"

"可你不觉得穿过虫洞很危险吗?"克拉拉问道。

"一切太空航行都很危险,小姐,而且巴尔福开的价也值得我去冒险。不过事实是,只有杰姆能找到这个虫洞,也只有她能领航。"

"所以你之前才没离开驾驶舱,"克拉拉恍然大悟,"因为你不想留杰姆一个人在那里。"

雷克点了点头，"现在她睡下了。飞船已经定下航线，她暂时会用潜意识来控制航行。"他站起身来，"不过，我最好还是回去了，因为我希望她醒来时能看到我，而且飞船很快就会到达过渡点了。"

"很高兴认识你，"克拉拉站起来说道，"还有杰姆。"

"我也是。"博士也站了起来。

雷克在门边停下脚步，"哦，对了，博士……你放在货舱的那座警亭……"

"塔迪斯，怎么了？"

"我的人对它很好奇。"

博士眯起眼睛，"你的人？"

"我的机师。抱歉，我忘了你还没见过他们。"

"我猜马上就要见到了。"

"他们正在货舱里研究你的蓝盒子，想弄清楚……"

他话音未落，博士就已经大步冲出了休息室。

雷克回到驾驶舱后，休息室就只剩下克拉拉一人在那里大打着哈欠。她知道博士很少睡觉，可她刚在煤山中学上完一天班，刚才的香槟又开始上头了。于是，她信步走出休息室，想跟随博士回到塔迪斯，但没走几步就撞上了楚格。

大机器人高高耸立，塞满了整个过道，机身锃亮的金属板映出了克拉拉的脸,巨大的鹅卵形脑袋还规律地闪着灯。

"您需要帮助吗,小姐?"楚格的声音听起来既极具安抚作用,同时又有些许的威慑力,不过,那可能是因为它八尺高的个头和半吨重的钢铁之身。

克拉拉正要询问通往货舱的路,却又被一个哈欠打断了。她捂着嘴,强迫自己睁大眼睛,好显得更清醒一些。"哦,天哪。"她最后说道,"抱歉,我好像比自己想象中更累。"

"需要我带您到休息舱去吗?"楚格问道。

"我还有个休息舱?"

"每个人都有自己的休息舱。巴尔福先生在设计飞船时,坚持要有足够空间让所有成员放松休息。"

克拉拉很是心动,反正去看看又不会少一块肉。"好吧,"她说道,"谢谢。"

"这边请,小姐。"随着一阵电机嗡鸣,楚格转过身去,顺着通道走了起来。克拉拉感觉这条通道绕着飞船边缘缓缓弯了过去。"您的舱室在飞船右舷,7号房间。"

没过多久,克拉拉就听到有人在走廊前方说话。那是马尔科·斯普里特的声音。由于飞船有弧度,她看不见那个人,但能听清他在说什么。

"我只是想,你可能需要一些陪伴。"他的声音带着种奇怪的迫切,让克拉拉感到很不舒服。

然而，没有人回应，克拉拉好奇地放慢速度，以免直接撞进对方的视线中。有趣的是，楚格也停了下来，仿佛在等候她的指示。

"一点点陪伴有什么问题吗？"马尔科继续道，"人人都喜欢在睡前喝一杯。"

他话音刚落，又响起了敲门声。声音不大，却很急切。

"来嘛，"马尔科说，"把门开开，就一小会儿。我们能彼此加深一下了解，你说对不对？"

克拉拉已经听够了，她走上前去，见马尔科正站在一扇舱门外，手里还拿着一瓶酒。

"出什么事了？"克拉拉问道，"找不到自己的房间了？"

"不关你的事。"马尔科回应道。他把克拉拉上下打量了一番，随后看了看耸立在两人身边的楚格。

"这是温特教授的舱室。"楚格说道。

"一边儿去，机器人。"马尔科训斥道，"我很忙，你们快走，没啥好看的。"

"或许您需要我带您回自己的舱室，先生？"

马尔科哼了一声，"不，谢谢，没必要。"

"你最好这么做，"克拉拉告诉他，"说不定蒂比一点儿都不想睡前来一杯。"

"你怎么知道？"马尔科说完叹了口气，"你那博士朋友张口闭口都是怪物，真把蒂比吓坏了。我就想看看她是否还好。"

"还拿着一瓶酒?"

马尔科耸了耸肩,"我想不出别的来,这只是个借口。我就想看看她的情况,仅此而已。"

克拉拉敲了敲门,"蒂比?我是克拉拉,你还好吧?"

一阵沉默过后,蒂比的声音从另一头传了过来:"嗯,我很好,只想睡会儿觉。"

"我猜这回答已经很明显了,你觉得呢?"克拉拉问马尔科。显然,她身后那个八尺高的机器人确实让马尔科有所顾虑。

他怒视着两人。"随你的便。"他咕哝着,接着就气愤地转身离开了。

克拉拉等他从视线中消失后,又敲了敲蒂比的门,"蒂比?他走了,没事了。"

门开了,蒂比对她说道:"谢谢,进来吧。"

舱室里有张单人床、一个衣柜和一套桌椅。所有平面上都堆放着书本、数据平板和各种学术资料。一幅3D全息银河系地图飘浮在书桌上空,上面遍布着小红点。

"那都是什么?"克拉拉问道。

"虫洞,"蒂比说着,拿起了遥控器,"应该说,是虫洞曾经存在的位置。这是伽倪墨得斯石碑上记载的费罗地图,经过电脑模拟就成了这样。而这个……"她放大了空中的某个小红点,那里距离银河边缘仅一步之遥,"这就是我们要找的虫洞,最后的费罗之路。"

"那就是我们前往的地方?"

"对。"蒂比憋住一个哈欠,"抱歉,我语气应该更兴奋些,但老实说,我真是累坏了。巴尔福联系我时,我还在小熊星系。他说船准备好了,人准备好了,手续也都办好了……所以我不得不丢下一切工作赶到深空航站去。"

克拉拉同情地点了点头,她很清楚那是什么感觉。

"我们计划了很长时间,不过这几天却过得宛如狂风暴雨。"蒂比叹息道。

"马尔科呢?"

"我们需要他对'迦太基号'的知识,帮助锁定那家伙的确切位置。"蒂比碰了碰半空中闪烁的小红点。

"可你其实并不希望他在船上?"

"巴尔福不知道马尔科的真正为人,他总觉得大家都是好人。"

克拉拉微笑道:"我觉得巴尔福的内心深处其实很浪漫。"

"对啊。而马尔科……怎么说呢,他心里有着截然不同的浪漫,而我对此丝毫不感兴趣。"蒂比关掉了银河系全息地图,扔下遥控器,"我心里只有费罗,一直都只有费罗。"

"我会请楚格盯着马尔科。"克拉拉说完,站起来准备离开。

蒂比对她笑了笑,"谢谢。还有,谢谢你刚才把他打发走。"

"没什么，我有帮手。事实上，楚格应该还等在外面。"

"好，那就晚安吧。"蒂比说道，"再见。"

克拉拉走出舱门，大机器人果然还等在那里。他领克拉拉走到7号房，克拉拉随即道了谢。

"我只是在完成自己的工作，小姐。"

"不，我是说马尔科的事。刚才你站在那儿帮了不少忙。"

"我什么都没做，小姐。"

"哦，你确实做了，楚格。你确实做了。"

"我真搞不懂这到底是啥。"米奇·凯勒说道。

"亚历山德里亚号"不是货船，因此并不具备真正的货舱。不过，它底部确实有个宽敞加高的储物舱。舱室正中矗立着一只高高的蓝盒子，盒子顶上还安着一盏灯，又高又窄的双开门上嵌着毛玻璃。

"这是座警亭，"霍波说道，"上面写着呢，不是吗？"

米奇又绕着蓝盒子转了一圈。他又老又瘦，留着一脸白胡子，有一双机灵的眼睛。他身上穿着褪了色的机组连体服，戴着一顶印有"我♥火星"字样的棒球帽。霍波说得没错，蓝盒子四面的顶上都挂着标志，上面写着"公共报警电话亭"。

"我就是搞不懂，"他咕哝道，"运到船上的每一样行李都由我签字确认，可这列表上根本没提到警亭。"

霍波捧着热饮坐在板条箱上,看起来无所事事。她在工服外面套了件旧帽衫,腰上还缠着沉重的工具腰带。"别管它了,米奇。"她说道,"就算在船上无事可做,也不至于到处找麻烦吧。"她歪过头打量着警亭,"再说了,谁又在乎它到底是啥?搞不好是巴尔福想带上的。他那么有钱,谁知道他脑子里都在想什么?"

米奇抬手摸了摸蓝盒子。"它在震动,"他说道,"我能感觉到,就像里面有机器在运转一样。"

"说不定他在里面放了台备用的服务机器人。"

"那有什么意义?"米奇摘掉帽子,挠了挠头。他现在可不想碰到任何谜题或烦心事,因为他实在太老了。不过这只大盒子着实奇怪,连上锁的门都让他心烦不已。他试着拽了一下门把,但门却一动不动,"我就是想不明白,它……"

"不太协调,"博士说着,站到米奇和塔迪斯之间,"仅此而已。"

米奇猛地往后缩了一下,"你又是……"

"我是博士。你是?"

"米奇·凯勒,轮机长。"米奇下意识地回应道,"这位是哈雷·霍布森,我的助手。大家都叫她霍波。"

"谁允许你对我的塔迪斯动手动脚了?"博士眉眼直竖,凶巴巴地问道。

"塔迪斯?"

"这是我的。"博士拍拍警亭说道,"它能让空间自惭形秽,让时间俯首称臣,不是你能碰的东西。"

"对。"米奇说着,把帽子戴了回去,"等会儿,你给我等会儿。这是你的?你怎么把它弄到船上来的?"

"我刚才已经解释过了:空间,自惭形秽;时间,俯首称臣。"

霍波暗自笑了起来,"谁让你非得问,米奇……"

"我花了这么长时间才过来,实在很抱歉,"博士说道,"我在路上开了个小差,到你们轮机舱去看了看……"

霍波脸上的笑容瞬间消失了,"什么?谁允许你在轮机舱里动手动……"

"谁说不是呢。"博士回应道,"总而言之,里面井井有条,情况良好。"

"这可是'亚历山德里亚号'的处女航。"霍波嘟哝道。

"既然如此,那你们的百万吨级阀门有可能略微紧了点,可以尝试松一松。"

"我就知道有问题,"米奇说着,望向博士的目光顿时充满了敬意,"这艘船哪儿都好,但就是那些阀门,总感觉哪儿有问题……"

"哪儿都没问题。"霍波坚持道。她从板条箱上跳下来,整张脸皱得像个生气的小孩儿,"这艘船哪儿哪儿都没问题,实在太没问题了,害得我无事可做。"

"霍波,你就去看一眼,好吗?"米奇告诉她,"就像这人说的,把它们松一松。看他说的对不对。"

"松百万吨级阀门?"霍波一脸嫌弃,"那得花一晚上。"

"叫你去就去。"霍波正要争论,却被他一句话打断了。虽然米奇性格随和,但在下命令时却会用上另一种语气。

"来,我帮你拿着。"博士接过霍波手上还冒着热气的马克杯,赞赏地闻了闻,"这是热巧克力?"

"你拿去喝吧。"霍波说完,便懒洋洋地走了出去。

米奇微笑着对博士说:"她不抱怨点儿什么就浑身难受。"

"我已经喜欢上她了。"博士说完,喝了一口热巧克力。

马尔科·斯普里特和衣躺在床上,怒火中烧。舱室里一片狼藉,衣服和装备被他甩得到处都是。原来他一关上门,就发了一通火。

他盯着巴尔福在休息室发给大家的数据平板,那上面显示着泰贝莎·温特的照片。这应该是张很老的宣传照,因为她看起来比现在年轻许多。马尔科咒骂一声,把数据平板扔到房间另一头。要不是那个叫奥斯瓦德的女人瞎捣乱,他现在就跟蒂比在一块儿了。他一点都不喜欢那女人,她太专横,太死板,太像一位老师,而马尔科恨极了学校。就算没有学校,他也能管好自己。他什么事儿都是自己一个人做的,没有人帮忙,而今后也会一直这么坚持下去。

他打开私人电脑上的"迦太基号"3D结构图,浏览着上面的引擎、舱室、驾驶舱和冬眠舱。他对"迦太基号"的熟悉程度胜过现有的任何飞船。

马尔科的母亲也曾经尝试教他相关操作,通常是远距离教学——使用时间延迟长达数月甚至数年的星际超级网络通信。她扔下他独自一人上学、照顾自己。马尔科时常想,等找到她了,一定得好好算算这笔账。如果能想到办法的话,他还要找克拉拉·奥斯瓦德算账,还有那个老不死的博士。

马尔科关掉电脑,开始思索博士和克拉拉来"亚历山德里亚号"究竟想做什么。那两人有点奇怪,就这么凭空出现了。他沉思了好一会儿,然后猛地从床上坐起来,离开了舱室。

4

丹·雷克回到驾驶舱，仔细倾听着，里面十分安静。就算是在豪华星际游轮上，也依旧能听到引擎声；而"亚历山德里亚号"却只是安静地滑过宇宙，如猫一般轻盈无声。精良的仪器平静地为飞船保驾护航，几乎都用不着驾驶员。雷克这辈子从未感到自己如此像一名乘客。现在，驾驶舱里唯一重要的人是杰姆。

她静静地躺着，几乎看不见呼吸起伏。虽然她睁着眼睛，但雷克知道她并没有完全清醒。有人说，领航员只有在睡梦中才算真正活着，也只有在睡梦中才与宇宙同在。

几分钟后，长椅终端上的全息指示器显示杰姆的心跳和血压开始升高，这意味着她要醒过来了。雷克看了一眼全息观察仪，图像漆黑得如同鲨鱼的眼睛一般，除了星际间的广袤空间，再也看不到别的东西了。

杰姆动了动，随着意识渐渐苏醒，她的双眼闪烁片刻，随后睁大。紧接着，她猛地颤抖着吸入一口空气。

雷克顿时担心起来，"嗨，你还好吧？"

她微笑着说:"嗯,我觉得还好,只是有点儿累。"

"那你就多想想切西玛猎户星和那栋可以俯瞰沙海的别墅。"

"还有那双子星的阳光。"杰姆着迷地喃喃道。

"那里温暖而平静,除了我们俩,再无旁人。我把别墅布置成了你喜欢的模样,里面有你需要的一切。"

杰姆朝他伸出手,"我只需要你。"

她的手柔软而苍白,在他手心里显得无比娇小。他小心翼翼地握紧了那只手,"怎么样?"

"我们离费罗之路不远了。"

雷克看着全息观察仪,可上面依然只有一片黑暗。

"你看不见,"杰姆说道,"暂时看不见,除非我们来到它的正上方并准备进入。但我能感觉到它,我能感觉到空间向它弯曲。"她合起双眼,突然皱起了眉头。

"怎么了?"

"余波,"她轻声说道,"我感到了周围暗物质的波纹。"

这种情况下,雷克鲜少能理解杰姆到底在说什么,可他对她的情绪十分警觉:是平静,还是高兴,抑或满足。不过现在,她似乎因为一些东西而躁动不安。

"就像宇宙的低语,"她继续道,"在对我诉说——诉说我听不清的话语。"

雷克很是焦急,"那些话重要吗?"

"一切都重要,丹。"她仰坐在长椅上,目光呆滞,"我们正在靠近,低语越来越清晰了。"

"我最好去把其他人叫过来,"雷克说道,"巴尔福可能想亲眼看看,另外……"

"不,"杰姆柔声道,"先别叫,让我们独自享受这一刻,就一小会儿。一起想想切西玛猎户星。"

"好。"雷克捏了捏她的手,再次看着全息观察仪。普通空间和虫洞的过渡点就在不远处,可无论他再怎么凝神注视,依旧只能看见黑暗。

听到有人敲门,克拉拉睁开眼睛。她真的睡了过去。这间房虽然不大,但却温暖舒适,有一张床,一个壁橱,还有放衣服的地方,感觉就像酒店。她只是躺在床上闭着眼睛,房间里的温暖、休息室里喝的香槟和一天工作的疲惫就带她进入了梦乡。

"等一下。"她坐起身来,按了一下舱门控制板。

舱门随即滑开,博士走了进来。他双手各举着一只马克杯,"我觉得你可能想来点儿热巧克力,这能帮助睡眠。"

"对此我真不需要帮助,相信我。"但克拉拉还是接过热饮,闻了闻,随后啜饮一口,"嗯,很不错。我还以为他们这儿没有热巧克力呢。"

博士皱起了眉,"为什么?"

"因为这是未来。"克拉拉微笑着举起杯子,"热巧克力——谁能料到?"

"好吧,那其实不是真的热巧克力,只是纯粹的合成物。它是飞船上的饮水机回收废弃资源做出来的。"

克拉拉呛了一口,"废弃资源?"

"总得处理掉那些人类排泄物嘛。不然你想怎么处理,喷射到太空去?我觉得煤山中学是很注重回收利用的啊。"

克拉拉凝视着手里的马克杯,"即便如此……"

"其实这只是按照正确的配方调制而成的,"博士高兴地解释道,"比如颜色。只不过你这杯是从废水里采集了需要的化学成分,再搅拌成了热巧克力。或者说,喝起来味道像热巧克力的东西。说到底就是化学物质啊,克拉拉。做实验其实挺好玩儿的。"

"做实验?"

"我对饮水机做了一点改动,还用一杯真的热巧克力做了样本。"他举起自己那杯喝了一口,津津有味地咂了咂嘴。

"你手上那杯是真的热巧克力?"

"那当然了,我自己品尝合成物没有意义——因为我知道哪个是哪个,那就不算真正的实验了。"

"所以我喝这个回收……的玩意儿……是为了做实验?"

博士热切地点了点头,"合格吗?说实话。"

"它……有点烫。"克拉拉把马克杯放在床头的小桌上,"我得先放凉一会儿。"

"好主意。"

"博士……我们来这里到底要干什么？我觉得这个虫洞听起来很不好，而且根本不相信你带我来就是为了看挖虫洞的虫子。"

"哦，不，我可不建议你去见太空虫。多数人类的大脑都应付不了它们。假如我把你介绍给太空虫，那可是极不负责任的行为。不过，这个虫洞不是虫子挖的，而是有人手工制造出来的。"

"费罗人造的？"

博士若有所思地点了点头，"那是一个力量强大、科技高度发达的种族。数十亿年前，他们基本主宰了这片宇宙，利用他们的多维空间通道在星系间往来。"

"费罗之路？你了解吗？"

"不算了解，我从未到过那个年代。克拉拉，我活了将近两千年，才刚刚了解到时间与空间的皮毛。我不可能无所不知，但我知道这个时期基本已经不存在费罗人的遗迹了。坏脾气教授能找到那些遗物实属幸运，木卫三上的考古发掘异常走运。"

克拉拉马上听出了博士的言外之意，"太异常了？"

博士拉下脸来，耸了耸肩。

"说嘛。"克拉拉用手肘顶了他一下，"你肯定还有什么没告诉我。"

博士用力吐了一口气，"根据某些古老的传说，费罗人是在时间领主的逼迫下才关闭了虫洞。"

"你的族人?"

"比我早很多,在你的星系成型之前。在那个黑暗时期,时间领主对干涉宇宙事务并不抵触[1]。他们可能将费罗人视作了威胁,也可能是费罗人发现了时间领主不想让人发现的东西。不管怎么说,他们最终都关闭了费罗之路,并扔下费罗人自生自灭。"

"感觉很严苛啊。"

"确实。没有虫洞通道,费罗人就难以为继。他们曾经发达的文明就这样逐渐凋零了。"

"只剩下最后一个虫洞,对吗?"

"最后的费罗之路。"

"为什么时间领主不把它也关闭了?"

"因为它被藏起来了。克拉拉,那是一条秘密通道,除了费罗人谁都不知晓它的存在。

"那它到底是什么?避难处?他们想找个地方躲起来等待时间领主消失?"

"有可能。"

克拉拉好奇地向前探出身子,"然后呢?快说呀,我知道你

---

[1] 博士活跃的时期,时间领主已经开始严格施行不干涉政策,不愿牵涉进欠发达星球的事务当中。但博士相信应该以积极的方式惩治宇宙间的恶势力。于是,时间领主强迫第二任博士重生并将其流放到地球,《神秘博士》老版剧集第六季第七集《战争游戏》就讲述了这段故事。

那种表情,就像吞了只黄蜂似的。"

博士的面颊抽搐了一下,"事实上,我好像把热巧克力弄反了。"

克拉拉接过博士那杯闻了闻,随后拉下脸来,"你说得对。"

"调味比想象的要复杂。"

"我猜那要看你从什么味道开始调。不管怎么说,继续刚才的话题吧。最后的费罗之路,它通往何处?"

"说真话?"博士盯着虚空。那种目光有时会让克拉拉感到害怕,仿佛他能穿透飞船的舱壁直接看到太空深处,"不知道,它应该不是通向仙女星系。不过,最关键的问题其实并不是费罗人。"

"还有别的?"

"这只是传闻,事实上已经跟传奇差不多了。就是那种远古失落文明常有的故事……然而它太过合理,让人难以忽视。"

克拉拉浑身一颤。博士表情黯然,似乎被迫走进了他认为不安全的地带,就像一个不得不穿过雷区的人。

"克拉拉,你可能还记得魅魔这种东西,也可能已经忘了,因为它的本质会影响人们的认知,通常还是以不同的方式……"

"魅魔?"克拉拉皱起眉,"嗯,我记得。它会变成你最想要的东西,无所不能。"

"没错。但魅魔不仅仅是能力超凡那么简单。它博取吸引和关注的能力极为有害,你已经知道兰斯洛特那些骑士的下场了[1]。那就是为什么它喜欢躲藏。改变外形只是它的伎俩之一,事实上,没有人确切知道它的力量和影响究竟大到何种程度。它是被制造出来的?还是一种生物?它有自我意识吗?所有人对它的认知都不尽相同,而它对每个人的影响也各不一样……魅魔以它激发出的感情为食,它贪婪地吸收欲望,纵情享受嫉妒。它极难寻觅,这也成就了它致命的吸引力。"博士悔恨地笑了笑,"求而不得最致命。"

"那这个魅魔跟费罗人以及虫洞有什么关系?"

"魅魔已经失踪了好几个世纪——谢天谢地。不过我听说魅魔的起源与费罗人有关。"

克拉拉直起身来,"你是说,他们发明了魅魔?"

"我不确定,不过他们确实将魅魔连同自己带进了墓穴。"

"我不明白。"

"克拉拉,我想魅魔正是时间领主关闭费罗之路的原因。"

"你是说,他们为了消灭魅魔,不惜灭绝了一个种族?"

博士夸张地耸了耸肩,"谁知道呢?反正我不知道。不过,如果这是真的……而最后的费罗虫洞被故意留了下来……"

---

[1]. 在BBC 2015年出版的《神秘博士》"新系列历险"小说《王族血裔》中,博士与克拉拉也曾遭遇魅魔。当时,魅魔伪装自己、暗中控制了一群骑士的意识,让他们形同空壳。

"那魅魔就有路可逃？"

"没错，只要得到一点儿帮助，就有可能。"

"帮助？谁想帮它啊？"

"我跟你一样没头绪。不过，我们正坐在这艘飞船上，而它正将我们带往最后的费罗虫洞。"

克拉拉明显感到很不舒服，"你是说，船上可能有人被魅魔蛊惑了？"

"克拉拉，每个人都有欲望。"

克拉拉想了想，她不难看出温特教授想要什么——她想找到费罗人，或他们的遗迹；马尔科·斯普里特想找到"迦太基号"和他母亲；丹·雷克想要……什么？跟杰姆一起退休，安享余生？那路易斯·克兰默和塔尼亚·福莱希呢，他们想要什么？雷蒙德·巴尔福又会想要什么？他不可能想要任何东西，因为他的财富可以让他得到一切。这里面没有人看起来像神秘吸引力的牺牲品。这一切都太让人困惑了。

"我们不知道，是因为还不够了解他们，对不对？"她问道。

"随着时间流逝，事情可能会清晰起来。"

她凝视着博士脸上的神情，想知道他是否有所计划。"或许我们应该多了解他们。"她提议道。

"但不要太投入了，克拉拉……"

"什么意思？"她瞪了他一眼，"因为这很危险？因为他们可能会死？"

"我们必须小心行事。"

"我不喜欢你的暗示。我不想只是……旁观，等着看是谁受了魅魔影响。我想帮助他们，提醒他们，阻止他们……"

她猛地站了起来，全身充满急切的能量，但博士一把便抓住她的手腕，双眼直直地凝视着她，"你想，你想……听听你自己说的话吧，克拉拉。"

"什么？"

"魅魔就是欲望。它会变成你想要的东西，变成你最渴望的东西。你离它越近，它就越吸引你，并在你身上施展力量。它会奴役你，把你榨干。"

克拉拉缓缓坐回床上，比刚才更困惑了，"那我们该怎么办？"

"这个嘛……"

这时候，飞船猛地一歪。转瞬之间，克拉拉就被抛到了舱室另一头，"怎么回事？"

博士迅速跳起来冲出了舱门，险些一头撞上马尔科·斯普里特。此人也是一脸震惊。

"出什么事了？"马尔科质问道。

博士一言不发地从他身边跑了过去。克拉拉还在疑惑马尔科在她舱门外做什么，可"亚历山德里亚号"又剧烈地晃了一下，把两人扔到了走廊的另一头，让克拉拉无暇顾及。不同舱室里都传出了喊声,她还看见塔尼亚·福莱希顶着蓬乱的头发从一扇门里探出头来。

"这船怎么了?"她大喊道。

又一扇门被打开,路易斯·克兰默跌跌撞撞地走了出来,"出什么事了?"

船舱底下传来一声尖锐又响亮的机械碰撞声,克拉拉心想情况一定非常糟糕。"亚历山德里亚号"又猛地震颤一下,博士回头看着她,眼中满是恐惧,"天体器[1]过载,"他大喊道,"飞船正在撕裂!"

---

1. 作者杜撰的天体设备,包括下文中的"天体反应堆""天体推进器"和"天体引擎"。

5

"亚历山德里亚号"的驾驶舱里到处闪烁着报警灯,刺耳的警报声响彻整个舱室。博士走到一排控制器前关掉警报,克拉拉跟在后面进入驾驶舱,依旧费劲地想要保持平衡。紧接着,马尔科和塔尼亚也走了进来。他们都想知道究竟出了什么事。

"所有人都坐下,闭上嘴。"博士坚定地说道。

"出什么事了?"雷蒙德·巴尔福也踉踉跄跄地走进了驾驶舱。

"包括你,"博士说道,"闭嘴。"

"嘿!"巴尔福直直地盯着他。这位富豪穿着花纹精美的丝绸睡袍,跟其他人一样,显然是飞船一出事就匆忙跑出了舱室。机器人楚格也跟他在一起,占掉了一大片空间,高高在上地对博士施以威压。"你不能这样对我说话!楚格!告诉他不能这样对我说话!"

"恐怕他已经这样对您说话了,先生。"机器人回应道。

"听着,如果真的发生了紧急情况,博士很可能帮得上忙。"

克拉拉很希望自己的声音听起来冷静而合理。

"如果?"巴尔福在一片闪烁的报警灯光中重复道。

"这船到底怎么回事?"泰贝莎·温特也走了进来,身后还跟着困惑又惊恐的路易斯·克兰默。这么一小会儿工夫,驾驶舱就已经变得拥挤不堪了。

博士跟丹·雷克都来到领航员的长椅旁,杰姆428号正像做噩梦的人一样辗转反侧。全息影像在她周围不断闪烁跳动。

"怎么了?"博士问道。

"不知道。"雷克用颤抖的声音回答,"前一秒还好好的,然后她就像癫痫发作似的,开始讲什么宇宙的声音。紧接着,飞船就乱套了。"

克拉拉指向全息观察仪的主屏幕,图像中间有个闪烁的小点,正向四周发出不规则的光束,"那是什么?"

"虫洞。"博士回答。

"我们本应再过十分钟才到达过渡点。"雷克告诉他们。

"'迦太基号'消失的坐标只是估算值。"马尔科指出,"他们将坐标与费罗地图比对过了,但误差在所难免。"

"没人怪你,斯普里特。"雷克低吼了一声,"我只是不知道发生了什么,杰姆也不知道。"

杰姆瞪大眼睛,呼吸越来越急促。博士迅速察看了她的状况,检查脉搏和增强端口。她挣扎着想说话,唾液开始在嘴角汇集。

"她发作了。"塔尼亚边说边靠了过去。

克拉拉在学校见过一个男生癫痫发作,对当时的无力与无助记忆犹新。而现在,她的心情也与那时一样。

雷克面色铁青,"我以前从没见过她这样。我该怎么做?"

"尽量稳定飞船。"博士告诉他。雷克点点头,缓缓退开,坐到船长座位上。

克拉拉又看了一眼全息观察仪,发现一团闪闪发光的能量越变越大。他们正飞速朝它撞去。

杰姆抬手抓住博士的胳膊,雪白的手指深深陷进他外套的深色面料里,"我能听见黑暗里的低语,那是我从未听过的声音,是在警告我们别再向前……"

"我们应该放弃任务。"雷克说道。

"不!"马尔科反对道,"不能!不行!巴尔福,告诉他!告诉他我们不能放弃任务!"

"你听见杰姆说的了!"雷克开始手动操作飞船,"我要掉头回去。"

"保持航线!"马尔科嘶吼道。

"是瑕疵,"杰姆喘息着,"是瑕疵……"

"她在说什么?"克拉拉问道。

"我不知道。"博士回答,"可能是烙印在虫洞中某种异常物质上的东西,被她的以太亚感官捕捉到了……"

"博士,你说的话我一个字都不明白。"雷克咬着牙说道。

"那不重要,"马尔科坚持道,"保持航线。"

"他说得对。"杰姆用恳求的目光看着雷克,"别停下,想想切西玛猎户星!"

雷克双手悬在了控制台上,"可是……"

"我们不能停下,"杰姆告诉他,"我们必须前进。"

一如往常,克拉拉看着博士,想得到他的建议、他的首肯,还有他的领导。然而这次,他一脸冰冷,表情难以分辨,连目光都难以解读。"博士?"她追问道。

"我想我们没有任何选择。"他回答道。

飞船又猛颤一下,这回深入到核心,整个驾驶舱的控制台都炸出了一片刺眼的火花。全息观察仪发出一阵诡异的光芒,一道道银光闪烁着从中心辐射出来,速度和强度越来越高,整个画面挤满疯狂窜动的脉冲纹路,同时中央渐渐现出一个黑色的小点。

克拉拉着迷地看着,黑点很快变成了一团黑球,光线弯曲着绕过它的外围。她从未见过如此纯粹的黑,一切都被反射出来,一切都被弯曲,那团黑暗仿佛是一块完美的球状镜。

"最后的费罗之路。"杰姆上气不接下气地说道。

"它怎么像颗球?"克拉拉问道。

"它不是球,"博士解释道,"虫洞过渡点是一种四维状态,可是全息影像只能解析三维,所以它能呈现的最接近的形态就是球体。"

黑球越变越大,最后填满整个画面。随后,它的中心现出一个奇怪的银色形状。克拉拉猜测那可能是"亚历山德里亚号"的倒影。她似乎能看出颜色了,那些色彩在表面形成漩涡,就像油浮在水上一样色彩斑斓。

"亚历山德里亚号"不再剧烈震颤,却有一阵阵深入骨髓的震动波及整个船身。难以想象的压力让飞船偶尔发出嘎吱嘎吱的挤压声。

"尽量稳住她,雷克船长。"博士说道。

散发着微光的黑暗覆盖了整个屏幕,漩涡般的色彩渐渐散开,直到整个驾驶舱再次陷入灰暗。

克拉拉伸手抓住博士的胳膊,只想确定他还在那里。电线短路造成的火花短暂地照亮了周围的人:杰姆苍白的脸上满是痛苦,雷克担忧地看着她;塔尼亚愣在原地,显然不知所措;蒂比·温特和巴尔福彼此搀扶,相互鼓励。

这时候,一声骇人的尖叫响彻驾驶舱,把每个人都吓了一跳。雷克瞬间跳起来,冲到杰姆身边,"怎么了?她怎么了?"

"她又发作了。"塔尼亚说道。

"她从没这样叫过。"

"那现在这样叫过了。"

博士紧紧抓住杰姆的双腕。她双眼凸起,口吐白沫,疯狂地甩着头。"亚历山德里亚号"也左摇右摆，引擎发出痛苦的咆哮。

克拉拉死死抓住领航员的长椅，"她不会有事吧？"

杰姆猛地躬起身子，拼命想清呕出堵住嗓子的东西。一阵吓人的咳喘过后，她瞪得凸起的双眼看着丹·雷克，眼中只剩下恐惧和痛苦。飞船不受控制地摇晃着。

博士看了一眼雷克，"我们得把她和飞船断开。"

"我们不能那样做，"塔尼亚说道，"她正带领飞船穿越虫洞，现在断开会害死她。"

"她被困在某种精神感应神游状态,那会把飞船撕成碎片！"

"我不想失去她！"雷克反对道。

"亚历山德里亚号"晃动得越来越疯狂。每块控制面板上闪烁的报警灯也越来越多。警报声再次响彻舱室。

"看在上帝的份儿上，快断开连接，不然我们都得死！"马尔科·斯普里特大叫道。

"你怎么改口了！"雷克龇牙咧嘴地看着他，然后转向博士，摇起了头，"我不能，博士！这会害死她。"

博士迎上他的目光，"虽说马尔科是个难以言喻的蠢货，但他说的有道理。如果我们不马上把她断开，飞船就会被摧毁，我们谁都别想活。"

雷克惊慌失措地看着杰姆。她的脸因痛苦而扭作一团，整条飞船都发出了同情的闷哼。

博士抓住他的胳膊，"只要我帮她分担一些精神感应压力，"他说道，"或许就能增加她的存活率。"

"那太冒险了，博士。"塔尼亚说道。

克拉拉认真看着博士，"那对你来说就不危险吗？"

"我们还有什么选择？"他反问道。

飞船突然一抖，几块控制面板火花四射，领航员长椅周围的全息影像全都乱了套，一股焦味充斥着驾驶舱，新的报警声响了起来。

博士转向雷克，"是时候抉择了，船长！"

雷克紧闭双眼，无声地点了点头。

博士立即行动起来。他将双手指尖覆在杰姆脸上，自己则闭上了眼睛。他的唇无声诉说着什么，眉毛拧在了一起。杰姆突然瘫软在长椅上，双臂滑落到两侧。

"趁现在。"博士咬牙说道。

塔尼亚着手断开连接领航员长椅与杰姆头顶端口的电缆。每拔出一根电缆，杰姆都会轻声呻吟，博士也会随之一颤。扭曲变形的全息影像逐个消失，最后所有缆线都被拔除了。

随后，突然传来一阵让人不安的动静，似乎是电梯笔直坠入了深井。克拉拉眼前只剩下一片深邃的黑暗，感觉就像双眼突然断了电，惊慌了一小会儿，以为自己瞎了。后来，她看到了控制台发出的微光，所有人都带着惊恐而宽慰的神情四下张望着，克拉拉意识到他们都经历了跟自己一样的感觉。最后，"亚历山德里亚号"终于平稳下来，引擎也不再嘶鸣。

"好了，"塔尼亚最后说道，"脉搏不明显，呼吸也很弱，但至少她还活着。"

博士猛地吸了一口气，仿佛刚结束长时间的潜泳浮上水面。他比平时更憔悴了，双眼下面挂着深重的阴影，布满皱纹的脸看起来像只揉皱的纸袋。

克拉拉扶他站起来。他突然显得又老又虚弱。"博士！你还好吧？"

此时，他平时明亮的双眼似乎无法聚焦，"从来没……感觉……这么好过……莎拉[1]。"

"莎拉？"

"我是说，克拉拉。你是克拉拉·奥斯瓦德，对不对？还有，你看起来糟透了。"

"嘿，你现在看起来也不怎么样。"

"我都两千岁了，而且脑子刚吸收掉一大波精神反噬，你又有什么借口？"博士说完，突然竖起手指按住她的嘴唇，"嘘！别管那个了，你听。"

"我什么都听不到。"克拉拉说道。

---

1. 即莎拉·简·史密斯，第三任和第四任博士的同伴，是博士心中少数几个"最好的朋友"之一。

"那就对了。"

此时，飞船笼罩在一片怪异的寂静中。雷克又看了看几块控制面板，然后说道："引擎熄火了，我们现在一点动力都没有。"

"瞧。"蒂比指着全息观察仪说道。

屏幕上只有一片彻底的黑暗，似乎还涌了出来，包裹着整间船舱。唯一的光源就是闪烁的控制面板和监控器。

"我们离开虫洞了。"雷克说道。

路易斯·克兰默察看着一块仪表盘，"它不见了——整个虫洞都坍塌了！"

他们再次望向全息影像，但上面还是只有一片黑暗。

"外面什么都没有。"蒂比的声音空洞得有些诡异，"一点儿东西都没有。"

"谁能告诉我到底发生了什么吗？"雷蒙德·巴尔福问道。

"我们飘浮在星系间的深空里，"博士回答，"就像黑暗中的一粒微尘。"

"没错。"一个身穿连体工作服、头戴棒球帽的瘦高老人走进驾驶舱说道。他来到门口就停下了脚步，因为舱室里挤满了人，而且所有人都在看着他。

"各位，这是米奇·凯勒，我的轮机长。"雷克说道，"如果他离开轮机舱来到这里，那就意味着情况真的很糟糕。米奇，说来听听吧。"

米奇理了理帽子说道:"我不知道刚才究竟出了什么事,只知道超光速推进器被炸得粉碎。霍波正在底下发脾气呢。"

"老天,你就不能直接说那是什么意思吗?"马尔科不耐烦地问。

"意思是,没有引擎,"米奇回答道,"我们就成了水中亡灵。"

"水中亡灵?"

"那是一个很古老的航海说法,"博士平静地解释道,"意思是无风鼓帆,无路可走,任由大海摆布。"

巴尔福上前一步,"凯勒先生——如果你能想办法让'亚历山德里亚号'动起来,将会得到一笔丰厚的奖金。"

"那我猜能替你省点钱了,"米奇说道,"因为这个小宝贝哪儿都去不了,无论你朝它扔多少钱都没用。"

"但你总能做点什么!"马尔科·斯普里特终于忍不住说道。他听起来已经濒临崩溃边缘,"为了所有人!"

米奇愁眉苦脸地看着他,"你觉得我想跟你一起受困?"

"凯勒先生,我们真的被困住了吗?"蒂比问道。

"很抱歉,小姐,"米奇摘下帽子,尴尬地抓在手上,"我并不想让你苦恼。"

"可你让我们所有人都苦恼了!"马尔科激动地说道,"不管有没有钱,这艘飞船的引擎和运作都归你管。所以凯勒,我建议你负起责任来。"

"斯普里特，够了！"雷克呵斥道，"这里由我来指挥，不是你。"

马尔科抱着胳膊望向别处，米奇瞪了他一会儿，随后重重地坐到座位上，"引擎都废了，再怎么指挥也没用。"

"我真的不明白。"巴尔福看起来十分困惑，"我买了最好的飞船，请了最好的船员，用的是最好的引擎……我不明白为何还会出错。"

"可能你忘记买最好的运气了。"博士说道。

巴尔福猛地抬起头，"这是什么意思？"

"就算你拥有全星系最巨大的财富，也不代表能走运。"博士想了想，然后对克拉拉说道："我该把这句话记下来。"

"现在我们彻底失去了动力，可你看起来好像并不十分担心。"巴尔福指出。

博士一脸茫然，"我为什么要担心，要修好那东西简直易如反掌。"

"那你还在这儿做什么？"马尔科夺过了话头，"赶紧去修啊！"

博士冷冷地盯着他，指了指依旧占据着整个全息影像的深邃黑暗，"瞧瞧外面，除了真空和暗物质外，什么都没有。粗略估计一下，我们应该在银河系和相邻星系中间。这边儿是一百二十五万光年的真空,那边儿也是一百二十五万光年的真空。就算我们有动力,也得花好多年才能回家。"

克拉拉咽了一口唾沫,"你是说,我们就像被困在汪洋大海里的一艘小划艇上,而且还没有船桨?"

"可要是能修好引擎,"马尔科说道,"我们就能掉头再次穿过虫洞……"

"虫洞已经坍塌了,"博士告诉他,"所以我们才会出现在这鸟不拉屎的地方。"

沉默再次笼罩了整个驾驶舱。

"抱歉。"博士说道,"总之不管有没有动力,我们都无法回头了。"

6

克拉拉深吸一口气,强迫自己露出微笑。现在需要打起精神来。"那好吧,"她开朗地说道,"这不是问题,而是挑战。接下来,我们该做什么?"

"思考。"博士回答道,"提问:虫洞为何坍塌?"

一张张茫然的脸回望着他。

"我可不打算讲笑话,"他提醒道,"我要听答案。"

"杰姆提到过什么瑕疵,"克拉拉回答,"跟这个有关系吗?"

"你确实说过虫洞并非自然形成,而是后天建造,"路易斯·克兰默说道,"或许它只是太老旧了——不完美。"

"你是说负能量的密度可能随着时间推移消散了?"

博士开始绕着驾驶舱踱步。

"对,有可能,从它内部异常物质的情况来看,完全有可能。可如果是那样,那我们一进入这脆弱的虫洞,就应该马上引发坍塌。可它还是先把我们带到了如此遥远的地方。为什么?"

"可能它确实起作用了?"克拉拉问道。

"是的,"博士赞同道,"那就是我的想法。虫洞起作用了——把我们带到了这里。"

"你是说我们本就应该飘浮在这片什么都不是的地方?"米奇问道。

"宇宙中不存在什么都不是的地方。不管我们身在何处,必然都是在某个地方。"

"某个特定的地方。"雷克领悟到了,"如果博士说得对,那我们在这里肯定有原因。大家一起想想吧。"

博士眼中闪过满意的神情。克拉拉不禁心想,她偶尔碰巧说出他已经在酝酿的想法时,博士是否也会露出那种表情。随后她又猜测,当有学生说出阅读理解练习题的正确答案时,她脸上说不定也是那种表情。

蒂比·温特拿起一块平板电脑,"我们连接到飞船导航矩阵里吧。如果用上一个已知地点与费罗地图进行搜索匹配,或许能计算出目前所在的位置。"

"好主意。"雷克说着,跟她一起在控制台前操作起来,"很高兴你能帮忙。"

"这让你心里暖暖的,是不是?"博士问道。

"看着人们一起工作、一起努力?"克拉拉点着头。她经常在班上做分组练习时看到这样的光景,这种感觉很不错。不过,教室里总会有那么一个人不愿意参与任何活动，就像马尔科·斯普里特。他站在驾驶舱一角，闷闷不乐地看着其他人。

"我想喝燕麦粥。"博士说道，"不知道你们怎么样，反正我饿坏了。"

克拉拉看着他，"燕麦粥？你是认真的？"

"我的不加糖，"博士说道，"只要一小撮盐。"

"我可没想给你做早餐，我又不是你妈。"

"可我给你做热巧克力了。"

"是啊……用循环……的东西。"

"我怀疑巴尔福的仓库里不会有燕麦，所以你当然得用食物制造机。记住，在这艘船上，你想吃东西只能找它。全部循环利用。楚格能帮你。"

听到自己的名字，机器人发出嗡鸣："先生？"

"你会做燕麦粥吗，楚格？"克拉拉问道。

"会的，小姐。"机器人花了大约两秒钟才给出答案。克拉拉猜测它在下载记忆库里的资料。"很简单，只要设定好程序，让循环器提取出正确比例的葡聚糖、饱和脂肪、胆固醇、碳水化合物和……"

"仔细想想，还是算了吧。"博士说道。

"这就像大海捞针，"雷克抱怨道，"不过我们没有大海也没有针。周围什么都没有。"

"外面一定有东西。"克兰默说道,"你范围最大的扫描器是什么?"

"天文激光和宽波束光谱仪。"雷克回答,"你可别误会了,'亚历山德里亚号'是装配了最新型、最高端的器材,可如果外面什么都没有,眼神再好也没用。"

"但如果我们能把周围的空间体分段,并轮流检测每一段,将其匹配到虫洞地图上……"

雷克叹了口气,"我会尽力尝试。"

"外面有东西。"杰姆说道。她刚才一直在领航员长椅上休息,看起来苍白而苦恼,"它在等我们,丹……"

"你是说'瑕疵'?"

杰姆低下头,"我不知道。"

"你还好吧?"

"只是有点累,可我还是想做点儿什么。我真想知道我们为什么会被带到这里来。"

"你在想什么呢?"克拉拉小声问道。

她靠在能够俯视整个驾驶舱的外围控制板上。

博士站在她身边,目光阴沉。克拉拉有时觉得,光是那两条凶眉毛的能量就足以给一座大城市供电好几个星期了。

"克拉拉,这里所有人都有想要的东西,我说的可不是早餐。"

"我知道。首先,我们都想离开这里。回家,过自己的生活,改改作业。"

"不,我不是那个意思。我说的不仅仅是生存。生存太无聊了,那是所有生命的本能需求。我说的是欲望。"

"你是说魅魔。"

"某种东西把我们带到了这里,克拉拉。它把我们诱进了虫洞。杰姆知道,她能感觉到。"

"'瑕疵'?"

"有可能。"

博士继续凝视着克隆人领航员。她正在与雷克研究扫描器的数据,寻找虚空中一切微小的存在。全息影像飘浮在空中,显示出他们探测到的画面,以及远距离传感器的扫描情况。

"杰姆态度很积极。"克拉拉指出,"就连雷克想要返航时,她也坚持继续航行。"

"确实。"

"她似乎被什么东西驱使着,会不会是魅魔?"

博士耸了耸肩,"克拉拉,这就是魅魔的麻烦所在。一切都很难分辨。要记得,杰姆是个克隆人领航员,她的基因经过改造,专门用以感知暗物质中的亚以太波动。无论是什么诱引我们穿过虫洞,她都一定能感知到。"

"她说她听见了声音。"克拉拉说道。

"唔……"

"你这是在故作神秘,我讨厌你故作神秘。"

"你才不讨厌呢,你可喜欢了。那别人呢?"

"雷克想退休照顾杰姆,所以他需要巴尔福的钱。"

"嗯哼。"

"蒂比想了解费罗人的末路。"

"马尔科呢?"博士问道。

马尔科·斯普里特就站在不远处,一脸坏笑地盯着弯腰注视屏幕的蒂比。"我猜,我们都知道他想要什么。"克拉拉一脸恶心地说道。

"'迦太基号'?"博士问。

"我可没说是那个,不过你说得对。但我认为,他其实并不关心'迦太基号'的遭遇,只是想找回妈妈。家庭是个充满力量的存在,血浓于水之类的。"

"你有可能说对了。"

克拉拉坐回去想了一会儿,"好吧,每个人都有想要的东西,但他们都不需要通过魅魔来得到。"

"那雷蒙德·巴尔福呢?"

雷克和杰姆正在飞船控制台旁研究远距离传感器的数据,巴尔福就站在旁边,双手插在睡袍口袋里。克拉拉仔细打量着他。

"他是银河系最富有的人之一。"博士说道,"他能得到任何想要的东西,什么都能用钱买到。我说的可不是高速飞船或行星这种小物件,巴尔福能买下整个恒星系。单是在卡拉布索银行[1],他就有好几个数万亿信用点的账户。所以,他会想要什么?"

"冒险?"

"什么意思?"

"他很无聊,可能已经富有得无须在乎金钱。但是他很无聊,无事可做,没有奋斗的目标。所以,他想要冒险。"

博士想了想,"克拉拉,用钱可买不到冒险。"

"但巴尔福也许觉得他可以。"

"那都不重要了,反正我们还被困在这片黑暗里。"忽然,博士猛地直起身子,瞪大了眼睛,"哦!"

"怎么了?神秘和神经还是有区别的,你是哪个?"

"天才。我是天才!"博士匆匆跑到雷克和杰姆正在忙碌的控制台区域。

"那就是神经了。"克拉拉边说边跟了过去。

"我有个主意。"博士说道。

---

1. 博士宇宙中银河系最安全的银行。

雷克靠在椅子上，一脸恼怒，"那真是个好消息，因为我已经没主意了。"

克兰默疲惫地揉了揉脸，"我们用了每一种远距离多功能探测器，但除了真空中必然存在的夸克粒子和胶子场波动，别的啥都没找到。外面就是一片虚空，什么都没有。"

"你说错了，"博士回答，"还有暗物质。记得吗？太空中充满暗物质。"

"我想我知道博士的主意是什么了。"杰姆说道。

"什么？"雷克看着两人问道。

博士看起来十分苦恼，"你不会喜欢这个主意的。"

"为什么？"

杰姆接过了话头："你知道的，我能感知暗物质里的波动。这就是我了解宇宙的方式，也是我作为领航员被赋予的功能。"

雷克立刻警觉起来，"首先，你不只是具有某种功能，你是一个人。其次，你不能回到那张领航员长椅上。"他转身看着博士，"绝对不能。上次你也看到了，那东西差点害死她。"

"我知道，船长，但这很重要……"

"重要得足以赌上她的性命？"

"我们所有人都性命堪忧。"博士说道。

"上回你也是这么说的。我们必须中途把杰姆断开，那险些把她害死，还有你。"

"但这回飞船不会开起来。"博士争论道,"我们飘浮在太空里,她不需要领航,只需要感知暗物质,观察周围有什么东西。"

杰姆点了点头,"我有可能找到扫描器无法探测出的东西。"

"丹说得没错,博士。"克拉拉说道。虽然雷克拼命保持理智,但克拉拉能看出他眼中的痛苦,"我们不能再让杰姆冒生命危险了。"

"我同意。"塔尼亚·福莱希说道,"不能这么做。"

"那仅剩的选择就是,继续漫无目的地飘浮,并祈祷我们能在这片虚空中碰到点儿什么。"博士戳了戳全息观察仪,"我可不喜欢那样,你们呢?"

"我必须将杰姆的健康放在首位。"

"我们不能那样要求她,博士。"

"你们不必要求。"杰姆厉声说完,便躺到了领航员长椅上,"我自有主意。我想这么做。把我连接上去吧。"

"你确定?"博士问道。

"是的。"杰姆很是坚定。

"你们俩都疯了,而且不负责任。"塔尼亚说道。

"可我们还活着。"博士回答。

雷克瞪了他一眼,"要是她出点儿什么事……"他说到一半停了下来,转而专注于为杰姆连接各种缆线。随着每一根缆线连接到位,长椅控制台上的显示器也都依次亮了起来。

"她不会有事吧？"克拉拉问博士。

"不会的。"他飞快地回答。

克拉拉转头看着杰姆，心里还是没底。她头上的端口已经连接了许多缆线，领航员控制台再次发出嗡鸣。

"我登入了。"杰姆闭上眼睛，低声说道。显示器闪了闪，随后她身边就出现了许多全息影像。

"别勉强自己。"雷克说道。

塔尼亚接过话头："一遇到麻烦，就马上退出，懂了吗？"

"我很好，没问题。"

克拉拉转身问博士："她一点都不好，对不对？"

"她正在感应以非重子暗物质为形式，存在于局部空间里的以太超弦。"博士安静地说道，"人类本不该有这种本事，可她的基因被修改并增强，已经超越了人类。克拉拉，你说谁又能看出她是否安好呢？"

杰姆闭着眼睛，呼吸深沉，就像睡着了一般。没有人发出任何声音，雷克则不断检查着领航员监控器和全息影像。

"没有……什么都没有……"他低语道，"她在各个空间层次都一无所获。"

博士举起一只拳头按在嘴边，聚精会神，目光轮番扫过杰姆和全息影像，眉毛拧成了深深的"V"字。他希望领航员能在这片无底的虚空中找到点什么东西……任何东西。

雷克切换了一连串全息影像。在克拉拉眼中,那些都是飘浮在空中深浅不同的深色斑点。"还是什么都没有。"他说道。

博士紧紧握着拳头,连指关节都开始发白。"加油,杰姆……加油……"他喃喃道,"找到轴子弦……找到节点……找到某种东西。"

杰姆的呼吸逐渐加快,手指抽搐起来。全息影像开始旋转闪烁,不断变化着。

"她在加快速度,"雷克说道,"在所有层次中循环。她一定没多少时间了。"

"可以慢慢来,"博士提醒道,"没必要赶时间……"

"你不明白,"雷克继续道,"她一定十分痛苦。她想在自己崩溃之前尽量完成更多搜寻。"

"让她停下来。"塔尼亚催促道,"如果很痛苦,就马上让她停下来。"

"等她找到点儿什么再说,"博士说道,"外面一定有东西,而她一定能找到。"

克拉拉一脸惊恐,"可她正在承受痛苦啊。"

"没有痛苦就没有收获。"

所有人的注意力都集中在了杰姆身上。长椅旁的全息影像映出了她在虚空中的探索。她将意识远远延伸到"亚历山德里亚号"的界限之外。所有人都一言不发地看着。蒂比、克兰默、塔尼亚、马尔科、巴尔福和米奇都站在博士与克拉拉周围,看着雷克反复观察导航屏幕。

突然,杰姆惊呼一声,"找到了!"

雷克马上动手关闭长椅的电源,与此同时博士也扑了过去。他修长灵巧的手指在杰姆头上飞快操作着,把一根根导航线缆从植入端口中拔出来。全息影像陆续消失,长椅周围的显示器也渐渐黯淡下来。

"她还好吧?"博士问道。

雷克扶杰姆坐了起来。她看上去筋疲力尽,"我觉得还可以。"

"你找到什么了?"博士又问道。

杰姆睁着眼,目光却没有聚焦在眼前的任何事物上。她张着嘴,却没有发出任何声音,仿佛还在斟酌该如何描述自己发现的东西。"黑暗深处……"她轻声说着,所有人都屏息倾听,"距离很远……那只是虚空中的一个回响,就像有个声音在听觉边缘呼唤我。"

"声音?"博士凑近了些,"它说什么了?"

"不知道,我从未听过那样的声音。就算那些都是话语,我也无法理解。"

"真是白费劲。"马尔科说道。

"闭上你的嘴!"雷克飞快转身呵斥道。

"这完全是浪费时间和精力。"马尔科大声坚持道。

"马尔科,安静。"蒂比告诉他,"让杰姆说话。"

"没关系,不要紧。"杰姆抬起一只苍白的手,"我不明白那个声音在说什么,可我知道他们在呼唤我,呼唤我们。"

克拉拉感到全身一阵冰凉。她看着博士,可他面无表情,半虚着双眼,很难看出在想什么。不过克拉拉觉得,那肯定不是好事。

"但我得说,这有点儿不太可能。"克兰默质疑道,"太空里怎么会有声音?"

"这是杰姆对暗物质引力波动的解读,"博士说道,"她在尝试描述不可描述之物。她的大脑会努力找到一种方式去理解那些东西,难道这很奇怪吗?毕竟基因改造和外科手术能做到的非常有限。但好消息是,她终于找到点儿东西了。更好的消息是,那就意味着外面确实有东西,我们能找到的某种东西。"他指着雷克,"船长,察看一遍领航员日志吧,上面会记录杰姆听到声音时的坐标数据。将数据与我们现在的位置匹配一下,看看会发生什么。"

雷克马上着手调取传感器数据,博士则突然充满力量,绕着驾驶舱转起了圈儿,"我们要找的东西深藏在黑暗之中,目不可视……但我们处在有利地位,因为我们知道它就在那儿。"

克拉拉感到心跳开始加速,仿佛正在穿过一个漆黑的房间,伸手摸索着墙壁、家具,以及任何她能触碰到的东西。这种感觉既刺激又吓人。

"找到了。"雷克转过身来面对大家,脸上夹杂着既震惊又兴奋的神情,"博士说得对,杰姆找到了某种东西。"

7

那颗星球清晰可见。放大到最大倍率后,全息影像显示出一颗暗淡的灰色球体,在黑暗中缓缓转动。

"暗世界。"路易斯·克兰默说道。

"不太对。"雷克回答,"屏幕上虽然看不到,不过确实还有一颗恒星,我们看到的这颗是环绕它运行的唯一一颗行星。"

"暗世界是什么?"克拉拉问道。

"孤独的行星,没有恒星也没有轨道,在宇宙中漂泊。"博士解释道。他聚精会神地研究着全息影像,"不过它并不是——你瞧行星表面反射的微弱光亮。这是个孤独的太阳系,只有一颗恒星和它唯一的行星,迷失在星系之间,没有归宿。"

克兰默从飞船扫描器中调出了更多资料,"这颗恒星是一颗无自转的中子星,很难发现。不过倒是有很多热辐射。"

"一颗正在死亡的恒星,"博士说道,"在虚空中流血。"

"这颗行星非常小,直径只有七千千米,不过密度为五点五克每立方厘米。重力应该跟地球差不多。"

"距离有多远?"博士问道。

"大约七千天文单位[1]。"

"一光年多一点儿。"

"不过没什么意义,毕竟我们没有动力。"雷克说道。

所有人都盯着全息影像,陷入了冰冷的沉默。放大后的图像分辨率无比清晰,那颗星球看起来似乎触手可及。图像上还能看到极可能是山峰的脊状线条,还有那可能是云朵的模糊暗色漩涡。

"我们需要一个奇迹。"米奇·凯勒说道。

"对,"霍波此时才走进驾驶舱了解最新进展,"一个拿时间和空间当笑话的奇迹。"

"我用的词是'自惭形秽'。"博士盯着那颗行星说道,"不过你们就别指望我的塔迪斯了,因为用不上。我们能开'亚历山德里亚号'过去,你们俩只需用多维空间励磁线圈[2]发动次级动力元件[3],然后点燃引擎就好了。"

"啥?"米奇不解地问。

博士看着他们,就像答案已经很明显似的,"别告诉我你没想到过这个。"

"这主意太蠢了。"霍波抱着胳膊沉下脸,表达她的笃定,

---
1. 1天文单位=1.496亿千米
2. 2、3均为作者杜撰。

"不可能。"

"相信我,"博士告诉她,"会有用的。"

米奇和霍波面面相觑,他们正与博士站在轮机舱中。博士下来后,用他上衣口袋里某种便携式诊断工具扫描了发动机组。绿光在离子推进器上照了几秒钟,博士似乎对他看到的结果十分满意。

"你们最基本的问题是缺少推进力,"他解释道,"只要能激活超光速推进器的发动机,它就能正常运转。所以我们可以利用次级离子推进器元件。"

"做不到。"霍波回答,"而且我的离子接合器不见了,不在工具箱里,到处都找不到。"

"你不需要用到离子接合器,"米奇说道,"可以手动操作。虽然很麻烦,但我感觉博士说得有道理。"

她看着米奇,似乎觉得老人疯了,"麻烦?我不介意麻烦。不过这个……好吧,如果真能行,那就是……那就是……"

"一个奇迹?"

"给,"博士说着,朝霍波扔了个工具,她伸手接住了,"音速起子,设置到 $\gamma\alpha 2\pi$,然后重启。"

霍波打量着手上的起子。这东西沉甸甸的,金属扣爪里安装着收发器,还有个黄铜色和象牙色的手柄。她从未见过这种东西,于是把起子抛到空中接住,耸了耸肩,"给我一个小时。"说完便走向超光速推进器发动机。

"她能行吗？"博士问米奇。

老人笑了几声，"她睡着觉都能行。我这儿装的——"他敲了敲脑袋，"都是陈腔滥调，霍波才是未来。"

"他们说老机师从不退休……"

"活到老，干到老。"米奇耸了耸肩，"可能是吧。我这次来只是给丹·雷克帮个忙。他还是太空部队年轻能干的飞行员时，我就给他当机师。"

"那霍波呢？"

"从温德利斯克船厂里捡来的。当时，她就像一只在航站里流浪的耗子，但十岁就已经知道如何拆卸离子推进器了。自学的，天赋异禀。但当局准备给她做强化改造，把她编入服务计划，所以我就把她带走了。"米奇吸了吸鼻子，"我从来都不喜欢那些当官的。"

"我也是。"博士应和道。

"我不喜欢那颗行星的样子。"马尔科告诉塔尼亚·福莱希。

他们站在驾驶舱主屏幕前，距离近得伸手便能触碰到全息影像。事实上，马尔科确实向那个浮在空中兀自旋转的微小灰色世界伸出了手。他的指尖触碰到影像表面，然后穿了过去，仿佛那里什么都没有。

塔尼亚浑身一颤,"它看起来又冷又黑。"

"我怀疑那上面的环境并不友好。"克兰默赞同道。他正用一台掌上电脑察看着数据,"我下载了'亚历山德里亚号'的远距离初步扫描数据。这颗行星虽小,但密度却很高,这就意味着上面有足够的引力,甚至可能有大气。不过,里面的空气极可能带有剧毒。我看数据上显示着氢硫化铵、水冰、甲烷冰……行星表面还会遭到中子星的强烈电子轰击和辐射。"

"那我们就是刚出狼窝又入虎穴了。"塔尼亚说道。

"不过,博士说我们穿过虫洞必然事出有因。"蒂比争辩道,"那颗星球一定很重要,因为它是这一带除我们之外唯一的东西。"

"博士说……"马尔科轻蔑地学舌道,"我可不像你这般相信那个博士的话,而且我认为克兰默也不相信他。"

克兰默挠了挠胡子,"目前为止,尚没有切实证据支持博士说的话。"

蒂比夸张地叹了口气,"不过只要有机会,任何能够解读费罗人历史的机会,我们至少也要去那颗行星探索一番。我们都走了这么远了……现在掉头回去毫无意义。"

马尔科的嘴巴抿成了一条直线,他可不太高兴,"好吧,既然你这么想……教授,我就姑且同意吧。但我还是不信任那个博士。"

"你什么意思?"克兰默问道。

"他有事瞒着我们。他知道的比表面看起来要多。"

"那都是你瞎猜的。"蒂比反驳道。

"是吗?那他为何不早点告诉机师如何修复引擎?仔细想想,他怎么知道外面有颗行星?"马尔科转头看着刚从轮机舱回到驾驶舱的博士。他正跟那个可爱的年轻朋友说话。"我告诉你,他们有阴谋。他们有自己的计划——而且跟我们毫无关系。"

"杰姆好像有点问题。"博士回到驾驶舱后,克拉拉告诉他。

博士随即向领航员长椅走去。杰姆正躺在上面,双目紧闭,呼吸微弱。雷克面带忧虑地检查着长椅上的设备,塔尼亚则去照顾杰姆。

"我觉得她正在陷入昏迷。"塔尼亚说道。

博士迅速察看了杰姆的头部。"初级神经植入端口过载了。"他的声音里带着愤怒,"你们人类怎么回事?总是胡乱改造大自然赋予你们的东西。要么用安全别针穿鼻孔,要么用大头针穿舌头,要么是颅内端口植入,要么是大脑硬接线!你们为何要对彼此做这种事?"

"我们必须移除植入端口。"雷克说着,从领航员控制台的抽屉里拿出一只细长的金属盒,里面装着一套金属棒。克拉拉感觉那像是外科手术器材与工具盒的混合体。雷克顿了顿,把盒子递给了塔尼亚·福莱希。

"杰姆颅骨内的增强端口与烙印在大脑中的超导矩阵相连接，"博士对克拉拉解释道，"移除一个端口应该不会破坏矩阵。"

"好吧。"克拉拉还是不太明白。

"杰姆，听我说，"塔尼亚柔声道，"我们得把你的初级神经植入端口拿掉，听到了吗？"

杰姆点了点头，但没有睁开眼。很明显，她正在忍受巨大的痛苦。

"我会尽快完成。"塔尼亚说完，又看了看博士和雷克，"你们能按住她吗？"

博士双手放在杰姆头部两侧将她稳住，雷克则走到另一边按住了她的肩膀。塔尼亚拿起金属盒里的工具操作起来，看上去十分专业。克拉拉估摸她不到一分钟就解开了固定端口的东西，并将其缓缓抽出。那东西嵌在杰姆的颅骨上，看起来像个一厘米高的金属小圆筒。

"谢谢你。"杰姆低声说道。

塔尼亚把圆筒递给博士，又从工具盒里拿出一个空白模具，熟练地填补上空洞。"不用谢。"她回答。

"我能做些什么吗？"克拉拉在一旁看着，这情景让她有些反胃。说不定有点儿事做会好一些。

"当然。"塔尼亚把盒子递给她，"里面有杀菌灯和包扎用品。"

克拉拉从盒子里找到了她说的东西。杀菌灯跟小手电筒差不多，根据上面印的说明，只需对创口进行三秒照射即可杀灭一切细菌。她忙碌起来，博士则在一旁检查塔尼亚刚刚取下来的植入端口。

"连接箔烧坏了，"博士说道，"这东西已经废了。"他一脸厌恶地将它扔到旁边，"这东西向来毫无用处。"

"杰姆从来没主动要求自己被弄成这个样子，"雷克生气地说道，"可我一直都尽力为她着想。实施人体改造的可不是我。"

博士没有说话，或许他并不知道该说些什么。

杰姆睁开眼睛，对雷克微笑道："没关系，别担心了。"

"你说得倒容易。"

"我们还在这里，我们还在一起，这样就够了。"

"是啊。"他捏了捏她的手，强迫自己露出微笑。

"很久以前，人们会给出故障的机器来上一拳。"米奇说道，"这在那些固态电子装置上经常很管用。"

霍波正要爬进一个舱口，往那又大又亮的机器元件内部去，里面装着她要找的多维空间发动机线圈，"老日子万岁。"

"嘿，别对我以貌取人。我脸上这些都是笑纹，仅此而已。"

米奇靠在一台发动机组上看着霍波干活，机组冰凉刺骨。老实说，他对博士的主意持怀疑态度——不过，他们总得做点什么，让霍波保持忙碌也挺好。

每次霍波使用博士的起子，舱口都会传出一阵闪烁的绿光，还伴随着一阵尖利的嗡鸣。几分钟后，霍波的声音也从机组深处传了出来："这是世界上最酷的东西。"

"你是在夸赞什么吗？"米奇问道，"如果是，你得提醒我做好心理准备。我已经老得经受不住打击了。"

"我还以为是天体辐射把你头发变白的呢！"

"管好你的嘴，孩子。"

随后，霍波从舱口钻了出来，头发已乱成鸟窝，脸上还多了一大块油渍。她拿开叼在嘴里的起子，腾出嘴说道："你打算坐在那儿看我干活吗？"

"嘿，这儿管事的是我。脏活儿都由你干，我只管看着，这就是规矩。"

"啥时候定的规矩？"

"从一开始就是如此。我像你这么大的时候，身上的机油就没干过，每五分钟就得阻止一次天体反应堆热崩溃。那回在一条船上，我整整三个星期都没见着阳光。"

霍波嬉笑道："老日子一定很苦吧？"

"瞧把你高兴的，赶紧回去干活儿。"

她转了一下音速起子，再次爬到多维空间发动机内部，"至少我们在船上总算有活干了！"

克拉拉把博士拉到一旁。"别对雷克这么苛刻,"她悄声说道,"他对杰姆已经尽心尽力了。"

"我觉得她比他更痛苦。"博士意味深长地拍了拍脑袋。

"我记得是你提议把她重新连到船上的。"克拉拉看了一眼手牵手的飞行员和杰姆,雷克有点惊慌失措地咬着嘴唇,"总之,有时候眼看着心爱的人承受痛苦更为不易。她能好起来吗?"

"她很虚弱。"博士似乎想要打破沉寂,"不过,雷克能让她保持坚强。她能好起来。"

突然,一阵沉闷的声音响彻整个舱室,周围的灯全都亮了起来。所有人都面面相觑,挂着惊喜与期待的表情。响声越来越低沉,一阵轻微的震动蔓延至整艘飞船。

"请告诉我这是引擎启动了。"克拉拉说道。

驾驶控制台亮起了更多灯光。雷克在座位上操作起来,"超光速推进器的发动机启动了。他们成功了!女士们、先生们,我们已经恢复航行。"

周围响起一片掌声和稀疏的欢呼声。雷蒙德·巴尔福仿佛要流下欣慰的泪水,塔尼亚则一把抱住了克兰默。杰姆面带微笑,看着在控制台前忙碌的雷克。他似乎坐得比刚才更直了,在进行常规检查和航行准备时,脸上也重现出冷静专注的神情。整个驾驶舱突然感觉明亮了许多。

随后，舱门打开了，米奇跟霍波在一阵欢呼和掌声中走了进来。霍波带着半是微笑半是皱眉的奇怪表情，米奇则忙着用一块抹布擦手。

巴尔福穿过舱室迎接他们。"干得好。"他说道，"太漂亮了！我就知道你们能做到。"

"嗯，我们起航了，这才是最重要的。"米奇说道，"你该感谢博士和霍波。主意是博士出的，脏活儿是霍波干的。"

"嗨，博士。"霍波隔着驾驶舱把音速起子扔了过去，博士一把接住，"你这工具太棒了。"

"我更喜欢'功能强大'这种说法。"博士回答道，"不过还是谢了。"

"下次再让我拿到手上，你就别想要回去了。"

"好了，各位。"雷克宣布道，"我们正式恢复成一艘飞船了。要去哪里？"

博士指着全息影像上的行星，"我想我们都知道答案。"

"或许我们该投票决定。"克兰默提议道，"现在我们有动力了，就不应该浪费。"

"呃，问题就在于此。"米奇往后推开棒球帽，挠了挠额头。他的语气十分严肃，所有人的目光都移了过来，"我们恢复了离子推进器，因此可以航行。可我们不得不把所有能源都分流给引擎。"

他稍做停顿,好让大家能思考一下他的话。

"有什么问题吗?"马尔科问道。

"所有能源。"霍波加重语气强调了一遍。

"我们能动了,"米奇解释道,"但别的全都完蛋了。没有多余的能源,这就意味着所有生命维持系统都彻底失效了,也就是没有空气,没有食物和水。"

"我们应该有足够的储备吧?"蒂比问道。

米奇耸了耸肩,"抱歉,小姐。船上的食物和水只在需要时才会制造出来,可我们现在没办法了。至于空气能支撑多久——这我真不知道。我们处在一个密闭的空间里,有十一个人共同呼吸着舱内的空气。"

"所以这不再是一艘宇宙飞船了,"克兰默说道,"而是一口会飞的棺材。"

8

"我们要么在这里窒息而死,要么在空气有毒的行星上着陆。"马尔科·斯普里特说道,"这有得选吗?"

"亚历山德里亚号"将目的地设定为那颗失落的星球,全速航行。雷克估计他们一小时内就能到达。

"我们有太空服,"巴尔福的声音有些颤抖,仿佛还在努力接受事态的严重性,"都是最顶尖的太空服,我特别定制的,能保证我们适应环境、生存下来。"

"是啊,但是能保证多久呢?"塔尼亚·福莱希问道。

"每套太空服的空气和过滤装置都足够维持七十二小时,"雷克回答,"但问题是水和食物。"

"所以我们穿上太空服,最多能活三天。"塔尼亚高举双手,"真是太棒了。"

"除此之外,我们别无选择。"巴尔福回击道。

克拉拉有点心疼他,因为现在就连楚格都帮不上忙,而且再多的钱也没法把他们救出去。不过,有一样东西可以。她和博士还藏着一张王牌。她转过身去,意味深长地看了博士一眼。

然而,他还是那副老样子,扬起眉毛说道:"干什么?"

克拉拉用嘴型说了个"塔迪斯"。

但博士看起来一点儿都不高兴。虽然他平时也是不太高兴的样子,不过现在那对凶眉下的眼神尤为奇怪。虽说博士不会轻易对别人敞开塔迪斯的大门,但克拉拉知道,在生死攸关之际,他也不会犹豫。毕竟塔迪斯是终极避难所,里面有足够的空间和能源,能够在眨眼之间将他们带离困境。它能把所有人带到那颗黑暗的星球上,或是送回空间站,甚至回到地球。有这么一瞬间,克拉拉甚至怀念起在家等着她批改的那叠作业。

虽然博士不太愿意提起塔迪斯,但米奇·凯勒却毫不客气。他已经得出了跟克拉拉一样的结论。

"博士,你的船呢?"他问道,"那只蓝盒子。"

"你疯了吗?"霍波说道,"那船根本不够大,我们有十一个人呢。那玩意儿使劲挤也只能装下四五个人。"

"还不包括楚格。"巴尔福说道。机器人随即发出一阵嗡鸣,但并没有说话。

现在,所有目光都聚焦在了博士身上。"我很肯定大家都能挤进去,"他满不在乎地挥了挥手,"但这并不是关键。"

马尔科气急败坏地说道:"不是关键?要是你有救生船,那就赶紧带我们过去!我才不在乎里面有多挤。"

"我同意。"克兰默说道,"趁现在还有时间,我们赶紧离开吧。"

"听见没?"马尔科得意地说。

所有人都同时说起话来,驾驶舱顿时一片混乱,但博士的声音很快就盖过了他们,"你们都给我闭嘴。尤其是你,马尔科。"

"你听我说……"马尔科刚一开口,就被博士一眼瞪了回去。他竖起一根手指示意对方安静,马尔科终于闭上了嘴。

"没错,我确实有一台时空旅行舱停放在'亚历山德里亚号'上。"博士说道,"它叫塔迪斯,奇迹般地无所不能。但我有个很好的理由不动用它。告诉他们吧,克兰默先生。"

见所有人都看着他,克兰默吃了一惊。

"别愣着了,伙计。我们一发现那颗星球,你就一直在用那台电脑扫描它,密度、大气、辐射等等。"博士扬起眉毛,"告诉大家你还发现了什么。"

"呃,"克兰默再次将目光转到电脑屏幕上,"它其实很不寻常。我承认我并不能完全理解这些读数,不过那颗行星内部或周围好像存在着某种奇特的时空现象。"

"这是什么意思?"马尔科问道。

"行星表面有一层时间量子[1]和反时间量子的薄膜或外壳,

---

1. 即最小的时间单位。

并且处在非常不稳定的状态，一直在制造松散的快子[1]风暴和霍金辐射[2]。"

"我不明白。"蒂比说道，"你能通俗地解释一下吗？"

"电脑上的读数很不寻常，而且很难解读，"克兰默回答，"不过行星周围似乎环绕着几层重叠的不连续时间。"

"哦，那样好懂多了。"马尔科极力讽刺道。

"意思是，它不只是失落在深空里的剧毒星球那么简单。"博士说道，"就算我想，也没法让塔迪斯出现在那颗星球上。那上面的时间干扰层对时光机来说，是不可穿透的屏障。"

博士停下来，确保每个人都把所有注意力集中在自己身上。

"我们要登陆只有一个方法——就是开'亚历山德里亚号'过去。"

"可我们为什么要去那里？"克兰默问道。

"那是此行的目的，不是吗？"蒂比气愤地告诉他。

"但那就是送死！"克兰默说道，"要知道，我们的空气只够维持七十二小时。"

"七十二小时能做很多事。"蒂比说道。

博士打了个响指，然后指着蒂比，"正确。"

谁都不觉得这是一天来最让人快慰的消息，然而博士似乎并

---

1. 即超光速粒子，速度高于光速的物质粒子。
2. 黑洞向外辐射出粒子的现象。

未察觉，因为就在此时，"亚历山德里亚号"轻轻一震，大家同时伸手去稳住自己。

"我们陷入某种引力场了。"雷克双手飞快操作着控制台，让飞船适应突如其来的紊流。

"这就是先前说的时间量子层，"克兰默敲着电脑说道，"它制造了某种引力漩涡，正在把我们吸引过去……"

悬浮在全息观察仪上的星球突然近在咫尺，行星表面缭绕着清晰可见的云雾，闪闪电光描绘出陆地风暴的肆虐路径。

"我们现在看到的是全尺寸实时画面，"雷克又在控制台上稍做调整，"行星上正在发生的一切，全都呈现在我们眼前了。"

随着"亚历山德里亚号"进入轨道，行星变得越来越大。穿过时间量子场时，飞船左右晃动起来。一张蓝紫色的光网如同动脉血管般不停地搏动，在行星表面摇曳闪烁，将大片黑云吸入大气层。

"我们最好穿上太空服。"雷克说道，"降落可能会很艰难。"

所有人都愣了一会儿，仿佛不太相信事情真的到了这一步。突然间，他们都不太愿意穿上太空服，然而"亚历山德里亚号"又猛地一颤，让大家迅速回过神来。

"太空服都在这里。"巴尔福一边说着，一边轻触墙面上的一块控制板。紧接着，一连串舱板无声地滑开，露出了存放在嵌入式储柜里的塑料包裹。楚格走上前，把包裹分发给驾驶舱里的每一个人。

"这些太空服使用了最新的环境适应型软钢材质,配备了链状分子玻璃头盔和全压缩氧气棒。"楚格说道。

"我们现在不需要推销辞令,"巴尔福告诉它,"只要分发出去就好。"

克拉拉从楚格手上接过一个包裹,发现它比想象中轻多了。她猜这东西应该是未来材料制成的吧,可能既轻盈又坚韧。她打开包装,拿出一套跟潜水衣差不多的亮蓝色连体服,面料柔软且极富弹性,丝毫不像她在月球上穿过的臃肿太空服。

"就套在衣服上。"博士一边建议,一边把腿伸进了自己那套太空服里,"这种材质能伸展到任何尺寸,就算是你应该也没问题。"

"谢谢。"克拉拉冷冷地回了一句。她穿上太空服,发现它自动调整了尺寸,无须动手便自行密封好了。

博士穿上太空服后,看起来比平时还瘦削。他已经穿好了贴身白靴,并戴上一副配套的手套。克拉拉有样学样,发现这些东西也自动贴合到了太空服上。一整套装备穿起来竟意外地温暖舒适。

"头盔。"巴尔福说完,让楚格给每人发了一个匹配弹性衣领的透明圆球。克拉拉觉得这些头盔看起来格外脆弱,所以有点儿犹豫要不要戴上。

"别担心。"博士用指节敲了敲自己的头盔,"这是由链状分子聚合物材料做成的头盔，带有偏光滤光器，而且很难破损。即使你用砖头砸它，也连个划痕都弄不出来。"

"每个人的生命体征都会激活太空服上的名牌。"巴尔福说道，"博士、奥斯瓦德小姐，你们可以手动输入姓名。"

玻璃内嵌了一块数码显示屏。克拉拉花了一小会儿工夫研究用法，然后输入了自己的名字，"氧气罐在哪里？我们怎么呼吸？"

博士指着头盔后面的小型装置，"紧凑型生命维持装置，配备固态氧气棒。里面的空气足够支撑三天，要是你非得跑上山坡，就只够用两天。"

"那就祈祷底下没有山吧。"克拉拉说完戴上了头盔。头盔卡到太空服的领圈上，传出一阵气密的嘶嘶声。克拉拉的眼前模糊了片刻，随后空气系统开始运作，头盔里的收发器也开始接收和发送声音。

"各位现在可以听到环境音。"巴尔福提醒道，"但在真空环境中，必须切换到无线电通信。每套太空服都装有收发器，控制面板在袖口。太空服带有恒温控制器，但各位同样可以通过控制面板调节环境设定。"

"我们该坐在哪里？"蒂比边问边帮克兰默穿好太空服。

"船长座位后面有一排紧急座椅。"巴尔福说道，"这是所有赫拉克勒斯级星级巡航舰的标准安全配置，不过这艘飞船做了升级改造……"

"好啦,好啦。"马尔科很不耐烦,"赶紧操作!"

楚格操作着控制台,两排座椅从船长与领航员座位后面悄然升起。所有座椅都后仰至一定角度,还配备了安全护栏。这让克拉拉联想到了主题公园过山车上那种极不舒服的座位。

此时,飞船开始频繁摇晃,让人很难平稳站立。克拉拉惊讶地发现,全息观察仪上的星球已经变扁,成了一道巨大而弯曲的天际线和一片漆黑的天空。他们已经来到了大气层顶端,"亚历山德里亚号"不可避免地受到了影响。

"都准备好了?"雷克朝后面喊了一句,"各位最好坐下来,扣好安全带。"

"我好久没有为准备着陆扣上安全带了。"米奇叹道。

"我猜你以前经常要这样吧,"霍波戏谑道,"跟尼尔·阿姆斯特朗[1]共事的时候。"

"小人精。"米奇讽刺道,"真好笑。"

马尔科早已坐到了雷克和杰姆背后,克拉拉与博士没办法只好坐到他旁边。克兰默小心翼翼地在克拉拉身旁坐下。他看上去一点儿都不高兴,罩在头盔里的脸上满是汗水。克拉拉想找点让人安心的俏皮话说给他听,可是实在想不到。于是,她对他笑了笑,但她觉得自己的微笑更像一张忧愁的苦脸。

---

1. 第一位登上月球的宇航员。

"我希望这一切尽快结束。"他闭上眼睛说道。

"好。"雷克在紊流的噪声中提高音量,"我要切换成无线电模式了,请各位将太空服调节到频道一。"

所有人都开始查看手臂上的控制面板,选择了雷克说的频道。很快,雷克的声音就在头盔内响起,仿佛他就站在旁边:

"我会尽量稳定船身,但这次降落不会太舒服。自动驾驶的作用有限,剩下的全都得靠我。要是我们坠机了,那是电脑的错。要是我们成功着陆,那就是我的功劳。"

"你一定会很棒。"杰姆告诉他,"加油。"

"亚历山德里亚号"在行星的大气层边缘滑行,每当飞船底部接触到大气层,就会引起剧烈颠簸。随着飞船渐渐深入,船身开始发出尖利的响声。他们还远在云层之上,但降落角度却似乎十分陡峭。

克拉拉本能地抓住博士的手。"我还没经历过这种事,"她说道,"可以在愿望清单上划掉一条了。"

"不用担心。"博士安慰她。

"你确定?"路易斯·克兰默紧张地问。

克拉拉突然记起他们正通过开放频道对话,所有人都能听到他们在说什么。

"事实上,我们需要担心很多事情。"博士说道,"首先是重力,这是主要问题。要是搞错这一点,咔嚓!旅途就结束了。"

克兰默用力咽了咽口水，转头望着行星的全息影像。云层正向他们涌来，一缕缕水汽抽打着急速下降的飞船表面。

"重力确实会将我们拉向行星表面，不过幸运的是，这里有大气层，只要我们保持好进入角度，就能产生足够阻力，减缓下降速度。"

"我们不会被烧死吗？"克兰默问道。

"那确实是摩擦力造成的问题。飞船温度会急速上升，一旦温度过高就会着火，而我们全都会在这个大火球里烧成灰烬。"

克兰默闷哼一声，闭上了眼睛，"我觉得我要吐了。"

"别。"博士警告道，"你穿着太空服呢，那可不是好主意。"

"如果我要被活活烧死，这点问题算什么？！"

"啊，不过'亚历山德里亚号'外形粗钝，在穿过大气层时会产生烧蚀冲击波。"博士解释道，"那种冲击波能够隔断大部分热量。另外，船体的特殊金属也能够吸收大部分热量，所以你不用担心。"

"你是说，我们不会有事？"

"对，"博士说道，"我们不会有事。"

这时，克拉拉感到手心有什么东西在动。她低头一看，原来博士把手指交叉起来了[1]。

---

1. 中指搭上食指，表示祈祷好运。

9

"亚历山德里亚号"掠过大气层边缘，辐射出一道道过热的等离子流，随后一头扎向行星表面。

随着大气压力急剧变化，飞船立即颠簸起来。外部舱板被挤压变形从船身剥离，合金材料不断熔化，最后消失在大气层中。绝缘层开始冒泡，散发出一股股黑烟。"亚历山德里亚号"在铁灰色的天空中划出一条长长的黑色裂痕，随即消失在巨大的风暴云中。

雷克几乎看不到全息影像。飞船剧烈颠簸，目光很难聚焦。他瞥到一团团乌云向他逼近，紧接着一道无比耀眼的闪电让他两眼发黑，一下什么也看不见了。他专心保持飞船稳定，双手绷得已无血色，因痉挛而剧痛不止，但依然用尽全力让船身保持水平。有毒的乌云化作长长的灰色水流掠过船体，各种酸性物质不断腐蚀船身，激起驾驶舱内的重重警报。雷克没去理会，因为他也无能为力，只能希望那些物质不要腐蚀到重要部件。最后，他总算感到"亚历山德里亚号"被行星表面稀薄的上升暖气流托举起来，于是展开了机翼。飞船的震颤过于剧烈,他无法分辨机翼是否完全展开。他努力按住机头,深知机翼展开使得飞船面积增大,所以被掀翻并失控的危险也增大了。果然,飞船开始向右舷翻滚,同时传出一阵金属撕裂的巨响,"亚历山德里亚号"翻了过来。雷克咬牙拽住控制台,全息观察仪上的地平线开始倾斜,他看到一抹陆地闪过船侧,随后翻到了头顶。当他拼命让船身恢复水平,陆地也从头顶转到了脚下。

此时,"亚历山德里亚号"已冲出厚重的云层。雷克惊慌地发现,陆地远比他想象中的更近,飞船正一头栽向布满岩石的大地。海拔感应器、俯仰感应器、偏航感应器和翻滚感应器全都亮起了红灯,整个驾驶舱的警报响个不停。他已无法掌控。大气层摩擦造成的高温和酸雨云的腐蚀对飞船造成了极大破坏。

雷克再也无计可施,他双手僵硬地撑在控制台上,脑子里一片空白。他只能眼睁睁看着行星表面化作一片骇人的模糊影像,朝他们飞速逼近。

"亚历山德里亚号"坠落地面的刺耳轰鸣混杂着驾驶舱中传来的尖叫。雷克已尽其所能将船头拉高,让飞船撞击地面后能够滑动缓冲。尽管如此,坠落的巨响却依旧震耳欲聋。克拉拉感到自己被猛地往前一甩,安全带几乎要挤断每一根肋骨,肺里所有空气都被一股脑撞了出来。她蓦地失去了意识。

后来，周围的声音将她惊醒。那声音听起来就像家里的闹钟，让她以为现在是早上了，自己得起床上班。但警报声里很快又多出了金属撕裂的声音，克拉拉睁开眼，发现一大块驾驶舱的顶棚朝她垂了下来。焦黑的塑料和控制台爆炸的碎片满地掉落，黑烟笼罩着一个个身穿太空服、正挣扎着离开座位的身影。火光从黑暗的凹洞中闪现，贪婪地寻找可吞噬的一切。克拉拉渐渐意识到，警报来自她的头盔内部。透明的面罩内侧跳出各种参数，警告她注意有毒蒸汽。她摸索着安全带搭扣，却无法用戴手套的手抓牢。克兰默定定地坐在身边，克拉拉心想他大概是惊恐得无法动弹了。

她听见有人在对自己说话。那是一个笼罩在烟雾中的身影，头盔上写着"博士"，"克拉拉，快起来，我们得赶紧离开这里。"

"飞船会爆炸吗？"她问道，"坠落后一般都紧跟着爆炸吧？"

"应该不会，但我们还是得离开。飞船很不稳定，船顶随时会坍塌。"

克拉拉再次摸索起搭扣，博士拍开她的手，帮忙解开安全带，并将她从座位上拽了起来。她浑身颤抖，几乎站不稳脚跟。船顶不堪自身重量，金属材质不断扭曲变形，再次传来一阵刺耳的声响，把克拉拉吓了一跳。金属面板裂缝里露出各种电子设备，闪烁着耀眼的火花，渐渐蹿起火苗。

其他人都在驾驶舱里四处移动，彼此搀扶着走向出口。她看见塔尼亚·福莱希拉着巴尔福爬向一扇半毁的舱门，他们脚下正是楚格的残骸。机器人被船顶坠落的碎片压得粉碎，身上再也没有任何亮光。

"楚格没了。"克拉拉很是难过。

"是的。"博士说道，"走吧，我们得抓紧时间。"

"克兰默怎么办？"她说完便转头看向旁边的座位。

"他也不会跟我们走了。"

克拉拉花了好一会儿才理解了眼前的景象。坠落时，一根长长的金属顶梁不偏不倚，正好落在了克兰默头上。他的头盔被砸得粉碎。克拉拉飞快地移开目光，心里涌出一股震惊和抗拒。最让她惊愕的并非那身体上的损伤，而是克兰默这个人，这个存在，竟在转眼间永远消失了。若那根顶梁再往左倾斜半分，被砸中的就是她自己。克拉拉心中没有任何庆幸或愧疚，只有一种奇怪又不安的震颤。

她任由博士领着自己离开座位，感到麻木冷漠。博士把她带向出口，跨过一堆又一堆机器碎片和飞船残骸，而克拉拉根本没有意识到那些东西的存在，"你去找米奇和霍波，帮助其他人。克拉拉，他们需要有个主心骨。"

她做出了博士笃定她会有的反应，跟着米奇和霍波爬过楚格被砸碎的身体，走出飞船残骸。一些内部通道已经塌陷，他们不得不从破损舱板锯齿形的窄缝中钻过去。

"注意你们的太空服。"米奇提醒道。

克拉拉一直紧跟霍波，两人摸索着走向主出口。通道里满是浓烟，有时不得不四处摸索前进的路线。克拉拉很担心她下一刻就会被哪块尖锐的金属划破手套。液体从屋顶裂缝滑落，沿着舱壁流到地上，汇集成污浊的水洼。克拉拉还能看到一缕缕青烟从水洼中升起。想必这就是酸雨了。

不知过了多久，他们总算从扭曲残破的着陆通道中爬了出来，站到异星的土地上。然而，克拉拉并没有心情欣赏风景。周围烟雾弥漫，地面是坚硬崎岖的岩石，满眼尽是灰色。这让她想起了月球，只是头顶多了一片天空——灰中透着点儿绿，层层乌云密布。雨水拍打在她的太空服和头盔上，留下一道道酸液灼烧的模糊痕迹。

蒂比·温特、塔尼亚跟马尔科一起站在几米开外，克拉拉、米奇和霍波沿着满是石头的坡道向他们走去。松软的土壤被飞船撞出一道大坑，雷蒙德·巴尔福站在土堆上，凝视着心爱的"亚历山德里亚号"。一声骇人的金属挤压声过后，整艘飞船向前倾斜过去。

"它就挂在悬崖边上。"巴尔福说道，脸上挂着泪痕，声音饱含深情，在克拉拉的头盔里显得无比响亮。所有人都望向"亚历山德里亚号"的前方，发现他说得没错——船头悬在空中，船身则仿佛嵌在了悬崖边缘。驾驶舱已经滑出边界，如同窥视深渊的天鹅。

"这悬崖底下恐怕有一千米,甚至更深。"塔尼亚·福莱希闷声说道,"我们正好停在峭壁上了。"

"亚历山德里亚号"又倾斜了一些,离深渊更近了。它并没有镶嵌在悬崖边,只是单纯停在那里,摇摇欲坠。就在众人难以置信的目光中,飞船再次倾斜,又往深渊滑落了几分,然后再次缓缓停了下来。碎石和土壤在飞船的挤压下纷纷落下悬崖,留下的空隙使飞船继续滑落。随后,它翘了起来,如同一支箭在桌沿艰难地保持平衡。显然,飞船难以逃脱最终落下悬崖的命运。

"博士在哪里?"克拉拉问道。

"他留在船上给雷克帮忙。"霍波回答,"他们正努力把杰姆救出来。"

飞船上,博士和雷克一起检查了领航员长椅。它被倒下的全息观察仪和挤压变形的船顶砸坏了半边,地板裂缝中冒出一股浓烟,他们有好一会儿什么都看不见。

"请快一点。"杰姆说道。他们都能听到她在头盔对讲器里的声音。博士趴在地上,头盔紧贴着损毁最严重的地方,抬起一只手想要驱散遮挡视线的浓烟。

"我们正在努力,"雷克告诉她,"不过有东西把你卡住了。"

"我动不了。"

"别慌,我们先得找到卡住你的地方,还不能撕坏你身上的太空服。博士正在检查呢。"

"我们没时间了。"杰姆催促道。

"我不会独自离开的。"雷克对她说完,一把抓住了博士的胳膊,"查出来了吗?"

"舱壁支撑板把长椅框架砸变形了。"博士说道,"安全带被卡死了。"

"能用刀割开吗?"

"或许可以,如果我们身上有刀的话。"博士答道,"但幸运的是,我身上有比那更好的东西。"他举起事先放在太空服腿部工具袋里的音速起子。

"我们能把她弄出来?"

"要是不能,我就不在这里了。"博士将起子对准安全带,片刻之后,它便发出阵阵嗡鸣。他又尝试了各种不同的设定,"我只需要找到正确的频率……"

这时候,船身猛地一震,又往前滑了几分,杰姆忍不住惊叫:"求你们,快点!"

"嘘。"博士回应道,"我得集中精力。首先要找到分解聚翠酯钛合金的频率。这东西念起来就够困难了,更别说分解。所以我建议你保持安静,让我专心工作。"

博士忙乱地调整了好一会儿,起子发出一连串哔哔声和嗡鸣声。

"我们没时间了,博士。"雷克说着,同时船顶发出一阵闷响,又弯曲了几分。

"给我来个升 E。"博士说道。

"什么?"

"唱起来!我需要一个音符来调节起子设定。给我来个升 E!难道宇航员学校就没教你点儿有用的东西吗?"

"他们不教唱歌!"

"他们连个合唱团都没有?"

"没有!"

"那我只能像往常一样,自己来了。"博士咕哝着,随后发出一个奇怪刺耳的声音,"我面试过猿魔[1]合唱团,可是没通过。他们显然没有轻型抒情高音声部的空缺!我还好心提醒他们,合唱团里连一个这样的声部都没有,结果他们说'这就对了'。不过,猿魔都这样,被歌剧《悲惨世界》迷得鬼迷心窍,却完全不懂得欣赏《弄臣》。"

音速起子发出一阵尖利的呼啸,安全带应声而断。杰姆迅速扑到雷克的怀抱里,却听见他大声哼哼道:"我胳膊好像断了。"

"等会儿再肉麻吧。"博士提议道。与此同时,天花板又垂下半米来,还伴随着撕裂的响声,"不然我们都得变成肉泥了。"

---

1. 即博士宇宙中,外表类似猿猴的类人外星种族。

他们慌忙爬过船舱，博士在前面开路，杰姆与雷克互相搀扶着前行。杰姆很虚弱，几乎走不动路。尽管雷克很想背她，但无奈拖着受伤的手臂难以实现。他们好不容易钻过塌陷区域，飞船却不断地剧烈摇晃，使三人被迫停下脚步，等待船身稳定后再前进。等他们来到出口，已经不得不手脚并用爬上着陆用的坡道了。他们发现，此时出口正悬在三四米的高空中。每一个磨人的瞬间，飞船都会进一步滑落，让出口悬得更高。其他人都在地面等待着，纷纷催促他们赶快行动。

"我们得跳下去。"博士告诉雷克。

"你先跳，"雷克说道，"然后帮我接住杰姆。"

他们没时间讨论。博士坐在出口双腿悬空，他转身往下，然后双手抓住船体悬在空中，不一会儿就松开了。他落到地上，像专业跳伞运动员似的滚了一圈。

克拉拉跑下土坡把他扶起来。"感谢老天，你终于出来了。"她喘着气说道，"飞船落在悬崖上，马上就要滑下去了。"

"亚历山德里亚号"又往前滑动了一些，船尾在一片扬起的尘土和碎石中翘得更高了。出口越升越高，离地足有五六米。雷克和杰姆探头往下张望。

"快跳！"博士喊道，"现在就跳，否则来不及了！"

隔着头盔都能看出杰姆的脸色惨白如纸，"太高了！"

"快跳！"

雷克鼓励道:"你得下去。快跳!他们会接住你。"

"我们一起跳。"杰姆回答。

"不,你得先跳。"雷克恳求道,"他们接不住我们两个,只能一个一个来。快跳吧,求你了。我会紧跟在你后面。"

"现在就跳,否则你们都会死。"博士大吼一声。巴尔福、塔尼亚·福莱希、米奇和霍波全都来到出口下方,准备接住任何一个跳下的人。

杰姆向前挪动了几寸,雷克来到她身后,抓住她的肩膀。"接住她!"他喊了一声,在出口又一次升高的同时把杰姆推了下去。

杰姆尖叫着落了下来,被博士、米奇和克拉拉一把接住,几个人跌作一团,头盔也撞在一起。他们手忙脚乱地爬起来,眼看着"亚历山德里亚号"像一头被鱼叉刺中的鲸鱼,在悬崖上高高翘起。船身无情地向前滑动,激起一片沙尘,带着丹·雷克缓慢而坚定地扎进深渊。

10

悬崖顶上吹起一阵冷风,带走了"亚历山德里亚号"死亡的残响。空气沉闷,拖着一片灰色的剧毒雾气,仿佛给坠落地点拉上了一层布帘。

克拉拉目睹了"亚历山德里亚号"坠落时的分崩离析,它在岩壁上弹动着,甩出引擎、舱门及各种机械碎片,最后只剩一堆难以辨认的残片。毫无疑问,雷克必死无疑。失去他的感觉比失去克兰默还要令人绝望。因为她没有目睹克兰默的突然死亡,却在"亚历山德里亚号"滑落悬崖前,与丹·雷克目光相对,而他们都知道,他活不成了。

克拉拉转过身,泪水顺着脸颊滑落。她戴着头盔,无法擦拭眼泪,只能任由它流淌下来。

杰姆坐在地上,蒂比和米奇正在安慰她。克拉拉看到蒂比也在流泪,还看见她的嘴唇在动。不过他们已经切到了私密频道,所以克拉拉听不见她在说什么。或许,蒂比也不知道自己在说什么。

杰姆眼神黯淡无光，整个人仿佛都被掏空了。克拉拉知道那种感觉，她之所以没有给她任何安慰和哀悼，就是因为她太清楚那根本没用。失去所爱之人后，最初那段时间只会沉浸在漆黑而不可知的情绪中，任何话语都只是白噪音。其他人的生活还在继续，唯独自己被排除在外，久久不能回归[1]。

巴尔福独自站在一旁，他能买下宇宙间的任何东西，但此时财富已变得毫不相干，也毫无意义。没有了楚格高大的身影相伴，他看起来有些手足无措。不过也难怪巴尔福看起来如此失落，他不仅失去了飞船，还失去了一位同伴。克拉拉感觉那机器人就像真人一般，所以，它某种意义上可能真的扮演了人的角色。克兰默、雷克和楚格，他们都如风一般消逝了。

最后，克拉拉又走到悬崖边，脚下的岩壁崎岖起伏，延伸到远处朦胧的黑暗中。地表不断向下伸展，如同天堑，剧毒的酸雨云威压其上。整颗星球仿佛处于永恒的拂晓，远方环绕着低垂的黑色风暴。空中的细微动静吸引了克拉拉的注意，她惊讶地发现云层中有东西在飞舞，那是某种能够抵御强酸的鸟类。克拉拉尝试提醒自己，无论境遇如何，能够看到如此奇景都是一种殊荣。

她转头寻觅博士的身影。他一定在什么地方忙活时间领主的大事，让人类自己在一边儿适应死亡。不一会儿，她就看见他细

---

1. 在《神秘博士》新版剧集第八季第十一集《暗流》中，克拉拉的男朋友丹尼·平克死于车祸。

长的身影从悬崖边爬了上来,双手交替攀附着岩石,一头银发在头盔里蓬起,可能是因为静电,也可能是出于兴奋。克拉拉深吸一口气,做好了心理准备。

"我们得下去。"博士指着身后悬崖的边缘,"我们得找到'亚历山德里亚号'。"

克拉拉还没来得及回答,马尔科就说:"那有什么意义?那玩意儿现在就是一堆废铁,对我们毫无用处!"

"他说得对。"塔尼亚·福莱希沮丧地应道,"'亚历山德里亚号'毁了,路易斯和雷克船长也走了。"

"船都没了,我们要飞行员也没用。"马尔科说道。

米奇愤怒地走上前,双手紧紧握着拳,"你这可恶的蠢货!看我不……"

轮机长猛地扑向马尔科,用肩膀撞上年轻人的胸膛,把他撞得向后踉跄了几步。看到马尔科跌倒在地,蒂比大喊一声,而米奇还要上前踏上几脚。巴尔福和霍波及时拽住老人,把他拉了回来。

"你差点害死我了,白痴!"马尔科爬了起来,声音里满是恐惧和羞辱。

米奇气得满脸通红。"丹·雷克是我的好伙计,你这人渣!"他怒吼道,"要不是有人拦着,我早就把你踹下去了。"

"冷静点,米奇。"霍波强调道,"他不值得你这样做。"

两人喘着粗气对峙了一会儿,周围只能听到杰姆的哭泣。

博士厌烦地叹了口气,"这就对了,人类。遇到逆境怎么办?当然是针锋相对,打成一团啦。"

马尔科瞪了他一眼,"我说的都是实话。"

"实话?"博士愤怒地瞪了回去,"实话就是,我们被困在一颗行星上,行星正围着死去的恒星旋转,周围是无数光年的虚空。唯一的生路就在悬崖底下,我们只有不到七十二小时到达那里,而你们却跟无知小儿似的,把时间浪费在斗嘴上!"

"唯一的生路?"马尔科嗤笑道,"认清现实吧。你还不明白吗?飞船已经毁了。"

"我的塔迪斯还在储物舱里,它现在一定还在那儿。"

"别说笑了。"

克拉拉并不想承认,但她也觉得很难有什么东西能在坠崖后幸存下来,即便是塔迪斯。可能因为这里环境险恶,也可能因为刚刚目睹生命流逝,她现在感到了前所未有的绝望。

米奇持有同样的怀疑态度,"博士,没东西经得住那种摔法。"

"塔迪斯远比外表看起来坚强得多。"博士告诉他们。

"它得刀枪不入、水火不侵才能幸存下来。"霍波回应道。

"它同时存在于五个相对维度中——当然坚不可摧。"

"可我们怎么下去?"蒂比·温特问道,"这座石崖至少有一千米高,不可能下得去。"

博士接过话头:"丹·雷克也不可能像刚才那样把'亚历山德里亚号'降落下来。要不是他的能力和决心,我们现在只是这颗星球上的一团血印子。坦白说,他就是完成了不可能的任务,而我们每个人都欠他一条命。"

"谢谢你。"杰姆轻声说道,其他人都陷入了沉默。

"雷克会希望我们都放弃吗?就因为事情看上去不可能?"博士补充道。

"不过说真的,我们要怎么下去?"马尔科问道,"爬下去?"

"除非你能长出翅膀飞下去,否则是的,"博士回答,"我们爬下去。"

马尔科皱起眉头,"我不能爬下去!"

"没问题。"米奇挖苦道,"那你就待在这儿什么都别做,把你的氧气都浪费掉。我们其他人可要尝试求生。"

巴尔福转身对着马尔科,"马尔科,我们还有什么选择?说实在的?"

克拉拉开口道:"我们要团结起来,互相帮助。如果有人需要帮助,那很正常。因为我们每个人都极有可能在某种情况下需要帮助。要是我们共同努力,就能成功。大家说对吗?"

霍波点了点头,"对,走吧。我们能行。"

"我不打算反驳。"塔尼亚叹息道,"不过最好还是尽快行动,以免我改变主意。"

霍波抬起手腕，看了看太空服上的氧气储量数据，"还剩七十个小时，应该绰绰有余了。"

所有人都察看了自己的氧气储量与太空服情况，没人提出异议，也没人再讨论别的事情。每个人都在审视内心，寻找他们需要的力量和决心。有的人找到了，其他人则假装自己找到了。

最后，巴尔福带头走向悬崖边缘，表示自己要第一个下去。其他人一言不发地跟过去，自行排成一列。米奇跟霍波带着杰姆跟在巴尔福身后，他们后面是蒂比·温特和塔尼亚·福莱希，然后是马尔科·斯普里特。博士与克拉拉等在最后。

克拉拉转身看着博士，对他伤心地笑道："满意了？我们人类有时能做的可不只是打架。"

博士点了点头，看着每个人穿过悬崖边缘准备向下攀爬，"是的，克拉拉。有时候你们确实可以。"

他们开始缓缓下降。脚下是让人目眩的高度，每一个落手和落脚点都必须反复测试。不过，悬崖由一连串横向平台组成，每隔几米就有一个狭窄的平台，供他们停下来喘口气，然后再开始下一段攀爬。

"从这些岩石上可以清楚看到不同地层。"博士说道。

当然，他说得对，只是克拉拉实在没那个心情。首先，她正忙着集中精神，不让自己坠崖而死。其次，她还想着克兰默、雷克和楚格。她再也不能单纯地将那种事情抛到脑后了。克拉拉知道博士可以，她想知道那是不是长时间训练的结果，或者只是时间领主天生冷漠。

"克拉拉，这里有类似地球砂岩的岩石类型。"博士继续道，隔着手套轻抚身前那块橙红色粗糙岩石的水平边缘。以那条边缘为界，上下两个岩层的颜色和质地明显不一样，"黏土、碳酸盐基质、页岩……这个世界的远古地质历史就在我们面前。"

"老实说，我更关心不远的将来。"克拉拉告诉博士。她爬完最后一道陡坡，来到博士观察岩层的平台。

"其实这里离悬崖底部没你想象的那么远。"博士领口的照明点亮了他苍老而布满皱纹的脸，把他的头发映成一团模糊的光环，"更何况，我们还有重力相助。"

"那是好事，对吧？"克拉拉说着，低头看了一眼让人胃里翻江倒海的深渊。

"总比爬上悬崖好多了。"

两人又往下爬了一点儿，追上前面的大部队。他们正站在一块较大的花岗岩平台上休息。巴尔福靠在岩壁上，喘着粗气说道："我不怎么习惯这种运动。"

"我觉得这里没有人习惯。"蒂比赞同道。

他们沉默地站了一会儿，享受这片刻的闲暇，让目光飘向那阴郁而缺乏生机的远方。迷雾笼罩着他们脚下的深渊，但远处却现出了黑色的锯齿形山脉,直刺云层底端。

"你觉得我们是造访此处的第一批人类吗?"蒂比问道。

"一定是。"巴尔福回答。

"我实在忍不住猜测,'迦太基号'是否来到了这里。"马尔科眺望着远处的深谷、一望无垠的裸露岩层和轮廓尖锐的山峰,"不过我希望他们没来。这个充满剧毒的世界实在太让人厌恶了。"

"这个世界在你眼中就是那样的吗?"博士问道,"你们再仔细看看。实际看到什么了?一颗行星,笼罩在致命 X 光线和带电粒子中?是的。一颗死去的太阳散发着几乎看不见的光芒,连影子都投射不出来?是的。陆地被酸雨和风暴侵蚀。一点没错。但它依旧美丽:重峦和深谷、层云和雨滴……你们瞧那边!鸟儿在飞翔——那是生命!生命在践行着它的既定目标,那就是生存和进化,同时每天都学习如何更好地生存和进化,无论环境对它如何苛刻。这就是我们正在做的——跟那些鸟儿一样:生存。活着!这难道不美妙吗?"

没人反对他的说法,他们又休息了几分钟。随后,让所有人吃惊的是,马尔科·斯普里特带头爬了下去,蒂比和巴尔福紧随其后。克拉拉、米奇与霍波也跟了上去。

杰姆神情恍惚地走向岩石边缘,博士轻触她的胳膊,她停下来看他,但依旧面无表情。

"你知道,他想让你活着,"博士说道,"所以才会把你推下飞船。"

"我知道。"她的声音平淡而沉闷,仿佛对此毫不关心。

"那你就活下去,"博士对她说道,"照顾好自己,珍惜自己的生命——因为那是他想要的,所以你也应该那么做。要是你无法为自己做这件事,那就为他做。"

杰姆停下来看着他,"你知道失去爱人是什么感觉吗?"

"知道得太多了。我想说的是——别放弃。"

"为什么?"

"因为丹不希望你放弃。"

"丹不在这里了。"

"我也不希望你放弃。没人希望你放弃。而且我们都还在这里——你也在这里。"

"那很重要吗?"杰姆说完,转身爬了下去,没给博士回答的机会。她的动作宛如毫无思想的机器。

博士叹息一声,跟了过去。

那些鸟儿越飞越近,偶尔还有一只俯冲下来,发出太空服声音系统只能勉强接收到的超声波鸣叫,随后转身飞走。一开始,他们以为那些鸟只是对岩壁上移动的物体感到好奇,但很快便发现,它们原来是被别的东西吸引了。低层岩壁表面生长着某种类似地衣的东西（花椰菜大小、触感犹如海绵的深黄色团块），这些东西不仅影响攀爬，缝隙里还栖息着苍白的大号壁虱。鸟儿们胆子越来越大，接连俯冲下来掠过岩壁表面，灵巧地衔起那些壁虱。

原来，那些鸟并不是鸟。近距离观察发现，它们的长相介于蝙蝠和蜻蜓之间。它们似乎并不会攻击攀爬岩壁的人，但那些纤维状的翅膀展开可达一米，甚至更长，还不止一次拍打到了攀附岩壁之人的头盔或腿上。

马尔科对一只阴魂不散的飞禽猛然发起攻击，想用拳头把它赶走。可他不仅没打到，还失去了平衡，在狭窄的岩壁小径上摇摇欲坠。就在马尔科将要坠落的瞬间，巴尔福迅速探出身子，一把抓住了他的手臂。

两人僵住了片刻。马尔科一脸惊惶和恐惧；巴尔福咬紧牙关死死拽住他，不让他落入深渊。他们看着彼此的眼睛，瞬间明白了事态。马尔科欠巴尔福一条命，但他心中并没有感激或释然，只有深深的憎恨。

他们一言不发地摆正重心，继续向下攀爬。

过了一会儿，克拉拉打开公共频道，"有人感觉到了吗？"

"感觉到什么？"塔尼亚问道。

"我好像感觉到有什么在移动。"克拉拉回答，"我说的是岩石。"

"某种震动。"博士攀附在离他们二十米高的地方，紧跟着杰姆，"我也感觉到了。"

他话音刚落，就再次出现了一阵颤动。这回所有人都感觉到了。整个岩壁都震颤起来，松散的页岩纷纷坠落悬崖。

"出什么事了？"蒂比的声音颤抖着。

"我不敢想象。"博士回答，"岩层提示这里曾有过频繁的地震活动，可是……"

他的话被一阵时间更长、强度更大的震动打断了。感觉就像整个悬崖都在抖动，想把他们甩下去。

"地震？"克拉拉在她找到的狭窄平台上尽量猫低身子。其他人要么做出了跟她一样的反应，要么死死扒着岩壁不松手。碎石从他们身边滑落，有的还砸到了头盔上。克拉拉尝试回忆博士关于这些透明圆球的评价，它好像能抵御砖头的冲击？

"我们无法爬回去，"米奇说道，"只能继续往下走。"

"或许我们该加快速度。"霍波提议道。然而，从米奇的表情可以看出，这个建议并不可行。对所有人来说，爬下悬崖都是缓慢而艰难的过程。米奇已经步履维艰，加快速度只会导致意外发生。

尽管如此，所有人还是一致同意继续往下爬，但他们很快又遇到一波更剧烈的震动。几十万吨的花岗岩猛地一颤，克拉拉感觉双脚从岩石上滑落下去。她想抓住什么，却扑了空。博士想抓住她，却也扑了空，于是她径直坠落下去。她甚至没来得及尖叫，就发现博士也支撑不住跌落下来。所有人都松开了手，没有一个还能攀附住岩石，因为那一整块岩壁都从悬崖上剥离了。

转瞬之间，他们都开始坠落。

这时，克拉拉总算有机会尖叫了。

11

克拉拉醒了过来,感到十分温暖舒适。有那么一小会儿,她觉得自己回到了公寓,躺在床上,正要起身准备开始一天的工作。但她很快便意识到,自己正凝视着天空,而非家里的屋顶。那片天空呈现出暗沉的铁灰色,布满阴郁的乌云,就像寒冷冬日的入夜时分。

紧接着,她的视线中出现一个移动的物体,遮挡了整片天空。那是博士充满关切的脸。他正俯视着她,身上穿着太空服,戴着头盔,领口嵌入的小灯凸显出他的鼻子和颧骨。克拉拉猛然想起那座悬崖:他们在攀爬,随后是地震,还有坠落……

漫长的坠落……终点是哪里?

"我死了吗?"她的声音回荡在头盔里,听起来有点沙哑。

这时候,无线电通信响了起来,她听见了博士的声音:"别傻了,坐起来看看,这里像死后世界吗?"

克拉拉坐起身来,发现周围白茫茫一片。原来她坐在深深的积雪上,这片积雪一直延伸到遥远的地平线。她能看到远方的灰色山脉，还有头顶上了无生机的天空。云朵在宛如薄暮的微光中流动，就像她先前看到的风暴残影。

周围找不到一丝悬崖的痕迹，甚至没有碎石堆，也没有覆盖在积雪下的花岗岩残骸。离他们最近的山也遥不可及。她仿佛在南极大陆正中央醒了过来。

"我不明白。"她摇摇晃晃地站了起来，"我们在哪儿？"

"我不太确定。"

"这些雪从哪儿来的？"

"不知道。"

"悬崖到哪儿去了？"

"不见了。"

这实在是让人难以接受。尽管不像地球上的雪那般反射阳光，但那纯白的雪原还是令她感到目眩。这与她此前看到的阴沉灰色星球截然不同。她飞快地转过身，想在白色荒原上找到一个地标，却只换来了一阵眩晕。

博士抓住她的胳膊将她扶正，"克拉拉，你年纪大了，不适合动作太快。"

"不想挨揍就闭嘴。其他人在哪儿？"

"散落各处。"

克拉拉渐渐发现了其他人的身影，如同幽鬼般在一片纯白中显现出来。她看到蒂比和巴尔福深一脚、浅一脚地朝他们走过来。

途中,他们弯腰扶起了另一个穿太空服的人。从体型判断,克拉拉觉得那是杰姆。

"我们散得有点开。"博士抬起左手,向她示意手腕上闪烁的绿灯,"我通过追踪太空服上的收发器信号找到了你。"

霍波大步穿过雪地,也走了过来,头盔里的表情十分严肃,"还是找不到米奇和塔尼亚。"

"那就继续找。"博士说道,"现在有足够人手扩大搜寻范围,并对所有捕捉到的收发器信号进行三角定位。"

其他人开始摆弄起自己的无线电装置,扫描其他太空服发出的信号。克拉拉很是迷茫,还有点儿犯晕,但也加入了搜索。蒂比和马尔科最终在两百多米开外找到了米奇和塔尼亚,两人离得很近,被半埋在雪里。蒂比跪下来,扫掉米奇头盔上的雪块,大家才终于看见了他的脸。可笑的是,他的棒球帽还牢牢地卡在脑袋上。

他的第一反应很好猜测,"出什么事了?我们怎么在这里?"

"我们在哪儿?"塔尼亚被搀扶着站起身来后问了一句。她控制不住地瑟瑟发抖,但那一定是出于惊吓,而非寒冷。正如巴尔福所说,这些救生太空服可以平衡体感温度。塔尼亚环视着四周的皑皑白雪,"莫非我们被瞬间转移到了另一个世界?"

"不,"博士说道,"我们还在那颗星球上,头顶还是那颗中子星。质量、比重、角度、转速……这些都明确指出我们脚下是同一颗星球。"

"不过环境有些不同。"巴尔福举起平板说道,"我一直在测试空气密度和成分。现在的空气依旧有毒,所以不要摘掉头盔。不过,有毒成分没有以前那么糟糕了。目前多出了更多的氧气和氮气,少了许多甲烷……这些雪也不具腐蚀性,也就意味着天上的云基本只含有水分,酸性很弱了。"

"然后呢?"马尔科还是那么不耐烦,"有人能解释刚才到底发生了什么吗?为什么我们没在悬崖底下变成一堆死尸?"

"我们之前就知道,这颗行星周围环绕着一层不连续的时间场。"博士说道,"那对行星表面必然有影响。"

"我们穿越时间了?"克拉拉问道,"是不是?"

"很有可能。刚才的地震一定是因为当时发生了大规模局部时间紊乱……把所有人都扔回了过去。"

"过去?"马尔科质疑道,"你怎么知道?为什么不是未来?"

"是过去。"博士回答,"相信我,我这方面的直觉很准。"

马尔科轻蔑地看着他,"别开玩笑了。"

"这是一种天赋。我能感知时间畸变和绝世蠢货,而其中之一正盯着我看呢。"

马尔科不愉快地转了过去,"你高兴就好。"

"瞧瞧你们周围。"博士对他们说完,张开双手,在原地缓缓转了一圈,"我们正处在冰河世纪!陆地被冰川割开,行星温度降到零度以下。这些冰封的原野要成千上万年才能消融。这是个冰雪世界。"

克拉拉目光扫过无尽的白色。她觉得自己本应冻得发抖，可身上的太空服却让她十分温暖。这种感知的落差让周围的一切都变得不太真实，"这里就像是纳尼亚。"

"不太像。"博士一本正经地回答，"纳尼亚是个美丽的世界，它只不过被专横的女巫贾迪斯暂时变成了冰封地狱。"

她瞥了他一眼，"我总是搞不清你是不是在开玩笑。"

"我从不开玩笑。C.S.刘易斯[1]是我的好朋友，剩下的你自己想象吧。"

她微笑起来，"别担心，我想象力很丰富。"

"他也是这么说自己的。"

"可这些都是什么意思？"塔尼亚问道。

"意思是，"博士解释道，"这颗奇怪又危险的行星现在变得更奇怪，也更危险了。"

"真正的问题是，"巴尔福接过话头，"我们现在该做什么？"

"找到'亚历山德里亚号'。"这是杰姆在很长一段时间里，头一次开口说话。但她没有看任何人，仿佛是在自言自语。

"没有理由认为它不会像我们这样穿越了时间。"巴尔福说

---

1. 著名英国作家，著有系列小说《纳尼亚传奇》等。

道,"它应该就在这附近。"

"但有可能完全埋在雪里。"蒂比咕哝道。

马尔科厌恶地哼了一声,"有意义吗?那玩意儿有可能落在十万八千里之外。"

"不,它就在附近。"杰姆抬起手臂,向大家展示手腕控制面板上闪烁的小点,"这是丹的收发器信号。"

所有人都陷入沉默,唯有风呼啸着掠过雪原。

"杰姆,他不可能还活着。"克拉拉尽量轻柔地说着,回荡在自己头盔里的声音却显得空洞且令人生厌。她心想,传到杰姆耳中的声音可能也是这种感觉。

"我知道,"克隆人回答,"可他就在这附近。"

"那就意味着'亚历山德里亚号'也在这里。"巴尔福带着明显的释然说道,"他跟飞船一起掉下去了,所以飞船一定在这里。"

"也就是说,塔迪斯也在这里。"博士赞同地说着,迅速转过身,在雪地上搜寻一切可能的痕迹。然而,周围只有一片空茫茫的白色。

他们徘徊了好几个小时,用太空服上的收发器确定丹·雷克的位置。

在雪中走路十分累人,每个人都清楚这个行动用掉了多少宝贵的氧气。云层犹如抛光过的钢板，在地平线上慢慢聚集起来，底下还现出了一道道灰色阴霾。就算不是气象学家，克拉拉也清楚暴风雪正在逼近。她挣扎着前行，想追上博士，而他此时正举着音速起子扫描眼前的积雪。

"我正在寻找塔迪斯发出的信号。"克拉拉追上去后，博士告诉她。其他人全都散开，围成一个巨大的半圆，专注于自己手腕上的读数。雷克的太空服一直在发出稳定的脉冲信号，他们似乎找对了方向。

克拉拉向他们身后看去，打量着渐渐逼近的雪暴前沿。乌云愈发阴沉，暴风雪渐渐逼近。

"这些太空服能保暖多久？"她切到私密频道问博士。

博士耸了耸肩，"足够久。太空服蓄电池虽小，但效率极高，能持续很长时间。在恒温控制器失灵之前，我们早就该饿死了。"

"那真是太好了。"

"不过说句老实话，食物并不是问题。我们不吃东西能活很长时间，但不喝水就不好说了。"

"我渴了，其他人应该也一样。"

"克拉拉，人类身体百分之六十五都是水。血液、组织、器官——全身上下都需要水。几天不喝水，脱水症状就会导致血液黏稠，你的心脏就得花更大力气将血液送到全身。你的肾脏会衰竭，血压会骤降，人会变得越来越疲劳，越来越糊涂。最后你会昏迷，紧接着就会死亡。不过，那依旧是个痛苦的死法。"

"真高兴你把这些都告诉我了。"克拉拉冷冷地说道。

"多讽刺啊。"博士继续道，"我们正走在一片固态水覆盖的荒原上。"

"是啊，多讽刺。"如果说克拉拉刚才只是口渴，那她现在便是口干舌燥了。她突然很想喝水，忍不住想象一个装满冰凉清水、凝结了细密水珠的长颈玻璃水瓶。

博士继续用音速起子扫描，起子尖端发出了淡淡的绿光。

"找到塔迪斯没？"克拉拉问道。

博士停下来，关掉了起子，"一点信号都没有，这太奇怪了。它应该跟'亚历山德里亚号'在一起。我们能收到丹·雷克的信号，为什么就找不到塔迪斯？除非我开启了敌对行为位移系统[1]，可我对此毫无印象，而且我很肯定那玩意儿坏了。"

博士的头盔反射着雪地刺眼的白光。然而，克拉拉依旧能看到他满脸的忧虑，那对眉毛又拧在了一起。"我该担心吗？"

"我们都应该担心，克拉拉。刚才发生的时间畸变并非偶然现象。要是整颗行星都被包裹在流动的时间场中，刚才的现象就可能再次发生，而且时间不可预测。"

"所以我们必须尽快找到塔迪斯。"

---

1. 塔迪斯遭遇袭击时的一种防御机制，必须手动启动。

"时间紧迫,而且不光是为了水和食物。"

他们步履维艰地向前走着,追上了那几个已经定位到收发器信号的同伴。米奇和霍波在积雪中开路,挖出一道壕沟方便其他人前进。巴尔福和蒂比跟了过去,然后是塔尼亚和杰姆,最后是博士和克拉拉。

然而,有人与他们拉开距离,仿佛是在跟踪他们。那个人就是马尔科。

克拉拉不停转过头去确认他是否还跟在后面。尽管她不喜欢马尔科,但也不希望他落单。在这片荒原中,弄丢任何人都将是一场灾难。马尔科的身后便是那片若隐若现、风雪肆虐的高耸云层。

"马尔科掉队了。"她说道。

"他想让我们处在他能看见的范围内,"博士回应道,"尤其是我们俩。"

"他觉得我们有事瞒着他——瞒着所有人。"

"我们确实有。"

"要不要把魅魔的事告诉他们?"

"没有意义,他们很可能不会相信。克拉拉,魅魔的一大特征就是暗中为害。最受影响的人往往最晚察觉。"

克拉拉思考了一会儿,"反正我也不觉得它会是所有人的当务之急。"

"没错,他们现下有更值得担心的事情,比如生存。我们也一样。"

"对啊。"克拉拉又往后看了一眼,马尔科依旧在他们身后迈着沉重的步子。隔着一段距离,克拉拉很难分辨他的表情,但她能感觉到马尔科正直直盯着自己。

"嗨!我们找到东西了!"

米奇·凯勒的叫声盖过了私密频道,所有人都听到了他的声音,加快速度赶了过去。

霍波单膝跪地,忙着察看她太空服手腕上的亮点。"那绝对是船长的太空服。"她说道,"收发器信号在这里最清晰,我们就在他上面。"

杰姆跪下来,用颤抖的双手掏挖积雪。蒂比走过去帮她,米奇和克拉拉也加入其中。几人兴奋地将积雪挖开,清出大约半米深的凹洞。越往下挖,积雪就越紧实。克拉拉终于隔着手套感到了严寒。

然而,他们并没找到丹·雷克。

蒂比和克拉拉筋疲力尽地瘫坐在地,气喘吁吁,心灰意冷。"他被埋得太深了。"克拉拉说道。

"哦,这简直是毫无意义、愚蠢至极!"马尔科生气地喊道。他转身踹了一脚积雪,一堆雪块飞到了空中,"我们都会死在这里,而……"

"等等，"只有杰姆还像只寻找骨头的小狗一样，不断往深处挖，"他就在这里。"

她扫开一片积雪，一抹蓝色显现出来。紧接着，她又挖开旁边的积雪，一大片"亚历山德里亚号"太空服的金属蓝色展现在他们眼前，头盔名牌上还写着"雷克"。于是，所有人都跪下来帮杰姆清除积雪，最后将掩埋的整个身体从白色墓穴中抬了出来。

克拉拉有点担心雷克被飞船压扁，但太空服经受住了考验，把他给保住了。他手腕上的亮点规律地跳动着，缓慢而安稳，宛如死者的心跳。

"太空服还处在密闭状态，"霍波检查过控制板后，告诉大家，"完好无缺。"

虽然杰姆的声音很小，但所有人都听见了："他会不会还……"

雷克的头盔被一层冰霜覆盖。米奇·凯勒探出身子，刮掉弧形表面上的冰碴，直到露出透明的链状分子玻璃。几秒钟后，他们都看到了雷克头盔内部的情况，杰姆不禁忘记了呼吸。

只见几缕脆弱的发丝贴在枯萎的皮肤上，双眼干枯凹陷，本该是鼻子的地方已变成边缘参差不齐的空洞，漆黑破碎的牙齿在皱缩的唇间显现出来。

那是一张千年干尸的脸。

12

克拉拉联想起她过去在博物馆看到的埃及木乃伊。雷克有着跟那一模一样的苍白僵硬之感。不过眼前的景象更糟糕,因为她知道这人生前的模样,并依旧能从那惨不忍睹的干瘪残骸中瞥见一丝旧貌。她还忆起了东方快车上令人不舒服的经历,那是另一种与死亡全不相干的木乃伊[1]。

杰姆依旧跪着,一言不发,久久难以将目光从尸体上移开。

米奇·凯勒怀着沉重的悲痛缓缓站起身来。霍波也站了起来,转过身去。蒂比·温特看起来很不舒服,脸色几乎跟杰姆一样苍白。

"他怎么了?"克拉拉问道。

"他一定是被卷入了时间畸变的边缘。"博士解释道,"太空服看似无事,但里面的有机成分全都衰老而亡——又进一步被时间侵蚀了。"

克拉拉突然气不打一处来,"有机成分?"

---

[1]. 在《神秘博士》新版剧集第八季第八集《东方快车上的木乃伊》中,博士与克拉拉曾遇见外形酷似木乃伊的异星士兵。

"那可是个人,"塔尼亚·福莱希平静地说道,"一个真实存在的人。"

"他同样也由有机物构成,"博士回答,"结果都一样。"

塔尼亚一言不发地转身走开了,克拉拉感到泪水从眼角滑落。她摆弄着手腕上的控制面板,选了一个私密频道对博士说:"我觉得……"她开口了,却被自己的哽咽打断,"我希望他能……"

"克拉拉,他坠落悬崖的瞬间就死了。"博士柔声说道。

她吸了吸鼻子,"你为什么这么冷淡?我知道你不是人类,可……"

"时间正在流逝,克拉拉。我们的氧气指数已经下降到了危险值,必须尽快找到塔迪斯。而这只会拖慢我们的速度。"

克拉拉看着他,可他的脸宛如冰冷的面具,目光凝重而疏远。他有时就是会这样。"他们在哀悼。"她说道。

"你也在哀悼吗?"

"我很伤心。他是个好人,一个正派的人。这对他太不公平了,对杰姆也太不公平了。"

"但事情还是发生了。克拉拉,宇宙不会在乎人或感情。在场这么多人,你应该最清楚这点。"

"但那并不意味着我们就该停止关心。还是说,那就是你的选择?停止关心?"

博士凝视着克拉拉。那双眼睛里有时会透出阴沉而永恒的疲倦,她只能偶尔瞥到。绝大多数时候,他都隐藏得很好,但现在她却看得一清二楚:两千年的岁月,不断失去朋友和爱人。"不,我没有停止关心,也永远不会停止关心。但现在,克拉拉,我必须关心活着的人。我们必须放下雷克继续前进,否则就只能变成他那样。"

米奇绕过尸体,一只手搭在杰姆的肩膀上,"我们把他埋了吧。"

"太空服怎么办?"霍波问道,"它还能用。"

"那身太空服让他维持在了这个状态。"博士回答,"一旦拿走,他可能就会化作灰烬。"

他们都想了一会儿,但没人再说什么。

"杰姆?"米奇最后问道。

"我不能就这样扔下他。"杰姆答道,"这太……糟了。"

"不管你打算怎么做,都得尽快。"博士说道,"我们的氧气不多了,也不知还要多久才能找到塔迪斯。另外还不能忘了时间畸变,它随时可能再次发生。"

米奇摇了摇头,"我不在乎。我不能就这样扔下丹,我们得把他埋了。"

"先关掉太空服。"杰姆没有动弹,一只手依旧搭在雷克的头盔上。

短暂的沉默后,米奇问道:"谁来关?"

"我来。"这是他们发现雷克的尸体后,马尔科·斯普里特头一回说话。他的语气十分坚定,显然急着离开这里。

米奇恶狠狠地盯着马尔科,还攥紧了拳头。但杰姆摇着头说:"不,应该我来。"

她俯下身子,含情脉脉地轻抚雷克的太空服和头盔。这已经是她能接触到的极限。她低下头,轻声道别:"我的飞行员,我的船长。我爱你。"

她安静地摸索到太空服控制面板,缓慢而小心地操作起生命维持系统,使之停止运作。警报指示器亮起炫目的光,她不予理睬。克拉拉不忍心看到这一幕,不得不转过头去。太空服逐渐停止运行,指示灯依次熄灭。最后,头盔里的照明也黯淡下来。

"你不是说他会变成灰烬吗?"克拉拉用私密频道问博士。

"不会立刻发生变化。但关闭生命维持系统会加快这一进程。"

他们把雷克的尸体埋在雪中。这有点儿像把挖出来的东西放回原位,但这次他们的心境不同了。他们——尤其是杰姆——都对雷克正式道了别。

"现在可能该由我来讲两句了。"巴尔福说完,深吸了一口气,"事实是,我不知道该说些什么。启程时,我们准备来一场冒险……可现在,这更像是一场噩梦。丹·雷克是个好人,甚至有可能是我们中间最好的人。他离开得太早了,不仅对于我们,对这个宇宙而言,也是如此。希望他的灵魂能够安息。"

他们在冰墓旁站成一圈,默哀了一小会儿。随后,所有人都决定继续前行。荒原上刮起一阵风,那是暴雪的前兆、狂风的预警。埋葬丹·雷克的地方很快就会被大雪掩盖,消失无踪。

"我好像收到塔迪斯的信号了。"周围风声呼啸,博士下意识地提高了音量,不过克拉拉能清楚听到无线电线路传送过来的声音。头顶乌云压境,风暴正在酝酿,她第无数次擦拭头盔,想看清博士在哪里。他正把音速起子举到眼前仔细察看,不时将它换个角度。起子闪着绿光,克拉拉的音频传感器还捕捉到了微弱的嗡鸣声。"信号很弱,但确实存在。"博士控制不住声音里的兴奋,同时加快了脚步,"是塔迪斯!"

克拉拉在暴风雪中跌跌撞撞地跟了上去。要是让他跑太远,就完全看不到他了。她靴子上裹着厚厚的雪块,身体愈发感到疲惫。克拉拉口干舌燥,每隔一会儿就忍不住瞄一眼氧气指数。以小时计算剩余的生命已经足够糟糕,而那剩余时间还在手腕上倒计时,就更是糟糕得无以复加。

"我什么都看不见。"她气喘吁吁地说道。

"我把起子的扫描范围扩大到了空间坐标之外。"博士回答。

"你确定我想知道那是什么意思吗?"

"意思是塔迪斯可能就在附近,"博士转着圈,边走边说道,

"只是处在另一个时间段里。"

"那可就尴尬了。"

博士停下脚步,再次察看起子,随后叉腰站定,任凭风雪在身边缭绕,"我们到了。"

过了一小会儿,所有人都赶了过来。杰姆、蒂比和巴尔福走在前面,米奇、霍波、塔尼亚和马尔科殿后。雷克的葬礼结束后,几乎没有人再说话。那并不仅仅出于对死者的缅怀,还因为他们都极度疲劳、口渴。杰姆和米奇状态最差,两人停下后,都缓缓瘫坐在了雪地上。

"我不知道自己还能保持这样的速度多久。"杰姆坦言道。

"你只需要休息一会儿就好,亲爱的。"塔尼亚告诉她,"我们都需要休息。"

"我需要返老还童三十年。"米奇咕哝道。

雷蒙德·巴尔福艰难地穿过雪地,走到博士和克拉拉身边,"博士,还有多远?"

"不远了。"博士似乎更在意手上的音速起子,换了好几个设定,并逐一检验结果。

克拉拉拍了拍他的肩膀,"你刚才说'我们到了'。那塔迪斯在哪儿?"

"就在这里。"博士忙着调整起子,"只是这一刻不在。"

"那它什么时候会在?我希望是'过一会儿'。"

他又摆弄了一会儿起子,"抱歉,答不上来。"

"你不是说,塔迪斯是我们唯一的希望?"

"确实是。"

"你是否像我一样发现了这个计划的漏洞?"

"什么漏洞?"

"要是我们只来到了塔迪斯应该在的地方,但却没有搞对时间,那它等于不在这里啊。"

"那不是漏洞,只是不凑巧。"博士继续捣鼓手上的起子。

克拉拉叹了口气,走到一旁,为自己内心的失望感到震惊。她并非对现状感到失望,而是对博士心生失望。他通常能够解决这种问题,虽然会唐突无礼,甚至是粗鲁暴躁,而且还令人发指地难以捉摸,但总能想到办法。克拉拉感觉自己的眼泪已经流干了,心里充满挫败感。

前方的斜坡上飘起了阵阵雪花,克拉拉并不在意,大步向前走着,每走一步都会陷到膝盖深的积雪里。最后,她总算来到了斜坡顶端,低头观察另一头有什么东西。她期盼着自己能在打着旋儿的风雪中瞥见一抹蓝光、一道模糊的方形影子,被掩藏在雪暴中,静静地等待着他们到来。

但塔迪斯并不在那里。

眼前只有一道深不见底的巨大裂缝,宛如一张饥饿的大嘴,贪婪地吞噬着风雪。

"快过来看！"她明知道无线电信号能清楚传送自己的声音，但还是忍不住大喊。

米奇、霍波和博士也爬上了斜坡。

"又是一座悬崖？"霍波无奈地问道。

"这是冰川边缘。"博士回答。

他们低头看向那条灰色的大裂谷。裂缝深不见底，迷失在白色的风暴中。但他们可以看见裂缝边缘是半透明的冰块，随处点缀着暗色的沉积物。

"我们得有专业器材才能爬下去。"米奇说道。

"但我们没有。"霍波回应道。

"是的。"

这不像之前那座悬崖，那是岩石层上的粗糙裂缝，到处都有落脚点、凸起处和狭窄崎岖的小径。而眼前这条裂缝却是一整块冰层，唯有装备齐全——绳索、冰锥、钉鞋应有尽有的专业登山人士才有条件下去。

"塔迪斯在下面吗？"克拉拉声音颤抖地问道，"请告诉我它不在下面。"

博士将音速起子对准那冰封的无底洞，扫描到一个读数。"不在下面。"他说道。

"你在说谎，对不对？"

博士轻叹一声，果决地关上起子，"对，我在说谎。它就在下面。"

他们走下斜坡,克拉拉感觉劳累使她的心跳越来越快,不禁猜想自己正在用掉多少氧气。米奇·凯勒看上去筋疲力尽。他毕竟不年轻了,可依然不像比自己年轻一半的马尔科·斯普里特那般小题大做。

"这简直太疯狂了。"马尔科说,"我们根本无处可去。我们全都得死!"

"马尔科,够了。"塔尼亚警告道。

"没人想听你的见解。"杰姆补充道,"你没看见我们也在努力面对现实吗?并不只有你一个人。"她快要哭出来了。

塔尼亚搂住她的肩膀,"别激动,亲爱的。他不值得。"

"呵!"马尔科踹了一脚积雪。

杰姆抱着头盔滑坐在地,"抱歉,我的头太痛了……"

"你承受了太多压力。"塔尼亚说道。

"不,不是压力,是别的东西,就像在虫洞里一样。暗物质的流动……有声音在呼唤我。"

"是什么东西?"博士问道。

"有人要来。或许,是有某种东西要来。看!"杰姆指向纷飞的大雪,然而所有人只能看到一片模糊的白色。

"她开始出现幻觉了。"塔尼亚解释道,"她太虚弱,又太伤心,所以看见了不存在的东西。"

"不。"克拉拉接过话头,"那不是幻觉,快看。"

在掩盖一切的风雪中,克拉拉看见许多影子正在靠近。那些高大阴沉的影子在雪暴中几不可见,但大家还是本能地挤在了一起。

雪花似乎绕过了它们,搅成一团白色雪雾,又被狂风吹散,如同白色幕布环绕着那些影子。黑色的身影在冰天雪地中若隐若现,安静无声,形似幽鬼。它们周围萦绕着闪烁的蓝光,犹如一圈蓝焰。

"那是什么?"

克拉拉猛地向下滑落,仿佛脚下突然冒出一个大洞,将她吞了进去。她张开双手想保持平衡,随即发现其他人也纷纷跌落下去,脚下的积雪像流沙瓶里的细沙一样滑走了。她又抬头看着逼近的幽鬼,瞥见大兜帽下阴暗修长的脸。紧接着,周围腾起一片大雪,遮挡了所有视线。

她听到头盔里的无线电噼啪作响,然后是博士的声音:"时间紊乱!又来了!"

紧接着,克拉拉感到整个世界扭曲成一个大漩涡,到处都是突兀的色彩与光芒,它们越转越快,直到眼前只剩下模糊的影子。她再次伸出手,惊讶地发现自己握住了另一个人的手。她把那只手拉过来紧紧抓住,那人也死死拉住了她。他们就这样一动不动地坠落,最后那种极速下坠的眩晕感实在太过强烈,克拉拉不得不闭上了眼睛。

13

　　白茫茫的冰河世纪过后，突如其来的原始森林之绿让人感到不知所措。

　　周围是一片阴影笼罩下的浓绿，交错纠缠的枝条向所有方向延伸。克拉拉如同困兽，周围的植被向她威压过来，几乎无法通过。匍匐植物用长须裹挟着寄生杂草，缠绕在茂密的树枝上，一直延伸到视线尽头。层层交错的枝叶和虬曲盘绕的藤蔓间洒下了一缕微光。

　　颜色艳丽（全是深紫或血红）的花朵吐出引人注目的雄蕊，倒钩上挂满了鲜黄色的花药。到处爬着足有啮齿类动物大小的昆虫，挥动着细足、翅膀和颤动的触角。

　　周围看不到其他人，克拉拉甚至看不到地面。她正躺在长满苔藓、浓密缠绕的粗枝上，底下只有更多交缠的枝条，就像是突出地面的根茎，也可能只是更多的树枝。

　　"有人吗？"她喊了一声，确认自己头盔里的对讲机处在公共频道，随即又喊了一声，"博士？蒂比？米奇……？有人吗？"

然而，没有人回答。她全神贯注地听着，将接收器切换到环境音模式。她能听到整座丛林的声音——源源不绝的沙沙声、咔嗒声、嘲啾声、鸣叫声……但丝毫没有人类的迹象。

她又试了试跟博士的私密频道，依旧没有回应，任何频道都没有回应。她注意到手腕上闪烁的灯光，惊讶地发现她的氧气含量已经逼近危险值，只剩下不到一小时的氧气储备了，想必她刚才晕厥了很长时间。克拉拉担心别人可能找不到自己，便抛下她离开了丛林，心中油然生出一股恐慌。

她努力让自己的心跳和呼吸稳定下来，并强迫自己理智面对眼前的情况，搞明白刚才发生了什么。她记得博士说时间紊乱又一次发生了，与此同时，周围的极地景观迅速消融。可除此之外，她就再也想不起其他什么了。显然，她再次穿越了时间，来到另一个铺满绿色植被的纪元。这里可能相当于地球的史前丛林时代，甚至可能有恐龙。

但想这些并没有用，她反而让自己更害怕了[1]。

克拉拉顺着树枝攀爬，来到貌似身下这株巨树的树干部位。树皮上长满了湿滑厚重的青苔，里面全是飞虫。她坚信太空服能保护自己，便小心翼翼地开始往树下爬。

---

1. 在《神秘博士》新版剧集第八季第一集《深呼吸》中，塔迪斯曾被恐龙一口吞下，而克拉拉当时就在里面。

克拉拉瞥到下方出现一抹熟悉的金属蓝,心中又燃起希望。她迅速爬下去,找到一个穿着"亚历山德里亚号"太空服的男人。他倒在一根粗枝上,半个身子被长针叶遮住。克拉拉不得不绕着他爬了半圈,才辨认出这不省人事的同伴正是雷蒙德·巴尔福。她敲了敲头盔,很快便长出一口气,因为巴尔福睁开了双眼。

"奥斯瓦德小姐?"他翻过身,摇摇晃晃地坐了起来,惊愕地环视着四周。

"我明白你的感受,"克拉拉说道,"丛林,谁能想到呢。"但她还是忍不住微笑,毕竟自己总算找到另一个活人了。

"其他人都在哪儿?"巴尔福问道,"蒂比呢?"

"不知道,你是我找到的第一个人。"

巴尔福板着脸,那或许只是一种坚定?克拉拉看不出一丝满腔热情的业余探险家模样,她眼前的只是个纯粹的求生者。

"走吧,"他说道,"我们得找到其他人。"

巴尔福让克拉拉吃了一惊。他意外干脆地接受了环境的改变,甚至几乎对眼前的窘境认命了。他还想到了克拉拉未曾想过的事,为此她真想踹自己一脚:巴尔福提出,他们可以扫描这块区域内的太空服收发器信号。很快,他们就捕捉到了两个清晰的信号,分别来自蒂比·温特和塔尼亚·福莱希。除此之外,他们再也找不到别人的信号了。

两人忙着商量如何组织搜索,如何对已知的信号进行定位,却发现旁边植物的叶子剧烈摇晃起来。他们转过身,以为自己遇上了丛林的掠食者,然而并没有发现什么——直到一大片藤蔓被扯开,露出两个身穿"亚历山德里亚号"太空服的身影。

"谢天谢地,总算找到你们了!"塔尼亚惊叹道。

蒂比也松了口气,几乎哭了出来,"我们才刚捕捉到你们的太空服信号。"

"你们没事真是太好了。"巴尔福说道。

"我们在丛林里穿行了二十分钟。"塔尼亚告诉他们。

"信号的覆盖范围一定被树木影响了,"巴尔福推测道,"连无线电通信也受到了干扰。其他人可能就在附近,只是我们难以追踪。"

他们隔着太空服和头盔,尴尬地相互抱了抱。事实上,这确实不算值得庆祝的事。克拉拉不断尝试寻找博士的收发器信号,或是用无线电联系他,却始终一无所获。

"现在怎么办?"巴尔福问道。

"我建议找个豪华酒店度过这漫漫长夜。"塔尼亚说道,"我可不介意在装满热水的浴缸里泡一会儿。"

他们配合地报以微笑,但都意识到了现状的危急。

"不知你们怎样,我的氧气值已经非常低了。"蒂比抬起手,让所有人看到手腕上闪烁的灯光。

这时候,一阵长长的尖叫划过丛林,所有人都转身望着声音传来的方向。

"出什么事了?"塔尼亚站起来,"那声音听起来很像人类。"

接着又是一阵尖叫:"救命!哦,看在上帝的分上,救救我!"

"如假包换的人类。"克拉拉说着,往声音的源头走去。

他们循着声音走了一小段距离,在枝叶间攀爬了将近十米,来到一根长着浓密灌木、又长又粗的大树枝前。灌木丛里伸出一些细长尖利、如同号角的东西,像残缺的匕首般刺入恶臭的空气。灌木旁仰天躺着一个身穿太空服的人,正手舞足蹈地大声号叫着。

"没事了,马尔科。"克拉拉安抚道,"我们来了,冷静点,否则你要用掉所有氧气了。"

马尔科挣扎着坐起来,头盔里的表情混合着痛苦和恐惧。他抬手抓挠着头盔,"我没有氧气了!全都没了!空气都没了!我头盔裂了!哦,快救救我!"

他们检查了他的头盔,巴尔福很快便找到一道细长的缺口和几条小缝。"头盔本应坚不可摧的。"他喃喃着,那模样就像是花了大价钱却没有买到理想的商品。

"几乎坚不可摧。"克拉拉说道,"或许它被酸雨侵蚀,导致强度减弱了。"

"他肯定撞到这些尖刺上了。"巴尔福分析道,"它破坏了头盔,还导致收发器和无线电出现了故障。"

"我没有氧气了!"马尔科哭喊着,伸出手向他们展示氧气指数。控制面板发出了鲜红的光芒,氧气已消耗殆尽。

"尽管如此,"克拉拉告诉他,"你还能呼吸。"

"还能大喊大叫。"蒂比补充道。

"你该庆幸这些尖刺只捅破了头盔。"塔尼亚说道,"再往左一点,就直接把你捅穿了。"

马尔科看了一眼旁边的尖刺,顿时血色全无。随后,他慢慢镇定下来。

"这里的空气应该能呼吸。"克拉拉意识到。

他们看了看彼此,心中突然涌出希望。巴尔福看着太空服上的环境监测面板,"正在扫描。主要气体为氮气……含有大量氧气……"

塔尼亚没等完整结果出来,就已经抬手摸索头盔密封条了。她解开头盔,脱下来长舒了一口气,一头黑发散落在双肩。她又深吸一口气,再缓缓吐了出来。

克拉拉、蒂比和巴尔福都目不转睛地盯着她。

"哦,真是太棒了。"塔尼亚闭上眼睛,重复做着深呼吸,"天哪,现在要是有杯酒就完美了。"

"既然有空气,那就可能有水。"蒂比说道。

"别管水了。"马尔科·斯普里特站起来,甩开扶住他手臂的克拉拉。他摸索了一会儿,解开破掉的头盔脱了下来,"我完全有可能窒息,甚至死掉!"

"可你并没有。"巴尔福提醒道。

"头盔有问题。"马尔科将它狠狠甩到了树丛里,"你得为此负责任,巴尔福。"

"嘿!"克拉拉说道,"别太不领情了,那是因为酸雨。"

"不领情?我有什么情可领!还有,我们到底在哪里?"

克拉拉也摘掉了头盔。丛林里的空气温暖潮湿,充满了植物腐烂的恶臭。但她仿佛从未呼吸过如此甜美的空气。

蒂比和巴尔福也相继摘掉头盔,四个人就站在那里,尽情地呼吸了一番。

"不知你们怎样,我反正出汗出得厉害。"塔尼亚说完便拉开身上的软钢太空服,迅速脱了下来。其他人都来不及阻拦。

"或许我们该穿着……安全起见。"蒂比提议道。

"安全?"马尔科嗤笑一声,"我们离开虫洞后就没安全过!"

"这里可能还会发生时间畸变。"克拉拉说道,"我们不知道那时将会落入何处,也不知道周围环境会发生什么变化。"

但塔尼亚似乎并不担心,"氧气都没了,太空服还有什么用?"她说着,把太空服揉成一团,塞进头盔里,又把头盔扔到了地上,然后像只猫一样开始舒展身体,"老天,我真是累坏了。"

"我们能把氧气罐重新充满空气吗?"克拉拉问道。

"不能。"马尔科尖酸地指出,"他们用的是固态氧,无法重新填充。"

"我还是一点都不明白。"蒂比说道,"上一秒钟还是漫天大雪,下一秒就成了丛林……到底发生什么事了?"

"博士说我们正在坠落回过去。"克拉拉回答,"每次下坠以数百万年计算,穿越到这颗行星过去的各种时期。现在可能是冰河世纪之前的史前纪元。"

"这种现象还会再次发生?"

"对,随时可能发生。"

"博士在哪里?"巴尔福问道,"还有米奇、霍波、杰姆?他们应该就在附近……"

"希望如此。"克拉拉感觉全身都在出汗,浸透了太空服的每个角落。塔尼亚说得对,穿着太空服太不舒服了,尤其底下还隔着一层她自己的衣服。若戴着头盔处在气密状态,太空服的恒温系统能让他们在雪地中保持温暖,同时在丛林里保持凉爽。可一旦解除气密,他们就无法受到保护。

"嗨,瞧我找到什么了!"灌木丛背后传来塔尼亚的声音。

克拉拉有些担心,"我们该待在一起。"她跟其他人拨开层层叶片找到了塔尼亚。她想组织所有人寻找博士和其余同伴,而现在只是在浪费时间。

塔尼亚找到了一个水洼。看似清澈的水汇集在粗树枝的凹陷处,可能是天上落下的雨水。树干沟槽里还有好几个小水洼,顶上覆盖着厚重坚韧的叶片,形成了一道树荫。这块地方比外面稍微凉快一些,但有股奇怪的腐臭味。水洼边缘长着一圈深黄色带黑色斑点的花儿。

"不够深,泡不了澡。"塔尼亚说着,弯腰审视着离她最近的水洼,"但我可不打算抱怨。"

"那水可能不能喝。"虽然克拉拉也很口渴,但她还是警告道,"搞不好它的酸性还很强。"

"你怎么确定那是水?"马尔科气愤地问道,"应该先检查一遍。"

"你说得对。"克拉拉转身看着巴尔福,"我们能做些检测,看看这液体是不是水吗?"

"这是什么?"蒂比打量着那片区域周围生长的花朵。深黄色花瓣十分厚重,如同纤维质的手掌拢住黑色的花蕊。每一朵花都盛满了焦油似的东西,表面还在不断冒泡。

"有点像蛙卵,"克拉拉说道,"不过是黑色的。"她不喜欢这东西,因为它看起来似乎在表面之下隐藏了什么,正在安静地沸腾着、等待着。而且这东西闻起来很奇怪,有股刺鼻的荤腥味儿。她忍不住皱起鼻子,担心别人靠得太近。"或许我们该离远一点。"她提议道。

"这里还有更多。"塔尼亚说道,"所有植物都装满了这东西……"

突然间，传来一声类似喷嚏的动静。只见其中一株植物猛然闭合，花瓣像捕蝇草般收缩起来，里面的黑色黏液喷了塔尼亚一身，她大喊着倒退了几步。

"离远点！"克拉拉叫了一声，但为时已晚。塔尼亚裸露的双臂和肩膀沾满了那些类似焦油的东西。

他们把她拽了回来，踉跄着穿过灌木丛，离开了那片区域。

"这东西有刺激性。"塔尼亚喘着气说道。

巴尔福想抹掉她手臂上的深色黏液，但那东西十分黏稠，仿佛死死粘在了皮肤上。

"找个地方让她坐下。"克拉拉说完，蒂比和巴尔福便搀扶塔尼亚原路返回，马尔科则在前面灌木丛里开出一条路来。

他们让塔尼亚靠着树干坐下。那些蛙卵似乎渐渐扩散开来，一些大块斑点已经融为一体了。

"早知道就不脱太空服了。"塔尼亚的双臂、双肩和脖子上的部分皮肤已经被黏液覆盖。他们眼看着那东西蔓延开，缓缓散布到她的皮肤各处。

"我们肯定能做点什么！"蒂比急切地看着其他人。

"我猜这挺有趣的。"塔尼亚说着皱起了脸，显然正在承受剧痛。随后，她挣扎着继续说下去，"毕竟我是个地外生物学家，又是医师。你说得对，克拉拉——这东西就像蛙卵，含有生物卵的羊水。"她抬起几乎被黏液完全覆盖的左臂,"这东西移动时,你能看到里面的卵,就像一个个浸在黏液里的小球。"

"这东西真恶心。"马尔科说道。

"可那植物为何把它喷到你身上?"巴尔福很是不解。

"生命需要什么才能成长?"塔尼亚反问道,"食物。蛋白质。它一定觉得我身上是个好去处。"

她说话时,黑卵也在不断蔓延,顺着她的脖颈往面部涌去。

"我们能做些什么?"无助感让克拉拉无所适从,"我们能否……用水把它洗掉?"

"我们不确定那水是否安全,"巴尔福反驳道,"也不确定它是否就是水。"

"但我们总能做点什么吧!"

"事实上,还真没什么可做。"塔尼亚龇了龇牙,显然那扩张的黑色黏液让她十分痛苦。它正在缓缓变成一层硬壳。"细胞正在以惊人的速度复制。"她解释道,"哇哦。"

那东西已经漫过她的脖子,覆盖了她的下颚。当它接近口部时,塔尼亚紧紧闭上了嘴。所有人惊恐地看着黏液淹没她的嘴唇,将其封住。她惊恐地喘着气,双眼瞪得圆圆的,充满畏惧和痛苦。黑卵以可怕的速度覆盖了她的整颗脑袋,遮蔽了鼻子和双眼,她的脸仿佛在那片黑墨之下渐渐消融了。

"那东西在杀她!"马尔科喊道。

塔尼亚的整个上半身都被一层黑卵罩住了。她无力地挣扎几下，便再也不动了，抽搐的腿随即软了下来。

蒂比用双手捂住脸，不忍直视眼前的景象。巴尔福搂住她的肩，将她带离现场。

眼前的剧变让克拉拉全身麻木，无法移开目光。塔尼亚黑亮的身体开始失去轮廓，她的鼻子扁了下去，脑袋塌陷，双臂在黑卵的收缩或消化下被拉到身体上交叉起来。黑卵有规律地蠕动着，渐渐蔓延，表面开始长出坚硬的胞疮——那或许是一颗颗小蛋，即将孵化。

"一切都发生得太快了。"巴尔福难以置信地咕哝道，"真是不敢相信。"

蒂比啜泣道："我们什么都做不了……什么都做不了……"

"我们必须离开这里。"克拉拉说着站了起来。

"这提议真是太棒了。"马尔科冷笑道，指着周围茂密的丛林，"但你觉得我们该往哪边走呢？"

14

博士站在一堵金属墙上,眺望着眼前那片迷雾笼罩的崎岖地带。

天空如同干掉的血液般漆黑,那是这个永远昏暗的中子星世界的夜色。他之所以能看到周围的光景,是因为这里的土壤似乎含有某种慢衰减性同位素,使地面浸透了腐肉里的微弱辐射,发出微光。他能呼吸这里的空气,因为最近一次时间畸变带他来到了这颗星球漫长历史中的遥远纪元,而这里的大气主要成分还是氮气和氧气。他抽了抽鼻子,抬起长长的鹰钩鼻,想捕捉某种自己不太能确定的特殊气味。臭氧?无烟火药?他又深吸一口气,但那气味已经消失了,仿佛这片散发着冷光的大地将十万年前的战场硝烟全都吸收殆尽了。

"有什么迹象吗?"米奇·凯勒爬上墙顶,来到博士身旁。他压低棒球帽,工作服上布满皱褶和泥土。跟博士一样,他也脱掉了太空服。反正他们已经用完了氧气,而那套衣服很快就成了累赘。

"没有。"博士正从这个制高点观察周围的情况，寻找克拉拉和其他人。远处可见火山朦胧的橙色火焰，或许是那些含有硫黄的烟气顺风飘过来让他闻到了。

"他们应该就在附近。"米奇转头看着身后的废墟，霍波正陪着杰姆坐在一起，被土壤辐射照亮的迷雾缭绕在她们脚旁。

博士面露怀疑，"时间畸变本来不可预测，但某种东西把我们引向了过去，遥远的过去。我们被分开了，而我不明白为什么。"

"听你这么说，好像有人故意这么做。"

"我开始有那种想法了。这一切的背后，应该存在着某种智能——某种带有目的性的东西，只是我尚未弄清那是什么。至于克拉拉和其他人，他们可能身在任何地方……任何时间。"

米奇挠了挠下巴上的胡茬，"我只希望他们还在一起。"

"我们都在一起，没理由认为他们在单打独斗。"

就算米奇怀疑博士是在故作乐观，好让他一直保持希望，但他也没有拆穿。他看着博士拿出音速起子并点亮，绿光有节奏地闪烁起来。

"塔迪斯？"米奇问道。

"它与我们只有时间距离，而非空间距离。但我们已经比之前更接近了。"博士关掉起子，"至少时间畸变正把我们引向正确年代。但问题在于，信号本身正在减弱。我们必须尽快找到它，否则就会彻底失去它。"

"至少我们现在能呼吸了。"

"没错,但我们依旧需要食物和水。我可没看见其中任何一样,你呢?"

米奇没有回答,也不需要回答。他们脚下的土地异常贫瘠——只有一望无际的漫漫迷雾和衰败废墟。很久很久以前,这里一定存在过某种文明。但现在,他们脚下只剩那个文明的残骸:腐朽的金属城市、锈蚀的高墙、没了顶的地窖,还有那或许曾经是高塔或支架的瓦砾。周围只有尖锐的金属棱角,被锈迹和地衣覆盖侵蚀。

"你觉得谁在这里生活过?"米奇好奇地问。

"我觉得没有人。"博士回答,"这里可能在建好后便遭抛弃,也可能是一处被遗忘,甚至从未被启用过的自动化建筑。"

"你是说麦卡人[1]?"

"可能跟他们类似吧。不管那是什么,最后都没有人来。这个地方遭到遗弃,成了风雨和迷雾的领地。经过数千年,这里就渐渐被侵蚀成了如今的模样。"

"那些幽鬼呢?"

---

1. 首次出现于《神秘博士》老版剧集第二季第八集《追逐》,它们原本是人类派到麦卡星上开发殖民地的圆形机器人,但殖民地开发完毕后,人类却忙于战争将其遗忘。最后,这些圆形机器人便以麦卡星为母星,发展起自己的文明。

他们看到了废墟中徘徊的东西：自从他们到来后，一种貌似掠食昆虫的生物就紧紧跟在后面。但除了这些野生生物，残垣断壁的缝隙间还会不时闪过一些发光的身影，每次都转瞬即逝。

博士眯起眼睛，紧紧拧着眉毛，仿佛给自己的思绪罩上了兜帽。"他们还挺有意思。"他坦言道，"我猜，莫非那就是隐藏在一切背后的智能？"

"瞧！"米奇指向废墟另一端。两三百米开外出现了一股淡淡的蓝光。没过一会儿，似乎有一个散发着幽光的高大身影从走道上滑过，缓缓转向他们，又渐渐回身融入迷雾中，"又来了一个。"

"记得吗？我们在冰河世纪也见过同样的东西，就在时间畸变发生之前。"博士说道，"可他们是谁？想要什么？"

"博士，你相信鬼吗？这地方可能有人居住。而住在这里的，搞不好就是那些幽鬼。"

"我很怀疑这点，因为这里的建筑对他们来说太过低矮。而且正如我所说，这片废墟没有任何智慧生命的痕迹。所以，米奇，他们只是这里的访客，跟我们一样。"

又一个幽鬼现出身形，苍白暗淡的影子静静滑过废墟，不知去往何处。米奇浑身一颤，"它们让我毛骨悚然。"

霍波爬到墙头加入他们。"幽灵和食尸鬼又冒出来了？"幽鬼的光芒褪去时，她问了一句。

"他们出现得越来越频繁了。"博士若有所思地说道,"我们肯定正在接近时间畸变的中心。"

"可我们不能在这儿待着了。"霍波说道,"杰姆惊魂未定,而那些掠食者正在围过来。"

他们出现后,那些掠食昆虫就一直阴魂不散,来回穿梭于废墟的阴影中,躲藏在发光土壤无法照射的墙垣顶端。博士说,它们是进化失败的产物,典型的史前进化实验生物。可尽管如此,它们依旧是掠食者。刚才已经有一只落单的可怜虫被自己的同类围攻,它们分解和啃噬的速度极快。而现在,那些昆虫好像盯上了博士一行,隔着迷雾在外围徘徊,不断向他们逼近。

"它们会找出最弱者。"霍波说道,"那是掠食者的天性,对不对?追踪猎物,袭击最孱弱的那个。"

尽管米奇是老人,可他们都知道霍波在说杰姆。那个克隆人领航员孤身一人,心情沮丧,沉浸在悲伤中,仿佛已经痛不欲生。她看上去筋疲力尽,在任何猎手眼中都是最合适的目标。

"好了,"米奇说道,"我们离开这里吧。"

博士和米奇在前面开路,霍波扶着杰姆跟了上去。他们选择了远离掠食者的方向,走进废墟深处。

博士猛地停下脚步,因为他看到前方角落突然蹿出一个散发着淡淡蓝光的身影——戴着兜帽的高大身躯耸立在他们面前,向周围废墟投下诡异的光芒。就连阴影都似乎从那东西身旁逃离,躲藏到了迷雾里。几人连忙凑得更紧了。

"大家保持冷静。"博士挺直身子,直面那渐渐逼近的幽鬼。惨白的光芒映出兜帽下的面孔,那是一张形似鸟类的长脸,长着一对漆黑的眼睛。

然后它消失了,如同随风逝去的轻烟。

"他们可真烦人。"博士咕哝道,"时隐时现,一句话也不说。他们觉得自己是何方神圣?"

"费罗人。"杰姆说道。

所有人都转头看着她。

"我能感知到他们,"她解释道,"就像'亚历山德里亚号'穿过虫洞时那样。"

"你是说那些声音?你之前说又听到了声音,能感知到暗物质里的波动。"

杰姆皱起了眉,"差不多吧,那就是一种感觉。不过,他们一定是费罗人——或费罗人的鬼魂。我很肯定。"

"那它们怎么不做下自我介绍呢?"米奇问道,"反倒一直在我们周围潜行?"

"他们可能也在尝试。"杰姆说道。

"或许他们看不见我们。"博士一边检查幽鬼刚才出现的地点,一边分析道。那东西来去时并未扰动地面发光的尘土,仿佛他们从未存在过。博士不时握紧又松开拳头,陷入了沉思,"或许,他们只能隐约察觉到我们的存在。在他们所处的时间流里,我们可能也如幽鬼一般。"

他们停留了太长时间,有东西已经挥动着细长的足肢爬上了附近的墙顶。反射着微光的卵状复眼聚焦在那几个入侵者的身上,那只昆虫狠狠哑下宽阔的钩状口器,发出一阵得意的嘶鸣。

霍波一把抓住杰姆把她拉开。与此同时,昆虫从墙上直坠下来,落在了杰姆上一秒钟还站立的地方。它翻过扁平的脑袋,黑色大嘴猛地张开,露出一圈圈尖利弯曲的牙齿,再次发出嘶鸣,向冰冷的夜空中喷出一股唾液。

"我说跑就快跑……"博士悄声说着,可霍波已经抓住杰姆的手,把她拉向废墟深处。于是博士也一把抓住米奇的手臂,推搡着他跟了上去。

越来越多的虫形生物爬到墙上,挥舞着直指夜空的触角,发出一阵又一阵令人血液凝固的尖叫。狩猎开始了。

杰姆拼命想跟上霍波的步伐,等他们来到一座宽阔的中心广场时,她已经喘不过气来了。周围有一些长满青苔的圆柱,可它们一度支撑的屋顶早已不见。头上只有一片空白黑暗的天空,身边依旧围绕着缓缓流动的迷雾,还有那些掠食者。他们能听到虫子的动静——在雾气中徘徊,无法目视,却从未远离。

"难道它们不知道什么叫放弃吗?"霍波苦涩地说道。

"那不是它们的天性。"博士回答,"它们已经盯上了我们其中一个。现在,它们在驱赶我们,等待时机发起进攻。"

一行人穿过露天广场,脚步声在立柱间回荡。这里的墙壁更加残破,全都扭曲变形、锈迹斑斑,还长着一层灰色的纤维质地衣。这里没有路,他们只能寻找容易攀爬的残垣断壁,从上面翻过去。

"这样不行。"米奇说着,帮杰姆翻过一块大石头,"我们太容易受攻击了。"

"我们在哪儿都容易受攻击。"博士直言道。

"你确定这是正确方向?"霍波不禁发问。

博士掏出音速起子扫描了一会儿,尝试寻找最微弱的信号,"我们必须尽量接近塔迪斯,至少在空间上。然后——然后恐怕就是时间问题了。"

黑影从他们身边的雾气中爬过,钻进破碎的金属残骸,一点点向他们逼近。

"我觉得它们正在准备攻击。"霍波边说边后退,始终让视线保持在那些掠食者身上。

"现在应该是最佳时机。"博士赞同道。他原地转了一圈,想估算周围有多少虫子。他能看到的足有一打,但雾气中可能还藏着更多,"我们无法快速移动,而它们已经形成了包围圈。"

"但我们必须保持移动。"米奇提议道,"一旦停下来,它们就知道我们完了。"

"保护好杰姆。"博士说道,"它们的目标应该是她。"

"不,等等。"杰姆的话让他们停下脚步,四下张望。迷雾越来越浓,白色雾气中不时显现出不规则的尖顶,其中一些与锈蚀的金属支架相连,边缘方正的细长金属如同天线般刺向夜空。"无论这是什么地方,"杰姆继续道,"费罗人来到这里肯定都出于某种理由。而他们还把我们带到了这里。我能感觉到,就像我在虫洞里感知到他们一样。他们彼此相连。"

"跟虫洞相连?"博士的眉头拧得更紧了,"那可能吗?"

"一定可以。因为当时唯有在那里我才能听见他们。同样,现在唯有在这里我才能听见他们。"杰姆双手抱头,轻轻按揉天灵盖和上面的增强端口,"两者都一样,都是暗物质的低语。瑕疵。他们一直在说瑕疵。"

"我们非得现在讨论这个吗?"米奇紧张地问道。

"等等。"博士回应道,"如果杰姆说得没错,那情况就比我想象的更严峻。而我已经感觉情况非常严峻了。"他布满皱纹的长脸上满是忧虑。紧接着,博士猛吸一口气,表情变得明朗了,"哦!哦,我刚想到了最棒的主意!假设费罗人本来就由暗物质组成呢?哦,那简直太棒了!那可是全新的东西——跟我见过的全然不同……"

就在这时，一只掠食者突然落到杰姆的肩膀上，将她撞倒在地。她砰地跌落，但马上挣扎起来，想甩掉那东西。可它的众多足肢死死抓住了杰姆，使她根本无法甩开。

霍波想抓住那只虫子，却未能如愿。杰姆惊慌地在地上打滚，不断扭动身躯躲闪着刺向喉咙的口器。

"我扒不下来！"霍波大喊道。

"那东西会咬死她！"米奇叫道。

掠食者弓起一节节肢体，加大力度钳住杰姆，不断攻击她的头和颈部。博士将音速起子用力捅进那东西的硬壳缝隙中，对里面柔软的肉身发出了好几波超声波脉冲。虫子惊叫一声，挥舞的口器中喷出好似脓水的唾液。博士不断重复音速起子的攻击。虫子慢慢松开杰姆，极不情愿地抬起一只只脚，弯起众多关节，想移除背后的刺激。博士咬牙加大了起子的输出频率，更多足肢一齐乱舞起来，松开了猎物。

霍波低吼一声，把那东西从杰姆身上掀了下去，随后米奇一脚踩中它腿与身体连接处上方裸露的胸腔。那东西嘶吼着，疯狂挥舞足肢，但被狠狠踏在地上动弹不得。

博士把杰姆扶起来，"你还好吧？"

"我……我应该还好。"她还在发抖，被昆虫口器撕裂的颈部皮肤流着鲜血。

"只有划伤和挫伤，"博士轻快地说道，"你不会有事！"

霍波弯腰握住虫子扭动的头部，用力一拧。只见她前臂肌肉凸起，那东西在米奇的脚下更加疯狂地扭动起来。随着突如其来的爆裂声，虫子脑袋被拧了下来，末端还连着筋腱似的器官，冒出黄色的黏液。霍波怒骂一声把那脑袋扔开，它在墙上弹了一下便滚走了，口器依然无意识地一开一合，最后终于没了动静。

米奇抬脚松开虫子的身体。它的足肢已不再挥舞，并慢慢向内卷曲，在残余的自主神经脉冲控制下微微颤抖。

"周围还有很多。"杰姆说道。

这时候，又有大群虫子从迷雾中现身，向他们爬了过来。它们翻过高墙，爬下支架，到处都是。足有几百只。

"快跑！"博士一把抓住杰姆的手，米奇和霍波紧随其后，一行人向废墟更深处跑去。然而虫群紧追不舍，翻过一处又一处障碍物，渐渐缩小包围圈。两只虫子扑到米奇背上，他惨叫一声跌倒在地。

"米奇！"霍波猛地停下脚步，一脸惊恐地转过身，眼看着老人消失在一片虫海中。他的棒球帽落在了她脚边，"米奇！"

虫群涌到米奇身上，张大口器开始撕扯。他奋力挣扎，霍波瞥见他抬起满是鲜血的脸看过来，目光里满是恳求。

"快跑！"米奇嘶吼着，随后开始抽搐。掠食者口中射出又长又尖的管子，深深扎进他的身体。虫群开始了一场鲜血狂欢，沾满唾液的口器中伸出长长的饲管，贪婪地吸食着猎物的血肉。

它们专注于眼前的大餐，对霍波、杰姆和博士彻底失去了兴趣。

"别看。"博士轻轻转开霍波满是泪痕的脸，"别看……"

15

克拉拉感觉自己已经走了很远。潮湿的空气令她的头发耷拉下来,全身衣物都浸透了汗水,"你确定是这个方向?"

蒂比停下脚步抬头看天,一缕昏暗的绿光从茂密的树冠投射下来,"如果那道光真的来自这个星系的中子星……那么,这极有可能是正确方向。"

"这正是我们在冰河世纪打算前往的方向。"巴尔福走过来肯定了蒂比的说法。他看了一眼手腕上的控制面板,又看了看头顶。他已经走得把一头金发粘在了头皮上,脖颈也满是汗水。丛林在他脸上投下一抹绿莹莹的光,看上去诡异而惨白。

"怎么停下来了?"马尔科步履艰难地走了过来,用太空服的袖子抹了把脸,还朝地上吐了口痰。

"想找准位置。"克拉拉对他说。

"我们可能在绕圈子。"他说道,"而且我不明白,目的地到底是哪里。"

"我们正努力找到其他人。"巴尔福耐心地提醒他。

"搞不好他们都死了。"

克拉拉瞪了他一眼,"谁也说不准。在彻底弄清楚之前,我们要继续搜索。"

"要是你愿意,完全可以留在这里。"巴尔福说道。

马尔科吸了吸鼻子,"我们最好共同进退。"

克拉拉转身继续往前走,双腿如同灌了铅,每个动作都异常艰难。她甚至不想跟马尔科争执,因为她感到嗓子在冒烟。克拉拉闷哼一声,意识到自己最后摄入的液体是博士在"亚历山德里亚号"上做的热巧克力。一想起那一幕,她的肚子就开始叫唤。

马尔科一直在抱怨所有事情:潮湿的空气、植物、虫子,甚至他们前进的方向。

"这么说吧……"他们利用倒下的大树越过一条深沟时,巴尔福停下来喘了口气,"要么我们都朝这个方向走,要么你一个人掉头回去。"

马尔科点了点头,"好,我们往前走。"

他们正在跨越的深沟底下是一团绿色迷雾,两侧铺满了海绵状的厚重青苔。脚下的树干上布满白色汁液,沿着表面滑落到深渊里,他们不得不小心翼翼地走过树桥,生怕那些汁液让脚底打滑。许多半米长的虫子嵌在树皮缝隙中,看起来就像插在针包上的针,正在贪婪地吸食树液,制造他们脚下的湿滑。偶尔会有一只虫子像射中靶心的箭尾一般浑身颤动,末端射出一小缕树液(或别的什么东西),然后化作雨滴坠落深渊。

他们不断停下来察看太阳的方位。天上那个亮点(假设那确实是太阳)几乎被纵横交错的枝叶完全遮挡,很难找到。克拉拉甚至不明白什么叫无自转的中子星,只知道即便他们顺着行星历史回溯了这么久,天上那颗太阳还是不怎么亮。整座丛林都被笼罩在永恒的阴暗中。

没走一会儿,他们又停了下来。克拉拉又热又晕,她猜测其他人应该也一样。巴尔福弯着腰,双手撑在膝盖上,累得直不起身子。马尔科气喘吁吁,仿佛正在承受痛苦,然而连他也累得没有力气抱怨了。

"怎么停下了?"过了好一会儿,巴尔福才说道。

"看前面。"克拉拉回答。

前方又有一片空地,长满乱蓬蓬的杂草,中间点缀着无数水洼,或看上去像水的东西。水边长着一圈圈茂密又眼熟的深黄色植物,每一株都装满了浓稠的黑色黏液。

四人站在那里凝视了好一会儿,他们都对塔尼亚·福莱希痛苦的死状印象深刻。

"我可不会靠近它们。"蒂比低声说着,生怕惊扰了那些植物。

"我也不会。"克拉拉附和道,"可我看不见那些植物到底有多大一片。这边空地上有很多,但它们还长进了那边的丛林里。"

"我们可以分头行动,"马尔科提议道,"从两边绕过去。"

"不久前你还说我们应该共同进退。"巴尔福指出。

马尔科叹了口气,"现在我改口了。如果分成两队,我们可以很快找出哪一条路正确。你们怎么样我不知道,反正我是累坏了,不想白白浪费体力。"

巴尔福转身问克拉拉:"你怎么想?"

"她怎么想很重要吗?"马尔科不满地说,"谁答应让她管事了?"

"谁答应让你管事了?"巴尔福回击道。

"别争了。"蒂比接过话头,"那可能是个好主意。我们可以在这片植物两侧分头搜索丛林。现在,我只想尽快离开这里。"

"那就这么定了。"马尔科说道,"我跟蒂比走这边,你跟克拉拉走那边。"

他转头要走,克拉拉却看到了蒂比脸上的惊慌,于是开口道:"等等,我重新考虑了下。马尔科,你最好跟巴尔福走吧,我跟蒂比组队。"

"我才不跟巴尔福走。"马尔科反驳道。

"为什么?"巴尔福问。

"巴尔福,我无意冒犯,只是你真没什么用,不是吗?你没有任何资质,只是个被宠坏的有钱小子,一心想要冒险。现在你得到机会冒险了,而我并不想与你分享。"

巴尔福挺直身子,"很好,马尔科,其实仔细想想,我也不想跟你组队。事实上,我甚至不明白自己一开始为何要把你叫来。"

"你把我叫来,是因为只有我知道'迦太基号'去哪儿了,"马尔科回答道,"因此也只有我能找到你那宝贝虫洞。结果呢,瞧瞧我们落得个什么下场。"

"我猜每个人都会犯错。"巴尔福耸了耸肩,"你可能是个优秀的考古学家,但同时也是个花言巧语、心术不正的小蠢货。"

"你们够了。"克拉拉严厉地说,"这里不是学校操场,现在也不是斗嘴的时候。拜托你们俩都成熟点儿。我们分头行动——巴尔福,你跟蒂比一队。我跟马尔科走。"

"可……"马尔科开口反对。

"可什么可,"克拉拉打断他,"照我说的做。"

她转身走进丛林,知道马尔科会跟上来,因为她在煤山中学见识过不少这种类型的人。几秒钟后,她就听见马尔科用力踏着脚下的灌木,骂骂咧咧地跟了上来。

巴尔福转身对蒂比伸出一只手。他正站在一根倒地裂开的粗糙树干上,迎向蒂比,身后是他们即将前往的方向。蒂比抬头看着他,用太空服袖子抹了一把额头,随后露出微笑,"你觉得我需要帮忙?"

巴尔福犹豫了片刻,然后回答:"呃……不。是的。我也不知道。我感觉这样做比较合适。"

她握住他的手,跳到树干上,"别在意,我们总会有需要帮忙的时候。"

"我以前一直都依赖楚格,他会替我做所有事。可现在只剩我一个人……虽然我挺想楚格,但现在这样也不错。"

"你不是一个人,我也在这儿呢。"蒂比凝视了他一会儿,"还有其他人也在,我们都在一起。"

"唔……有的人可不太愿意跟我们待在一起。马尔科看起来就不太喜欢团队合作。"

"他确实不太团结,"蒂比赞同道,"可他吓坏了。"

"我们都吓坏了,但没必要表现得如此讨人厌。"

"你说得对。我真高兴跟你组了队,而不是他。"

巴尔福扬起一边的眉毛,"既然如此,就叫我雷或小雷吧。我讨厌别人管我叫巴尔福,而且一开始我就说过了。结果没人听,从来没人听我的。"

蒂比微笑起来,"可能是因为你看上去不像'小雷'吧。"

"求你告诉我更像'小雷',而不是'大壮'。"他大笑道。

他们在轻松的气氛中沉浸了片刻,随后蒂比捏了捏他的手,"那我们走吧,雷。你开路。"

"我希望你冷静一些了。"走了一会儿后,克拉拉对马尔科说道。

"你是博士的助手,但不代表你能管事儿。"马尔科咕哝道。

"我不是博士的助手,我是他的朋友——这种关系你肯定不太懂。"

"谁管你是什么。事实就是,你跟博士知道这颗星球的一些事情,却没对任何人说。"

克拉拉支吾了片刻,"别傻了。"

"那些蠢货看不出来,可我不一样。"马尔科继续道,"你们来这里是为了找东西,并且不打算告诉别人。"

他已经追上了克拉拉,与她并肩同行。克拉拉真的很不喜欢他那狡诈的语气,"你根本不知道自己在说什么。"

"是吗?"马尔科坏笑道,"我见过你跟博士这种人。不速之客,跟在考古探险队后面,想捞点宝贝,分点好处。"

"你错了。"

"是吗?那魅魔是怎么回事?"

这个词让克拉拉停了下来。她转身看着马尔科,感到全身的汗液变得冰凉,"你知道多少关于魅魔的事?"

"不多,我只听到你跟博士在谈论那东西。别这么惊讶,克拉拉。'亚历山德里亚号'不大,你们两个在船上窃窃私语,总不能指望保住自己的小秘密吧?我听见你们在船舱里闲聊了。尽管我没弄清楚魅魔是什么,但那东西肯定很值钱——否则你们不会冒着生命危险跑到这个鸟不拉屎的地方来。"

克拉拉想起"亚历山德里亚号"最初遇到麻烦的瞬间。她跟博士从休息舱里跑出来，迎面撞上了马尔科。当时他一定就在外面偷听。"你对它一无所知。"她不太肯定地说道。

"那就告诉我，或许我还能分一杯羹。"

"休想。"

克拉拉转过身，坚定地走进丛林。她心跳加快，大脑也在飞速运转。博士到底在哪儿？没了他，自己该怎么办？

他们一言不发地沿着长满深黄色植物的区域边缘走着。每当克拉拉看到那种植物从灌木丛里探出来，就会往更左边绕行。她让自己保持速度，单纯为了不给马尔科说话的机会。她能听到他在后面喘气，每次吸入潮湿空气的动静都十分清晰。过了一会儿，他们不得不停在一道几乎与地面垂直的茂密植物墙边。那些叶子自灌木丛中升起，足足有四米高，最后止于一道平整得不自然的边缘。

"这是什么？"克拉拉不可思议地说着，顺着那道墙走起来。

"看来是植被长到某种立体结构上了。"马尔科跟在她身后说。

他们发现一道缝隙，便爬了过去，接着又走上了一处长满苔藓的台阶。

"这是座废墟。"克拉拉意识到，"这里曾经是建筑物……"

"这东西年头一定很久了。"马尔科说。他们周围都是土堆和方正的碎块，全被丛林植物包裹，缠绕着根系和藤蔓，但外形依旧可以辨别出来，就像茂密森林里长出了一座建筑，"这丛林得花成百上千年才能把这里变成现在的样子。"

克拉拉走到台阶最上面，远眺那条在钢筋水泥里葱郁生长的林荫大道，"这里好像是座城市，"她喘着气，"被埋葬在森林中。"

"嘿，你看下面。"马尔科低头看着高台边缘。

他们脚下是一大片深黄色植物，每一朵都盛满了黑色黏液。有一些正在无声地冒泡，包裹它们的花瓣轻轻颤抖着，似乎一副蓄势待发的样子，随时准备猛然收拢，将那些可怕的汁液射向任何发出动静的方向。克拉拉光是看着它们，就感到一阵恶心。

突然，克拉拉被人从后面抓住，推向边缘。若不是她本能地绷紧身体，双脚死死抠住地面，那一下就足够让她跌落下去。她一稳住被人向前推的势头，马尔科便不得不与她纠缠起来，结果反倒是自己失去了平衡，克拉拉趁机奋力往后缩。马尔科纵身跃起，表情因盛怒而扭曲。他再次抓住正欲起身的克拉拉，想把她推向边缘。这已经变成一场身体对抗了。马尔科又高又重，克拉拉无疑要被推下去了。于是她下定决心，要把他也拉下去陪葬。她一把抓住马尔科的太空服领子，朝自己的方向狠狠一拽，利用他的速度对抗他。两人同时倒地，克拉拉的脑袋猛地向后一颠，原来她肩膀以上已经越过了边缘。马尔科压在她身上，龇牙咧嘴、表情凶狠，目光充满杀气。克拉拉拼命回忆丹尼曾跟她说过的基础自卫方法，可是脑子却一片空白。现在，她只剩下求生的本能。只见她膝盖往上一顶，马尔科猛地惨叫一声，松开抓住克拉拉的手。她奋力挣开，打了个滚儿，在草地上手脚并用地爬向远离那些深黄色植物的位置。

马尔科从她身后站起身来，但就在此时，巴尔福和蒂比从茂密的植被里冲了出来。巴尔福立马走过去扶起克拉拉。

"他想杀我！"克拉拉哽咽着说道。

"胡说八道。"马尔科争辩道，"这个蠢姑娘险些直接从边缘走下去了，我不得不一把拉住她，结果我俩都摔倒了。"

"骗子！"

马尔科深吸一口气，双手撑在胯上，"跌倒后她就开始发神经。"

"别让他靠近我。"克拉拉警告道。

"没事了。"巴尔福安慰道，"我跟蒂比在这儿呢，你不会有危险了。"

"她本来就没危险。"马尔科说道。

"你们怎么往回走了？"克拉拉问巴尔福。

"没有，我们是从另一条路绕过那些黏液植物的，然后蒂比就听到了动静。"

"这些废墟是什么？"蒂比问，"远古城市吗？"

"一定是。"马尔科若有所思地说,"或许,我们并不是这个世界的头一批访客。"

"可以确定,我们不是这里唯一的访客了。"蒂比指向马尔科身后的丛林深处,"你们看。"

只见几个发出莹莹蓝光的身影在树林里游荡。那些幻影自笔直的森林边界中现身,发出如同明月般的微光。他们戴着兜帽,高大纤瘦,看起来并不属于这个世界或者任何世界。

"是幽鬼!"马尔科惊叫道,"他们从冰河世纪跟过来了!他们到底想要什么?"

他慌忙退开,站到巴尔福和克拉拉身后。下一刻,周围的丛林突然模糊起来,仿佛一只看不见的巨手扫过了油彩未干的现实画卷。

"时间畸变。"丛林开始褪去,克拉拉的声音仿佛被堵在了嗓子眼里,周围一切都在坠落,把她拖向无尽的黑暗。

16

杰姆的脸上和脖颈布满伤痕。霍波从外套上撕下几块碎布，折叠起来给她止血。

"米奇的事我很遗憾。"杰姆低声说道。

"嗯。"霍波哼了一声，声音平淡而疏离。她动作呆板地重新检查伤口，尽量调整好止血布的位置。

"这一切来得太快了。"杰姆继续道。

"嗯。"

"我……知道那种感觉。"

霍波此时才真正把注意力转向杰姆。她的表情僵硬，透着些尴尬，仿佛那不是她自己的脸，也不能完全控制住自己的表情，"是啊，我想你知道。"

他们已经远离正在享用骇人大餐的虫子，快步走出了那片区域，仿佛漫无目的地在废墟中徘徊着。最后，他们找到了暂时的隐蔽之处，决定停下来休息。他们迷路了，又累又饿。霍波异常安静，沉浸在思绪中。不过，至少这附近没有虫子了。

博士用音速起子把杰姆扫了一遍,"没有毒素残留,谢天谢地。"

他们扶起杰姆,霍波把止血布按在伤口最严重的地方。布块已经渗出了红色斑点。

他们身边的墙壁缝隙中现出一道蓝莹莹的光芒。紧接着,一群戴着兜帽的高大幻影穿了过来。

"我开始讨厌见到这些东西了。"霍波说道。

"费罗人。"博士着迷地看着眼前的光景,"纯粹由暗物质构成的存在……"

"他们能看见我们吗?"

"你问杰姆。"

"我想他们能看见。"杰姆向一个发光的幻影伸出手。

那些戴着兜帽的身影也抬起手来模仿她的动作……随后又消散在空气中,只剩下翻卷的灰色雾气。

"太非凡了!"博士惊叹道。

"她怎么做到的?"霍波又问。

"我不清楚。"博士回答,"但杰姆能够感知到暗物质与宇宙的互动。那或许也是费罗人的交流方式。"

"那有可能吗?"杰姆不禁发问。

"一定可以。语言差异可能会成为问题——不过,假设费罗文明曾经真如我猜测的那般强大先进,那我肯定他们能找到解决办法。"

"你一会儿用过去时谈论他们,一会儿又用现在进行时,"霍波说道,"这些人到底属于过去还是现在?"

"过去、现在、未来——这些对费罗人都毫无意义。他们存在于时空之外。"

"那怎么可能?"

"不知道!"博士眼中闪出急切而好奇的光芒,"但我会找到答案。"

眼前的黑暗并不纯粹,墙上的地衣散发出淡淡冷光。蒂比·温特坐在一片虚空中颤抖着,不敢发出一点声响,希望自己的视力能尽快适应如此昏暗的环境。离开闷热的丛林后,这里异常寒冷。她很肯定自己在什么东西里面,当她移动时,脚下发出了摩擦坚硬平面的声音,就像踩在水泥或金属上,而且那声音还会反复回荡。

这里也带着一点潮气,但并非丛林的潮湿,而是深穴或地下室里的冷凝空气。她触碰地面,摸到了菌类地衣、纤维质杂草,以及松散的土块。

过了好一会儿,她觉得自己能看到黑暗中的其他人了——他们都躺着,要么睡着了,要么失去了意识。他们并没死,因为还能听到呼吸声。几分钟后,她还是没有动弹,也不敢动弹。可她还是努力凝视着,直到分辨出太空服的轮廓和克拉拉的深色长发。

蒂比动作轻缓、小心翼翼地伸展双腿,爬到克拉拉躺着的地方。她碰了碰克拉拉,但对方没有反应,看来是彻底失去了意识。克拉拉身边还有个人——雷·巴尔福。蒂比顿时松了口气。只见他仰天躺着,双臂摊开,大张着嘴,眼看着气息就要卡在松弛的喉咙里,变成一阵鼾声。

过去几小时的惊恐开始影响蒂比。她能感到自己的脉搏加快,呼吸越来越急促,很快就会进入恐慌状态。她不能再待在这里,因为她觉得自己孤身一人,迷失了方向,无比脆弱。

突然间,她眼前现出一张脸——在微弱的灯光下,看起来好似一张灰色面具——那是马尔科·斯普里特。蒂比不由得惊叫一声。

"我不知道你在这里!"她说道,"你怎么不说句话?差点被你吓死!"

马尔科压低声音说道:"蒂比,我不知道你把我看成什么人了,不过你需要防备的不是我。"

"为什么?这里还有什么?我们在哪儿?"

他竖起手指按住她的嘴唇,"嘘,保持安静,一次说一件事。我在这里也看见了那些蓝色幽鬼,最好别引起它们注意。"

蒂比咬住嘴唇,"我们得叫醒克拉拉和雷。"

"谁?"

"雷,就是巴尔福。"蒂比发现马尔科正注视着自己,"我们得把他还有克拉拉叫醒。"

"不。"马尔科加强了语气,"他们都昏死过去了,我们得离开这里。"

"不能就这样扔下他们!"

"要是想找帮手,我们就得扔下他们。"马尔科站起来,一把抓住蒂比的手臂,把她也拉了起来。

"帮手?"蒂比心中重新涌出希望。

"你总不至于认为我会丢下他们吧?"

"你知道我们在哪儿吗?"

"对。"马尔科在黑暗中微笑起来,"我知道我们在哪儿。"

博士、霍波和杰姆跟在三个费罗人的幻影后面,不断深入废墟。那些幻影飘浮在空中,仿佛在现实的边际若隐若现。

"他们要把我们带到哪里去?"霍波悄悄问道。

"谁说他们在带路了?"博士回答,"我们只是跟在后面而已。毕竟他们好像知道自己正往哪里去。"

"万一他们消失了怎么办?我们可不能一路跟到虚空里去。"

她正说着,那三个幻影就消失了,微弱的蓝色光晕消散在身后的阴影中。

"我们很接近了。"杰姆说道。

"接近什么?"博士问。

"瑕疵。"

厚重的灰色雾气中陡然耸起一道锈蚀的铁壁,就像一座巨大的方尖碑,底下开着宽敞的矩形洞口。金属表面覆盖着地衣,从中冒出尺寸惊人的真菌,如同一片稀薄的杂草悬挂在昏暗的通道之上。

"是那个吗?"霍波不禁疑问道。

"应该不是。"博士回答,"它看起来像个入口。"他拨开洞顶垂下的真菌帘,皱起了鼻子。

"我不喜欢它的样子,"霍波说道,"而且这也太臭了。"

"真菌里生长着蓝藻细菌。"博士解释道,"这里的锈蚀和潮湿有助于藻类细胞生长。它们是非常微小的复合生物,只要环境允许,就能在任何地方萌芽。"

"我不是指那个。"霍波绕过尖塔,仔细打量着外壁,"我只是不喜欢它的样子。这东西看起来不太对劲儿,有点陌生,同时又异常熟悉。"

"会不会跟费罗人有关?"杰姆问道,"你说他们存在于时空之外,那可能会引起各种似曾相识之感。"

"有可能。"博士若有所思地回答。

"等等,快看。"霍波指着方尖碑的入口,"他们回来了……"

阴影中现出一团逐渐增大的蔚蓝光圈,紧接着,一些幽鬼的轮廓变得清晰起来。他们越来越真实，细节越来越具体，直到成为三个头戴兜帽的身影，在黑暗中凝视着博士、杰姆和霍波。

博士也凝视着他们。他们的兜帽几乎盖住了整张脸，但从最前面的幽鬼脸上，能看出修长、分离的喙，以及两侧深陷的血红色双眼。那张脸让他联想到十八世纪地球上的瘟疫医生，当时那些人都会戴上鸟喙形面具，里面塞满盐和药草，以防吸入任何经空气传播的疾病。那张又长又尖的脸还有点昆虫类的模样。博士心想，那长喙以前可能是某种进食或吸食器官。再配上那双一动不动的空洞眼睛，他感到自己的想法一点都不讨人喜欢。

"他们想要什么？"霍波警惕地问道。

"他们要我们进去。"杰姆回答。

博士转身看着领航员，"你能与他们直接交流？"

"不能。"杰姆回答道，"但我能感觉到他们想要什么……他们的要求。"

"他们要求我们进去？"

"他们想要瑕疵。"

"是吗？"博士思考了一会儿，随后转头望着尖塔。那几个戴兜帽的身影已经消失了。

"我们应该进去。"杰姆说着，向前走去。

"等会儿。"霍波把她拦了下来，"如果他们想要的'瑕疵'就是我们呢？如果这是个圈套怎么办？"

"不是圈套。"杰姆坦言道。

博士走上前,停在门口的草帘外犹豫了一会儿,随即走了进去。他转身看着站在尖塔外的霍波和杰姆,目光隐没在阴影中。"我想我开始明白了。"他说道,"快走吧,你们这些慢性子。"他说完便后退一步,彻底消失在了黑暗中。

马尔科拽着蒂比穿过通道。"快跟上。"他催促道。

"我们这是去哪儿?"

"待会儿你就知道了。"

这时候,通道尽头现出一缕蓝光,马尔科猛地将蒂比拽了回来,把她按在墙上。她感到一阵冰冷,不由得屏住呼吸,眼看着一个身披罩袍的高大身影出现在黑暗中,将兜帽转向他们。一双漆黑的眼睛顺着长长的鹰脸,向他们射来让人脊背发凉的目光。随后,那个身影就消失了,蓝光渐渐褪去,周围重归黑暗。

蒂比长舒了一口气,"我觉得应该回去找克拉拉和雷。"

"没时间了!"马尔科粗鲁地回应道,"这里到处都是幽鬼。我们得先找到其他人,然后再帮助克拉拉和巴尔福。"

他想把她拽走,但蒂比却拒绝行动,"我不喜欢这样。我不知道我们身在何处,又要去往何处。"

"放轻松。我知道。"

"其他人在哪里?"

"我带你去。"马尔科换上了讲道理的语气,"你想见到博士,对不对?"

听到那个她已经很久不敢想的名字,蒂比心中又涌出更多希望,"博士在这里?你见到他了?"

"他当然在这里,其他人无疑也在。"

"你怎么知道?你见到他们了?"

"听着,蒂比。我们要么站在这儿继续无聊的问答,要么马上行动。相信我——我知道这是哪儿,也知道该去哪儿。跟我来!"

马尔科一把抓住她的手(至少比抓胳膊好多了),带她走向黑暗深处。

"这到底是什么地方?"霍波大声问道,声音在通道里不断回荡。

博士要么没听见她说话,要么懒得回应。他很有把握地大步向前走着,用音速起子照亮脚下的路。冷冷的绿光中显现出错综复杂的通道,仿佛神秘大手打造的洞穴系统。弧形内墙和地板异常光滑,还刻有模糊的记号。

霍波快步追了上来,"事情越来越奇怪了,你知道我们在往哪里走吗?"

"我正尝试追踪塔迪斯发出的信号。"博士停下来摆弄了一会儿音速起子,随后举到耳边仔细倾听,"虽然我们在靠近,但信号一直在变弱。我不明白……"

"这里就像个迷宫。"杰姆说道。

突然,拐角处现出一团蓝光,披着罩袍的熟悉身影进入视野。杰姆凝视着那个身影,难以抑制眼中的惊奇。那张鸟一样的脸在兜帽的笼罩下缓缓转过来,直勾勾地盯着她,黑色的眼睛眨了眨,随即便消失了。

"我们得继续向前走,"杰姆说道,"进入洞穴深处。费罗人在等我们。他们在呼唤我们!"

"不是那边。"博士举着起子转了一圈,"走这边……塔迪斯在这边。"

"可是博士,费罗人在等待!"

"那就让他们等!"博士耸了耸肩,"反正他们已经等了十几亿年。别忘了,他们存在于时空之外,多等一会儿并无大碍。"

"等等。"霍波把他们叫过去,抬手指着旁边的洞壁,"你们看。"

他们站在一条圆形通道中,周围均匀分布着一圈凹槽。博士起子上的光照亮了更多记号:那是一个个规则的方形凹痕和圆环。霍波指着地板上的记号,用鞋底拂掉上面的泥土,原来是个钻石形的印迹。

"那是什么?"杰姆问道。

"我不确定,"霍波回答,"不过这些东西感觉很熟悉。"

"拜托！"博士似乎很惊讶她们都没认出如此明显的东西，"别跟我说你们看不出来？"

霍波挠了挠头，满脸疑惑，"它是很眼熟，不知道为什么。但我从没来过这里，我敢发誓。"

"我知道你从没来过这里。"博士说道，"我们都没来过这里。可你到过非常类似的地方。"

霍波环视四周，恍然大悟，吃惊地张大了嘴，"你早就知道了吗？"

"这太明显了吧！"博士困惑地说道。

"你什么时候知道的？"

"一看到那座尖塔，我就知道了。因为那是唯一合理的解释。"

"合不合理我不知道，"霍波接过话头，"可你说得对，我早该认出来。真希望米奇也能看到这个。"

"看到什么？"杰姆仍然疑惑不解。

"这座废墟，"博士解释道，"并不是什么远古建筑，而是一艘远古飞船。"

"通道、走廊……"霍波说道，"尖塔。我就说墙上那些记号很眼熟！那些都是次级控制面板和数据端口。那是个辅助气阀——或者说，是辅助气阀的残骸。"

"而且已经钙化，被包裹在地衣里，铺上了堆积千百年的灰土，"博士赞同道，"几乎很难辨认——除非你一辈子都生活在宇宙飞船上。"

霍波擦了擦旁边的墙，扫掉上面的灰尘。灰块纷纷落下，露出光亮的金属表面。

"请容我来。"博士再次举起音速起子，将它指向墙壁。伴随着耀眼的绿光，粗糙表面迅速剥落，被声波脉冲震成了灰烬。底下露出了更多金属表面，反射出明亮的绿光。"这还不是普通的宇宙飞船，"他沿着墙面挥动起子，一大块泥土剥落下来，露出底下的铭牌。那上面只有一个词——

迦太基

17

"'迦太基号'！"霍波轻触铭文，仿佛要用触觉证实眼前的光景。她的触碰又让一连串灰土掉落，露出更多锈蚀的符号。

"这是马尔科在寻找的宇宙飞船，"杰姆说道，"他母亲指挥的飞船。"

"这艘船已经承受了百万年的风霜，但基础结构还在。"博士指向那些符号，"我们正站在连接数据中心的通道上。"

"可'迦太基号'怎么会在这里？"霍波不禁问道，"还变成了这样？"

"它并没有到达仙女星系，想必跟'亚历山德里亚号'一样，穿过虫洞坠落在了这颗行星上。"

"所以它被卷进时间场中，在这里待了数千年，"杰姆痛心地意识到，"一点点腐朽……"

"如果这是中层入口，"博士大声说出了自己的想法，"数据中心应该就在那头。霍波，你觉得它还完好吗？"

"这些老式飞船的上层构造都嵌有慢衰减型动力源，便宜实惠，经久耐用。你说的并非不可能。"

"你们有什么主意？"他们顺着走廊前行，杰姆疑惑地问了一句。

"他想看看飞船电脑的数据库，"霍波告诉她，"检查飞行日志——弄清七十七名成员究竟遇到了什么。对吗，博士？"

"对，也包括这个。"

他们绕过转角，穿过疑似辅助气阀残骸的残破矩形洞口。里面是个高大的圆形舱室，周围高墙长满了潮湿的纤维质苔藓和蜘蛛网。博士用音速起子照亮室内，炫目绿光惊得蜘蛛们纷纷挥舞细腿逃向阴影。

只见克拉拉·奥斯瓦德正躺在房间中央。

"太典型了。"博士说道，"我们忙着解开世纪谜题，克拉拉却躺在地上睡大觉。"他用脚尖撩了她一下，"喂，大懒虫，天亮啦，赶紧起床。"

"她在这儿干什么？"霍波边问边察看起房间的阴暗角落，"其他人呢？巴尔福呢？"

克拉拉闷哼一声，杰姆扶她坐了起来，"没事了，克拉拉。我们在这里，你很安全。"

克拉拉眯起眼睛，看着博士用绿莹莹的音速起子在她身上扫来扫去，"这话说起来可能很落俗套，不过——我在哪儿？"

"'迦太基号'。"博士回答，"你错过了所有精彩片段。

快起来吧,身体没啥问题,除了那个老毛病。"

"老毛病?"克拉拉在杰姆和霍波的搀扶下,龇牙咧嘴地站了起来。

"克拉拉,你都一把年纪了,总不能指望奇迹发生吧。"

"感觉怎么样?"杰姆问道。

"又冷又酸又痛,不过没别的问题。谢谢。"

"精神可嘉。"博士点点头,"不要在意年龄,只管继续奋斗。"

克拉拉突然急切地环视四周,"其他人呢?蒂比在哪儿?"

"不知道,你刚才一个人躺在这里。你看见巴尔福了吗?还有塔尼亚和马尔科?"杰姆问道。

克拉拉沉痛地闭上眼睛,"塔尼亚死了。她……在丛林里惨死了。"

"丛林?"

"说来话长。此前有两次时间畸变,最后一次让我们来到了这里。我很肯定到达这里时,所有人都在一起,可我晕过去了……"克拉拉揉了揉眼睛,继续说道,"我也不知道为什么,真的很抱歉。我一般不会随便晕过去的。"

"没关系,"杰姆柔声说道,"我们都经历了很多事情。米奇走了。"

"哦,不。"克拉拉看着博士,对方难过地点点头,又摇了摇头。克拉拉转头望着霍波，只见她在房间里四处转悠，检查组成墙壁的舱板，刮掉一片又一片泥土。失去米奇，无论过程如何，一定都对霍波造成了重大打击。她好像在刻意保持忙碌，好让自己不去想那件事。

"时间畸变发生时，我跟巴尔福和蒂比在一起，这点我可以肯定。"克拉拉说道，"还有马尔科。他在丛林里一度想杀了我。"

"杀了你？"

"他想把我推到一种植物丛里。那些植物会喷出黏液，塔尼亚就是那样死的，真是太可怕了。"

"马尔科现在去哪儿了？"霍波问道。

博士的眉毛拧得更紧了，"我们身在'迦太基号'，他只会去一个地方。"

马尔科拉着蒂比穿过一条长长的走廊，来到墙壁倾斜的通道。一道沉重的滑动舱门已经卡住了百万年，早就发霉锈蚀。他们爬过狭窄的舱门缝隙，脚下地板发出碎裂的吱嘎声。蒂比猜想，不知有多少代老鼠曾在这里生息、繁殖、突变、消亡，留下满满一地干硬的粪便和细小畸形的骨架。

"这是什么地方？"她不禁发问。

"冬眠舱。"他沿着通道一侧缓缓移动，察看倾斜成四十五度角的舱壁。墙上不时出现一个凹洞或一条裂缝，从里面冒出黯淡无光的植物和藤蔓。

"你认识路,对不对?"

"是的,当我发现自己身在何处之后,一切就明朗了。别忘了,我的研究对象就是'迦太基号',对它的规格、参数及历史都了如指掌。我熟悉这艘飞船的每个角落。"马尔科停在一道墙边,蹲下来观察底部。墙角有一团干枯细密的植物根系,如同探索的指尖,沿着地板边缘,缓缓爬上舱壁。他将那些东西一把扯开,拂去底下的泥土,光泽暗淡的金属表面随即映入眼帘。

"'迦太基号'为每一名成员配备了冬眠舱。"他解释道,"它是一艘深空探索飞船,进行超远距离星际航行时,机组成员会进入深度睡眠状态。"

蒂比浑身一颤。这条通道很长,即便此处安置着冬眠舱,机组成员应该也不在里面吧?

"'迦太基号'被时间腐蚀了,"马尔科说道,"但基础操作系统依旧保有低级别电力。"

"你怎么知道?"

他轻蔑地看了她一眼,"我怎么知道?看看你周围!发现什么了?"

蒂比看到一排又一排冬眠舱,全都靠在墙上,"只看到很多舱体。"

"你能看到它们,证明这里有光。"

他说得对，蒂比恍然大悟。舱顶和两侧都装有发出柔光的照明板，若不是它们散发着微弱而稳定的光芒，她根本发现不了。虽然光线暗淡发黄，但依旧在运作。

马尔科擦了擦冬眠舱表面，"'迦太基号'在制造时就十分注重性能持久。冬眠舱应该还在运作，履行自己的职责——维持船员生命。"

"可它们都这么旧了，"蒂比推测道，"不太可能正常运作吧？"

"为什么不可能？"马尔科皱起眉头，"你瞧。"他指向刚才清理过的舱体。底下是一块锈迹斑斑的金属面板，内嵌的指示灯正缓缓闪烁，"虽然是最低功率，但足够保证舱体内部静态场运作了。"

"这个舱体很特别，对不对？"蒂比盯着那块金属板，上面嵌着一块屏幕，虽然已经极其模糊暗淡，却还能辨认出一行字：

凯特琳·斯普里特，船长。77389-89

"你不应该这么做。"蒂比小声说道，"马尔科，真的不应该。"

他瞪了她一眼，目光坚定，"为什么不？我加入'亚历山德里亚号'的探索任务来到这里，就是为了这个！蒂比，我找到'迦太基号'了。现在,我又找到了她。"

马尔科用指尖拂过冬眠舱的轮廓,含情脉脉,几近虔诚。"斯普里特船长,"他喃喃道,"你该醒来了。"

他在底部面板输入一串指令,舱体四周开始闪烁起来,一直延伸到舱壁里。其他舱体也都亮起了同样的灯光,将整个通道笼罩在阵阵光芒中。

蒂比在一旁看着,发现霍波和克拉拉穿过气阀一路小跑过来,顿时松了口气。

"蒂比!"克拉拉喊了一声冲上前来,博士和杰姆紧随其后。

马尔科直起身子,从太空服口袋里掏出一小支管状装置,把那东西指向不断靠近的霍波。机师见状,小心翼翼地停下脚步,"哇哦,那是离子接合器,而且不属于你,伙计。"

"我知道,这是在'亚历山德里亚号'轮机房找到的。你该管好自己的东西。"马尔科把离子接合器直直对着霍波,但在狭窄的冬眠舱通道上,这基本能威胁到所有人。

"离子接合器是什么?"克拉拉问道。

"机修工具,"霍波回答,"算不上武器,但距离太近也够呛。"

博士走上前来,面容阴郁而紧绷,"马尔科,如果你想激活任何一个冬眠舱,最好放弃那想法。因为那将是个可怕的错误。"

"太晚了。"马尔科回答时,通道里亮起了更多灯光,同时传来一阵低沉稳定的嗡鸣。

"我早就知道你是个蠢材,马尔科,"博士说道,"只是现在你把愚蠢带到了新高度。你根本不知道自己在干什么。"

"我很清楚自己在干什么。"马尔科恶狠狠地说着,嘴角泛起了白沫。他将离子接合器指向博士胸口,"再往前一步,你就知道这是什么滋味了。"

"哦,我早就知道了。"博士点了点头,"可怜的小马尔科来找妈妈。那么,马尔科……"博士指着冬眠舱,"那是你妈咪吗?"

这时候,冬眠舱内部亮了起来,一阵嗡鸣昭示着机械装置逐步就位,一块长长的金属网向后滑开,消失在狭窄的舱壁凹槽里,落下一堆尘土、泥块和地衣。金属网滑开后,里面是一块透明盖,其中可见一具仰卧的躯体。由于有机玻璃在漫长的岁月中变得模糊不已,他们看不清里面的状况。

马尔科低头瞥了一眼身边的冬眠舱,很快又将目光转了回来。他一直举着离子接合器,按住触发键的手指轻轻颤抖,"别过来!"

"相信我,我并不想过去。"博士半垂眼睑,阴沉地瞪着马尔科,"事实上,我劝你也尽快远离那里。"

"别想打扰我!"

整条通道上,所有冬眠舱都发出了亮光和嗡鸣,一道道金属舱门滑开,发出阵阵刺耳的摩擦声。每个冬眠舱里都躺着人形物体。

但马尔科只对身边那个冬眠舱感兴趣。他抓住蒂比紧贴自己，将离子接合器对准她的颈侧。

博士说话时，霍波一直在缓慢向前移动，但见此状况，她不得不停了下来，"嗨，马尔科，别犯蠢了。那东西能要了她的命。"

"站着别动！"马尔科把蒂比挡在身前，唾沫横飞地大喊着，用离子接合器死死抵住她的喉咙。他目光垂向旁边的冬眠舱，有机玻璃伴随着一阵缓和的气泵声一点点升起，露出躺在里面的身躯。

蒂比惊叫一声。冬眠舱里躺着一具发黑的人类躯壳，头骨紧贴着一层皱缩的干肉，眼窝只剩下枯萎的皱褶。脆弱的灰发搭在肩上，暗淡无光。

"不……"马尔科哽咽道，"不，别这样，告诉我这不是真的……"

"他们死了，马尔科。"蒂比说道，"他们都死了。"

冬眠舱一个接一个开启，露出里面干枯僵硬的尸体。没有一名"迦太基号"的船员存活下来。

"飞船能量不足以维持冬眠舱运作。"霍波轻声说着，几乎有点同情马尔科了，但只是几乎而已，"他们不可能活下来，你这蠢货。"

"太可怕了。"克拉拉挽着博士的手臂。此时，通道内弥漫起一股恶臭，她抬手捂住口鼻。

"这恐怕比你想的更糟糕。"博士说道,"整艘飞船都被包裹在剧烈波动的时间场内,而那些冬眠舱都依靠时间抑制场运作。两者无法相容。"

"那会发生什么?"克拉拉问道。

"我想都不敢想。"

"闭嘴!你们都给我闭嘴!"马尔科龇着牙说。他盯着冬眠舱里的尸体,那具曾经是他母亲的躯壳。在她活着时,他从未了解过她。而现在,他无法将目光从那口颚大张的头骨上移开。

霍波想靠过去,可她能看见马尔科握着离子接合器的指节绷得发白。距离如此之近,他一旦触发接合器,蒂比·温特就会当场死亡,所以霍波一动也不敢动。"看在老天的份儿上,斯普里特,"她说道,"赶紧离开那里。"

"不……"马尔科喃喃道。他扭曲的脸上满是绝望,依旧目不转睛地盯着冬眠舱里的尸体。里面的骨架已经开始破碎,一股气流从舱体中缓缓排出,激起周围经年沉积的尘土。

"哦,不……"蒂比喊道。

"博士,出什么事了?"克拉拉急切地问。

"柜体内的时间抑制场开始跟外面的时间场发生反应了。至于会发生什么,谁也不知道。"

马尔科发出一声低沉冗长的闷哼,伸手触碰舱体中干枯的尸体。片片剥落的残骸一经触动,就化作灰烬从他指缝里滑落。

"停下！快停下！"他尖声叫道，"妈妈！"

蒂比趁机一把抓住离子接合器，从马尔科手上夺了过来，随后迅速后退，朝博士和克拉拉跑去。而马尔科依旧在嘶吼着。

冲突的时间场包裹住马尔科，他开始发生变化——头发猛然变长，随即变得灰白，脸上突然布满胡须，然后迅速白化褪去，缩进松弛苍老的皮肤里。

"时间加速！"博士吼道，"我们必须马上离开！"

马尔科的牙齿开始龟裂，下颚关节脱开，露出黑化扭曲的舌头。他还在尖叫。

博士推搡着蒂比和克拉拉，把她们连同霍波和杰姆一道赶向气阀门。

他们最后看了一眼马尔科·斯普里特。他干枯的肉体从骨架上纷纷剥落，发出最后一声凝滞的痛苦嘶鸣。与此同时，博士举起了音速起子。一道绿光和一阵刺耳的摩擦声过后，气阀门极为缓慢地移动起来，发出令人毛骨悚然的金属碾磨声。舱门颠簸着滑过金属槽，碾碎丛生的杂草和避之不及的蜘蛛，最后咔嗒一声关上了。冬眠舱的声音顿时被隔绝开来。

18

"刚才发生什么了?"克拉拉颤抖着,"他怎么会衰老得如此快?"

"矛盾的时间场彼此抵消了。"博士回答,"现在里面只剩下灰烬。"

"那简直太骇人了。"克拉拉伤心地看着蒂比,"你还好吗?"

蒂比点了点头,"现在我不在里面,所以好多了。"

克拉拉借机脱掉身上剩余的太空服。她上班穿的那身衣服已经皱得惨不忍睹,亟须扔进洗衣机里。一想到那些简单平凡的日常琐事,她就感到极不真实,同时也极为安慰。

博士又在摆弄音速起子,眉毛拧成了一团死结。他启动起子,在走廊里四处扫动,获取着各种读数。

"怎么了?"克拉拉察觉到他愈发沉重的担忧。

"我在寻找塔迪斯……可是一点信号也没有。连微弱的信号都没有。"

克拉拉心里生出一阵焦虑,"那它在哪里?"

"不知道。我已经很接近了……刚才信号很微弱，现在竟然完全消失了。"他的目光突然变得更加深沉了，"一点都不剩。"

此时的"迦太基号"异常安静，一片死寂笼罩着瑟缩成一团的五个人，"怎么感觉这里突然空荡荡的？"克拉拉浑身一颤，声音在走廊里回荡。

博士掏出塔迪斯的钥匙，放到音速起子末端。起子发出一阵绿光，但钥匙却毫无反应。他恼火地哼了一声。

"那能干什么？"

"我觉得可以用钥匙来增强塔迪斯的信号。"他回答道，"如果塔迪斯在附近，钥匙应该会发光。"

"可它没发光。"克拉拉说道。

"确实没有。"博士把起子跟钥匙塞进口袋里，胡乱往前后挠了挠凌乱的银发，"博士！快思考！一定漏掉了什么，你这又老又傻的蠢货。"

"我们被困在这儿了，对不对？"蒂比暗暗说道。

博士突然直起身子，竖起一根修长瘦削的手指，像天线一样举到头顶。"提问！"他大声说着，声音在周围反复回荡，"'迦太基号'在这里做什么？"

所有人都看着他，但没有一人回答。

博士的双眼就像阴影里的闪光，卷曲的发丝蓬成一团，但却似乎罩不住脑子里的能量，"我是说，'迦太基号'正在这里做什么事情?"他重复了一遍。

"它什么都没在做。"克拉拉说道。

"正确。"博士嫣然一笑,"它什么都没做,可它应该做点什么。它应该像我们一样在时间中坠落。自从我们来到这里,就没有遇到过时间畸变,也没有任何相关迹象。为什么?"

"我觉得谁都不明白为什么。"蒂比回答。

"你当然明白,"博士说道,"你刚刚就说出来了,可我太蠢,没有去听。"

"她说什么了?"克拉拉有些困惑。

"她说'我们被困在这儿了,对不对?'"博士轮番注视着大家,认真对上了每个人的目光。他朝蒂比·温特眨了眨眼,换来一个犹豫的微笑,"我们确实被困在这儿了,准确地说,是被卡住了。'迦太基号'被卡住了。"

"知道这个有……什么用?"克拉拉问道。

蒂比推测道:"自从我们来到这颗星球上,就一直在时间中坠落,跨度长达百万年。你可以把这想象成一口深井,我们从井口进来,一直往下坠落,越来越深。要是抬头看,只能勉强看到天空,因为它已经变成硬币大小的圆圈。然后我们越跌越远,圆圈变成了小点——最后什么都没有了。我们坠落得太深,甚至再也看不到井口。周围一片黑暗,阴冷,我们孤立无援。

"或许我们来到井底了。"

"对，这个说法不错。"博士说道，"但在这里行不通，因为时间无底，它只会一直深入，直到永恒。"

"可我们却被卡住了？"霍波说道。

"而这一定有原因。"博士回答。

"博士，或许我能帮你。"

那是所有人都意想不到的声音。他们齐齐转身，发现一个男人站在走廊尽头。他抬手打了个招呼，被晒黑的脸上露出明亮的笑容。

"巴尔福！"

大家快步迎了上去，但巴尔福抬起双手说道："我们可能没时间彼此问候了……"

"你去哪儿了？"蒂比追问道，"我们都快担心死了！"

"出什么事了？"克拉拉问，"上次见你时还在丛林里，然后……"

"我知道。"巴尔福微笑道，"我醒来时你就在这里，而蒂比和马尔科却不见了。当时你不省人事，我就决定去找人帮忙。结果我在这里晃悠了好久——不过最终还是找到了可能有用的东西。"

大家或是赞同，或是安慰地感叹起来，纷纷同时说起了话。

"你找到什么了？"博士提高音量盖过其他人。

"我们可以离开这里，"巴尔福说道，"回到我们自己的年代。"

"哦，感谢老天！"蒂比大声叹道。

"那真是太棒了！"克拉拉说道。

"跟我来，我带你们看！"巴尔福高兴地说。

"看来我们不会被卡住了，对不对？"霍波问博士。

但博士没有说话。他跟上其他人，在雷蒙德·巴尔福的带领下，穿过"迦太基号"的陈旧舱室。

"你们一定不会相信，"巴尔福边走边说，"我在亲眼看到前也不相信。不过我敢说，你们会特别高兴……"

他来到一个缓缓倾斜的区域，又穿过一道宽敞锈蚀的气阀门。其他人跟着走进一间圆形船舱，发现这里跟"亚历山德里亚号"的驾驶舱相差无几。微弱的灯光点亮了船顶和周围的舱壁，一些仪表盘也亮着。

"欢迎来到'迦太基号'的船桥！"巴尔福夸张地在舱室里挥手介绍道。

"嗨，这里看来还能正常运作。"霍波惊讶地说着，检查起一些控制面板。金属表面锈迹斑斑，还长满了地衣，随处可见杂草，但并不难想象飞船还能起飞。"我早就说了，这些东西经久耐用，对不对？"

霍波高兴坏了，兴奋地察看着一块又一块控制面板。巴尔福也露出了愉悦的笑容。

但克拉拉发现杰姆并不高兴。蒂比也发现了。一直保持沉默的领航员仿佛随时都会落下泪来。

"杰姆,怎么了?"克拉拉问道。

"不知道。"她伸出一只手靠着克拉拉,"我……感觉不太好,仿佛我并没有完全身在此处。"

博士上前仔细检查她的情况,抬起她的脸来观察瞳孔,"怎么了,杰姆?是那些声音吗?是费罗人吗?"

"他们来了。"杰姆回答。

"谁来了?"巴尔福问道,"出什么事了?"

"我们越深入时间,杰姆就对费罗人越敏感。"博士解释道,"他们比我想的更超前,也更危险。他们基本由暗物质构成——而杰姆的感知能力正好对暗物质特别敏感。"

"费罗人还活着?"蒂比兴奋得几乎喘不过气来。

"并非以你我所能理解的形式存在。"博士回答,"他们存在于时空之外,且与之一体。所以我们会不断瞥见他们的身影,也就是那些蓝色幻影。杰姆能够与他们沟通,尽管并不理想,但——"

"他们来了。"杰姆的声音突然变成了一阵低吼,"他们来了。"

博士紧张地看着她,"很好,我正好要问他们几个问题。"

"博士,你确定这样做真的好吗?"克拉拉问道。

"一点都不确定。"

"他们来了!"杰姆大声重复道。

船桥中央凭空冒出了一团蓝光,不断变亮并且逐渐膨胀,逐渐幻化成高大的人形轮廓,显现出罩袍和兜帽。随后,那团蓝光的两侧又出现了同样身披罩袍的身影。他们的形象越来越清晰:长长的鸟脸,又大又黑的双眼,目不转睛地盯着眼前的所有人。

"我们来了。"杰姆似乎着了魔,"我们是费罗人。"

> 我们是费罗人

他们没有说话,但声音炸响在每个人的脑海中。尽管费罗人并未开口,但克拉拉却听到声音并霎时理解了。从其他人的反应判断,他们应该也一样。这种感觉并非痛苦,但每个词仿佛都充斥了她的思维,挤走了其他所有思想。

> 我们是费罗人

蒂比·温特走到中间那个身影面前,清了清嗓子,"你能听见我说话吗?"

> 可以

蒂比大吃一惊,不由得用拳头抵住嘴唇,压抑着突然膨胀的狂喜。

"太不可思议了。"博士说道。

"他们——那些费罗人真的在这里吗?"克拉拉小声问他。

"我不太确定。"

"我们怎么能交流?"

"他们把杰姆当成了心灵感应扬声器。"博士说道。

"她不会有事吧?"

"不知道,不如问问吧。"博士走上中央平台,面向费罗人。他深吸一口气,然后朗声说道:"我是博士,很高兴终于见到你们了。"

> 我们知道你是时间领主

博士似乎吃了一惊,"真的?哦,那真是……太有趣了。很好。可我还不认识你们吧?"

> 我们是费罗人

"嗯,这我知道,非常感谢。你们是如何实现交流的?我知道你在利用我们的杰姆做媒介,因此我衷心希望你们对她温柔点。问题在于,你们整个种族都消亡了……为何我们还能在此时说上话?"

> 我们是费罗人

"好吧,我觉得我碰钉子了。"博士说道。

"他们听起来好像一段录音。"克拉拉分析道。

博士打了个响指,"因为这就是一段录音!这是一段信息——记录在'迦太基号'中央,留给我们的信息。"

"别说傻话了。"蒂比气愤地说,"录音怎么会跟你说话?"

"那得看录音技术有多精密。"博士掏出音速起子,迅速扫了一遍费罗人,"这是一段费罗人的知觉感应信息,人工智能的交互式录音。很抱歉，蒂比，费罗人没有活下来。我们看到的依旧是幽鬼。"

我们在等待

我们被困于此

"所以他们也被卡住了，"博士说道，"这难道不好玩儿吗？"

"发生了什么事？"克拉拉问道。

费罗时代，所有星辰为我们所有

"多么谦虚。"博士说道。

宇宙为我们所有

别无他人

我们的时代完美无瑕

我们完美无瑕

博士拉长了脸，"好吧，一点都不谦虚。"

我们穿行于费罗之路

"我们早就知道了。"克拉拉说道。

宇宙为我们所有

别无他人

然而瑕疵出现了

"哦，那听起来可不妙。"

"瑕疵？"博士重复道，"我们总是听到这个字眼。到底出了什么事？"

它毁了费罗人

"博士,他们在说什么?"蒂比问,"我不明白。"

　　它是瑕疵

"它是恶。"博士恍然大悟,"你们想想:费罗人基本上拥有整个宇宙。他们先于其他任何文明。'别无他人'。那是天堂。费罗人构筑了自己的伊甸园,一个完美无瑕的文明。你们想想!没有饥馑,没有贫穷,没有嫉妒,人们可以免费出行、享受医疗,无限制地享用信息和免费无线网络。他们能随心所欲地到任何地方去,做自己喜欢的事。没有东西能阻止他们,没有任何干涉。"

"你是说,整个宇宙都尽在他们掌握?"克拉拉问道。

"那是乐园,是天堂,是伊甸。"博士肃穆地看了费罗人一眼,"直到毒蛇出现。"

费罗人也凝视着他,目光空洞,难以参透。

　　费罗人……渴求……瑕疵

　　它毁了费罗人

"它是什么?"克拉拉很好奇。

"我觉得这很好猜。"博士说道,"难以抵御的诱惑,难以忽视的魅力?连费罗人都无法抵御的诱惑,费罗人疯狂渴求的东西。"

克拉拉猛然明白过来,"是魅魔,对不对?"

　　它是瑕疵

它毁了费罗人

"到底发生了什么?他们做了什么?"蒂比问道。

费罗人渴求瑕疵

"哦,是的。"博士说道,"我开始理解这个故事了。魅魔出现,费罗人被征服。一切开始走向末路。"

"什么,一切?"蒂比很是怀疑,"它把整个费罗文明都毁掉了?"

"教授,他们完美无瑕,那同时意味着他们无比脆弱——在所谓的瑕疵面前不堪一击。你就把它想象成一种病毒。他们毫无抵抗力。可能一切都太完美了,让他们不再进行任何思考,不再相信世间还存在不完美的事物,不再相信还有任何东西能伤害他们,或有意伤害他们。也有可能,某天一个费罗人不再完美无瑕,突然学会利用同胞的好意,并借此陷害他们、利用他们,让他们误以为自己高人一等。"

"你是说,魅魔有可能就是一个堕落的费罗人?"

"就像恶魔——堕落天使,被逐出天堂的人。"克拉拉恍然大悟。

"那并非不可能,甚至能解释很多问题——大多数人都觉得**魅魔**魅力非凡,令人渴求,甚至完美无瑕。他们会用尽一切手段拥有它——而它也就掌控了他们。"

克拉拉再度看向费罗人的幻影,为他们感到遗憾。他们直挺挺地站着，冰冷漠然，长长的鸟脸和漆黑晶亮的眼睛仿佛充满了无助和绝望。

我们想让它完美

它无法完美

它是瑕疵

费罗人割弃了瑕疵

"他们把瑕疵毁掉了？"蒂比问道。

"你们怎么做的？"博士很是好奇。

费罗人割弃了瑕疵

"他们没有毁掉它，因为如此进步的文明永远不会动用死刑。"博士赞许地说道，"他们抓住魅魔，并将其割弃了。"

"弃到哪里了？"

时间深渊

"时间深渊？"克拉拉重复道。

"懂了。"博士拧着双手，在"迦太基号"船桥上来回踱步，"费罗人在这颗失落的星球上钻开时间，给魅魔做了个地牢。那就是他们割弃瑕疵的方法——让它堕入时间深处，堕入费罗人存在之前。"

"费罗人还能时间旅行？"

"算不上。但别忘了，他们能洞穿时空，制造费罗之路。他们能利用巨大的虫洞网络穿行于整个宇宙。但那并不能解决掉魅魔，于是他们就制造了只存在于单一空间维度的虫洞。一个穿透时间的洞——不断回溯，不断深入。"

"就像地牢。"温特说道。

"或一口井。"克拉拉接过话头，"你刚才说我们被卡在了这里，坐井观天。"

"没错，那口井就在这里。我们正处在费罗人的时间地牢里！"

最后的费罗之路
终结之旅
时间深渊

"但我们能出去，对不对？"巴尔福说道，"我们有'迦太基号'，它还能用。霍波说它还能飞。"

"我觉得可以。"霍波赞同道，"只要运气好，再来一阵顺风。"

终结之旅

"那就是'迦太基号'被卡住的原因！"博士猛地大喊起来，一拳砸向自己的掌心，"它一定是撞上了正在穿过虫洞的费罗飞船，而那艘飞船正准备送走魅魔。"

"可我以为费罗人的这些事情都发生在远古，"蒂比争论道，"'迦太基号'只消失了一百年。"

"费罗人在这颗星球上钻开了一口时间深井。别忘了，他们正要使用最后的虫洞。他们关闭了所有其他虫洞,只剩下这趟终结之旅。"

"你是说,他们要把自己连同魅魔一起埋葬?"

"是的……"博士恍然大悟,脸上突然失去了血色,"这是个自杀任务。"

终结之旅

时间深渊

19

"自杀任务?"那几个字说出来沉重而令人战栗,克拉拉不由得感到胃里一阵翻腾。她突然无比怀念洗衣服和改作业这种琐事。

"只有一个方法能确保魅魔一路坠入他们极力挖出的深井,"博士说道,"就是亲自把它带下去。"

"可那是自杀啊。"

"你听到他们说的了,"蒂比伤心地说,"终结之旅。"

"但我们还是能离开,对不对?"巴尔福问道,"开着'迦太基号'。"

"我做了点检查,感觉随时能起飞。"霍波抱着胳膊,靠在控制台上。突然,她脸上闪过一阵悲痛,随即皱起了眉,"要是米奇在这儿,我会更有信心。"

"但我们该怎么做?"巴尔福脸上的担忧越来越明显,"你也听到了,他们正在完成自杀任务,终点是创世之时。我们可不想加入,是吗?"

"我们能做些什么吗，霍波？"蒂比问道。

"我得先试着把她启动，"霍波回答，"不试试还真说不准。"

"我也不想跟他们一条路走到黑。"克拉拉转身看着博士，"别闲着了，我们怎么启动这艘飞船？你总能想到办法的。"

博士抿起嘴，"要是有塔迪斯，事情就简单多了。"

"可我们并没有。"巴尔福说道。

"如果现在发生奇迹，那真是帮大忙了。"霍波说道。

"可我们没有塔迪斯。"巴尔福重复了一遍。

"自从离开'亚历山德里亚号'，我们就没见过塔迪斯。"克拉拉赞同道，"而且博士，你刚才说信号消失了。"

"对，我是说了。"博士垂下眼，"不过我当时还不知道费罗人尚未消亡——哪怕只保持着精神形态。"

  我们知道你是时间领主

  我们铭记着时间领主到来

"我挺希望你们不记得。"博士说道。

  我们铭记着新宇宙到来

  费罗年代不复存在

"事先声明，当时还没有我，"博士说道，"离我出现还早呢。时间领主变了，他们经历过自己的战争。伽里弗莱星失落了，或许永远也无法找回。"

  伽里弗莱人知道瑕疵

"如果你是说魅魔,没错。那是一股强大的邪恶力量,时间领主不会放纵它干涉宇宙。掌握着你们的力量,魅魔——瑕疵能轻易摧毁后来的文明。"

我们知道

"哦,好吧,抱歉。"

伽里弗莱人警告了费罗人

博士一脸震惊,"什么?我还以为时间领主强迫你们关闭费罗之路,以阻止魅魔横行。我以为是他们导致了你们的灭亡。"

时间领主无法毁灭我们

"啊。"博士转向其他人,"瞧见了吗?我就说他们远比我想象的要强大。"

费罗人亲自处理瑕疵

"哪怕那意味着自我毁灭?"

终结之旅

时间深渊

"太可怕了。"蒂比小声说道,"他们为了替宇宙抹除魅魔,甚至不惜自杀吗?"

"宇宙级自我牺牲。"博士叹道。

"太让人难过了。"克拉拉喃喃道。她看着那些闪闪发光的蓝色身影,突然不再感到害怕或不可思议——只是徒留悲痛。

"位高权重。"博士继续道,"他们是完美的种族,为宇宙做了正确的决定，不顾后果。他们创造了魅魔，那在他们眼中是瑕疵，所以他们解决了瑕疵。至少，他们在尝试解决。"

终结之旅必须完成

"可他们被卡住了。'迦太基号'误入最后的虫洞，一头撞上正在押送魅魔的费罗人。从那以后，他们就被困住了。而魅魔却依旧逍遥法外，穿行在宇宙中，制造各种混乱。"

"任务失败了？一切都打了水漂？"

"还不算是。别忘了，魅魔是瑕疵，是费罗人的一部分。在我们眼中，它无比完美，叫人渴求。那就是它操纵他人的方式。可我们眼中的完美，却是他们眼中的瑕疵。它是费罗人的一部分，与费罗人紧紧连在一起——所以他们必须亲自走上终结之旅。"

"如果任务完成，魅魔就会被他们带走？"

"是的，不管它情不情愿。"

你们必须在终结之旅完成前离开

博士双手一拍，皱起了眉，"感谢你的好意。我们当然想走，只是没办法走。"

我们知道你是时间领主

"我很荣幸，可是……"

我们知道你……博士

费罗人的话在克拉拉脑中炸响，突然具有了全新的意义。博士转向费罗人，目光如炬，"对！你们确实知道我。你们一定知道我。因为我的塔迪斯就在你们那儿，对不对？"

费罗人将完成终结之旅

费罗人身后的黑暗中突然冒出一团蓝光，紧接着，蓝光变成了一只大盒子的轮廓，顶上还有一盏灯。闪烁的长方形轮廓中逐渐显现出门扉和窗户，顶上的"警亭"标志亮起白光。

"这是临别的礼物。"博士的语气里满是悲痛和谦恭。他如释重负地闭上眼睛，"他们很感激时间领主指出了自己的瑕疵。"

蓝光渐渐褪尽，费罗人也随之消失，如同月光躲到了乌云背后。船桥突然暗了下来，变得安静而空旷。

"呃，博士……"克拉拉说道，"塔迪斯还好吗？"

博士猛地睁开眼。塔迪斯骄傲地矗立在舱室中央，但它经历的旅途似乎造成了一定影响。蓝盒子表面的油漆开裂剥落，形成一条条裂缝，毛玻璃阴沉沉的，边缘还堆了一层灰土。

"它看起来好像经历了一场硬仗啊，博士。"霍波说道。

博士面色铁青，缓缓走向警亭。他轻触一扇门扉，感到蓝色油漆在指尖的压力下粉碎。"这……"他用几乎难以分辨的声音说道，"好久不见了，对不对？你等了多久？几十亿年？"

克拉拉紧张地咽了口唾沫，看着博士修长颤抖的手指滑过塔迪斯的木框，拂过电话机柜门上的标志。"如果它一直在时间中坠落回从前，怎么会旧成这样？"她问道。

"克拉拉，时间是相对的。塔迪斯一直在追溯时间畸变的源头,也就是此时此刻。她一定是绕了远路。费罗人并不知情,他们已经尽力了。"

"反正我们也挤不进去。"巴尔福说道。

"可以的,"克拉拉回答,"里面比外面大。大多了。"

巴尔福耸了耸肩,"随你怎么说。"

"它跟'亚历山德里亚号'一同坠落时,一定隐形进入了非物质化状态。"博士回应道,"费罗人可能在此地的时空连续体中感应到了它的存在,便把它捕捉到,一直存放了起来。"

"可……它变得好老。"

"这对费罗人毫无意义,克拉拉。他们存在于时空之外,与时空一体。"

克拉拉从未见过博士如此茫然若失。只见他把头靠在塔迪斯上,双眼紧闭。克拉拉伸手触碰眼前的时光机,它如同墓碑般冰冷,没有了轻颤,没有了嗡鸣,没有了生命。

"我们该进去吗?"这想法让她感到异常焦虑。

博士沉重而缓慢地掏出塔迪斯的钥匙,插进锁孔里。一开始,门锁过于僵硬,难以转动。但过了一会儿,锁总算是开了。博士推开门,锈蚀的合页吱嘎作响。

里面一片漆黑,克拉拉此时才真正开始害怕。因为她知道塔迪斯的外壳异常坚韧——用博士的话说,就是坚不可摧。她本以为漫长的时光并不能给它造成多大影响,那毕竟是一台时光机啊。

然而，里面却不一样了。塔迪斯内部本应不容侵犯，不可亵渎，但时间显然渗透了它、摧残了它，让克拉拉喘不过气来。中央控制台看不到一丝光亮，边缘仪表盘也笼罩在黑暗中。时间转子不再发出光芒，里面的玻璃纤维也蒙上阴影、布满一道道裂纹。它们原本会散发出温暖的橙色亮光，如同壁炉的火焰般温暖，充满力量和希望。可现在，她眼前只有无尽的空虚和死寂。

她跟随博士走过一小截金属跳板来到主控台，每一步都在金属地板上碰撞出低沉的回声。他绕着控制台缓缓踱步，指尖掠过发黑的面板，在厚厚的灰尘中画出几条线。

"出什么事了？"克拉拉惊骇地问道。

"塔迪斯死了，克拉拉。"博士回答。

"这不是你的错。"

"不是吗？"博士阴郁地看着她，双眼如同尖利的蓝冰，"是我把我们带到这里来的。你、我还有塔迪斯。我知道这里很危险，而且从一开始就这样说了。"

"危险无处不在。呃，几乎无处不在。可一般……"

"一般情况下，我们都能逃脱，都能活下来。"博士叹了口气，"不过你不用担心，我们依旧能逃脱。别忘了，还有'迦太基号'。"

"我知道，可霍波说它可能飞不起来。"

"哦，我敢肯定她能想到办法。她必须想到。否则，我们最终都会变成这样。"博士弯起指节敲了敲塔迪斯的控制台。随后,他突然怒火中烧,一拳砸向金属面板。碰撞声回荡在整个控制室内,把克拉拉吓了一跳。他见此情景,伤心地笑了笑,"抱歉,我不该这样。"

"没关系,真的……"

"不,我是说,我好像断了根手指。"博士龇牙咧嘴地抬起一只手。

克拉拉轻轻握住他的手。那只手冰凉冰凉的,还在微微颤抖。他的皮肤突然显得苍白而脆弱,就像一个老人。"我很抱歉。"她说道。

"我也是。"

"嗨,博士。"霍波站在门口,探头进来说道,"我刚才尝试点燃'迦太基号'的引擎,你猜怎么着?看来我们确实搞到一艘飞船了。"

博士心不在焉地点了点头,"很好,很好,非常好。"

"等我们把塔迪斯带离时间深井,她可能就会好起来。"克拉拉提议道,"等我们摆脱了'迦太基号'和费罗人,它就会好起来,比如重生或什么的。"

博士依旧心不在焉地点着头,"嗯,有可能。"他嘴上这么说,声音里却没有半点确信。

"反正我们也不能丢下其他人,对不对?"

"其他人?"

"他们需要你帮助恢复'迦太基号',不是吗?"

"嗯,有可能。"

于是,她拉着博士离开了控制台,走出塔迪斯,并小心翼翼地关上了门。合页的吱嘎声让她又皱了皱眉。

霍波正在主控台忙碌,她仰天躺在地上,脑袋伸进了检修舱口。杰姆坐在一张驾驶座椅上,巴尔福则在帮蒂比清理控制台表面的蜘蛛网和杂草。

"我们应该准备好了。"巴尔福说道。

蒂比不确定地瞥了他一眼,然后告诉博士:"我为塔迪斯的事深感遗憾。"

"这……没什么。"博士语气凝重。克拉拉觉得他动作好像变慢了,就像身在梦中。那或许是个噩梦。他回头看了一眼塔迪斯的外壳,随后闭上眼睛,仿佛是在强忍痛苦。

不一会儿,"迦太基号"的所有设备都亮起了指示灯,让这里变得更像一艘宇宙飞船的船桥,而不再是一座陵墓了。能量开始传送到飞船的每个角落,克拉拉仿佛感到脚下传来了一阵颤动。头顶的控制台也亮起几盏灯,越来越多的系统恢复运作,她感觉飞船变得更加温暖明亮了。

"真希望丹还跟我们在一起。"杰姆一边进行起飞前检查,一边说道,"他对此懂得比我多。"

"不开玩笑,"霍波坐起身来,脸上多了一抹灰,"我一直在想:米奇会怎么做?"

"你们能开动'迦太基号'吗?"克拉拉问道。

"应该不成问题。它跟'亚历山德里亚号'差不多,发射过程都是自动操作。我只希望自动修复系统也能恢复。"

霍波关上检修舱口,"全都好了,动力正常,自动修复上线,所有系统运作良好。这船真是不死的老兵。"

"所以我们能走了吗?"巴尔福不耐烦地问道。

"对。"霍波回答,"我们动力不多,所以每拖延一秒都是浪费时间。"

"好,"巴尔福拍了拍手,"所有人都找到座位并固定好安全带。我们走吧。"

"别走。"博士阻止道。

博士的声音回荡在驾驶舱内,随之而来的是一阵突如其来的死寂。所有人都看着他,他站在房间中央,抱着双臂,神情坚决。

巴尔福皱起眉头,"什么?系好安全带,博士。你没听见霍波说吗?飞船会很颠簸。"

"哦,我知道。"博士回答,"可我不打算参与这趟旅行。没有人会参与。"

20

"你什么意思?"巴尔福一脸困惑,甚至有些恼怒。

"博士?"克拉拉茫然地看着他。

博士顺着船桥边缘缓缓踱步,在巴尔福周围绕起了圈儿,目光凌厉,"我们不会离开时间深井。"他说道。

"博士,你在说什么呢?"巴尔福问道,"看看你周围!我们有大好的机会离开这里!别浪费时间了!"

"大好的机会?"博士重复了一遍,同时环视四周,"对,这确实是大好的机会,不是吗?一艘坠毁了万年却依旧正常运转的飞船。我们运气可真好!"

"博士。"巴尔福显然在强迫自己保持镇静,"我们快没时间了……"

"是吗?我还以为我们卡在时间里了,如鲠在喉。"博士气愤地说道,"时间已经在这颗星球上挣扎了无限久,想把哽住它的东西咳出来。那就是一切时间波动的原因——可怜的时间母亲,快要被噎死了。"

这时候,飞船的引擎声已经转变为低沉的嗡鸣,仿佛暴雨前的隐雷。克拉拉喃喃道:"博士……"

但博士没有理睬,反倒加重了语气:"'迦太基号'误入虫洞,一头撞上了费罗人的飞船,使时空连续体遭到破坏,形成一个不连续的区域,于是两者都动弹不得。这就意味着,费罗人永远无法完成终结之旅,也意味着魅魔依旧逍遥法外,除非旅行得以完成。"

"对,我知道,那不如就帮他们一把吧。"巴尔福急切地建议道,"我们可以帮助他们完成任务。如果把'迦太基号'开走,时间深井就不会被堵住了。"

"深井确实会恢复畅通,没错。"博士赞同道。

"而且我们都能活下来。"巴尔福补充道。

"不。"博士摇了摇头,"不,恐怕我们活不下来。'迦太基号'无法正常航行,你们或许有足够的动力起飞,但仅此而已。假设我们运气好,它会在深空爆炸,让每个人瞬间汽化。"

"要是运气不好呢?"克拉拉难以置信地问道。

"船体能够保持完整,但生命维持系统会失效,使我们缓缓窒息而亡。"

船舱里迎来一阵尴尬的沉默。

"可是飞船运作正常,"霍波说道,"它没问题。"

"你确定?"博士猛地转身,目光尖锐地盯着年轻机师,"霍波,你真这么想吗?哦,快瞧——这里一切正常,闪闪发光!"博士又扬起眉毛,轮番看向每一个人,就像是老师在向全班学生提问,"你们真的这样想吗?"

"呃,我承认这有点儿太走运了。"克拉拉没什么把握,"可是……"

"可那不可能,"霍波说道,"就是不可能。"

"那你再仔细看看,霍波。"博士轻声说道,"你们都仔细看看。这像一艘飞船吗?"

克拉拉眨了眨眼睛,再次环视船桥。她看到了控制面板和器械上的指示灯,感觉到引擎的嗡鸣和飞船蕴含的能量。她想回答"是",但却有什么在阻止她。那东西潜伏在她的意识深处,就像遥远的钟声。那东西也潜藏在博士的声音里,让她无比信赖,甚至超过了相信自己。

她再次环视四周。控制面板宛如一块块腐朽的石块,粗糙开裂,布满杂草。周围不再是闪烁的指示灯,只有纤瘦的灰色蜘蛛灵巧地穿行在碎片中。她再也感觉不到震动,再也听不见引擎嗡鸣,只能闻到空气中的恶臭,看见沿着地板蔓延的雾气。

"'迦太基号'飞不到任何地方去。"博士继续道。

蒂比愈发焦虑地在一旁观望着。她清了清嗓子,在一片死寂中发出尴尬的回响。随后,她看着巴尔福说道:"你不是雷·巴尔福……对不对?"

"你疯了。"巴尔福辩解道。

"你是魅魔。"博士接过话头。

突然间,巴尔福爆发出一声怒吼,将博士推到船桥另一头。紧接着,他往"迦太基号"的控制台扑去,胡乱拨弄起满是灰土的面板,试图点燃引擎。

"别让他起飞!"博士大喊一声。

杰姆想抓住巴尔福,可现在的他如野兽般力大无比,粗鲁地将她一把推开。他俯在控制台上,疯狂戳按着埋在灰尘和杂草中的按钮与启动面板。随后,满是污垢的信号灯亮了起来,弃置多年的电路重新接通。一阵不自然的颤动窜过整个船桥,就像远古猛兽从漫长的沉睡中惊醒了一般。只见船舱四处逐渐开裂,抖落下一地尘土。金属在钙化的外壳下闪烁着微光,如同撕裂的皮肉下露出的骸骨。

"我要你们一起陪葬!"巴尔福咬牙切齿地说着,口沫四溅,"我要你们都陪葬!"

博士修长的手指掐进巴尔福的颈背,用力一捏。巴尔福痛得龇牙咧嘴,眼球疯狂转动着,动作却丝毫没有停顿。"迦太基号"开始震颤,就像一群大黄蜂围住了船桥,想从缝隙中挤进来。

克拉拉和霍波拉住巴尔福,想把他爪子似的手从控制面板上拽开,但他好像同时扛住了博士和她们两人的阻挠。

"别让他起飞!"博士再度大喊道,声音几乎被强制驱动的陈旧引擎声盖了过去。

突然,一道耀眼的紫光穿过船舱,正中巴尔福后背。他惊喘一声,猛地回头,随后跪倒在地。

蒂比·温特双手握着离子接合器,一脸惊惶。"对不起!"她说道,"我只能想到这个!"

"而且你干得很好。"霍波气喘吁吁地说完,将巴尔福从控制台上推开。只见他匍匐在地,口角流涎。

杰姆惊恐又入迷地盯着他,"这不是巴尔福。"她喃喃道。

"别看他。"博士下令道,"你们谁都别看他。"

克拉拉顺从地移开了目光,转而盯着博士。尽管她依旧能感觉到巴尔福趴在地上,喘得像一条狗。

"蒂比和杰姆说得没错,那不是雷蒙德·巴尔福。"博士理了理衣服说道,"那东西叫魅魔,幻化成了他的样子。它就是费罗人想要埋葬的瑕疵,想搭上这趟便车离开时间深井,逃离囚禁它的人。"

"可你不是说,'迦太基号'飞不起来吗?"蒂比问道。

"它确实飞不起来,至少飞不远。这艘船再也经不住任何太空航行了。百万年的熵衰变不可能几分钟就恢复过来。"

霍波一脸困惑,"可我刚才真心相信它能飞起来。我们都信了。"

博士点点头,"那就是魅魔最擅长的把戏——顺应你们的渴望,窥探你们想要相信的事情,并进行放大和控制。它会吸收你们的每一个愿望、你们内心的渴望,并利用那些东西来掌控你们。我们都希望离开时间深井,都希望在此处迷失了百万年的'迦太基号'突然能实现太空航行,带我们安全离开这里。多么浪漫,多么凑巧!多么荒谬。"

"那我们该怎么办?"克拉拉极力想控制住声音里的绝望。她感觉心跳越来越快。"迦太基号"正在崩溃,他们无路可逃,"我们该怎么逃出去?"

"当然是用塔迪斯啦。"

克拉拉回头看着舱室角落的塔迪斯。那警亭稳稳矗立着,还是那抹熟悉的深蓝,看不见一处剥落的油漆或丛生的真菌。玻璃一尘不染,门上的标志依旧像往常那样让人安心。

"它变回来了,"克拉拉双眼湿润,"变回原来的样子了。"

"它一直都是这个样子。魅魔不想利用塔迪斯,因为它不可能在里面维持自己的幻象。它一走进去,就会暴露真实的形态和企图。所以,它必须说服我们放弃塔迪斯,让我们坚信'迦太基号'才是唯一的选择。"

"好吧。"克拉拉抽了抽鼻子,又抹了抹眼睛,"它骗到我了。"

"博士,你什么时候发现真相的?"蒂比问道。

"费罗人一把塔迪斯还来,我就发现了。因为我没看见你们眼中的东西。我跟塔迪斯的羁绊太深,不会受那种愚蠢迷惑的影响。再说了，它可是一台时光机。你觉得区区几十亿年能撼动它分毫吗？瞧瞧她！高大，无畏，美丽，还是蓝色的。她永远不会让我失望。"

"可……"克拉拉依然有些困惑。

"为什么我配合演出了魅魔的幻象？"博士深邃的双眼闪烁了片刻，"我必须强迫魅魔现出原形。因为在那时，我还不知道谁是魅魔。"

"我就知道。"蒂比低声说道，"我早就知道有什么不对劲儿。它不是雷·巴尔福，它一点都不像我……了解的那个人。"

"到最后，一切都变得太明显了。"博士赞同道。

"如果'迦太基号'起飞了，"霍波问道，"会发生什么？"

"如果运气好，它能脱离时间深井，但引擎会失效，生命维持系统也会随之失效。它会变成一艘失落的幽灵船飘浮在深空，你们都会随之腐朽。"

"那魅魔呢？"

"魅魔不需要空气，也不需要食物和水。它能存活千百年、亿万年，甚至永恒。最终，那些寻觅心之所向的追寻者会找到它，魅魔会变成他们想要的任何东西，做出任何超乎想象的事。然后，它会以欲望为食，变得更加强大，更有力量，更有影响力。"博士阴沉地说道，"最坏的费罗人会逍遥法外，在这个毫无戒备的宇宙中恣意破坏。"

"那真正的雷·巴尔福呢?"蒂比问道,"他在哪里?"

"我不敢想象,或许该问问魅魔。"

然而,当博士垂下目光,却发现那个假扮雷蒙德·巴尔福的东西消失得无影无踪了,"他去哪儿了?"

"不知道,"克拉拉说道,"是你叫我们别看他的!"

"博士,杰姆也不见了。"霍波指着空荡荡的飞行员座椅说道。

博士神色恐慌,"哦,不,太不妙了,那太不妙了!"

"我们得找到她。"克拉拉说道。

杰姆尾随那个一瘸一拐的身影穿过阴暗的走廊。他行动缓慢,步伐不稳,很明显是受伤了或身体不适。杰姆不知道他正走向何处,可那似乎是飞船深处,因为"迦太基号"的引擎声越来越响了。引擎在脚下轰鸣,震得所有东西都瑟瑟发抖。

"你要去哪里?"她快步想要跟上那模糊的身影。

但他没有停顿,也没有回头,只是一直踉跄地向前走,拖着一条腿,扶着墙稳住身子。每次杰姆觉得自己快追上了,他都会消失在拐角处,或走下一段楼梯。有一次,她还不得不从挂满墙壁和屋顶的干枯植物丛中硬挤过去。纠结的枝条后面是个大房间,装满了粗大的汽缸,仿佛一堆堆巨型硬币。这里的声音更为嘈杂,似乎整个世界都在震动一般。汽缸闪烁着蓝光,底部冒出了阵阵烟雾。

地上蜷缩着一个人。杰姆看到一头金发，意识到那是雷蒙德·巴尔福。他可能死了，但那不重要。她来这里不是为了找巴尔福。

"你在哪里？"杰姆喊了一声。

汽缸背后闪过一个影子。

"我知道你在这里，"杰姆继续道，"为什么不出来呢？我知道你是谁。"

影子犹豫片刻，然后转过身，缓缓走了过去，来到汽缸的光芒中。

"我一直都知道你是谁。"杰姆说道。

"我没发现是你。"丹·雷克看起来疲惫而憔悴，脸上还带着伤痕。他依旧穿着太空服，但已经残破不堪，头盔也不见了——因为早已被埋葬在百万年后的深雪中。雷克缩着身子强忍痛苦，依旧拖着一条腿。

"你觉得我会离开你吗？"杰姆靠近了一步。

"不，"他回答，"从没想过。"

他也上前一步，稍微挺起了身子。忽明忽暗的光芒中，他的伤痕似乎不再那么明显。他用杰姆熟悉的动作摸了摸头发，对她露出轻柔的笑容。"我很想你。"杰姆说道。

"我并不想伤害你。"雷克告诉她，"'亚历山德里亚号'坠落时，费罗人把我带走了。我还以为再也见不到你了。"

杰姆又上前一步,来到与他触手可及的地方。她越靠近,他的状态就越好:淤青褪去,伤口消失,身型也更加挺拔有力了。

"'迦太基号'要爆炸了,"杰姆说道,"你得离开这里。"

"让我跟你走。"他伸出了手。

"杰姆!"身后传来博士的朗声呼唤,"别让他碰到你。"

她转身看到博士和克拉拉出现在轮机舱门口,蒂比和霍波也跟了过来。只见蒂比跑向躺在地上的雷·巴尔福,开始检查他的状况,"有呼吸,他还活着。感谢上帝!"

霍波帮蒂比扶起了他。他看起来昏昏沉沉的,但身上没有伤痕,"出什么事了?"

"出大事了,"霍波回答,"准备好逃跑吧。"

博士双手伸向杰姆,张开十指,就像他能把她当成牵线木偶控制似的,"等等,杰姆。你好好想想。"

"我想过了。"她回答道。

雷克往后退了一步,缩回到阴影中。

"别管我们,"杰姆说道,"请你们走吧。"

"可那不是丹·雷克,"克拉拉告诉她,"那是魅魔,它在诱惑你相信它真的是丹,可它不是。"

"别听他们的,杰姆。"雷克争辩道。

这时候,其中一只引擎汽缸突然开裂了,里面涌出阳光般刺眼的光芒,一道道光线瞬间遍布所有平面。

"'迦太基号'引擎过热了！"霍波大喊道。他们说话时，这些古老机器的尖利摩擦声渐渐增强，"那些天体推进器不知沉寂了多少年，现在却突然强行运作起来！"

博士在摇摆不定的眩光中如同一道剪影，只见他走上前去，一把抓住了杰姆的胳膊，"我们必须马上离开这里！"

"不，博士。"杰姆不得不提高音量盖过船舱里的噪音，"我必须留在这里！我要跟丹在一起！"

"那不是丹·雷克！"博士厉声重复道。

地板猛地一震，又一只汽缸自上而下开裂了，炫目的光芒扫过整间船舱，并深入到周围的汽缸中。博士正要继续向前，但他和杰姆中间突然冒出千百道刺眼的白色能量弧。克拉拉抓住博士，把他拽了回去，大喊着让他躲开。

杰姆向雷克伸出手。他将她揽入怀中，并对博士和克拉拉露出笑颜。

"不！"克拉拉尖叫道。

"它不是丹·雷克！"博士又重复了一遍，声音里满是绝望。

"我知道。"杰姆说着，收紧了环抱雷克的双臂，指尖用力抓住，不让他离开。

一股蓝光包围了两人，无数能量光束放射出来，舔舐着其他引擎汽缸。蓝光突然加深，从里面走出了三个头戴兜帽的高大身影。

"费罗人!"克拉拉惊叫道。

我们将完成终结之旅

博士面色惊诧,"不,不行……"

"我必须确保——"杰姆依旧紧紧抱着雷克,"我必须确保费罗人把它带走,我们必须一起走进时间深渊。"

费罗人将手伸向雷克和杰姆。雷克猛然挣扎起来,发出阵阵低吼,但杰姆紧紧抱着他没有松手。只见雷克的脸开始变长,成了尖锐的鹰脸,颅骨裸露出来,双眼化作两个黑洞。克拉拉曾经见过乌鸦的头骨,看起来就跟眼前的差不多。他尖利的长喙突然张开,肩膀向后隆起,霎时变得干瘦萎缩。黑洞洞的眼窝中满是蠕动的灰色物体,一阵刺耳的哀号盖过了引擎的轰鸣。

紧接着,费罗人带着杰姆和那不停嘶鸣的东西退回蓝光之中,同时又有几只汽缸裂开,向周围辐射出能量。

"看在老天爷的份儿上,赶紧出去!"霍波猛地抓住博士和克拉拉,把两人往后拽。他们转过身,跟蒂比和巴尔福一道在分崩离析的"迦太基号"中飞奔起来。

21

"迦太基号"历经了数百万年的沧桑巨变,猛然点火很快就导致了天体引擎爆炸,不一会儿,就将整艘飞船摧毁了。一股超高温等离子体窜过所有通道和船舱,炙热的火焰之墙推倒一切,只留下熔化的残渣。

他们在烈焰的追逐下一头撞进塔迪斯,警亭大门轰然关闭,将等离子流阻挡在外。炙热的能量化作带电离子团吞噬了时光机。随着最后一声爆炸轰鸣,灼热的空气逐渐散去,警亭在微弱的呼咻声中渐渐隐形。高温等离子流骤然逝去,片刻之后,整艘"迦太基号"化作了一片膨胀的加速原子云。

突然间,炫目的火焰风暴中窜出一小块飞速旋转的蓝色物体,它闪烁的顶灯渐渐从物质宇宙中消失,滑入了时间与空间融为一体的神秘漩涡。

博士趴在控制台上,一只手不断调整各种控制杆和开关。控制台中心玻璃柱里的纤维散发出亮橙色的光芒,缓缓起伏着,在他苍老的脸上投下一道温暖舒适的光晕。塔迪斯计算着四周时间连续体的坐标,他头顶的巨型时间转子也不时随之摆动。

克拉拉从地上爬了起来,蒂比·温特和霍波也直起身子,最后,雷蒙德·巴尔福也站了起来。他们都跟克拉拉一样摇摇晃晃。

"我们逃出来了。"巴尔福扶着控制台说道。

"我们当然逃出来了,"博士总算离开了控制台,舒展着修长的手指,随后又交叉在一起,掰了掰指节,"从没怀疑过。"

克拉拉瞥了他一眼,但什么都没说。她感到皮肤一阵发麻,还闻到空气里有股焦味儿。看来所有人多少都被烤焦了一点儿。

博士拽过塔迪斯的屏幕,用手敲了敲,"你们看。"

他们看向屏幕,上面布满了重重叠叠的圆形符号和排列优美的六角阵列。画面正中是一团耀眼的能量,渐渐消失在漫长曲折的漩涡中。

"那是费罗人的飞船吗?"克拉拉问道。

"是的。"

"它走了,"蒂比说道,"带着魅魔走了。"

"就像被冲进马桶里的蜘蛛。"博士大手一挥,关上了屏幕,"永远不会回来了。"

"可杰姆……"克拉拉喃喃道。

"她必须那么做。她是唯一能确保魅魔被费罗飞船带走的人。"

"'迦太基号'引擎爆炸时,我们肯定挨了不少辐射。"霍波说道。

博士不屑一顾地挥了挥手,"那不是问题。你们踏进塔迪斯的瞬间,辐射就被清除了。不会存在不良的副作用,顶多有几处烧伤。"

"你这艘飞船真是奇迹,对不对,博士?"霍波惊奇地四处张望。

"她不是奇迹,"博士回答,"只是——"

"能让空间自惭形秽,让时间俯首称臣。不用说了,我知道。"

博士皱起眉头,"其实我想说她是相对维度工程学的绝佳例证。"

这时候,巴尔福开口了:"博士,我们应该感谢你……只是我们失去了这么多人。为确保魅魔不再横行,杰姆牺牲了自己。塔尼亚惨死在丛林里,米奇也被杀害。马尔科……"

博士严厉地看着他,"我一开始就说了,这项行动非常危险。我可没有开玩笑。"

"我真应该认真听你的话。"巴尔福神情悲痛,看起来十分憔悴,几近凄凉,"我一开始就该放弃这项计划。"

"就因为我的一句话?"博士似乎很愤慨,"别傻了。'亚历山德里亚号'是一艘迷人的飞船,这也是一场大胆的冒险。你想想:我们穿过了费罗人最后的虫洞,发现了迷失在星系之间的新星,找到了'迦太基号',还见到了费罗人!最重要的是,我们帮助他们永远解决了魅魔。相信我,没有了它,宇宙会更美好。"

塔迪斯停在俯瞰深空航站公共对接港的平台上。克拉拉饶有兴致地看着周围的人类、外星人、机器人以及各种她分辨不出来的东西来回穿行,匆匆赶往登机门和停在港口的宇宙飞船,或只是欣赏四周的风景。这种光景可能会使人困惑,让人恐惧,但却依旧令人惊叹不已。

"谢谢你把我们带回来。"巴尔福对博士说道。他跟霍波和蒂比都站在了塔迪斯门前。

博士半个身子探出警亭,"我总不能让你们在塔迪斯里乱跑吧。你们知道里面什么情况,装一个克拉拉就够挤了。"

巴尔福微笑起来,"博士,我得过很长一段时间才能完全消化这段经历,但我很高兴能留下这些回忆。现在我更了解自己,也更了解他人了。事实上,我已经对蒂比和霍波提了另外一个想法。蒂比说,她对这个星系其他地方的费罗遗迹有了新的见解,我们正考虑买一艘新的星际飞船,然后……"

"别往下说了。"博士抬手表示投降。

克拉拉笑着戳了他一下,"博士,我觉得他们可不只是去寻找古老遗迹。"

"你说什么呢?"博士看着蒂比和巴尔福,突然发现两人竟牵着手，"你们这是干什么？为什么要牵手？"

"博士，我们在一起了。"蒂比高兴地说道。

"能看出来，你们就站我面前呢。可为什么要牵手？"

"我等会儿跟你解释。"克拉拉告诉他。

"我想你跟克拉拉或许也想参与。"巴尔福说道。

"小熊星系有一样东西，"蒂比解释道，"是费罗遗物，需要深入研究。"

博士叹了口气，"如果你想听我的建议，好吧，你当然想。那我建议，别去管它，忘掉小熊星系，忘掉费罗人，忘掉所有需要深入研究的东西，忘掉那些难以抗拒的诱惑或看起来完美无瑕的东西。去发现点儿别的事物。"博士顿了顿，盯着两人紧握的手看了好一会儿，然后补充道，"比如发现彼此。"

"那真是个好主意。"克拉拉说道。

博士推开塔迪斯的门，"克拉拉，走吧，别掺和了，该回家了。"

蒂比正要反对，博士却竖起食指让她安静，随后阴郁地注视着他们，"听……好……了。魅魔被费罗人拖入了深渊。在这个过程中，有很多人——很多朋友失去了生命。哪怕为了缅怀他们，你们也不该再去追逐所有闪闪发光或需要格外关注的东西。"

"可魅魔不是永远回不来了吗？"克拉拉问道。

"永远是一段漫长的时光。"博士回答，"不过，对魅魔来说，永远也不够长。"

致　谢

　　一如既往，我要感谢贾斯廷·理查兹、史蒂夫·特赖布、李·宾丁、阿尔伯特·迪佩特里洛，以及所有参与本书发行，而我却来不及认识的人。

　　另外，我要特别感谢尤娜·麦考马克和加里·拉塞尔——与我一起创作"魅魔系列"的同盟、伙伴、同志和朋友。

　　最后，我还要感谢彼得·卡帕尔迪和珍娜·科尔曼，他们完美演绎了博士和克拉拉。